알라 할림

الله علم

알라 할림 · 제3권

ⓒ 김재기, 2002

지은이 · 김재기 | 처음 찍은날 · 2002년 9월 5일 | 처음 펴낸날 · 2002년 9월 10일
펴낸곳 · 이론과실천 | 펴낸이 · 김태경 | 등록 · 서울시 제 10-1291호
주소 · 121-110 서울시 마포구 신수동 448-6 한국출판협동조합 내
전화 · 02-714-9800 | 팩시밀리 · 02-702-6655 | 메일 · e-shil@hanmail.net

값 11,000원

89-313-9207-9 03810
89-313-9204-4 (전3권)

알라 할림

الله علم

3

이론과 실천

* 일러두기

본문 중에 나오는 외국어(고유명사 포함)는 원칙적으로
아랍어 또는 스페인어를 사용했다.
따라서 우리에게 익숙한 영어식 표현이 모두 바뀌었음을 알려둔다.
예컨대 '갤리'galley가 '갈레라'galera로 사용된 것 등이 그 예다.

الله علم | 차 례

제9장

해후 邂逅

알안달루스의 알뿌하라

히즈라 904년 11월 22일(서기 1499년 7월 1일).

애마 알리흐(아랍어로 '바람')가 다리를 삔 것은 정말 예기치 못했던 낭패였다. 서산마루에 걸린 해를 보고 마음이 급해진 알리가 가까운 산골 마을을 찾아 서둘러 좁은 산길을 내려오던 중이었다. 마을 입구까지 거의 다 왔을 때 알리흐가 그만 발을 헛디뎌 미끄러지는 바람에 하마터면 알리마저 낙마를 할 뻔했던 것이다. 굴러 떨어지지 않으려고 말의 목을 힘껏 끌어안으며 버틴 덕에 알리는 가까스로 낙마를 면할 수 있었다. 그러나 알리흐는 끝내 무릎을 꿇으며 그대로 주저앉아 버렸고, 결국 앞다리를 심하게 다치고 말았다. 절룩거리는 말을 간신히 끌고서 마을로 들어선 알리는 서둘러 하룻밤 묵을 숙소를 찾아보았다. 채 스무 가구도 안돼 보이는 아주 자그마한 마을이었다. 마을은 아불 하산봉* 바로 아래쪽 산자락에 자리 잡고 있었다. 워낙 높은 곳이라 모든 집들이 험한 산비탈에 매달려 곡예라도 하는 듯 위태로워 보였다. 뿐만 아니라 마을 안으로 들어서자 두 사람이 마주 지나갈 수도 없을 만큼 좁은 골목들 또한 가파른 경사 때문에 오가기가 무척 힘들었다.

알리는 곳곳에 흩어져 있는 노새와 염소 똥들, 마구간, 유난히 많은 무화과나무들, 그리고 집과 집 사이의 작은 공간을 마치 담쟁이덩굴처럼 장식하고 있는 포도넝쿨들을 지나 마침내 한 농가의 헛간에 짐을 풀 수 있었다. 농가의 주인은 제법 인심 좋게 생긴 중년 사내였다. 그는 묵을 곳이 필요하다는 알리의 말에 군말 않고 헛간을 내어주던 것이다.

하루 종일 산골을 헤매느라 지칠 대로 지친 데다 알리흐마저 다리를 다쳐 몹시 상심한 알리는, 건초가 쌓여 있는 헛간 한 구석에 주저앉아 저녁식사로 누룩을 넣지 않은 마른 빵을 우적우적 씹고 있었다.

매사냥꾼이 나타난 것은 바로 그때였다. 계곡에 가까운 산허리를 제외하면 대체로 나무가 그다지 많지 않아 거친 암벽과 황량한 능선들이 끝없이 이어져 있는 알뿌하라 지역은, 옛날부터 매사냥꾼들이 즐겨 찾는 사냥터였다. 때로는 며칠씩 험한 산비탈을 누비며 길들인 매를 부려 산토끼나 산비둘기 따위의 작은 짐승을 잡는 매사냥꾼들은 알뿌하라의 산중에 대해서 누구보다도 정통한 편이었다. 그리고 이런 사정을 잘 아는 알리도 그들을 만나면 때때로 적잖은 돈푼까지 쥐어

---

* 스페인 시에라 네바다 산맥에 있는 스페인에서 가장 높은 봉우리의 이름. 이 봉우리의 이름은 아불 하산 알리 왕(제1권 15쪽 주 '사아드 왕' 참조)의 이름을 따서 지어졌으며, 지금은 '아불 하산'의 스페인어식 발음에 따라 '물아센'Mulhacen봉이라고 불린다.

주면서 필요한 정보를 캐묻곤 했었다.

아무튼 헛간 앞에 매어놓은 애마 알리흐가 요란하게 우는 소리에 알리는 밖을 내다보았다. 그런데 초저녁의 어둠 속에서 두 명의 사내가 알리를 바라보며 서 있었다. 흰 터번을 두른 한 사람은 나이 오십 줄은 넘어 보였고, 그 옆에 서 있는 젊은이는 아직 솜털이 채 가시지 않은 애송이였다. 나이든 사내의 왼손에 끼워진 두툼한 가죽장갑 위에는 날카로운 부리를 뽐내는 매 한 마리가 앉아 알리를 노려보고 있었고, 젊은이가 들고 있는 망태기 안에는 산토끼 두 마리와 이름을 알 수 없는 작은 새 몇 마리가 담겨 있었다.

"앗쌀람 알라이쿰!"

알리는 입에 물었던 빵을 내려놓으며 먼저 인사를 했다.

"와 알라이쿰 쌀람!"

짧게 답례를 건넨 매사냥꾼은 헛간 앞의 말과 알리를 번갈아 쳐다보다가 불쑥 물었다.

"어디서 왔소? 이곳 사람은 아닌 것 같은데……."

"가르나타에서 왔습니다."

알리의 대답에 매사냥꾼의 얼굴에는 긴장의 빛이 감돌았다.

"가르나타? 그럼 댁도 화적패란 말이오?"

"……."

화적패라는 말에 기분이 상한 알리가 불쾌한 얼굴로 대답을 하지 않자 매사냥꾼이 다시 말했다.

"차림새를 보면 그렇지도 않은 것 같은데……, 어울리지도 않는 칼을 차고 있기에 물어본 것뿐이오."

알리는 순간 자신의 허리춤을 내려다보았다. 왼쪽 허리에 찬 신월도가 눈에 들어왔다. 무슬림들이 신월도를 지니고 다니는 것은 금지되어 있었지만, 나흘 전 집을 떠나 알뿌하라로 오면서 만일의 사태에 대비하여 가져온 것이었다.

"댁의 말대로 화적패가 들끓는 곳이라면 칼을 가지고 다니는 게 이상할 것도 없지요."

알리가 퉁명스럽게 한 마디 던지자 매사냥꾼은 껄껄 웃었다.

"허허허, 아니면 아니지 뭐 그렇게 기분이 상할 것까지야……. 그나저나 젊은 양반이 이 산골까지는 웬일이오?"

"사실은……, 사람을 좀 찾으려고 왔습니다."

알리는 부아가 치미는 것을 애써 감추며 목소리를 가다듬었다.

"사람을 찾으러? 누구 말이오? 도망친 노예라도 잡으러 왔소?"

매사냥꾼이 여전히 유들유들한 표정으로 알리의 눈치를 살폈다. 알리는 잠시 대답할 말을 찾다가 입을 열었다.

"저……, 혹시 무함마드 이븐 사이드라고……. 아니, 이름은 모르시겠지만……, 그러니까…… 한 달포 전에 가르나타에서 온 젊은이입니다. 기골이 장대하고 검술이 아주 뛰어난 사람인데……."

"달포 전에 가르나타에서 온 젊은이라? 그럼 화적질 하다가 도망친 패거리가 맞구만!"

"화적질이라뇨? 말씀을 삼가십시오! 그 사람은 화적이 아닙니다!"

견디다 못한 알리가 고함을 질렀다. 하지만 매사냥꾼은 외눈 하나 깜짝하지 않고 되받았다.

"화적이 아니라니? 듣자하니 가르나타에서 여기로 도망쳐 온 자들은 부잣집의 재물을 털려다가 카슈탈라 병정들에게 쫓겨 온 거라던데, 그게 화적이 아니면 뭐란 말이오?"

"그, 그건……? 아무튼 그 사람들은 화적이 아닙니다. 재물을 털려 했던 건 사실이지만, 도둑질 자체가 목적은 아니었으니까요."

"그럼 그런 짓을 한 이유가 대체 뭐였소?"

매사냥꾼의 얼굴에서 장난기어린 웃음이 가시는 걸 보고, 알리는 침착한 목소리로 또박또박 대답을 했다.

"사냥하러 여기저기 다니셨으면 사정을 다 아실 만도 한데, 답답한 말씀만 하시는군요. 그 젊은이들은 잃어버린 나라를 되찾고 동포들을 구하기 위해 지하드에 나선 용감한 전사들이란 말입니다! 부잣집을 털려 했던 것도 다 군자금을 마련하기 위해서구요!"

말을 마친 알리는 매사냥꾼을 정면으로 쏘아보았다. 그러나 사내는 여전히 담담한 표정으로 다시 말했다.

"그래서…… 동포들을 구했소?"

"……."

어찌 들으면 어린아이처럼 단순한 매사냥꾼의 물음에 알리는 할 말을 잃었다. 그의 말이 알리 자신도 두려워하고 있던 핵심을 찔렀던 것이다.

"왜 말이 없소? 그래서 그들이 동포들을 구했느냐 이 말이오! 동포들을 구하기는커녕 동포들에게 오히려 더 큰 고통만 안겨주지 않았소? 헌네 그것도 모사라 이세는 이 산골까지 와서 어리석은 짓을 계속하고 있으니……."

"어리석은 짓이라뇨?"

"뭐겠소? 그 자들은 이곳에 와서 다시 사람들을 모으고 군사 훈련까지 한답디다. 그뿐인 줄 아시오? 그 핑계로 애꿎은 산골 사람들까지 달달 볶고 있으니 누가 좋아하겠소? 명분이야 좋지만……, 수십 명이 죽은 걸로도 모자라서, 이젠 아예 동포들의 씨를 말리려는 짓이 아니고 뭐냔 말이오?"

"그, 그렇지만…… 한번 실패한 것을 가지고 속단할 순 없겠지요. 어쨌든 그 사람들은……."

알리가 뭔가 변명을 하려고 하자 사내가 손을 휘휘 내저으며 언성을 높였다. 그 바람에 그의 왼손에 앉아 있던 매가 날개를 퍼덕거렸다.

"됐어요, 됐어! 그건 그렇다고 칩시다. 헌데 당신은 그 무함마드라는 젊은이를 왜 찾는 거요? 당신도 그들 패거리에 합세하려구?"

"그건 아닙니다. 사실 그 젊은이는 제 둘도 없는 친구거든요. 개인적으로 급히 연락할 일이 있어서……."

알리가 목소리를 조금 누그러뜨리자 매사냥꾼도 다시 차분한 음성으로 말을 이었다.

"그래요? 무슨 일인지는 모르지만 꽤 급한 모양인데……, 허나 유감이구려. 난 그 사람을 본 적도 없고 얘기도 들은 적이 없으니……. 모르긴 몰라도 아마 내가 모르면 이 알뿌하라에서는 아는 사람이 없을 거요. 딱 한 사람만 빼고!"

매사냥꾼의 말에 귀가 번쩍 뜨인 알리는 황급히 되물었다.

"그게 누군데요?"

"알무라비트 어른이오. 그 분이라면 혹시 알고 계실지도 모르지."

"아, 알무라비트 어른이요? 그, 그 분은 지금 어디 계신가요? 그렇지 않아도 사실은 그 분도 찾고 있던 참이었습니다만……. 꼭 친구 일이 아니더라도 여쭤볼 일도 있고 해서……."

"그 어른을 아오?"

매사냥꾼이 좀 의외라는 표정을 짓자 알리는 자신 있게 고개를 끄덕었다.

"알다마다요! 가르나타에서 몇 번 뵈었습니다. 어서 그 분이 계신 곳을 좀 일러주십시오. 제발 부탁입니다!"

알리의 태도가 완전히 달라진 것을 느꼈는지, 매사냥꾼은 잠시 뭔가를 생각하다가 이윽고 입을 열었다.

"지금 어디 계신다고 꼭 집어서 말할 순 없소. 당신도 알고 있는지 모르지만, 그 어른은 그야말로 바람처럼 떠도는 분이니까! 하지만 아까 해지기 직전에 여기서 그리 멀지 않은 곳에서 뵈었으니, 어쩌면 근처에 계실지도 모르지."

"그, 그래요? 그게 어딥니까?"

알리는 흥분을 감추지 못하며 자리에서 벌떡 일어났다. 그런 그를 매사냥꾼은 한심하다는 듯 위아래로 훑어보았다.

"이봐요, 젊은 양반! 보기보단 꽤 성미가 급하시구려. 이미 날이 어두워졌는데 지금 나가서 어쩌겠다는 거요? 이리 밥이 되고 싶소?"

알리가 어찌할 바를 몰라 주춤거리자 매사냥꾼이 다시 말했다.

"그렇게 서둘지 말고 내 말을 먼저 들어봐요, 글쎄!"

매사냥꾼의 말에 따르면, 그가 압둘 카디르를 본 것은 아불 하산봉 바로 밑의 산자락에서였다고 했다. 그곳은 마을에서 걸어 올라가자면 반나절쯤 걸리는 곳이었다. 매사냥꾼이 사냥을 마치고 산을 내려오던 중 서편 하늘을 뒤덮은 독수리떼를 보고 놀라 높은 바위 위로 올라갔다고 했다. 그리고 그 위에서 매사냥꾼이 내려다보니 독수리떼가 몰려든 곳에는 압둘 카디르 노인이 늘 타고 다니던 나귀의 시체가 너부러져 있었고, 노인은 시체 옆에서 기도를 올리고 있었다고 했다. 아무리 하찮은 짐승이라고는 해도 오랜 세월 고락을 함께 한 나귀의 죽음

앞에서 아마 명복이라도 빌어주려 했던 모양이었다.

"그러니 그 어른께서도 오늘밤에는 틀림없이 그 근처에서 주무실 거요. 밤이 되었으니 지금 당장 어디로 가지는 않으실 테고, 게다가 타고 다니시던 나귀까지 죽었으니까…… 아무튼 내일 아침 일찍 산으로 올라가 보구려."

말을 마친 매사냥꾼은 그 길로 곧장 자리를 떴다. 그리고 다시 혼자 남은 알리는 혼잣말처럼 중얼거렸다.

"나귀를 위해 기도까지 하셨다면 나귀가 독수리 밥이 되게 놔두시지는 않을 텐데…… 하지만 연로하신 어른 혼자서 나귀를 땅에 묻으실 수 있을까?"

　　　　*　　　　　*　　　　　*

산허리를 휘돌아 오르는 길가에는 나무 한 그루 보이지 않았다. 오르면 오를수록 점점 더 좁고 가팔라지는 길옆으로, 거대한 성채처럼 버티고 선 산줄기는 쳐다보기만 해도 어지러울 만큼 깎아지른 듯이 솟아 있었다. 게다가 나무가 없어 허연 암벽이 해골처럼 드러난 산비탈은 더욱더 거친 느낌을 주었다.

벌써 한여름이었다. 카슈탈라인들이 가르나타 일대를 흔히 '사르 뗀'sartén(스페인어로 '프라이팬'), 즉 불냄비라고 부를 만큼 악명 높은 계절이 온 것이었다. 한 줄기 바람조차 불지 않았고, 아직 오전이었지만 그늘 한 점 없는 산비탈 위로 폭포처럼 퍼붓는 땡볕은 길가의 작은 돌멩이 하나까지 남김없이 태워버릴 듯이 벌써 맹위를 떨치고 있었다. 알리는 쉴 새 없이 흐르는 땀방울을 닦을 엄두도 내지 못하고 묵묵히 발걸음을 옮기면서 목이 타고 숨이 막혀 몇 번씩이나 멈춰서야만 했다. 허리에 차고 있던 물주머니의 물은 이미 바닥난 지 오래였다.

새벽 일찍이 아랫마을을 떠나 서너 시각 이상을 걸어 올라왔지만, 주변에는 지나는 사람은커녕 양이나 염소떼조차 보이지 않았다. 다리도 아프고 허기도 지고, 무엇보다 목이 말라 지칠 대로 지친 알리는 결국 산 아래의 계곡이 훤히 내려다보이는 곳에 이르자 무작정 길가에 덜퍼덕 주저앉아버렸다. 엉덩이가 너무 뜨거워 불편하긴 했지만, 잠시 앉아서 먼 하늘을 바라보며 숨을 고르고 있자니 기분이 조금 나아졌다. 그는 저 멀리 아득하게 보이는 계곡 아래쪽의 푸른 미루나무 숲을 바라보며 생각에 잠겼다.

폭풍 같은 열흘이 지나간 뒤 가르나타는 적어도 표면상으로는 평온을 되찾았다. 그리고 알리 또한 평범한 일상으로 돌아왔다. 더 이상 끔찍한 살인도 일어나지 않았고 소요도 일어나지 않았으며, 의혹을 불러일으키는 일들도 불거지지 않았다. 그 동안 문제를 일으키거나 의혹의 초점이 되었던 사람들은 모두 다 약속이나 한 듯이 사라져버렸다. 그리고 막상 그들이 사라지고 나자 그들이 일으켰던 문제 또한 제 풀에 스러져버린 것은 물론, 심지어 달무리처럼 그들을 둘러싸고 있던 의혹마저도 일종의 환영처럼 희미해져 갔다.

우선 마누엘과 이브라힘의 심복 부하가 처형된 다음날, 기병대를 앞세운 카슈탈라 병사들의 대대적인 소탕 작전이 벌어졌다. 카슈탈라 군대는 알팢자린을 비롯한 가르나타의 변두리 지역을 이 잡듯이 수색했다. 그 결과 뻬에뜨로가 갇혀 있었다던 토굴을 찾아내는 한편, 그 일대에서 조금이라도 의심스러운 무슬림들을 닥치는 대로 체포했다. 뿐만 아니라 시내에서도 저항조직에 협력하거나 연루된 사람들을 샅

샅이 색출하여 모조리 투옥했다. 가르나타 전체를 공포의 도가니로 몰아넣은 피비린내 나는 며칠이 지나자, 적어도 성내에는 저항조직의 그림자조차 남지 않게 되었던 것이다.

알리가 맨 처음 이브라힘을 만났을 때 우려했던 대로 결국 가르나타의 무슬림들에게는 눈물과 한숨과 절망만이 남았다. 이 사건 자체는 알리에게도 분명 비극이었다. 그러나 이 와중에서 무함마드와 이브라힘과 이스마일은 물론이고, 무사와 우마르 노인까지 어디론가 행방을 감춰버렸다. 따라서 저항조직과 관련된 모든 의문들 또한 갑자기 비현실이 되어버렸다. 한 가지 이상한 것은 객주집 주인 하미드가 붙잡혀가거나 피신도 하지 않은 채 성내에 그냥 남았다는 점이었다. 알리도 처음에는 그가 저항조직에 가담했다는 사실이 요행히도 드러나지 않은 모양이라고 생각했었다. 그렇지만 시간이 자꾸 지나면서 조금씩 의구심이 들기 시작했다. 그렇게 많은 사람이 붙잡혀갔는데도 유독 하미드의 정체만 탄로 나지 않을 리가 없었기 때문이었다. 하물며 조직 내부에 첩자까지 있었다는데! 그러나 마음속 깊이 이스마일을 의심하고 있던 알리로서는 이 의외의 사태에 대해 어떤 판단을 내려야 할지 헷갈릴 수밖에 없었다.

사라진 것은 물론 '알하피즈'의 전사들만이 아니었다. 우사마, 아니 오즈구르라는 무슬림 사내도 완전히 종적을 감춰버렸다. 또한 안또니오라는 베네치아 상인에 대해서도 아무 소식을 들을 수가 없었다. 니꼴로와 쥬세뻬 두 사람은 며칠 전에 가르나타를 떠났다. 자신들이 저지른 짓 때문에 신변의 위협을 느껴서인지 아니면 다른 사정 때문인지는 몰라도, 어쨌든 그들 또한 이제 과거 속으로 들어가 버린 셈이었다. 떠나기 전에 니꼴로가 마지막으로 공헌한 일은 한 가지 있긴 했다.

앙베르의 협박에 못 이겨 객주집 주인 하미드 주변을 조사하던 그는, 하미드에게 아편을 공급한 사람이 알마그렙에서 온 베르베리족* 출신의 라쉬드 이븐 술루크라는 사실을 알아내 앙베르에게 알려줬던 것이다. 앙베르가 전한 말에 따르면, 하미드와 라쉬드는 10년 넘게 거래를 해왔기 때문에 비교적 가까운 사이라고 했다. 그러고 보니 알리가 오래 전 객주집 주방 앞에서 엿들었던 그 낯선 목소리의 주인공이 바로 라쉬드인 모양이었다. 하지만 알마그렙으로 돌아갔다는 그가 언제 다시 나타날지는 알 수 없었다. 그래서 니꼴로가 애써 알아낸 사실도 당장 무슨 도움이 되는 건 아니었다.

한 가지 흥미로운 건 니꼴로가 떠날 때 알리에게 다음과 같은 서찰을 남기고 갔다는 점이었다.

"친애하는 세뇨르 알리!

그대 집안에 신세를 많이 졌는데 제대로 갚지도 못하고 떠나는 걸 용서하시오. 허나 그 또한 내 뜻은 아니었으니 너그럽게 이해해 주길 바랄 뿐이오.

내 이렇게 펜을 든 까닭은 교만한 자의 서푼짜리 지혜를 경계하라고 충고하기 위해서요. 우리 주 그리스도께서도 '검으로 흥한 자는 검으로 망한다' 하셨거늘, 대저 앙베르처럼 제 재주와 지혜를 너무 뽐내는 자는 그로 인해 쓰디쓴 패망을 맞볼 것이오. 아르테 페리레 수아 Arte perire sua(라틴어로 '제 꾀에 제가 넘어가기')! 잊지 마시오. 지혜는 어리석음을 지배하나 때때로 어릿광대의 웃음이 교만한 지혜를 능가

---

* berberí : 북아프리카의 모로코, 알제리 등지에 사는 종족의 이름. 영어로는 '베르베르족'Berber족이라 한다. 이들은 아랍인들이 들어와 이슬람교를 전파하기 전부터 이곳에 살던 원주민이었으며, 이들의 혈통은 모로인들에게도 이어졌다. 제1권 23쪽 주 참조.

한다는 것을!

앙베르는 우리 형제를 눌러 이겼다고 생각했을지 모르겠소. 그러나 그는 두고두고 우리의 복수에 시달릴 거요. 그는 결코 나를 이길 수 없소. 왜냐? 그는 많은 것을 알고 있지만 난 삶을 즐기는 사람이고, 따라서 난 그 자의 서푼짜리 지혜를 순식간에 노리개와 장난감으로 만들 수도 있기 때문이오. 그 잘난 척하는 인간이 시신에 얽힌 수수께끼를 풀었는지 궁금하구려!

세뇨르 알리! 당신은 본래 어진 심성을 가진 사람이니, 앙베르처럼 교만한 지혜에 빠져 허덕이지 말고 삶을 즐길 수 있기를 진심으로 바라겠소.

그럼 자비로우신 우리 주님의 은총을 비오!

유월의 보름날에 충심으로 인사를 드리며

당신의 벗 니꼴로가."

서찰을 다 읽고 난 뒤 알리는 피식 웃었다. 앙베르에 대한 니꼴로의 원한이 생각보다 꽤 깊었던 것 같다는 느낌 때문이었다. 물론 서찰 자체야 시답잖은 내용이었고 어찌 보면 유치하기까지 했다. 하지만 이래저래 머리가 복잡했던 알리로서는 '시신의 수수께끼를 풀었느냐'는 구절이 왠지 조롱처럼 들려서 더욱 기분이 착잡해질 수밖에 없었다.

한편 요아힘이 사라진 뒤에도 삐에뜨로는 알리 집에서 식객 노릇을 하고 있었다. 그러나 가끔씩 정원에 나가 그림을 그리다가 심심하면 앙베르와 설전을 주고받는 그의 모습은 이제 더 이상 의혹의 대상도 아니었다. 예페트 또한 여전히 알리의 처소에서 숨어 지냈다. 떼강도 사건 이후로 방안에 틀어박혀 명상에 잠기거나, 가끔씩 알리가 보던 서책들을 뒤적이는 그도 아무 도움이 되지 않았다. 뿐만 아니라 그가 말한 『크레스모스 시빌레스』라는 의문의 서책에 대해서도 전혀 궁금증이 풀리지 않았다.

하지만 그 무엇보다 가장 아쉬웠던 건 로뻬스마저 사촌을 찾아간다며 이슈빌리야로 가버린 일이었다. 부상을 치료하고 휴식을 취하기 위해서라니 어쩔 수 없는 일이긴 했다. 하지만 로뻬스에게 심적으로 크게 의지해온 알리로서는 그의 부재가 큰 타격일 수밖에 없었다. 그도 그럴 것이 앙베르는 모든 걸 털어놓기에는 왠지 믿을 수 없는 구석이 있어 보였고, 스승 알크비르 또한 그냥 맘 편하게 대하기에는 너무 어려운 상대였기 때문이었다. 더구나 사라진 그리스어 서찰이 바로 자신에게 왔다는 걸 알고 나서부터 알크비르는 유난히 말수도 줄고 침울해진 것 같았다. 따라서 예전과는 다른 느낌 때문에 알리 또한 스승 앞에서는 사건과 관련된 얘기를 꺼내는 것을 점점 주저하게 되었다. 그리고 바로 이런 상황에서 가장 미더운 동지이자 의논 상대였던 로뻬스마저 곁을 떠나자, 알리는 급기야 매사에 의욕마저 잃어버렸던 것이다.

어디 그뿐인가? 살인사건과 관련이 있든 없든 사건과 함께 일어났던 주변의 수많은 일들 또한 의혹과 궁금증만 부풀려놓고 그 진상은 아지랑이처럼 증발해버렸다. 우선 사건 해결의 열쇠가 될 수도 있는 서찰이 감쪽같이 없어졌으므로 서찰의 내용도 비밀로 남은 것은 당연했다. 의문의 두루마리를 지니고 있던 집시 여인도 홀연히 사라졌고, 그 두루마리를 손에 넣은 돈 디에고도 마찬가지였다. 물방앗간 바닥에 누워 있던 노파는 집시 여인의 어머니 행세를 하던 바로 그 추한 노파일 가능성이 높았다. 그렇지만 그날 이후 시신조차 발견되지 않았으니, 그것 또한 여전히 추측에 지나지 않았다. 단지 돈 디에고가 어쩌면 집시 여인까지 해쳤을지도 모른다는 막연한 불안감만이 끊임없이 알리를 괴롭혔을 뿐이었다. 또 알팟자린의 농가에서 로뻬스와 자신을 습격했던 괴한의 정체도 불확실했고, 죽은 창녀 까르멘의 서찰에 나오는 '빨강머리 로드리고'가 누군지도 알아낼 길이 없었다.

장서관에 침입했던 도둑을 못 잡은 건 이 모든 일들에 비하면 문젯거리도 아니었다. 물론 도난 사건 이후로 장서관 건물에 커다란 자물쇠가 채워지고, 젊은 하인들이 밤마다 별채 안마당에서 교대로 불침번까지 선 뒤로 더 이상 좀도둑 걱정은 할 필요가 없게 되었다. 하지만 정작 이상한 건 장서관의 서책 때문에 아흐메드를 찾아왔던 돈 까를로스가 그 뒤로는 다시 연락을 하지 않았다는 점이었다. 그렇다고 그가 귀띔을 해준 시스네로스의 음모가 구체적으로 진행되는 기미가 보이는 것도 아니었다. 결국 서책의 미래가 염려되어 전전긍긍하던 알리의 입장에서는 당장 눈앞에 닥친 줄 알았던 위기마저도 어느새 슬그머니 뒤로 물러나버린 셈이었다. 생각해보니 결국 모든 게 다 이런 식이었다. 확실하게 해결되고 해명된 것은 하나도 없었다. 한 마디로 모든 문제들이 신기루처럼 사라지고 묻혀지면서 갑자기 어색한 평온이 찾아왔다. 아니 꿈결같이 지나가버린 그 열흘이 마치 존재하지 않았던 시간처럼 느껴졌다.

물론 그 사이에 알리가 아무 일도 안하고 허송세월만 보낸 건 아니었다. 어떻게 보면 중요할 수도 있는 몇 가지 사실을 알아냈기 때문이었다. 우선 수크의 의원 집에서 일하는 하인으로부터 아주 귀중한 정보를 얻을 수 있었다. 알리가 그 집 하인에게 확인한 결과 떼강도 사건이 있던 날 밤, 그러니까 알리와 로뻬스가 알팟자린에서 괴한의 습격을 받았던 바로 그날 밤 의원을 찾아와 자상刺傷 치료에 필요한 약을 구입해 간 사람은 안또니오의 시종이 분명했다. 의원 집 하인은 한밤중에 찾아와 약을 사 간 기독교도 사내가 뭉툭한 코에 볼때기가 늘어지고 눈썹 위에는 커다란 사마귀가 있었다고 했다. 그건 여각의 시동이 묘사했던 안또니오 시종의 생김새와 정확하게 일치했다. 따라서 알리는 안또니오가 그날 밤 어디선가 칼에 찔려 상처를 입었다고 추측할 수밖에 없었고, 어쩌면 그날 밤 로뻬스의 칼에 찔린 괴한이 안또니오일지도 모른다는 상상까지 해보았다. 하지만 안또니오와 그의 시종도 아침 안개처럼 홀연히 자취를 감춰버려 그런 추측을 사실로 만드는 것 또한 당분간은 불가능한 노릇이었다.

알리가 전해들은 또 다른 얘기는 기독교 수도승의 옷을 입고 강가에서 발견된 죽은 사내의 신원과 관련된 것이었다. 죽은 사내가 아마도 시아파 무슬림이었을 거라는 압둘 카디르의 얘기를 머리에 새겨두었던 알리는, 고민 끝에 가르나타 최고의 목수이자 시아파인 마수드를 찾아갔다. 가르나타에서 자신의 종파를 드러내놓고 있는 시아파 무슬림은 몇 되지 않았기 때문에, 알리는 어쩌면 마수드에게서 뭔가 쓸만한 이야기를 들을 수도 있다고 생각했던 것이다.

하지만 처음에는 그도 좀처럼 입을 열려고 하지 않았다. 아니, 자기 입을 열지 않는 정도가 아니라 아예 얘기도 꺼내지 못하게 알리의 입까지 막아버렸다. 하지만 서너 번을 거푸 찾아가 설득한 끝에 알리는 마침내 귀중한 증언을 듣는 데 성공했다. 마수드의 말에 따르면, 강가에서 시신이 발견된 바로 그 무렵에 시아파 무슬림 중에서 젊은 사내 한 명이 갑자기 실종되었다고 했다. 그는 살리흐 이븐 유수프라는 이름을 가진 사내로 본래 알팟자린에 살던 도공이었다고 했다. 하지만 가족도 전혀 없고 거처도 일정하지 않았던 그가 갑자기 사라졌다고 해서 특별히 신경 쓸 사람은 아무도 없었다는 것이었다.

"그럼 홀로 어디론가 떠났을 수도 있겠네요?"

알리의 물음에 마수드는 단호하게 고개를 저었다.

"아니, 그건 아니야, 절대로 아닐 걸세."

"아니라고 단정하는 이유가 뭐죠?"

"그 사람은 여기서 아주 중요한 일을 하고 있었으니까!"

"그 일이 뭔데요? 그 사람은 도공이었다면서 도자기 굽는 것 말고 무슨 중요한 일을 또 했다는 거죠? 아니, 그럼 그 사람은 도대체 어디로 간 거예요?"

알리의 계속되는 추궁에도 마수드는 더 이상 말을 하려고 하지 않았다. 하지만 알리가 시신에서 발견된 문신에 대해 물어보자, 그의 얼굴에는 놀라는 기색이 역력했다. 아니 꿈꾸듯 중얼거리는 그의 목소리는 심하게 떨리기 시작했다.

"오오, 그렇다면 인자하시고 자애로우신 알라께서 열일곱의 숫자로 당신의 뜻을 넌지시 알리려 하신 게 아닌가? 당신의 위대한 이름으로 가짜 알마흐디를 응징하려 하신 게 아닌가?"

"뭐, 뭐라구요? 그건 또 무슨 소리예요?"

알리가 깜짝 놀라 되묻자 한동안 분노에 찬 눈빛으로 허공을 응시하던 마수드는 느닷없이 소리를 쳤다.

"다른 건 몰라도 한 가지는 확실해! 살리흐의 왼발에는 분명 '알마흐디'라는 문구가 써 있었어. 그건 사실 내가 새겨준 거니까! 물론 시아파 무슬림들 중에는 발에다 그런 문신을 하는 사람들이 더러 있으니까, 그것만 가지고는 죽은 사람이 살리흐라고 단정할 수가 없겠지. 허나 지금은 그런 게 문제가 아니야! 인자하시고 자애로우신 알라께서, 전지선능하신 알라께서 이미 당신의 뜻을 보여주셨으니까!"

"그, 그건 또 무슨 말인데요?"

알리가 어리둥절해하자 마수드는 차갑게 내뱉었다.

"순교자가 열일곱이었던 이유가 뭐라고 생각하나?"

"예?"

"인자하시고 자애로우신 알라의 가장 위대한 이름은 모두 열일곱 개의 철자로 구성되어 있네. 열일곱 명이 순교한 것은 이제 곧 진짜 심판의 날이 올 거라는 뜻이지. 그날이 오면 그들 한 사람 한 사람이 모두 부활하여 인자하시고 자애로우신 알라의 거룩한 이름이 될 거야. 게다가 시신의 가슴에 열일곱을 새겨놓은 마방진까지 있었다면……."

흥분하는 마수드를 보면서 압둘 카디르에게 들었던 설명을 떠올리던 알리는 고개를 갸웃거리다가 조심스럽게 반문했다.

"하, 하지만…… 죽은 사람은 열일곱이 아니라 열여섯인데요. 떼강도 사건이 나던 날 현장에서 싸우다 죽은 사람 열넷에다가, 카슈탈라 병사들에게 붙잡힌 두 사람 중 한 사람은 고문으로 죽었고, 마지막 남은 사람은 처형됐으니까……."

"이런, 이런, 쯧쯧쯧! 미련한 에미 돼지보다도 셈을 못하는구만! 강가에서 발견된 시신은 왜 빼나? 몸에 문신이 새겨진 그 사내야말로 전사 중의 전사, 아니 순교자 중의 진짜 순교자일 텐데……. 그 사람을 빼고 셈을 할 요량이었으면 지금껏 무엇 때문에 그 얘기를 계속했단 말인가?"

"그러고 보니 그, 그렇군요. 하, 하지만 그 사람은 신원도 불확실하고 어떻게 죽었는지도 모르는데……."

조금 머쓱해진 알리가 목소리를 낮추자 마수드 또한 갑자기 평온해진 음성으로 타이르듯 말했다.

"아무튼 그걸로 됐네. 인자하시고 자애로우신 알라의 뜻이 이미 다 드러나고 다 이루어졌으니까! 죽은 사람이 살리흐라 하더라도 그 또한, 아니 그거야말로 그 분의 뜻 아니겠나. 그러니 자네도 그렇게만 알고 있게! 시신은 이미 토막 나서 썩어버렸다면서……, 자네가 이제 와서 뭘 어쩔 셈이야? 다 끝났어!"

그리고는 정말 끝이었다. 굳은 얼굴로 갑자기 입을 다문 마수드는 가게 안으로 들어가 버렸고, 알리가 아무리 소리쳐 불러도 다시는 돌아보지도 않았던 것이다. 알리는 마수드의 얘기를 듣고 나서 처음엔 적잖이 가슴이 두근거렸다. 그렇지만 가만히 생각해보니 결국 문제 해결을 향해 한 발작도 더 나아간 게 없는 셈이었다. 마수드의 말마따나 죽은 사내가 살리흐라는 도공인지 아닌지 확인할 길이 없었다. 설사 확인이 된다 해도 누가 왜 그를 죽였는지, 그리고 어떻게 해서 그가 기독교 수도승의 옷을 입고 강가에 누워 있게 되었는지는 여전히 풀 수 없는 수수께끼로 남을 수밖에 없었기 때문이었다.

새로운 정보는 또 있었다. 그건 뜻밖에도 예페트, 아니 정확히 말하면 예페트의 아버지에 관한 것이었다. 돈 디에고와 압둘 카디르에 대해 뭔가를 더 알아내기 위해 수크의 나이 많은 상인들을 찾아다니며 탐문하던 알리는 정말 우연히 흥미로운 이야기를 들었던 것이다. 얘기를 해준 사람은 수크에서 포목상을 하는 어떤 노인이었다. 그의 말에 따르면, 툴라이툴라에서 내로라하는 유태인 랍비였던 예페트의 아버지는 불의의 사고로 죽었다고 했다. 예페트가 아주 어렸을 때 어떤 무녀가 그의 집에 불을 질러 그의 어머니를 제외한 나머지 가족들이 모두 불에 타 죽었으며, 예페트도 구사일생으로 겨우 살아났다는 것이었다. 알리는 포목상 노인의 말을 들으면서 늘 궁금하게 여겼던 예페트 목덜미의 화상 자국을 떠올렸다.

"어, 어떻게 그런 일이……? 하지만 예페트는 한번도 그런 얘길 한 적이 없는데요?"

어안이 벙벙해진 알리가 믿어지지 않는다는 표정을 짓자 포목상 노인은 목소리를 낮추어 덧붙였다.

"너무 어렸을 때 일이니까 그 사람도 잘 몰랐을 수도 있지. 어쨌든 그 일이 있은 직후 그 사람 어머니가 어린 아들을 데리고 이곳 가르나타로 왔다더구만."

"하지만 예페트 어머님께서 나중에라도 예페트에게 그 얘길 해줬을 거 아닙니까? 아버지의 죽음에 관한 건데……, 말 안 했다면 그게 오히려 이상한 거 아닌가요?"

"글쎄, 그것까지야 낸들 어찌 알겠나? 너무나 끔찍한 일이라 아들에게 말하기 싫었을 수도 있지 않겠나? 아니면……, 무슨 말 못할 속사정이 있었든지……."

"아무리 그래도……. 헌데 그 무녀는 도대체 뭐 때문에……?"

"확실치는 않지만……, 아무튼 갓난아이를 안고 찾아온 무녀를 예페트 집안사람들이 내쫓았다는 거야. 그래서 앙심을 품고 그런 짓을 저지른 거래. 또 누굴 시켜서 불을 질렀다는 얘기도 있고……."

"무슨 말인지 통 모르겠군요! 갓난아이는 뭐고…… 누굴 시키다니, 대체 누구한테 그런 짓을 시켰다는 거예요?"

포목상 노인의 말에 더욱 답답해진 알리가 목청을 높여 되묻자 노인은 자신 없는 얼굴로 말끝을 흐렸다.

"아무튼 사정이 꽤 복잡했던 모양인데……. 이런저런 얘기야 많지만, 나도 오래 전에 풍문으로 들었을 뿐이니 상세한 내막까지야 어찌 알겠나? 헌데…… 알리 자넨 그 얘기에 왜 그렇게 관심이 많은 건가?"

"아, 아닙니다. 그냥 예전에 예페트랑 가까운 사이였으니까……."

결국 포목상 노인의 이야기도 새로운 의혹만 키워줬을 뿐이었다.

*   *   *

알리는 발아래서 돌멩이 하나를 주워들어 계곡을 향해 힘껏 집어던졌다. 긴 포물선을 그리며 날아가던 돌멩이는 아무 소리도 흔적도 없이 허공 속으로 빨려 들어갔다. 마치 가르나타에서 사라진 수많은 사람들처럼! 생각하면 할수록 묘한 일이 아닐 수 없었다. 어찌 보면 아주 짧은 시간이었지만, 그 짧은 시간 동안에 그처럼 많은 일들이 일어날 수 있었다는 게 지금 생각해도 믿어지지 않았다. 그러나 더욱 믿을 수 없는 것은 많은 희생이 있었고, 자신이 그토록 혼신의 힘을 다해 애를 썼는데도 무엇 하나 속 시원히 해결되지 않았다는 점이었다. 마치 '일곱 명의 율법학자의 일을 한'(아랍 속담으로 '아무 것도 끝내지 못했다'는 뜻) 것처럼! 결국 알리는 자신의 능력에 회의를 느꼈고, 그런 느낌은 끝을 알 수 없는 허탈감과 절망감으로 이어졌다.

아니, 그것은 꼭 자신의 능력에 대한 회의만은 아니었다. 거의 두 달 전 뜻하지 않던 의문의 살인사건에서 시작된 알리의 방황과 모험은 사실 혼자만의 여행이 아니었기 때문이었다. 따지고 보면 친구 무함마드를 포함하여 로뻬스, 예페트, 앙베르, 안드레아 신부, 심지어 아버지 아흐메드나 스승 알크비르에 이르기까지 그가 믿고 의지하던 수많은 사람들이 그 불가사의하고 혼란스러운 여행의 동반자였다. 하지만 그 모든 사람들의 지성과 지혜를 다 모았는데도 핵심적인 의문들은 전혀 풀리지 않았다. 수많은 사실들이 밝혀지고 수많은 증거들이 수집되었지만, 그 모든 것들은 진실의 실체를 교묘하게 비껴가며 변죽만 울렸을 뿐이었다. 뿌연 안개 속에서 뭔가가 잡힐 듯 잡힐 듯하다가는 멀어져갔고, 이제 모든 진실들은 영원한 미궁의 늪 속으로 빠져들어 다시는 건져 올릴 수 없을 것만 같았다. 연속적으로 이어진 살인사건의 범인들은 한 사람도 잡히지 않았다. 시신들은 나동그라져 있는데, 그들을 죽인 범인의 윤곽조차 그려볼 수 없었던 것이다. 아니, 범인은 그렇다 치고 가장 중요한 첫 번째 피살자의 신원조차 불분명했다. 애초에 죽었다던 그리스 수도승은 어디론가 사라져버려 생사조차 확인할 길이 없었다. 도대체 죽은 자는 누구이고 산 자는 누구란 말인가? 범인으로 의심을 받을만한 자들 중에서 단 한 사람, 마누엘만이 붙잡혀 처형되었다. 하지만 역설적으로 그는 가장 억울하게 죽었을 뿐이었다.

돌연 평화가 찾아오고 지켜봐야 할 사람들도, 조사해야 할 문제들도 더 이상 눈에 띄지 않고 손에 잡히지 않았지만 알리는 정말 지치고 피곤해졌다. 그가 믿어왔던 모든 것들이, 인간의 지성으로 진실을 찾아낼 수 있다는 믿음도, 선하고 합리적인 조물주께서 정해놓으신 섭리와 운명에 대한 믿음도, 이 우주의 논리 정연한 질서에 대한 믿음도 모두 다 봄날의 꿈처럼 사그라지는 것만 같았다. 따라서 알리는, 어쩌면 자신이 무능한 것이 아니라 이 모든 믿음들 자체가 허망한 것인지도 모른다는 불경한 생각에까지 이르게 되었다. 그리고 그런 생각이 알리를 더욱더 괴롭고 힘들게 만들었다.

알리는 다시 고개를 들어 눈부신 하얀 하늘 아래 또렷하게 보이는 아불 하산봉을 올려다보았다. 봉우리에서부터 아래로 길게 뻗어 나와 알리의 발아래로 천길 낭떠러지를 빚어낸 깊은 골짜기가 아스라이 눈에 들어왔다. 골짜기를 따라 굵고 긴 띠를 이루며 진한 녹색으로 우거진 숲이 붉은 황토와 허연 바위들로 뒤덮인 주변의 산비탈과 강렬한 대조를 이루고 있었다. 갑자기 알리는 한 걸음에 달려 내려가 짙푸른 녹음 속으로 뛰어들고 싶다는 충동에 사로잡혔다. 그렇지만 그것은 허망한 욕심이었을 뿐, 아래로 내려가는 길은 너무나 멀고 험해 보였다. 산꼭대기에서 흘러내린 물이 내를 이루고 가느다란 강줄기가 되어 허연 포말을 일으키고 있는 계곡 동편 기슭으로는 점점이 마을들이 흩어져 있었다. 그리고 돌과 흙으로 네모반듯하게 지어진 알뿌하라 특유의 흰 집들과 평평한 지붕 위로 약간 우스꽝스럽게 솟아오른 굴뚝들이 마치 장난감처럼 앙증맞게만 보였다. 어쩌면 저 산기슭 어디쯤 아니, 저 마을 어딘가에 친구 무함마드가 숨어 있을지도 모르는 일이었다. 그는 문득 친구의 얼굴을 기억해내려고 애썼다. 이상한 일이었지만, 헤어진 지 달포 밖에 지나지 않았는데도 왠지 친구의 얼굴마저 가물가물해져 가는 느낌이 들었던 것이다.

"무함마드!"

알리는 자신도 모르게 친구의 이름을 목청껏 불러보았다. 하지만 골짜기를 울리는 공허한 메아리만이 되돌아올 뿐이었다.

"무함마드! 무함마드! 무함마드!"

그랬다! 지금 자신이 온갖 위험을 무릅쓰고 이토록 깊은 산중에까지 들어온 까닭은 무엇보다도 무함마드 때문이었다. 집을 나설 때만 해도 알리는 자신이 할 수 있는, 아니 당장 해야 하는 가장 중요한 숙제는 무함마드를 찾는 일이라고 믿었었다. 하지만 어찌 생각하면 처음부터 무모한 짓이었는지도 모를 일이었다. 벌써 달포 전에 들었던 이스마일의 말 한 마디, 무함마드가 알뿌하라로 갔다는 말만 믿고서 산으로 온 지도 벌써 닷새째로 접어들고 있었다. 하지만 무함마드의 행방은 도무지 오리무중이었다. 알리는 지난 나흘 동안 뽀께이라 Poqueira(알뿌하라 지역을 흐르는 작은 강) 강 주변의 자그마한 산골 마을들을 이 잡듯이 뒤지고 다녔지만 그 어디에서도 무함마드의 흔적을 찾을 수는 없었다. 아니 그를 찾기 위한 작은 실마리조차도 건지지 못했다. 그뿐만이 아니었다. 엎친 데 덮친 격으로 애마 알리흐까지 다리를 삐는 바람에 이제는 두 발로 걸어야만 하는 처지가 되어버리지 않았는가? 말이 없으니 먹을 것과 마실 물도 넉넉히 갖고 다닐 수가 없었다. 그래서 알리는 처음엔 모든 걸 포기하고 일단 집으로 돌아갈까 하는 생각도 해보았다. 아니 엊저녁에 매사냥꾼으로부터 예기치 않던 소식을 접하지만 않았다면 정말 그리 했을지도 모를 일이었다.

물론 나흘 동안 돌아다니면서 소득이 전혀 없었던 것은 아니었다. 의혹의 눈초리로 자신을 피하는 산골 사람들을 붙잡고 필사적으로 탐문한 끝에 몇 가지 사실을 알아냈다. 며칠 동안 수소문해서 알아낸 결과를 종합해 보면, 무함마드의 행방을 직접 아는 사람은 없어도 떼강도 사건 이후에 무슬림 저항조직 '알하피즈'의 전사들 중 상당수가 알뿌하라로 피신한 것만은 틀림없는 사실인 듯싶었다. 딩칭 엊저녁에 만났던 매사냥꾼만 해도 그런 이야기를 하지 않았던가? 누구도 정확하게 알려주지는 않았지만, '알하피즈'의 살아남은 전사들은 사람들이 사는 마을에서 멀리 떨어진 깊은 산속의 동굴로 숨어든 모양이었다. 따라서 그 동굴들을 찾아낼 수만 있다면 무함마드를 다시 만나는 것도 불가능한 일은 아닐 터였다. 물론 그건 상당한 위험이 따르는 일이었다. 마을 아이들이 쉬쉬하면서 전해준 얘기로는, 비록 무슬림이라 할지라도 산속에 숨은 전사들의 비밀 거처에 함부로 접근하는 사람은 큰 화를 입을 수도 있다고 했다. 실제로 며칠 전에도 어수룩한 양치기 한 명이 그들을 보고 놀라 도망치다가 활에 맞아 다치는 불상사가 일 어났다고 했다. 그 말은 들은 알리는 한편으로는 놀라고 다른 한편으로는 분개했다. 그렇지만 조금 더 생각해보니 그들의 처지를 이해할 수도 있을 것 같았다. 아버지 아흐메드가 귀띔해 준 대로 저항조직 내 부에 밀고자가 있었다면, 이제 그들이 무슬림 동포라고 해서 아무나 믿을 수는 없을 것이기 때문이었다. 어쨌거나 그 사건으로 무려 열여 섯 명의 전사들이 처참하게 희생됐으며, 성내의 모든 근거지와 조직 망까지 카슈탈라 군대에 의해 초토가 되지 않았던가?

하지만 알리에게는 어떤 위험을 무릅쓰고라도 무함마드를 찾아야 할 절실한 이유가 있었다. 알리가 갑자기 무함마드를 찾아 나선 것은 사실 사촌 여동생 사라 때문이었다. 물론 축제날 오후에 숙부 야지드 의 집에서 어처구니없이 헤어진 이후로 무함마드의 안부를 계속 염려 하기는 했다. 더구나 이교도들과 싸우다 중상까지 입고 산으로 도망 친 친구가 아닌가? 그러나 그로 하여금 이렇게 직접 산속까지 들어올 결심을 하게 만든 것은 바로 사라였다.

사라가 자기 집 하녀와 함께 알리를 찾아온 것은 닷새 전 아침이었 다. 연인 무함마드의 행방은커녕 생사조차 알 수 없는 상황에서 아버 지 야지드가 자신과 라몬 마르띤과의 혼인을 서두르고 있었으므로, 사라는 그야말로 벼랑 끝에 서 있는 셈이었다. 그래서 그녀는 마침내 일생일대의 결단을 내리기에 이른 모양이었다.

"매일 밤을 눈물로 지새우면서 한 달 보름을 번민했어요. 하지만 이제 결심이 섰어요, 오라버니! 그러니 무함마드님을 찾아주세요. 그 분을 빨리 찾아서 이 서찰과 함께 제 뜻을 전해주세요! 지금 이 세상에서 제가 믿을 수 있는 사람은 오직 오라버니밖에 없어요. 무함마드님을 찾지 못한다면, 그 분을 다시 볼 수 없다면, 전, 전…… 정말이지 더 이상 살고 싶지가 않아요! 그 분과 함께 할 수만 있다면……, 그 분과 함께 할 수만 있다면 전 이제 아무 것도 두렵지 않아요. 그 분이 절 데려가 주시기만 한다면 전 오늘밤이라도 집에서 나올 거예요!"

청천벽력 같은 소리였다. 서찰 한 통을 내밀며 닭똥 같은 눈물을 뚝뚝 흘리는 사라를 보며, 알리는 어리고 순박하기만 한 동생의 몸 어디서 이런 용기가 나올 수 있을까 싶어 놀랐다. 그러면서도 한편으로는 가슴이 천 갈래 만 갈래 찢어지는 것 같았다. 그건 가련한 여동생의 안타까운 처지에 대한 동정이기도 했고, 자신을 원망하며 떠난 친구에 대한 죄책감이기도 했다. 그러나 사라를 바라보는 알리의 감정 속에는 묘한 동병상련이 숨어 있었다. 너무도 보고 싶은 사람을 향한 그녀의 절절한 마음을 이해하고도 남음이 있었던 것이다. 아무 말 없이 서찰을 받아든 알리는 그 즉시 알아트라쉬에게 여장을 꾸리라고 명했다. 그리고 아버지 아흐메드에게는 이슈빌리야의 외조부 댁에 다녀오겠노라고 거짓말을 한 뒤 곧바로 집을 나서 알뿌하라로 향했다.

그러나 막상 사라 때문에 무함마드를 찾아 나서기는 했지만, 알뿌하라로 오는 동안 알리의 머릿속에는 또 다른 얼굴이 떠올랐다. 그건 바로 압둘 카디르였다. 달포쯤 전에 강가에서 우연히 마주친 뒤로는 다시 만나지 못했지만, 그의 범상하지 않은 인상만은 그의 머릿속에 또렷이 박혀 있었다. 때문에 알리는 그 노인이 언젠가 큰 도움을 줄 거라는 믿음마저 갖게 되었다. 당장 돈 디에고라는 마법사에 관한 일만 해도 그랬다. 압둘 카디르로부터 돈 디에고에 관한 설명을 듣고 난 뒤, 알리는 그 마법사야말로 미궁에 빠져버린 살인사건의 열쇠를 쥐고 있는 인물이라는 생각이 들었다. 그래서 하인들을 시켜 꽤 여러 날 동안 물방앗간 근처를 지키게까지 했었다. 물론 돈 디에고는 다시 나타나지 않았지만, 자신이 한 달 넘게 추적했으면서도 끝내 해결하지 못한 모든 의문들을 풀기 위해서는 그 마법사를 반드시 찾아야 한다는 생각만큼은 더욱 확고해졌다. 게다가 그는 집시 여인의 집에서 예페트가 찾고 있는 두루마리까지 가져가지 않았는가?

하지만 귀신처럼 사라져버린 돈 디에고를 찾으려면 왠지 압둘 카디르의 도움이 꼭 필요할 것만 같았다. 노인은 분명히 그렇게 말했었다. 자신과 돈 디에고 사이에는 악연이 있었다고! 지나가는 말처럼 던진 한 마디였지만, 그 말이 알리의 뇌리를 떠나지 않았다. 때문에 알리는 그 악연이 뭔지 알아내기 위해 성내의 나이든 노인들에게 이것저것 물어보기도 했다. 하지만 그 누구에게서도 속 시원한 대답을 들을 수는 없었다. 모두들 그의 이름은 알고 있었지만, 정작 그에 대해 상세히 얘기해주는 사람은 없었던 것이다. 압둘 카디르가 돈 디에고를 가리켜 그렇게 표현했듯이, 그 자신 또한 이 세상 사람이 아닌 상상 속의 존재이거나 심지어 유령 같다는 느낌마저 들 정도였다. 심지어 아버지 아흐메드는 알리가 압둘 카디르의 이름을 입에 올리자마자 굳은 표정으로 입을 다물어버렸고, 대사원의 이맘 압둘 라만이나 수크의 상인 대표 야쿱 알아사드까지도 말끝을 흐리며 응답을 회피했다. 뭔가 내막이 있는 것 같기는 한데 웃어른들이 말하기를 꺼리니, 답답하기는 했지만 알리로서도 어쩔 수 없는 노릇이었다. 따라서 알리는 압둘 카디르를 다시 만나게 되면 용기를 내어 직접 물어보리라고 수차례 다짐을 했다. 그리고 그 동안 그런 기회가 오기만을 애타게 기다려 왔었다.

물론 알리가 압둘 카디르를 찾는 까닭은 친구 무함마드와도 무관하지 않았다. 알리는 무엇보다도 그를 찾으면 무함마드의 행방까지 알게 되리라고 기대하고 있었기 때문이었다. 알뿌하라의 산중에서 수십 년을 살아온 노인이라면, 그것도 수행을 통해 비범한 경지에 들어선 은둔자라면 주변 상황을 손바닥 보듯이 꿰고 있을 터였다. 따라서 다른 사람은 몰라도 그만은 무함마드에 대해서도 뭔가 알고 있으리라는 기대를 할만 했다. 그래서 지난 나흘 동안 알리는 무함마드의 행방을 수소문하는 동시에 압둘 카디르도 열심히 찾았다. 처음에는 꽤 희망도 가졌다. 왜냐하면 무함마드를 전혀 모른다던 산골 마을 사람들도 압둘 카디르에 대해서는 누구나 다 알고 있었기 때문이었다. 산중을 떠도는 양치기들이나 사냥꾼들, 약초 캐는 이들은 물론이고 밭에서 김매는 아낙네들까지도 그냥 '알무라비트'라고만 하면 고개를 끄덕이며 아는 척을 할 만큼 노인의 명성은 산골 마을에 널리 퍼져 있었다.

하지만 알리의 성급한 희망이 실망으로 바뀌는 데는 채 하루도 걸리지 않았다. 압둘 카디르를 모르는 사람은 없었지만, 막상 그의 거처나 행적을 정확히 알고 있는 사람은 아무도 없다는 게 문제였다. 산골 마을 사람들은 압둘 카디르를 가리켜 "바람처럼 떠돌고 구름처럼 변한다"는 표현을 즐겨 쓰면서, 마치 그가 무슨 도술이라도 부리는 것처럼 말들을 했다. 물론 알리가 볼 때 그건 터무니없는 과장이었다. 비록 우연이긴 했으나 비루먹은 나귀를 타고 다니는 노인네와 두 번씩이나 마주쳐 본 그로서는, 사람들의 그런 말이 도무지 실감나지 않았던 것이다. 그러나 그게 사실이든 아니든 압둘 카디르를 찾을 수 없게 되자 시간이 지날수록 알리는 점점 난감해졌다. 헌데 그러던 그에게 드디어 하늘이 주신 기회가 온 셈이었다. 고생 끝에 낙이 온다고 했던가? 매사냥꾼이 알려준 곳을 향해 산을 오르고 있는 지금 이 순간, 어쩌면 압둘 카디르뿐만 아니라 무함마드까지 찾을 수 있다는 실낱같은 희망에 부풀어 알리는 어느덧 힘든 것조차 다시 잊고 있었다.

*   *   *

머리통 크기보다 조금 작은 돌들을 둥글게 쌓아올린 돌무더기 앞에서 알리는 천천히 주위를 둘러보았다. 몇 번을 확인해 봐도 엊저녁에 매사냥꾼이 말해준 바로 그 장소였다. 그렇다면 지금 그의 눈앞에 있는 돌무더기는 나귀의 무덤이 틀림없었다. 아마 단단한 땅을 파기 어려워 돌로 무덤을 만들어준 모양이었다. 워낙 높은 산마루라서 그런지 주변에 인적은커녕 나무 한 그루도 보이지 않았고, 멀리 창공 위로 매 한 마리만이 커다란 원을 그리며 돌고 있을 뿐이었다. 사방을 주의 깊게 둘러보던 알리는 천천히 걸음을 옮겨 맞은편 암벽 쪽으로 다가갔다. 험한 바위들이 삐죽삐죽 솟아 있는 사이로 왠지 은신처가 될만한 곳이 있을 듯싶었던 것이다. 아닌 게 아니라 가까이 다가가 보니 바위들 사이로 여기저기 널찍한 구멍들이 보였고, 그 중에는 꽤 큰 동굴처럼 보이는 것들도 있었다.

"억!"

뭔가 단단한 물체가 알리의 뒤통수를 내려친 것은, 그가 서너 개의 커다란 바위들로 겹겹이 가려져 있는 좁은 동굴 입구를 막 들여다보려 할 때였다. 비명을 지르며 나가떨어진 알리는 눈앞에 별이 반짝이는 와중에도 재빨리 왼쪽 허리춤에 차고 있던 신월도를 빼들었다. 하지만 곧이어 휙 소리와 함께 허공을 가르며 날아온 몽둥이가 칼을 잡은 그의 오른쪽 손목을 정확하게 내려쳤다.

"어이쿠!"

칼마저 놓쳐버린 알리는 땅바닥에 주저앉은 채 왼손으로 화끈거리는 뒷덜미를 움켜쥐면서 자신을 기습한 적이 도대체 누군가를 알아보려고 고개를 들었다.

"앗 쌀람 알라이쿰! 허허, 이거 또 만났구만 그래!"

제법 낯익은 목소리였다. 알리가 눈을 찡그리며 다시 보니 햇빛을 등지고 서 있는 사람은 바로 그가 며칠 동안이나 찾아 헤매던 압둘 카디르였다. 그리고 그의 손에는 지난번에 봤던 기다란 지팡이가 들려 있었다. 반가움과 놀라움과 분통함이 뒤섞인 데다 얻어맞은 자리의 통증까지 심해 아무 말도 못하고 얼굴만 찡그리는 알리에게 압둘 카디르는 특유의 나귀 같은 미소를 지으며 말했다.

"도둑괭이처럼 남의 집을 함부로 엿보면 쓰나? 툭하면 칼부터 휘두르는 게 무슨 취미인 모양인데……, 그런 취미를 즐기려면 칼 쓰는 법부터 제대로 배우게나! 부엌의 식칼도 아니고 그런 식으로 마구 휘둘러서야 어디 토끼 한 마리라도 잡겠는가? 그나저나 설마 진짜 화적질을 하려고 예까지 올라온 건 아니겠지?"

압둘 카디르가 싱글싱글 웃으며 이죽거리자 알리는 한껏 악이 올라 소리를 질렀다.

"어르신께서는 저인 줄 미리 아셨을 텐데, 왜 먼저 몽둥이부터 휘두르셨습니까?"

"그게 누구든 무슨 상관인가? 그럼 예처럼 위험한 곳에서 남의 집을 함부로 기웃거리는 불청객을 그냥 둔단 말인가?”

“그, 그럼 이곳이 어르신의 거처란 말입니까?”

“거처가 따로 정해져 있는 건 아니지만, 아무튼 간밤에는 이곳에서 묵었으니 지금은 내 거처인 셈이지.”

“아무리 그래도 사람을 그렇게 사정없이 두들겨 패시면 어떡합니까? 게다가 제가 이곳이 어르신의 거처인 줄 어떻게 알았겠어요? 아이고 아파라……!”

알리가 울상을 지은 채 욱신대고 시큰거리는 뒤통수와 손목을 번갈아 주무르자, 압둘 카디르는 빙그레 미소를 지으며 조금 다정한 목소리로 말했다.

“많이 아픈 모양이지? 허나 너무 엄살떨지는 말게. 죽거나 크게 다치지 않을 만큼 알아서 때렸으니까! 그래, 귀한 집 외동 아드님께서 이 험한 산꼭대기까지 웬일인가?”

“아무튼 이렇게 다시 뵙게 돼서 정말 다행입니다. 인자하시고 자애로우신 알라께 감사와 찬미를! 사실은 벌써 오랫동안 어르신을 찾아 온 산을 다 헤매고 다녔거든요. 제가 얼마나 고생했는지 어르신께서는 짐작도 못하실 겁니다. 게다가 어제는 타고 온 말이 다리까지 부러지는 바람에…….”

알리가 짐짓 과장된 몸짓으로 호들갑스럽게 얘기를 하자, 고개를 외로 꼬며 듣고 있던 노인이 말을 잘랐다.

“이보게, 알리! 이 산속에서 반평생을 살아온 늙은이 앞에서 그렇게 엄살 부리지 말게! 그래봐야 날 찾는데 겨우 닷새 밖에 안 걸렸지 않았나? 불쌍한 나귀 녀석이 죽지만 않았으면, 자넨 아마 평생 걸려도 날 못 만났을 거야!”

압둘 카디르의 말에 알리는 너무 놀라 입이 떡 벌어졌다.

"그, 그럼……? 제, 제가 여기 온 지 닷새 되었다는 걸 도대체 어떻게 아셨습니까? 사, 사람들 말이 어르신께서는 앉아서 천리를 보신다더니……, 그게 정말 헛소문은 아니었군요? 혹시 도, 도술이라도 쓰신 겁니까?"

"도술? 도술은 무슨 개코같은 도술! 생각해 보게! 이 좁아터진 산골 바닥에서 자네가 닷새 동안이나 이 마을 저 마을 쑤시고 다니며 사람을 찾는데, 여기 눌러앉아 살고 있는 내가 왜 그 소식을 못 들었겠나? 주먹으로 벽돌을 깨자면 주먹도 아픈 법! 왜 매사를 자네 입장에서만 생각하느냐 이 말일세! 자네가 다른 사람의 소식을 들을 수 있다면, 당연히 그 사람도 자네 소식을 들을 수 있는 거 아니겠나?"

"그, 그렇군요. 하지만 제 애길 들으셨다면 왜……?"

"왜 내가 먼저 자네 앞에 나타나지 않았느냐 이 말인가?"

"……."

알리가 말없이 고개만 끄덕이자 압둘 카디르는 다시 호통을 쳤다.

"이보게, 알리! 내가 자네에게 무슨 빚이라도 졌나? 목마른 놈이 우물을 파야지, 내가 뭐가 아쉬워서 먼저 자네를 찾는단 말인가? 그리고…… 늙은이를 자꾸 속이려 들면 못쓰지! 자넨 원래 날 찾으러 온 게 아니지 않나?"

"그, 그건 또 무슨 말씀이십니까?"

"내가 아니라 친구를 찾는 게 자네의 주목적 아니냐 이 말일세! 엎어진 김에 쉬어간다고, 나야 친구를 찾는 김에 그저 한번 같이 찾아본 것 아닌가?"

"그, 그건 절대로 아닙니다!"

"아니긴 뭐가 아닌가? 날 찾으면 친구도 찾을 수 있을 것 같으니까 기를 쓰고 찾은 거겠지."

"……."

압둘 카디르의 말에 완전히 압도당한 알리는 순식간에 할 말을 잃고 꿀 먹은 벙어리가 되었다. 노인이 자신의 행적은 말할 것도 없고 속마음까지도 마치 손금 들여다보듯 훤히 알고 있다는 것을 깨달았기 때문이다.

"그, 그럼 제 친구 무함마드가 어디 있는지 제발 알려주십시오."

잠깐 침묵이 흐른 뒤에 알리가 다시 조심스럽게 입을 열었지만, 압둘 카디르는 진지한 얼굴로 눈만 깜빡이며 대답을 하지 않았다.

"저……, 어르신! 제가 무함마드를 찾는 것은 그 친구에게도 아주 중요한 일 때문입니다. 어쩌면 한 사람의 일생이 걸려 있는 문제이기도 하구요. 무함마드도 지난달의 떼강도 사건에 연루되어 이곳으로 도망쳐오기는 했지만, 제가 말하는 중요한 일이라는 건 산에 있는 화적패, 아니 무슬림 전사들하고는 아무 관계가 없는 일입니다. 그러니까 그건 순전히 개인적인……."

"사라 때문인가?"

압둘 카디르의 반문에 알리는 다시 한번 소스라치게 놀라지 않을 수 없었다. 자신이 말하려는 것마다 이미 다 알고 있는 이 노인이 마치 하늘에서 내려온 신의 사자처럼 불가사의하게만 느껴졌던 것이다.

"사라도 아십니까? 그럼 어르신께서는……?"

알리의 얼굴에 밝은 웃음이 피어오르자 노인도 히죽 웃었다.

"무함마드를 만나셨군요? 그렇죠? 틀림없죠?"

"좀 덜렁대긴 해도 머리가 아주 모자라지는 않는구만! 그 아버지에 그 아들이라……. 하긴 피를 속이진 못할 테니까! 자네 말이 맞네. 난 무함마드를 만났네. 아니 만났을 뿐만 아니라 그 친군 지금 나와 함께 있다네."

"예에?"

"자, 어서 동굴 안으로 들어가 보게. 어차피 난 여기서 망을 좀 봐야 할 테니까! 자네도 알고 있겠지만 무함마드는 아주 많이 다쳤네. 아직도 완전히 회복된 건 아니야. 게다가 지금 이곳 상황도 복잡하고……, 아무튼 늘 조심해야 한단 말일세. 그래서 내가……, 말하자면 그 친구를 보호하고 있는 셈이지. 사실은 아까도 내가 바위 뒤에 숨어서 계속 지켜보고 있었기 때문에 자네를 혼내줄 수 있었던 걸세."

*　　　　　*　　　　　*

"그러니까 자네 얘기는 엠마라는 유태인 여자를 구하기 위해서 어쩔 수 없이 그런 말을 했다 이건가?"

알리의 얘기를 다 듣고 난 무함마드는 아랫입술을 질근질근 씹으면서 부리부리한 두 눈을 들어 알리를 쏘아보았다. 동굴 한쪽 구석에서 타오르고 있는 등잔 불빛이 그의 검은 눈동자에 비쳐 별처럼 반짝거렸다.

"그, 그렇다니까! 그땐 상황이 하도 급박해서……. 그러나 저러나 어쨌든 자네한테는 정말 미안하게 됐네. 하지만 내가 다 해명을 했으니까, 이제 그만 노여움을 풀고 내 실수를 용서해주게. 자네가 그토록 화를 내고 떠난 건 다 오해……."

알리는 무함마드의 눈치를 살피며 애원하듯 하소연했다. 무함마드는 잠시 고개를 끄덕이다가 씩 웃으며 입을 열었다.

"좋아! 그 얘긴 그만하세. 어차피 다 지난 일이고, 또…… 사라 아가씨께서 내게 이렇게 서찰까지 보내시지 않았는가?"

무함마드는 오른손에 들고 있던 사라의 서찰을 위로 치켜들면서 짐짓 씩씩한 목소리로 말했다.

"허면 이제부터 어떻게 할 건가?"

알리의 물음에 무함마드는 씩씩거리며 언성을 높였다.

"아가씨를 당장이라도 모셔와야지! 라몬인지 라이문laīmūn(아랍어로 '레몬')인지 하는 그 개자식 때문에 내가 이 지경이 됐는데, 아가씨를 그런 작자 곁에 계속 놔둘 순 없잖은가?"

"하, 하지만…… 이 산골로 사라를 데려와서 어쩔 셈인가? 어쨌든 자네는 지하드에 나선 전사의 몸인데……."

"전사? 허허허, 지금은 그렇지도 못하다네."

무함마드가 허탈하게 웃자 알리는 깜짝 놀라 되물었다.

"그렇지도 못하다니? 그게 무슨 소린가? 왜? 아직 몸이 다 낫질 않아서?"

"그런 것도 있지만……, 사실 몸이야 웬만큼 추스를 정도가 됐네. 자네도 알다시피 네가 원래 타고난 강골이 아닌가? 하지만…… 사정이 좀 생겨서……."

"사정이라니? 무슨 사정 말인가?"

알리는 조바심을 내며 친구의 소매를 잡아끌었다. 한참을 망설이다가 입을 연 무함마드가 털어놓은 이야기는 대강 다음과 같았다.

달포 전 다친 몸을 이끌고 간신히 산골로 도망쳤던 무함마드는 압둘 카디르 덕택에 극적으로 목숨을 건졌다고 했다. 피를 너무 많이 흘려 정신을 잃고 계곡에 쓰러져 있는 그를 압둘 카디르가 구출해 치료해 주었다는 것이었다. 그 뒤 이브라힘을 비롯한 '알하피즈'의 살아남은 전사들 역시 알뿌하라로 피신해 왔고, 그들은 곧 이브라힘의 지시에 따라 조직의 재건에 착수했다고 했다. 헌데 이 과정에서 이브라힘이 산골 마을 주민들에게 지나친 요구를 하는 바람에 결국 주민들과 알력이 생겼고, 이를 못마땅해 하던 무함마드는 마침내 공개적으로 이브라힘을 비판했다는 것이었다. 하지만 이브라힘의 심복 부하들 상당수가 그런 무함마드를 조직에서 쫓아내려 했고, 심지어 이스마일을 비롯한 일부 전사들은 그를 해치려고 들었다고 했다. 그리고 결국 그 때문에 무함마드는 조직에서 떨어져 나와 더 깊은 산 속으로 몸을 피할 수밖에 없었다는 것이었다.

"그런 일이 있었구만! 휴우!"

알리가 긴 한숨을 내쉬자 무함마드는 짐짓 아무렇지도 않은 표정으로 알리의 어깨를 툭 치며 말했다.

"너무 걱정 말게. 그래도 자네가 이렇게 좋은 소식을 가져오지 않았나? 지하드는 이제 시작에 불과하니까, 인자하시고 자애로우신 알라께서 언젠가는 내 진심을 알아주시겠지. 동지들이 날 미워하고 있기는 하지만, 그 사람들도 지금 신경이 날카로워져서 그런 거지 뭐……. 그리고 난 아직도 이브라힘님을 존경하네. 그 분이 없었다면 우리가 이렇게 신념을 가지고 싸울 수 없었을 테니까!"

"하지만 잘못된 판단으로 열여섯 명이나 되는 동지들의 목숨을 잃지 않았나?"

"희생 없는 투쟁은 없네. 게다가 우마르 어른께서는 열여섯 명의 동지가 희생된 것도 다 인자하시고 자애로우신 알라의 오묘한 뜻이라고 했네."

"그건 또 왜?"

"그게……, 알고 보니 참 신기한 일이더구만! 인자하시고 자애로우신 알라를 나타내는 이름들 중에서 가장 위대한 이름의 글자들을 모두 합하면 바로 열일곱 개인데……, 우마르 어른의 말씀으로는 이제 한 사람만 더 순교하면 바로 그 열일곱이 채워질 거라고 하셨단 말일세! 그래서 전사들 모두 그 영광스러운 열일곱 번째 순교자가 되기를 원하고 있다네."

"뭐라구?"

무함마드의 대답에 알리는 조금 어이가 없어 뭔가 반박을 하려고 했다. 하지만 문득 예전에 압둘 카디르와 마수드에게서 들은 이야기가 생각나 입을 다물었다.

"그러니까…… 동지들의 희생은 헛된 게 아니었지. 아무튼 그거 하나만 봐도 인자하시고 자애로우신 알라께서 우리를 굽어보고 계시는 게 틀림없지 않나?"

무함마드의 확신에 찬 목소리에 알리는 조심스럽게 되물었다.

"하, 하지만…… 무함마드! 그렇다면 자네에게 꼭 물어볼 말이 좀 있는데……."

"뭔가? 어서 말을 해보게. 자네에 대한 오해도 풀렸는데 내 무슨 말이든 못해 주겠나?"

"지난번에 부잣집을 털려다 실패한 일 말일세. 내 생각으로는 자네 조직 내부에 밀고자가 있어 그리 되었던 것 같은데……."

"그건 우리도 그렇게 생각하네. 헌데 갑자기 그건 왜 묻나?"

"호, 혹시 그 밀고자가 누군지는 밝혀냈나?"

알리의 물음에 무함마드의 얼굴이 다시 어두워졌다.

"아니, 아직······? 그렇지 않아도 그 동안 이브라힘님이나 우리들 모두 배신자를 찾아내려고 무진 애를 썼지만······."

"사실은······, 의심 가는 사람이 있는데······."

"그게 누군데?"

무함마드의 부리부리한 눈이 더 커졌다.

"객주집 주인 하, 하미드 말일세. 자네 조직의 다른 전사들은 다 도망쳤는데 그 사람만 태연하게 성내에 남아 있는 것도 그렇고, 또 카슈탈라 관원들이 그 사람을 잡아가지 않는 것도······."

알리는 사실 이스마일을 염두에 두고 말을 꺼낸 것이었다. 그러나 막상 입을 열자 엉뚱하게도 하미드의 이름이 먼저 튀어나왔다.

"하미드? 글쎄····· 자네 눈엔 이상하게 보이겠지만······, 아무튼 그 사람은 아닐세. 그 사람이 성내에 남은 건 다 할 일이 있어서니까! 그리고 하미드가 우리 조직에 가담하고 있다는 걸 아는 사람은 이브라힘님과 나, 무사 어른, 그리고 이스마일뿐이네. 그러니 카슈탈라놈들이 하미드에게 손을 대지 않은 건 당연하지."

무함마드가 워낙 단호하게 잘라 말하자 조금 머쓱해진 알리는 잠시 뜸을 들이다가 다시 물었다.

"하미드가 성내에 남아 할 일이라면······, 자네 조직의 군자금을 마련하는 것 말인가?"

"뭐 꼭 그것 때문만은 아니지만······."

무함마드가 곤란한 표정을 지으며 우물거리자 알리는 재빨리 덧붙여 물었다.

"하지만 지난번엔 그 사람이 제 역할을 못해서 큰 도움이 안 된다고 하지 않았나?"

"그, 그렇긴 한데……, 그것 말고도 또 일이 있어서……."

"그게 뭔데? 아편 장사보다 더 중요한 일인가 보지?"

"아, 아편 장사라니?"

"다 알고 있으니 괜히 모른 척할 거 없네! 하미드가 남몰래 아편을 팔아 번 돈을 '알하피즈'에 대줬던 거 아닌가?"

"자, 자네가 그걸 어떻게……?"

무함마드는 너무 놀라 벌어진 입을 다물지 못했다. 알리는 자신의 추측이 맞았다는 사실에 의기양양해서 큰 소리로 말했다.

"사실은 살인사건을 조사하다가 우연히 알게 됐네. 하미드에게 아편을 산 제노바 상인이 모든 걸 다 실토했거든! 그래서 추리를 해봤지. 하미드처럼 건실한 사람이 아편 장사까지 해가면서 돈을 벌어야 하는 이유가 뭘까 하고……. 더구나 예전에 자네도 귀띔을 해주지 않았나? 하미드가 저항조직 '알하피즈'의 돈줄이라고 말이야!"

"휴우! 정말 자네한테는 못 당하겠구만! 자네 말이 다 맞네. 하지만 하미드가 아편을 팔 수 있었던 것도 다 조직이 보호해준 덕택이니까, 그거야……."

무함마드가 항복한다는 듯 두 손을 치켜들자 알리가 다시 물었다.

"자네 조직에서도 공짜로 돈을 걷어간 건 아니다 이거지? 좋아! 허면…… 하미드가 해야 할 또 다른 일이라는 건 뭔가?"

"그, 그건……?"

무함마드가 난색을 표하자 알리는 가볍게 고개를 끄덕이며 말을 돌렸다.

"조직의 비밀이라 그 이상은 말할 수 없다? 좋아, 좋아! 그것도 됐네. 허면……, 혹시 라쉬드 이븐 술루크도 '알하피즈'를 돕고 있나?"

"라쉬드? 그 사람이 누군데?"

"하미드에게 아편을 대주던 베르베리족 상인 말일세!"

"나, 난 잘 모르네. 하미드에게 아편을 대준 사람이 누군지 그것까지야 내가 어떻게 알겠나?"

"정말 모르나?"

"그렇다니까! 허, 참! 자네 왜 그렇게 의심이 많아졌나? 이젠 내 말도 안 믿고 무조건 의심부터 하려드니……."

무함마드가 어이없다는 표정을 짓자 알리는 얼른 말을 돌렸다.

"미안하네. 복잡한 사건을 쫓다 보니까 나도 모르게 그만……. 자네가 좀 이해를 해주게. 하지만 한 가지 정말 이해가 안 되는 게 있네. 하미드가 아편을 팔아 버는 돈이 별로 많지 않다는 게 사실인가?"

"그렇게 알고 있네. 하미드 말로는 그렇다고 했다니까……. 헌데 그건 또 왜?"

"흠……, 그래?"

알리가 양미간과 콧잔등을 찌푸리며 잠시 머리를 굴렸다. 무함마드의 말과 앙베르가 전해준 니꼴로의 말 사이에는 명백한 모순이 있었다. 그건 결국 하미드가 '알하피즈'의 조직원들을 속이고 있다는 뜻이었다.

'왜 그러는 걸까? 돈 욕심이 나서? 하지만 하미드는 그 정도로 탐욕스러운 사람이 아닌데…….'

혼자만의 생각에 잠겨 있던 알리는 갑자기 고개를 무함마드 쪽으로 돌리며 확인이라도 하듯이 물었다.

"그럼 자네 조직은 지금도 돈 때문에 곤란을 겪고 있겠구만?"

"당연하지! 더구나 산속으로 쫓겨 온 뒤로는 사정이 더 나빠졌다네. 그래서 앞으로 해야 할 일을 준비하는 데에도 차질이 있고……."

무함마드의 걱정스러운 얼굴을 물끄러미 바라보던 알리는 조금 목소리를 높여 다시 물었다.

"흠……! 그러고 보니 하미드가 아편을 팔아 대주는 돈만으로는 부족하니까 부유한 상인들 집을 털려고 한 거로구만? 그렇다면…… 요아힘한테 그런 요구를 한 것도……. 요아힘은 지금 어디 있나?"

"무, 무슨 소리야? 누, 누구?"

무함마드가 크게 당황하자 알리는 더욱 크게 외쳤다.

"바바리아, 아니 보헤미아에서 왔다는 연금술사 말일세! 여각에 묵고 있던 껑다리 수도승!"

"아아……, 헌데 그걸 왜 나한테 묻나?"

"이 사람아! 어울리지도 않게 시치미 떼지 말게. '아아……'라니? 자네 조직에서 삐에뜨로라는 화가를 인질로 잡아놓고 요아힘에게 금을 만들어내라고 협박했다며? 그런데 자네가 요아힘을 모른다면 이상하지 않나?"

"그, 그건 또 어떻게 알았나?"

무함마드의 얼굴이 시퍼렇게 질리는 것을 보고 알리는 약간 목소리를 누그러트리며 말을 이었다.

"삐에뜨로가 지금 우리 집에 와 있네. 어떻게 하다 보니 우리 집 하인들이 자네들 은신처에 갇혀 있던 그 사람을 구해냈거든. 아무튼 그 사람이 다 불었단 말일세. 그리고…… 자네들이 사라질 때 요아힘도 함께 없어졌는데, 그의 행방을 정녕 모른단 말인가?"

알리의 추궁에 무함마드는 어쩔 줄 모르고 절절 매다가 겨우 입을 열었다.

"요아힘이 우리 조직을 위해 금을 만들어주겠다고 한 건 사실이네. 솔직히 우리가 뻬에뜨로를 인질로 잡고 협박을 한 것도 사실이고! 하지만 지, 지금은 어떻게 됐는지 나도 정확히 모르네. 아까도 말했다시 피 나, 난 요즘 조직에서 쫓겨나 있는 신세라서……."

알리의 기세에 눌려 무함마드는 말끝을 흐렸다. 그리고 잠시 어색 한 침묵이 흘렀다.

"아, 참! 아까 하던 밀고자 얘긴데……, 이스마일은 어떤가? 그 사람 은 믿을만한가?"

침묵을 깬 것은 알리였다.

"이스마일? 그건 또 왜? 허허, 그런 소리 말게나! 어쩌다 보니까 그 친구가 나랑 앙숙이 되긴 했지만, 그렇다고 내가 동지를 함부로 의심 할 만큼 속 좁은 사람은 아닐세! 우리의 내부 문제는 우리끼리의 문제 고 적들과의 싸움은 또 다른 거니까!"

약간 역정까지 내는 무함마드에게 알리는 낮은 목소리로 침착하게 대답했다.

"물론 그래서 이런 말을 하는 건 아닐세. 그게 아니고……, 이스마 일을 의심할만한 근거가 있다네. 그것도 아주 확실한!"

"확실한 근거? 그게 뭔가?"

"자네 기억나나? 맨 처음 살인사건이 일어난 이틀 뒤에 자네와 나 그리고 무사 어른, 이렇게 셋이서 여각을 찾아가지 않았나? 강가에서 죽은 사내에 대해서 이것저것 알아보려고 말이야!"

알리가 심각한 표정으로 묻자 무함마드도 귀를 쫑긋 세웠다.

"물론 기억하지. 헌데 그 얘긴 갑자기 왜 꺼내나?"

"그날 우리 셋이서 맨 먼저 간 곳이 여각 2층에 있는 이스마일의 방이었지?"

"그랬지."

"그때 방에서 낯선 기독교도가 나오는 걸 보고 자네가 이스마일에게 누구냐고 물어봤던 것도 기억나나?"

"그, 그랬었지. 맞아! 기억나네. 헌데……?"

"그 자가 누구였는지 아나? 그 자가 바로 라몬 마르띤이었네! 야지드 숙부님 댁에서 자네를 모욕하고, 자네 말마따나 자넬 이 지경으로 만든 장본인 말일세! 게다가 여각의 시동이나 로뻬스의 말로는 라몬 마르띤이 가끔씩 평상복 차림으로 여각을 찾아와 이스마일을 만나곤 했다는데……, 이래도 이스마일이 의심스럽지 않단 말인가?"

"뭐, 뭐라구? 그, 그게 확실한가? 자, 잘못 안 건 아니겠지?"

무함마드의 얼굴이 경악과 분노로 일그러지자 알리는 짐짓 목소리에 힘을 주었다.

"확실하다마다! 벌써 증인만 두 사람인데! 생각해 보게. 도대체 카슈탈라 기병대의 고위 장교가 뭐 때문에 평상복 차림으로 여각까지 찾아와서 이스마일을 몰래 만나고 갔겠나? 또 이스마일은 그런 사실을 철저히 숨기지 않았나? 아니지, 어디 그냥 숨기기만 했나? 나한테도 라몬이라는 자를 아예 모른다고 딱 잡아떼기까지 했단 말일세! 생각해 보게! 그날 밤 '알하피즈'의 전사들 대부분이 적의 함정에 빠져 죽거나 붙잡혔는데, 자네와 이스마일만 살아났네. 자네야 워낙 검술이 뛰어나니까 그랬다 치고……, 이스마일은 뭔가 좀 이상하지 않나? 상처 하나 없이 멀쩡하게 도망을 쳤으니!"

알리가 말을 계속함에 따라 무함마드의 표정은 더욱 험악해졌고,

마침내 그의 입에서는 긴 탄식이 새어나왔다.

"이, 이런 쳐 죽일 놈이 있나? 난 그, 그것도 모르고 있는 힘을 다해 그놈을 구해줬는데……. 맞아! 그놈은 나한테도 라몬을 모른다고 했었어! 어쩐지…… 좀 이상하다 싶더니만……. 그럼 상인들 집을 습격하던 날 카슈탈라 병정놈들이 죄다 나한테만 덤벼든 것도 다……."

"그러니 이스마일에 대해 철저히 뒷조사를 해볼 필요가 있다 이 말일세. 잘못하면 이곳 알뿌하라에 있는 사람들까지도 다 위험해……."

"조사하고 자시고 할 게 뭐 있나? 그러고 보니 그놈이 기를 쓰고 날 조직에서 쫓아낸 것도 다 이유가 있어서였군! 내 이놈을 지금 당장에……."

무함마드가 도저히 분을 못 참겠다는 듯 곁에 있던 신월도를 집어 들고 벌떡 일어서자 알리는 황급히 그의 두 팔을 잡으며 말렸다.

"자, 잠깐만, 무함마드! 이렇게 흥분할 게 아니라 차근차근 방법을 생각해 보세나. 자넨 지금 조직에서 쫓겨난 몸이라면서 혼자 뭘 어쩌겠단 말인가? 내 생각에는 일단 이브라힘님에게 이 사실을 알리고 뭔가 조처를 취하도록 하는 게 나을 것 같네."

알리의 간곡한 만류에 무함마드는 못 이기는 체 다시 자리에 앉았다. 하지만 흥분과 분노로 대추야자처럼 벌개진 그의 얼굴에서는 경련이 끊이지 않았고, 코와 입에서 터져 나오는 거친 숨소리도 좀처럼 잦아들지 않았다.

"자, 자, 그 문제도 그 정도로 해두고……. 내 자네에게 물어볼 게 또 있다네."

"또 뭔가?"

분을 삭이지 못해 콧바람까지 내뿜으며 씩씩대던 무함마드는 알리의 물음에 시큰둥하게 대꾸했다.

"아부 압둘라 우사마……, 그러니까 우리가 추적하던 콧수염 달린 무슬림 사내 말일세. 그 사람이 혹시 자네 조직과 연관이 있나? 내가 알기로 그 자는 본명이 오즈구르라는 투르크 사람이라던데……."

"그, 그게 무, 무슨 소린가? 나, 난 모르는 일일세."

무함마드는 깜짝 놀라며 고개를 설레설레 흔들었다. 그렇지만 너무나 당황하여 겁이라도 먹은 듯한 그의 얼굴에는 조금 전까지 이글거리던 분노마저 어느새 지워지고 없었다.

"이보게, 무함마드! 난 무슨 일이 있어도 자네의 오해를 풀어줘야겠다는 일념으로 온갖 위험을 무릅쓰고 여기까지 왔네. 그리고 좀 전에 자네도 그런 얘길 했지만, 이제 우리 사이에 굳이 숨길 일이 뭐겠나? 물론 난 자네처럼 칼을 들고 싸우러 나선 건 아니네. 그렇지만 자네나 나나, 아니 우리 가르나타의 무슬림 동포들 모두가 정말 어려운 상황에 놓여 있는데……, 우선 우리 둘만이라도 솔직하게 모든 걸 터놓고 힘을 모아야 하지 않겠나? 그리고…… 이제 와서 이런 얘길 하는 건 좀 그렇지만, 처음에 내가 살인사건 조사에 뛰어들게 된 것도 따지고 보면 다 자네 때문 아니었나? 그런데 가장 중요한 문제에 대해서 자네가 날 속인다면 그건 정말 도리가 아닐세!"

알리의 정성어린 설득이 친구의 마음을 움직인 것일까? 커다란 눈을 껌뻑이며 잠시 생각에 잠겨 있던 무함마드는 마침내 결심한 듯 입을 열었다.

"미안하네. 솔직히…… 자네에게 다 털어놓기는 좀 곤란한 일이라서……. 하지만 내 얘기하지. 그러니까 그게……, 자네가 어떻게 알았는지는 모르지만 아무튼 자네 말이 맞네. 우리가 찾던 우사마라는 사내의 본명이 오즈구르라는 것도 맞고, 그 사람이 투르크에서 왔다는 것도 맞아. 또 그 사람이 우리 조직과 연관이 있다는 것도 맞네. 하지만…… 사실은 원래부터 무슨 연관이 있었던 게 아니라, 그 오즈구르란 사내가 어느 날 갑자기 동지들에게 붙잡혀오는 바람에…….”

“어느 날 갑자기? 언제, 어디서 그랬단 말인가?”

“그러니까 그게……, 강가에서 죽은 수도승이 발견된 바로 그날 밤이었다더군. 그날 밤 늦게, 아니 거의 새벽이 다 되어서였다지 아마……. 아무튼 그 오즈구르란 투르크 사내가 알팟자린에 있는 우리 조직의 비밀 은신처 주변을 어슬렁거리다가 순찰하던 동지들에게 붙잡혔다더군. 헌데 붙잡아놓고 보니 그 사람의 보따리 속에서 꽤 많은 돈이 쏟아져 나왔다는 거야.”

“돈? 그 돈이라는 게 베네치아의 두카토 금화 아니었나? 액수는 한 150 두카토쯤 됐을 것이고!”

머릿속으로 재빨리 계산을 해보던 알리가 불쑥 묻자 무함마드는 다시 깜짝 놀랐다.

“그, 그건 또 어떻게 아나? 이제 보니 자넨 정말 모르는 게 없구만!”

“그거야 나도 그 동안에 이곳저곳 쑤시고 다니면서 조사를 했기 때문이지. 나라고 해서 손놓고 놀고만 있은 줄 아나?”

알리가 약간 우쭐대는 기분으로 대꾸를 하자 무함마드는 고개를 절레절레 흔들었다.

“이거야, 참! 내 일찍부터 알고는 있었지만 아무튼 자넨 정말 대단해! 하지만…… 아무래도 이해가 안 되네. 자네가 어떻게 그걸 알아냈단 말인가?”

무함마드가 감탄하는 표정을 지으면서도 고개를 갸웃거리자 알리는 모처럼 폭소를 터뜨렸다.

"하하하! 잘 이해가 안 되겠지. 허나 그 오즈구르란 자에게 돈을 준 사람한테서 직접 얘길 들었으니까 확실히 알 수밖에!"

"오즈구르에게 돈을 준 사람이라니? 그게 누군데?"

"누구긴 누구야? 여각 주인 무스타파지! 하지만 무스타파가 자기 돈을 준 건 아니고……. 그러니까 그 돈은 원래 죽은 기독교 수도승이 무스타파한테 맡긴 거였지. 그런데 수도승이 죽고 나자 돈에 욕심이 난 무스타파가 그걸 꿀꺽하려고 했단 말일세. 하지만 오즈구르란 자가 우연히 그 사실을 알아내고 여각 주인을 협박해서……. 결국 두 도둑놈이 죽은 수도승의 돈을 반반씩 나눠가진 거지."

"뭐, 뭐라고? 그게 전부 사실인가?"

무함마드의 부리부리한 두 눈이 더욱 동그래졌고, 알리는 말없이 고개만 끄덕였다.

"하, 하지만 자네가 그 사실을 어떻게 알았느냐구?"

무함마드가 똑같은 질문을 반복하자 알리는 약간 짜증스러운 목소리로 대답을 했다.

"여각 주인에게 직접 들었다니까!"

"아니, 이 사람아! 그게 아니라……. 그, 그럼 무스타파가 아무 까닭도 없이 자기 입으로 먼저 그런 말을 했단 말인가? 그건 말이 안 되지 않나? 내가 알고 싶은 건, 그러니까…… 우리가 처음 찾아갔을 때만 해도 돈 같은 건 동전 한 닢 구경도 못했다고 딱 잡아뗐던 사람이 왜 그런 비밀을 자네한테 털어놓게 되었느냐 이 말일세!"

무함마드의 질문에 알리는 잠시 멈칫했다. 성격이 단순한 데다 꼬치꼬치 따지는 걸 별로 좋아하지 않던 무함마드는 평소 알리가 하는 말이라면 토를 달지 않고 수긍하는 게 보통이었다. 헌데 그런 그가 갑자기 논리적으로 따지고 드는 모습이 무척이나 낯설어 보였던 것이다.

"그, 그건…… 좋아! 나도 비밀 한 가지 말해주지."

알리는 예페트를 우연히 다시 만나게 된 사정과 예페트가 자신의 집에 숨어 있다는 사실, 그리고 예페트가 여각 주인 무스타파와 오즈구르 사이의 밀담을 우연히 엿듣고 자신에게 전해준 이야기 등을 모두 말해주었다.

"그렇게 된 거였구만! 이제 좀 이해가 가네. 하지만…… 자넨 그 사실을 도대체 언제 알게 되었나?"

"예페트한테 처음 들은 건…… 성스러운 라마단의 마지막 날, 그러니까 축제 전날 밤이었네."

"뭐라구? 그럼 자넨 그렇게 중요한 사실을 나나 무사 어른한테는 왜 계속 숨기고 있었나? 축제날 밤 알일비라 앞에서 만났을 때도 그런 얘긴 안 했잖아?"

무함마드의 계속되는 추궁에 알리는 조금 곤혹스러워졌다.

"아아, 그, 그건…… 예페트 때문에 말을 할 수가 없었지. 그 이야기를 하자면 예페트가 우리 집에 숨어 있다는 것까지 말해야 하니까! 그리고 솔직히 말해서 그게 살인자를 찾아내는 데 결정적인 단서는 아니었지 않나?"

"결정적인지 아닌지는 두고 봐야 알 일이고, 일단 함께 조사를 하던 다른 사람들에게는 말을 해줬어야 할 것 아닌가? 친구나 동료도 못 믿었단 말인가?"

무함마드가 볼멘소리를 하자 알리는 문득 생각이 난 듯 반문했다.

"아니, 그러는 자네는 왜 오즈구르에 관한 얘기를 진즉에 나한테 해주지 않았나? 여각 주인의 돈 얘기보다야 그게 훨씬 더 중요한 정보 아니었나?"

알리의 반격에 무함마드는 잠시 당황한 표정을 지었다. 하지만 이내 안색을 바꾸며 말을 이었다.

"이 사람아! 내 말을 끝까지 들어 보게. 내가 오즈구르 이야기를 처음 들은 것도 축제 전날 밤이었네. 그날 밤 알팟자린에 갔을 때 이브라힘님께 얘기를 들었으니까! 사실 나도 이 일 저 일 바쁜 통에 사흘 동안이나 알팟자린에 못 가봤었거든. 헌데 그날 낮에 자네와 함께 알사이라피 어른한테서 부르투칼 해적, 이름이 뭐더라? 아, 그래, 마누엘! 아무튼 마누엘 얘기를 듣지 않았나? 그러니 당연히 그 자가 범인이라고 생각을 해서……."

무함마드의 변명이 길어지자 알리가 다시 말을 잘랐다.

"하지만 자넨 그 다음 날, 그러니까 축제날 나를 만났을 때도 아무 말을 안 하지 않았나? 자네뿐만 아니라 무사 어른도 오즈구르에 대해서는 입도 뻥끗 안했고!"

"그땐 오즈구르란 사내 이야기를 자네한테까지 할 필요가 없었지."

"왜?"

"왜라니? 그때까지만 해도 나나 무사 어른은 오즈구르라는 사내가 바로 우리가 쫓던 우사마라는 걸 몰랐으니까! 이브라힘님께 이야기만 들었지 오즈구르를 직접 본 건 아니었단 말일세! 그러니 오즈구르가 살인사건과 관련이 있으리라고는 짐작도 못했고……. 그러니까 그 얘길 자네한테 안한 것도 당연한 일이었지. 더구나 그땐 낯선 기독교도, 그게 누구야? 아, 로뻬스라고 했던가? 아무튼 잘 모르는 사람까지 옆에 있었는데, 뭐 때문에 그런 얘길 하겠나?"

"오즈구르가 우사마라는 걸 몰랐다구? 그게 정말인가?"

알리가 여전히 미심쩍은 표정을 짓자 무함마드는 펄쩍 뛰며 소리를 쳤다.

"정말이지 않고! 자넨 왜 자꾸 내 말을 안 믿으려고만 하나?"

"좋아, 좋아! 자네 말대로 몰랐다고 치세. 하지만 오즈구르가 베네치아 금화를 잔뜩 갖고 있었다는 얘기는 들었을 텐데, 그 점은 이상하게 생각하지 않았나? 죽은 수도승이 갖고 있었던 돈이 베네치아 금화였고, 베네치아 금화는 이곳 가르나타에선 흔히 볼 수 없는 돈이었는데도 전혀 이상하지 않았느냐구?"

"이 사람아! 오즈구르는 투르크 사람인데, 투르크 사람이 베네치아 금화를 갖고 있는 게 뭐가 이상한가?"

무함마드의 말은 사실이었다. 투르크와 베네치아는 지중해 동쪽의 패권을 놓고 치열한 경쟁을 하고 있는 나라였다. 하지만 동시에 가장 가까운 교역 상대국이기도 했기 때문이다. 알리가 잠시 주춤거리는 기색을 보이자 무함마드가 다시 덧붙여 말했다.

"다시 한번 말하지만, 우린 오즈구르가 갖고 있던 베네치아 금화가 죽은 기독교 수도승의 돈이라는 걸 정말 몰랐네. 아니 절대로 알 수가 없었지! 생각해 보게. 우리가 그걸 어떻게 알 수 있었겠나? 그러니 오즈구르를 살인사건과 연결시킨다는 건 꿈도 못 꿀 일이었단 말일세. 그리고…… 오즈구르 얘길 미리 안 해줬다고 날 나무라지 말게. 솔직히 자네도 주변 사람들한테 모든 걸 다 이야기한 건 아니잖나? 예페트 문제만 해도 그렇고!"

"흠……, 그리고 보니 우리 둘 다 서로에게 정직하지 못했구만. 자네나 나나 인자하시고 자애로우신 알라께 용서를 빌어야 할 것 같네.

앞으로 다시는 우리 사이에 이런 일이 없도록 하세. 더 이상은 서로 뭔가를 숨기지 말자 이 말일세! 알겠나?"

알리가 약간 부드러워진 목소리로 다짐을 하자 무함마드도 마지못해 고개를 주억거렸다.

"그, 그래야지. 암, 당연히 그래야겠지."

"그나저나…… 자네들은 그 오즈구르란 자를 붙잡아서 어떻게 했는데? 아니, 아니…… 가만있어 봐! 혹시…… 그 자가 아직도 자네 조직 사람들과 같이 있는 거 아닌가?"

알리가 무함마드의 눈을 정면으로 응시하며 묻자 무함마드는 황급히 그 눈길을 피하며 힘없이 중얼거렸다.

"아, 아마 그럴 거야. 지금은 나도 조직을 떠나 있는 몸이니 확실한 건 모르겠지만……, 달포 전쯤 오즈구르도 이곳으로 함께 피신한 것만은 틀림없네."

"뭐라구? 대체 자네들은 뭐 때문에 그런 작자를 아직까지 비호하고 있는 건가? 처음엔 몰랐다 해도 이젠 오즈구르가 바로 우사마라는 걸 잘 알면서! 더구나 나와 함께 그 자를 추적하던 자네가 어떻게 이럴 수 있나?"

알리가 어이없다는 듯이 다시 언성을 높이자 무함마드는 잠시 뜸을 들이다가 천천히 변명을 시작했다.

"그, 그게 말이야……, 사실 그 오즈구르란 사내가 엄청난 이야기를 하는 바람에……. 그러니까…… 그 사람은 자기가 투르크의 술탄이 보낸 밀사라고 했네. 이교도들에 맞서 싸우고 있는 이곳 알안달루스의 무슬림 형제들을 돕기 위해 술탄이 자기를 파견했다는 거야."

"밀사? 나 원 참! 기가 막혀서……. 그, 그런 말을 믿는단 말인가?

술탄의 밀사가 홀홀 단신으로 이 먼데까지……."

알리가 황당해하자 무함마드는 심각하게 대꾸했다.

"물론 처음엔 우리도 반신반의했지. 하지만 오즈구르는 술탄이 준 패찰과 술탄의 친서를 지니고 있었네. 어디 그뿐인가? 아까 말했지만 많은 액수의 베네치아 금화도 갖고 있었고! 그리고 그 사람이 혼자 온 건 우선 은밀하게 이곳 사정을 알아보기 위해서라던데? 그 다음엔 본국으로 돌아가 보고를 할 거고, 그러면 투르크의 술탄이 우릴 도우려고 함대를 파견할 거라더구만. 그러니 어찌 그 사람 말을 안 믿겠나?"

"술탄이 준 패찰과 친서라……, 그게 확실한 건가?"

"내가 직접 본 건 아니지만 이브라힘님께서 확인하셨다고 들었네."

"그래? 하지만…… 그렇게 중요한 임무를 띠고 온 술탄의 밀사라는 사람이 이곳에 와서 한다는 일이 고작 여각 주인을 협박해서 죽은 수도승의 돈이나 뺏는 거란 말인가?"

알리가 비꼬듯이 말하자 무함마드는 몹시 착잡한 얼굴이 되었다.

"글쎄, 아까 자네한테 그 얘길 듣고 나도 무척 놀랐네. 자네 말이 사실이라면 좀 이상하긴 한데……?"

"이상한 정도가 아니지! 게다가 그 오즈구르란 작자는 아직 살인 혐의도 완전히 벗은 게 아닌데!"

"그건 또 무슨 소린가? 살인범 마누엘은 벌써 붙잡혀서 화형 낭했는데……."

"자네도 사정을 잘 알면서 그런 소릴 하나? 마누엘은 아무리 생각해도 범인이 아닐세. 억울하게 죽은 거지! 아무튼 그 오즈구르란 자가 사건 현장에 있었던 건 틀림없는 사실일 텐데……. 하지만…… 시신이 바뀌었으니……."

"그건 또 무슨 소리야? 시신이 바뀌다니?"

무함마드가 화들짝 놀라며 소리를 지르자 알리는 앙베르를 통해 들었던 이야기와 여각의 시동에게서 확인한 사실을 자세히 설명하기 시작했다.

"그러니까…… 강가에서 발견된 시신은 기독교 수도승이 아니라 무슬림, 그것도 시아파 무슬림일 가능성이 많다 이 말일세!"

알리가 말을 마치자 무함마드는 어안이 벙벙해진 듯 입도 떼지 못하고 알리를 멍하니 바라만 보았다.

"그래서 결국 사건은 아주 복잡해졌네. 어쩌면 영영 풀 수 없는 수수께끼가 되어버릴 수도 있고……."

"그, 그것 참 귀신이 환장할 노릇이로구만! 허허…… 참!"

잠시 넋 나간 사람처럼 허공을 보며 혼잣말처럼 중얼거리던 무함마드는 갑자기 고개를 돌리더니 단호한 목소리로 알리를 향해 말했다.

"시신이 바뀐 일은 정말 어떻게 된 건지 나도 모르겠지만, 오즈구르란 사내가 기독교 수도승에게 접근한 건 돈 때문이 아니라 분명한 목적이 있어서였다네."

"무슨 목적?"

알리의 반문에 무함마드는 속삭이듯 목소리를 낮췄다.

"사실은……, 그 기독교 수도승도 이슬람불에서 온 밀사라는 거야."

"뭐라구! 밀사……?"

"그러니까 그게……, 그 기독교 수도승은 오래 전에 망한 비잔틴 제국의 부흥을 꿈꾸는 그리스의 기독교도들이 카슈탈라놈들에게 도움을 청하려고 보낸 밀사라 이 말일세. 그 수도승의 짐에서 나온 암호 서찰은 이슬람불에 있는 동방교회의 총대주교가 다른 나라의 기독교도 왕과 주교들에게 보내는 호소문이라더군. 한마디로 카슈탈라나 베네치아 같은 기독교 나라들의 도움을 받아서 투르크의 술탄에 맞서는 반란을 일으키려고…….”

“도대체 그런 얘기가 다 어디서 나온 건가?”

알리가 말허리를 자르자 무함마드는 더욱 목소리를 낮추며 말했다.

“누구긴 누구야? 그 오즈구르라는 투르크 사내가 알려준 거지. 오즈구르의 말에 따르면, 그는 여기 올 때 두 가지 사명을 띠고 왔다고 하네. 첫째는 아까 말한 대로 우리 무슬림 형제들을 돕기 위해 이곳 사정을 파악하는 거였고, 둘째는 그 기독교 수도승이 허튼 짓을 못하도록 막는 거였다더구만. 사실은 그것 때문에 시라쿠사Siracusa(이탈리아 남부 시칠리아Sicilia 섬에 있는 항구)에서 배를 갈아탈 때부터 그 기독교 수도승을 미행해 왔다던데……. 아무튼 그래서 오즈구르는 그 기독교 수도승이 지니고 있던 그리스어 암호 서찰을 손에 넣고 싶어 했던 모양이야. 어쩌면…….”

“그래서? 그래서 그 서찰 때문에 사람까지 죽였단 말인가?”

알리는 더 이상 못 참겠다는 듯 소리를 버럭 질렀다. 알리의 큰 소리에 무함마드는 영문을 몰라 커다란 눈을 껌뻑이며 물었다.

“사람을 죽이다니? 누굴 죽였단 말인가? 강가에서 죽은 건 기독교 수도승이 아니라며?”

“수도승을 죽이지 않았다면 빠꼬 수사를 죽였겠지!”

“뭐라구? 그, 그건 또 무슨 소리야?”

“자네도 머리가 있으면 생각을 해보게. 방금 자네 입으로 그랬지 않나? 오즈구르란 자가 노리던 게 바로 그 암호 서찰이라구! 그렇다면 빠꼬 수사를 죽이고 서찰을 훔쳐간 게 바로 오즈구르 아니겠나? 빠꼬 수사가 죽은 직후에 세뇨르 로뻬스가 안드레아 신부의 오두막 근처에서 무슬림 복장의 사내를 목격하기도 했고!"

"서, 설마……! 그, 그런 건 아니겠지. 그런 말은 못 들었는데……."

기가 한풀 꺾인 무함마드가 작은 소리로 웅얼거리자 알리가 다시 다그쳤다.

"살인범이 제 입으로 사람을 죽였다고 떠벌리겠나? 그리고 죽이지 않았다면 서찰도 볼 수 없었을 텐데, 서찰 내용을 어찌 안단 말인가? 말이 안 되잖아?"

"……."

무함마드가 완전히 꿀 먹은 벙어리가 되자 알리도 목소리를 조금 낮췄다.

"아무튼 그 오즈구르란 자가 지껄인 얘기는 다 말도 안 되는 걸세. 그 자의 정체가 뭔지는 모르지만, 아무튼 그건 다 그 작자가 꾸며낸 얘기가 틀림없어!"

"어째서 그렇게 단정을 하나?"

"확실하니까! 그 암호 서찰은 그리스에 있는 데메트리오스라는 수도승이 내 스승님께 보낸 사신私信이란 말일세!"

"뭐야?"

거듭 놀라는 무함마드에게 알리는 다시 자초지종을 상세히 설명해 주었다.

"하, 하지만…… 아, 알크비르 어르신께서도 그 서찰을 직접 보신 건 아니잖나. 그러니 서, 서찰의 내용이 뭔지는 모르시는 거 아닌가?"

알리의 설명을 다 듣고 난 이후에도 무함마드는 도저히 믿을 수 없다는 표정으로 더듬거리며 반문을 했다.

"물론 서찰의 내용이야 알 수 없지. 하지만 오즈구르라는 자의 말처럼, 그 서찰이 그리스 기독교도들의 반란 음모와 관련된 건 절대로 아니란 말일세!"

"절대로 아니라구? 그, 그래도…… 죽은 기독교 수도승, 아니 죽었는지 살았는지 모른다고 했지. 아무튼 그 수도승이 진짜 밀사일 수도 있는 것 아닌가? 그러니까 뭐냐, 그 서찰을 일단 알크비르 어르신께 보내서……."

무함마드는 여전히 의구심을 떨치지 못한 얼굴로 주절거렸다. 그런 그를 보면서 알리는 마침내 역정을 냈다.

"이보게, 무함마드! 그럼 자네 말은 스승님께서 반란 음모를 꾸미는 그리스의 기독교도들과 한패라 이건가? 말조심 하게! 스승님께서는 절대로 그러실 분이 아닐세!"

"아, 아니 뭐 꼭 그렇다는 게 아니라……, 그럴 수도 있다는 거지. 그리고 어, 어쨌든 알크비르 어른도 원래는 그리스 출신의 기, 기독교도였지 않나?"

"그래서? 자꾸 그런 얘길 하는 저의가 뭔가?"

"자, 자네가 알크비르 어른을 하늘처럼 존경하고 떠받든다는 건 나도 잘 알고 있네. 또 그 어른이 고, 고매한 인품의 대학자라는 것도 분명한 사실이고! 하지만 사람은 누구나 완벽할 수 없는 법 아닌가?"

"변죽은 그만 울리고 본론만 얘기하게!"

알리가 다그치자 무함마드는 잠시 망설이다가 무거운 목소리로 말을 이었다.

"사, 사실은 나도 알무라비트 어른께 자네 스승님에 대해서 들은 얘기가 있어서 그러네."

"무슨 얘긴데?"

"자네 스승님께서는 40여 년 전 투르크 군대가 이슬람불을 점령할 때 거기서 도망치셨다더군. 베네치아 사람들의 배를 얻어 타고 간신히 피신하셨다는 거야. 헌데 중요한 건……."

"스승님께서 소싯적에 콘스탄티노플에 계셨다는 건 나도 알고 있네. 고향이 이교도의 수중에 들어갔으니 몸을 피하신 거야 당연한 일인데……, 그게 뭐 특별한 일이라고 새삼 그 얘길 꺼내는 건가?"

알리가 웬 시비냐는 투로 반문하자 무함마드는 언성을 높였다.

"남의 말을 자르지 말고 끝까지 들어 보게나! 누가 투르크 군대를 피해 콘스탄티노플을 떠난 게 문제라고 했나? 그 어른이 원래 아토스의 수도원에서 도망친 수도승이었다니까 하는 말이지."

"뭐라구?"

놀라 외치는 알리의 고함 소리가 동굴 안 가득히 울려 퍼졌다. 무함마드는 마른기침을 한번 하더니 주위를 한번 둘러보며 대답했다.

"어험! 그, 그게 그러니까……, 아주 귀한 서책을 훔쳐서 도망치셨다더구만. 알무라비트 어른 말씀으로는 오래 전에 크레타* 출신의 그리스 상인에게서 들으셨다고 했네. 그, 그러니 터무니없는 얘기는 아닐 거 아닌가?"

"말도 안돼! 스승님께서 도둑이라니? 대체 알무라비트 어른께서는 무슨 억하심정으로 스승님께 그런 누명을……?"

알리는 홍분한 나머지 말을 다 끝맺지도 못한 채 씩씩거렸다. 그런 그를 보면서 무함마드는 더 이상 다투고 싶지 않은 듯 슬그머니 말머

---

* Creta : 그리스 남쪽 에게 해에 있는 큰 섬의 이름. 원래는 그리스에 속해 있었지만 15세기에는 베네치아의 영토였다.

리를 돌렸다.

"하긴 그거야 화, 확인할 수도 없는 먼 옛날 얘기니까. 그나저나 너무 그렇게 역정 내지는 말게. 내, 내 딴에는 그냥 여러 가지 가능성을 말해 봤을 뿐이야. 자네가 하도 핍박을 하니까……, 나도 그만 약이 올라서 예전에 들었던 얘기를 들먹여 본 것뿐이지 다른 의도는 전혀 없었네. 아무튼 불쾌했다면 내 진심으로 사과할 테니까 기분 풀게. 자, 자네 스승님을 욕되게 하거나 자네 맘을 상하게 할 의도는 전혀 없었단 말일세. 생각을 해보게. 내가 왜 그런 짓을 하겠나?"

무함마드가 태도를 상당히 누그러트리고 열심히 변명을 하자 알리도 흥분을 가라앉히려고 잠시 숨을 골랐다. 잠시 뒤 알리의 눈치를 살피며 뭔가를 생각하던 무함마드가 다시 조심스럽게 입을 열었다.

"아, 아까 하던 얘긴데……, 하, 하지만 말이야……. 거꾸로 자네 말처럼 오즈구르가 빠꼬 수사를 죽이고 서찰을 훔쳐갔다면, 그 사람이야말로 서찰 내용을 봤을 거 아닌가? 그렇다면 그 사람 말이 다 거짓은 아닐 수도 있는데……."

"바보 같은 소리는 그만 하게! 오즈구르가 그렇게 쉽게 암호를 풀었을 리가 없지. 보나마나 그 자는 서찰을 읽어보지도 않고 제 멋대로 꾸며서 얘기한 게 틀림없네. 난 아무래도 그 자가 투르크 술탄의 밀사라는 게 믿어지질 않아!"

"흠……, 하지만 아무래도 난 잘 이해가 안 가네. 그, 그 서찰이 알크비르 어른께 온 것이고, 기독교도들의 음모와는 아무 관계가 없는 거라면……, 도대체 오즈구르는 뭐 때문에 기를 쓰고 그걸 손에 넣으려 했겠나? 또 자기가 풀지도 못한 암호 서찰의 내용을 뭐 때문에 제 맘대로 꾸며서 얘기했겠느냐구?"

"그거야 순전히 오해해서 그랬거나 아니면 무슨 다른 꿍꿍이가 있었겠지!"

막상 대답을 하긴 했지만 무함마드가 던진 의문에는 분명 일리가 있었다. 때문에 알리는 다시 양미간을 찌푸리며 머리를 굴리고 있을 때 무함마드가 다시 물었다.

"헌데 자네 얘길 죽 듣다보니 그 동안 정말 많은 걸 조사한 것 같은데…… 그럼 이제 살인사건의 진상이 좀 밝혀졌나?"

"……."

알리가 힘없이 고개만 젓자 무함마드가 다시 물었다.

"그럼 여태 아무 것도 밝혀진 게 없단 말인가?"

"그렇다네. 진상이 드러나기는커녕 오히려 더 풀기 어려운 수수께끼가 되어버렸지. 죽은 사람까지 바뀌어버렸으니……."

"그럼 이제부터 어떻게 해야 하나?"

"글쎄, 나도 막막할 뿐이야. 휴우!"

알리는 다시 한숨을 내쉬었다. 그런 그를 보면서 무함마드는 부리부리한 눈을 껌뻑이며 위로하듯 말했다.

"타왓칼 알랄라Tawakkal ala Allāh(아랍어로 '매사를 신에게 맡겨라'라는 뜻으로 '너무 걱정하지 말라'는 뜻)!"

*　　　　*　　　　*

"가만히 앉아 한숨만 쉬고 있으면 어떡하나? 더 막막해질 뿐이지!"

낯익은 목소리가 동굴 벽을 울린 것은 잠시 침묵이 흐른 뒤였다. 알리와 무함마드가 놀라며 고개를 돌려보니 언제 들어왔는지 어둠 속에 압둘 카디르가 서 있었다.

"어, 어르신!"

알리가 웬일이냐는 듯이 쳐다보자 노인은 누런 이를 드러내며 나귀처럼 씩 웃었다.

"그만하면 자네들끼리 밀린 회포는 대충 풀었을 것이고……. 이보게, 알리! 이제 나한테도 볼일이 있지 않겠나?"

"무, 물론입니다! 허면 무슨 좋은 방법이라도……?"

반색을 하면서도 궁금한 표정을 짓는 알리에게 압둘 카디르는 짐짓 딴청을 피웠다.

"뭐 좋은 방법이 따로 있겠나? 내가 지난번에 만났을 때 다 얘기했을 텐데……."

"솔직히 어르신의 말씀을 들어도 별로 나아진 게 없는 것 같습니다. 인자하시고 자애로우신 알라께서 뭘 원하시는지……, 이젠 그 분께 기도하는 것 외에는 다른 도리가 없는 것 같습니다만……."

"이런, 사람하고는! 허튼 소리 그만 하게. '신을 믿어도 네 낙타는 매어둬라'(아랍의 속담으로 '신에게 의지한다 해도 사람이 할 일은 해야 한다'는 뜻)라는 말도 못 들어봤나? 길이 막히면 뚫어야 하고, 뚫리지도 않으면 돌아갈 생각을 해야지. 그냥 제자리에 주저앉아서 뭘 어쩌자는 게야? 자, 잘 늘어 보게! 우선 강가에서 실제로 죽은 사람이 누군지 알아내야 할 것 아닌가?"

"물론입니다. 하지만 무슨 수로……?"

"단서가 있지 않나?"

"단서라뇨?"

"이런, 이런! 입에 떠 넣어줘도 도로 뱉어내는 꼴이니, 쯧쯧쯧! 죽은 사내가 '시아트 알리'(아랍어로 '알리의 당파'. 제2권 357쪽 주 참조)일 거라고 내 말해주지 않았던가?"

압둘 카디르가 한심하다는 듯 혀를 차자 알리는 재빨리 변명했다.

"아아, 그 말씀이요? 그거야 당연히 조사를 해봤죠. 목수인 마수드를 찾아가서 알아봤지만……, 딱 부러지는 얘기는 못 들었습니다. 뭔가 아는 것 같기도 한데 왠지 말하기를 꺼려서……. 아! 한 가지는 들었습니다. 시아파 무슬림 중에 살리흐라는 젊은 도공이 있었는데, 그 사람이 발에 '알마흐디'라는 문신을 했었다더군요. 그리고 그 사람이 강가에서 시신이 발견될 무렵에 갑자기 실종됐다는 얘기도 했구요. 그러니까 그 사람이 죽은 사내일 가능성이 있지만……."

"가만, 가만! 가만 있어봐! 아, '알마흐디'라면…… 우리 조직의 원래 이름이었어!"

무함마드의 갑작스런 큰 소리에 알리는 그를 돌아보며 말했다.

"그건 나도 이미 알고 있네. 하미드의 객주집에서 이브라힘 양반을 처음 만나던 날 얘기를 듣지 않았나? 헌데 그게 이 일과 무슨 상관이라도……?"

"지금 기억이 난 건데……, 이브라힘님께서 우리 조직의 새 지도자가 되신 뒤에 조직을 떠난 전사들이 몇 있다고 들었거든."

"왜?"

"자세한 건 모르지만……, 무사 어른이 지나가면서 얼른 한 말로는 믿음이 달라서 그랬다고 했네. 그땐 그냥 대수롭지 않게 듣고 넘겼는데……, 지금 생각을 해보니 어쩌면 조직에서 떠난 사람들이……."

"시아파였을지도 모른다 이건가?"

"……."

무함마드는 말없이 고개를 끄덕였다. 그렇지만 부리부리한 그의 두 눈에는 원인 모를 불안이 가득 고여 있었다.

"흠……, 시아파 무슬림들이 자네 조직에도 관여를 했었다 이거지? 그런데 믿음이 달라서 떠났다? 허면…… 저항조직 내부에서 무슨 문제가 있었던 게 아닐까?"

혼잣말처럼 중얼거리던 알리는 갑자기 뭔가 생각이 난 듯 다시 물었다.

"이보게, 무함마드! 이브라힘 양반이 오기 전에 자네 조직의 원래 지도자는 누구였는데?"

"그건 나도 모르네. 자네도 알다시피 나도 '알하피즈'에 가담한지 그리 오래 되지 않았기 때문에……."

고개를 젓는 무함마드를 보고 알리가 도움이라도 청하듯 압둘 카디르 쪽으로 고개를 돌렸다. 그러자 노인은 조용한 눈빛으로 알리를 응시하며 물었다.

"목수인 마수드가 뭔가 말하기를 꺼리는 것 같았다고 했지?"

"예! 그래서 더 이상 물어보기가……."

"가르나타에 사는 시아파 무슬림이 마수드뿐인가?"

"물론 아니겠죠. 하지만 제가 아는 사람은……."

"하미드는?"

"예?"

이번엔 알리와 무함마드가 동시에 되물었다.

"성내에서 객주집을 한다는 하미드 말일세. 그 사람 이름이 하미드 이븐 파리드 맞지?"

"맞습니다! 선대 **때**부터 콩 장사를 해서 알바킬라니라고도 하지요."

알리와 무함마드가 합창을 하듯 동시에 대답하자 노인의 눈빛이 더욱 번득였다.

"콩 장사? 흥! 그건 말년의 얘기고, 그 사람 아버지 파리드는 원래 뱀을 부리는 사람이었네. 먼 조상이 쑤리야 출신인데, 선조 때부터 그 일을 했다더구만. 아마 모르긴 해도 그 하미드란 사람도 뱀을 좀 다룰 줄 알 걸?"

"그, 그렇습니까?"

알리와 무함마드가 신기하다는 표정을 짓자 노인은 짤막하게 덧붙였다.

"중요한 건, 그 사람 아버지 파리드가 분명 시아파였다는 걸세."

"예에?"

깜짝 놀란 알리와 무함마드는 서로의 얼굴을 마주보다가 다시 압둘카디르를 쳐다보았다.

"그러니까 그 사람을 좀더 조사를 해보게. 하지만 마수드에게 했던 것처럼 직접 물어보지는 말게! 그건 어리석은 짓이니까! 마수드가 말하기를 꺼렸다면, 뭔가 그럴만한 사정이 있어서 그랬을 거 아닌가? 더구나 하미드는 아직까지 조직에 남아 있다면서?"

"그, 그렇습니다."

알리와 무함마드가 의미심장한 표정으로 고개를 끄덕이자 노인이 덧붙여 말했다.

"흠……, 무함마드 말대로 '알하피즈'의 전사들 가운데 조직을 떠난 사람들이 시아파였다면, 그것도 뭔가 이유가 있어서였을 텐데……. 허나 하미드는 떠나지 않고 조직에 남았다? 아무튼 그 문제를 좀 알아볼 필요가 있을 것 같네. 아! 그리고 두 번째!"

압둘 카디르가 잠시 말을 멈추자 알리와 무하마드는 더욱 긴장하여 손에 땀을 쥐었다.

"사라진 기독교 수도승을 찾아야 하지만……, 그건 현재로선 어려운 일이지. 내 지난번에도 말했듯이, 그 사람은 죽지 않았다면 어딘가에 갇혀 있을 테니까! 허면 결국 그 쥐새끼를 잡아야 한다는 얘기가 되는데……."

"도, 돈 디에고 말씀이십니까? 그렇지 않아도 저도 바로 그걸 어르신께 여쭤보고 싶었습니다. 그 자는 지금 어디 있을까요?"

알리는 거의 애원하는 표정으로 압둘 카디르의 대답을 기다렸지만 노인은 쌀쌀맞게 잘라 말했다.

"자네 때문에 정체가 탄로 날 뻔했으니 어딘가 꼭꼭 숨었겠지. 아주 교활하고 신중한 놈이니까 당분간은 찾기 어려울 거야."

"어쨌든 어르신께서는 그 자의 얼굴이라도 알고 계시겠지요?"

무하마드가 끼어들며 묻자 노인은 고개를 흔들었다.

"얼굴? 사실은 나도 그 자의 얼굴을 잘 모르네. 내가 만났을 때는 늘 어두운 밤이었고, 게다가 그 자는 눈만 내놓은 두건까지 쓰고 다녔으니까!"

"예에? 허면…… 어, 어르신께서는 그 돈 디에고라는 마법사하고 대체 어떤 관계이셨습니까? 지난번에는 오래된 악연이 있다고……."

알리가 미심쩍은 표정을 지으며 다시 뭔가를 물으려 하자 노인이 갑자기 큰 소리로 말을 잘랐다.

"알마즈눈은 만나 봤나?"

"예?"

알리는 멀뚱멀뚱한 눈으로 압둘 카디르를 바라보았다. 그때 다시 무함마드가 나섰다.

"알마즈눈이라면 그 미친 선생 말인가? 할리드 이븐 무함마드?"

알리가 말없이 고개를 끄덕이자 무함마드가 다시 물었다.

"그 양반은 왜? 아니, 그 양반도 이번 일과 무슨 관계가 있습니까?"

무함마드가 압둘 카디르 쪽으로 고개를 돌리며 대답을 기다리자, 노인은 뭔가 생각하는 듯 잠시 인상을 쓰더니 이윽고 입을 열었다.

"꼭 그렇다고 단정할 수야 없겠지. 허나…… 이보게, 알리! 자네는 내가 말 안 해도 잘 알겠지만, 할리드는 별자리나 마법 따위에 큰 관심을 가질 사람이 아니라네. 그 사람은 그런 식의 신비주의보다는 철학자들의 논리적인 이야기를 더 좋아할 테니까! 헌데 그 사람이 자네에게 했다는 말이 자꾸 맘에 걸린단 말일세. 도대체 뭐 때문에 자네에게 그런 수수께끼 같은 말들을 했을까? 아무리 생각해도 그 사람은 진짜 미친 게 아니야!"

"지, 진짜 미친 게 아니라뇨?"

무함마드의 물음에 압둘 카디르는 오래간만에 특유의 나귀 웃음을 웃었다.

"허허, 일부러 미친 척을 하는 거겠지."

"뭐 때문에 그런 짓을……?"

알리가 이해할 수 없다는 표정을 짓자 압둘 카디르는 고개를 가로 저었다.

"알라 할림!"

"사, 사실 달포쯤 전에 할리드 선생님을 거리에서 우연히 한번 뵙기는 했습니다만……."

알리가 조심스레 얘기를 꺼내자 압둘 카디르의 눈이 동그래졌다.

"그래? 그 사람이 또 무슨 말을 하던가?"

"특별한 얘기는 안하셨구요……. 뭐라시더라? 아! 시빌라를 찾았느냐고만 물으셨어요. 저에게 그 여잘 끝까지 돌봐줘야 한다고……."

"시빌라?"

무함마드와 압둘 카디르가 동시에 되물었다.

"그, 그러니까…… 그 시빌라라는 게……, 사실은 집시 무녀를 말하는 거거든요. 어르신께서도 아시는지 모르겠지만, 알바야신 언덕 너머 동굴집에 살던……."

알리가 우물거리자 압둘 카디르가 재빨리 말을 잘랐다.

"알칼라 말인가?"

"네."

"뭐, 뭐라구? 알칼라는 또 왜? 그럼 자네 정말로 그 여자를……?"

무함마드가 부리부리한 눈으로 알리를 쏘아보자, 알리는 곤혹스러운 기색을 감추지 못하며 서둘러 변명을 했다.

"아, 아니, 그런 게 아니라……, 난 사실 축제날 이후로 그 여잘 보지도 못했네. 헌데 할리드 선생님께서 그냥 그렇게 말씀하신 것뿐이라니까!"

"축제날 이후로 못 봤다구? 그, 그럼 자넨 그 여자가 지금 어디 있는지 모른단 말인가?"

무함마드의 반문에 알리는 고개를 썰레썰레 흔들었다.

"정말 못 봤다니까! 갑자기 어디론가 사라져버려서 나도 무척 궁금해 하고는 있었지만……."

"허허! 이거야 나 원! 난 자네가 알고 있을 줄 알았는데……."

무함마드가 묘한 표정을 짓자 알리는 황급히 되물었다.

"그, 그게 무슨 소리야? 그럼 자네는 그 여자가 어디 있는지 안단 말인가?"

"그 여잔 지금 마리스탄에 있을 걸!"

"뭐라구? 자네가 그걸 어떻게 아나?"

무함마드의 말에 알리는 불에 덴 사람처럼 화들짝 놀랐다. 마리스탄이라면 가르나타 성 외곽에서 멀리 떨어져 있는 일종의 종합병원이었다. 원래는 정신병자들을 수용하던 곳이었지만, 근자에 들어서는 장기 치료가 필요한 환자들의 요양소이기도 했다. 그래서 알리가 놀란 것도 무리는 아니었다.

"어쩌다 우연히 들었네. 이 근처 마을에 사는 어떤 노인이 마리스탄에 입원해 있다가 얼마 전에 퇴원을 해서 집으로 돌아왔는데……, 그 사람 말로는 그 집시 여인이 한 달포 전부터 마리스탄에 와 있다는 거야. 그러니까…… 어떻게 된 거냐 하면……?"

알리의 다급한 마음은 아랑곳없이 무함마드가 담담한 어조로 아주 느릿느릿 대답을 했다. 그래서 참다못한 알리는 다시 재촉을 할 수밖에 없었다.

"그, 그 여자가 왜? 어디가 아픈 건가? 아님 어딜 다쳤나?"

"아따 이 친구야! 내 말을 끝까지 들어보기나 하게."

무함마드가 인상을 쓰며 면박을 주었다. 하지만 알리는 애가 탄 나머지 자신도 모르게 친구의 소맷자락까지 움켜쥐며 다시 물었다.

"그래, 도대체 어떻게 된 건가? 그 여자가 왜 거길 가 있는 거냐구?"

"아프거나 다친 건 아닌 모양이야. 그냥…… 병원장의 거처에서 자알 지내고 있다는 것 같던데……."

무함마드는 압둘 카디르를 한번 흘깃 보더니 야릇한 여운을 남기며 말끝을 흐렸다. 그러자 알리는 더욱 애가 달아 마침내 소리를 질렀다.

"그게 무슨 소리야? 병원장의 거처에서 지내다니?"

"그거야 낸들 아나? 원래 행실이 점잖지 못한 계집이니 원장의 첩살이라도 하고 있나 보지!"

친구의 계속되는 성화에 약간 짜증이 난 듯 무함마드도 언성을 높였다. 그러자 알리는 마침내 거의 울상이 되어 외쳤다.

"자, 자네 말조심 하게! 자네 눈으로 본 것도 아니면서 무슨 말을 그렇게 함부로 하나? 첩살이라니?"

뒤쪽에 서서 두 사람의 대화를 듣고 있던 압둘 카디르가 끼어든 것은 바로 이때였다.

"이보게, 알리! 자네 그 여자하고 어떤 사인가?"

"아무래도 이 친구가 그 요부에게 홀려 상사병에라도 걸린 것 같습니다."

무함마드는 기가 차다는 표정으로 다시 압둘 카디르를 돌아보았고, 알리는 순간 얼굴이 벌개지며 더듬거렸다.

"이, 이보게, 무, 무함마드! 무슨 말을 그, 그렇게 하나? 그게 아니라나, 난 그냥……."

"상사병이라? 어쩌다가?"

압둘 카디르는 호기심어린 눈으로 알리와 무함마드를 번갈아 쳐다봤다. 그러자 무함마드는 곧바로 알리가 꿈 해몽을 위해 집시 여인을 찾아갔던 일에서부터 축제날 알무살라에서 있었던 소동에 이르기까지 모든 것을 설명해 주었다.

"으흠……, 그런 일이 있었다? 거 아주 재미있구만! 그래, 그 무녀가 뭐라고 해몽을 해주던가?"

무함마드의 설명을 들은 압둘 카디르는 누런 이를 드러내고 만면 가득 미소까지 지으며 알리를 바라보았다.

"그게 저…… 해몽은 별 게 아니었지만……?"

알리는 잠시 망설이다가 동굴집으로 집시 여인을 찾아갔을 때 일어 났던 일들을 비교적 상세히 이야기 했다.

"캅발라의 그림이 그려진 두루마리라?"

알리가 말을 마치자 압둘 카디르는 혼자서 동굴 벽을 보며 심각한 표정을 지었다. 그런 그를 향해 알리가 다시 덧붙여 말했다.

"그 그림을 '생명의 나무'라고 한다던데요. 뭐라더라……? 맞아요! 열 개의 세피로트(히브리어로 '유출'流出을 뜻함. 제2권 166쪽 주 참조)로 이 루어진……."

"자네가 그런 것도 아나?"

"예? 아아, 그게 아니라…… 사, 사실은 예페트가 말해줬어요."

알리는 결국 예페트의 이름을 다시 입에 올리고 말았다. 어차피 무 함마드에게 말한 이상 압둘 카디르 노인이 예페트의 존재를 안다고 해서 특별히 더 문제될 일은 없다는 생각이 들었던 것이다.

"예페트는 또 누군가? 유태인 이름인데……."

노인이 즉각 반응을 보이자 알리는 다시 예페트에 관한 얘기들도 모두 다 털어놓고 말았다.

"가만, 가만 있자……, 이거 점점 얘기가 흥미로워지는데 그래! 그 러니까 자네 말은 예페트라는 유태인이 그 집시 여자가 갖고 있던 두 루마리를 찾고 있다 이건가?"

"예. 그 두루마리는 원래 예페트의 선친께서 잃어버리신 거라고 했 습니다."

"그래? 그럼 어쩌다가 그게 집시 무녀의 손에 들어갔을꼬?"

압둘 카디르가 고개를 외로 꼬며 혼잣말처럼 중얼거리자 알리는 난감한 얼굴로 힘없이 대답했다.

"그건 저도 모르지요. 헌데…… 제가 수크에서 들은 얘기로는 예페트가 어렸을 때 집안에 큰 변고가 있었다고 했어요. 선친께서도 그때 돌아가셨다더군요."

"변고라니?"

"어떤 무녀가 예페트의 집에 불을 지르는 바람에 식구들이 모두 다 불에 타 죽었답니다."

"예에!"

압둘 카디르와 무함마드는 거의 동시에 눈을 동그랗게 뜨며 소리를 질렀다. 그 때문에 알리는 다시 수크의 포목상 노인에게 들은 이야기를 덧붙여 들려주었다.

"허허, 그것 참! 어쩌다 그런 일이……, 쯧쯧쯧!"

알리의 얘기를 다 듣고 난 압둘 카디르는 계속 혀를 찼고, 무함마드는 알리를 향해 짐짓 으름장을 놓았다.

"그것 보라구! 근본도 모르는 떠돌이 무녀를 가까이 하다가 그런 봉변을 당한 거 아닌가? 그러니까 알리! 자네도 괜히 쓸데없는 생각 말고 조심하란 말이야!"

무함마드의 말에 심기가 불편해진 알리는 한동안 양미간과 콧잔등을 찌푸리며 뭔가를 생각하다가 떨리는 목소리로 다시 입을 열었다.

"그런데 어르신! 사실은 제, 제가…… 어르신께 숨긴 것이 하나 있습니다."

"……."

허공을 바라보며 허탈한 표정을 짓고 있던 압둘 카디르는 말없이 알리를 돌아보았다.

"사, 사실은 지난번 물방앗간에서 마법사를 만났을 때 그 두루마리를 봤습니다. 집시 여자가 갖고 있었던 두루마리, 그러니까 예페트가 찾고 있는 그 두루마리 말입니다! 돈 디에고가 바로 그 두루마리를 손에 들고 있었거든요. 그, 그리고……."

순간 압둘 카디르의 눈이 섬광처럼 빛났다.

"그리고 그 물방앗간에 누워 있던 노파는 아무래도 동굴집에서 집시 여자와 함께 살던 노파 같습니다. 이건 예페트한테 들은 얘긴데요……, 예페트가 지난달 초하룻날, 그러니까 축제날 밤에 그 집시 여자의 동굴집을 찾아갔다고 했어요. 그런데 예페트의 말로는 집안이 온통 난장판이었고 안에는 아무도 없었다고 했거든요. 그 여자가 사라진 것도 바로 그날이었구요. 그러니까 제, 제 생각에는 아무래도 그 마법사가……."

알리가 떨리는 목소리를 애써 진정시키며 뭔가 결론을 내리려는 순간, 압둘 카디르가 그의 말을 잘랐다.

"돈 디에고가 동굴집에 들어가 노파를 죽이고 두루마리를 가져갔을 거다 이건가?"

"예."

"그럼 그 집시 무녀는 어떻게 된 건가? 그 여자는 노파가 죽을 때 어디서 뭐하고 있다가 지금은 엉뚱한 마리스탄에서 병원장 신세를 지고 있느냐 말일세!"

압둘 카디르의 물음에 이번에는 무함마드가 나섰다.

"아까도 말씀드렸지만 그 여잔 그날 알무살라에서 뭇매를 맞고 제

먼 친척 할머니 댁에 누워 있었으니까……, 어쩌면 노파 혼자 동굴집을 지키다 변을 당했을 수도 있겠지요."

뜻하지도 않게 무함마드가 거들고 나서는 바람에 용기를 얻은 알리는 재빨리 덧붙여 말했다.

"맞습니다, 어르신! 아마 그 여자는 뒤늦게 집에 변고가 생긴 걸 알고 몸을 피한 거겠지요."

"흠……, 그래? 그건 그렇다 치고……. 돈 디에고, 그 자가 뭐 때문에……. 아니, 그보다도…… 자넨 그 얘길 왜 이제야 하는 건가? 지난번 강가에서 만났을 때 자넨 애걸하다시피 내게 도움을 청하지 않았나? 그런데 그땐 왜 두루마리 이야기를 하지 않았느냐 말일세! 그토록 중요한 걸 숨기면서도 내 머리를 빌릴 수 있다고 생각하나?"

압둘 카디르의 음성은 나지막했지만 그 속에는 허투루 볼 수 없는 위엄이 서려 있었다.

"……."

노인의 물음에 알리는 할 말을 잃었다. 솔직히 그 동안 집시 여인의 안위를 그토록 걱정해왔던 자신이 막상 그녀가 갖고 있던 두루마리가 돈 디에고 손에 들어간 걸 보고도 입을 다물었던 까닭을 스스로도 잘 이해할 수 없었다. 하물며 자기도 이해할 수 없는 것을 남에게 설명한다는 건 도저히 불가능한 일이었다. 물론 집시 여인에 대한 자신의 감정이 탄로 날까 봐 두렵기는 했었다. 하지만 가만히 생각해보니 그런 두려움만으로는 자신의 모순 된 행동을 다 설명할 수는 없었다. 감히 겉으로 드러낼 순 없었지만, 사실 그녀에 대한 알리의 걱정은 너무나 컸다. 때문에 가슴 한 구석의 비겁한 두려움 따위는 문제도 아니었던 것이다. 이런 알리의 마음을 다 알아채기라도 한 듯 압둘 카디르의 물음이 이어졌다.

"보아하니 자넨 그 무녀를 끔찍이도 걱정하고 있는 것 같군. 만약 그렇다면 더더구나 정말 알 수 없는 일 아닌가? 어쩌면 그 여자의 생사와 관련됐을 수도 있는 일을 나에게 숨겼다는 게!"

"죄, 죄송합니다, 어르신! 하, 하지만…… 솔직히 저도 제 맘을 잘 모르겠습니다. 뭐, 뭐 때문인지는 몰라도 그, 그냥 두려웠습니다. 생각하는 것도 두렵고, 말하는 것도 두려워서 그만……."

알리가 울상을 짓자 압둘 카디르는 딱하다는 표정으로 혀를 찼다.

"쯧쯧쯧! 자네가 상사병에 걸렸다는 무함마드의 말이 괜한 소리가 아니었구만! 그나저나 그 여자가 죽지 않고 살아 있으니 어쨌든 다행이지 뭔가?"

"자, 자, 그 여자 얘긴 이제 그만 두세! 정 궁금하면 자네가 직접 마리스탄으로 찾아가 보면 될 것 아닌가? 그건 그렇고……, 아까 하던 얘기나 마저 해보게. 그래, 그 알마즈눈 양반이 자네에게 또 무슨 말을 했나?"

친구의 얼굴을 안쓰럽게 쳐다보던 무함마드가 일부러 끼어들며 말을 돌렸다. 그 때문에 알리는 겨우 마음을 진정시키고 대답했다.

"몇 마디 더 하시긴 했는데, 무슨 말인지 도무지 종잡을 수가 있어야지. 정신이 온전치 못해서 그런지 할리드 선생님의 말씀은 늘 수수께끼 같으니까……. 아, 참! 알하킴 어른을, 알라후 야르하무흐, 누가 죽였느냐고 물으시던데……?"

"갑자기 그 얘긴 또 왜……?"

무함마드가 황당하다는 듯 압둘 카디르를 쳐다보았다. 하지만 노인은 입을 굳게 다문 채 아무 말이 없었다. 그러자 알리가 다시 말을 이었다.

"글쎄, 왜 갑자기 그 어른 이야기를 꺼내신 건지 나도 정말 알 수가 없었네! 그리고…… 내가 집시 여자의 행방을 아시느냐고 물었더니, 하늘의 신탁을 얻으려면 스스로 정성을 들여야 한다고 하시더군. 또 뭐라셨더라? 아, 맞아! 울안에 으르렁거리는 사자를 놔두고 어딜 헤매고 돌아다니느냐고도 하셨네. 헌데 그것도 대체 무슨 말인지……."

"울안의 사자라? 허허, 그거 갈수록 묘한 말이로구만!"

압둘 카디르 노인의 작은 눈이 다시 번득였다.

"그게 무슨 뜻입니까?"

무함마드가 다시 물었지만 돌아온 대답은 나지막한 중얼거림뿐이었다.

"규방의 속사정을 담장 밖의 남정네에게 물어서 무엇 하리?"

알안달루스의 가르나타

히즈라 904년 12월 4일(서기 1499년 7월 13일).

"보고 싶은 알리!

우리가 헤어진지도 어언 누 달이 다 되어가네요. 오가는 사람들을 통해서 가르나타의 사정 얘기는 간간이 듣고 있지만, 잘 지내고 있는지 무척 궁금하군요. 어려운 상황에 당신 혼자 남겨두고 훌쩍 떠나와서 늘 미안한 마음뿐이지만, 당신은 지혜롭고 신실한 사람이니까 모든 난관을 잘 헤쳐 나가고 있으리라 믿어요. 나 또한 여기 이슈빌리야에서 잘 지내고 있어요. 사촌 형님의 따뜻한 배려로 이제 상처는 거의 다 아물었고, 일상생활에는 지장이 없을 만큼 건강도 좋아졌구요. 조금만 더 시간이 지나서 말을 탈 수 있게 되면 하루라도 빨리 당신이 있는 가르나타로 돌아갈 생각이에요. 당신의 온화한 미소를 보는 것도 내겐 큰 기쁨이지만, 무엇보다도 우리가 풀지 못하고 미뤄두었던 숙제들을 당신과 함께 풀어보고 싶은 게 내 욕심이니까요.

며칠 전 당신이 보내준 서찰은 잘 읽어 보았어요. 내가 없는 사이에 정말 어렵고 힘든 일들을 많이 해냈더군요. 당신의 꺾이지 않는 용기와 지칠 줄 모르는 노력에 무한한 경의를 표하고 싶어요. 당신 덕분에 그 동안 안개 속에 가려졌던 모든 비밀들이 찬란한 햇살 아래 본모습을 드러내는 날이 꼭 올 거라고 믿어요. 나 혼자 여기서 편하게 지내면서 당신의 눈부신 활약을 서찰로 전해 듣게 되니까, 도와주지 못해 미안한 마음이 들면서도 조금은 샘까지 날 지경이군요. 그리고 무엇보다도 멀리 떨어져 있는 나에게 그토록 상세히 모든 것을, 심지어 남에게 밝히기 어려운 개인적인 고민까지도 다 알려주고 의논을 청한 것에 대해 정말 거듭거듭 고마울 뿐이에요.

당신은 내 의견을 듣고 싶다고 적어 보냈지만, 나로서는 당신이 새롭게 밝혀낸 사실들에 대해서는 지금 당장 뭐라고 덧붙일 말이 없군요. 멀리 떨어져 있어 자세한 정황을 알 수 없기도 하거니와, 당신의 해석이나 추리에 대해서 나도 전적으로 공감하고 있으니까요. 더구나 하나님의 은총으로 친구 무함마드와도 재회를 하게 되고, 또 알무라비트 노인의 도움까지 얻게 되었다니 얼마나 다행스러운 일이에요?

당신의 서찰을 읽고 나서 나도 우리가 이제부터 뭘 해야 할까 곰곰이 생각을 해봤어요. 드러난 사실들만을 놓고 말하자면 일단 돈 디에고라는 마법사를 잡는 게 급선무겠지요? 하지만 그 자가 어디 있는지 당장은 알아낼 길이 없으니 역시 그게 문제로군요. 베네치아 상인 안 또니오를 추적하는 것도 마찬가지일 거구요. 하지만 예페트는 당신 곁에 있으니 좀더 면밀히 지켜볼 필요가 있을 것 같아요. 물론 그 사람은 당신이 좋아하고 신뢰하는 사람이지만 없어진 두루마리도 그렇고, 그 사람이 어렸을 때 무녀가 그의 집에 불을 질렀다는 것도 그렇고, 또 집시 여자와 그 사람의 관계도 그렇고, 아무튼 석연치 않은 구석이 많으니까요. 그리고 알무라비트 노인께서도 몇 번이나 말씀하셨다지만, 그 할리드라는 당신의 은사에 대해서도 좀더 알아보세요. 어쩌면 그 사람이 의외의 사실들을 알고 있을지도 모른다는 느낌이 드는군요. 마지막으로 하미드나 시아파 무슬림들에 관한 것은 내가 주제넘게 참견할 일이 아니겠지요? 물론 다른 일들도 마찬가지겠지만, 특히 그 문제에 대해서만큼 아마도 당신이 훨씬 더 잘 알아서 할 테니까요!

당신에게만 너무 큰 짐을 떠맡기는 것 같아 마음이 너무 무겁지만, 지금부터 내가 이곳에서 우연히 들은 얘기를 하나 적어보려고 해요. 이것만이라도 당신에게 도움이 된다면 내 마음이 조금은 가벼워질 것 같군요.

일주일쯤 전에 카슈탈라의 귀족들이 모이는 사교 모임에 갔다가 우연히 들은 거예요. 거기서 새로 만난 사람들에게 내가 가르나타에 오랫동안 머물렀다는 얘기를 했더니, 어떤 사내가 갑자기 로드리고는 잘 있느냐고 묻더군요. 그래서 난 로드리고라는 사람을 모른다고 하니까, 그 사내가 로드리고는 가르나타 주둔군의 기병대장인데 모를 리가 있느냐고 반문하는 거예요. 그래서 내가 다시 기병대장의 이름은 돈 헤라르도라고 했더니, 막 웃으면서 본명은 로드리고가 아니지만 친구들 사이에서는 보통 로드리고로 통한다고 하더군요. 그 이유를 물었더니, 기병대장이 평소 엘시드*를 너무 흠모해서 엘시드의 애칭인 '로드리고'라고 불리는 걸 무척 좋아했다는 거예요. 그 말을 듣고 문득 이상한 생각이 들어서 다시 물어봤죠, 그 기병대장의 머리카락이 무슨 색이냐구요. 그랬더니 붉은색이라지 뭐예요? 내가 가르나타를 떠나기 전에 당신이 죽은 창녀 까르멘이 남긴 서찰을 보여줬잖아요? 기억나죠? 그 서찰에 나오는 '빨강머리 로드리고'가 어쩌면 기병대장일지도 몰라요. 그러니 그걸 한번 확인해 보세요.

이것저것 쓰다 보니 정말 중요한 이야기를 빠뜨렸군요. 당신이 늘 걱정하던 그 집시 여인의 소재를 알아냈다니 다시 한번 축하해요. 망설이지 말고 당장 그 여자를 찾아가 봐요. 물론 그 여자는 우리의 숙제를 풀기 위해서라도 꼭 만나봐야 할 사람이지만, 지금은 그것보다 당신의 뜨거운 가슴을 달래기 위해서 그 여자가 꼭 필요하겠죠. 어쩌면 그 열정이 당신 가슴에 영원히 지워지지 않을 흉터를 남길지도 모르지만, 그래도 비겁하게 도망치진 말아요. 진정한 사랑은 언제 다시 찾아올지 모르니까요! 이 서찰을 읽는 즉시, 더 이상 주저하지 말고 그 여자를 만나 봐요. '아오라 오 눙까'Ahora o nunca(스페인어로 '지금 아니면 영원히 못한다')!

다시 한번 당신의 건강과 행운을 빌어요. 당신의 모든 노고가 헛되지 않고 꼭 결실을 맺을 수 있도록 은총이 가득하신 우리 주님께 기도할게요. 물론 당신이 믿고 경배하는 알라께서도 당신을 지켜주시겠지만요!

---

* 엘시드의 이름은 '루이'이나 '로드리고'라는 애칭으로 불리기도 했다. 제1권 191쪽 주 '알 사이드' 참조.

무한한 애정과 존경을 담아!

둘 힛자Dhūl Hijjah('히즈라'의 열두 번째 달 이름)의 셋째 날에

당신의 벗 로뻬스가."

알리는 서찰을 서안書案 위에 내려놓으며 양미간과 콧잔등을 찌푸렸다. 로뻬스가 일부러 카슈탈라어로 써놓은 마지막 말이 긴 여운을 남기며 머릿속을 맴돌고 있었다. '아오라 오 눙까!'

알안달루스의 가르나타

히즈라 904년 12월 5일(서기 1499년 7월 14일).

마리스탄으로 들어가는 길 양옆에는 높이가 서너 길은 족히 되어 보이는 레바논 삼나무들이 사열이라도 하듯 길게 줄지어 늘어서 있었다. 커다란 나무들이 만들어놓은 시원한 그늘의 터널을 지나면서 알리는 자꾸만 두근거리는 가슴을 진정시키기 위해 몇 차례나 고삐를 잡아채 말의 발걸음을 세우곤 했다. 터벅터벅 내딛는 말발굽에 흙먼지만 풀썩일 뿐 뜨거운 햇살 아래 인적 없는 시골길에는 바람 한 점 불지 않았다. 평소 같았으면 한적한 시골길의 풍광을 즐길 만도 하련만, 새 소리마저 끊어져 고요하기 짝이 없는 오후의 정적은 알리의 불안한 마음을 더욱 초조하게 만들 뿐이었다.

병원 건물이 훤히 보이는 곳까지 왔을 때 알리는 숨을 고르기 위해 다시 한번 말고삐를 잡아당겼다. 붉은 기와로 덮인 긴 장방형의 2층 건물 전면 한가운데에는 커다란 나무대문이 달려 있었고, 벽에는 열쇠 구멍처럼 보이는 아주 작은 창문들이 나 있었다. 알리는 문득 그

벽 너머에 정신병자들이 수용되어 있을지도 모르겠다는 생각을 하면서 어깨를 움찔했다. 조금 답답해 보이는 건물의 전면과는 달리, 측면은 열주를 세워 회랑을 만들고 그 위로 2층에는 발코니가 있는 전형적인 알안달루스식 구조를 갖추고 있었다. 그리고 기둥과 기둥 사이의 공간은 예외 없이 말굽형의 아치로 장식되어 있었다. 결코 화려하진 않았지만 전체적으로 보아 잘 균형 잡힌 건물의 자태가 병원이라기보다는 학교 기숙사처럼 보였다. 그래서인지 알리는 병원 건물을 바라보면서 왠지 친근감마저 들었다.

"앗 쌀람 알라이쿰! 누굴 찾아오셨습니까?"

알리가 건물 앞으로 다가가 측면 쪽의 회랑으로 막 돌아가려 할 때 하인으로 보이는 젊은이가 한쪽 다리를 절며 그의 앞을 막아섰다.

"와 알라이쿰 쌀람!"

알리는 일단 답례만 해놓고 천천히 말에서 내리며 대답할 말을 생각해 보았다. 여기까지 오는 동안 병원 사람들을 만나면 뭐라고 말을 해야 할까 고민해 보지 않은 건 아니었다. 하지만 막상 갑자기 질문을 받고 보니 얼른 핑계거리가 떠오르지 않았던 것이다.

"저……, 워, 원장 어른을 좀 뵈러 왔소."

알리는 얼떨결에 전혀 계획에도 없던 말을 입밖에 내놓고 말았다.

"원장 어르신이요? 어르신께서는 지금 출타중이신뎁쇼."

하인의 대답에 알리는 조금 난감해져 다시 물었다.

"어디 멀리 가셨소?"

"성내에 들어가셨는데, 내일 정오 예배 때나 되어야 돌아온다고 하셨습니다."

하인의 말투는 깍듯했지만 그의 눈길만은 알리의 위아래를 부지런히 훑고 있었다. 한 마디로 낭패였다. 원장이 오늘 안으로 돌아오지 않는다고 하니 더 이상 뭐라고 둘러댈 건더기조차 없어진 셈이었다. 양미간과 콧잔등을 찌푸리며 잠시 궁리를 하던 알리는 마침내 결심이라도 한 듯 이를 한번 악물고는 입을 열었다.

"나는 성내에 사는 알리 이븐 아흐메드 알아바디라고 하오. 아흐메드 이븐 카심 어른께서 내 부친이 되시고……. 사실은……?"

"아흐메드 어른의 자제 분이시라굽쇼? 이런, 이런! 이렇게 은인의 아드님을 뵙게 되다니! 더구나 저와 이름까지 같으시니 이런 우연이 있나!"

사내가 깜짝 놀라며 알리의 말을 잘랐다. 알리도 눈을 동그랗게 뜨며 상대방의 얼굴을 다시 한번 유심히 살펴보았다. 하지만 분명히 아는 얼굴은 아니었다.

"우리 아버님이 댁의 은인이라니……, 그게 무슨……? 그리고 이름이 같다뇨?"

"아아, 사실은 제 이름도 알리거든요. 전 원래 어렸을 때부터 수크에서 짐을 나르는 나귀몰이꾼이었습죠. 아흐메드 어른의 가게에도 매일 물건을 날라드렸구요. 헌데……, 그러니까 벌써 10년이 다 되어 가는군요. 어처구니없는 사고로 그만 이렇게 다리병신이 되고 말았습니다. 휴우!"

사내는 자신의 오른쪽 다리를 툭툭 치면서 짐짓 한숨을 쉬었다.

"저런! 어, 어쩌다가요?"

"그, 그게, 그러니까…… 짐을 너무 많이 싣는 바람에 나귀가 쓰러져서 그 밑에 깔린 거죠. 아직 철모르던 시절에 욕심이 너무 많았던 게 탈이었죠. 다행히도 인자하시고 자애로우신 알라께서 저를 버리지 않으셔서, 아흐메드 어른의 소개로 이곳에 오게 됐답니다."

"그, 그럼 당신도 이곳에서 치료를 받고 있는 거요?"

"하하하, 웬걸요! 하긴 처음에는 치료를 받으러 왔습죠. 하지만 결국 절름발이가 되고 보니 갈 데가 있어야죠. 아흐메드 어른께서 원장 어르신께 잘 얘기를 해주신 덕택에 이곳에서 잔심부름이나 하면서 모진 목숨을 이어가고 있습니다. 생각할수록 정말 고맙지 뭡니까? 인자하시고 자애로우신 알라께서 그 분께 끝없는 축복을 내리시기를! 언제 한번 찾아가서 인사라도 드려야 하는데, 몸이 이 꼴이니 제대로 움직일 수도 없고……."

"그, 그런 일이 있었구만……."

알리는 문득 자신과 이름이 같을 뿐만 아니라 나이까지 비슷해 보이는 젊은이의 신세와 자신의 처지를 비교해 보았다. 무릇 인자하시고 자애로우신 알라께서 인간을 창조하실 때 그 누구에게 미리부터 특별히 은혜를 베풀거나 저주를 내리지는 않으셨을 텐데, 두 사람의 운명은 왜 이다지도 다르단 말인가? 젊은 하인은 모든 게 자신의 과욕 탓이라고 겸손하게 말했지만, 그 정도의 허물 때문에 평생을 절름발이로 지내야 한다는 것은 너무나 가혹한 일이었다. 더구나 이 젊은이가 좀더 유복한 가정에 태어났더라면 애초부터 그 어린 나이에 노새를 몰일도 없었을 테니……! 인자하시고 자애로우신 알라의 뜻은 도대체 무엇이란 말인가? 모든 게 다 정해진 운명이라면, 쥐꼬리만한 행복을 얻기 위해 그토록 발버둥쳐야 하는 우리네 인생은 뭐란 말인가? 또 운명이 아니라면 그의 불행을 무엇으로 설명할 수 있단 말인가? 끊임없는 상념에 빠져드는 알리를 깨운 것은 절름발이 하인의 쾌활한 목소리였다.

"아무튼 이거 정말 반갑습니다. 무슨 일 때문에 원장 어르신을 찾아오셨는지는 모르지만 어르신이 안 계셔서 어쩝니까? 아니, 아니, 이러실 게 아니라 일단 안으로 드시지요. 원장 어르신께선 안 계시지만 안에 들어가셔서 차라도 한 잔 하십시오. 제가 준비해 드리도록 하겠습니다."

절름발이 하인이 막무가내로 잡아끌자 알리는 못이기는 체하며 병원 건물 앞에 말을 매어두고 안으로 들어섰다. 건물 전면의 커다란 나무대문을 지나 안으로 들어서니 제법 널찍한 마당이 나왔는데, 원장의 거처는 마당 건너편 뒤쪽에 있는 별채였다. 하인의 안내를 받아 별채 1층으로 들어갈 때까지, 알리는 긴장을 늦추지 않은 채 쉴 새 없이 주위를 두리번거렸다. 무함마드의 말이 사실이라면 언제 집시 여인과 마주칠지도 모른다는 생각에 온 신경이 활줄처럼 팽팽히 당겨졌기 때문이었다. 그뿐만이 아니었다. 별로 크지도 않은 마당을 가로지르는 동안 그의 다리 또한 사정없이 후들거렸고 입에서는 단내까지 났다. 그러나 결과적으로 그의 모든 기대는 여지없이 빗나가고 말았다. 그가 거실로 보이는 방안에 들어설 때까지 병원 마당에는 사람은커녕 쥐새끼 한 마리도 보이지 않았다. 뿐만 아니라 실내에서도 집시 여인을 연상시킬만한 흔적조차 찾을 수가 없었다. 갑자기 맥이 풀려버린 알리는 보료 위에 털썩 주저앉아 다시 생각에 잠겼다.

'그러면 그렇지! 무함마드가 헛소문을 들은 게야. 아무리 그 여자가 떠돌이 무녀라고는 해도 다 늙은 병원장의 첩살이를 하다니!'

모든 기대가 물거품이 되는 순간 알리는 몹시 실망하고 허탈했다. 무함마드가 잘못 알았을 거라고 혼자 위안을 하면서 아쉽고 쓰린 마음을 애써 진정시키려 해보았지만 그것도 다 소용없는 일이었다. 볼 수 있다는 희망을 가졌다가 막상 그것이 깨지고 나니 이제까지의 잔잔한 그리움이 산더미 같은 파도로 돌변하여 가슴을 때리기 시작했던 것이다. 솔직히 지금 심정으로는 집시 여인이 병원장의 첩이 아니라 거리의 매춘부가 되어 나타난다고 해도 상관없을 것 같았다. 그녀의 얼굴을 한번 보기만 해도 더 이상 원이 없을 만큼, 알리는 그녀가 죽도록 그리웠기 때문이었다.

"일단 이거라도 좀 드시면서 목을 축이십시오. 더 필요한 게 있으시면 뭐든지 말씀하시구요."

박하차를 들고 들어온 절름발이 하인이 말을 시키지 않았다면, 앉은 자리에서 그대로 땅속으로 꺼져버렸을 만큼 알리는 온몸이 나른하고 정신이 멍해져 있었다. 몇 달 동안 누적되었던 심신의 피로가 한꺼번에 몰려드는 것만 같았다.

"고, 고맙소, 정말! 인자하시고 자애로우신 알라께서 당신에게 자비를 베푸시길! 헌데…… 병원이 너무 조용하군."

알리는 하인이 내미는 찻잔을 천천히 집어 들면서 무심코 말했다.

"아, 예에! 지금은 환자들이 모두 낮잠을 자는 시간이라서……."

"그렇소? 그럼…… 이 병원에 있는 사람들은 모두 환자들이오?"

"아닙니다. 의사 선생님들도 계시고, 저처럼 허드렛일을 하는 하인이나 하녀들도 있습죠."

"그밖에는?"

"예?"

"그밖에 다른 사람들은 없느냐 이 말이오!"

"무, 무슨 말씀이신지……? 병원에 환자나 의사나 일하는 사람들 말고 또 누가 있겠습니까?"

젊은 하인이 바보 같은 질문을 한다는 듯 알리를 물끄러미 쳐다보자 알리는 하릴없이 손을 내저었다.

"아, 아니오. 그냥 해본 소리요."

"가끔씩 환자 가족들이 찾아오기도 합니다만……."

눈치를 살피던 하인이 조심스럽게 덧붙이자 알리가 되물었다.

"그 사람들도 여기서 묵을 수 있소?"

"경우에 따라서요. 하지만 오래 묵지는 못합니다."

"흠……! 아, 참! 원장 어른의 가족들도 여기에 사시오?"

알리가 문득 생각난 듯 다시 묻자 젊은 하인은 고개를 흔들었다.

"웬걸요! 그 분 가족들은 모두 다 시내에 사십니다."

"그럼 원장 어른 혼자 여기 계신단 말이오?"

"아닙니다. 원장 어른께서도 늘 계시는 건 아니고……, 그러니까 왔다 갔다 하시는 셈이죠. 모르셨습니까?"

"아아, 사, 사실은 나도 그 분과 잘 아는 사이는 아니라서……. 그럼 난 이만 일어나야겠소. 어차피 원장 어른도 안 계시니……."

말끝을 흐린 알리는 반쯤 마시다 만 찻잔을 내려놓으며 자리에서 일어섰다.

"벌써 가시게요? 차라도 다 드시지 않고……."

황망히 길을 비키는 하인을 뒤로하고 알리는 방을 나와 마당으로 내려섰다. 비스듬히 기울어진 오후 햇살이 지붕을 타고 넘어와 붉은 황토가 깔려 있는 널찍한 마당 위에 극단적인 명암의 대비를 빚어내고 있었다. 정적에 휩싸인 마당 전체가 빛과 어둠으로 확연하게 갈라져 소리 없는 투쟁을 벌이고 있었고, 그 적나라하면서도 격렬한 대립 속에 타협의 여지는 전혀 없었다. 그리고 그것은 마치 이편이 아니면 저편을 선택하라고 강요하는 두 믿음 사이의 충돌과도 같아 보였다. 그림자의 끝을 따라 너무나도 선명하게 그려진 건물의 윤곽선 너머에서 한 사내가 나타난 것은 바로 그때였다. 사내가 그늘 속에서 갑자기 튀어나왔기 때문에 알리는 그가 땅속에서 솟구쳐 올라온 듯한 느낌마저 들었다.

"부에나스 따르데스! 아 돈데 바스A dónde vas(어디 가느냐)?"

서로 잘 아는 사이인지 절름발이 하인은 사내를 보자마자 친근한 목소리의 카슈탈라어로 외치더니 그를 향해 절뚝거리며 달려갔다. 어둠 속에서 갑자기 나타난 사내는 기독교도 복장을 하고 있었다. 그런데 차림새로 보아 높은 신분은 아닌 것 같았다. 자신을 향해 달려오는 하인을 보더니 사내 또한 반갑게 몇 마디 말을 건넸고, 곧이어 두 사람은 마당을 가로질러 알리의 반대편 건물 안쪽으로 사라져버렸다.

두 사람을 물끄러미 바라보던 알리가 마당 한가운데를 지나 건물 밖으로 통하는 나무대문 쪽으로 막 걸음을 옮기기 시작했을 때였다. 어디선가 작은 돌멩이 하나가 날아와 그의 앞에 떨어졌다. 깜짝 놀라 고개를 든 알리는 사방을 둘러보았지만 돌을 던진 사람의 모습은 보이지 않았다. 아니, 사실은 돌멩이가 정확히 어느 방향에서 날아왔는지도 알 수 없었다. 때문에 그는 허둥대며 이리저리 고개를 돌려 둘러보았을 뿐, 마당 주위를 'ㅁ'자로 둘러싼 건물들 전체를 제대로 살펴보지도 못했다.

"세뇨르 알리! 세뇨르!"

알리는 자신이 백일몽을 꾸는 게 아닌가 싶었다. 아니, 그건 어쩌면 환청 같기도 했다. 너무 가늘어서 들릴 듯 말 듯한 그 목소리는 분명 집시 여인의 음성이었다. 놀라다 못해 가슴이 쿵쾅거리고 다리까지 후들거리기 시작했다. 알리는 소리 나는 쪽을 향해 조심스럽게 고개를 뒤로 돌려보았다. 여인의 음성이 들려온 곳은 방금 전에 자신이 나왔던 별채 건물 2층이었다. 그리고 떨리는 눈길이 2층 발코니에 가 닿았을 때 알리는 자신도 모르게 탄성을 지르고 말았다.

"알칼라!"

*　　　　*　　　　*

"……."
"……."

집시 여인의 눈에서는 마르지 않는 샘물처럼 계속 눈물이 흘러내렸다. 그리고 그런 그녀를 바라보는 알리의 눈시울도 어느덧 붉게 물들고 있었다. 벌써 반 시각은 족히 흐른 것 같았지만, 두 사람은 서로 한 마디 말도 하지 않은 채 상대방의 얼굴만 바라보고 있을 뿐이었다. 발코니 쪽으로 열린 문에서 한여름의 후끈거리는 대기가 밀려들어왔다. 그러나 두 사람의 기나긴 침묵은 방안의 모든 가구와 집기들마저 꽁꽁 얼려버릴 것 같았다.

그러나 알리의 가슴 속에서는 무쇠라도 녹일 만큼 뜨거운 불길이 지칠 줄 모르고 타올라 온몸을 달군 열기가 충혈 된 두 눈을 통해 광선처럼 뿜어져 나왔다. 흐르는 눈물을 닦을 생각도 하지 않고 꼿꼿한 자세로 의자에 앉아 있는 집시 여인의 얼굴은 의연하다 못해 처절했다. 그리고 짙은 오렌지색의 화사한 드레스 때문에 더욱 눈부시게 빛나는 그녀의 우아한 자태조차 고통 속에서 그대로 굳어버린 거대한 석상처럼 보였다. 마치 용암과 화산재 속에 갇혀버린 여인처럼! 눈물 때문에 눈가에 칠한 알코홀al-kohl 가루*가 흉하게 번지기는 했지만, 그녀의 얼굴은 여전히 알리의 가슴을 떨리게 할 만큼 아름다웠다. 티끌 한 점 없이 매끈하면서도 윤기가 도는 피부는 물론이고, 보는 이를 빨아들일 것 같은 검고 커다란 눈망울, 오뚝하고 시원스러운 콧날, 얇으면서도 육감적인 입술, 한 마디로 모든 것이 알리의 뇌리에 남아 있던 모습 그대로였다. 마치 그 자리에 그대로 앉아 그를 기다려 온 것처럼!

"저, 정말 보고 싶었소! 다, 당신이 무사하기를 다, 당신을 다시 볼 수 있게 되기를……, 인자하시고 자애로우신 알라께 어, 얼마나 빌었는지 모르오."

얼마나 시간이 지났을까? 두 손을 마주잡고 어루만지며 자신이 해야 할 말을 몇 번이고 입 속에서 되뇌어 보던 알리는 끓어오르는 감정을 조심조심 억누르면서 최대한 침착하게 입을 열었다. 하지만 그의 목소리는 자신의 바람과는 달리 사정없이 떨리고 있었다.

"벵가 아끼Venga aquí(스페인어로 '이리 오세요')!"

그때 영원히 말을 할 것 같지 않던 집시 여인의 입에서 짧은 대답이 튀어나왔다. 석류보다 더 붉은 입술 사이로 새어나온 까나리오**같은 목소리 또한 가늘게 떨리고 있었고, 그 미세한 진동이 알리의 타는 가슴을 더욱더 휘저어 놓았다.

"저를 언제까지나 그렇게 보고만 계실 건가요? 어서 이리 오세요. 이리 와서 절 안아주세요."

---

* 아랍어로 '눈 화장에 쓰이는 광물성의 검은 가루'를 가리킨다. 대개 '안티몬'antimony이 포함되어 있는 광석을 가리키며, 영어의 '알코올'alcohol이라는 말은 여기서 유래했지만, 뜻이 완전히 달라진 것이다.
**canario : 스페인어로 '카나리아'canary를 가리킨다. 높고 예쁜 소리로 우는 새의 이름.

오랜 시간 동안 손가락 하나 까딱하지 않고 낙타 눈썹만큼의 흐트러짐도 없었던 집시 여인의 꼿꼿한 자세가 순식간에 무너진 것은 바로 그때였다. 그녀의 얼굴이 보일 듯 말 듯 희미하게 일그러지면서 슬픔인지 기쁨인지 잘 알 수 없을 만큼 묘한 표정이 스쳐가는 순간, 기다란 속눈썹과 얇은 입술과 눈물로 얼룩진 두 뺨이 경련을 일으키며 파르르 떨렸다. 알리가 잠시 망설이자 집시 여인은 그때까지 무릎 위에 단정하게 포개놓았던 두 팔을 갑자기 들어올려 알리를 향해 활짝 펼쳤다. 누가 먼저랄 것도 없었다. 두 사람은 거의 동시에 자리를 박차고 일어나 서로를 향해 달려들었고, 마침내 알리는 비 맞은 새처럼 자신의 품속에서 떨고 있는 그녀를 으스러져라 끌어안은 채 자신도 사시나무처럼 떨기 시작했다.

"다, 당신을 보았어요, 꿈속에서! 다, 당신을 얼마나 찾아 헤맸는지……, 얼마나 기다렸는지……."

집시 여인은 갓난아이가 옹알이라도 하듯 끊임없이 중얼거렸고, 알리는 아무 말도 하지 못한 채 두 손으로 그녀의 양어깨와 등을 쉴 새 없이 쓰다듬고 토닥거렸다.

"제가 여기 있다는 걸 어떻게 아셨어요?"

한참의 시간이 다시 흐른 뒤에야 두 사람은 나무 침상 끄트머리에 나란히 걸터앉았고, 집시 여인은 앞만 바라보며 조용히 물었다.

"무함마드에게 우연히 들었소. 아, 무함마드는 지난번 축제날 나와 함께 당신을 구해준 사람인데, 내 둘도 없는 친구라오."

"아아, 그 분이 무함마드님이세요? 날 업어주셨던?"

"그래요! 기억하는구려?"

"물론이죠. 은인을 잊을 리가 있겠어요."

잠시 여인은 알리를 향해 눈길을 돌리며 처음으로 배시시 웃었다. 그 미소를 보는 순간 알리의 가슴속에 응어리져 있던 지난 두 달 동안의 모든 고통과 혼란은 봄눈 녹듯 사그라져 버렸다. 아니 그 미소 속에 갇혀 영원히 빠져나오지 못할 것 같았다.

"그래도 이렇게 몸 성하시니 얼마나 다행이에요. 그 동안 성내에서 끔찍한 일들이 무척 많았다고 하던데……."

"알함둘릴라!"

알리가 대수롭지 않다는 듯이 대답하자 여인은 손을 뻗어 알리의 팔짱을 끼며 콧소리 섞인 음성으로 말했다.

"그거야 그렇겠지만……, 제 기도도 한 몫 했을 걸요."

"……."

여인의 목소리와 몸짓이 너무나 사랑스러워 알리는 가슴이 벅차 잠시 숨이 막힐 지경이었다. 처음 만났을 때와는 사뭇 다르게 보이는 그녀의 그런 태도는 얼른 보면 아마를 연상시키기도 했다. 아마 또한 종종 콧소리를 내며 알리에게 애교를 부리곤 했으니까! 하지만 그런 아마의 모습이 귀엽고 사랑스럽기는 했을지언정 알리의 가슴을 이토록 뛰게 만든 적은 없었다. 커다란 불덩이 같은 것이 가슴을 다 태우고 목구멍까지 치밀어 오르는 것 같아, 알리는 자신도 모르게 입을 반쯤 벌리고 거친 숨을 토해내야만 했던 것이다. 그걸 아는지 모르는지 잠시 여인은 콧소리로 계속 중얼거리면서 알리의 왼쪽 어깨에 살며시 얼굴을 기댔다.

"이젠 정말 아무 여한도 없어요. 당신 품에 안겨 보는 게 소원이었으니까! 이젠 더 이상 두렵지 않아요. 이젠 더 이상 도망칠 필요도 없구요……."

알리는 문득 그 동안 무슨 일이 있었느냐고 묻고 싶었다. 하지만 집시 여인이 왼손을 뻗어 자신의 코와 입술을 만지작거리기 시작하자 입을 다물 수밖에 없었다. 알리는 금방이라도 폭발할 것처럼 요동치는 심장의 박동을 온몸으로 느끼면서 두 눈동자를 힘겹게 아래로 굴려 여인의 손을 쳐다보았다. 손등에 헨나로 정교한 꽃무늬를 그려 넣은 여인의 매끈한 손이 한 마리의 갈색 구렁이처럼 알리의 목을 스치고 올라와 그의 얼굴을 살포시 덮고 있었다. 붉게 물들인 손톱을 앞세우고 손등에서 뻗어 나온 다섯 개의 가늘고 긴 손가락들이 열에 들떠 화끈거리는 두 뺨에 닿을 때마다, 알리는 섬뜩할 만큼 시원한 감촉에 놀라 몸을 움찔거렸다. 여인의 손가락들이 뱀의 혓바닥처럼 날름거리면서 알리의 얼굴을 이리저리 부드럽게 어루만지자, 마침내 알리는 두 눈을 지그시 감은 채 길고 긴 몽환의 늪 속으로 가라앉았다.

어디선가 쏴 하고 바람 소리가 들려오는 것 같았다. 머리가 텅 비고 눈앞이 아득해졌다. 아니 눈을 떠도 아무 것도 보이지 않았다. 뭐라고 말을 한 것 같기는 한데, 알리는 자신이 무슨 말을 했는지 알 수가 없었다. 아니 말을 했는지 안 했는지조차 기억나지 않았고, 자신이 지금 무슨 짓을 하고 있는지도 짐작할 수가 없었다. 침대 위로 여인과 함께 엉켜 쓰러진 뒤로는 아무 것도 기억나지 않고 아무 생각도 할 수가 없었던 것이다. 단지 온몸 구석구석의 미세한 감각들만이 이따금씩 살아나, 마치 독립된 생명을 가진 벌레들처럼 꿈틀대고 있을 뿐이었다. 여인의 미끈미끈하고 축축한 혀가 입술과 입천장을 훑고 지나가자 알리의 사지는 심한 경련을 일으켰고, 검은 실타래를 풀어헤쳐놓은 듯 풍성한 여인의 머리카락이 얼굴과 목덜미를 휩쓸고 지나갈 때마다 그의 온몸은 요동을 치며 뒤틀렸다. 그리고 양털을 가득 채운 쿠

션처럼 탄탄하면서도 푹신푹신한 그녀의 젖가슴이 얼굴을 덮자, 알리는 마침내 온몸의 땀구멍 하나하나가 죄다 열리고 솜털 하나하나가 모조리 곤두서는 것을 느꼈다.

"저, 저를 사랑하세요?"

문득 자신의 귓가에 대고 속삭이는 집시 여인의 음성이 들렸다. 하지만 알리는 얼른 대답을 할 수가 없었다. 잘 익은 오디 열매처럼 단단하게 무르익은 그녀의 장밋빛 젖꼭지가 그의 입안을 가득 채우고 있었던 것이다. 얼떨결에 그는 대답 대신 그녀의 젖꼭지를 힘차게 빨아 당겨 앞니 끝으로 살며시 깨물었다.

"아아아……! 아아아……!"

집시 여인의 입에서는 나지막한 탄성이 간간이 끊어지며 흘러나왔다. 태어나서 처음 들어보는 열락悅樂의 신음 소리에 알리는 관자놀이의 모든 핏줄이 일시에 터져버리는 듯한 착각에 빠지며 걷잡을 수 없는 흥분 속으로 녹아들었다.

"저, 저를 사랑하세요?"

애타는 여인의 미성이 뜨거운 입김에 섞여 또다시 알리의 귀를 적셨다. 그렇지만 알리는 이번에도 대답을 할 수가 없었다. 아니 대답 대신 그의 입술은 여인의 어깨와 목덜미를, 이어서 탐스러운 젖가슴과 잘록한 허리를, 그리고 부드러운 곡선을 그리며 미끈하게 뻗어 내린 허벅지와 종아리를 미친 듯이 탐하기 시작했다.

"하이야 알랏 쌀라(아랍어로 '어서 예배하러 오시오')!"

"하이야 알랏 쌀라!"

아주 멀리서 석양 예배를 알리는 아잔 소리가 구슬프게 들려왔고, 발코니 너머에서 흘러들어온 석양 햇살에 벌거벗은 여인의 알몸 위에는 핏빛 무늬가 물결처럼 퍼지며 일렁거렸다.

*   *   *

창밖은 어느새 어두워져 있었고, 마당을 향해 열려진 문으로 한줄기 산들바람이 불어와 알리의 얼굴을 스치고 지나갔다. 조금 떨어진 탁자 위에서 가끔씩 지지직 소리를 내며 타오르는 등잔불이 바람이 불 때마다 위태롭게 흔들렸을 뿐, 방안에는 숨 막히는 고요만이 감돌고 있었다. 알리는 고개를 들어 발코니 쪽을 내다보았다. 발코니의 나무 난간을 붙잡고 서 있는 집시 여인은 무슨 생각에 잠겼는지 먼 하늘만 응시하고 있었고, 바람이 불 때마다 화려한 오렌지색 드레스 자락이 하늘하늘 흔들리고 있었다.

"오늘은 시간이 늦었으니 남은 이야기는 차차 하도록 합시다. 나도 이제 그만 가봐야 할 것 같소."

무거운 침묵을 깨고 마침내 알리가 입을 열었다.

"……."

집시 여인이 아무 대답도 하지 않자 알리는 목소리를 조금 높여 다시 말했다.

"지금 당장이라도 당신과 함께 가고 싶은 마음이 굴뚝같지만……, 그래도 일단 집에 돌아가서 아버님의 허락을 얻어오는 게 나을 것 같소. 그러니 미안하지만 조금만 기다려주구려."

"……."

여인은 여전히 말이 없었다.

"나, 날 믿어야 하오! 내 며칠 내로 꼭 돌아올 테니 당신도 그 동안에 이곳을 떠날 준비나 해두도록 해요!"

여인의 침묵에 약간 조바심이 난 알리가 조금 더 언성을 높여 외쳤다. 그렇지만 여인은 역시 미동도 하지 않았다.

"나, 난 다른 사내들과는 달라요! 내가 당신을 하룻저녁 노리개로 생각하지 않는다는 건 당신도 잘 알지 않소? 난 꼭 아버님의 허락을 얻어 당신을 집으로 데려갈 거요. 인자하시고 자애로우신 알라께 맹세해도 좋소! 다, 당신이 원한다면 정식으로 혼례를 치를 수도……."

답답함을 견디지 못한 알리가 마침내 자리에서 벌떡 일어나 발코니 쪽으로 막 한 걸음을 떼어놓으려 했을 때였다.

"운명을 믿으세요?"

집시 여인의 차분한 목소리가 서늘한 저녁 공기를 타고 방안에 울려 퍼졌다.

"우, 운명? 갑자기 그건 무슨 소리요?"

"……."

집시 여인은 말없이 몸을 돌려 알리를 바라보았다. 옷매무시 하나 흐트러짐이 없는 그녀의 자태는 은은한 불빛을 받아 흡사 여신처럼 단아해 보였다. 알리는 그녀가 조금 전까지 자신과 함께 알몸으로 침대 위를 뒹굴었다는 사실을 도저히 믿을 수가 없을 정도였다.

"운명이라……? 물론 나도 인자하시고 자애로우신 알라께서 정해주신 하늘의 섭리를 믿소. 허나 성스러운 『쿠란』에도 각자의 업은 각자에게 달려 있는 거라 했으니……."

알리는 말을 하면서도 자신에 대한 불만을 견딜 수가 없었다. 지금 같은 상황에서도 이런 무미건조한 말밖에 늘어놓을 수 없는 자신이 원망스럽기 짝이 없었다. 그러자 여인의 입가에 보일 듯 말 듯 미소가 스쳐갔다.

"당신은……, 정말 좋은 분이에요. 하지만 저 때문에 부담 느끼시는 건 싫어요. 제가 당신의 목에 매달려 있는 업이라고 생각하실 필요도 없구요. 저는 오랫동안 제 운명의 몫을 기다려왔고, 이제 그걸 찾았으니 됐어요. 당신 말이 맞아요! 모든 업은 각자의 것이겠죠. 하지만 저처럼 미천한 계집의 운명까지 당신이 나눠지실 필요는 없어요. 그러니까 이제 제 걱정은 그만하세요."

"그, 그건 또 무슨 말이요? 당신과 내가 이렇게 만난 게 운명이든 아니든 난 이제부터……."

알리는 당황한 표정으로 뭔가 말을 하려 했지만, 집시 여인은 손을 들어 그를 제지하며 말을 이었다.

"세상 사람들이 다 알다시피 난 점쟁이고 천한 무녀예요. 하지만 난 우리 운명이 카드나 별자리에 써 있다고 생각하는 바보는 아니에요."

"그, 그럼…… 어디에 써 있단 말이오?"

알리는 문득 집시 여인이 보여주었던 두루마리를 떠올리며 재빨리 물었지만, 그녀의 입에서는 의외의 대답이 튀어나왔다.

"우리의 운명은…… 바로 우리들 가슴속에, 우리들 머릿속에 있죠. 카드나 별자리는 우리 마음을 비추는 거울에 지나지 않는 걸요."

"……."

알리가 아무 말도 못한 채 집시 여인을 멍하니 바라보자 그녀는 미소 띤 얼굴로 다가오며 다시 말했다.

"아, 참! 떠나시기 전에 알려드릴 게 있어요. 하긴…… 이제 와서 그게 무슨 소용일지는 모르겠지만……."

"뭔데 그래요? 어서 말을 해봐요!"

알리가 마른침을 꼴깍 삼키자 집시 여인이 조용히 되물었다.

"아까 예페트라는 분이 절 찾고 계시다고 했죠?"

"그, 그렇소! 사실 당신이 갖고 있던 두루마리를 찾는 거지만……. 아니, 그, 그럼 당신도 예페트를 아오?"

"아뇨, 직접 아는 건 아니에요. 하지만…… 어쩌면 그 분은 제 오라버니일지도 몰라요."

"뭐, 뭐요?"

알리가 화들짝 놀라자 여인은 갑자기 슬픈 눈으로 허공을 보았다.

"하지만 이제는 다 소용없는 일이에요. 두루마리는 이미 없어져 버렸고……, 그 분은 날 원수처럼 생각하실 테니까요. 아니 아마 제가 동생이라는 것 자체를 인정하지도 않으실 거예요."

"그게 도대체 무슨 소린지 좀 알아듣게 말을 해봐요! 그리고 아까도 말했듯이, 그 두루마리는 돈 디에고라는 마법사가 훔쳐갔으니까, 그 자만 잡으면 되찾을 수도 있단 말이오! 그렇게 되면 예페트도 당신을 용서하겠지. 그리고 사실…… 두루마리가 없어진 게 당신 책임은 아니잖소? 당신이 집을 비운 사이에 그 살인마가 노파를 죽이고 훔쳐간 거라면서?"

"두루마리야 되찾을 수도 있겠지만, 그런다고 해서 흘러간 시간들이 되돌아오는 건 아니겠죠. 일어난 일들이 없어지는 것도 아니고, 죽은 사람이 살아나는 것도 아니구요. 과거는 하나님께서도 어쩔 수 없으시다고 하지 않던가요?"

집시 여인의 얼굴이 점점 파리해졌다. 알리는 걱정스러운 나머지 한껏 부드러운 말투로 위로하듯 말했다.

"당신 어머니, 아니 어머니의 먼 친척이라고 했나? 아무튼 그 노파

일은 정말 안 됐소. 하지만 아직 죽었다는 게 확인된 건 아니니까 희망을 버리지는 말아요. 그리고 설사 죽었다 해도…… 그 마법사를 붙잡아 죗값을 치르게 하면……, 인자하시고 자애로우신 알라께서 불쌍한 노파의 영혼을 돌봐주실 거요."

"그렇게 말씀해 주시니 정말 고마워요. 당신은 역시 천사 같은 마음씨를 가지신 분이군요. 하지만 제가 좀 전에 드린 말씀은 그 할망구 얘기가 아니에요."

"노파 이야기가 아니었다구? 그, 그럼 무슨 말이었소?"

알리가 놀란 얼굴로 되묻자 집시 여인은 잠시 뜸을 들이다 그의 옆자리에 앉았다. 그러더니 긴 한숨을 내쉬며 이야기를 시작했다.

"휴우! 아주 오래 전, 그러니까 당신이 태어나기도 전의 얘기예요. 벌써 30년이 다 되어 가는 일이니까! 돌아가신 제 친어머님께서는 젊으셨을 때 툴라이툴라에서 미모로 소문난 무녀이셨대요. 그 분도 저처럼 떠돌이 집시이셨죠. 헌데 어쩌다가 툴라이툴라에서 꽤 고명하신 랍비 어른하고 정분이 나셨던 모양이에요. 당시 저의 어머님 곁에는 함께 살던 남자도 있었는데 말이죠."

"뭐요? 그럼 남편까지 있는 아녀자가 바람을 피웠단 말이오?"

눈살을 찌푸리는 알리에게 집시 여인은 쓸쓸하게 웃으며 대답했다.

"남편은 아니었어요! 그 남자는 유명한 마법사였는데, 어머님께서는 그 자에게 속아서 잠시 함께 살았을 뿐이라고 하셨으니까요."

"속다니?"

"그 자가 죽은 사람도 살리는 비법을 알고 있다고 거짓말을 하는 바람에……."

"아무리 그래도 그렇지, 어쨌든 임자 있는 아낙네가……."

"당신은 오늘 일을 후회하시나요?"

집시 여인이 갑자기 엉뚱한 질문을 던지자 알리는 영문을 몰라 잠시 어리둥절해했다.

"후, 후회라니?"

"저같이 더럽고 천한 계집을 품에 안으신 걸 후회하시느냐구요? 하긴 잊어버리시면 그만인데, 굳이 후회하실 것도 없겠지만……."

"별안간 뚱딴지같이 왜 그런 말을 하는 거요? 당신의 신분 같은 건 아무 상관없다고 내가 몇 번이나 말했잖소!"

알리가 약간 짜증 섞인 목소리를 내자 여인은 물기어린 목소리로 나직이 대꾸했다.

"어리석게도 저의 어머님께서는 그 랍비 어른을 진심으로 사랑하셨나 봐요, 바로 저처럼 말이죠. 하지만 떠돌이 무녀에게 그런 사랑이 가당키나 한 거겠어요? 그 랍비 어른께서도 결국은 어머님을 버리셨으니까!"

알리는 그제야 사태를 파악하고는 머쓱해졌다. 별 생각 없이 던진 말이 집시 여인의 마음에 큰 상처를 줬다는 사실을 뒤늦게 깨달았던 것이다. 집시 여인이 곤란해 할까봐 그녀의 처지에 대해 일부러 아무것도 묻지 않았던 알리였다. 그런데 뜻하지 않았던 실언으로 그녀에게 상처를 입혔다는 사실이 더욱 가슴 아파 견딜 수가 없었다.

"아니, 내 말은 그, 그런 뜻이 아니라……?"

"괜찮아요. 난 당신 마음을 다 아니까요. 당신은 정말 좋은 분이시잖아요? 아무튼……, 그래서 저의 어머님께서는 그 랍비 어른의 아이까지 낳고 싶어 하셨고, 결국은 원하던 아이를 낳으셨죠."

"그, 그럼…… 그 아이가 바로……?"

"그래요, 그 아이가 바로 저예요. 그러니까 그 랍비 어른께서 바로 제 아버님이 되시는 거죠. 전 아버님이라고 불러보지도 못했고 또 부를 처지도 아니었지만요. 아무튼 그 분께서 바로 당신 집에 묵고 있다는 예페트님의 아버님이기도 할 거예요. 결국 예페트님이 제 이복 오라버니가 되시는 셈이구요."

"그, 그랬었구만! 어떻게 이런 인연이……!"

너무도 놀라운 얘기에 알리는 잠시 말을 잇지 못하다가 문득 생각이 난 듯 다시 물었다.

"하, 하지만…… 당신 어머니가 무녀였다면……, 내가 듣기로는 당신 어머님이 그 랍비 어른의 집에, 그러니까 예페트의 집에 불을 질러서 그 집안사람들이 죄다 타 죽었다던데……. 당신 어머님이 당신을 안고 그 집을 찾아갔다가 문전박대를 당하자 앙심을 품고 그런 짓을 했다더군. 하지만 아무리 배신의 상처가 컸기로서니 어떻게 사랑하는 사람의 집에 불을 지를 수가 있단 말이오?"

"그 얘기는 대체 어디서 들으셨나요? 예페트님한테서?"

"아니오. 다른 곳에서 들었소만……."

"모두들 그렇게 알고 있죠. 하지만 그건 사실이 아니에요."

"사실이 아니라니?"

알리가 다시 눈을 동그랗게 뜨자 집시 여인은 다시 긴 한숨을 내쉬었다.

"휴우! 이제 와서 돌아가신 제 어머님의 결백을 증명할 도리는 없겠지만, 아무튼 그건 사실이 아니에요. 어머님께서 문전박대를 당하신 건 사실이지만, 그 집에 불을 지른 건 다른 사람이니까요."

"그, 그게 누구요?"

"바로 엘에르미따뇨죠!"

집시 여인의 눈빛이 섬광처럼 빛났다. 순간 알리는 섬뜩함마저 느끼며 소스라치게 놀랐다.

"뭐, 뭐요? 그 자가 왜……?"

"그건……, 그 자가 바로 제 어머님과 함께 살던 남자였으니까요!"

"뭐라구? 그, 그게 사실이오? 그, 그러면……?"

갈수록 점입가경이었다. 집시 여인이 쏟아놓는 말들을 들으면서 알리는 머리가 핑핑 돌 지경이었다. 그렇지만 그녀는 담담한 표정으로 계속 말을 이었다.

"인생이란 참 묘한 거예요. 어쩌면 그 사악한 마법사도 제 어머님을 진짜 사랑했을지도 모르죠. 그래서 제 어머님과 랍비 어른의 관계를 알게 되자 질투심에 불타 그 댁에 불을 지른 거래요."

"흠……."

복잡한 머릿속을 정리하느라 잠시 양미간과 콧잔등을 찌푸리고 있던 알리는 고개를 갸웃거리며 다시 입을 열었다.

"헌데…… 그, 그렇다면 말이오. 그 두루마리는 도대체 어떻게 된 거요? 그게 어쩌다가 당신 손에 들어가게 됐고, 또 돈 디에고는 왜 사람까지 죽여가면서 그걸 훔쳐갔소? 게다가 예페트는 그게 자기 목숨보다 소중하다고 했고……, 또 지금 생각해보니 당신도 날 처음 만났을 때 그 두루마리에 운명을 걸었다고 했잖소? 도대체 그 두루마리가 뭐기에 그렇게 난리들을 치는 거요?"

"……."

집시 여인은 굳은 얼굴로 아랫입술만 잘근잘근 깨물며 아무 말이 없었다. 그래서 알리는 좀더 진지한 태도로 다시 여인을 설득했다.

"예전에 동굴집에서 당신이 그 두루마리를 처음 보여줬을 때, 난 솔직히 별로 대수롭지 않게 여겼소. 하찮은 마법이나 미신이라고 생각했기 때문이오. 하지만 이제는 그게 뭐든 상관없소. 싸구려 마법이라도 좋고 어리석은 미신이라도 좋단 말이오! 이젠 나한테도 그 두루마리가 중요하니까! 왜냐? 당신이 내게 소중한 만큼 당신에게 중요한 거면 내게도 중요하기 때문이오. 그러니 이제 말을 해봐요. 대체 그 두루마리에 얽힌 진짜 사연이 뭐요? 당신은 왜 그 두루마리를 신주단지 모시듯 한 거냐 말이오!"

알리는 굳어 있던 집시 여인의 표정이 흔들리는 것을 보고 자신의 말이 그녀를 충분히 감동시켰다는 걸 읽을 수 있었다. 하지만 여인은 뭔가 두려워하는 듯 여전히 입을 열지 않고 망설이더니 갑자기 느닷없는 질문을 던졌다.

"저, 저를 사랑하세요?"

"……."

알리가 황당하다는 표정을 짓자 여인은 물기에 젖어 갈라진 목소리로 천천히 입을 열었다.

"이제 와서 뭘 숨기겠어요? 당신을 처음 만났을 때는 함부로 천기를 누설할 수 없다는 생각에……. 하지만 이제 그런 건 두렵지 않아요. 제 운명은 이미 제 가슴속에 있는 걸요. 게다가 그 두루마리는 이미 사라졌고, 제겐 더 이상 아무 소용도 의미도 없어요. 왜냐구요? 제가 당신을 만나는 순간 그 두루마리는 제 할 일을 다한 거나 마찬가지니까요, 적어도 제게는 말예요! 물론 다른 사람들에게는 그게 여전히 중요할 수도 있겠지요. 전하는 말로는 그 속에 엄청난 비전의 지혜와 계시가 들어 있다고들 했으니까요. 하지만 전 당신처럼 학식이 높은 것도 아니고 지혜롭지도 않아요. 지난번에도 말씀드렸지만, 전 글도 읽을 줄 모르는 걸요. 그러니까 그 두루마리에 담긴 깊은 뜻 같은 건 저랑 별 상관도 없어요."

"하지만 처음 만났을 때 당신은 그 두루마리 속에 우주의 지혜가 담겨 있다고 했잖소? 나한테 카드를 뽑아달라고 부탁한 것도 다 그 때문이 아니었소? 사라진 지혜를 되찾기 위해서……."

알리가 약간 언성을 높이며 되묻자 집시 여인은 슬프디 슬픈 미소를 지으며 그의 말을 잘랐다.

"정말 죄송해요. 하지만 그땐 솔직히 다 말씀드릴 수가 없었어요. 사실 우주의 지혜가 담겨 있다는 건 그냥 사람들이 하는 말을 옮겼을 뿐이에요. 저처럼 무지하고 천한 계집에게 그런 지혜가 어울리기나 하겠어요? 제, 제게 그 두루마리가 중요했던 이유는……, 그게 제 명운命運을 알려줄 거라고 하신 어머님의 유언 때문이었어요. 하지만 어머님께서는 그 이상은 알려고 해서도 안 되고 알 필요도 없다고 하셨죠. 학자들 못지않게 박식하셨던 어머님께서 제게 글 한 자 안 가르치신 것도 다 그 때문이구요. 아무튼……, 그래서 전 오랫동안 당신을 기다려왔던 거예요, 내 명운을 알려줄 사람을 말예요! 하지만 카드를 뽑기 전에 그걸 미리 알려드릴 순 없었다구요! 그러니 이제 지난 일은 용서하세요."

"허허, 이거야 원! 주객이 전도돼도 유분수지. 그럼 결국 당신이 아니라 내가 점쟁이 노릇을 했단 말이오? 복채도 안 받고?"

알리는 짐짓 장난스레 농을 던져보았지만 여인의 얼굴에 드리워진 그늘은 조금도 가시지 않았다. 그래서 그는 진지하게 다시 물었다.

"그럼 당신은 날 만난 게 운명이라고 생각하오?"

"당신에겐 아닌가 보죠?"

"그, 글쎄……?"

"네, 제겐 운명이죠! 제 운명은 제 가슴 속에 있으니까요. 어쩌면 운명이라고 믿고 싶은 건지도 모르지만요."

여인의 음성이 다시 가을바람처럼 쓸쓸하게 갈라졌다. 그 때문에 알리는 얼른 말을 돌렸다.

"하, 하지만 말이요……. 어차피 내가 카드를 뽑아서 알려줄 거라면 그 두루마리는 왜 필요했던 거요?"

"그, 그게 그렇게 단순하질 않아요. 어머님께서는 신비한 영험을 얻으려면 모든 게 갖춰져 있어야 한다고 늘 말씀하셨거든요. 아주 작은 것 하나라도 빠뜨리면 안 된다구요! 그 두루마리가 없었다면 전 당신을 만날 수 없었을 것이고, 또 당신도 그게 없었다면 제대로 카드를 뽑을 수 없었을 테니까요!"

"……."

알리가 입을 다문 채 도저히 수긍할 수 없다는 표정을 짓자 집시 여인은 한결 차분해진 목소리로 말했다.

"당신은 이해하기 힘드실 거예요. 하지만 그런 게 아니더라도……, 그 두루마리는 가엾은 어머님께서 제게 남겨주신 유일한 유품이기도 했어요."

"어머님의 유품? 하지만…… 예페트 말로는 그 두루마리의 원래 주인은 자기 선친이셨다고 하던데?"

"맞아요! 돌아가신 랍비 어른께서 원래 주인이셨죠. 아주 오래 전부터 전해져오던 것을 그 분이 우연히 손에 넣게 되셨다고 들었으니까요. 하지만 그 분께서 돌아가시기 전에 그 두루마리를 제 어머님께 맡기신, 아니 주신 거예요."

"에에? 그건 또 왜?"

"돌아가신 제 어머님은 미모로만 유명하셨던 게 아니에요. 그 분은 아주 영험한 무녀셨거든요. 게다가 저하고는 달리 글도 읽을 줄 아셨고, 서책도 꽤 많이 보셨어요. 그래서 모두들 제 어머님을 시빌라라고 불렀대요."

"시빌라?"

알리는 너무 놀라 방안이 울리도록 큰 소리로 외쳤다. 그러자 집시 여인도 깜짝 놀라며 그렇지 않아도 커다란 눈을 더욱 둥그렇게 떴다.

"왜, 왜 그러세요?"

"당신 어머님이 정말 시빌라였단 말이오?"

"그, 그냥 사람들이 그렇게 불렀다는 거죠. 헌데 그게 뭐가 잘못인가요?"

집시 여인이 의아하다 못해 황당하다는 반응을 보이자 알리는 재빨리 말을 얼버무렸다.

"아, 아니오, 아무 것도 아니오! 그래서? 어서 얘기를 계속해 봐요."

"그래서……, 사실은 돌아가신 랍비 어른께서 그 두루마리에 담긴 뜻을 풀기 위해 제 어머님께 도움을 청했다더군요. 저도 잘은 모르지만, 그 두루마리에 그려진 그림은 원래 캅발라에서 쓰는 것이었대요. 한데 캅발라에 정통했던 랍비 어른께서도 그 두루마리에 있는 내용만은 이해하기 힘드셨던 모양이에요. 그래서 제 어머님께, 말하자면 신탁을 부탁하신 거죠. 어머님의 영험한 힘을 빌려 두루마리의 내용을 해석해 보시려구요."

"흠……, '시빌라의 신탁'이라?"

알리가 혼잣말처럼 중얼거리자 집시 여인이 되물었다.

"뭐라구요?"

"아, 아니오! 혼자 한 소리니 신경 쓰지 말고 어서, 어서 계속해 봐요. 그래서 당신 어머님이 그 두루마리를 다 해독했소?"

알리가 황급히 말을 돌리며 되묻자 집시 여인은 고개를 저었다.

"아니요, 처음엔 그걸 함부로 해독해서는 안 된다고 거절하셨대요."

"해서는 안 되다니? 그건 또 무슨 소리요?"

알리의 반문에 집시 여인은 슬픈 눈길을 들어 그를 물끄러미 바라보았다.

"간단히 말해서 너무나 중요한 내용이라 천기를 누설하면 안 된다는 거였죠."

"에에?"

알리가 도저히 이해할 수 없다는 얼굴로 쳐다보자 집시 여인이 다시 덧붙여 말했다.

"저도 자세한 건 몰라요. 아무튼 어머님께서는 몇 차례 거절을 하셨대요. 하지만 랍비 어른께서 너무나도 간곡하게 부탁을 하시는 바람에……. 게다가 그때 어머님의 뱃속에서는 제가 자라고 있었거든요. 그래서 결국……, 어쨌든 어머님께서는 그 어른을 너무나 사랑하셨으니까 그 분의 청을 끝까지 거절할 순 없으셨겠죠."

"그럼 결국 그 두루마리에 담긴 뜻을 풀기는 푼 거요?"

알리가 조바심을 내며 다시 묻자 집시 여인은 긍정도 아니고 부정도 아닌 묘한 표정을 지었다.

"그, 그게…… 풀기는 풀었지만……, 신탁이라는 게 원래 다 그렇듯이 딱 부러지는 답이 나온 건 아니었나 봐요. 하지만 랍비 어른께서는 어머님께서 전해주신 얘기를 들으시더니, 드디어 당신께서 갖고 계시던 비전의 서책을 해독하실 수 있게 되었다고 무척이나 좋아하셨대요. 그뿐만 아니라 보은의 뜻으로, 아니 정표로 그 두루마리를 아예 어머님께 주셨다더군요."

"그, 그래요? 헌데 그 서책이 대체 무슨 서책이었소?"

"그건 저도 몰라요. 아마 그 두루마리와 함께 전해져 내려온 서책이었겠죠. 하지만 아까도 말했다시피 얼마 뒤에 그 돈 디에고란 자가 랍비 어른의 집에 불을 지르는 바람에, 그 어른께서 돌아가신 건 물론이고 서책도 그만 다 타서 없어졌다고 들었어요."

"뭐요? 그, 그럼 결국…… 우리가 지금 알 수 있는 건 아무 것도 없다는 말 아니오?"

그때까지 온 신경을 곤두세우며 집시 여인의 이야기를 듣고 있던 알리는 너무나도 싱거운 결말에 적잖이 실망하여 허탈한 표정을 감추지 못했다. 하지만 그런 알리의 심정은 아랑곳없이 집시 여인은 계속 말을 이었다.

"아무튼 어머님께서는 랍비 어른께서 참혹하게 돌아가신 뒤에 무척 후회를 하셨대요. 당신께서 하늘의 뜻을 거스르시는 바람에 그런 일이 일어났다고 믿으셨던 거죠. 그 사건 뒤에 어머님께서는 핏덩이인 저를 품에 안고 돈 디에고의 마수에서 도망치셨지만……, 평생을 죄책감에 시달리시다 돌아가셨어요."

"에이! 그거야 우연의 일치지, 아무려면 당신 어머님 때문이겠소?"

알리는 짐짓 가볍게 대꾸했지만 집시 여인의 얼굴은 더없이 침울해졌다.

"그러니 이, 이제 제가 뭘 두려워하는지 아시겠어요?"

잠시 동안 침묵을 지키다 다시 입을 연 집시 여인의 목소리는 심하게 떨렸다. 그리고 그녀의 눈가에는 어느새 물기마저 서리고 있었다.

"하하하! 걱정 말아요, 알칼라! 내겐 절대로 그런 일이 생기지 않을 테니까! 그리고 당신은 나에게 천기를 누설한 것도 아니지 않소?"

알리는 일부러 쾌활하게 웃으며 집시 여인의 두 손을 꼭 잡았다. 그러나 그녀는 온몸을 부르르 떨며 거의 울먹이듯이 말했다.

"하, 하지만…… 저는 자꾸만 두려워요. 어쩌면 제가 이런 얘기를 당신에게 한 것 자체가……, 7년 전에 어머님께서 돌아가실 때 제 손에 그 두루마리를 쥐어주시면서 몇 번씩이나 당부를 하셨거든요. 함부로 입을 놀려서도 안 되고, 함부로 하늘의 비밀을 들여다보려고 해서도 안 된다구요!"

"허허, 참! 우연한 불운이 두 번씩이나 반복될 리가 있소? 그깟 낡은 두루마리 한 장이 뭐 그리 대단한 거라고! 아니, 그게 그토록 액운을 불러오는 애물단지라면 까짓 것 불에 태워버리지 뭐 때문에 애지중지하며 여태 가지고 있었던 거요?"

"불에 태운다구요?"

자신이 위로랍시고 던진 말에 집시 여인이 소스라치게 놀라며 소리치자 알리는 몹시 당황하여 새빨리 되물었다.

"아니, 왜 그렇게 놀라는 거요?"

"안돼요, 안돼! 불에 태우다뇨? 오오, 디오스 미오(스페인어로 '나의 하나님'. 제2권 401쪽 참조)! 그건 절대 안돼요! 돈 디에고가 그 두루마리를 불에 태우려다가 천벌을 받아 죽을 뻔했다구요!"

"그건 또 무슨 소리요?"

"어머님께서 신탁을 받기 위해 그 두루마리를 놓고 밤낮없이 치성을 드리는 것을 본 돈 디에고가, 어느 날 어머님 몰래 두루마리를 태워버리려다가 갑자기 정신을 잃고 쓰러져 기둥에 머리를 부딪쳤다는 거예요. 그때 하마터면 죽을 뻔했다더군요."

"그, 그런 일도 있었소? 헌데 왜 갑자기 쓰러진 거요?"

"디오스 사베! 어머님 말씀대로 천벌을 받았겠죠."

"흠……, 그러면 그 두루마리의 불탄 자리도……."

"맞아요! 그때 돈 디에고가 촛불로 두루마리 한쪽 끝을 태웠는데, 그 자리가 바로 사라져버린 말쿠트(제1권 169쪽 주 참조)의 자리죠. 당신이 지난번에 카드를 뽑아서 채워주셨던 바로 그 자리 말예요."

"하지만 정말 이해가 안 되는구려! 그 자는 뭐 때문에 자기가 태워버리려 했던 두루마리를 그토록 기를 써가며 다시 찾으려 한 거요?"

알리가 의아한 표정으로 묻자 집시 여인은 허탈한 미소를 지었다.

"그, 그건…… 어머님께서 그 자에게 거짓말을 했기 때문이에요."

"거짓말이라니?"

"돈 디에고가 다시 그 두루마리에 손을 댈까 봐 걱정하시던 어머님께서는, 그 두루마리가 하늘의 힘을 전해주는 영물 중의 영물이니 절대로 훼손해서는 안 된다고 신신당부하셨대요. 그리고 그 자를 안심시키기 위해 당신께서 신탁을 다 받고 나면 그걸 넘겨주겠다고 거짓약속까지 하셨다더군요. 마법사인 돈 디에고야 그 말에 귀가 솔깃했을 테니까 당연히……. 지난 7년 동안 그 자가 지긋지긋할 만큼 제 뒤를 쫓아다닌 것도 다 그 두루마리 때문이구요. 원수는 외나무다리에서 만난다는 옛말이 허튼 소리는 아닌가 봐요. 그 마법사를 이 가르나타에서 다시 보게 될 줄이야! 하지만 이젠 상관없어요. 난 여기서 당신을 찾았으니까요!"

"허허, 그럼 돈 디에고는 거짓말에 속아 살인까지 저지르며 그 두루마리를 훔쳤단 말이오? 이거야 나 원!"

알리가 기가 막힌다는 듯 말을 잇지 못하자 집시 여인은 의미심장한 표정으로 짧게 대꾸했다.

"우리네 인간들이 하는 일이 다 그렇지 않던가요?"

"흠……, 헌데 그 자가 그렇게 오랫동안 당신을 따라다녔다면, 당신도 그 자와 마주친 적이 있겠구려?"

"아주 오래 전에 딱 한 번이요, 그것도 잠시 스쳤을 뿐이지만! 그 자는 소리 없는, 아니 그림자조차 없는 살인마예요. 아무도 그 자의 정체를 모르고 아무도 그 자를 만날 수가 없어요."

알리는 문득 압둘 카디르 노인이 했던 말을 떠올리며 고개를 끄덕였다. 노인은 그를 가리켜 심지어 '상상 속의 용 같은 존재'라고 하지 않았던가?

"그 자의 생김새가 기억나오?"

"글쎄요……? 키가 무척 컸구요……."

"그건 나도 아오!"

"아, 참! 당신도 물방앗간에서 봤다고 했죠?"

"그렇소. 헌데 그 자의 얼굴은 기억이 안 나오?"

"얼굴이요? 얼굴이야 아주 미남이죠. 눈과 코가 특히 큰 편인데, 코는 심한 매부리코였구요."

"그밖에 다른 특징은 없소? 잘 좀 생각해 봐요."

알리가 조바심을 내며 다시 물었지만 집시 여인은 미간을 찌푸렸을 뿐 곧 고개를 흔들었다.

"글쎄요? 기억이……, 더 이상은 잘 기억이 안 나요. 워낙 오래 전의 일이라서……."

"그, 그러면 마지막으로 한 가지만 더 물어보겠소. 그래, 그 두루마리가 아니, 내가 뽑은 카드가 알려준 당신의 명운이 구체적으로 뭐요? 대체 그게 뭐였기에 그땐 그렇게 혼비백산을 했던 거요?"

"당신도 다 보셨잖아요? 시작과 끝 모두를!"

"보기는 봤소만……?"

"당신은…… 정말 좋은 분이에요, 또 지혜로운 분이기도 하구요! 당신의 지혜로 이 세상을 구할 수 있었으면 좋겠어요. 때론 그 지혜로도 구할 수 없는 게 있겠지만요."

집시 여인의 엉뚱한 대답에 알리가 잠시 어리둥절해 했다. 그러자 그녀는 갑자기 환하게 웃으며 귀여운 목소리로 말했다.

"자, 이제 정말 돌아가셔야죠. 벌써 시간이 많이 지났어요. 아아, 잠깐만요! 마당에 사람들이 있을지도 모르니까 제가 발코니에 나가서 좀 보고 올게요."

집시 여인이 발코니 쪽으로 나가는 것을 보고 알리도 아쉬움을 털어내며 자리에서 일어나 그녀의 뒤를 따랐다. 그때 아래쪽 마당에서 두런두런 말소리가 들려왔다. 알리는 거의 반사적으로 자세를 낮춰 몸을 감추면서 난간 너머를 응시했다.

"누구요?"

밖이 워낙 어두운데다 쭈그리고 앉느라 마당을 제대로 내려다볼 수 없게 된 알리는, 답답한 마음에 바로 앞에 서 있는 집시 여인을 향해 목소리를 최대한 낮추어 물었다.

"쉿! 조금만 기다려 봐요."

알리는 앞쪽으로 가서 아래를 내려다보고 싶었다. 하지만 집시 여인이 손을 뒤로 뻗어 흔들며 제지했기 때문에 엉거주춤한 자세로 그 자리에서 얼마간 버텨야 했다. 아주 잠깐 사이였으나 그 시간이 알리에게는 무척이나 길게만 느껴졌다. 이윽고 마당에서 들려오는 말소리가 잦아들었고, 집시 여인은 계속 마당 쪽을 주시하며 손짓으로 알리에게 일어나도 좋다는 신호를 했다.

"돈 많은 놈팽이의 시종이 절름발이 하인과 얘기를 하고 있었어요. 흥! 돈으로 원장을 구워삶아서 아주 왕족 행세를 하고 있는 기독교도 상인이 한 명 있거든요. 자기는 방안에서 한 발작도 밖으로 안나오면서 시종과 이곳 하인들까지 수족처럼 부리고 있으니까……."

집시 여인이 불쾌한 표정까지 짓자 알리는 재빨리 되물었다.

"어디가 많이 아픈 게지?"

"글쎄요……, 어디가 아픈지 원장이 특별 진료를 하고 있다고 하더군요. 원장도 그 사람에 대해서는 말을 잘 안 하려고 하니까! 대체 무슨 비밀이 있기에……."

집시 여인이 영 못마땅하다는 투로 계속 쫑알대자 알리는 잠시 생각에 잠겼다가 다시 물었다.

"흠……, 카슈탈라 사람이오?"

"아닐 거예요. 뭐라더라? 아! 원장이 지나가는 말로 베네치아에서 왔다고 하는 깃 같았어요."

"베네치아라구? 그 사람 이름이 뭐요?"

알리가 깜짝 놀라며 큰 소리로 말했다. 집시 여인 또한 더욱 화들짝 놀라며 그의 입을 막았다.

"목소리가 너무 커요! 누가 들으면 어쩌려구요? 헌데 왜 그렇게 놀라세요?"

"그 사람 이름이 뭐냐고 묻잖소?"

알리의 표정이 심각해지는 것을 보고 여인은 시무룩한 목소리로 말했다.

"이름은 저도 몰라요. 원장이 말을 안 하니 알 도리가 없죠. 사실은 저도 여기서 감옥에 갇혀 있는 거나 마찬가진 걸요. 밖에도 못 나가고…… 하긴 내가 여기 있다는 게 알려지면 원장이나 나나 좋을 게 없으니까요."

"그, 그럼 그 사람의 시종은 어떻게 생겼소? 먼발치에서라도 봤을 거 아뇨?"

"글쎄요……, 관심 있게 보질 않아서……. 아아, 맞아요! 눈가에 커다란 사마귀가 있는 것 같았어요."

"뭐, 뭐라구? 그게 확실하오?"

"네! 틀림없어요. 하지만…… 왜 그렇게 놀라세요?"

"그 사람들이 언제 이 병원에 왔소?"

"그러니까 그게…… 두 달쯤 전인 것 같은데……. 아아, 참! 시내에서 떼강도 사건이 났을 때였어요! 헌데 도대체 왜 그러세요? 당신도 아는 사람이에요?"

집시 여인은 사뭇 불안한 표정으로 계속 물었다. 하지만 알리는 고개를 흔들며 딴청을 피웠다.

"아, 아니오! 당신과는 아무 상관없는 일이니 걱정할 필요 없소. 그나저나 이제 진짜 작별 인사를 해야겠소."

"……."

집시 여인은 알리의 품으로 새처럼 날아들었고, 그는 그녀를 있는 힘을 다해 세게 끌어안았다. 그러자 그녀가 알리의 가슴에 얼굴을 묻은 채 슬픔에 젖은 코맹맹이 소리를 냈다.

"당신을 다시 볼 수 있을까요? 당신 품에 다시 안길 수 있을까요? 우리에게도 희망이 있을까요?"

"희망? 둠 스피라무스, 스페라무스Dum spiramus, speramus!"

알리는 문득 어릴 때 배웠던 라틴어 경구가 떠올라 짐짓 낭랑한 음성으로 시라도 읊듯이 말했다.

"그게 무슨 말이에요?"

"우리가 살아 있는 한 희망도 있다는 뜻이오."

"그렇겠죠……, 살아 있기만 한다면요!"

제10장

희생

알안달루스의 가르나타

히즈라 904년 12월 10일(서기 1499년 7월 19일).

"꽤애액……!"

양들의 울음 소리가 길고도 구슬프게 울려 퍼졌다. 알무살라 곳곳에서 간헐적으로 들려오는 가축들의 울부짖음 때문에 알리는 귀가 멍멍해질 지경이었다. 이흐람ihrām(성지 순례 때 입는 흰옷)을 입은 사람들로 가득 찬 성소에는 하얀 물결이 마치 대양의 파도처럼 넘실거렸고, 모두들 각자 인자하시고 자애로우신 알라께 바칠 제물들을 준비하는 중이었다.

"제단이 마련되었습니다, 도련님!"

알아트라쉬의 목소리가 들려오자 알리는 내키지 않는 걸음을 떼어

앞쪽으로 나아갔다. 작은 돌들을 쌓아올려 만든 제단 앞에는 50마리의 어린 양들과 다섯 마리의 암소가 사지를 묶인 채 땅바닥에 누워 버둥거리고 있었다. 그 옆에는 역시 흰 소복 차림의 아버지 아흐메드와 숙부 야지드, 그리고 평소에는 얼굴을 보기 힘든 매부 하룬과 몇몇 먼 친척들까지 집안의 종복들을 거느리고 일렬로 도열해 서 있었다.

성스러운 라마단 뒤에 열리는 단식종료제와 더불어 무슬림들에게 연중 가장 큰 축제인 '이둘 앗자'(제2권 36쪽 주 참조)가 바야흐로 시작되려는 참이었다. 흔히 '대축제'라고 불리는 12월의 희생제는 원래 자신의 아들 이스마일**을 신에게 제물로 바치려 했던 이브라힘의 신실한 믿음을 기리기 위한 것이었다. 이때가 되면 모든 무슬림들이 양이나 소, 낙타 등을 잡아 인자하시고 자애로우신 알라께 바치고 감사를 드리는 법이었다. 물론 히즈라의 12월은 핫지***의 달이기도 했다. 그러므로 성지로 순례를 떠난 무슬림들은 의당 그곳에서 제祭를 올려야 했다. 그러나 순례를 떠나지 못한 사람들도 자기 집이나 성소에서 제단을 쌓고 신성한 의식을 거행하는 것이 관례였다. 나라가 망하지만 않았다면 알리 또한 벌써 성지 순례를 다녀왔을지도 모를 일이었다. 하지만 이래저래 주변 사정이 좋지 않은 요즘은 핫지에 참여하는 무슬림들도 별로 많지 않은 형편이었다.

"주인마님, 시작할까요?"

늙은 하인의 물음에 아버지 아흐메드는 말없이 고개를 끄덕였고,

---

* 아랍어로는 '이드 크비르'Id Kbir라고 한다. 반면에 단식종료제는 '이드 스기르'Id şghir, 즉 '소축제'라고 한다.

**Ismaʿil : 『구약성서』에는 아브라함이 아들 이삭Isaac을 제물로 바치려 했다고 기록되어 있지만, 무슬림들은 『쿠란』에 씌어 있는 대로 그 아들이 이스마일이라고 믿고 있다.

***Hajj : 무슬림들의 5대 의무 중 하나인 성지 순례를 가리킨다. 모든 무슬림들은 일생에 한번 성지 메카를 다녀와야 하는데, '히즈라' 12월 10일에 메카를 참배할 수 있도록 일정을 맞춘다.

그가 뒤쪽을 향해 손짓을 하자 곧 대여섯 명의 젊은 장정들이 저마다 손에 단도를 들고 앞쪽으로 튀어나왔다. 그리고 장정들의 손에서 시퍼렇게 번득이는 칼날을 보는 순간, 알리는 자신도 모르게 눈살을 찌푸리며 고개를 돌려 외면했다. 무슬림들의 오래된 전통일 뿐만 아니라 인자하시고 자애로우신 알라께 감사를 드리기 위한 것이기는 했지만, 솔직히 알리는 수십 마리의 짐승을 한꺼번에 도살하여 제단에 바치는 이 피비린내 나는 의식이 약간은 거북스럽고 심지어 역겹기까지 했다. 따라서 그는 어렸을 때부터 이 날만은 무슨 핑계를 대서든지 살생 현장을 직접 보지 않으려고 꾀를 부리곤 했다. 오늘도 사실은 마지못해 이 자리에 나온 것이었다. 규범에 따르면 식구 한 사람 당 양 한 마리를 바치는 게 정량이었지만, 이 날 잡은 가축의 고기는 1/3만 집 안에서 쓰고 나머지 2/3는 가난한 이웃에게 나눠주도록 되어 있었다. 그러므로 평소에도 인심 좋기로 소문나 있는 아흐메드는 식구 수보다 훨씬 더 많은 가축들을 제물로 준비하여 이웃에게 자선을 베풀었다. 따라서 아흐메드 집안에서 거행하는 제례에는 언제나 많은 희생물이 필요했고, 알리는 그 점이 더욱더 못마땅했던 것이다.

"꽤액, 꽥!"

갑자기 바로 앞에서 공기를 찢는 듯한 단말마의 비명이 튀어나오자 알리는 자신도 모르게 눈을 번쩍 떴다. 서너 걸음쯤 떨어진 곳에서 한 젊은 하인이 익숙한 솜씨로 어린 양의 목을 따고 있었다. 공포에 질린 어린 양의 홉뜬 눈이 애원이라도 하듯 희번덕거리며 사방을 둘러보았다. 알리는 그 커다랗고 슬픈 눈동자가 자신의 눈과 정면으로 마주치자 두 손으로 이흐람 자락을 움켜쥐며 온몸을 부르르 떨었다. 잘 벼려진 칼날이 급소를 정확하게 파고들 때마다 어린 양들은 꽁꽁 묶인 사지를 요란하게 비틀며 계속 괴성을 질러댔다. 하지만 그것도 그리 오래가지는 않았다. 무의미한 몸부림으로 마지막 발악을 하던 사지가 축 늘어지고, 싸늘한 죽음이 피에 젖은 털가죽을 덮었다. 그리고 분수처럼 뿜어져 나온 선홍색 핏줄기만이 작은 내를 이루어 땅바닥으로 흘러내렸을 뿐이었다.

성스러운 『쿠란』의 가르침에 따라 무슬림들은 짐승의 피를 먹지 않았다. 때문에 가축을 죽일 때 온몸의 피를 한 방울도 남기지 않고 다 빼내야 했다. 그래서 아직 심장이 뛰고 있을 때 피가 밖으로 잘 빠져나올 수 있도록 단칼에 동맥을 끊는 게 바로 숙련된 백정들의 기술이었다. 또 그건 어떤 면에서 희생물에게 베푸는 마지막 자비이기도 했다. 하지만 바로 그 때문에 도살 현장은 늘 유혈로 얼룩진 참상을 빚어낼 수밖에 없었고, 그 앞에서 알리는 늘 눈을 질끈 감아야 했다.

제물로 바치는 가축의 수가 너무 많아 대학살의 의식은 거의 반 시각 가까이 계속되었다. 이윽고 장정들의 잔혹한 손길이 준비된 모든 제물의 숨을 거둬들였을 때, 그들의 몰골 또한 피칠갑을 한 악귀의 형상이 되어 있었다. 가축들의 울부짖음이 그치자 겨우 다시 눈을 뜬 알리는 다리에 힘이 풀려 제자리에 주저앉고 말았다. 고막을 뚫고 들어와 가슴까지 후벼 파는 듯한 가축들의 애처로운 비명과 코끝을 찌르는 피비린내가 그를 거의 탈진 상태로 몰고 갔던 것이다.

"도련님, 괜찮으십니까?"

젊은 하인 한 명이 옆으로 다가와 알리를 부축하려 했다. 그러나 그는 손을 내저으며 그대로 무릎에 얼굴을 묻었다.

"이보게, 알리! 거룩한 성소 앞에서 이게 무슨 꼴인가? 쯧쯧쯧! 젊은 사람이 이렇게 비위가 약해서야⋯⋯. 맨 날 방구석에 처박혀 서책만 뒤적이고 있으니 이 모양이지 뭔가?"

누군가의 음성이 귓전을 때렸다. 하지만 알리는 자신을 은근히 꾸짖는 그 목소리의 주인공이 누군지 확인할 엄두도 내지 못한 채 그냥 제자리에 쪼그리고 있었다. 그러자 목소리의 주인공은 알리의 두 팔을 잡아 일으키며 앞으로 떠밀었다.

"자, 자, 어서 나가서 제를 올려야 할 거 아닌가? 아버님은 벌써 앞에 나가셨는데!"

매부 하룬 이븐 자파르였다. 알리는 그를 흘깃 한번 쳐다보고는 비척거리며 몇 걸음 앞으로 나아갔다. 아버지 아흐메드는 제단 앞에 경건한 자세로 서서 막 절을 하려고 준비중이었고, 그 옆에는 숙부 야지드의 모습도 보였다.

"알라후 아크바르!"

제를 올리기에 앞서 아흐메드가 엄숙하게 선창을 하자 뒤에 서 있던 모든 사람들은 힘찬 목소리로 그를 따랐다.

"알라후 아크바르!"

"알라후 아크바르!"

제단 앞에 모인 사람들 뒤쪽에 자리 잡은 알리는 거의 무의식적으로 인자하시고 자애로우신 알라의 이름을 따라 외쳤다. 그러면서도 방금 전에 보았던 어린 양의 눈동자를 떠올리며 또 한번 온몸을 부르르 떨었다.

*　　　　*　　　　*

"도, 도련님! 그 사람이 엊그제 알마그렙에서 돌아왔답니다."

알아트라쉬가 알리 곁으로 다가와 주위의 눈치를 살피며 속삭인 것은 제례가 끝난 직후였다. 대기하고 있던 장정들이 도살된 가축들의 가죽을 벗기고 살코기를 나누기 시작하자, 고기를 얻기 위해 사방에서 몰려든 사람들로 제단 주변이 몹시 소란스러워진 틈을 타 알리가 막 알무살라를 빠져나오려 할 때였다. 비릿한 냄새와 머릿속의 끔찍한 영상들로 인해 어지럽고 속이 메스꺼워진 그는 더 이상 견딜 수가 없어 먼저 집으로 돌아가려던 참이었다.

"누구 말인가?"

식도를 타고 올라오는 신물을 억지로 삼키며 오만상을 찌푸리던 알리는, 알아트라쉬의 말에 가던 걸음을 멈추고 재빨리 되물었다.

"베르베리족 상인 말입니다!"

"라쉬드 이븐 술루크? 그, 그 사람 지금 어디 있나?"

"여각에 묵고 있다는데, 오늘 이곳에도 나온 모양입니다. 돈 자랑을 할 요량인지 암낙타를 다섯 마리나 제물로 바쳤다고 하던 걸요!"

"그래? 그럼 자네가 빨리 앞장서게! 가서 그 사람을 만나 봐야지!"

알리는 어느새 속이 거북한 것도 잊어버리고 알아트라쉬를 앞세운 채 서둘러 발걸음을 옮겼다. 그가 늙은 하인에게 하미드의 동정을 감시하고, 라쉬드라는 베르베리족 상인이 다시 나타나면 즉각 알려야 한다고 일러둔 게 벌써 달포 전이었다. 그런데 성실한 알아트라쉬는 그 동안 어김없이 그의 지시를 잘 따랐던 것이다. 알리는 걸어가면서 라쉬드라는 사내에게 어떻게 질문을 던져야 가장 효과적일까를 머릿속으로 이리저리 재보았다. 라쉬드가 단순한 아편 중개상인지 아니면 무슬림 저항조직 '알하피즈'에도 관여하고 있는지 정확히 알 수가 없는 그로서는 고민이 되지 않을 수 없었던 것이다. 잠시 뒤 알리가 알무살라 한쪽 구석에서 라쉬드를 발견했을 때, 그는 땀을 뻘뻘 흘리며 커다란 암낙타 가죽을 벗기고 있는 젊은이들에게 제법 거들먹거리는 몸짓으로 이것저것 지시를 하고 있는 중이었다.

"앗쌀람 알라이쿰! 라쉬드 이븐 술루크님이시지요?"

알리가 다가서며 인사를 건네자 라쉬드라는 상인도 얼른 답례를 했다. 그 사내는 한여름인데도 푸른 바탕에 어두운 색 줄무늬가 있는 망토까지 두르고, 푸른 터번의 끝자락을 얼굴 양쪽으로 길게 늘어뜨리고 있었다. 또한 얼굴은 햇볕에 탄 탓인지 거의 검둥이라고 해도 무리가 없을 만큼 진한 갈색이었다. 그렇지만 피부만은 아직도 탄력을 잃지 않고 있었다.

"와 알라이쿰 쌀람! 내가 라쉬드가 맞기는 맞소만……. 헌데 뉘신지……, 처음 보는 얼굴인데……?"

라쉬드가 눈을 가늘게 뜨고 고개를 갸웃거리자 알리는 정중하게 자기소개를 했다.

"저는 성내에 사는 알리 이븐 아흐메드 알아바디라고 합니다."

"알리 이븐 아흐메드? 그럼 아흐메드 어른의 자제분이오?"

라쉬드는 그제야 입가에 약간 미소를 띠었지만, 그래도 두 눈만은 여전히 가늘게 뜬 채 되물었다.

"네, 그렇습니다. 제 아버님을 아시나요?"

"아, 뭐 직접 아는 건 아니오만……, 명색이 가르나타에 와서 장사를 하는 사람이 댁의 아버님 존함도 모른다면 그게 어디 말이 되겠소? 허허허!"

라쉬드는 짐짓 너털웃음을 웃었지만 알리는 그의 눈빛에서 경계심이 가시지 않았음을 느꼈다.

"헌데 아흐메드 어른의 자제분께서 대체 어쩐 일이시오? 설마 오늘 같은 날 아버님 대신 상담商談을 하러 온 건 아닐 테고……."

"아, 물론 아닙니다. 사실은 몇 가지 좀 여쭤볼 것이 있어서……."

"……."

말없이 알리를 쳐다보는 라쉬드의 눈이 더욱 가늘게 찢어졌고, 알리는 그런 그의 눈을 정면으로 응시하며 차갑게 말했다.

"'알하피즈'에 대해서 잘 아시지요?"

고민 끝에 알리는 결국 정면 공격을 택했다.

"뭐요?"

미간을 약간 찌푸리며 되묻는 라쉬드의 얼굴에 잠시 당황한 기색이 스쳐지나간 듯했다. 하지만 그건 사실 알리 혼자만의 느낌일 뿐이었다. 검게 탄 라쉬드의 얼굴에서는 거의 아무런 변화도 읽을 수 없었다. 순간 알리는 자신이 잘못 짚은 게 아닌가 하는 생각마저 들 정도였다.

"가르나타의 무슬림 저항조직 말입니다!"

알리는 목소리를 내리깔며 다시 한번 눈에 힘을 주었다. 그렇지만 라쉬드의 낯빛에는 여전히 아무런 동요도 없었다.

"무슨 말씀인지? 사람을 잘못 찾은 거 아니오? 난 장사꾼인데……."

"'알하피즈'를 모르신다? 그럼 하미드는 아십니까? 객주집을 하는 하미드 이븐 파리드 말입니다. 알바킬라니라고도 하죠!"

"그, 그 사람이야 잘 알고 있소만……, 장사 일로 오래 전부터 아는 사이요."

"실례지만 하미드와는 주로 무슨 거래를 하셨는지요?"

"허허, 돈이 되는 거라면 뭐든지 했소. 한때는 콩 장사도 함께 했고……. 하지만 지금이야 하미드가 장사를 그만두고 객주집을 하니까⋯⋯, 헌데 도대체⋯⋯."

"아직도 아편 장사는 할 텐데요?"

알리는 라쉬드를 향해 한 걸음 다가서며 그의 눈동자를 노려보았다. 이번에는 효과가 있었다. 일견 노회해 보이던 상인의 두 눈에 뚜렷한 불안의 그림자가 떠올랐던 것이다.

"무슨 말을 하는지 모르겠구려. 나한테 왜 그런 얘길 하는 거요?"

긴장을 애써 감추려는 듯 사내가 짐짓 역정을 냈다. 그렇지만 알리는 상대의 빈틈을 놓치지 않고 재빨리 다시 물었다.

"하미드에게 아편을 대준 게 바로 선생이 아니던가요? 하미드와 오래 전부터 친분이 있고, 게다가 최근에는 그런 비밀 거래까지 하시는 분께서 그 사람이 '알하피즈'에 가담하고 있다는 걸 모른다고 끝까지 잡아떼실 겁니까?"

알리는 말을 하면서도 자신의 목소리가 너무 싸늘하다고 느껴 속으로 깜짝 놀랐다. 불과 두 달 전만 해도 앙베르가 거짓말로 마르첼로 형제를 협박하는 걸 못마땅해 하던 자신이 언제 이렇게 변해버렸는지 그 스스로도 정말 알다가도 모를 일이었다.

"다, 당신 지금 애매한 사람을 붙잡고 혀, 협박하는 거요?"

"협박이라뇨? 천부당만부당하신 말씀! 비스밀라 알라만 알라힘, 도움을 청하러 왔습니다만⋯⋯."

알리가 거의 숨 돌릴 틈도 주지 않고 재빨리 되받자, 아직 상황을 정확히 파악하지 못해 몹시 당혹해하던 라쉬드의 얼굴은 눈에 띄게 일그러졌다.

"도움을 청해요? 그, 그래서⋯⋯ 나, 나한테 원하는 게 대체 뭐요? 돈이요?"

알리는 마침내 라쉬드가 반쯤 백기를 들었다는 걸 느끼며 속으로 쾌재를 불렀다. 일단 라쉬드를 혼란스럽게 만든 다음 눈치를 살펴보려던 자신의 작전이 맞아떨어졌기 때문이었다. 한풀 꺾인 라쉬드의 태도로 보아 적어도 그가 '알하피즈'의 존재를 알고 있는 것만은 틀림없다는 확신이 들었다. 따라서 알리는 내친 김에 더욱 고삐를 죄어야겠다고 마음먹고 다부진 목소리로 말을 이었다.

"돈이라……? 제 부친께서 아흐메드 어른이시라는 걸 잊으셨나요? 전 돈이 아쉬운 사람은 아닙니다. 사실 전 하미드에 대해 뭘 좀 알아보려고 왔으니까요!"

"뭐, 뭘 말이오? 아니 다, 당신 대체 누구요? 정체가 뭐냔 말이오?"

알리는 라쉬드의 얼굴을 덮었던 당혹의 빛이 일순 극심한 경계의 표정으로 바뀌는 것을 보았다. 그러자 그는 일부러 주위를 한번 둘러본 뒤 라쉬드에게 더 가까이 다가서며 거의 속삭이듯 말했다.

"시(아랍어의 존칭. 제1권 225쪽 주 참조) 라쉬드! 너무 걱정 마세요! 어차피 우린 같은 배를 탄 셈이니까! 사실은 저도 알뿌하라의 지시를 받고 이렇게 찾아왔습니다만……."

"그, 그럼 당신도……?"

라쉬드의 가는 눈이 다시 커지자 알리는 가볍게 고개를 끄덕였다.

"맞습니다! 사실은 저도 '알하피즈'의 비밀 요원입니다."

"뭐요? 허면 왜 처음부터 그렇게 얘길 하지 않고 엉뚱한 소리로 사람을 놀라게 한 거요?"

"불쾌하셨다면 죄송합니다. 하지만 제가 처음부터 '알하피즈'의 전사라고 하면 절 의심하실 수도 있을 것 같아서요. 아시다시피 요즘은 아무도 믿을 수가 없답니다. 아무튼 제 얘기는 절대 비밀입니다! 제가

'알하피즈'에 가담하고 있다는 걸 하미드는 물론이고 조직 내부에서도 아는 사람이 거의 없으니까요! 비밀을 지켜주실 수 있겠죠?"

"무, 물론이오! 헌데 다, 당신은 어째서 아직도……?"

"전 사실 특별 임무를 띠고 성내에 남았거든요."

"특별 임무? 그게 뭐요?"

"카슈탈라놈들의 동정을 살피고 조직 내부의 밀고자들을 잡아내는 거죠. 지금 우리 조직의 가장 큰 문제는 내부에 적의 첩자들이 있다는 겁니다!"

알리의 천연덕스러운 거짓말에 라쉬드는 심각한 표정으로 고개만 끄덕였다.

"그러니 절 좀 도와주셔야겠습니다. 사실은 하미드란 사내가 좀 수상해서 은밀히 뒷조사를 하고 있는 중인데……, 이것도 다 우리 무슬림 형제들을 위한 일이니 나 몰라라 하시진 않겠죠? 물론 배신자를 편들지도 않으실 테구요!"

알리가 '배신자'라는 말에 힘을 주자 라쉬드는 움찔하며 되물었다.

"그, 그거야 그렇소만……, 대체 하, 하미드가 왜요?"

"그 사람이 시아파라는 건 선생께서도 알고 있죠?"

알리가 넌지시 떠보자 라쉬드의 두 눈이 다시 동그래졌다.

"다, 당신이 어떻게 그런 것까지……. 그 사람은 타키야*로 철저하게 위장을 해왔을 텐데……."

"남들이 모르는 걸 알아내는 게 바로 제 임무니까요!"

알리가 뻐기듯 말하자 라쉬드의 얼굴에는 감탄의 빛이 스쳐갔다.

---

* taqiyah: 소수파인 시아파가 다수파인 순니파의 박해를 피하기 위해 자신의 종파를 위장하는 것. 시아파 교리에서는 이것을 공식적으로 허용하고 있다.

"내가 궁금한 건 시아파 무슬림들이 모두 조직을 떠났는데, 그 사람만 굳이 남아 있는 이유가 과연 뭐냐 이겁니다."

알리는 자신이 드디어 의문의 핵심에 도달했다고 생각했다. 그런데 라쉬드는 뜻밖에도 대수롭지 않다는 듯이 대답했다.

"그, 그거야 종파보다 이교도와의 지하드가 더 중요하다고 생각했으니까 그랬겠지. 어쨌든 그것만 가지고 수상하다는 건 좀……."

"그럼 떠난 사람들은 종파를 더 중요하게 생각했다는 겁니까?"

"꼭 그런 건 아니겠지만, 시아파들이야 원래 좀 별나지 않소? 그래서 조직 안에 무슨 문제가 생겼을 수도 있고……. 헌데…… 그 문제라면 나보다 당신이 더 잘 알 거 아니오? 당신은 '알하피즈'의 비밀 요원이라면서?"

"조직 내의 문제라구요? 그, 그런 건 없습니다! 아, 아니 사, 사실은 저도 조직에 가담한 지 얼마 안 됐거든요. 그래서 옛날 일은 잘 모릅니다만……."

라쉬드의 반문에 알리는 대충 대답을 얼버무리면서 양미간과 콧잔등을 찌푸렸다. 라쉬드의 얘기는 틀린 말이 아니었다. 소수 종파인 시아파 무슬림들 중에는 과격하고 배타적인 사람들이 많았고, 그들은 때때로 이교도와의 싸움 못지않게 무슬림들 내부의 반대파에 대해서도 아주 호전적인 태도를 보이곤 했던 것이다.

"하지만 하미드가 조직에 남은 이유가 순전히 종파보다 지하드를 중요하게 생각했기 때문일까요? 외람된 말씀입니다만……, 하미드와 친하다는 이유로 그 사람을 계속 감싸고돌면 조직에서 선생까지 의심할 수도 있습니다!"

알리가 다시 못을 박자 라쉬드는 허겁지겁 손사래를 쳤다.

"그, 그런 건 절대로 아니오! 장사꾼끼리 그냥 거래를 해온 것뿐인데, 내가 그 사람을 굳이 감싸고돌 이유가 뭐겠소?"

"그래요? 그 점에 대해선 모르신다 이거죠? 아무튼 좋습니다! 하지만 제가 보기엔 하미드가 조직에 남아 있는 진짜 이유가 또 있는 것 같습니다만……."

"그게 뭐요?"

"돈이죠!"

"돈이라니?"

"더 잘 아시겠지만 하미드는 그 동안 엄청난 양의 아편을 거래해 왔어요. 그 정도면 벌써 큰 부자가 되고도 남았을 만큼이요! 하지만 그 사람이 마음 놓고 아편 장사를 할 수 있었던 건 다 '알하피즈'가 뒤를 봐줬기 때문입니다. 또 하미드가 아편을 팔아 번 돈이 조직의 자금으로 쓰여 왔다는 건 선생께서도 잘 아실 테고요!"

알리가 넘겨짚고 던진 말에 라쉬드는 불안한 눈길을 이리저리 굴리며 되물었다.

"그, 그래서요?"

"하지만 하미드는 아편 장사로 번 돈을 전부 다 조직에 바치질 않았어요! 그래서 우리 조직은 지금까지 돈이 모자라 애를 먹었구요."

알리는 가능한 한 냉정하게 말하려고 애쓰면서도 일부러 '우리'라는 말에 힘을 주었다. 그러나 라쉬드는 믿을 수 없다는 표정을 지었다.

"다, 다 바친 게 아니라면……?"

"어딘가로 빼돌렸겠죠."

"하, 하지만 하미드는 그럴 사람이 아닌데……. 그 사람은 돈에 별로 욕심이 없는 사람이란 말이오!"

"그건 나도 알아요! 하지만 그러니까 더 이상한 거죠. 그 돈을 뭐에다 썼는지 그게 궁금하다 이겁니다!"

"흠……, 듣고 보니 좀 이상하구려. 그래서 돈을 준비하는데 그렇게 시간이 많이 걸렸구만! 물건은 일찌감치 다 마련해 놨는데……. 어쩐지 이상하다 했지, 아편 판 돈이 꽤 될 거다 싶었더니만……."

라쉬드가 혼잣말처럼 중얼거리는 소리에 알리가 재빨리 되물었다.

"무슨 물건 말이에요?"

"뭐는 뭐요? 지하드에 쓸 물건이지!"

"무기요?"

"쉿!"

라쉬드는 몹시 불안한 듯 몇 번씩이나 주위를 두리번거리며 고개를 끄덕였고, 알리는 애써 태연한 척 되물었다.

"돈만 준비되면 바로 가져올 수 있어요?"

"그거야 두말하면 잔소리지! 이래봬도 난 약속 하나는 확실히 지키는 사람이오. 천국에 들어가는 통행증이라도 구해온다고 했으면 구해온단 말이오! 물건은 벌써 탄자 항구에 다 가져다 놨으니 염려는 붙들어 매 두구려. 사실 이번에 온 것도 다 그 때문인데! 그나저나 이번엔 확실하오?"

"예?"

"돈이 준비됐다는 전갈을 받고 왔는데, 이번엔 확실하냔 말이오? 당신도 '알하피즈'의 비밀 요원이면 사정을 잘 알 거 아니오?"

"아아, 예에……. 이번엔 확실할 겁니다."

알리는 애써 당황한 기색을 감추며 고개를 힘차게 끄덕였다.

"그럼 내일이라도 산에 기별을 해야겠구만. 헌데…… 참, 옛날의 그 사람은 어디 갔는지 아오? 꽤 오래 전부터 안 보이는 것 같던데…….
그렇게 열심이더니 그새 지하드에서 손을 뗀 거요?"

라쉬드는 갑자기 생각난 듯 불쑥 물었다. 그러나 알리는 영문을 몰
라 눈을 동그랗게 떴다.

"누, 누구 말입니까?"

"아, 거 왜 있잖소? 당신들 조직의 옛날 지도자 말이오!"

"예, 옛날 지도자라뇨?"

"당신은 잘 모르는 모양이구만? 하미드하고는 꽤 친했다는데…….
아, 참! 그리고 보니 그 사람도 아마 시아파였을 걸?"

별 생각 없이 던지는 듯한 라쉬드의 말에 알리는 가슴이 철렁 내려
앉았다. 그리고 이유를 알 수 없는 불안감이 그의 온몸을 휘감아왔다.

"하지만 그 분 얘기라면 하미드한테 직접 물어보시지 않고……."

뛰는 가슴을 달래며 겨우 입을 연 알리는 말을 하면서도 부지런히
라쉬드의 눈치를 살폈다.

"그게……, 웬일인지 하미드도 말을 안 하려 드니까 그렇지! 그리고
보니 그 사람이 없어진 뒤로 시아파들은 다 조직을 떠났다는 얘길 나
도 들은 것 같구려. 처음엔 시아파들이 더 많았다더니……, 아무래도
뭔가 안 좋은 일이 있었던 것 같기는 한데……. 하기야 내가 상관할
일은 아니지만……."

혼자 고개를 갸웃거리며 계속 주절거리는 라쉬드에게 알리가 다시
물었다.

"그, 그 분의 이름이 뭐였죠?"

"누구요? 아아, 그 옛날 지도자? 알마흐디였잖소?"

"아, 알마흐디? 그, 그거야 조직의 옛날 이름이었고……, 그 분의 진

짜 이름 말예요!"

알리는 알마흐디라는 말에 적잖이 놀랐으면서도 낯빛이 변하는 걸 라쉬드에게 들키지 않으려고 일부러 땅바닥을 내려다보았다.

"진짜 이름은 나도 모르지. 다들 그렇게만 불렀으니까!"

"그, 그 분을 직접 만나본 적이 있습니까?"

"하미드의 객주집에서 두어 번 봤소. 참 괜찮은 사람이었지! 도량도 넓고 결단성도 있고 생긴 것도 시원스럽게 잘 생겼소. 한 마디로 사내 중의 사내였지. 출신만 좀더 귀했으면 진짜 큰 인물이 됐을 텐데!"

회상에 잠긴 듯 허공을 올려다보며 중얼거리는 라쉬드에게 알리가 다급하게 되물었다.

"추, 출신이 어땠는데요?"

"도공이었다고 들었소만……."

*　　　　*　　　　*

집으로 돌아가는 길에 알리는 심한 현기증을 느꼈다. 라쉬드의 마지막 말이 준 충격 때문만은 아니었다. 그렇다고 피비린내를 너무 많이 맡았기 때문도 아니었다. 하미드의 정체에 대해 이리저리 머리를 굴리다가 문득 그 동안 자신이 놓치고 있었던 점에 생각이 미치자, 머릿속이 갑자기 벌집을 쑤셔놓은 듯 어지러워졌던 것이다.

지금껏 그는 이스마일이 카슈탈라의 첩자일 것이라고 확신하고 있었다. 그런데 곰곰이 생각해보니, 만일 그렇다면 하미드가 무사한 이유를 설명하기가 어려웠다. 무함마드에 따르면 저항조직 '알하피즈'에 관여했던 사람들이 거의 다 붙잡혀 간 상황에서 유독 하미드만 무사

할 수 있었던 것은 조직 내에서도 그의 정체를 알고 있는 사람이 극소수이기 때문이라고 했다.

'하지만…… 하미드의 정체를 아는 사람 중에는 바로 이스마일도 있지 않은가? 만일 이스마일이 첩자라면 하미드처럼 중요한 인물을 관원들에게 밀고하지 않았을 리가 없고, 그러면 결국 하미드도 무사할 수 없었을 게 아닌가? 하지만 그는 아직 멀쩡하다. 그렇다면……, 그렇다면……?'

불길한 상념들이 퍼뜩 머리를 스쳐갔고, 계속 울렁거리며 메스껍던 속이 완전히 뒤집어지면서 알리는 급기야 먹은 것을 모두 토해내기 시작했다. 사실 아침에 먹은 음식이라야 샤르밧 한 잔과 누룩을 넣지 않고 구운 빵 한 조각이 전부였다. 그는 퍼런 위액이 넘어올 때까지 헛구역질만 계속하다 기진맥진해 마침내 길가의 담벼락에 기댄 채 주저앉아버렸다. 머리가 깨질 듯이 쑤시고 천지가 빙빙 도는 것처럼 어지러워서 눈물까지 흘리며 거친 숨만 몰아쉬고 있었다. 그런데 그때 그를 부축하여 일으켜 세운 것은 뜻밖에도 매부 하룬이었다.

"이보게, 알리! 무, 무슨 일인가? 이런, 이런! 몰골이 말이 아니로세! 자, 자, 어서 내 등에 업히게!"

알리는 평소답지 않게 다정한 척을 하는 하룬을 눈물 젖은 눈으로 멍하니 쳐다보다가 결국 그가 시키는 대로 따랐다.

"먹은 게 체한 모양이로군? 그렇게 몸이 불편하면 아버님께 말씀드리고 집에서 쉬지 않고! 난 그런 것도 모르고……, 아까는 미안하이."

"괘, 괜찮습니다. 곧 나아지겠지요. 그나저나 이거 죄, 죄송합니다."

알리는 매부의 친절한 태도가 너무 낯설어 조금 의아해하면서도 워낙 정신이 없던 터라 그의 널찍한 등에 얼굴을 파묻고 지그시 눈을 감았다. 아닌 게 아니라 시간이 지나자 도가니 속처럼 들끓던 뱃속이 조금 가라앉으며 머리도 약간 맑아졌다. 하지만 정신이 좀 들자 다시 걱정이 노도처럼 밀려오기 시작했다.

'이, 이거 정말 큰일 아닌가? 오늘 오후엔 꼭 마리스탄에 가봐야 하는데…… 몸이 이, 이 모양이니!'

마리스탄에 다녀온 지도 벌써 닷새가 지났다. 목 빠지게 자신을 기다리고 있을 집시 여인도 여인이었지만, 솔직히 알리는 마리스탄에 숨어 있는 게 틀림없는 안또니오 때문에 마음이 몹시 다급했다. 자칫 우물거리며 시간을 더 끌다가 그가 어딘가로 다시 사라지기라도 하는 날에는, 그야말로 닭 쫓던 개 지붕 쳐다보는 꼴이 될 수도 있다고 생각하니 더욱 그랬다.

사실 닷새 전 마리스탄에서 집시 여인을 만나고 돌아온 뒤, 알리는 알아트라쉬를 불러 무술이 뛰어난 장정들을 모아보라고 일러두었다. 여러 번의 실패를 교훈삼아 이번만은 확실하게 안또니오라는 베네치아 상인을 붙잡아 여러 가지 의혹을 밝혀내야 한다고 결심했던 것이다. 하지만 믿을만한 장정 여럿을 은밀히 모으는 게 생각만큼 쉽지는 않았다. 그래서 지난밤이 되어서야 겨우 사람들을 모을 수 있었고, 결국 제사가 끝난 오늘 오후에 마리스탄으로 가보려고 계획을 세워놓은 참이었다.

"이, 이제 그만 내려주세요. 혼자 걸을 수 있을 것 같습니다."

성묘사원을 지나 집 근처까지 거의 다 왔을 때 알리는 묵묵히 걷고만 있는 매부 하룬에게 말을 건넸다.

"아니, 괜찮네. 이제 조금만 더 가면 되는데 뭐!"

하룬은 다정한 목소리로 만류했지만, 알리는 고집을 부려가며 기어코 그의 등에서 내리고 말았다.

"괜찮나?"

알리는 다시 다정하게 묻는 하룬의 얼굴을 물끄러미 쳐다보았다. 어렸을 때부터 자신을 별로 탐탁지 않게 여겼던 그의 이런 행동이 아무리 생각해도 어색하게만 느껴졌기 때문이다. 더구나 하룬이 건달패거리들과 어울리기 시작한 뒤로는, 한 집에 산다고 해도 서로 얼굴 부딪칠 일조차 별로 없지 않았던가?

"아, 예! 괜찮습니다. 헌데 오늘은 좀 이상하시군요."

알리가 떨떠름한 표정을 짓자 하룬은 갑자기 웃음을 터뜨렸다.

"하하하! 왜? 내가 갑자기 다정하게 구니까 이상한 모양이지? 하하하! 이보게, 처남! 너무 그런 눈으로 보지 말게. 세상 만물이 다 변하는데 사람이라고 어찌 늘 그대로이겠나? 나도 이제 망나니짓을 그만두고 새사람이 되어보려고 한다네. 예전처럼 서책도 읽고 집안일도 돌보고 말일세!"

"그, 그게 정말입니까?"

알리가 반색을 하자 하룬은 웃음을 거두고 심각하게 대답했다.

"정말이지 않고! 인자하시고 자애로우신 알라께 맹세를 해도 좋네! 사실 그 동안 장인어른께는 물론이고 자네에게도 여러 가지로 미안한 게 많았네. 하지만 이제 지난 일은 다 잊어버리고 앞으로 잘 지내보세나. 요즘처럼 시절이 어수선할 때일수록 집안이라도 화목해야 하지 않겠나?"

"그, 그럼요! 지당하신 말씀입니다! 고, 고마워요, 매부!"

하룬의 말에 알리는 아픈 것마저 잊어버렸다. 아니, 너무 반가워 눈물이 날 지경이었다.

"고맙다니? 그렇게 말해주니 오히려 고마운 건 날세. 사실 꽤 오래 전부터 자네에게 이런 얘길 하려고 별러왔네. 그런데 자네가 어찌나 바쁜지 어디 얼굴 볼 틈이 있었어야지! 아무튼 마침 이렇게 만났으니 정말 잘 됐네. 사실 장인어른과 알크비르 어른께는 벌써 내 뜻을 말씀 드렸는데……, 그 분들께서도 무척 반가워하시더구만."

"스, 스승님께도요? 스승님께는 왜……?"

알리의 눈이 동그래지자 하룬은 다시 웃음을 터뜨렸다.

"하하하! 뭘 그렇게 놀라나? 나도 예전엔 명색이 마드라사의 선생 아니었나? 그러니 앞으로 내가 잘 할 수 있는 일이 뭐겠나? 배운 게 도둑질이라고 이제부터라도 다시 서책을 읽고 학문에 정진해야 하지 않겠느냐 이 말일세! 또 그러려면 당연히 대학자이신 알크비르 어른 의 가르침도 필요할 거고!"

"아아, 예에……!"

알리는 얼떨결에 고개를 끄덕이면서도 속으로는 의아한 생각을 떨칠 수가 없었다. 똑같이 마드라사의 선생이자 학자였다고는 해도, 알리의 은사인 할리드와 달리 하룬은 주로 '칼람'(이슬람교의 정통 신학)에만 관심을 보이던 아주 보수적인 사람이었다. 따라서 알리는 그런 그가 갑자기 이교도인 알크비르의 가르침을 받겠다고 하는 까닭을 잘 이해할 수 없었다. 물론 하룬도 기본적으로는 학자였으므로 나라가 망하기 전까지는 종종 별채의 장서관을 이용해 왔고, 더러는 알크비르와 학문적 토론을 벌이기도 했다. 그러나 종교를 떠나서라도 기질이나 사상 면에서 함께 어울리기 어려울 만큼 서로 달랐던 알크비르와 하룬은 결코 가까운 사이가 될 수 없었던 것이다.

"부에나스 따르데스! 아세 무쵸 띠엠뽀 께 노 떼 베오Hace mucho

tiempo que no te veo(정말 오랜만이다)!"

고개를 갸웃거리며 잠시 혼자만의 생각에 잠겨 있던 알리의 귀에 낯익은 음성의 카슈탈라어가 들린 것은 바로 그때였다.

"아아, 빠드레 안드레아! 꼬모 에스따 우스뗏Como está Ud.(스페인어로 '안녕하십니까')?"

알리와 하룬의 앞을 막아선 것은 회색 수도복을 입은 안드레아 신부였다. 황급히 인사를 건넨 알리는 놀란 얼굴로 다시 말을 이었다.

"정말 반갑습니다, 신부님! 그러고 보니 한동안 통 뵙질 못했군요."

"사실은 두 달 넘게 툴라이툴라에 다녀오느라 여기 없었다네. 어제 저녁에야 돌아왔지. 빠꼬가 죽고 나서 혼자 지내려니 너무 심란하기도 하고, 또 중요한 볼일도 좀 있어서⋯⋯. 헌데 일찍부터 어디 다녀오는 길인가 보지?"

"아, 예에⋯⋯. 저희는 지금 막 알무살라에서 제사를 지내고 집으로 돌아가는 길입니다. 오늘이 축제날 아닙니까?"

"이런, 이런! 내 정신 좀 보게. 맞아, 맞아! 오늘이 축제날이었지? 그래서 모두들 흰옷을 입었구만! 칸디다 팍스Candida pax(라틴어로 '흰옷 입은 평화')라? 그 옷처럼 이곳 가르나타에도 빨리 평화가 와야 할 텐데⋯⋯. 그나저나 이런 우연이 있나? 나도 마침 자네 집엘 가는 길이었는데, 이거 정말 잘됐네! 하하하!"

안드레아 신부가 왕방울 눈을 굴리며 파안대소를 하자 알리는 눈을 동그랗게 뜨며 되물었다.

"저희 집엘요? 저희 집엔 무슨 일로⋯⋯?"

"오랜만에 돌아왔으니 벗도 만나고 자네 아버님도 뵐 겸해서⋯⋯."

"아아, 세뇨르 앙베르를 만나시려구요? 헌데 아버님은 왜⋯⋯?"

알리의 물음에 안드레아 신부는 하룬의 눈치를 흘깃 살피더니 손에 들고 있던 보따리를 내밀어 보였다.

"뭐 별건 아닐세. 내가 기른 약초를 좀 드리려고!"

"하, 하지만 아버님은 아직 알무살라에 계실 텐데……."

알리가 난감한 표정을 짓자 안드레아 신부는 숱 많은 눈썹을 찡긋하더니 짐짓 미소를 지어보였다.

"걱정할 거 없네. 사형師兄을 만나 이야기 좀 나누면서 기다리면 되니까! 어차피 주님께서 돌리시는 시간인데 급할 게 뭐 있겠나? 주인어른이 안 계시더라도 자네가 차 한 잔이야 대접해 주겠지?"

"여, 여부가 있겠습니까?"

*   *   *

알리 일행이 대문을 지나 대정원으로 들어서자 젊은 하인이 뛰어오며 그들을 맞았다.

"신부님을 빨리 사랑채로 모시고, 객사에 가서 세뇨르 앙베르에게도 기별을 하게. 안드레아 신부님께서 오셨다고 말일세!"

조금 경황이 없어 허둥대던 알리가 주위를 둘러보지도 않고 서둘러 시시를 내리자, 젊은 하인은 빙긋이 웃으면서 성원 한쪽 구석을 가리켰다.

"그 손님은 바로 저기 계시는뎁쇼!"

아닌 게 아니라 하인이 가리키는 곳에는 앙베르와 삐에뜨로가 마주서서 뭔가 얘기를 나누고 있었다. 아니 얘기를 나누는 게 아니라 다투고 있는지 두 사람의 말소리가 꽤 크게 들려왔다.

"무슨 일인지 가봅시다!"

안드레아 신부가 약간 걱정스러운 표정을 지었지만, 알리는 그런 그를 향해 여유 있게 웃으면서 말했다.

"신경 쓰지 마세요. 저 두 양반들은 만나기만 하면 언쟁이랍니다. 어제 오늘의 일이 아닌 걸요!"

"자! 그럼 난 먼저 들어가겠네. 손님 잘 모시게나!"

하룬은 자기가 낄 데가 아니라고 여겼는지 먼저 자리를 떴고, 알리는 안드레아 신부와 함께 앙베르와 삐에뜨로 곁으로 다가갔다.

"옴브레Hombre(스페인어로 본래 '사람'이라는 뜻, 친한 사이에 '이 사람아!'라는 감탄사로 쓰임)! 드디어 돌아왔구만! 난 하도 소식이 없기에 툴라이툴라에서 방뎅이가 튼실한 계집이라도 만나 한 살림 차린 줄 알았지? 왜? 그깟 수도복을 벗어 던지기가 그렇게 아깝던가?"

"예끼! 그 못된 입심 하나는 여전하구만! 그래 사형도 잘 지냈나?"

앙베르는 만면에 미소를 띠며 걸쭉한 농담을 건넸고, 안드레아 신부도 웃는 얼굴로 그에게 다가가 가볍게 포옹을 했다.

"헌데…… 이 젊은 양반은 처음 보는 얼굴인데……?"

안드레아 신부가 삐에뜨로를 쳐다보자 앙베르가 재빨리 나섰다.

"아아, 내 소개를 하지. 이 젊은이는 삐에뜨로 디 빠올로라고……, 피렌쩨 출신의 화간데, 나처럼 이 집의 식객일세. 물론 그림만 그리는 건 아니고 부업을 더 열심히 하고 있긴 하지만……."

"부업이라니?"

안드레아 신부가 영문을 몰라 왕방울 눈을 더욱 커다랗게 뜨자 앙베르는 폭소를 터뜨렸다.

"하하하! 그게 성공하기만 하면 떼부자가 되는 부업인데, 자비로우신 우리 주님께서 일이 잘 되도록 도와주실지 어떨지 잘 모르겠단 말일세! 어떤가? 자네가 주님의 뜻을 한번 여쭤봐 주겠나? 하하하!"

"대체 무, 무슨 소린가?"

안드레아 신부가 도움을 청하듯 자신을 바라보자 알리는 할 수 없이 설명을 했다.

"세뇨르 앙베르께서 농담을 하시는 겁니다. 사, 사실은 저 양반이 연금술에 좀 관심이 있어서요."

안드레아 신부가 그제야 상황을 파악하고 고개를 끄덕이는 순간, 삐에뜨로가 한 걸음 앞으로 나서더니 신부를 향해 한 발을 뒤로 빼고 고개를 숙이며 정중하게 인사를 했다.

"엔깐따도Encantado(스페인어로 '반갑습니다'), 빠드레! 삐에뜨로 디 빠올로라고 합니다."

"아무튼 반갑소! 난 안드레아라 하고, 보다시피 주님을 모시는 수도자의 몸이라오."

안드레아 신부가 답례를 마치자마자 삐에뜨로는 고개를 돌려 앙베르를 노려보더니 냅다 소리를 질렀다.

"뭐, 떼부자가 되는 부업이라구요? '스키엔치아 수프레마'scientia suprēma(라틴어로 '최고의 지식')를 모욕해도 분수가 있지! 그리고 또 뭐요? 주님께서 도와주실지 어떨지 잘 모르겠다구요? 게가 가재한테 똑바로 걸으라고 훈계를 한다더니! 도대체 선생께서 '주님' 운운할 자격이나 있습니까? 정작 이단자들과 어울리다가 대학에서 쫓겨난 사람이 누군데……?"

"뭐, 뭐라구? 도대체 누가 이단이란 말인가? 고대 현자들의 지혜와 학문을 숭상하는 걸 이단으로 모는 게 로마에 진치고 앉아 있는 사기꾼 대장의 취미인지는 모르겠소. 하지만 지혜로운 이들의 눈에는 그 자야말로 적敵그리스도anticristo(기독교에서 이 세상의 종말이 올 때 나타난다는 '악마의 왕, 거짓 구세주'), 이단 중의 이단, 사탄의 괴수인데!"

앙베르가 눈을 부릅뜨며 맞고함을 치자 뻬에뜨로는 조금도 지지 않고 다시 소리를 질렀다.

"또 그 소리! 이미 몇 번이나 말했지만, 나도 물론 로드리고 보르지아(교황 알렉산더 6세를 가리킴. 제1권 330쪽 주 참조)를 좋아하는 건 아니에요! 하지만 눈썹 고치자고 눈을 뽑을 순 없죠! 교황이 좀 시원치 않다고 해서 거룩하신 우리 주님의 교회 전체를 모욕하지 말란 말입니다! 아, 참! 그리고……, 마침 여기 까스띠야의 신부님도 계시는데 같은 나라 출신의 교황을 그렇게 마구 욕해도 괜찮습니까?"

뻬에뜨로가 안드레아 신부를 흘깃 돌아보았다. 하지만 신부는 무표정한 얼굴로 어깨만 으쓱했을 뿐이었다. 신부가 자기편이 아니라는 걸 확인한 뻬에뜨로가 약간 풀이 죽어 말을 멈췄을 때, 앙베르가 혀를 차며 다시 반격을 시작했다.

"허허, 쯧쯧쯧! 기가 막혀 정말 말이 안 나오는구만! 미련하면 사악하지나 말든가, 사악하면 지혜롭기나 하든가……. 미련하고 또 사악하니 더 무슨 말을 하랴! 교황에 맞서다 화형주를 피해 도망친 게 엊그제인 주제에, 갑자기 거룩하신 주님의 교회를 지키는 충견 노릇을 하겠다? 허허, 나귀가 리라*를 뜯고 말뚝에 매어둔 염소가 춤을 출 노릇이로다!"

앙베르를 노려보던 뻬에뜨로는 안드레아 신부 쪽을 다시 한번 흘깃

---

* lira : 고대 그리스에서부터 널리 쓰였던 일곱 줄이 달린 현악기의 일종으로 수금(竪琴)이라고도 하며, 영어로는 'lyre'라고 한다.

돌아보더니, 혼자 고개를 끄덕이며 조금 목소리를 낮추었다.

"뭐 신부님께서야 선생과 친구 분이시니까 그냥 참고 들어주시는 거겠죠. 좋아요! 그건 그렇다 치고……. 헌데 정말이지 선생께서는 하시는 말씀마다 갈리아Gallia(프랑스를 가리키는 옛 라틴어식 이름)에서 오신 분답군요. 그래서 갈리아의 왕이란 자들은 교황을 납치하고 가짜 교황 세우는 일*을 밥 먹듯이 한 겁니까? 어디 그뿐인가요? 불과 몇 년 전에도 선생네 나라 땅딸보 왕이 이탈리아 전체를 그야말로 쑥밭으로 만들고** 무엄하게도 성도聖都 로마까지 위협하지 않았나요? 하긴 그 자는 결국 하나님께 천벌을 받아 죽었으니 하늘도 영 무심하신 건 아니지만!"

삐에뜨로가 말하는 내용을 잘 이해할 수 없었던 알리는 고개를 돌려 안드레아 신부를 보았다. 신부는 살짝 앙베르의 눈치를 살피더니 나직한 목소리로 말했다.

"지난해 봄에 죽은 프란시아 왕은 어처구니없게도 문틀에 머리를 부딪쳐 그만 불귀의 객이 됐다네."

"그래요?"

알리가 놀라며 고개를 끄덕일 때 다시 삐에뜨로의 악다구니가 이어졌다.

"선왕이 그 꼴이 났는데, 그것도 모자라 그 후세사란 자 역시 왕관을 쓰자마자 제일 먼저 하는 짓거리가 남의 나라를 침략하는 거라

---

* 1309~1377년 사이에 프랑스 왕의 영향 아래 로마의 교황청이 프랑스의 아비뇽으로 옮겨졌던 사건(교황의 아비뇽 유폐)과 1378~1417년 사이에 로마와 아비뇽에서 두 명의 교황이 양립했던 사건(교회의 대분열)을 말한다. 교회 대분열의 시기에 프랑스의 왕들은 자신들이 옹립한 아비뇽의 교황을 지지했다.
**1494년 프랑스 왕 샤를르 8세Charles Ⅷ가 이탈리아의 나폴리Napoli를 침공한 사건을 가리킨다. 샤를르 8세는 키가 작은 것으로 유명했다.

니', 나 원!"

프란사 왕의 군대가 알프스를 넘어 이탈리아로 쳐들어간다는 소식은 며칠 전부터 이곳 가르나타에도 알려져 있었다. 헌데 오고가는 상인들을 통해서 퍼진 소문을 뻬에뜨로도 어디선가 들은 모양이었다.

"침략이라? 그래, 자네 좀 전에 말 한번 잘 했네! 물론 뿔 고치자고 소를 잡으면 안 되지! 허나 그건 바로 내가 하고 싶은 말이야. 나 또한 왕들의 패악이나 전쟁 놀음을 좋아하는 건 아니네. 하지만 욕을 하려면 뭘 좀 제대로 알고 나서 하라구! 우리의 새 군주께서는 신민들의 조세를 감해주고, 여러 가지 온정을 베푸셔서 '백성의 아버지'라는 칭송을 듣고 계시다는 걸 모르는가? 또 우리 군주께서 밀라노Milano를 치시는 것은 허풍쟁이 루도비꼬**의 간교한 술책과 오만을 응징하기 위해서인데, 그게 뭐가 잘못이란 말인가? 그 자가 입만 열면 '교황 알렉산더는 내 궁중 제사장이요, 신성 로마 제국 황제는 내 용병대장이며, 베네치아는 내 시종장에다 프란시아 국왕은 내 파발꾼'이라고 망발을 부린다는 말도 못 들었나? 그런 자를 그냥 놔두고서야 어찌 이 땅 위에 우리 주님의 정의가 서겠는가? 허허, 자넨 피렌쩨 사람이라면서, 이번 전쟁에서 자네 나라가 중립을 지키기로 했다는 소식도 접하지 못했는가?"

잠시 점잖게 듣고만 있던 앙베르가 침착하게 응수하자 뻬에뜨로가 다시 외쳤다.

"프란시아의 새 왕이 백성의 아버지라구요? 교황을 매수해서 이혼

---

* 샤를르 8세의 뒤를 이어 프랑스 왕이 된 루이 12세는 1499년 6월에 알프스를 넘어 북부 이탈리아를 침공했고, 그해 9월에는 밀라노Milano를 점령하여 약탈했다.
**당시 밀라노를 지배하던 스포르짜Sforza 공국公國의 군주 '루도비꼬 스포르짜 일 모로'Ludovico Sforza Il Moro(1451~1508)를 가리킨다.

을 하고, 선왕의 미망인이자 자기 조카딸인 여자랑 결혼을 한 패륜아 가 말입니까?*”

별 관심도 없고 잘 알아들을 수도 없는 기독교도들의 정치 얘기가 계속 이어지는 통에 조금 따분해진 알리가 피곤을 느낄 무렵, 끊임없 이 물고 늘어지는 삐에뜨로의 시비에 진력이 났는지 앙베르는 갑자기 근엄한 표정을 지으며 화제를 돌렸다.

“좋아! 좋아! 왕들 이야기는 집어치우고 우리 이야기만 하세! 지금 자네의 가련한 영혼을 사로잡고 있는 그 엉터리 마법 얘기 좀 해보잔 말일세! 교회와 교황의 안위를 그토록 염려하는 자가 ‘말레피키움’(사 탄의 힘에 호소하는 마녀들의 마술. 제2권 89쪽 주 참조)이나 다름없는 연 금술에 심취해서 정신을 못 차리는 이유는 뭔가?”

“뭐라구요? 말레피키움이라뇨? 말레피키움이라면, 악마와 계약을 맺고 마녀들의 집회에 나가 통음난무痛飮亂舞하고 그들과 교접하며, 또 어린아이를 제물로 바치고 인육을 먹는……, 뭐 그런 걸 말할 텐 데……, 연금술이 그거랑 무슨 상관이 있습니까? 아니 도대체 제가 언 제 악마랑 계약을 맺었단 말입니까? 빗자루를 타고 밤하늘을 날아다 니는 제 모습을 보시기라도 했습니까? 신부님! 제발 뭐라고 말씀 좀 해 주십시오. 도대체 이런 터무니없는 모함을 해도 되는 건지!”

앙베르의 말에 얼굴이 창백해진 삐에뜨로는 다시 안드레아 신부 쪽 을 쳐다보며 도움을 청하듯 소리쳤다. 그러나 앙베르는 위압적인 태 도로 그의 말을 잘랐다.

“흥! 그래도 겁은 나는 게로구만? 이것저것 주워섬기는 걸 보니 어

* 프랑스의 루이 12세는 교황 알렉산더 6세의 허락을 얻어 이혼을 한 뒤, 샤를르 8세의 미 망인이자 자신의 조카딸이었던 ‘안느 드 부르따뉴’Anne de Bretagne 여왕과 결혼했다.

디서 어깨 너머로 『말레우스 말레피카룸』*이라도 훔쳐본 모양이지만, 꼭 그런 짓을 해야만 말레피키움이 되는 건 아닐세. 사악한 욕망을 채우려고 마술에 매달리면 그게 바로 말레피키움이니까! 계약을 맺은 적이 없다? 꼭 종이에 써서 서명을 해야만 계약인 줄 아나? 이단 재판소의 판례에 따르면, 아무 증거도 남기지 않는 묵계 또한 계약이라는 걸 잊지 말게!"

"이보게, 앙베르 형제! 그 서책 얘기는 갑자기 왜 꺼내나? 그 엉터리 서책 때문에 얼마나 많은 사람들이 억울하게 죽어가고 있는데!"

그때까지 무표정한 얼굴로 두 사람의 설전을 지켜보고만 있던 안드레아 신부가 눈살을 찌푸렸다. 그러자 알리는 더욱 궁금한 눈으로 그를 바라보았다.

"허허, 이거 내가 실수한 거 같구만! 자네야 합리적인 사람이니 그런 걸 좋아하지는 않겠지만……, 그 서책 앞머리에 교황 성하의 교서까지 실려 있다는 것**쯤은 자네도 알고 있을 텐데?"

"거 쓸데없는 얘기로 사람 겁주는 버릇은 학창 시절이나 지금이나 그대로구만! 아무튼 그 얘긴 그만두세!"

앙베르의 짓궂은 대꾸에 신부는 떨떠름한 표정으로 응수했다.

"난 마법도 싫고 마법을 화형주로 다스리는 것도 싫어하네! 둘 다 창조주께서 우리에게 주신 이성의 본분에 어긋나는 미친 짓이니까!"

"그래? 하지만 그 이성의 참모습이 무엇인지 과연 누가 안단 말인

---

* Malleus maleficarum : 라틴어로 '마녀들의 망치'라는 뜻. 독일 출신의 도미니꼬회 이단 심문관이었던 하인리히 인스티토리스Heinrich Institoris가 1486년에 쓴 책의 이름. 이 책은 마녀의 색출 방법을 상세하게 명시하여 악명 높은 마녀사냥에 지대한 영향을 미쳤다.
** 『말레우스 말레피카룸』의 첫머리에는 교황 인노켄티우스 8세Innocentius Ⅷ가 1484년에 발표한 「숨미스 데시데란테스 아펙티부스」Summis desiderantes affectibus(최대의 관심을 가지고 바라노니)라는 교서가 실려 있으며, 여기에는 이단 재판소의 마녀 심문을 지지하는 내용이 담겨 있다.

가? 디오스 사베! 이그노라무스Ignoramus(라틴어로 '우리는 모른다')! 어쩌면…… 우리가 마법이라고 부르는 것 속에 진리로 가는 다른 길이 있을지도 모르지."

"무슨 소리! 지식에 대한 열망도 지나쳐서 도를 넘어서면 그 또한 사악함에 빠질 수 있다는 걸 모르는가? 아무튼 불같은 성격이랑 쓸데 없는 얘기로 사람 겁주는 버릇은 예나 지금이나 여전하구만! 이그나티우스* 형제! 그 이름이 아직 죽지 않은 모양일세! 이름 그대로 불꽃 같은……."

안드레아 신부가 찌푸렸던 얼굴을 조금 펴면서 말을 돌렸다. 그런데 이번엔 반대로 앙베르의 표정이 확 굳어졌다.

"거, 쓸데없는 얘긴 그만 두게! 다 지나간 일을 가지고……."

"무슨 말씀이세요?"

마침내 궁금증을 못 이긴 알리가 묻자 안드레아 신부는 어깨를 으쓱하더니 짧게 대답했다.

"아, 앙베르 형제가 소싯적에 수도원 생활을 할 때 본명이 이그나티우스였다네. 불같은 성격에 꼭 어울리는 이름이었지 뭔가?"

"아, 글쎄 그만두라니까!"

앙베르가 약간 역정까지 내는 것을 보고 이번엔 뻬에뜨로가 불리하던 세를 만회하려는 듯 재빨리 끼어들었다.

"아니, 왜 그렇게 화를 내시나요? 아하! 뭔가 뒤가 켕기는 거라도 있는 게로군요? 아무튼 잘 됐습니다! 신부님께서도 못마땅해 하시니 마녀 얘기는 집어치우고, 말이 나온 김에 우선 선생 얘기부터 좀 해보는 게 어떨까요? 제 얘기야 여기 있는 세뇨르 알리도 이미 다 아는

---

* 라틴어로 '이그나티우스'ignatius는 '불'ignis의 형용사로 '불꽃같은'이라는 뜻이다.

거고……. 아무튼 마침 잘 됐습니다! 내 그 동안 꾹 참고 말을 안 하려 했지만, 오늘은 신부님도 오셨고 세뇨르 알리도 왔으니, 이 기회에 한 번 확실히 밝혀보자구요! 선생께서 그 동안 이단자들과 작당하여 유태교도들의 마법 캅발라를 연구하고 아포크리파Apocrypha*나 「에녹서書」** 따위의 위경僞經을 탐독하신 이유를 좀 들어보잔 말입니다!"

'캅발라'라는 말이 날카로운 창끝처럼 알리의 귀를 찔렀으므로, 순간 알리는 흠칫 놀라 앙베르를 쳐다보았다. 그러자 조금 당황하는 듯 하던 앙베르는 이내 흥분한 목소리로 되물었다.

"그, 그건 무슨 소린가? 그런 소리를 도대체 어디서 주워들었느냐 말이야?"

"어디서 들었든 그게 뭐가 그리 중요합니까? 하긴 말 못할 것도 없지요. 전에 티롤의 광산에서 일할 때 빠리스 출신의 신학생한테 들었어요! 빠리 대학의 가갱***이라는 양반이 이단자들을 끌어 모아……."

"닥치지 못할까! 듣자듣자 하니 정말 못하는 소리가 없구만! 링구암 콤페스케레 비르투스 논 미니마 에스트Linguam compescere virtus non minima est(라틴어로 '혀를 단속하는 것은 작은 미덕이 아니다')! 떠돌

---

* 교회에 의해 『성서』로 공인되지 못한 '외경外經'. 외경과 위경들은 기원전 200년부터 서기 150년 사이의 '묵시문학 시대'에 유태인들에 의해 쓰여졌으며, '아포크리파'라는 말은 그리스어의 '아포크리스포스'απоκρυσφος, 즉 '숨겨진, 감춰진'이라는 말에서 유래했다.

**에녹Enoch은 『구약성서』 창세기에 나오는 인물로 카인의 맏아들이다. 『에녹서』는 공식적인 성서에 포함되지 못한 이른바 위경 중의 하나로 이 세상의 종말에 대한 묵시가 담겨 있는 책이다. 이슬람교에서는 에녹을 아브라함, 모세, 예수 등과 더불어 중요한 예언자 중의 한 사람으로 보고 있는데, 『쿠란』에서는 '에녹'이 '이드리스'Idris로 표현되어 있다.

***로베르 가갱Robert Gaguin은 당시 빠리 대학의 법학부 학장을 지낸 인물로 1470년대에 '고전문학 동호회'를 만들어 르네상스 인문주의를 프랑스에 도입하는 데 선구적인 역할을 했다. 이 동호회에는 이탈리아 출신 교수들과 플라톤 철학에 심취한 그리스 출신 망명객들이 다수 참여했는데, 이들은 대체로 금욕적 신비주의에 기울어져 있었고 전통적인 스콜라 철학에 대해 매우 비판적이었다.

이 그림쟁이 주제에 고명하신 우리 학장님까지 욕보이려 들다니! 자네가 도대체 뭘 안다고 이단이니 뭐니 함부로 나불대는 거야? 케케묵은 논리를 앞세워 썩어빠진 교회의 시녀 노릇이나 하고 철학자(아리스토텔레스)의 말을 앵무새처럼 뇌까리기만 하는 게 진정한 학문이나 지혜가 아닐진대, 번쇄하기 짝이 없는 학풍을 쇄신하고 쓸데없는 현학에 찌들어버린 우리의 영혼을 새로운 정신으로 충만하게 하려는 노력이 어찌 이단이란 말인가? 온 세상의 현자들이 함께 모여 머리를 맞대고 지혜를 탐구하던 신성한 모임을 가리켜 이단자들의 작당이라니? 기껏해야 뒷골목에서 천한 것들과 어울리며 귀동냥이나 해온 자네의 얄팍한 지식으로, 그 분들의 지혜를 감히 가늠이나 할 수 있을 것 같은가? 빈 땅콩 껍질이 소리만 요란하다더니 자네가 바로 그 꼴이구만! 제발 주제넘게 아는 척하면서 아무 데나 나서지 말고, 자네 자신의 어리석음이나 돌보란 말일세!"

앙베르의 힐난이 워낙 통렬했기 때문에 옆에서 듣고 있던 알리마저 얼굴이 달아오를 지경이었다. 그런데 삐에뜨로는 뜻밖에도 비웃음 가득한 표정을 지으며 응수했다.

"흥! 자기가 하면 신성한 지혜의 탐구요, 남이 하는 건 다 어리석은 마법에 홀린 거다? 요는 지식에도 귀천이 있다 이건데, 바로 그거야말로 선생께서 입이 부르트도록 비판하던 신학자들의 논리 아닙니까? 솔직히 강단에서 입만 나불대는 학자들보다야 화덕 앞에서 비지땀을 흘리는 연금술사들이 진짜 지식의 탐구자들이라고 할 수 있죠! 예부터 '벤디토레스 베르보룸'venditores verborum(라틴어로 '말의 장사꾼'. 지식인들을 경멸하여 부르는 말)이야말로 불경과 독신의 장본인들이라는 건 고명하신 빠리스 대학의 교수님이셨던 선생께서 더 잘 아시지 않습니까? '박사들이 많은 만큼 오류도 많고, 청중이 많은 만큼 추문도 많고, 광장이 많은 만큼 신성 모독도 많다!' 선생이나 선생의 동료들이 추구하는 지혜는 왜 올바르고, 저나 요아힘 어른께서 탐구하는 기술은 왜 사악한지 그걸 한번 속 시원히 설명해 주시죠. 마침 여기 현명한 증인들도 계시니 공정한 판정을 좀 받아보게요."

알리는 삐에뜨로의 당당한 태도에 다시 한번 놀라지 않을 수 없었고, 그가 그토록 용감해진 이유가 몹시 궁금해졌다. 두 달 전 이곳에 처음 왔을 때만 해도 자신의 옷자락에 매달려 비굴하게 목숨을 구걸하던 그가 아니었던가? 아니 심지어 자신의 목숨을 구하기 위해 존경하는 스승이라던 요아힘의 비밀까지 망설임 없이 다 털어놓던 그가 아니었던가? 그런 인간이 어떻게 저토록 당당해질 수 있단 말인가? 더구나 카슈탈라의 성직자인 안드레아 신부도 곁에 있는데! 일단 궁금증이 일자 알리는 괜스레 초조해져 앙베르와 삐에뜨로의 얼굴을 번갈아 쳐다보며 마른침을 삼켰다. 하지만 정작 의문은 너무도 싱겁게 풀려버렸다. 더 이상 상대하기도 싫다는 듯 앙베르가 몸을 돌려 자리를 뜨려는 순간, 삐에뜨로의 입에서 놀라운 말이 튀어나왔던 것이다.

"왜 피하십니까? 선생께서도 이단 재판이 두려워 이 먼 곳까지 도망쳐 왔다는 걸 사람들 앞에서 고백하기가 꽤 껄끄러우신가 보죠? 선생이 이단으로 고발되어 대학에서 쫓겨났고, 결국 그것 때문에 고향까지 등질 수밖에 없었다는 게 부끄러우신가 보죠? 하지만 선생의 주장처럼 바르고 떳떳한 일을 하신 거라면, 뭐 때문에 망설이고 부끄러워하십니까? 대학을 떠난 거야 그렇다 치더라도, 왜 고향인 아비뇽으로도 못 돌아가시는 거죠?"

"이봐요, 사형! 사형의 고향은 아비뇽이 아니라 비스까야라고 알고 있는데……?"

안드레아 신부가 의아한 표정을 지으며 재빨리 끼어들자 삐에뜨로는 일순 눈이 휘둥그레지더니 기세등등하게 외쳤다.

"비스까야라구요? 허허, 이런, 이런! 뭐 때문에 고향까지 속이셨을까? 아하! 그러고 보니 비스까야라면 마법사들이 많기로 유명한 데 아닙니까?"

"무, 무슨 소리야? 나, 난 아비뇽에서 자랐네. 자, 자네가 뭘 잘못 알고 있는 게지. 그리고 지금 그게 뭐가 그리 중요한가?"

황급히 손을 내젓는 앙베르의 얼굴에 한 줄기 당황한 빛이 스쳐갔다. 알리는 그걸 흥미롭게 지켜보며 혼자 속으로 되뇌었다.

'비스까야라구?'

"하, 하지만 내가 학창 시절에 분명히 그런 얘기를 들은 것 같은데……, 사형이 비스까야 출신이라고……?"

안드레아 신부가 어깨를 으쓱하며 다시 말을 꺼내려 했지만 앙베르는 단호하게 그의 말을 잘랐다.

"잘 모르고 하는 소리! 내 먼 친척 중에 비스까야에 살던 사람이 있는데, 아마 그게 와전된 거겠지. 그 얘긴 그만 두고……. 이보게, 삐에뜨로! 내가 도대체 언제 부끄럽다고 했나?"

분위기를 바꿔보려는 듯 대차게 반문하는 앙베르를 향해 삐에뜨로는 다시 냉소를 지으며 빈정거렸다.

"부끄러운 게 아니면 목숨이 아까우신가요? 허허, 이거 실망이 큰데요! 저 같은 졸장부야 제 몸 하나만 건질 수 있다면 처자식이라도 팔겠지만, 명색이 빠리스 대학의 교수님이셨던 분께서 그깟 하찮은 육신 때문에 신조를 숨기신다면 그건 정말 부끄러운 일 아닙니까?"

알리는 그제야 사태의 본질을 파악하고 혼자 가볍게 고개를 끄덕였다. 언젠가 앙베르가 요아힘과 삐에뜨로의 관계를 추측하면서 무심코 던졌던 말처럼, 지금은 바로 앙베르 자신이 삐에뜨로한테 뭔가 약점을 잡힌 게 분명했다. 그렇다면 결국 삐에뜨로의 저토록 당당한 태도에 빌미를 제공한 사람은 바로 앙베르인 셈이었다. 그러고 보니 세상일은 참 알 수 없는 노릇이었다. 어쩌다가 삐에뜨로가 앙베르의 과거를 알게 되어 이런 일이 벌어진단 말인가?

"목숨이 아까워서 그러는 게 아니라 자네 같은 돌대가리 앞에서 쓸데없이 떠벌리고 싶지 않을 뿐이야! 나귀 앞에서 피리를 불어봐야 뭘 하겠나? 입만 아플 뿐이지. 자네처럼 동네방네 다니면서 수다를 떨어야만 직성이 풀리는 인간에게야 내 말이 잘 이해가 안 되겠지만!"

앙베르가 계속해서 참기 어려울 만큼 모욕적인 언사를 쓰는데도 삐에뜨로는 전혀 개의치 않는 것 같았다. 그는 빙긋이 웃더니 한 손을 들어 알리와 안드레아 신부를 가리키며 다시 말을 이었다.

"지금은 나귀만 있는 게 아닌뎁쇼, 나으리! 그러니 여기 계신 두 분을 위해서라도 부디 한 말씀만 해주시지요. 나으리의 학문은 어째서 신성한 지혜이고, 저의 연금술은 어째서 사술邪術인지, 그 문제에 대한 고견을 듣고 싶습니다!"

"좋아! 정 원한다면 내 그 차이를 말해주지! 나를 움직이는 건 순수한 지혜를 향한 열정이나 자네 영혼의 주인은 더러운 욕망이니까! 그게 바로 자네와 나의 다른 점이네! 이제 알아듣겠나?"

"더러운 욕망이라구요?"

"땀도 안 흘리고 황금을 얻으려는 그 심보가 더러운 욕망이 아니면 대체 뭐란 말인가? 라딕스 옴니움 말로룸 에스트 쿠피디타스Radix omnium malorum est cupiditas(라틴어로 '탐욕은 모든 악의 뿌리'. 『신약 성서』 「디모데 전서」 6장 10절에 나오는 구절)!"

"허허, 고명하신 학자께서 시정잡배 같은 말씀만 하시는군요. 탐욕만이 죄는 아니죠. 잘 알지도 못하면서 남을 함부로 단죄하려 드는 선생의 교만함 또한 큰 죄 아닙니까? 아 수페르비아 이니티움 숨프시트 옴니스 페르디치오[*]! 아니, 연금술이 황금을 얻기 위한 거라고 대체 누가 그러던가요?"

"아니면?"

앙베르가 두 눈을 치켜뜨고 노려보는데도 삐에뜨로는 입가에 묘한 미소를 지우지 않은 채 천천히 대답했다.

"요아힘 어른께서도 늘 말씀하셨죠, 황금이야 부산물에 불과한 것이라고! 연금술의 진정한 목표는 하늘에 닿는 지혜를 얻는 것, 그 지혜를 통해서 이 우주와 내가 하나가 되는 것, 또 우리의 영혼과 육신이 완전한 영생을 얻는 것입니다! 모르긴 몰라도 선생이 원하는 것 또한 이와 비슷한 거 아닙니까? 산봉우리는 하나이나 오르는 길은 여럿인데, 왜 선생께서 오르는 길만 길이 된다고 우기시는지 그 까닭을 모르겠군요."

"길이 아닌 길을 억지로 가고자 하는 자에게는 죽음의 추락만이 있을 뿐이네. 죽음을 그토록 두려워하면서 왜 그걸 모르는가?"

한동안 인상만 쓰며 침묵을 지키던 안드레아 신부가 다시 끼어들었다. 하지만 삐에뜨로는 그의 말에 동요하기는커녕 오히려 대들 듯이 반문했다.

---

* A superbia initium sumpsit omnis perditio : 라틴어로 '교만(자만)은 모든 패망의 출발'이라는 뜻으로, 중세의 신학자 생 빅토르의 위고Hugues de Saint-Victor(11C 말~1141)가 한 말이다.

"어떤 게 진짜 길인지는 올라가봐야 알 수 있는 거 아닙니까?"

"허허, 큰일 날 소리! 어찌 그리 미욱한가? 자비로우신 우리 주님께서, 수많은 선지자들께서, 거룩하신 우리 교회의 수많은 성인들과 석학들께서 우리가 가야 할 길을 이미 다 알려주셨거늘, 왜 쓸데없는 고집을 부린단 말인가? 차라리 자네가 단지 황금에 눈이 어두워 사술에 빠졌다면 동정의 여지라도 있네만……, 엉터리 마법으로 영생을 얻을 수 있다고 우긴다면 그거야말로 이단 재판감일세!"

안드레아 신부의 음성은 어린 동생을 타이르는 큰형님의 목소리처럼 온화했지만, 그의 얼굴에는 단호한 기운이 서려 있었다. 그러나 삐에뜨로는 고개를 흔들며 이번에는 알리 쪽으로 몸을 돌렸다.

"그렇다면 신부님! 이 이교도 양반은 어떤가요?"

"뭐가 말인가?"

안드레아 신부가 왕방울 눈을 크게 뜨면서 묻자 삐에뜨로는 나직한 음성으로 다시 물었다.

"세뇨르 알리 또한 신부님께서 말씀하신 그 길을 가고 있는 건 아니잖습니까? 거꾸로 이 양반 입장에서 보면 우리들 모두가 잘못된 길을 가고 있는 게 될 거구요!"

"그, 그거야……?"

안드레아 신부는 의외의 질문에 몹시 당혹한 듯 알리의 눈치를 보며 말을 얼버무렸다.

"하긴 이 양반까지 끌어들일 필요도 없겠죠. 당장 세뇨르 앙베르만 하더라도 마찬가지니까요! 세뇨르 앙베르가 가려던 길이 신부님께서 말씀하신 바로 그 길이라면, 왜 대학에서 그를 쫓아내고 교회가 그를 이단으로 고발했겠습니까? 또 신부님 말씀대로 우리 주님과 거룩한 교회와 성인들께서 길을 다 정해주셨다면, 세뇨르 앙베르 같은 사람들이 뭐 때문에 새로운 지혜를 찾아 헤매야 하느냐 이 말입니다!"

"앙베르 형제가 그런 불행을 당한 건 나도 유감이네만……, 그, 그 거야 사람이 하는 일이니 오류를 범했을 수도……."

"누가 말입니까? 누가 오류를 범했다는 거죠? 거룩한 교회가요, 아니면 스스로 지혜를 뽐내는 세뇨르 앙베르가요?"

삐에뜨로의 계속되는 물음에 안드레아 신부는, 이번엔 앙베르의 눈치를 보면서 난감한 표정으로 다시 말끝을 흐렸다.

"어느 한쪽이겠지. 어쩌면 둘 다일 수도 있고……."

알리는 사태의 경이로운 반전을 지켜보면서 놀라기에 앞서 머릿속이 혼란스러워졌다. 그가 아는 한 안드레아 신부가 어떤 문제에 대해서든 이토록 자신 없는 태도를 보인 적은 없었기 때문이었다.

"자넨 죽음이 그토록 두려운가?"

마치 안드레아 신부를 곤경에서 구해주기라도 하려는 듯 앙베르가 다시 나선 것은 바로 이때였다.

"그건 왜요?"

"자네가 아까 그러지 않았나? 목숨을 건지기 위해서라면 처자식이라도 팔 수 있다고! 더구나 영혼과 육신의 완전한 영생을 얻는 게 자네의 목표라면서? 죽음이 두려우니 그런 헛된 꿈을 꾸는 거 아닌가?"

"그럼 선생께서는 죽음이 두렵지 않으신가 보죠?"

"두렵지 않다고 아까 말했을 텐데?"

"두렵지 않다구요? 두렵지 않다면 왜 도망치셨지요? 죽음은 모든 걸 사라지게 하는데, 과연 죽음이 두렵지 않단 말입니까? 우리들 유한한 피조물들은 언젠가 모두 죽는데, 죽음이 두렵지 않단 말입니까?"

"육신의 죽음이 전부는 아니오!"

안드레아 신부가 다시 소리를 쳤다. 하지만 그의 말은 안중에도 없는 듯 삐에뜨로의 얼굴이 고통으로 일그러지기 시작했다.

"육신의 죽음이 전부가 아니라구요? 여러분은 죽음에 대해서 얼마나 알고 있기에 그런 말씀들을 하시나요? 사랑하는 사람의 죽음을 목도해 본 적이 있나요? 사랑하는 사람의 시신 앞에서 통곡해 본 적이 있나요?"

"그건 살아가는 동안 우리 모두가 겪는 일이오! 메디아 비타 인 모르테 수무스Media vita in morte sumus(라틴어로 '삶의 한가운데에 우리는 죽음 속에 있다')! 오, 자비로우신 주님! 가련한 저희들에게 은총을 베푸소서!"

안드레아 신부는 오른손을 들어 이마에 재빨리 성호를 그었다.

"살아가면서 모두가 겪는 일이라구요? 네, 지당하신 말씀이죠! 말이야 누가 못합니까? 허나 시신으로 뒤덮인 빈집에서 그 시신들과 밤새 대화를 나눠보셨나요? 자신도 그들 중에 끼지 못한 걸 안타까워하며 제발 죽게 해달라고 하나님께 애원해 보셨나요? 하지만 그것도 잠시뿐이죠! 인간이란 얼마나 간사하고 변덕스러운 존잽니까? 그래도 이 보잘 것 없는 목숨 하나 살려보겠다고 시커멓게 썩어가는 가족과 친구와 연인의 시신을 그대로 내팽개친 채 줄행랑을 쳐야 했으니! 벌써 10여 년 전, 그 끔찍한 '독이 든 수증기'(흑사병)가 이탈리아의 온 도시를 휩쓸고, 제가 사랑하던 사람들의 목숨을 깡그리 앗아갔을 때난 똑똑히 보았습니다. 우리네 삶을 떠받치는 주춧돌이 얼마나 허약하고, 우리에게 주어진 생명이라는 게 얼마나 허망한가를! 우리의 지성이나 지혜가 얼마나 초라하고, 인간이 얼마나 믿을 수 없는 존재인가를요!"

"이봐요, 젊은이! 당신의 불행에 대해서는 우리 모두 애도의 뜻을 표하고 싶소. 허나 그런 불행이 어찌 당신만의 것이겠소? 정도의 차이가 있을 뿐 이 땅 어디서나 끝없는 전쟁과 질병과 굶주림으로 수많은 사람들이 죽어가고 있고, 또 살아남은 사람들도 피눈물을 흘리고 있지 않소? 당장 이곳 가르나타만 봐도 그렇고! 모로인들의 속담에 '이 세상의 비참은 땅 위의 초목들보다도 많다'는 말도 있소. 그러니……."

안드레아 신부는 알리를 흘깃 돌아보며 말을 이었다.

"당신만이 불행하다고 자포자기하거나 너무 비탄에 잠겨서는 안 되오. 자신의 불행을 과장하는 것도 커다란 죄악이니까! 그래도 당신은 우리네 인생이 허약하고 허망하고 초라하다는 걸 깨달았으니 다행 아니오? 바로 그렇기 때문에 우리가 주님을 경배하고 주님께 의지하는 것 아니겠느냐 이 말이오! 당신도 우리 주 그리스도께서 내세의 구원과 영원한 삶을 약속하셨다는 걸 모르지는 않을 거 아니오?"

신부의 표정은 아주 진지했고 그의 말투에도 진심이 담겨 있었다. 그렇지만 뻬에뜨로의 고통에 찬 얼굴에는 여전히 아무 변화도 없었다. 잠시 뜸을 들이던 그는 멍하니 허공을 바라보며 다시 입을 열었다.

"내세의 구원과 영원한 삶이라구요? 글쎄요……? 그것도 죽어봐야 알 수 있겠죠. 결국 구원을 하실 거라면, 결국 영생을 주실 기라면, 하나님께서는 도대체 뭐 때문에 우리에게 이승에서의 고달픈 삶을 주신 걸까요? 뭐 때문에 우리에게 죽어야만 하는 육신을 주신 걸까요? 왜 이토록 커다란 희생을 요구하시느냐 이 말입니다!"

"희생 없이는 구원도 없네! 자넨 십자가의 의미도 모르는가?"

신부가 말을 잘랐지만 뻬에뜨로의 넋두리는 계속 이어졌다.

"신부님께서 절 이단 재판소에 고발하셔도 좋습니다만……, 이왕 말이 나온 김에 할 이야기는 해야겠습니다. 어차피 요아힘 어른이 사라지셨으니 제 꿈을 이루기는 다 틀린 거고, 이래 죽으나 저래 죽으나 마찬가지니까요. 신부님! 전 내세에서나 오는 구원을 바라는 게 아닙니다! 히크 에트 눙크Hic et nunc(라틴어로 '지금 그리고 여기서') 구원받기를 원한다구요! 아마 여러분들도 속마음은 저랑 똑같을 텐데요? 다만 그게 불가능하다는 걸 잘 아니까 내세 어쩌구 하면서 불확실한 희망을 품는 거 아닌가요? 세뇨르 앙베르께서는 제가 바라는 영생이 헛된 꿈이라고 하셨죠? 하지만 헛된 걸로 치면야 내세의 구원을 바라는 거나 지금 여기서 구원을 바라는 거나 뭐가 다릅니까?"

쉴 새 없이 입을 놀리던 뻬에뜨로는 숨이 찬지 잠시 멈췄다가 이번엔 땅바닥을 내려다보며 침통한 목소리로 덧붙였다.

"참극 속에서 겨우 살아나긴 했지만, 지난 10년 동안 '메멘토 모리'memento mori(라틴어로 '죽음을 기억하라, 즉 죽음을 생각하며 살라')가 단 한순간도 내 머릿속을 떠난 적이 없습니다."

"그래서 자네가 찾아낸 영생의 비법이라는 게 고작 엉터리 연금술인가?"

앙베르가 두터운 아랫입술을 삐죽 내밀며 비아냥거리자 뻬에뜨로는 갑자기 앙베르를 쏘아보며 소리쳤다.

"아뇨! 연금술이 비법이라고 생각해 본 적 없어요! 이 세상에 확실한 건 아무 것도 없으니까요! 하지만 그건 어쨌든 내가 선택한 길이에요. 물론 그 동안 다른 길들도 가봤죠. 그림에 미쳐보기도 했고 한때는 사보나롤라(제2권 276쪽 주 참조)를 따라다니기도 했구요! 하지만 난 연금술과 함께 '아르스 아만디'ars amandi(라틴어로 '사랑의 기술, 사랑하는 방법')도 배웠어요. 생명의 지혜를 배운 거죠! 죽은 지식이 아니라 진짜 살아 있는 지혜 말이에요! 그래서 지금은 연금술에 매달리고 있는 겁니다. 따지고 보면 선생께서도 마찬가지 아닌가요? 선생께서도 선생 나름대로 길을 선택한 거 아니냐구요? 생각해 보세요! 그 길이 무엇이든 우린 모두 다 죽음이 두려워서 발버둥치고 있는 거예요! 주님을 경배하고, 우주를 탐구하고, 서책을 뒤적이고, 사랑을 하는 것도 다 죽음이 두려워서 아닌가요? 죽음에 대한 두려움이 없다면, 영원한 삶에 대한 갈망이 없다면, 우리도 개나 돼지처럼 그냥 그렇게 살겠죠. 하지만 비록 우리가 가진 것 중 일부는 죽더라도 우리 생명의 작은 싹이나마 살아남기를 바라는 마음에서, 그리고 그 싹이 다시 커다란 생명의 나무로 자라나기를 바라는 마음에서 뭔가에 희망을 걸어보는 거 아닌가요? 우리 삶 속에 죽음이 있으니, 죽음 속에도 생명을 있기를 바라는 것 아니냐구요! 선생은 죽음이 두렵지 않다고 했죠? 내 희망이 헛된 꿈이라고 비웃었죠? 선생은 지혜의 가면을 쓴 위선자일 뿐입니다!"

"뭐라구?"

앙베르의 얼굴이 분노로 붉으락푸르락해졌지만, 삐에뜨로는 싸늘한 목소리로 되물었다.

"엊그제 선생이 보던 책이 『아르스 모리엔디』* 아니었넌가요?"

"그래서?"

"죽음이 두렵지 않다면서 그런 서책은 뭐하러 보시나요?"

"아둔한 머리로 괜히 헛다리짚지 말게! 죽음이 두려워서 본 게 아

---

* Ars moriendi : 라틴어로 '죽음의 기술 또는 죽는 방법'이라는 뜻. 본래 중세 때 성직자들의 임종 기도를 위해서 만들어진 책이었으나, 14세기 후반부터 각국 언어로 번역되어 널리 퍼졌다. 특히 프랑스에서는 1480년대 이후에 이 책이 크게 각광을 받았다.

니라 죽음의 공포를 핑계 삼아 얼간이 같은 짓들을 하는 세태가 안타까워서 잠시 들여다본 것뿐이니까!"

"무슨 말씀인지 아둔한 사람도 좀 알아들을 수 있도록 설명을 해주시죠."

그렇지 않아도 앙베르의 말을 못 알아들어 고개를 갸웃거리던 알리는 속으로 삐에뜨로의 질문을 반가워하며 앙베르의 입을 주시했다.

"죽음에 대한 지나친 공포와 강박 관념으로, 우리 주님에 대한 신앙을 비탄의 눈물로 적시거나 유치한 희화로 장식하는 세태 말일세. 죽음이 그토록 두렵다면 지혜와 인내로써 진정한 생명의 길을 찾아야지, 지옥의 형벌이나 어리석은 마법을 앞세워 어수룩한 사람들을 겁주고 속이는 건 교활한 속물들의 술책일 뿐이네. 결국 그런 자들이 갈 길은 두 갈래뿐이지 않나? 니꼴로 같은 인간처럼 세속의 쾌락에 탐닉하거나, 아니면 삐에뜨로 자네처럼 터무니없는 사술에 현혹되거나!"

"맞아요! 우리가 갈 수 있는 길은 그렇게 많은 게 아닌지도 모르죠. 하지만 그게 어떤 길이든 자신의 영혼까지 속이면서 거들먹거리는 위선보다야 낫겠죠!"

*   *   *

"그러니까 저 친구의 스승 요아힘이란 자는 지금 어디 있는지 알수가 없다 이 말이로구만?"

삐에뜨로와 헤어져 사랑채의 거실에 도착한 안드레아 신부는 자리에 앉자마자 숱 많은 눈썹을 찡그리며 알리에게 물었다. 사랑채까지 오는 동안 알리가 요아힘과 삐에뜨로에 대해 모두 설명을 해준 뒤였으므로, 안드레아 신부의 얼굴에는 궁금한 기색이 역력했다. 물론 무슬림 저항조직 '알하피즈'와 관련된 얘기는 다 뺄 수밖에 없었기 때문에 결과적으로 반쪽짜리 설명이 되기는 했지만!

"네, 지난번 떼강도 사건 이후에 사라져버렸습니다. 헌데 신부님! 삐에뜨로를 어떻게 하면 좋을까요?"

알리가 걱정스런 얼굴로 묻자 안드레아 신부는 큰 왕방울 눈을 굴렸다.

"어떻게 하다니? 그게 무슨 소린가?"

"그 동안은 불쌍하다는 생각에 저희 집에 머물도록 했지만, 이제 더이상은 안 되겠지요? 저 자가 오늘 신부님께 하는 이야기로 봐서는 사악한 마법에 홀려 불신자가 된 게 분명한데…… 어차피 신부님께서도 그런 자를 그냥 놔두지는 않으실 거 아닙니까?"

"허허, 그럼 나더러 이단 심문관들에게 고발이라도 하란 말인가?"

"그, 그러셔야 하지 않겠습니까? 저 자야말로 진짜 이단……"

"됐네! 굳이 그럴 필요가 뭐가 있겠나? 막말로 저 자가 사람들을 선동해서 무슨 짓을 하는 것도 아니고……, 아무 힘도 없는 가난뱅이 화가에 불과한데! 죄가 있다면 언젠가는 제 스스로 그 값을 치르겠지."

"게다가 저 자는 아주 몹쓸 병에 걸려 있는 환자라 할 수도 있소!"

앙베르가 끼어들어 한 마디 했다. 그 말에 알리는 깜짝 놀라 황급히 되물었다.

"몹쓸 병이라뇨?"

"사랑의 병 말이오!"

"예에?"

"내 저 작자와 두 달 넘게 함께 지내면서 잘 관찰을 해봤는데……,

저 자는 남색男色에 빠져 있는 게 틀림없소!"

"나, 남색이라면……?"

알리가 벌린 입을 다물지 못하자 앙베르는 껄껄 웃었다.

"요아힘은 저 자의 스승이기 전에 연인임이 분명하오! 내 대학 시절부터 그런 자들을 많이 봐왔기 때문에 잘 알지. 어쨌든 몸과 마음이 함께 하니 진짜 사랑 아니겠소? 하하하!"

앙베르는 뭐가 그리 재미있는지 갑자기 폭소를 터뜨렸고, 알리는 왠지 불결한 생각이 들어 얼굴을 찡그렸다.

"자, 자, 저 가련한 젊은이 얘기는 그만하기로 하고……. 참, 알리! 내 사실은 자네한테도 할 얘기가 많은데……, 궁금한 것도 있고!"

안드레아 신부가 화제를 돌리자 앙베르도 웃음을 멈추고 그를 바라보았다.

"뭡니까, 신부님?"

"아까도 말했듯이 내가 두 달 넘게 툴라이툴라에 다녀오지 않았나? 그 동안 이곳 가르나타의 사정이 어땠는지 우선 그것부터 좀 얘기해 보게."

"글쎄요, 떼강도 사건 이후로 뭐 특별한 일은 없었습니다. 아니 오히려 요즘은 아주 이상하리만치 평온해졌다고 해야겠죠."

알리가 담담한 목소리로 대답하자 안드레아 신부는 숱 많은 눈썹을 꿈틀거리며 되물었다.

"그래? 아무 일도 없었다?"

"안드레아 형제가 알고 싶은 건 그 동안 살인사건의 조사에 무슨 진척이 있었느냐 이거겠지?"

앙베르가 거들고 나서는 순간 알리는 무함마드와 압둘 카디르의 얼굴을 떠올렸다. 그러나 '알하피즈'와 관련된 부분도 있어 알뿌하라에 다녀왔다는 얘기를 쉽게 꺼낼 수 없었다. 따라서 알리는 어디까지 얘기를 해야 할지 몰라 잠시 망설이다가 겨우 입을 열었다.

"모든 게 신부님이 떠나시기 전 그대로입니다. 새로 일어난 일도 없고, 새로 밝혀진 것도 없구요……. 뭐 굳이 따지자면 전혀 없는 건 아닙니다만……."

"전혀 없는 게 아니라니?"

안드레아 신부가 다시 왕방울 눈을 크게 뜨자 알리는 죽은 창녀 까르멘의 집에서 발견했던 서찰과 며칠 전 로뻬스에게 받은 서찰 이야기를 꺼냈다.

"그, 그러니까…… 기병대장이 까르멘의 죽음과 관련되어 있다 이건가?"

"지금 정황으로 봐선 그렇습니다. 하지만 제가 기병대장을 직접 조사할 순 없는 노릇이라서……."

"흠……, 자네 말이 사실이라면 죽은 창녀가 서찰에다 적었다는 그 '빨강머리 로드리고'는 기병대장 돈 헤라르도 뻬레스가 틀림없네. 기병대장은 분명히 빨강머리에다, 내가 알기로도 평소에 로드리고라는 애칭을 좋아했으니까! 멘도사 사령관 각하께서도 그렇게 부르는 걸 여러 번 들었는걸! 게다가 그 사람은 주색잡기를 좋아하는 걸로도 쫙 소문이 나 있으니까, 죽은 창녀의 단골손님이었다고 해도 이상할 게 전혀 없지!"

안드레아 신부가 심각한 얼굴로 단정을 내리는 순간 앙베르가 힐난이라도 하듯 소리를 쳤다.

"죽은 창녀 집에서 서찰이 나왔다는 얘길 왜 이제야 하는 거요?"

"사, 사실 그건……? 어쨌든 남의 물건을 훔친 셈이니까……, 관원들이 알면 가만있지 않을 것 같기도 했구요."

알리가 기어드는 목소리로 변명하자 다시 안드레아 신부가 나섰다.

"아니! 그 서찰을 관청에 신고하지 않은 건 오히려 잘한 일인 것 같네! 그러고 보니까 그 까르멘이라는 여자가 죽었을 때 관원들이 쉬쉬했던 이유를 이제야 알 것 같군! 아마 그 창녀 집의 여자 노예가 관청에 불려가 조사를 받을 때 기병대장 얘기도 했을 거야. 그래서 관원들이 입 조심을 한 거겠지! 헌데 그 여자 노예도 죽었다고 했지?"

"예! 창녀가 죽고 나서 사흘 뒤에 죽었습니다."

알리가 재빨리 대답하자 앙베르가 다시 그 말을 받았다.

"하지만 안드레아 형제! 그 기병대장이 창녀를 죽인 범인은 아니라고 봐야 하지 않겠소? 세뇨르 알리의 말에 따르자면, 그 여자가 서찰을 쓴 것은 로드리고가 다녀간 뒤인 것 같으니까……."

"그건 제 생각도 같습니다. 하지만 기병대장이 로드리고라면, 그 사람이 여자 노예를 죽였을 수는 있겠지요."

알리의 말에 안드레아 신부는 말없이 고개를 끄덕이다가 뭔가 생각이 났는지 불쑥 물었다.

"허면 죽은 창녀의 서찰에 적힌 물건은 무엇이고, 안또니오는 또 누군가?"

"그거야 기병대장을 붙잡아 조사하면 다 알게 될 거 아닌가?"

앙베르가 답답하다는 듯 조금 언성을 높였지만 안드레아 신부는 고개를 저었다.

"그게 그렇게 간단한 문제는 아니지. 어쨌든 지금으로서는 아무 증거도 없는데 어떻게 그 사람을 붙잡아다 조사를 한단 말인가? 상대는 기병대장이고 귀족일세!"

"증거가 왜 없습니까? 서찰이 있잖아요?"

알리의 말에 안드레아 신부는 실소를 했다.

"허허, 이 사람도 하나만 알고 둘은 모르는구만! 목격자라도 있으면 모를까 서찰에 적힌 글귀만으로는 직접적인 증거라고 할 수 없네! 아닌 말로 기병대장이 끝까지 잡아떼면 그땐 어떡할 텐가? 게다가 그 서찰을 증거로 내놓게 되면 자네 입장도 곤란해질 게 뻔한데, 그래도 괜찮단 말인가?"

"그, 그렇군요! 그럼 이제 어떡해야 합니까?"

"어떡하긴 뭘 어떡하나? 그 안또니오란 자를 찾아야지! 안또니오가 누군지에 대해서는 뭐 알아낸 게 없나?"

안드레아 신부가 왕방울 눈으로 자신을 쏘아보자 알리는 무심결에 그 눈길을 피하며 중얼거리듯 말했다.

"여각에 묵던 손님 중에 안또니오란 사람이 하나 있기는 했습니다. 베네치아에서 온 돈 많은 상인이었는데, 제 생각엔 그 사람이 서찰에 적힌 바로 그 안또니오 같습니다만……."

"그래?"

만색을 하는 신부를 향해 알리가 곧바로 덧붙였다.

"아무튼 그 사람이 여러 가지로 좀 수상하긴 한데……, 지금은 그 사람도 어디론가 자취를 감춘 상탭니다."

바로 그때 하녀가 찻주전자를 들고 들어오는 바람에 대화는 잠시 중단되었다. 차를 마시는 동안 모두들 말이 없었고, 알리의 마음속은 소리 없는 포연이 난무하는 전쟁터가 되었다. 마리스탄에서 알게 된 사실을 모두 말해야 한다는 생각과 왠지 얘기하지 않는 편이 나을 것 같다는 느낌 사이에 격렬한 투쟁이 벌어졌기 때문이었다. 물론 냉정하게 생각해 보면 결론은 너무도 간단했다. 당연히 얘기를 해야 하며, 굳이 숨겨야 할 이유가 없었다. 더구나 오후가 되면 마리스탄으로 가보려고 알아트라쉬에게 미리 준비까지 시켜놓지 않았던가?

하지만 그는 왠지 말을 꺼내기가 몹시 두려웠다. 집시 여인이 마리스탄에 있다는 단지 그 사실 하나만으로도, 가슴속에서 알 수 없는 불안이 뭉게구름처럼 피어올라 그의 모든 판단력을 흐려놓고 있었던 것이다. 그녀와 관련된 일이라면 왜 무조건 몸을 사리고 모든 걸 숨기게만 되는지 자신도 정말 알 수 없었다. 조만간 데려가겠노라고 철석같이 약속을 했으면서도, 사실 알리는 마리스탄에서 돌아온 뒤 아버지 아흐메드에게는커녕 예페트에게조차 집시 여인 얘기를 입도 뻥끗하지 못했다. 충분히 예상할 수 있는 아버지의 실망과 불호령이나 예페트의 의혹과 반발을 감당할 자신이 없어서만은 아니었다. 왠지 그녀 이야기를 함부로 꺼낸다는 것 자체가 마냥 두려울 뿐이었다. 마음속 깊이 고이 간직했던 비밀을 입밖에 꺼내는 순간, 영롱한 새벽이슬이 눈부신 아침 햇살에 말라버리듯 두 사람의 애틋한 마음마저도 산산이 흩어져 날아가 버릴 것만 같았다. 게다가 자신과 그녀의 관계가 세상에 알려진다면, 그건 정말 엄청난 파문을 몰고 올 것이 불을 보듯 뻔한 일이었다. 따라서 알리는 지난 닷새 동안 그 파문을 원만하게 수습할 수 있는 방도가 뭘까 골똘히 생각하고 또 생각해 보았다. 하지만 답은 없었다. 아니 현재로서는 답이 있을 수가 없었다. 사라와 무함마드처럼 집이라도 뛰쳐나가 사랑을 쟁취할만한 배짱도 없었거니와, 지금 당장 그러기에는 자신에게 남겨진 일들이 너무도 많다는 생각이 들었기 때문이었다.

알리가 알뿌하라에서 돌아온 뒤에 사라는 결국 무함마드를 만나기 위해 산으로 들어갔다. 무모하기 짝이 없는 모험이라는 생각이 들기는 했다. 하지만 솔직히 그토록 단순하게 모든 것을 걸 수 있는 사촌 여동생이 너무너무 부럽기도 했고, 또 그런 여자의 사랑을 받는 무함마드가 부럽기도 했다.

"자네 무슨 생각을 그렇게 하고 있나?"

복잡한 상념에 잠겨 잠시 멍해 있던 알리를 깨운 것은 안드레아 신부의 중후한 음성이었다.

"예? 아아, 아무 것도 아닙니다. 아침에 피 냄새를 너무 많이 맡았더니 그냥 머리가 좀 아파서요……."

"안또니오란 사내도 사라졌다면 할 수 없구만! 내 오늘 오후에라도 멘도사 사령관 각하를 찾아뵈어야겠네. 각하께 모든 걸 사실대로 말씀드리고 대책을 의논드리는 수밖에! 그리고 참! 이번에는…… 강가에서 죽은 사내가 그리스 수도승이 아니라는 것도 말씀드려야겠네."

"예? 시, 신부님께서 그걸 어떻게 아십니까?"

알리의 눈이 휘둥그레지자 안드레아 신부는 말없이 앙베르를 쳐다보았다. 그러자 앙베르가 짤막하게 대답했다.

"안드레아 형세가 툴라이툴라로 떠나기 전날 내 대충 설명해줬네."

"그땐 경황도 없었고 나도 너무 당혹스러워서 사령관 각하께 말씀을 못 드렸지만, 언제까지 우리만 알고 있을 순 없지! 어차피 관원이 아닌 바에야 우리들의 역할에도 한계가 있는 거 아니겠나? 우리끼리 모든 의문을 다 풀어보겠다고 욕심을 부리는 것도 마냥 잘하는 일은 아닐 듯싶네. 생각해 보게! 죽은 사람의 신원도 불확실한데, 사건의 열쇠를 쥐고 있는 사람들은 다 사라지지 않았나? 마누엘은 죽었고, 그

우사마라는 무슬림 사내도 행방불명이고, 게다가 안또니오라는 상인도 어디 갔는지 모른다며? 그러니 이제 우리끼리 뭘 어쩌겠나?"

뭔가 결심을 한 듯 안드레아 신부의 목소리에는 비장감마저 서려 있었다.

"그, 그럼 이제 저도 이 일에서 손을 떼야 한다는……?"

알리가 떨리는 목소리로 말을 더듬자 안드레아 신부는 손을 좌우로 내저었다.

"물론 그런 건 아닐세! 하지만 우리가 할 일이 따로 있고 관원들이 할 일이 따로 있다는 뜻이지."

"하, 하지만…… 관원들을 믿을 수가 없으니까……."

"믿을 수가 없다? 그럼 자네 스스로 하는 일은 다 믿을 수 있나? 자네는 모든 일을 완벽하게 잘 처리할 수 있느냐구? 내가 아니면 안 된다고 생각하는 것도 위험한 오만임을 잊지 말게!"

"……."

머쓱해진 알리가 아무 말을 못하자 앙베르가 다시 입을 열었다.

"강가에서 죽은 사내의 신원에 대해서는 뭐 좀 알아낸 게 있소? 시신의 주인공이 무슬림이라면, 아무래도 우리보다는 당신이 알아보는 게 나을 것 같은데……. 그나저나…… 어쩌면 우리가 괜히 엉뚱한 문제를 붙잡고 헛고생만 하는 건 아닌가 싶기도 하오만……."

"그게 무슨 말씀이십니까? 엉뚱한 문제에…… 헛고생이라뇨?"

알리가 당황한 얼굴로 되묻자 앙베르는 어깨를 으쓱하며 대답했다.

"아무리 생각해 봐도 시신이 바뀌었다는 게 도무지 이해가 안돼서 하는 얘기요. 우리가 뭘 잘못 안 게 아닌가 걱정되기도 하고……."

"아니, 사형! 이제 와서 그게 무슨 소린가? 시신을 훔쳐 해부한 이탈리아 젊은이들에게 자백을 받아낸 건 바로 사형이라면서?"

마침내 안드레아 신부까지 나서며 힐난조로 따져들자 앙베르는 자신 없는 표정으로 고개를 저었다.

"물론 그렇긴 하네만……, 나도 뭐가 뭔지 도통 감을 잡을 수가 없어서 해본 말일세."

"저…… 죽은 사내는 시아파 무슬림인 것 같습니다만……, 그 이상은 저도 아직 잘 모르겠습니다. 하지만…… 단서가 전혀 없는 건 아닙니다!"

"뭐라구? 무슨 단서?"

안드레아 신부의 왕방울 눈이 번쩍 빛났다. 그렇지만 알리는 막상 말을 꺼내놓고 다음 말을 잇기가 몹시 난감했다. 크고 작은 사건과 인물과 단서들이 이리저리 꼬이고 복잡하게 얽혀 있는 상황에서, '알하피즈'는 물론이거니와 예페트도 맘에 걸리고 집시 여인도 맘에 걸렸기 때문이었다. 따라서 도대체 어디까지 얘길 하고 어디까지 숨겨야 할지 스스로도 얼른 판단이 서질 않았던 것이다.

"돈 디에고라고……, 혹시 들어보셨습니까?"

알리는 어금니를 한번 악문 뒤에 마침내 마법사의 이름을 거명했다. 알리의 말이 떨어지자 안드레아 신부의 얼굴이 금세 굳어졌고, 앙베르의 얼굴에도 작은 경련이 스쳐가는 듯했다.

"지금 누구라고 했나?"

확인하듯 반문하는 신부에게 알리는 다시 한번 또박또박 대답했다.

"돈 디에고 말입니다. 까스띠야 사람들은 '엘에르미따뇨'라고도 부른다더군요!"

"자, 자네가 그 이름을 어떻게 아나?"

"그 이름이야 산에 사는 저희 동포 노인에게서 우연히 들었습니다만……, 정작 중요한 건 그 자가 바로 강가에서 살인사건이 났을 때 현장에 있었던 제3의 인물, 그러니까 마누엘이 말했던 바로 그 '마귀'라는 겁니다."

"뭐, 뭐라구? 그게 사실인가?"

신부의 얼굴이 경악으로 굳어지는 것을 보고, 이번엔 앙베르가 호기심과 당혹감이 반반씩 섞인 기묘한 표정으로 물었다.

"그럼 그 사람이 진짜 살인범이라는 얘기요?"

"현재로선 그럴 가능성이 크지요."

"그, 그럴 리가 없소! 그 사람은 생명을 살리는 데 관심이 있는 사람이지 산목숨을 함부로 거둘 사람은 아닐 거요. 더구나 그 사람이 그리스 수도승을 죽여야 할 특별한 동기도 없지 않소?"

앙베르에게서 뜻밖의 반응이 나오자 알리는 깜짝 놀라 되물었다.

"아니, 그럼…… 소, 손님께서도 돈 디에고를 아십니까?"

"뭐 개인적으로 아는 건 아니오만……. 사실 그 사람 이름은 피레네 너머 내 고향에까지 널리 알려져 있소. 다 죽은 사람도 살려내는 '의술의 도인'이라고 말이오."

"'의술의 도인'? 그게 다 허울 좋은 이름일 뿐일세. 그 자는 감히 생명을 주고 뺏는 일까지 넘본다면서? 그 자는 의원의 탈을 쓴 악마야! 사악한 마법의 힘을 빌려 거룩하신 주님의 권능에 도전하는 악마란 말일세!"

안드레아 신부가 단호하게 반박했지만 앙베르는 곧바로 되물었다.

"이보게, 안드레아 형제! 의술의 궁극 목적은 생명을 연장하는 것 아닌가? 할 수만 있다면 생명을 잃은 자에게 생명을 되찾아주는 일이 뭐가 나쁜가? 그게 어째서 악마의 비행이란 말인가?"

"사형! 모든 학문과 기술은 지혜를 추구하나 우리가 넘봐서는 안 되는 지혜도 있네."

"그게 뭔데?"

"뭐냐구? 바로 지혜를 핑계로 주님의 품을 벗어나는 일이지. 진정한 지혜와 구원은 늘 우리 주님 안에 있다는 걸 잊어서는 안 된단 말일세. 남들보다 더 지혜로운 자, 지혜를 갈구하는 자일수록 그런 사악한 유혹에 빠지기 쉽지. 대학 시절 우리에게 철학을 가르치셨던 은사님께서 늘 인용하시던 말씀을 사형도 기억하겠지? 놀로 시크 에쎄 필로소푸스 우트 레칼키트렘 파울로*! 더없이 날카로운 지성을 지녔고 누구보다 논쟁을 좋아했던 대철학자의 말씀이니까!"

안드레아 신부가 짐짓 엄숙한 표정을 짓자 앙베르는 장난스럽게 맞장구를 쳤다.

"왜 그뿐인가? 논 시크 에쎄 아리스토텔레스 우트 세클루닷 아 크리스토**!"

"잊지 않았군! 내 그럴 줄 알았어."

신부의 얼굴에 반가운 빛이 떠올랐지만 앙베르는 금세 얼굴이 어두워지더니 고개를 흔들있다.

"엄정난 모순일세! 모순 덩어리라구! 그토록 수님을 섬기고 신앙을 존중했던 아벨라르두스님을 교회는 왜 그다지도 박해했단 말인가? 도대체 그 넘지 말아야 할 선을 누가 정하나?"

---

* Nolo sic esse philosophus, ut recalcitrem Paulo : 라틴어로 '나는 성 바오로에 맞서 철학자가 되고 싶지는 않다'는 뜻. 중세 철학자 아벨라르(제1권 328쪽 주 참조)가 한 말이다.
**Non sic esse Aristoteles, ut secludat a Christo : 라틴어로 '나는 그리스도로부터 떨어져서 아리스토텔레스가 되고 싶지는 않다'는 뜻. 이것도 아벨라르가 한 말이다.

"몰라서 묻나? 그거야 전지전능하신 우리 주님께서 다 정해놓으셨지! 그게 바로 '유스 디비눔'jus divinum(라틴어로 '신법'神法)이자 '유스 나투랄레'jus naturale(라틴어로 '자연법') 아닌가?"

"흠, 그렇게 간단한 문제가 아닐세. '유스 디비눔'이라구? '유스 나투랄레'라구? 그 법은 왜 권세와 돈 가진 자들의 편만 든다던가? 주님께서 모든 걸 명료하게 다 정해놓으셨다면 이 세상의 수많은 율법들이 그토록 자주 바뀌고, 또 가는 곳마다 그토록 상이한 풍습들이 있어야 할 까닭이 없지 않은가? 게다가 우리들의 새로운 지식과 기술은 나날이 늘어만 가는데……?"

"이 자리에서 길게 얘기할 필요는 없겠지만……, 아무튼 내 앞에서 그 자를 두둔하지 않았으면 좋겠네. 누가 뭐라 해도 그 자가 사악한 살인마라는 건 카슈탈라 사람이라면 다 아는 사실이니까!"

안드레아 신부가 미간을 심하게 찌푸리며 말을 끝내려 했다. 하지만 앙베르는 호락호락 물러설 기미를 보이지 않았다.

"다 아는 사실이라구? 자네가 살인 현장을 목격이라도 했단 말인가? 죄인의 구원에 앞장서지는 못할망정 풍문으로 전해들은 얘기만 가지고 사람을 함부로 단죄하는 것은 성직에 몸 바친 사람의 도리가 아닐 텐데?"

논쟁을 계속해 봐야 별로 득 될 게 없다고 판단했는지 안드레아 신부는 짐짓 앙베르의 말을 못들은 척하더니, 이번에는 알리를 향해 물었다.

"헌데 자네는 그걸 어떻게 알아냈나? 난 아무래도 믿어지질 않네. 돈 디에고는 오랫동안 흔적도 없이 증발한 인물인데, 그 자가 정말 이곳 가르나타에 나타났단 말인가?"

"예! 틀림없습니다. 제 눈으로 직접 봤는걸요! 그리고 제가 본 그 자의 모습은 마누엘이 묘사했던 마귀와 똑같았습니다."

알리는 그제야 두 달 전 강가의 물방앗간에서 돈 디에고를 목격했던 일과 그 직후 압둘 카디르 노인을 만난 일을 두 사람에게 이야기해 주었다.

"흠……. 그렇다면 점점 더 알 수가 없구만! 그 그리스 수도승은 어디로 갔고, 서찰은 또 어디로 갔단 말인가? 아니 돈 디에고는 그 일에 왜 끼어들었을꼬?"

안드레아 신부가 깊은 시름에 잠겨 탄식하듯 중얼거리자 알리가 조심스럽게 덧붙여 말했다.

"그리스 수도승이나 서찰이 어디로 갔는지는 모르지만……, 사실 그 서찰은 저의 스승님이신 알크비르 어르신께 온 겁니다. 그 수도승은 스승님의 친구 분께서 보낸 심부름꾼인 것 같구요."

알리의 입에서 엄청난 얘기들이 봇물 터지듯 계속 쏟아져 나오는 바람에 안드레아 신부와 앙베르 모두 엄청난 충격을 받은 듯했다. 두 사람이 뭐라고 반문도 못하고 한동안 멍하니 그의 얼굴만 바라보고 있자 알리는 목소리를 가다듬어 다시 자초지종을 설명해 주었다.

"그, 그러니까 제 생각에는……, 살인범이 누구든 간에 그 서찰을 꼭 손에 넣어야 할 이유는 없었을 겁니다. 또 그리스 수도승을 굳이 죽여야 할 이유도 없었구요! 적어도 돈 때문이 아니라면 말이죠!"

"허허, 이거야 나 원! 데 푸모 인 플람맘De fumo in flammam(라틴어로 '연기에서 불로 가기', 즉 '사태가 더욱 악화 된다'는 뜻)!"

안드레아 신부가 반쯤 넋이 빠져 있을 때 앙베르가 불쑥 물었다.

"헌데, 세뇨르 알리! 아까부터 난 도무지 이해할 수가 없는데……,

그 모든 걸 왜 이제야 다 말하는 거요? 무, 물방앗간 얘기만 해도……
저번에 내 일부러 묻기까지 했는데, 그땐 아무 말도 안했잖소?"

"뭐……, 저도 특별한 이유가 있어서 그런 건 아닙니다. 그냥 어쩌
다 보니까……. 돈 디에고는 소, 솔직히 제 눈으로 보긴 했지만 다, 당
시엔 저도 잘 믿어지질 않았고, 또 그땐 떼강도 사건 때문에 워낙 정
신이 없어서……. 그리고 그 서찰은 어쨌든 스승님께 온 사신이니 제
가 함부로 이러쿵저러쿵 말할 입장이……."

알리가 횡설수설하면서 변명을 늘어놓자 안드레아 신부가 그의 말
을 잘랐다.

"됐네! 이제 와서 그걸 탓해봐야 뭐하겠나? 그나저나 그 뒤로는 돈
디에고의 소식을 못 들었나?"

"전혀요! 아주 꼭꼭 숨어버린 것 같습니다."

알리는 압둘 카디르 노인의 말을 흉내 내어 대답했다.

"헌데……, 아까 말한 그 노인 말이오. 그 양반의 정체는 뭐요?"

앙베르가 다시 질문을 던졌다. 그러자 알리는 일부러 시큰둥하게
대답했다.

"저도 잘 모릅니다. 그냥 산중에 사는 수도자라는 것밖에는……."

"하지만 당신 얘기대로라면 그 노인네도 돈 디에고라는 마법사한
테 관심이 많은 모양인데……, 어쩌면 그 노인이 마법사가 있을만한
곳을 알지 않겠소?"

앙베르가 의구심이 가시지 않은 표정으로 다시 묻자 알리는 단호하
게 고개를 내저었다.

"아닙니다. 돈 디에고가 어디 있는지는 그 어른도 모르신다구요!"

"어떻게 그렇게 단정하나? 그새 그 노인을 다시 만나기라도 했나?"

이번엔 안드레아 신부가 왕방울 눈을 굴리며 되물었다.

"아, 아닙니다, 그건! 저, 전 그냥…… 그러니까 그 어른이 돈 디에고가 있는 곳을 아신다면 가만 놔두지 않으셨을 거다 이거죠."

"흠……, 안드레아 형제는 수수께끼를 제대로 풀려면 뜻있는 사람들의 힘과 지혜를 모아야 한다고 늘 말해 왔는데, 과연 우리가 힘과 지혜를 잘 모으고 있는 건지 모르겠구려!"

"……."

자신을 바라보는 앙베르의 말에 뼈가 있음을 느낀 알리는 대답을 못한 채 딴청을 피웠다. 그때 곧바로 앙베르의 다음 말이 그의 귓전을 때렸다.

"가만 보니 이번 사건의 진짜 주인공은 그 돈 디에고라는 마법사도 아니고, 사라진 그리스 수도승도 아니고, 강가에서 죽은 무슬림 사내도 아닌 것 같소!"

"……."

영문을 몰라 쳐다보는 알리에게 앙베르는 의미심장한 얼굴로 쏘아붙였다.

"이번 사건의 진짜 주인공은 바로 당신인 것 같구려! 신기하게도 당신은 사건과 관계된 모든 사람들을 알고 있고 모든 일에 개입되어 있지 않소? 마치 하늘의 모든 천체들이 이 땅을 중심으로 돌듯이 모든 것이 당신 주변을 돌고 있다 이 말이오! 허허, 그렇게 된 것이 당신의 지혜로운 노력 때문인지 아니면 당신도 어쩔 수 없는 운명 때문인지는 모르지만, 아무튼 당신이 아니고서는 이 사건을 풀 사람이 없을 것만 같소이다! 허나 조심해야 하오. 인간이 신이 아닌 다음에야 당신 혼자서 품안에 움켜쥔 그 모든 실타래들을 풀어내 온전한 피륙을 짤

수 있겠소? 당신의 베틀이 그만큼 튼튼하냐 이 말이오!"

"무, 무슨 말씀이신지……?"

알리가 계속 어리둥절한 표정을 짓자 안드레아 신부는 콧구멍을 벌름거리면서 앙베르를 쳐다보더니 나무라듯 말했다.

"젊은 사람한테 그 무슨 쓸데없는 소리! 자, 자, 그럼 지금부터 뭘해야 하나? 가만있어 보자……. 아무래도 멘도사 사령관 각하를 빨리 만나야겠구만."

"그건 또 왜요?"

알리의 물음에 안드레아 신부는 약간 언성을 높였다.

"왜라니? 아까 다 설명하지 않았나? 이제 이 일은 우리 힘만으로는 풀 수 없게 되었네. 돈 디에고가 살인범이든 아니든 그 자는 아주 위험한 인물이기 때문에, 그 자가 가르나타에 나타났다는 것 자체가 큰 사건이란 말일세. 그러니까 군대를 동원해서라도 그 자를 빨리 찾아야 하네. 더 이상의 희생자를 막기 위해서라도!"

"하, 하지만 군대를 동원하면 그 자가 어디론가 멀리 도망가서 다시는 안 나타날 수도 있잖습니까? 그렇게 되면 사건도 영원한 미궁에 빠져버리구요!"

알리는 문득 집시 여인이 갖고 있던 두루마리를 떠올렸다. 돈 디에고가 카슈탈라 병사들에게 붙잡히고, 그래서 그 두루마리가 이단 심문관들의 손에라도 넘어가게 된다면, 예페트와 집시 여인까지 위험해질 수도 있다는 생각이 들었던 것이다.

"그럴 염려가 없는 건 아니지만 그렇다고 무슨 뾰족한 방도가 있는 것도 아니잖나? 손놓고 앉아서 하늘만 쳐다볼 수도 없는 노릇이고!"

알리는 대답할 말을 잃었다. 어디 돈 디에고뿐인가? 생각 같아서는 카슈탈라의 병사들을 동원하여 알뿌하라에 숨어 있을 우사마, 아니 오즈구르란 투르크 사내도 붙잡고, 마리스탄에 있는 안또니오도 붙잡고, 더 나아가 객주집 주인 하미드까지 붙잡아 조사하면 모든 의문들이 십 년 체증 내려가듯 시원하게 풀릴 것도 같았다. 하지만 그렇게 할 수 없는 현실이 너무너무 안타까울 뿐이었다. 그런 알리의 심정을 아는지 모르는지 안드레아 신부는 다시 말머리를 돌렸다.

"헌데……, 자네 아버님께서는 많이 늦으실 모양인가? 어째 안 오시지?"

"아, 참! 아버님께 하실 말씀이 있다고 하셨죠?"

"그렇다네! 사실은 툴라이툴라에 다녀온 것도 다 그 때문인데……."

"그, 그게 뭔데요? 제가 알면 안 되는 일입니까?"

알리는 공연히 가슴이 덜컹 내려앉아 황급히 되물었다.

"아닐세! 자네가 알면 안 되는 게 아니라 오히려 자네도 알아야 하는 일이지! 자네 기억나나? 예전에 돈 까를로스라는 수도승을 밥 알일비라 앞에서 만났었다고 했지? 왜 미겔 신부라는 이단 심문관과 함께 왔다는 사람 말일세!"

"아, 예! 기억하고 말구요!"

"그 사람이 이곳 가르나타에 왜 왔는지 아나?"

"예, 알고 있습니다."

알리가 짧게 대답하자 신부의 왕방울 눈이 다시 휘둥그레졌다.

"알아? 자네가 그걸 어떻게 아나?"

"이 젊은이가 모르는 게 뭐가 있겠나?"

앙베르가 입을 삐죽이며 비꼬았지만, 알리는 들은 척도 안하고 말을 이었다.

"사실은……, 그 분께서 두 달 전쯤 돈 페데리꼬 어른과 함께 저희 집엘 다녀가셨거든요. 오셔서 아버님을 뵙고 가셨는데, 그때 아버님께 다 말씀을 드렸다고 들었습니다. 그리고 그 분께서 돌아가신 뒤에 아버님께서 저에게도 소상히 말씀해 주셨기 때문에……."

"그래? 허허, 이거 내가 한 발 늦었구만! 난 그런 줄도 모르고 괜히 툴라이툴라에 가서 헛고생만 했네 그려! 그, 그럼 돈 까를로스가 아버님께 대체 뭐라고 했다던가?"

알리는 다시 아버지 아흐메드에게 전해들은 이야기를 들려주었다.

"역시! 돈 까를로스답군! 내 그럴 줄 알았어! 그 사람은 그렇게 야만적인 일에 찬성할 위인이 아니지! 암!"

알리가 말을 마치자 안드레아 신부는 연신 혼자 감탄하며 중얼거리다가 문득 알리를 돌아보았다.

"사실은 내 생각도 돈 까를로스의 생각과 똑같다네. 그 사람이 시스네로스 대주교의 명으로 미겔 신부와 함께 여기 왔다는 말을 듣고, 나도 뭔가 이상한 느낌이 들어 툴라이툴라에 갔던 거거든. 어떻게 된 건지 알아보려구 말일세! 한 달 넘게 여기저기 탐문한 결과 어렵사리 대주교의 비밀 계획을 알아냈지. 그래서 생각해 봤는데……, 결국 방법은 하나밖에 없다는 결론에 이르렀네. 우리 힘으로 대주교의 지시를 직접 막기는 어려울 거고……."

"중요한 서책들을 미리 빼돌리자는 거로구만!"

앙베르가 끼어들자 안드레아 신부는 고개를 끄덕였다.

"하지만 그렇게 하자면 먼저 주인의 동의를 얻어야 하지 않겠나?"

앙베르가 대답을 기다리는 표정으로 자신을 돌아보자 알리는 양미간을 찌푸리다가 마지못해 말문을 열었다.

"그게……, 아버님께서는 스승님 뜻에 따르겠다고 하셨고……."

"그래? 그럼 그 어른께서는 뭐라고 하시던가?"

안드레아 신부가 조바심을 내자 알리는 침울한 목소리로 대답했다.

"하지만…… 스승님께서는 다시 제 뜻을 따르겠다고 하셨습니다. 저더러 결정하라고 하시더군요."

"에에?"

안드레아 신부는 적잖이 의외라는 듯 깜짝 놀랐다. 그러자 다시 앙베르가 물었다.

"그래, 당신 생각은 어떻소?"

"글쎄요, 잘 모르겠습니다."

"잘 모르다니? 이건 아주 중요한 일이네, 알리! 살인사건 따위를 해결하는 것보다 몇 배나 더 중요한 일이란 말일세! 게다가 시간이 별로 없을지도 모르네. 저들이 언제 행동을 개시할지 알 수 없으니까! 그래서 내 이번에 툴라이툴라에 간 김에 아예 서책을 맡아줄 수도원도 좀 알아보고 왔네. 다행히 몇 군데에서 흔쾌히 승낙을 했으니까, 자네만 결심하면 지금 당장이라도 서책을 옮길 수 있네. 돈 까를로스도 물론 우릴 도와줄 거고!"

안드레아 신부는 혼심의 힘을 다해 알리를 설득하고 있었다. 그렇지만 알리는 계속 양미간만 찌푸린 채 대답을 하지 않았다.

"결심은 나중에 하더라도, 아, 아무튼 그럼……. 일단 장서관에 어떤 서책들이 있는지 그것부터 정확하게 파악해놓는 것이 좋겠소. 그래야 나중에라도 일을 쉽게 할 수 있을 테니까! 뭐 괜찮다면 내가 좀 도와줄 수도……."

앙베르가 답답한 나머지 한 발 앞서 나갔지만 알리는 단호하게 그의 말을 막았다.

"말씀은 고맙지만……, 그러실 필요까진 없을 것 같습니다. 서책들의 상세한 목록은 스승님께서 이미 다 만들어 놓으셨으니까요!"

"아니, 목록이 있다고 하더라도 어떤 서책들을 골라야 할지 결정하려면, 어차피 다시 검토를 해야 할 거 아니오? 그러니 함께 장서관에 들어가서……."

앙베르가 조금 불만스러운 듯 두터운 입술을 내밀며 언성을 높였으나 알리는 또다시 그의 말을 잘랐다.

"그건 인자하시고 자애로우신 알라께서 원치 않으실 겁니다. 손님께서도 잘 아시겠지만, 예전에 서책을 훔쳐갔던 도둑도 아직 잡지 못한 상태에서 장서관을 함부로 공개할 순 없지요."

"에에? 도둑이라니? 그건 또 무슨 소린가?"

안드레아 신부가 어리둥절한 표정을 짓자 알리는 더욱 침통한 목소리로 대답했다.

"사실은 두 달쯤 전에 장서관에 도둑이 침입해 서책 몇 권을 훔쳐갔습니다. 그래서 요즘은 평소에도 장서관 출입구에 자물쇠를 채워놓고, 밤에는 하인들에게 번까지 서도록 하고 있는 형편이거든요."

"허허, 그런 일이 있었구만! 하, 하지만 알리! 그럴수록 일을 서두는 것이 좋지 않겠나? 도둑이 아니더라도 장서관의 서책들 전체가 바람 앞의 등불 신센데, 자네가 고집을 피울 상황이 아니란 말일세. 물론 내 자네 심정이야 백분 이해하고도 남네. 나도 한때는 학승이었는데 왜 그걸 모르겠나? 학문을 사랑하고 지혜를 숭상하는 자네로서야 귀한 서책들을 남에게 넘긴다는 게 살을 도려내고 뼈를 깎아내는 것보다 더한 아픔이겠지! 허나 더 크게 생각해 보게! 내 아까 정원에서도 말했지만 희생이 없이는 구원도 없는 법! 자네 한 사람의 희생으로 수많은 서책들을 불구덩이에서 구할 수만 있다면, 그 어찌 갸륵한 일이 아니겠나?"

안드레아 신부의 설득이 계속되자 알리는 혼란스러워 견딜 수가 없었다.

"소, 솔직히 전 어떻게 하는 게 좋을지 아직 잘 모르겠습니다. 그러니 좀더 생각할 시간을 주십시오."

"그래, 그래, 좀더 생각해 보게."

안드레아 신부는 위로하듯 알리의 어깨를 어루만졌다. 이때 앙베르가 문득 생각난 듯 다시 물었다.

"아, 참! 아까 당신이 집에 들어올 때 함께 들어왔던 사람 말이오. 그 양반도 이 집 식구요?"

"아아, 제 매부 말씀이시군요? 네, 맞습니다. 하룬 이븐 자파르라고, 제 누이 아스마의 남편인데 집에 있는 시간이 별로 없어서……."

알리가 약간 멋쩍은 표정을 짓자 앙베르는 보일 듯 말 듯 인상을 찌푸렸다.

"실례지만……, 뭘 하는 양반이오?"

"저……, 예전엔 마드라사의 선생이었는데, 지금은 그냥 놀고 있습니다. 헌데 왜 그러십니까? 제 매부에게 무슨 볼일이라도……?"

"아, 아니오! 좀 낯선 얼굴이라서 그냥 한번 물어본 것뿐이오. 아, 그리고 생각난 김에 한 가지만 더 물어봅시다. 당신 처소에 와 있는 손님은 대체 누구요?"

"누, 누구 말입니까?"

알리가 약간 당황하는 기색을 보이자 앙베르의 눈빛이 더욱 날카로워졌다.

"아, 왜 몇 달 전부터 당신과 함께 기거하는 젊은이 있잖소? 안마당에 나와서 바람 쐬는 걸 내 몇 번 봤는데……, 하인들에게 물어도 모른다고 하고…….

"아아, 예에……. 먼 친척입니다. 집안 사정으로 갈 데가 없어져서 당분간 여기 와 있는 거예요."

"그래요? 통 외출도 안하고 매일 방안에만 틀어박혀 있던데…….

"그, 그 분은 사람들과 어울리는 것보다 서책을 읽거나 명상하는 걸 더 좋아해서요…….

"서책과 명상을 더 좋아한다? 흠……, 진짜 도라도 닦는 모양이구려? 헌데 그렇게 살면 너무 심심하지나 않을까 모르겠소이다!"

*   *   *

알리가 하미드의 객주집으로 간 것은 정오 예배가 끝난 직후였다. 아버지 아흐메드가 정오 예배 시간에 맞춰 집에 돌아왔으므로, 그는 사랑채의 손님들에게 서둘러 인사를 하고 집을 빠져나올 수 있었다. 아침에 베르베리족 상인 라쉬드에게 들었던 말을 확인하려면, 어쨌거나 하미드와 담판을 하는 수밖에 없다고 생각한 그는 마음을 다부지게 먹고 발길을 재촉했다.

수크를 통과하고 주데리아를 지나 밥 알람라 앞의 광장에 이를 때까지 알리는 깊이를 알 수 없는 생각에 잠겨 있었다. 앙베르가 던진 말, 자신이야말로 이 사건의 주인공이라는 말이 그를 몹시도 심란하게 했다. 어쩌면 조롱 같기도 하고, 또 어쩌면 충고 같기도 한 그 말은 잠시도 그의 뇌리를 떠나지 않았다. 사실 앙베르가 한 얘기는 맞는 말이었다. 이번 살인사건에 대해 자신만큼 많은 걸 알고 있는 사람은 없을 것이며, 설사 살인범이라 하더라도 자신만큼 주변의 모든 정황을 두루두루 꿰고 있는 사람은 없을 것이기 때문이었다. 하지만 앙베르의 말대로 문제는 베틀이었다. 실타래는 산더미처럼 쌓여 있었지만, 마치 북이 빠져버린 베틀처럼 그의 머리는 그 실타래들을 날줄과 씨줄로 갈라 매끈한 한 장의 피륙으로 바꿔놓지 못하고 있었던 것이다.

'도대체 뭐가 문제일까? 뭐가 부족한 것일까?'

알리는 자신이 사건의 핵심에 다가가지 못하는 이유를 다시 생각해 보았다. 처음엔 정보가 부족한 게 주된 이유였지만, 지금은 꼭 그런 것만도 아니었다. 또 사건의 핵심적 열쇠를 쥔 인물들이 사라져 버렸다고는 하나, 돈 디에고를 제외한 나머지는 마음만 먹으면 당장이라도 찾아낼 수 있는 상황이었다. 하지만 자신을 망설이게 만드는 요인들이 너무나 많다는 데 생각이 미치자 알리는 저절로 한숨이 나왔다. 저항조직 '알하피즈'는 말할 것도 없고, 친구 무함마드, 아버지 아흐메드, 예페트, 스승 알크비르, 게다가 이제는 집시 여인까지 모든 게 다 자신의 앞길을 겹겹으로 가로막고 있는 철조망처럼 느껴질 정도였다.

'아냐! 어쩌면…… 진짜 원인은 다른 데 있을지도 몰라!'

스승 알크비르는 깨어진 조각들을 맞춰 그림을 그려보라고 했다. 그래서 그는 그 동안 여러 개의 조각들을 가지고 하나의 커다란 그림을 그려보려고 애썼다. 신기하게도 시간이 지날수록 모든 조각들이 조금씩은 다 연결되어 있는 듯이 보였고, 그래서 알리는 혼자서 거대한 벽화를 그리는 화가처럼 그 모든 조각들을 한 줄에 꿰어보려고 발버둥을 친 셈이었다. 하지만…… 어쩌면 그게 아닐 수도 있었다. 앙베르는 조롱하듯이 말했다. 인간은 신이 아니라고!

'어쩌면 내가 그리려는 그림은 허망한 환상인지도 몰라!'

한 사람의 위대한 화가가 아니라 어쩌면 수많은 난쟁이 화가들이 거대한 벽면의 곳곳에 달라붙어 각자 자기만의 그림을 그리고 있는지도 모를 일이었다. 멀리 떨어져서 보면 그들 모두가 협동하여 그림을 그리고 있는 것처럼 보이겠지만, 사실 그들 사이에는 아무런 유대나 공통점이 없을 수도 있었다. 한 마디로 그들의 그림이 서로 연결된다고 해도 그건 기껏해야 우연의 산물일 뿐이고, 어쩌면 벽면 전체에 그려진 그림은 오해에 바탕을 둔 거대한 회화일 수도 있었다.

'그, 그래도…… 스승님께서는 분명 그렇게 말씀하시지 않았는가? 한 줄기 붉은 실이 이미 내 손안에 있다고! 이제 남은 것은 그 실에 조각들을 꿰는 것뿐이라고! 아니, 아니다! 스승님께서는 또 이렇게 물으셨다. 내가 하는 모든 일이 다 무엇을 위한 거냐고! 그것을 깨달아야만 한 줄기 붉은 실을 손에 쥘 수 있다고! 하지만, 하지만……'

알리는 자신의 이 모든 노력이 무엇을 위한 것인지 도무지 알 수가 없었다. 꽤 오랫동안 잊고 있었던, 아니 일부러 잊어버리려 애썼던 근본적 의문이 다시 고개를 쳐들자 답답하던 가슴이 꽉 막혀 숨도 못 쉴 지경이었다. 도대체 무엇 때문에 이 일에 이토록 매달려야만 한단 말인가? 하지만 역시 답은 없었다. 그 물음은 너무나 심오해서 마치 우리는 무엇을 위해서 살아야 하느냐는 식의 물음처럼 너무 아득하게만 느껴질 뿐이었다.

"이봐요, 젊은이! 그쪽으로 가지 말아요!"

혼자만의 생각에 푹 빠져 정신없이 걷고 있던 그의 귀에 낯선 사내의 거친 음성이 들려왔다. 알리가 고개를 들어보니 몇 발자국 떨어진 곳에서 모르는 사내가 자신에게 뭔가 손짓을 하고 있었다.

"무, 무슨 일입니까?"

알리는 놀라 주위를 두리번거렸다. 그는 어느새 광장을 지나 객주집들이 늘어서 있는 거리까지 와 있었고, 바로 눈앞에 하미드의 가게도 보였다. 헌데 이상한 일이었다. 하미드의 객주집 문 앞에는 흰 천으로 줄이 둘러져 있었고, 조금 떨어진 곳에는 십여 명의 사람들이 모여서서 웅성거리고 있었다. 아니, 그뿐만이 아니었다. 자세히 보니 사람들 너머로 그들을 막고 있는 카슈탈라 병사들의 모습도 보였다. 문득불길한 예감이 든 알리가 정신없이 객주집 문을 향해 막 몇 걸음을옮겼을 때, 사람들 속에서 튀어나온 한 사내가 다시 그의 앞을 가로막았다.

"앗쌀람 알라이쿰!"

할리드였다. 귀신같은 몰골은 예나 지금이나 그대로였다. 그렇지만옷차림은 더욱더 남루해 보였고 온몸에서는 시큼하고 퀴퀴한 냄새까지 풍겨왔다. 알리는 약간 놀랐지만 곧 그를 밀치다시피 하면서 다시앞으로 가려고 했다. 하미드의 집에 무슨 일이 생겼다는 걸 깨달은 이상 할리드의 존재는 안중에도 없었던 것이다.

"거기 서라, 알리! 네놈도 개죽음을 하고 싶으냐?"

막 할리드의 곁을 지나쳐가려던 알리의 귀에 카랑카랑한 쇳소리가울렸다. 움찔하여 걸음을 멈춘 알리가 뒤를 돌아보자 할리드는 다시소리를 질렀다.

"흥! 하미드를 만나러 온 모양이지만 애석하게도 한 발 늦었어! 그래서 내 늘 너한테 이르지 않았더냐? 하늘의 때는 널 기다려주지 않는다고!"

"그, 그게 무슨 말씀이십니까? 그럼 하미드가 죽었단 말입니까?"

알리는 그 자리에 주저앉고만 싶었다. 두 달 동안의 사투 끝에 거의 다 잡았던 큰 고기가 손가락 사이로 연기처럼 빠져나가는 느낌이 들자 거의 하늘이 노래질 지경이었다. 그런 그의 귀에 다시 할리드의 엉뚱한 대답이 들려왔다.

"아직은 아냐!"

"예? 아직은 아니라뇨? 그, 그럼……?"

"괴질이래요."

그때 서너 걸음 곁에 서 있던 젊은 사내가 끼어들었다.

"……"

멍하니 다음 말을 기다리고 있는 알리에게 젊은 사내는 친절하게 설명을 해주었다.

"며칠 전 객주집에 들렀던 손님 세 명이 괴질로 쓰러졌답니다. 그중 한 명은 오늘 아침에 죽었구요! 아무래도 돌림병인 것 같아서 객주집을 폐쇄하고 사람들의 출입도 금지시킨 거래요."

"아우주블릴라! 갑자기 괴질이라니……. 도대체 무슨 병인데요?"

"알라 할림! 무슨 병인지 모르니까 괴질 아니겠어요?"

"그, 그럼 객주집 주인 하미드도 병에 걸린 겁니까?"

"그, 글쎄요, 그건 잘 모르겠어요."

그때 젊은 사내의 뒤쪽에 서 있던 또 다른 중년 사내가 앞으로 나서며 아는 척을 했다.

"하미드는 아직 병에 걸린 건 아니라고 들었소. 하지만 카슈탈라 관원들이 집 밖으로 못 나오게 감금한 상태라오. 다른 사람들한테 병을 옮길 수도 있으니까 그랬겠지만, 어쨌든 그 친구도 참 안 됐지 뭐요?"

"도대체 그 괴질이 어떤 병인지 모르십니까? 치료할 수는 있대요?"

알리는 거의 애원하는 표정을 지으며 중년 사내의 옷자락을 잡았지만, 사내는 어깨를 으쓱하더니 두 팔을 양옆으로 벌리며 손바닥을 펼쳐 보일 뿐이었다. 그때 망연자실하여 허공만 쳐다보고 있는 알리 앞으로 다시 할리드가 다가왔다.

"대체 뭘 알고 싶은 게냐? 서책이나 뒤적이던 샌님이 객주집 주인과 그토록 가까운 사이인 줄은 내 미처 몰랐구나! 갑자기 하미드의 생사를 그렇게 걱정하는 이유가 대체 뭐냔 말이다!"

할리드의 얼굴에 비웃음이 가득했지만 알리는 개의치 않고 물었다.

"서, 선생님께선 분명 아시겠지요? 선생님께선 의술에도 조예가 깊지 않으셨습니까? 도, 도대체 무슨 병입니까?"

"흥! 물에 빠진 놈이 지푸라기라도 잡는다더니, 다급해지니까 나 같은 미친놈이라도 아쉬운 게냐? 하긴 평소 지혜를 뽐내는 자일수록 똥줄이 타게 되면 돌기둥에 대고 절을 하는 법이지!"

"무, 무슨 말씀을 그리 하십니까? 인자하시고 자애로우신 알라께서 우상에 절하지 말라 하셨는데……."

"시끄럽다, 이놈아! 이 와중에 웬 놈의 우상 타령이냐? 내 네놈의 속을 훤히 들여다보고 있기늘!"

"……."

머쓱해진 알리가 슬며시 눈치를 보자 할리드는 그의 눈을 쏘아보며 다시 말했다.

"내 눈으로 직접 본 게 아니니 확실치는 않다만, 사람들 말을 종합해 보니 어쩌면 기독교도들이 말하는 '프리기다에 페브레스*'일지도

* frigidae febres : 라틴어로 '냉수 열병'이라는 뜻으로 '심한 오한이 나는 열병'을 말한다.

모르겠다."

"그, 그게 뭡니까?"

알리가 눈을 동그랗게 뜨고 되묻자 할리드는 빙긋이 웃으며 마치 책을 읽듯이 설명을 시작했다.

"환자가 병에 걸리면 제일 먼저 고열이 나고, 이어서 붉은 반점이 온몸에 나타나며, 얼굴이 시뻘겋게 충혈 되고 혀가 검게 말라간다. 그리고 마지막에는 온몸이 마비되어 마치 마른 장작개비처럼 뻣뻣하게 굳어버리지. 그래서 옛 그리스의 히포크라테스께서는 이 병을 '티포스'라고 불렀다. 아무튼 그 지경에 이르면 급기야……."

"그, 급기야 죽는 거로군요?"

"이놈아! 그렇게 쉽게 죽으면 그것도 복이게? 어디 죽는 건 쉬운 일인 줄 아느냐? 죽기 전에 겪어야 할 게 또 있다!"

"그게 대체 뭡니까?"

"뭐냐구? 급기야는 정신착란까지 일으키지. 바로 나처럼 말이다! 히히히! 히히히히히!"

할리드는 소름끼치는 목소리로 정말 미친 듯이 웃음을 터뜨렸다. 그 때문에 주변의 모든 사람들이 그를 쳐다보며 수군거렸지만, 알리는 주위의 따가운 눈초리를 무시한 채 할리드를 향해 더 가까이 다가섰다. 예전 같았으면 그도 그런 웃음 소리에 당장 질려버렸을 것이었다. 하지만 마음속으로 압둘 카디르가 했던 말을 떠올리자, 알리의 귀에는 왠지 그의 웃음마저도 예사롭지 않게 들렸다. 알리의 낯빛이 전혀 변하지 않자 할리드는 갑자기 웃음을 멈추더니 알리의 눈을 지그시 들여다보았다. 알리 또한 그런 그의 눈길을 피하지 않고 정면으로

---

* τυφος(typhos): 그리스어로 '마비'라는 뜻. '티푸스'typhus라는 병명이 여기에서 나왔다.

마주보았다. 두 사람이 마치 눈싸움이라도 하듯 서로의 눈을 뚫어지게 응시하는 동안, 알리는 가까이서 들여다 본 할리드의 눈동자가 예상 외로 수정처럼 맑다는 느낌이 들었다.

"그 병은 왜 생기는 겁니까? 혹시……?"

마침내 침묵을 깬 알리가 침착하게 묻자 할리드는 큰 숨을 한번 들이쉬더니 평온한 목소리로 대답했다.

"혹시 뭐냐? 인자하시고 자애로우신 알라께서 내리시는 벌이라고 말할 셈이냐? 아서라! 내 지난번에도 분명히 말했을 텐데? 하늘은 그렇게 작은 일까지 일일이 간섭하시지 않는다고!"

"그, 그러면……?"

"아마 상한 음식이나 더러운 공기 때문에 생기는 거겠지. 상한 음식과 더러운 공기는 우리 몸에 나쁜 기운을 집어넣고, 결국 그것 때문에 네 가지 체액의 균형이 깨지게 되니까 병이 생기지 않겠느냐? 그러니까…… 좁고 밀폐된 장소에 너무 많은 사람들이 모여 있거나, 맑은 공기가 부족한 곳이면 어디든지 생길 수 있다. 또 옷을 자주 빨아 입지 않거나 목욕을 자주 하지 않아서 이가 많은 곳일수록 위험하지! 원래 우리 무슬림들에게는 드문 병이었는데, 아마 지저분한 기독교도들이 드나들면서 옮겨온 모양이다. 어쨌거나 객주집에는 온갖 사람들이 드나드니 돌림병이 번질 우려가 많을 수밖에!"

"하, 하지만…… 이 객주집에는 기독교도가 드나들지 않는데요?"

"야, 이놈아! 허우대는 멀쩡하게 생겨 가지고 말하는 걸 보면 꼭 제 새끼 깔고 누운 산돼지처럼 미련하구나! 돌림병이라는 게 어디 돌담을 쌓는다고 막을 수 있는 거냐? 어쨌거나 이 근처가 쓰레기 같은 카슈탈라 병정놈들의 놀이터나 마찬가지니까……. 게다가 이제 막 첫 환자가 나왔을 뿐이니 앞으로 어떻게 될지는 아무도 모른단 말이다!"

"그럼 큰일이군요. 그나저나 하미드는 저 안에 갇혀 있다니……."

"저 안에 있다고 꼭 병에 걸리라는 법이야 없겠다만……, 이제 인자하시고 자애로우신 알라께 기도하는 것 외에 무슨 길이 있겠느냐?"

"그, 그럼 치료 방법이 없단 말입니까?"

"그건 아니다! 발병 초기에 열을 잘 다스리고 깨끗한 물과 영양가 풍부한 음식을 먹이면 젊은 사람들은 대개 치료가 된다. 하지만 저렇게 감금을 해놨으니 하미드가 병에 걸린다 한들 누가 들어가서 치료를 해주겠느냐?"

'수의 장사를 하니까 사람이 안 죽는다더니!'

알리는 자신도 모르게 분통이 터져 견딜 수가 없었다. 억울하게 죄수 아닌 죄수 신세가 되어 목숨까지 위태로워진 하미드가 불쌍하다는 생각도 없는 건 아니었다. 하지만 솔직히 그보다는 왜 하필 이럴 때 하미드의 집에서 이런 일이 생겼는지 정말 하늘이 야속하다는 생각이 더 컸다. 그런 그의 마음을 다 들여다본 듯 할리드가 다시 말했다.

"왜? 하는 일마다 네 뜻대로 되질 않으니 하늘을 향해 삿대질이라도 하고 싶으냐? 대저 미욱한 자들일수록 자신들의 과오를 하늘 탓으로 돌리는 법이다! 네가 조금만 일찍 이곳에 왔더라면 이런 일이 없었을 것 아니냐? 잔혹한 카슈탈라 관원들은 저 불쌍한 하미드를 희생시켜 괴질을 다스리려 하는 모양이다. 그렇지만 인자하시고 자애로우신 알라께서는 그 사람을 제물로 삼아 너의 우둔함과 게으름을 꾸짖으려 하시는지도 모르는 일이다!"

순간 할리드의 눈이 번개처럼 빛났다. 그리고 알리는 그 눈빛을 바라보며 이 사내가 절대로 미치지 않았다고 마음속으로 확신했다.

"선생님!"

알리가 갑자기 부르는 소리에 할리드는 눈을 가늘게 뜨며 말없이 알리를 쏘아보았다.

"여쭤볼 말씀이 있습니다만……?"

알리가 목소리를 조금 낮추자 할리드는 거의 눈치 챌 수 없을 만큼 빠르게 눈동자만을 좌우로 돌려 주위를 살폈다. 조금 떨어진 곳에 모여 있는 사람들은 이제 할리드와 알리에게는 아무 관심도 없는 듯 자기들끼리 큰 소리로 떠들면서 뭔가 심각한 언쟁을 하고 있었다. 할리드가 아무 말 없이 자신을 계속 바라보기만 하자 알리는 목소리를 더욱 낮추며 물었다.

"하미드에 대해서 아시는 대로 이야기를 좀 해주십시오!"

"미친놈! 이젠 드디어 네놈까지 미쳤나 보구나! 대체 왜 나한테 그자 이야기를 묻는 거냐?"

"선생님께서는 하미드에 관해서 제가 모르는 것을 알고 계실 것 같아서요."

"그게 뭔데?"

"그게 뭔지 그 내용은 물론 모르지요. 하지만 제가 모르는 바로 그것 말입니다! 그걸 말씀해 주십시오."

"허허, 땅강아지가 재주를 넘고 어린 비둘기가 제법 날갯짓을 하는구만! 네놈이 틈만 나면 이교도들의 철학 서책을 끼고 다닌다더니 수사법도 배웠느냐? '부정의 정의'*라? 내가 네놈이 모르는 그 무엇인가를 알고 있다고 생각하는 까닭이 대체 뭐냐?"

---

* 어떤 것을 정의할 때 긍정적으로 'A는 ~이다'라고 정의하는 게 아니라, 'A는 ~이 아니다'라고 정의하는 방식을 말한다. 주로 절대자나 신의 속성을 정의할 때 사용한다.

"선생님께서는 제가 하미드를 찾아오리라는 걸 미리 알고 계셨지 않습니까?"

"무슨 근거로 그런 말을 하느냐?"

"확실한 근거는 없습니다. 다만……, 선생님께서는 절 보시자마자 하미드를 찾아왔다는 걸 금방 알아보셨습니다. 미리 예측하지 않으셨 다면 어떻게 그러실 수가 있었겠습니까? 게다가 아까 말씀하시기를, 제가 좀더 일찍 왔더라면 이런 일이 없었을 거라고도 하셨잖습니까? 그러니 선생님께서는 제가 왜 하미드를 찾아왔는지도 아실 테고, 따라서……."

"따라서?"

"제가 알고 싶어 하는 뭔가를 이미 알고 계신 게 틀림없습니다."

"틀림없다? 네놈은 철학자들의 서책 꽤나 읽었다는 놈이 '틀림없다' 는 말을 그럴 때도 쓰느냐?"

"그, 그건……, 하지만 '거의' 틀림없습니다!"

"하하하! 하하하하하!"

알리가 황급히 자신의 말을 정정하자 할리드가 또 폭소를 터뜨렸 고, 그 바람에 주변 사람들의 눈길이 다시 그를 향해 쏟아졌다.

"미련한 놈!"

"왜 자꾸 미련하다고만 하십니까?"

"미련하지 않으면! 노새 머리가 닭대가리보다야 나을 것이다만, 그 렇다고 노새를 지혜롭다고 할 수야 있겠느냐? 하긴 날갯짓 좀 배웠다 고 바로 하늘을 훨훨 날 수 있는 건 아닐 테니……."

"무슨 말씀인지 알아듣게 얘길 해주십시오!"

알리는 표정 하나 바꾸지 않고 사뭇 정중하게 말을 했고, 할리드의 얼굴에서는 다시 웃음기가 가셨다.

"이놈아, 알아듣게 얘기하라고 떼쓰지 말고 네놈이 알아들으면 될 거 아니냐?"

"태어나자마자 걷는 아이가 어디 있으며, 알에서 깨자마자 나는 새가 어디 있습니까?"

"물고기는 알에서 깨자마자 헤엄을 잘도 치던데? 히히히!"

장난처럼 대구하며 누런 이를 드러내는 할리드에게 알리는 심각한 표정을 흐트러트리지 않은 채 다시 말했다.

"어차피 선생님께서는 오래전부터 제게 뭔가를 알려주려고 하신 거 아닙니까? 그러니 이제 제발 그 말씀을 해주십시오."

"흠……, 발등이 가려우면 신발을 벗고 발을 긁어야지 왜 자꾸 신발만 만지작거리느냐?"

"예?"

"네놈이 하미드를 찾는 이유가 도대체 뭐냐? 하미드에게 관심이 있어서냐?"

"아아……!"

알리는 그제야 무릎을 치며 다시 물었다.

"살리흐는 어디 있습니까?"

"살리흐가 어디 있느냐구? 허허, 이놈이 이제 보니 순 도둑놈이로구나! 물에 빠진 놈을 건져냈더니 보따리를 내 놓으라? 도대체 살리흐가 누구냐?"

"두 달, 아니 정확히 말씀드려서 두 달 반 전에 갑자기 사라진 젊은 도공입니다. 시아파 무슬림이었고……, 저항조직 '알하피즈' 아니 '알마흐디'의 지도자였습니다! 그리고…… 어쩌면……?"

"어쩌면?"

"누군가에게 살해되어 강가에 버려졌을 겁니다."

"……"

할리드는 아무 말 없이 알리의 눈을 물끄러미 바라보았다. 알리는 그런 그의 눈동자 속에서 잘 지펴진 숯불처럼 이글거리는 광채를 보았다.

"제 얘기가 틀리지 않았다면 살리흐에 대해 아시는 대로 말씀해 주십시오!"

"네놈이 드디어 금지된 성전의 열쇠를 훔쳤구나. 허나 아직 열쇠를 꽂을 구멍까지 찾은 건 아닌 듯싶은데?"

"예?"

"살리흐가 살해되어 강가에 버려졌다는 건 무슨 소리냐?"

"지난 성스러운 라마단의 '결정의 밤'에 다로 강가에서 시체로 발견된 그리스 수도승이 아마도 사실은 살리흐였을 겁니다. 누군가가 살리흐의 시신에다 그리스 수도승의 옷을 입혀 사람들을 속인 거지요."

"무슨 근거로 그런 얘기를 하느냐?"

"시신을 훔쳐 해부했던 이탈리아 의원으로부터 우연히 얘기를 들었습니다. 시신은 분명 할례를 했고 몸에는 아랍어와 마방진까지 문신으로 새겨져 있었다고요. 그러니 그 시신이 그리스 수도승이라고 할 수는 없잖습니까?"

"문신이라……? 그럼 살리흐가 맞기는 맞는데……. 방금 말한 게 틀림없는 사실이냐?"

할리드의 얼굴에 적잖이 당황한 기색이 떠오르는 것을 보고, 알리는 공연히 우쭐해져서 당당하게 외쳤다.

"사실이구 말구요! 가능한 한 빨리 수수께끼를 풀고 싶은 건 바로 전데, 그런 제가 왜 거짓말을 하겠습니까?"

"흠……, 아니다! 그럴 리가 없다. 이용 가치가 남아있을 텐데, 저들이 살리흐를 그렇게 빨리 죽였을 리가 없단 말이다. 더구나 설사 죽였다고 해도 시신을 그렇게 함부로 내다버리지는 않았을 것이고!"

"저, 저들이라뇨? 누굴 말씀하시는지……?"

알리가 조심스레 반문을 했다. 하지만 할리드는 그의 말을 무시한 채 이야기를 계속했다.

"그리고 네 가정이 성립하기 위해서 가장 중요한 것은……, 도대체 누가, 뭐 때문에 살리흐의 시신에다 그리스 수도승의 옷을 입혀 사람들 눈을 속였느냐 하는 점이다. 이걸 설명할 수 없다면 강가에서 발견된 시신이 살리흐라는 네 가정은 설득력을 잃는다!"

"그, 그거야 살리흐의 죽음을 감추기 위해서 그랬을 수도 있고, 반대로 그리스 수도승이 죽은 것처럼 꾸미기 위해서……."

"누가, 뭐 때문에 그랬느냐고 묻지 않느냐? 생각해 보거라. 살리흐가 죽은 것을 감추려면 굳이 그런 짓을 할 필요가 없다. 시신을 아무도 몰래 파묻어버리는 편이 오히려 더 안전하지 않겠느냐? 그리고 죽지도 않은 그리스 수도승을 죽은 것처럼 꾸며야 할 까닭은 또 무엇이란 말이냐? 도무지 앞뒤가 맞지 않는 말을 하고 있구나!"

"저도 말이 잘 안 된다고 생각은 합니다. 그러니까 수수께끼지요. 하지만…… 아무리 불가능해 보이더라도 유일하게 남아 있는 가능성이 있다면 그걸 사실로 받아들여야……."

알리가 허겁지겁 변명하려 하자 다시 할리드의 호통이 떨어졌다.

"어디서 주워들은 풍월만 가지고 시건방떨지 말거라! 쯧쯧쯧! 그게 추론의 기본 원칙이기는 하다만…… 정말로, 정말로 불가능한 일이라면 왜 반대로 생각은 못해 보느냐?"

"예?"

"결론이 정말로 불합리하고 불가능하다면, 네 전제 중의 어느 하나가 잘못된 게 아니냐 이 말이다!"

"뭐가 잘못됐단 말씀이십니까?"

"너는 네 눈으로 시신을 확인한 게 아니다! 시신을 훔쳐 해부했다는 이탈리아 의원의 말을 듣고 그렇게 추론하는 거라면, 그 의원의 말은 믿을 만하냐?"

"그, 그거야……, 그 사람이 굳이 거짓말을 해야 할 이유가 없었으니까……."

"잘 들어라, 알리! 사람이 거짓말을 하는 데는 아주 많은 이유가 있다. 그리고 때로는 아무 이유도 없이, 아니 별 이유도 없이 거짓말을 할 수도 있다. 예컨대 심심풀이로 장난삼아 거짓말을 할 수도 있다는 걸 잊지 마라."

"그, 그럼 그 이탈리아 의원이 거짓말을 했단 말씀이십니까?"

"꼭 그렇다고는 안 했다, 알라 할림! 다만 그 의원의 말을 믿자니 설명할 수 없는 게 너무 많아진다는 얘기였을 뿐이다. 아니, 그건 그렇고……, 시빌라는 찾았느냐?"

"찾았습니다!"

"시빌라를 찾았다구?"

"예, 엊그제 직접 만나봤습니다."

알리의 목소리는 작았으나 씩씩하기 그지없었다. 집시 여인을 찾았다는 말을 입에 올리는 순간 알리의 가슴속 깊은 곳에서는 뜨거운 기운이 솟아올라 온몸을 후끈 달구었다. 그리고 이제껏 그를 괴롭혀왔던 모든 의혹과 불안도 일시에 사라지는 것만 같았다.

"꽤나 자랑스러운 모양이로구나? 허나 아직 기뻐하기엔 이르다! 재스민 향기와 무화과 맛에 취해 마치 생명의 나무 열매라도 따먹은 것처럼 의기양양하다만, 정작 네놈이 먹은 것은 '자큼의 나무'* 열매일 수도 있느니라!"

"뭐, 뭐라구요?"

"네놈이 만난 시빌라는 가짜다!"

"가, 가짜라뇨?"

"네놈은 왜 그 계집을 시빌라라고 부르느냐?"

"그거야……, 선생님께서 그렇게 부르셨으니까……."

"단지 그것뿐이냐?"

"아, 아닙니다! 이젠 선생님께서 왜 그런 말씀을 하셨는지 그것도 알고 있습니다. 그 여자의 돌아가신 어머님이 영험한 무녀였는데, 사람들이 그 무녀를 시빌라라고 불렀다더군요. 또 그 집시 여자의 아버지는 툴라이툴라의 고명한 랍비이셨는데, 그 어른이 갖고 있던 비전의 지혜를 담은 두루마리를 시빌라라는 무녀가 신탁을 받아 해독해줬다고 들었습니다. 그래서 그 랍비 어른이 그 두루마리를 무녀에게 선물로 줬구요. 그, 그러니까 겨, 결국…… 그 두루마리와 함께 시빌라라는 무녀의 영험이 그 딸에게도 전해졌을 테니……. 그, 그래서 선생님께서도 그 집시 여자를 시빌라라고 부르신 것 아닙니까?"

"누가 그런 얘길 하더냐? 그 계집이 그러더냐?"

---

* '자큼Za'qqm의 나무'는 『쿠란』 제37장 63~67절에 나오는 '지옥의 나무'를 가리킨다. 이 나무는 지옥의 밑바닥에서 자라며 그 열매는 사탄의 머리와 같고, 불신자들은 그 '죽음의 열매'를 먹고 영적인 죽음을 맞이하게 된다고 한다.

할리드의 입가에 묘한 웃음이 스쳐갔다.

"예, 그 여자한테 직접 들었습니다."

"그래? 그 계집이 예페트 얘기는 안했느냐?"

"예? 아아……, 예, 예페트 얘기도 했습니다. 그 랍비 어른이 예페트의 부친이셨기 때문에, 결국 예페트가 자기 오라버니라고 했습니다."

예페트 얘기를 털어놓으면서 알리는 갑자기 무거운 짐을 벗는 듯한 기분에 사로잡혔다. 어찌 된 사연인지는 아직 알 수 없었으나, 어쨌든 할리드가 모든 걸 다 알고 있음이 분명한 상황에서 굳이 그에게까지 예페트에 관한 일을 숨길 필요는 없었고, 일단 말을 꺼내고 나자 한결 어깨가 가벼워졌다. 그리고 그 기분은 알뿌하라에서 무함마드와 압둘 카디르에게 예페트 얘기를 했을 때 느꼈던 것과는 사뭇 달랐다. 그때 만 해도 망설이면서 어쩔 수 없이 말을 꺼낸 데 지나지 않았지만, 지 금은 자신의 앞길을 막고 있던 커다란 바위라도 치워버리는 것처럼 왠지 시원한 쾌감마저 들었던 것이다.

"그것뿐이냐?"

"그것뿐이라뇨?"

"그 계집이 한 얘기가 그것뿐이냔 말이다!"

"아! 또 있었습니다. 정말 중요한 걸 빠뜨렸군요! 예페트의 아버님, 그러니까 그 랍비 어른이 돌아가신 건 돈 디에고라는 마법사가 그 어른 집에 불을 질렀기 때문이라고 했습니다. 돈 디에고라는 마법사가 그 집시 여자의 어머니, 그러니까 시빌라라는 무녀와 함께 살고……."

알리가 장황하게 설명을 하려고 하자 할리드가 그의 말을 잘랐다.

"그걸 모두 믿느냐?"

"예?"

"네놈은 그 계집의 말도 모두 믿느냐 이 말이다!"

"왜, 왜 그런 말씀을 하십니까? 안 믿을 이유가 없죠! 그 여자가 뭐 때문에 제게 거짓말을 하겠습니까?"

"뭐 때문에? 흥! 네놈은 뭐 때문에 그 계집에게 거짓말을 했느냐?"

"도대체 무, 무슨 말씀이십니까? 제가 그 여자에게 거짓말을 하다뇨? 전 그런 적 없습니다!"

"내 귀로 듣지는 않았다만 네놈도 틀림없이 그 계집에게 거짓말을 했을 것이다. 꿀단지를 품에 안았는데 콧노래를 부르지 않았을 리가 있느냐 말이다!"

"정말 아닙니다! 저, 저는 절대로……."

할리드의 말에 모욕감마저 느껴 얼굴이 벌개진 알리는 다시 뭐라고 반박을 하려다가 문득 번개처럼 머리를 스치는 생각에 입을 다물고 말았다. 자신은 분명히 약속하지 않았던가? 아버지 아흐메드의 허락을 얻어 조만간 그녀를 데리러 오겠다고! 아니, 심지어 그녀와 혼약을 맺겠노라고 맹세까지 하지 않았던가? 알리가 갑자기 입을 다물자 이번엔 할리드가 조금 부드러운 목소리로 말했다.

"그렇다고 너무 자책할 건 없다! 마음에 없는 말을 한 것도 아닐 테고, 악의를 가지고 속인 건 더더욱 아닐 테니 인자하시고 자애로우신 알라께서도 용서하실 게다. 하지만 생각해 봐라. 자나 깨나 지혜를 앞세우는 네놈도 가슴이 타오르면 입에서 헛소리가 나오는데 그 계집이야 오죽했겠느냐? 그 계집이 뭐 때문에 네놈한테 거짓말을 했겠느냐구? 잘 들어라, 알리! 아까도 말했듯이 모든 거짓이 다 악의에서 나오는 건 아니다. 어떤 건 단순한 무지에서 나오고, 어떤 건 어쩔 수 없는 착각이나 오해에서 나오며, 또 어떤 건 뜨거운 열정에서 나오고, 심지어 자비로운 선의에서 나오는 거짓도 있는 법! 이 모든 거짓 앞에서 우리가 가진 지혜는 보잘 것 없고, 우리에게 씌워진 운명은 가혹하다는 걸 잊지 마라!"

"하, 하지만 진정으로 지혜롭다면 그 모든 거짓을 피할 수 있는 것 아닙니까? 예전에 선생님께서는 인자하시고 자애로우신 알라께서 우리에게 뛰어난 지성을 주셨고, 그 지성이야말로 진리를 찾는 능력이라고 가르쳐주셨지 않습니까?"

"지성이라? 물론 그렇게 가르쳤지! 허나 혹 속에 물이 가득 든 낙타도 때로는 목이 말라 죽는 법이다!"

"그, 그러면……, 그러면 진리는 어떻게 구한단 말입니까?"

"진리는 때때로 너무나 많은 제물을 요구한다! 어쩌면 네놈의 팔자도 그럴지 모르지. 사정이 이러하니 내 어찌 그 계집의 말이 거짓이라 해서 그 계집만을 탓하려 들겠느냐? 아니, 어쩌면 그 계집도 속았을 것이다. 교활한 에미에게 속았을 수도 있고, 어리석은 자기 자신에게 속았을 수도 있으니까!"

알리는 다시금 견딜 수 없는 불안과 두려움에 휩싸였다. 방금 전까지 온몸을 뜨겁게 달구었던 열기가 일시에 빠져나가면서 그의 몸은 바람 빠진 풍선처럼 시들거리기 시작했다. 개선장군도 부럽지 않을 만큼 씩씩했던 기백과 하늘을 날듯이 경쾌했던 기분마저 어느 틈엔가 온 데 간 데 없이 사라져버렸다. 그리고 지금 귀신같은 몰골을 한 미치광이 앞에 서 있는 것은 초라한 육신과 끝을 알 수 없는 의혹과 불신에 지친 영혼뿐이었다.

"그, 그럼……?"

알리는 뭔가 더 묻고 싶었지만 차마 입이 떨어지지 않았다. 할리드의 입에서 튀어나올 다음 말이 두렵기도 했지만, 너무나 기운이 빠져 입술조차 움직이기 힘들어졌던 것이다.

"그 계집의 아버지는 고명하신 랍비이셨던 아론 어른이 아니다! 그 계집의 진짜 아버지는…… 바로 돈 디에고란 말이다! 그 두루마리 또한 랍비 어른께서 그 계집의 에미에게 선물로 준 것이 아니라, 아마 그 계집의 에미가 훔쳤을 것이다. 그나마 제대로 훔치기나 한 건지, 지금은 그것조차 알 수 없다만……."

"그, 그게 모두 사, 사실입니까? 그, 그러면 예, 예페트의 집에 불을 지른 것도……. 세, 세상 사람들이 알고 있는 대로…… 그 시, 시빌라라는 무녀, 그러니까 지, 집시 여자의 어머니였단 말입니까?"

알리의 눈에는 어느새 눈물이 맺히고 있었지만 할리드의 목소리는 여전히 평온했다.

"아니다, 다른 건 몰라도 그것만은 아니다!"

"예?"

"불을 지른 건 무녀가 아니었단 말이다!"

"그, 그럼 불을 지른 건 돈 디에고가 맞군요? 그렇죠, 선생님?"

"돈 디에고도 아니다."

"돈 디에고도 아니고, 무녀도 아니라면 내체 누가 불을 질렀단 말입니까?"

"……"

"제, 제발 말씀을 좀 해주십시오! 아, 아니 선생님께서는 그 사람들과 도대체 어, 어떤 관계이십니까? 선생님께선 어떻게 그, 그 모든 걸 알고 계시느냐 말입니다! 그, 그러면…… 도, 돈 디에고가 이곳 가르나타에 나타났다는 것도 알고 계시겠군요? 그 자는 지금 어디 있습니까? 도, 돈 디에고는 어디 있느냐구요?"

"……."

알리의 외침은 거의 흐느끼는 절규가 되었다. 그 소리에 놀란 사람들이 그의 주위로 벌떼처럼 모여들었지만 할리드는 여전히 말이 없었다. 아니 눈물이 앞을 가려 한동안 정신을 못 차리던 알리가 고개를 들었을 때, 귀신같던 할리드의 모습은 어느새 사라지고 없었다.

*　　　*　　　*

어둠 속에서 네 명의 사내들이 조용히 움직였다. 아직 반도 안 찬 조각달이 그들 머리 위에서 빛나고 있었다. 그러나 간간이 떠다니는 구름 탓인지 희뿌연 달빛은 대여섯 걸음 앞을 비춰주기에도 부족했고, 좀 떨어진 곳에 우뚝 서 있는 마리스탄 건물만이 거대한 성묘聖墓처럼 음산한 적막 속에 깊이 잠들어 있을 뿐이었다. 그래도 사내들의 몸놀림은 영악한 밤고양이처럼 아주 기민했다. 주위의 어둠이 모든 소리마저 삼켜버린 듯 그들은 옷자락 스치는 소리 하나 내지 않고 정말 눈 깜짝할 사이에 마리스탄 건물의 측면 회랑 쪽으로 숨어들었다.

"자, 이제 안으로 들어가서 알리라는 절름발이 하인을 찾아봐라. 찾는 즉시 내가 왔다고 전하고 조용히 밖으로 데리고 나오너라. 남의 눈에 띄지 않도록!"

네 명의 사내들이 시야에서 사라지자 알리는 곁에 남아 있던 나이 어린 하인에게 나직이 일렀다.

"아, 알리라굽쇼? 그, 그럼 도련님과 이름이……?"

"그래, 나랑 이름이 똑같다. 자, 서둘러라!"

"예!"

어린 하인마저 건물 안으로 들어가고 나자 알리는 쓸쓸한 어둠 속에 혼자 남았다. 그의 머릿속에서는 정리되지 않은 상념들이 성난 파도처럼 밀려왔다가는 다시 밀려가고 있었다. 집시 여인과 할리드의 얼굴이 겹쳐지고, 그 위에 다시 예페트의 얼굴마저 덧칠해졌다.

'아냐! 절대로 아닐 거야! 그럴 리가 없다! 할리드 선생님께서 병 때문에 정신이 오락가락하시는 거야. 그래서 기억이 희미해지신 게 틀림없어!'

알리는 오른팔을 등 뒤로 돌려 뒤쪽에 감춰둔 신월도를 손에 땀이 나도록 힘껏 움켜쥐었다. 하지만 떨리는 마음은 좀처럼 진정되질 않았다. 어쩌면 잠시 뒤에 벌어질지도 모를 칼부림이 두려워서가 아니었다. 아까 낮에 할리드가 던진 말의 충격 때문만도 아니었다. 설사 할리드의 말이 모두 사실이라고 해도, 집시 여인이 돈 디에고의 딸이고 그녀의 어머니가 예페트의 아버지를 죽였다고 해도, 그녀가 자신을 사랑한다는 것만은 틀림없는 사실이 아닌가? 불행한 과거의 일들이 집시 여인의 잘못은 아니지 않는가? 하지만 애써 할리드의 말들을 잊어버리려고 할수록 그의 말 한 마디 한 마디가 알리의 귓속에서 끊임없이 윙윙거렸다. 그리고 알리를 더욱 불안하게 만든 것은 그 속에 섞여 들려오는 알아트라쉬의 음성이었다.

"어젯밤부터 예페트님이 안 보이십니다. 오늘도 온종일 소식조차 없었구요. 이런 적이 없었는데, 혹시 무슨 일이 생긴 게 아닌지⋯⋯?"

지난밤 대사원에서 철야 예배를 드리느라고 집을 비웠던 알리는 예페트의 행방에 대해 미처 신경을 쓰지 못했었다. 너무 피곤하기도 했거니와 아침 일찍 제사를 지내러 가느라고 좀 정신이 없었던 것이다.

오후가 되어서야 예페트가 안 보이는 것을 깨닫고 조금 걱정이 되기는 했지만, 그때도 잠깐 외출을 했을 거라고 생각했을 뿐이었다. 하지만 해질 무렵 알아트라쉬가 모아온 장정들과 함께 마리스탄으로 가려고 집을 나설 때, 배웅하러 따라 나온 알아트라쉬가 알리의 귓전에 대고 속삭여준 말은 그의 가슴을 철렁하게 만들고도 남았던 것이다.

'갑자기 어디로 갔단 말인가? 제발 아무 일이 없어야 할 텐데……. 오늘 밤만 지나면 집시 여인을 찾았다고 말할 참이었는데……. 두루마리의 행방에 대해서도 얘기를 해줄 생각이었는데……. 오, 인자하시고 자애로우신 알라시여! 천지 만물의 주인이시여! 세상에서 가장 자비로운 분이시여! 제발…….'

알리는 초조한 나머지 발을 들어 애꿎은 땅바닥을 두어 번 찼다. 그 바람에 작은 흙먼지가 뿌옇게 일었다. 바로 그때 마리스탄 건물의 나무대문이 열리더니 잠시 뒤에 다리를 저는 사내가 나타났다.

"앗쌀람 알라이쿰! 아니, 이 밤중에 무슨 일로……? 원장 어르신께서는 오늘도 안 계시는데……."

나이 어린 하인과 함께 다가온 절름발이 젊은이는 반갑게 웃었다. 하지만 그의 얼굴에는 의혹의 빛이 뚜렷했다.

"와 알라이쿰 쌀람! 사실은 부탁할 게 좀 있어서 불렀소. 아주 중요한 일인데 남들이 알면 곤란하기 때문에……."

알리가 말끝을 흐리자 절름발이 젊은이의 얼굴에는 묘한 미소가 떠올랐다.

"아아, 알고 있습니다. 저도 눈치 하나는 둘째가라면 서러운 놈이거든요. 사실 손님께서 다녀가신 뒤 원장 어르신께 말씀을 드릴까 하다가 아무래도 입을 다무는 게 낫겠다 싶어 아무 말씀도 안 드렸습니다.

제가 보기에도 늙은 원장 어르신보다야 아직 젊으신 손님께서……."

"대, 대체 무, 무슨 말을 하는 거요?"

알리가 당황하여 말을 더듬자 절름발이 젊은이는 더욱 친근한 표정으로 말을 이었다.

"에이, 저도 다 알고 있으니 너무 걱정 마시라니까요! 전 무조건 손님 편입니다. 어쨌든 제 은인 어른의 아드님 아니십니까? 사실은 그날 손님께서 타고 오신 말이 밤늦게까지 병원 대문 앞에 매어져 있는 걸 봤습죠. 그래서 첨엔 좀 이상하다 싶어 여기저기 찾아봤습니다. 하지만 아무 데도 안 계시더라구요. 그래서 가만히 생각을 해보니까……. 헤헤헤, 가실 데가 한 군데밖에 더 있겠습니까? 그 계집이 재주가 좋긴 좋은……."

"그만 하오! 나, 난 그것 때문에 온 게 아니니까!"

알리는 재빨리 젊은 하인의 말을 가로막았다. 그렇지만 그의 얼굴은 수치심으로 벌겋게 달아올랐다. 집시 여자와의 관계가 들통났다는 사실보다는 자신의 어리석은 부주의에 대한 자탄이 그를 더욱더 부끄럽게 만들었던 것이다. 변명의 여지가 없는 명백한 실수였다. 그날 밤 황망히 마리스탄을 떠나면서 미처 그 생각을 못하다니! 게다가 절름발이 하인이 대문 앞의 말을 보지 못했더라도, 결국은 원장에게 자신이 다녀갔다는 걸 얘기했을 텐데, 왜 그에 대한 대비를 하지 못했던 말인가?

"그 계집 때문이 아니라면……?

절름발이 젊은이는 의아한 표정을 지었다. 그리고 곁에 서 있던 나이 어린 하인도 영문을 몰라 눈을 동그랗게 떴지만, 알리는 어울리지 않는 헛기침까지 하며 화제를 돌렸다.

"어, 어험! 그, 그러니까 나, 난…… 이 병원에 있는 다른 환자를 좀 만나러 왔단 말이오."

"다른 사람이라면…… 누, 누구 말입니까?"

절름발이 젊은이는 자신의 예측이 빗나간 것이 못내 아쉬운 듯 인상을 찌푸리며 되물었다.

"안또니오라는 기독교도 상인이오. 시종도 데리고 있을 텐데……. 그 사람이 지금 어디 있는지 좀 알려주구려."

"그, 그건 왜요?"

이번엔 젊은이의 얼굴에 당혹의 빛이 스쳐갔다. 하지만 알리와 절름발이 하인을 번갈아 쳐다보던 나이 어린 하인은, 의외의 사태에 흥미진진해 못 견디겠다는 표정을 지었다.

"아무 것도 묻지 말고 그냥 그 사람이 어디 있는지 그것만 가르쳐 줘요. 아주 중요한 일이니까! 다른 사람들한테 알려서도 안 되고, 원장 어른께서 알아서는 더더욱 안 되오. 자, 빨리! 시간이 별로 없소."

"……."

젊은 하인은 잘 판단이 안 서는 듯 고개를 갸웃거렸다. 그러자 알리는 다시 마지막 수단을 꺼내들었다.

"내 아버님께서 당신의 평생 은인이라고 하지 않았소? 그러니 그 은혜를 갚는 셈 치고 제발 내 부탁을 들어주구려!"

알리의 말은 즉각 효과를 나타냈다. 절름발이 하인은 알았다는 듯 고개를 끄덕이더니 따라오라는 손짓을 하며 앞장을 섰다. 대문을 지나 병원 안마당으로 들어선 그는 원장의 거처가 있는 별채와는 반대편 방향으로 향했다. 다행히 마당 안에는 아무도 없었다. 때문에 알리 일행은 아무런 방해도 받지 않고 무사히 건물 한쪽 끝에 이르렀다. 그리고 건물이 'ㄱ'자 모양으로 꺾어진 곳에 닿자 절름발이 하인은 걸음을 멈추고 말없이 위쪽을 올려다보았다. 구석에는 나무로 만든 작은 간이계단이 달려 있었고, 나선형으로 휘어진 계단은 2층의 통로와 연결되어 있었다. 주변의 컴컴한 방들과는 달리 통로 맨 앞의 방에서 가는 불빛이 새어나오는 것으로 보아 안또니오의 거처는 바로 거기인 듯싶었다.

"저 방입니다, 불이 켜져 있는 방이요! 원장님의 특별 지시로 옆방은 비워두었습니다만……, 제가 먼저 올라가서 손님이 오셨다고 얘기를 할까요?"

절름발이 하인은 손으로 2층 통로 맨 앞의 방을 가리키며 물었다.

"쉿! 떠들지 말라니까! 이제 됐으니, 그만 가서 볼일이나 보구려. 나머지는 내가 다 알아서 할 테니까!"

알리가 손을 내저으며 황급히 만류했다. 그렇지만 절름발이 하인은 궁금해 죽겠다는 듯이 되물었다.

"도대체 무슨 일인데 그러십니까? 이러다가 정말 원장 어른께서 아시는 날에는 제가 경을 치게 된다구요!"

"걱정할 필요 없소. 혹시 문제가 생겨도 당신하고는 아무 상관도 없으니까! 물론 당신이 날 안내해줬다는 얘기도 하지 않을 거고! 아무튼 고맙소. 당신에게 인자하시고 자애로우신 알라의 가호가 있기를!"

알리가 다시 한번 안심시키자 절름발이 하인은 못이기는 척 서서히 뒷걸음질을 치며 물러났다. 그러나 그의 얼굴에서는 끝내 미심쩍은 표정이 가시지 않았다.

"넌 나가서 밖에 있는 사람들을 들어오라고 해라. 마당으로 들어와서 눈에 띄지 않는 곳에 숨어 있다가 2층에서 무슨 일이 생기면 즉각 뛰어올라오라고 일러야 한다!"

절름발이 하인의 모습이 사라지자 알리는 그때까지 말없이 옆자리를 지키고 있던 나이 어린 하인에게 나지막한 소리로 지시를 했다. 어린 하인은 고개를 끄덕이며 잽싸게 마당을 가로질러 뛰어갔고, 알리는 크게 숨을 한번 들이쉰 뒤 터번의 한쪽 끝을 풀어 얼굴을 가리고는 천천히 나무계단을 올랐다.

"죠반니?"

알리가 방문을 두드리자 안에서 젊은 사내의 맑고 높은 음성이 흘러나왔다. 안에 사람이 있음을 확인한 알리는 더 이상 기다릴 것도 없이 방문을 벌컥 열고 안으로 뛰어들었다.

"뻬르도니Perdoni(이탈리아어로 '미안합니다, 실례합니다'), 시뇨레!"

"끼, 끼 에 레이Chi è Lei(이탈리아어로 '당신은 누구십니까')?"

방 한편의 탁자 앞에서 등잔불을 벗 삼아 혼자 적포도주를 마시고 있던 젊은 사내는 소스라치게 놀라며 손에 들었던 술잔을 탁자 위에 내던지듯 내려놓았다. 그 바람에 사내의 하얀 옷소매에 붉은 포도주 방울이 점점이 튀기며 흉측한 무늬를 그려냈다.

"오랜만에 뵙겠습니다, 세뇨르 안또니오 미껠레! 어디 가셨나 했더니 여기 숨어 계셨군요?"

방 중앙에 버티고 선 알리는 목울대에 힘을 주며 나지막한 목소리의 아랍어로 외쳤다.

"대체 누, 누구요? 이 밤중에 남의 방을 허락도 없이 들어오다니 정말 무례하기 짝이 없구려!"

상대가 무슬림이라는 걸 깨달은 탓인지 사내의 입에서도 유창한 아랍어가 흘러나왔다. 윤기가 도는 올리브색 살결과 갸름한 얼굴을 지닌 젊은 사내는 앉았던 의자에서 반쯤 몸을 일으키며 불청객을 노려 보았다. 알리는 그의 밤색 눈동자와 어깨에 닿을 듯 말 듯 찰랑거리는 갈색의 고수머리를 보는 순간 그가 오래 전 여각에서 잠깐 보았던 안 또니오라는 것을 어렵지 않게 기억해냈다.

"죽은 창녀 까르멘에 대해서 좀 여쭤볼 게 있어 왔습니다만……"

알리가 거침없이 말을 꺼내자 안또니오의 두 눈이 동그래졌다.

"누구라구요?"

"발뺌할 생각은 말아요, 움직일 수 없는 증거를 가지고 있으니까! 당신이 그 여자 집에 드나드는 걸 본 사람이 있고, 또 그 여잘 내세워 기병대장 돈 헤라르도를 매수했다는 것도 다 알고 있소! 자, 그러니 허튼 짓은 그만해요!"

자신의 입에서 거짓말이 술술 나오자 알리는 토끼가 제 방귀에 놀 라듯 스스로도 흠칫 놀랐다. 그러나 알리가 놀란 건 문제도 아니었다. 등잔불에 비친 안또니오의 얼굴에는 야연 긴장의 빛이 감돌았고, 알 리는 그의 낯빛이 그가 입고 있는 셔츠처럼 하얘졌다고 느꼈다.

"노, 논 에 뽀씨빌레!No, non è possibile(아니다, 그럴 리가 없다)!"

몹시 당황했는지 안또니오의 입에서는 다시 이탈리아어가 튀어나 왔다.

"믿고 싶진 않겠지만 사실인 걸 어쩌겠소? 난 죽은 여자가 당신한 테 보낸 서찰도 갖고 있는데!"

"다, 당신이 뭔데 병원에 있는 환자에게 이런 행패를 부리는 거요? 내 당장 원장을 불러야겠소! 아니, 아니 당장 관원들을 부르겠소! 밖 에 아무도 없나? 죠반니! 죠반니!"

완전히 자리에서 일어난 안또니오는 정신없이 주위를 두리번거리며 밖을 향해 고함을 쳤다. 순간 사태가 심상치 않게 돌아간다고 느낀 알리는 등 뒤에 숨겨두었던 신월도를 뽑아들어 안또니오를 겨누며 나지막하게 외쳤다.

"점잖게 말로 하려 했더니 이거 안 되겠군! 당장 입을 다물지 않으면 그 주둥아리에 거미줄을 치게 만들어 줄 테다. 가슴에 바람구멍이 나고 싶은가?"

알리는 자신의 입에서 평소에 한번도 써보지 않았던 험악한 말들이 튀어나오는 게 너무나 신기했다. 하지만 마치 몸속에 다른 사람이 들어가 있기라도 한 것처럼, 그의 입에서는 계속해서 거친 말들이 쏟아져 나왔다. 아니 갑자기 알리는 두 달 반 동안 쌓였던 모든 울분이 한꺼번에 씻겨나가는 듯한 쾌감마저 느꼈다.

"흥! 환자라구? 환자 좋아하시네! 환자란 자가 병원 안에서 술타령이나 하고 있나? 그렇게 발악을 해봐야 소용없어! 이제 여우사냥은 끝났으니까! 그 동안 요리조리 잘도 피해 다녔겠다? 카슈탈라의 관원들을 부른다구? 관원들이 오는 건 아마 나보다도 네가 더 원치 않을 텐데? 그러니 괜히 허풍 떨지 마! 난 너한테 궁금한 게 아주 많으니까, 지금부터 한 가지씩 묻는 말에 대답이나 하란 말이야!"

"나, 나한테 워, 원하는 게 대체 뭐요?"

안또니오의 밤색 눈동자에 드디어 공포의 빛이 서렸다.

"원하는 거? 네 모가지라고 얘기했으면 좋겠지. 그렇지만 인자하시고 자애로우신 알라께서는 더없이 자비로우신 분이시니, 네가 순순히 말을 듣기만 하면 목숨은 살려주지. 하긴 네 목숨을 거둬다 뭐에다 쓰랴? 오늘처럼 신성한 날 너 같이 더러운 인간을 제물로 쓸 수는 없지! 하지만…… 다시 한번 허튼 수작을 부리면 그때는 산채로 껍질을 벗

겨버릴 거야!"

알리가 계속 악다구니를 쓰자 안또니오는 뭐가 어떻게 돌아가는지를 파악해 보려는 듯 부지런히 눈동자를 굴려대다가 문득 눈을 가늘게 뜨고 되물었다.

"그, 그럼…… 다, 당신도 호, 혹시 산에서 왔소?"

"산이라니? 그건 또 무슨 헛소리냐?"

"다, 당신도 알뿌하라의 무슬림 반도叛徒들 중 하나냐 이 말이오?"

"뭐, 뭐라구? 반도? 말조심해! 거룩한 지하드의 전사들을 가리켜 반도라니? 어디서 더러운 주둥아릴 함부로 놀리는 거야?"

"흠……."

안또니오는 미간을 찌푸리며 뭔가 생각하다가 불쑥 말을 꺼냈다.

"나한테 원하는 게 돈이라면 돈은 얼마든지 주겠소. 하지만……."

"돈 같은 건 필요 없어! 아무리 부자들은 지옥에 가서도 샤르밧을 마신다지만, 돈이면 뭐든 다 되는 줄 아나? 그까짓 더러운 돈쯤이야 궤짝으로 실어다 준다 해도 안 받아! 내가 원하는 건 진실이야, 진실!"

"……."

잠깐 동안 말없이 알리를 응시하던 안또니오는 이윽고 체념이라도 한 듯 천천히 입을 열었다.

"좋소! 도대체 뭐 때문에 그러는진 모르지만……, 내가 알고 있는 거라면 말을 해드리지. 뭐요? 나한테 듣고 싶은 얘기가?"

안또니오의 목소리는 어느새 평온을 되찾고 있었고, 그의 얼굴에도 조금씩 핏기가 돌아왔다.

"네 정체가 도대체 뭔지 그것부터 얘기해 보시지. 듣자하니 돈 많은 장사꾼 행세를 하고 다닌다던데…… 자기 정체까지 숨겨가며 이곳에서 무슨 짓을 하고 있는 거야?"

"이봐요! 뭐, 뭔가 오해가 있는 것 같은데…….."

"오해? 난 너랑 길게 입씨름하고 있을 시간이 없어! 그러니까 빨리 바른 대로 다 불란 말이야! 모가지가 날아가기 전에!"

알리가 당장이라도 내려칠 듯이 신월도를 머리 위로 높이 치켜들자 안또니오는 오른손을 내저으며 소리를 쳤다.

"아, 알았소! 마, 말하리다! 나, 난 사실 아편을 구하러 왔소."

"뭐라구? 그럼 너도 아편 밀수꾼이란 말이냐?"

"말하자면 그런 셈이오. 뭐니 뭐니 해도 그게 돈벌이에는 최고니까! 당신은 잘 모르겠지만 이곳에서 아주 싼값에 아편을 구해 이탈리아에 가져다 팔면……."

안또니오가 길게 설명을 늘어놓으려 하자 알리는 재빨리 그의 말을 잘랐다.

"됐다! 그 정도는 나도 다 알고 있으니까! 하지만…… 지, 지금 말한 게 틀림없는 사실이란 말이지?"

다시금 확인하는 물음에 안또니오는 심각하게 고개를 끄덕였다.

"내가 뭐 때문에 내 신상에 좋지도 않은 얘기를 굳이 거짓말로 꾸며대겠소?"

안또니오의 풀죽은 목소리에 알리는 문득 니꼴로의 얼굴을 떠올리며 자신도 모르게 덩달아 고개를 끄덕였다.

"그렇다면…… 기병대장을 매수한 이유가 뭔지 그것도 좀 말해 보시지."

알리가 치켜들었던 칼을 아래로 내려뜨리며 다시 묻자 안또니오의 입가에 미소가 번졌다.

"그 사람에 대해서 잘 아시오?"

"누구? 기병대장?"

상대방의 갑작스러운 반문에 알리가 조금 얼떨떨해하자 안또니오의 미소가 더욱 커졌다.

"그래요, 기병대장! 기병대장 돈 헤라르도! 자칭 '알사이드'(제1권 191쪽 주 참조)! 아니, 일명 '빨강머리 로드리고' 말이오! 그 자는 돈과 여자라면 사족을 못 쓰는 인간이오. 게다가 술과 노름까지 좋아하고, 허황한 명예욕으로 가득 찬 정말 형편없는 인간이지! 귀족 출신만 아니었다면 정말 쓰레기 중의 쓰레기인데……. 하긴 귀족들 중에 쓰레기들이 더 많긴 하지만……."

"그래서 어쨌다는 거야?"

"사실은 카슈탈라 관원들이 상인들한테서 압수한 아편을 기병대에서 보관하고 있다는 소문을 들었소. 그래서 그 자에게 돈을 좀 먹이고 그 아편을 공짜로 넘겨받으려 한 거요. 그 자는 돈만 주면 사령관이라도 팔아먹을 놈이니까, 그까짓 일쯤은 식은 죽 먹기보다 쉽지!"

"그러니까 그 서찰에 적혀 있던 '물건'이라는 게 바로 아편이라 이거지?"

알리의 반문에 안또니오는 고개를 갸웃거렸다.

"헌데…… 아까부터 자꾸 서찰, 서찰 하는데, 그 서찰이라는 게 대체 뭐요?"

"무슨 서찰이냐구? 죽은 까르멘이 여자 노예를 시켜서 네게 보내려던 서찰이야! 너한테는 안 된 일이다만, 지금은 내 손에 들어와 있지!"

알리가 비웃음 섞인 목소리로 의기양양하게 소리치자 안또니오의 두 눈이 가늘게 찢어졌다.

"까르멘이 내게 쓴 서찰이라구? 그걸 어째서 당신이 갖고 있소?"

"그거야 까르멘의 여자 노예가 죽는 바람에 그렇게 됐지! 그 여자 노예의 옷장 속에 들어 있는 걸 내가 찾아냈으니까!"

"그, 그 서찰을 언제 쓴 거요?"

"서찰에 적힌 날짜를 보니 죽던 바로 그날 밤, 그러니까 우리 무슬림들의 축제날 밤에 썼더구만! 헌데 왜 그렇게 꼬치꼬치 묻는 거야?"

"흠…… 그 서찰을 좀 볼 수 있겠소?"

안또니오가 너무나 진지하게 청을 하자 알리는 잠시 망설이다가 입을 열었다.

"지금이야 보여주고 싶어도 그럴 수가 없지. 그 서찰을 늘 들고 다니는 건 아니니까! 헌데 왜 보여 달라는 거지? 왜? 내가 너한테 거짓말이라도 할까 봐?"

"그런 게 아니라……, 뭔가 좀 이상하오. 까르멘이 나랑 가깝게 지내기는 했지만, 그 여잔 평소에 서찰 같은 걸 잘 쓰지 않았는데…… 더구나 난 까르멘이 죽던 바로 그날 저녁에 그 여자 집에 갔었단 말이오. 헌데…… 내가 돌아가자마자 다시 나에게 서찰을 썼다? 아무래도 그건 좀……."

안또니오는 눈을 깜빡거리며 뭔가를 열심히 생각하는 눈치였다. 하지만 그가 까르멘과의 관계를 시인한 것에 기고만장한 알리는 약간 들뜬 목소리로 외쳤다.

"시끄러워! 여러 말 할 거 없다구! 그러니까 결국 네가 여자 노예를 죽인 거 아냐? 너하고의 관계가 탄로 날까 봐……!"

"자, 잠깐만요! 그 서찰에 정확하게 뭐라고 씌어 있었소?"

"아까 다 얘기했잖아? 네가 준 돈으로 기병대장을 매수하는데 성공했고, 그래서 기병대장이 물건을 가져왔다고……."

"아니, 아니, 그런 거 말고…… 서찰의 첫머리에는 뭐라고 썼소? 그러니까 날 뭐라고 불렀느냐 말이오!"

"첫머리에? 죽은 연인의 마지막 유언이라도 듣고 싶은 모양이지? 물론 '사랑하는 안또니오'라고 써 있었지! 이제 그만하면 됐나?"

알리의 입가에는 냉소인지 실소인지 구분하기 힘든 웃음이 떠올랐다. 그러나 안또니오는 미간을 찌푸리며 세차게 고개를 흔들었다.

"아니, 아니야! 그 서찰은 가짜요! 그건 까르멘이 쓴 게 아니라구!"

"뭐라구? 개수작 떨지 마! 그런 뻔뻔스러운 거짓말에 내가 속아 넘어갈 줄 알……."

알리는 도끼눈을 뜨며 소리까지 버럭 질렀다. 그러나 안또니오가 또 그의 말을 막았다.

"까르멘이 내게 보내는 서찰에서 날 안또니오라고 불렀을 리가 없소! 그 여잔 날 항상 '빨리또'라고 불렀으니까!"

"빨리또라니? 왜?"

"아아……. 그, 그건…… 그냥 애칭이오. 굳이 말하자면 이유가 없는 건 아니지만……. 아무튼 그 서찰은 까르멘이 쓴 게 아니오! 그, 그리니까…… 누군가가 나와 기병대장을 모함하기 위해 꾸며낸 게 틀림없단 말이오!"

"그, 그게 정말이야?"

알리는 도저히 믿을 수 없다는 표정을 지었다. 그렇지만 안또니오의 목소리는 의외로 담담했다.

---

* Palito : 스페인어로 '작은 몽둥이'라는 뜻. 몽둥이를 뜻하는 '빨로'palo의 축소형 명사로 보통 축소형 명사는 애칭으로 사용된다.

"난 이미 당신한테 다 자백을 했는데 뭘 더 숨기겠소? 그렇게 흥분만 하지 말고 내 말을 들어봐요! 당신이 누군지 그리고 뭐 때문에 그일에 관심을 갖는지는 모르겠지만, 어차피 내 도움이 필요해서 여기까지 날 찾아온 거 아니오? 아마도 내 생각엔……, 서찰을 꾸며낸 자가 여자 노예도 죽인 것 같소. 그 자가 여자 노예를 죽이고 옷장 속에 그런 서찰을 넣어뒀겠지. 나중에 다른 사람들에게 발견되면 나와 기병대장이 의심을 받게 될 테니까!"

"정말 그, 그렇다면…… 까르멘은 누가 죽였다는 거야?"

알리의 목소리는 어느새 자신감을 잃어 흔들리고 있었다.

"글쎄……? 서찰을 꾸며낸 자가 죽였을 수도 있겠지. 누구인지는 몰라도 그 자는 우리들에 대해서 꽤 많은 걸 알고 있는 자인 것 같은데……. 하지만 난 아니오. 내가 그 여자를 죽일 이유가 없으니까! 아까 당신이 말한 대로 까르멘은 이슈빌리야에 있을 때부터 내 연인이었소."

안또니오의 목소리가 착 가라앉으며 그의 얼굴에 슬픈 빛마저 떠올랐다. 그런 그의 표정을 본 알리는 몹시 혼란스러워졌다.

"뭐라구? 그 여잔 창녀였는데……."

"그게 무슨 상관이오? 그 여잔 내 연인이었을 뿐 아내는 아니었소! 하긴 당신은 무슬림이니까 잘 이해 못할 수도 있겠지만……."

"……."

알리는 말없이 씁쓸한 표정을 지었다. 생각해보니 매춘부를 정부로 삼는 것은 기독교도 귀족들 사이에서 흔히 있는 일이었고 그리 큰 흉도 아니었다. 하지만 정작 알리의 입을 막아버린 것은 집시 여인의 얼굴이었다. 자신의 넋을 송두리째 빼앗아간 그녀 또한 사람들 사이에서는 매춘부로 알려져 있지 않은가?

"네가 아니라면……, 그, 그럼 기병대장이 범인이란 말이냐?"

알리가 힘없는 말투로 덧붙여 묻자 안또니오의 입가에 다시 보일 듯 말 듯한 미소가 번졌다.

"그것도 아닐 것 같소. 왜냐하면 그 친구도 까르멘을 무척 좋아했으니까……."

안또니오의 대답에 더욱더 혼란스러워진 알리는 자신도 모르게 고개를 두어 번 흔들었다. 하지만 바로 그 순간 그의 머릿속을 번개처럼 스치는 생각이 있었다.

"자, 잠깐만! 간교한 인간! 섣부른 연기로 날 속이려 들다니!"

"왜 그러오? 또!"

"떼강도 사건이 나던 날 밤에 어디서 뭘 했는지 말해 보시지!"

"그, 그건 또 왜 묻는 거요?"

안또니오의 얼굴이 다시 긴장하는 것을 보고 알리는 칼끝을 내밀어 그의 가슴을 겨누며 소리쳤다.

"왜 묻냐구? 흥! 네가 이 병원에 처박혀 있는 이유를 내가 모르는 줄 알아? 그날 밤 어디서 뭘 하다가 칼에 찔린 거야? 알팟자린엔 왜 갔었느냐구?"

"뭐야? 나, 당신은……?"

별안간 안또니오의 목소리가 심하게 떨렸다. 알리는 그런 그를 향해 한 발짝 더 다가섰다. 바로 그때 방문이 열리는 소리가 들리며 낯선 목소리의 이탈리아어가 들려왔다.

"께 꼬자Che cosa(무슨 일입니까)?"

알리가 깜짝 놀라 등 뒤를 돌아보자 방문 앞에 웬 덩치 큰 사내가 놀란 입을 다물지 못한 채 그를 쳐다보고 서 있었다. 사내의 왼쪽 눈썹 위에 있는 커다란 사마귀가 눈에 들어오는 순간 알리는 그가 안또니오의 시종 죠반니임을 금방 알아차렸다.

"께 파이 아데쏘Che fai adesso(이탈리아어로 '지금 뭐하는 거냐')?"

시종이 다시 소리쳤고, 알리는 칼을 치켜들며 그를 제지하려 했다.

"끼우디 일 베꼬Chiudi il becco(이탈리아어로 '입 닥쳐')!"

그러나 바로 그 순간 알리는 몸의 균형을 잃었다. 등 뒤에서 날아온 날렵한 발길이 옆구리를 세게 내지르는 바람에 그는 두어 걸음 옆으로 튕겨나가며 손에 든 칼마저 거의 떨어뜨릴 뻔했다. 그러자 다시 앞에 서 있던 안또니오의 시종이 그를 향해 달려들었다.

"반디또Bandito(이탈리아어로 '도적, 산적, 강도')!"

시종이 칼자루를 쥔 알리의 오른손을 움켜쥐며 방바닥에 뒹군 것과 거의 동시에 방문을 박차고 네 명의 무슬림 사내들이 안으로 뛰어들었다.

"도, 도련님! 알리 도련님!"

앞장서 들어온 것은 알리 집에서 힘깨나 쓴다는 젊은 하인이었고, 그는 칼등으로 시종의 뒷덜미를 사정없이 후려치며 시종의 밑에 깔린 알리의 이름을 불러댔다. 시종은 혼절이라도 했는지 금세 축 늘어졌고, 그리 넓지 않은 방안은 삽시간에 아수라장이 되었다. 바닥에 쓰러졌던 알리가 고개를 들어 보니 안또니오는 어느새 칼자루에 보석이 박혀 있는 기다란 에스빠다를 빼어들고 알리가 데려온 장정들과 맞서고 있었다. 그리고 젊은 하인이 방바닥에 쓰러진 안또니오의 시종을 발로 밟고 있어, 알리도 겨우 몸을 일으켜 바닥에 떨어뜨렸던 칼을 주워들었다.

"도련님! 위험합니다. 뒤로 물러서십시오!"

젊은 하인의 고함 소리에 알리가 잠시 멈칫하는 순간 안또니오의 칼이 바람 소리를 내며 허공을 갈랐다. 그리고 알리의 바로 앞쪽에 섰던 장정 하나가 비명을 지르며 나동그라졌다. 정말 눈 깜짝할 사이의 일이었다. 안또니오는 제자리에서 거의 세 큐빗cubit(길이를 재는 옛 단위. 팔꿈치에서 손끝까지를 말하며, 보통 17~22인치 정도) 이상이나 뛰어오르더니, 알리의 오른쪽 어깨를 스치며 방문 쪽으로 날아갔다. 알리는 엉겁결에 그를 향해 신월도를 힘껏 휘둘렀다. 그렇지만 그의 칼끝은 둔탁한 반원을 그리며 열려진 방문의 한쪽 끝에 박혔을 뿐이었다. 그리고 약간 자세를 낮춘 안또니오가 알리의 칼 밑으로 빠져나간 것은 바로 그때였다.

"저 자를 잡아야 돼!"

알리의 고함 소리에 방안에 있던 무슬림 장정들은 안또니오의 뒤를 쫓아 허겁지겁 밖으로 내달았다. 문에 박힌 칼을 뽑아낸 알리가 일행의 맨 뒤에서 2층 통로로 달려 나갔을 때, 안또니오는 다시 난간을 훌쩍 뛰어넘어 마치 한 마리의 새처럼 병원 마당으로 내려앉고 있었다.

"절대로 놓치면 안돼!"

알리는 다시 고함을 쳤고, 손에 칼을 든 무슬림 장정들 역시 난간을 넘어 마당으로 뛰어내렸다. 곧이어 마당 한가운데서는 희뿌연 월광 아래 한바탕 난투극이 펼쳐졌다. 미리 예상 못한 바는 아니었지만, 실제로 안또니오의 검술 실력은 정말 눈부실 만큼 놀라웠다. 나무계단을 달려 내려간 알리가 뒤늦게 마당에 닿았을 때 이미 세 명의 무슬림 장정 중 한 명은 어깨를 움켜쥔 채 마당 한편에 쓰러져 있었고, 나머지 두 명도 안또니오의 기세에 눌려 섣불리 공격을 못하고 그의 주위만을 맴돌고 있을 뿐이었다. 그들 모두가 가르나타 성내에서는 내로라하는 검사劍士들이었는데도!

'다 내 잘못이다! 내가 저 자의 간교한 입발림에 속아 너무 방심한 탓이야!'

알리는 자신의 경솔함을 다시 한번 뼈저리게 자책했다. 처음부터 다 함께 들어갔더라면, 아니 방 앞에 보초라도 한 명 세워두었다면 이런 일은 없었을 터였다. 게다가 안또니오의 시종이 돌아올 거라는 생각을 왜 못했단 말인가? 아니, 아예 안또니오를 결박해놓고 심문을 하거나 최소한 무기라도 미리 빼앗았더라면!

"안또니오! 그래 봐야 아무 소용없어! 네놈의 시종이 저 방안에 쓰러져 있으니, 어차피 네놈의 흉악한 죄상은 다 밝혀진 거나 마찬가지라구!"

알리가 고래고래 소리를 지르며 달려들자 안또니오는 삼 대 일의 싸움이 여의치 않다고 여겼는지 몸을 돌려 마당 반대편의 별채 쪽으로 달아나기 시작했다. 그리고 알리가 그의 뒤를 쫓아 서너 걸음을 옮겼을 때였다.

"오오, 저, 저런! 아, 안돼!"

알리는 자신도 모르게 나지막한 신음 소리를 냈다. 뒤따라간 무슬림 장정들에게 몰려 별채의 벽을 등지고 선 안또니오의 바로 옆에 연보랏빛 드레스 차림의 집시 여인이 서 있었던 것이다.

"알리! 께 떼 빠사*?"

알리가 집시 여인의 친근한 말투에 놀랄 새도 없었다. 집시 여인을

---

* Qué te pasa : 스페인어로 '무슨 일이냐?'라는 뜻. 2인칭 대명사 'te'를 썼으므로 존댓말이 아니라 친근한 사이에 사용하는 표현이 된다.

흘깃 쳐다보던 안또니오는 그녀가 알리를 보고 아는 체를 하자 다시 비호처럼 몸을 날려 그녀의 한 팔을 낚아챘다.

"알리, 알리!"

집시 여인의 비명도 잠시였을 뿐 안또니오는 어느새 왼팔로 그녀의 목덜미를 감아쥔 채 그녀를 방패처럼 앞세우고 살기등등한 목소리로 외쳤다.

"가까이 오지 마! 한 발짝이라도 움직이면 이년은 끝장이야!"

안또니오의 코앞까지 쫓아갔던 두 명의 무슬림 장정들은 어떻게 해야 하느냐는 표정으로 알리를 돌아보았다. 그러자 알리는 황급히 두 손을 내휘둘렀다.

"아, 아, 안돼! 그 여잔 안돼! 제, 제발 그 여자만은 해치지 마!"

"흥! 보아하니 보통 사이가 아니시구만? 여어! 무슬림 귀공자께서 마리스탄에다 정부를 숨겨두셨다? 이거 정말 재미있는데! 하하하!"

안또니오의 웃음 소리가 밤공기를 울렸고, 잠시 당황한 알리는 자신도 모르게 주위를 둘러보았다. 어느 틈에 모여들었는지 알리의 뒤쪽에는 벌써 십여 명의 환자들이 둘러서서 웅성거리고 있었다. 그동안 무료한 병원 생활에 몹시 지쳐 있었던 듯 달빛에 비친 수십 개의 눈동자들은 근심보다는 호기심으로 반짝거렸고, 모두들 나지막한 소리로 한두 마디씩 수군내며 신기하기 짝이 없는 한밤의 활극을 숨죽이고 지켜보았다.

"네, 네가 원하는 건 뭐든지 들어줄 테니, 어서 그 여자를 풀어 줘!"

알리가 애타는 목소리로 사정하듯 외치자 안또니오의 입가에는 야릇한 미소가 일었다.

"좋아! 그토록 애원을 한다면야! 나도 하찮은 계집의 피로 신성한 검을 더럽히고 싶진 않으니까! 그럼 어서 무기를 버리고 내 방으로 가서 죠반니를 이리로 데려와! 내 짐도 다 가져오고! 내가 이곳을 무사히 떠날 수 있게만 해주면 이 계집의 목숨은 살려주마."

"시, 시키는 대로 해! 빨리 가서 저 자의 시종을 데려오라구!"

알리가 옆에 서 있던 젊은 하인을 향해 다급하게 외쳤다. 하지만 조금 앞쪽에서 안또니오에게 칼을 겨누고 있던 장정 한 명이 알리를 돌아보며 맞고함을 쳤다.

"그건 안 됩니다! 우리 형제들을 벌써 두 사람이나 해쳤는데, 저 자를 그냥 곱게 보낼 순 없다구요! 더, 더군다나 저 더러운 집시 계집 때문에!"

고함을 지른 사람은 알리를 따라온 장정들 중에서 가장 나이가 많은 자이드였다. 수크의 대장간에서 일을 하고 있는 그는 알아트라쉬와 아주 가까운 사이였다. 무술이 뛰어났을 뿐만 아니라 성정이 급하고 불같기로도 유명한 사내였다.

"저, 저 여잘 다치게 해선 안돼요! 무고한 사람을 희생시켜선 안 된다구요!"

"아니, 그게 대체 무슨 말씀이세요? 어떤 대가를 치르더라도 저 자를 꼭 잡아야 한다고 하셔서 우린 목숨 걸고 싸웠는데!"

자이드의 입에서 볼멘소리가 터져 나왔고, 일그러진 그의 얼굴에는 실망의 빛이 역력했다.

"하, 하지만……."

뜻밖의 사태에 적잖이 당황한 알리가 어찌할 바를 몰라 잠시 어물거리자, 자이드는 한 걸음 앞으로 뛰어나가며 다시 안또니오를 향해 소리쳤다.

"그깟 계집을 죽이든 살리든 그건 네 맘대로 해라! 하지만 내 칼을 피할 생각은 마! 우리 형제들의 원수를 갚기 위해서라도 난 네놈을 요절내야겠으니까!"

자이드가 알리 말조차 듣지 않고 공격 자세를 취하자 안또니오도 약간 당황한 듯 다시 한번 알리를 쏘아보며 칼날을 세워 집시 여인의 턱밑에 갖다댔다.

"어떻게 할지 빨리 결정을 해! 이 계집을 살리고 싶으면 내 말을 들으라구!"

"자, 잠깐만!"

알리가 앞으로 뛰어나가며 말려 보려 했지만, 자이드는 그대로 칼을 머리 위로 치켜들었다. 순간 안또니오는 왼팔로 붙잡고 있던 집시 여인을 자이드를 향해 있는 힘껏 밀쳐내며 살짝 옆으로 몸을 뺐고, 그 바람에 그는 집시 여인을 껴안은 채 땅바닥에 나뒹굴고 말았다.

"아, 알칼라!"

알리가 바닥에 쓰러지는 집시 여인을 돌아보느라 잠시 한눈을 판 순간이었다. 안또니오의 칼끝이 번개처럼 알리의 목덜미를 향해 날아왔다. 알리는 거의 반사적으로 고개를 돌리며 왼편으로 물러서려 했지만, 누군가의 옷자락이 발끝에 걸리며 다시금 몸의 균형을 잃었다. 안또니오의 칼날이 오른쪽 어깨를 스치고 지나가자 불에 덴 것처럼 타는 듯한 통증이 오른팔 전체로 퍼져나가며 알리는 그만 손에 쥐었던 신월도를 떨어뜨리고 말았다.

"으악!"

비명을 지르며 한 발 뒤로 물러선 알리는 바닥에 떨어진 칼을 다시 주울 생각도 못한 채 왼손으로 오른쪽 어깨의 상처를 움켜잡았다. 손가락 사이로 흘러나온 피가 알리의 하얀 투니카 위로 뚝뚝 떨어지자, 뒤쪽에 처져 있던 젊은 하인은 물론이고 땅바닥에 쓰러졌던 자이드와 집시 여인까지 거의 동시에 몸을 일으키며 소리를 질렀다.

"도련님!"

"알리!"

"알리!"

안또니오의 입가에 보일 듯 말 듯 미소가 스쳐간 것 같았다. 알리를 흘깃 돌아보며 재빨리 몸을 돌리는 그의 입에서 짤막한 카슈탈라어가 튀어나왔다.

"아디오스, 똔또Adiós, tonto(안녕, 바보)!"

알리의 눈에 안또니오의 뒷모습이 막 들어오려는 찰나였다. 갑자기 안또니오가 휘청거리더니 다시 뒤를 돌아보았다. 미처 상황을 파악하지 못한 알리가 눈을 동그랗게 뜨는 순간, 이제 막 몸을 일으킨 자이드가 앞으로 뛰어들며 천둥 같은 기합을 내질렀다.

"야아앗!"

온 신경을 찢어놓을 것처럼 날카로운 쇳소리와 함께 어둠 속에서 시퍼런 불꽃이 두어 번 튀었을까? 자이드가 잠시 주춤대며 반 발짝쯤 옆으로 물러서는 듯싶더니, 갑자기 안또니오의 칼날이 휙 소리를 내며 쏜살같이 아래로 내리꽂혔다.

"아악!"

그건 분명 집시 여인의 음성이었다. 그제야 눈을 돌려 안또니오의 발아래를 내려다본 알리는 어깨의 통증도 잊은 채 두 손을 들어올려 자신의 머리를 감싸 쥐었다.

"아우주블릴라!"

알리의 바로 앞쪽에 집시 여인이 쓰러져 있었다. 아니 그녀는 그냥 쓰러져 있는 게 아니라 두 손으로 안또니오의 다리를 잡고 있었다.

"오오, 안돼! 안돼! 알칼라!"

"알리!"

알리가 거의 엎어지듯이 집시 여인을 향해 달려드는 순간 안또니오의 칼날이 다시 번쩍였고, 알리는 자신을 향해 몸을 던지는 집시 여인에게 떠밀려 땅바닥에 뒹굴고 말았다.

"알칼라!"

집시 여인에게 짓눌린 채 숨 가쁘게 소리치는 알리의 얼굴 위로 따뜻한 액체가 뚝뚝 떨어졌다. 그녀의 어깨를 움켜잡은 두 손에도 피가 잔뜩 묻은 것 같았다. 그러나 알리는 그게 자신의 피인지 그녀의 피인지 얼른 구분할 수가 없었다.

"알칼라!"

알리는 몸을 반쯤 일으켜 집시 여인을 품에 안으면서 미친 듯이 외쳤다. 어둠 속에서도 그녀의 얼굴은 비단처럼 하얗게 보였고, 창백한 뺨 위로는 서너 줄기의 붉은 핏물이 어지럽게 흘러내렸다.

"아, 알리!"

집시 여인이 감았던 눈을 뜨며 알리를 바라보았다. 아주 가까이서 들여다 본 그녀의 눈동자는 티 없이 깊고 맑았다. 기다란 속눈썹이 파르르 떨리는가 싶더니, 그녀의 얼굴에 묘한 미소가 떠올랐다.

"다, 당신은 괜찮아요?"

"내 걱정은 말아요! 난 괜찮소! 누, 누가 가서 빨리 의원을 좀 불러다줘요!"

알리가 주위를 둘러보며 외쳤다. 그렇지만 둘러선 사람들은 마치 그 자리에서 얼어버린 것처럼 움직일 생각을 하지 않았다. 조금 전까지 호기심으로 가득 차 있던 사람들 주위에는 어느새 형언하기 힘든 공포의 장막이 빙벽처럼 쳐져 있었다.

"제, 제발! 빨리 의원을……!"

"벌써 부르러 갔소!"

노인 한 사람이 안타까운 듯이 대답을 하자 집시 여인은 한 손으로 알리의 팔을 움켜잡았다.

"돼, 됐어요! 당신이 무사하니 이제 됐어요! 나, 나는……."

집시 여인의 목소리가 갑자기 가늘어졌다. 그리고 방금 알리의 팔을 움켜잡았던 그녀의 손에서도 힘이 빠져나갔다.

"알칼라! 제발 정신 좀 차려요!"

알리는 조금씩 무거워지는 집시 여인의 몸을 거세게 흔들면서 칼에 찔린 자리가 어딘가를 알아보려고 두 손으로 그녀의 목과 등을 더듬었다. 하지만 온통 피범벅이 되어 축축이 젖은 그녀의 몸 어디서 피가 흘러나오는 건지 도무지 알 수가 없었다.

"다, 당신을 봤어요, 꿈속에서……."

집시 여인의 입에서 잠꼬대 같은 목소리가 새어나오고 있었다. 그녀는 커다란 눈을 반쯤 감은 채 몹시 고통스러운 듯 파리해진 얼굴을 잠시 찡그렸다. 그러나 그것도 잠시였다. 길고 숱 많은 속눈썹이 하나하나 떨리고, 메마른 입술이 조금 움직이는가 싶더니 곧 죽음보다 깊은 평온이 그녀의 온몸을 덮어버렸다.

"알칼라! 알칼라! 알칼라!"

알리의 처절한 울부짖음이 밤하늘 가득히 울려 퍼졌지만, 그 소리도 곧 가까이 모여든 사람들의 웅성거림에 파묻혀 버렸다.

제11장
심판, 신의 침묵

가르나타

히즈라 904년 12월 11일(서기 1499년 7월 20일).

지난밤 마리스탄에서 벌어진 소요는 결국 카슈탈라 관원들에게도 알려졌고, 알리 또한 다른 무슬림 장정들과 함께 관청까지 끌려가 밤새 조사를 받아야 했다. 하긴 알리 자신을 포함하여 세 명이 부상을 입고 한 사람이 죽었으니 두루 뭉실 넘어갈 일은 분명 아니었다. 비록 사상자는 모두 알리 쪽에서 나왔지만, 무장을 해서는 안 된다는 규정을 어기고 기독교도를 먼저 공격한 것인 만큼 죄를 따지자면 결코 가벼운 게 아니었다. 더구나 상대가 베네치아의 고관이라는 점이 밝혀진 이상 자칫하면 사건이 외교 문제로까지 비화될 수도 있었으므로, 카슈탈라 관원들도 몹시 신경을 쓰는 눈치였다. 아무튼 뒤늦게 소식을 듣고 달려온 아버지 아흐메드가 나서고, 돈 페데리꼬와 안드레아 신부까지 힘을 쓰는 바람에, 알리는 하룻밤이 지나자 겨우 풀려나기는 했다. 그러나 그는 관원들로부터 엄중한 경고를 받아야 했다. 다시 한번 무장을 하고 소요를 일으키거나 쓸데없는 일에 개입하면, 그때는 정말 목숨을 부지할 수 없을 거라는 협박에 가까운 경고였다.

*   *   *

집시 여인 알칼라가 자신의 품에 안긴 채 끝내 눈을 감았을 때 알리는 거의 제정신을 잃었다. 의원들이 헐레벌떡 달려오기는 했으나, 목 뒤부터 등 한가운데까지 깊이 팬 상처에서 출혈이 너무 심해 그녀는 이미 숨을 거둔 뒤였다. 그리고 도망치는 안또니오를 뒤따라갔던 자이드와 알리의 집 젊은 하인은 결국 빈손으로 돌아오고 말다. 젊은 하인은 안또니오의 걸음이 너무 빨라 말을 타고 따라갔어도 잡기 어려웠을 거라며 혀를 내둘렀고, 자이드는 알리 때문에 안또니오를 놓쳤다고 툴툴대다 집시 여인이 죽었다는 사실을 알고는 황망히 입을 다물었다. 안또니오의 칼에 찔렸던 다른 두 명의 장정들도 다행히 큰 부상을 입지 않았는지 제 발로 걸어서 알리의 곁으로 왔다. 하지만 안또니오의 시종 모습은 한동안 보이지 않았다. 시간이 지날수록 병원 마당은 꾸역꾸역 모여든 사람들로 장바닥처럼 시끌벅적해졌다. 마당에 모여 한밤의 소동을 지켜보던 구경꾼들은 좀처럼 흩어질 줄 몰랐고, 뒤늦게 햇불을 들고 달려온 의원들과 병원의 하인들 또한 경악을 금치 못하는 얼굴로 사태의 진상을 알아보느라 한바탕 난리를 피웠던 것이다.

하지만 알리에게는 이 모든 소동이 강 건너 불처럼 느껴졌다. 피에 젖어 축 늘어진 집시 여인의 시신을 끌어안은 채 땅바닥에 주저앉아 허공만 바라보고 있던 알리의 눈에서는 눈물조차 흐르지 않았다. 생각 같아서는 당장 오열이라도 터져 나올 것만 같았지만, 그는 선잠에서 덜 깬 사람처럼 멍한 상태에서 벗어날 수가 없었다. 그가 겨우 정신을 차린 것은 한참이 지나서였다. 자이드와 젊은 하인이 칼등에 뒤통수를 맞고 방안에 혼절해 있던 안또니오의 시종을 끌고 오자, 알리는 이를 악물고 그 덩치 큰 사내를 노려보았다.

"무릎을 꿇어!"

젊은 하인이 눈을 부라리며 소리치자 죠반니라 불린 사내는 연신 한 손으로 뒤통수를 어루만지며 마지못해 알리 앞에 무릎을 꿇었다. 한동안 그를 쏘아보던 알리는 집시 여인의 시신을 조심스럽게 땅바닥에 내려놓은 뒤 천천히 몸을 일으켜 세웠다.

"우리말을 할 줄 알겠지?"

"……."

알리의 물음에 사내는 말없이 고개만 끄덕였다.

"그럼, 네놈이 죠반니냐?"

"……."

사내는 다시 말없이 고개를 끄덕이너니 불안한 눈으로 주위를 두리번거렸다.

"네 주인이란 자는 대체 뭐하는 작자인지 바른 대로 말해 봐라!"

알리가 끓어오르는 분을 씹어 삼키며 목소리를 내리깔자 죠반니는 오만상을 찌푸리며 말을 더듬었다.

"대체 무, 무슨 일입니까? 저의 주, 주인 나으리께서는 자, 장사를 하러……."

"이 새끼가 아직도 정신을 못 차렸구만!"

자이드가 고함을 지르며 칼을 휘두른 것은 바로 그때였다. 번쩍하며 날아간 그의 신월도는 땅바닥을 짚고 있던 죠반니의 왼손을 내려찍었고, 순식간에 손가락 세 개의 끝마디가 잘라져 나가며 피가 솟구쳤다.

"아악!"

죠반니는 쥐어짜는 듯한 비명을 지르며 손가락이 잘려나간 손을 남은 손으로 움켜쥐었다. 다친 손을 감아쥔 그의 오른손 손가락 사이로 시뻘건 핏물이 뚝뚝 떨어지는 것을 보고, 알리는 자신도 모르게 고개를 돌려 외면하며 다시 물었다.

"목이 떨어지기 전에 어서 말해라! 네놈의 주인이란 자는 네놈을 버리고 도망쳤다. 그런 주인을 위해 네 목숨까지 바칠 셈이냐?"

"사, 살려주십시오! 저는 정말 아, 아무 죄도 없습니다. 사, 사실은…… 주인 나으리께서는 베, 베네치아 공화국의 마죠르 콘실리오 Maggior Consiglio(베네치아 공화국의 국회에 해당되는 기관)의 위원이십니다."

죠반니의 입에서 낯선 낱말이 튀어나왔다. 순간 알리는 양미간을 더욱 심하게 찌푸리며 되물었다.

"마죠르 콘실리오? 그게 뭐냐?"

"우, 우리 베네치아에서 가장 높으신 나으리들의 모임입니다. 그, 그러니까 다른 나라의 왕들처럼 나라를 통치하시는……."

알리는 의미심장한 표정으로 고개를 끄덕였다. 베네치아나 피렌쩨와 같은 이탈리아 도시들에는 왕이 없고, 그 대신 귀족들이 나라를 다스런다는 이야기는 그도 들어서 알고 있었던 것이다.

"허면 너희 나라에서 그렇게 높은 직위에 있는 사람이 이 먼데까지 와서 대체 뭘 하고 있었단 말이냐?"

알리가 다시 호통을 치자 죠반니는 손가락이 잘린 손을 부르르 떨면서 몹시 괴로운 듯 숨을 몰아쉬었다.

"그, 그런 것까지야 소인이 어찌 알겠습니까? 아흐흐……."

"저 자의 상처를 치료해 주시오!"

알리가 곁에 서서 멀뚱멀뚱 구경만 하고 있는 의원을 쳐다보자, 그는 입을 삐죽 내밀더니 붕대를 들고 죠반니에게 다가갔다. 의원이 죠반니를 치료하고 있는 동안 알리는 다시 생각에 잠겼다. 그로서는 잘 이해할 수 없는 노릇이었다. 베네치아의 고관이 이 먼 가르나타까지 와서 수수께끼 같은 행동을 한 까닭을 도무지 알 수가 없었던 것이다.

"방에 가서 저 자들의 짐을 모두 가져오게!"

이윽고 알리는 젊은 하인에게 명령을 내렸다. 잠시 뒤에 하인이 커다란 보따리 두 개와 가죽 가방 한 개를 들고 내려왔다. 알리는 땅바닥에 쭈그리고 앉은 채 재빨리 짐을 풀어헤쳐 보았다. 보따리 안에는 많은 옷가지들과 함께 뜻밖에도 서책들이 가득했다. 『성서』를 필두로 키케로의 『데 레푸블리카』*와 투키디데스**의 라틴어 번역본, 그리고 루이시 풀치***의 『모르간테』와 알리 자신도 조금 읽어본 적이 있는 『디비나 꼼메디아』(단테가 쓴 『신곡』을 가리킴) 등이 가지런히 놓여

---

* De republica : 라틴어로 '국가에 대하여'라는 뜻. 키케로의 대표 저작 중 하나.
**Thucydides(B.C. 460~400) : 고대 그리스의 역사가. 상대주의적이고 실용주의적인 역사관을 제시한 것으로 유명하며, 대표작으로는 『펠로폰네소스 전쟁사』가 있다.
***Luigi Pulci(1432~1484) : 초기 르네상스를 대표하는 피렌체 출신의 시인. 기발한 시상詩想의 소유자로서 희극적 양식의 짜임새 있는 장편시 '모르간떼'Morgante(1483)로 유명하다.

있었다. 알리는 왠지 반가운 생각이 들어 무심코 『디비나 꼼메디아』의 책장을 펼쳐들었다. 그러자 속표지 맨 위에 붉은 잉크로 씌어진 커다란 글씨가 눈에 들어왔다.

"라샤떼 온니 스뻬란짜, 보이 껜뜨라떼*."

섬뜩한 느낌에 내던지다시피 책을 내려놓은 알리는 다시 옷가지들을 뒤적이다가 그 중 하나를 집어 들고 양미간을 찌푸렸다. 그것은 꽤 고급스러운 능직綾織(올을 비스듬한 방향으로 도드라지게 짠 천) 비단 위에 금실과 은실로 수를 놓은 일종의 푸르푸앵이었다. 그런데 알리의 눈길을 끈 것은 소매 끝에 달려 있는 장식용 금단추였다. 불과 손톱 크기만 한 단추들을 이리저리 만지작거리며 유심히 들여다보던 알리는 곁에 서 있는 젊은 하인에게 소리쳤다.

"여기 횃불을 좀 가까이 비춰 보게!"

젊은 하인이 의원의 손에 들려 있던 횃불을 받아들고 알리 쪽으로 다가왔다. 어둠에 익숙해진 알리는 밝은 불빛에 눈이 부셔 잠시 눈을 찌푸리다가, 곧 좌우 소매에 달려 있는 금단추의 개수가 서로 다르다는 사실을 깨달았다. 왼쪽 소매에 달려 있는 단추는 모두 세 개로, 오른쪽 소매에 달려 있는 것보다 한 개가 더 적었던 것이다.

"조, 조금만 더 가까이!"

알리는 조바심을 내며 몸을 반쯤 일으켜 젊은 하인이 내미는 횃불 아래로 금단추를 들이밀었다. 그러자 단추에 양각된 갈레라의 형상이 또렷이 눈에 들어왔다.

"이, 이건……!"

---

* asciate ogni speranza, voi ch'entrate : 이탈리아어로 '너희들 중 여기 들어오려는 자는 모든 희망을 버려야 한다'는 뜻. 단테의 『신곡』 중 「지옥」편 제3장 9절에 나오는 말이다.

깜짝 놀라 고개를 든 알리는 붕대 감은 손을 감싸 쥔 채 아직도 고통스러워하고 있는 죠반니를 향해 외쳤다.

"네, 네놈들이 빠꼬 수사를 죽였구나? 이, 이런……."

알리의 얼굴이 분노로 일그러지는 것을 알아차린 듯, 죠반니는 황망히 두 손을 저으며 기어들어가는 목소리로 대답했다.

"아, 아닙니다! 그, 그건 저, 절대로……."

"닥쳐라! 더 이상의 변명은 필요 없어! 네 주인이라는 자의 금단추가 안드레아 신부의 오두막 근처에 떨어져 있었는데, 그래도 계속 발뺌을 할 셈이냐?"

흥분한 알리가 푸르푸앵의 소매 끝자락을 흔들며 소리치자 죠반니의 옆에 서 있던 자이드는 험상궂은 표정으로 다시 칼을 치켜들 자세를 취했다. 그러자 죠반니는 거의 울상이 되어 비명을 질렀다.

"제, 제발! 오오, 주님, 이 불쌍한 목숨을 구하소서! 주, 주인 나으리께서 그곳에 가신 건 사실입니다만……, 빠꼬 수사를 죽인 건 주인 나으리가 아닙니다!"

"안또니오가 아니라구? 그럼 네놈이 죽였느냐?"

알리가 호통을 치자 죠반니는 기겁을 하며 두 손을 내저었다.

"아, 아닙니다. 저, 저도 아닙니다! 수도사를 죽인 건 투, 투르크에서 온 비밀 공작원입니다!"

"뭐라구? 투르크에서 온 공작원? 그, 그럼 오즈구르가 빠꼬 수도사를 죽였단 말이냐?"

"네, 네! 틀림없습니다."

"네놈이 그걸 어떻게 아느냐?"

"나, 나으리께 들었습니다. 나으리께서 그 자의 뒤를 미행하다가 직접 목격하셨답니다."

죠반니를 뚫어지게 쏘아보던 알리는 양미간과 콧잔등을 찌푸리며 되물었다.

"너의 주인은 뭐 때문에 그 투르크 사내의 뒤를 쫓았단 말이냐?"

"그, 그건 저도 잘 모르겠습니다만……."

"시끄럽다! 어서 바른 말을 하지 못하겠느냐?"

알리가 눈을 부릅뜨며 다시 소리를 지르자 이번엔 젊은 하인이 나서며 거들었다.

"도련님! 이 작자의 입을 불에 달군 인두로 지져버릴까요?"

하인의 표정과 목소리가 너무도 진지해 알리마저 흠칫 놀랄 정도였다. 이 말에 퍼렇게 질려 사색이 된 죠반니는 더듬거리며 입을 열었다.

"자, 자세한 건 모릅니다. 저 같이 미천한 것이 윗분들께서 하시는 일을 어찌 잘 알 수가 있겠습니까? 다만……."

"다만?"

"다만……, 잘 아시다시피 우리나라는 지금 투르크와 전쟁중이기 때문에* 투르크에서 온 비, 비밀 공작원의 동태를 감시하려 하신 거겠죠. 게, 게다가…… 그 오즈구르란 자가 그리스 수도승의 밀서를 노리고 있었으니까……."

"……."

알리는 양미간과 콧잔등을 찌푸린 채 잠시 생각에 잠겼다. 죠반니가 하는 말은 전에 알뿌하라에서 무함마드에게 들었던 내용과 크게

* 1453년 비잔틴 제국(동로마 제국)이 오스만 투르크에 의해 멸망한 뒤 베네치아와 투르크는 동부 지중해의 패권을 놓고 격돌했다. 이후 투르크는 막강한 군사력을 앞세워 베네치아의 해외 영토를 차례로 빼앗았는데, 1470년에는 그리스의 네그로폰테Negroponte를 점령하고, 1499년에는 다시 전쟁을 일으켜 펠로폰네소스Peloponnesus 반도 남쪽에 있는 베네치아의 군사 기지들을 공격했다.

다르지 않았다. 그리고 만일 그들의 말이 사실이라면, 안또니오가 투르크에서 온 오즈구르의 뒤를 미행한 것은 그리 이상한 일도 아닌 셈이었다.

"하지만…… 네놈들은 오즈구르가 투르크의 비밀 공작원이며, 그리스에서 온 수도승의 밀서를 노리고 있다는 걸 어떻게 알았느냐?"

"사, 사실은…… 그 오즈구르란 자가 여각에 도착한 날 한밤중에 죽은 수도승의 방을 몰래 기웃거리는 걸 제가 우연히 봤거든요. 그, 그 얘기를 우리 나으리께 말씀드렸더니, 나으리께서 그 자를 잘 감시해보라고 하시더군요. 그, 그래서 그 자의 방 주위를 맴돌며 동정을 살피다가 다음날 그 자가 외출한 사이에 방안을 뒤져봤는데……, 그, 그 자의 짐에서 이상한 물건이 나왔습니다."

죠반니가 잠시 말을 멈추자 알리는 대답을 재촉했다.

"이상한 물건이라니?"

"그, 그건…… 투르크 술탄의 임명장과 패찰이었습니다. 게다가 검은 담비 가죽으로 만든 투르크 모자도 있었구요. 그, 그래서 그 오즈구르란 자가 술탄의 특별 지시를 받고 이곳에 온 걸 알았습죠!"

죠반니의 말에 알리는 물론 주변에 있던 사람들까지 깜짝 놀랐다.

"그, 그게 사실이냐?"

"사실이구 말굽쇼! 그, 그래서……."

"하지만 너희들이 그게 술탄의 임명장과 패찰이라는 걸 어떻게 알아보았단 말이냐?"

알리가 의구심 가득한 표정으로 다시 묻자 죠반니는 허탈한 웃음을 웃었다.

"허허……, 저는 주인 나으리를 따라 여러 차례 콘스탄티노플에 가

본 적이 있습니다. 투르크 말도 제법 할 줄 알구요. 사실 제 주인 나으리께서는 꽤 오랫동안 이슬람불의 베네치아 대사관에서 근무를 하셨거든요. 아무튼 패찰에 그려진 신월新月은 술탄의 군기에 그려져 있는 것과 똑같고, 임명장에 찍힌 직인도 술탄의 것이 틀림없습니다!"

"……."

알리는 딱히 더 추궁할 말을 잃었다. 솔직히 그뿐만 아니라 가르나타에 사는 사람들 대부분이 투르크에 대해서 말로는 많이 들었지만, 구체적으로 아는 것은 별로 없었다. 그만큼 투르크는 멀리 떨어져 있는 이방이었던 것이다.

"그, 그럼 그리스에서 온 수도승이 밀서를 가지고 있다는 건 또 어떻게 알았느냐?"

알리의 음성에서 힘이 빠지자 죠반니는 좀 높은 소리로 대답했다.

"그건 저도 모르지요. 다, 다만 주인 나으리께서 이렇게 말씀하셨습니다. 죽은 수도승의 짐에서 암호로 된 그리스어 서찰이 나왔으니, 그 수도승은 뭔가 중요한 밀서를 가지고 이리로 온 게 틀림없다고 말이죠. 아무튼 그래서…… 저는 주인 나으리의 지시대로 그 오즈구르란 자를 계속 감시하며 미행하다가, 그 자가 안드레아 신부의 오두막 주변에서 서성이는 것을 보고는 급히 주인 나으리께 알렸습죠. 그래서 저희 나으리께서 거길 가시게 된 겁니다."

알리는 다시 생각에 잠겼다. 죠반니가 거짓말을 하는 것 같지는 않았다. 그토록 세련된 거짓말을 일관되게 늘어놓기에는 덩치만 커다란 이 이교도 사내의 머리가 너무도 모자라 보였던 것이다. 하지만 죠반니의 말이 모두 사실이라면 결국 무함마드의 말도 사실인 셈이었다. 만일 그렇다면 스승 알크비르의 얘기는 또 뭐란 말인가? 스승은 암호로 된 그리스어 서찰이 분명 자신에게 온 것이라 하지 않았던가?

"그건 그렇다 치고……, 네놈의 주인 안또니오와 죽은 창녀 까르멘은 대체 어떤 사이냐?"

"두, 두 분은 오래된 연인 사이입니다. 주인 나으리께서 몇 년 전 이슈빌리야에 잠깐 머무셨을 때 서로 알게 되었습죠."

"그래? 그럼 네 주인과 기병대장은 또 어떤 사이냐?"

"'빨강머리 로드리고' 말입니까? 그 자와는 원래부터 알고 지내셨던 게 아니라 이곳에 와서……."

"여기 와서 알게 됐단 말이냐?"

"……."

죠반니가 말없이 고개를 끄덕이자 알리는 더욱 의아한 표정으로 되물었다.

"그것 참 이상하구만. 네 주인과 기병대장은 비밀스러운 거래를 할 만큼 가까운 사이인 것으로 알고 있는데, 이곳에 온 지 얼마 되지도 않은 기병대장이 어느 틈에 네 주인과 그토록 친해졌단 말이냐? 그리고…… 그 까르멘이라는 여자는 네 주인의 오래된 연인이라면서……. 기병대장과 그 여자는 또 어떤 사이냐?"

알리의 질문이 계속되자 죠반니는 난감한 듯 말을 더듬었다.

"그, 글쎄요…… 저도 자세한 건 모릅니다. 다, 단지 기병대장이 그 여자한테 홀딱 빠져 있었다는 것밖에는……. 그리고 사, 사실은…… 제 주인 나으리께서 까르멘을 기병대장에게 소개해주신 겁니다."

"뭐라구? 그, 그럼 네 주인이란 작자는 기병대장을 매수하기 위해서 자기가 사랑하는 여자를 이용했단 말이냐? 허허, 이거야 나 원! 이렇게 사악할 수가!"

알리가 어이없다는 표정으로 혼잣말처럼 중얼거리자 죠반니의 입에서 엉뚱한 대답이 튀어나왔다.

"주인 나으리께서는 나라의 존망과 관계되는 워낙 중요한 일을 하고 계시는 분이라……."

"그러니까 네놈 말은 그깟 천한 계집 하나쯤이야 별로 중요한 게 아니다 이 말이냐?"

알리는 갑자기 가슴이 미어지는 것 같은 슬픔에 휩싸여 뒤를 돌아보았다. 서너 걸음쯤 떨어진 곳에 눈부시게 하얀 천에 덮인 알칼라의 시신이 보였다. 아니 비록 천에 가려져 직접 볼 수는 없었지만, 알리의 눈앞에는 그녀의 모든 것이 너무도 생생하게 아른거렸고, 귓가에는 그녀의 가녀린 숨결마저 들려왔다. 그러나 얇디얇은 한 장의 천 조각이 두 개의 세계를 철의 장벽처럼 갈라놓고 있었다. 천 뒤에 누워 싸늘하게 식어만 가는 그녀의 육신은 이제 영원의 강 저편으로 아스라이 멀어져 가는 한 조각의 작은 나룻배였고, 알리는 자신이 도저히 닿을 수 없는 그 머나먼 거리 앞에서 너무도 무력해진 나머지 손조차 내밀 수가 없었다. 아니 그보다도 그녀의 죽음 앞에서 애도를 표하기는커녕 안또니오의 시종을 취조하는데 급급한 자신의 모습이 역겹고 가증스럽게 느껴질 뿐이었다.

"그럼 네놈의 주인이란 자는 마약을 구하려고 기병대장을 매수한 게 아니로구나?"

알리는 고개를 되돌리며 떨리는 목소리로 외쳤다. 그러나 죠반니는 영문을 모르겠다는 듯 알리를 멀뚱멀뚱 쳐다보았다.

"마, 마약이라뇨? 그, 그건 또 무슨 말씀이십니까?"

"마약이 아니면 뭐냐? 어서 말해 봐라! 네놈의 주인이란 자가 기병대장을 매수해서 손에 넣으려 했던 물건이 뭐냔 말이다! 네놈 말처럼 나라의 존망과 관계될 만큼 그토록 중요한 물건이 도대체 뭐였느냐 말이다!"

"예? 무, 무슨 말씀인지……? 그, 그건 저도 모르는 일입니다."

"모를 리가 있느냐? 네놈은 그 동안 네놈의 주인을 그림자처럼 따라다녔으면서 그렇게 중요한 걸 모를 리가 있느냐 말이다!"

"제, 제 주인 나으리께서 기병대장에게 접근하신 건 카슈탈라의 고위층과 가깝게 지내시기 위해서일 겁니다. 카슈탈라의 동향을 제대로 파악하려면 고위층과도 친분이 두터워야 한다고 늘 말씀하셨으니까요……. 사실은 기병대장의 소개로 조만간 멘도사 사령관도 만나실 예정이었습니다만, 갑자기 일이 이렇게 되는 바람에……."

"그럼 넌 까르멘의 서찰 속에 나오는 그 '물건'이 뭔지 정말 모른다는 거냐?"

알리가 '물건'이라는 말에 힘을 주며 다시금 노려보았다. 하지만 죠반니의 얼굴에는 아무 변화가 없었다.

"서찰은 뭐고 물건은 또 뭡니까? 전 무슨 말씀을 하시는지……."

"흠……."

알리는 아까 안또니오가 했던 말을 떠올리며 다시 생각에 잠겼다. 안또니오는 서찰 자체가 조작된 것이라고 펄쩍 뛰었었다. 하지만 만약 운운하며 능청을 떨었던 안또니오의 말을 어떻게 믿을 수가 있단 말인가?

"혹시 까르멘이 네놈의 주인에게 서찰을 보낸 적이 있느냐?"

"서찰이요? 글쎄요……, 제가 알기로는 없는뎁쇼."

"한번 잘 생각해 봐라! 까르멘의 여자 노예가 서찰 심부름을 한 적이 없느냐 말이다!"

알리가 조바심을 내며 다그쳤지만 죠반니는 단호하게 고개를 흔들었다.

"아뇨, 그런 적 없습니다! 연락할 일이 있으면 제가 심부름을 했는걸요!"

"그래? 그, 그럼 한 가지만 더 물어보자. 죽은 까르멘이 평소에 네놈의 주인을 뭐라고 불렀느냐?"

"예? 뭐라고 부르다뇨? 그거야 이름을……."

"그게 아니라……, 무슨 특별한 애칭 같은 게 있었느냐 이 말이다!"

"아아……, 어떻게 그런 것까지 아십니까?"

못생긴 죠반니의 얼굴 가득 능글능글한 미소가 피어나는 것을 보고 알리는 자신도 모르게 눈살을 찌푸렸다.

"헤헤헤, 주인 나으리의 별호는 '빨리또'였습죠! 그게 다 이유가 있는 거랍니다. 어떤 계집이든 일단 나으리를 알게 되면 사족을 못 쓰는 이유가 있구 말굽쇼!"

"알라 할림!"

알리는 힘없이 중얼거리며 땅바닥을 내려다보았다. 그 동안 죽은 창녀가 썼다고 여겼던 서찰이 만일 안또니오의 말처럼 가짜라면, 모든 것이 원점으로 돌아갈 수밖에 없었다. 그 '물건'이 무엇인지 알 수 없을 뿐만 아니라, 어쩌면 그런 '물건'이라는 게 애초부터 있었는지 없었는지조차 불분명해지는 셈이었다.

'하지만…… 그런 '물건' 자체가 아예 없었다면……, 안또니오는 왜 굳이 마약 운운하면서 둘러대려 했을까? 그리고 도대체 누가, 무슨 목적으로 그런 서찰을 꾸며댄 걸까?'

뭐라 표현할 수 없는 허탈함이 온몸에 퍼지면서 알리의 심신은 물에 녹는 소금처럼 허물어졌고, 그 통에 가슴속에서 소용돌이치던 격렬한 분노마저 어느새 힘없이 스러지고 있었다.

"그건 그렇고……, 네놈의 주인은 대체 어디서 칼에 찔린 거냐?"

잠시 혼란에 빠져 있던 알리가 문득 생각난 듯 다시 묻자 죠반니는 잔뜩 주눅이 든 목소리로 대답했다.

"아, 알꽛자린에서…… 다치셨습니다."

"알꽛자린에서? 뭐 때문에?"

"한밤중에 비어 있는 농가에서 괴한들의 습격을 받으셨다고……."

"괴한들이라구?"

알리는 실소를 금할 수가 없었지만 적어도 한 가지 의문만은 해소된 셈이었다.

"그래? 거긴 뭐 하러 갔었는데?"

"그 투르크 밀정, 그러니까 오즈구르를 미행하시던 중이었습죠. 그 자가 알꽛자린에 출몰하던 무슬림 화적들과 내통하고 있었거든요. 그래서 그걸 알아보러 가신 겁니다. 사실은 그때 저도 함께 갔었는데…… 저, 저는 잠시 다른 곳을 좀 돌아보느라고……."

"다른 곳이라니?"

"안또니오 나으리께서 화적들과 한 패인 기독교노 마법사, 아니 연금술사도 있다고 하시기에, 전 그 자의 거처를 살피러 갔었습니다."

"그, 그러면 너희 둘 다 그날 저녁 내내 알꽛자린에 있다가 네놈의 주인이 다치는 바람에 이곳 마리스탄으로 도망쳐 왔다 이 말이지?"

"예, 틀림없습니다."

"……"

알리는 말없이 고개를 끄덕였다. 깨어진 사금파리 조각이 맞춰지듯 흩어져 있던 단편들이 한데 모여 서서히 사건의 전모를 드러내기 시작했다는 느낌이 들었다. 하지만 그림의 절반은 여전히 칠흑 같은 어둠에 덮여 있는 셈이었다. 그때 알리의 뒤쪽에 서 있던 의원 한 사람이 볼멘소리를 내질렀다.

"아 언제까지 이렇게 이야기만 하고 있을 거요? 한밤중에 병원에 쳐들어와 이런 난동을 부렸으니 당신이 다 책임을 져야 하오! 사람을 보내 신고를 하라고 했으니, 곧 카슈탈라 관원들이 들이닥칠 테고, 또 원장님이 돌아오시면 정말 불호령이 떨어질 텐데……."

*　　　　*　　　　*

밤새 카슈탈라 관원들에게 조사를 받느라고 지칠 대로 지친 알리는 정오가 지나서야 관청을 나설 수 있었다. 알리의 젊은 하인과 부상을 입은 무슬림 장정 두 사람은 알리와 함께 풀려났지만, 대장간에서 일하는 자이드만은 그럴 수가 없었다. 죠반니의 손가락을 자른 것이 화근이 되어 그는 결국 옥에 갇히고 말았던 것이다.

이래저래 울분과 심란함을 달랠 수 없었던 알리는 관청 건물 밖으로 나오자마자 마침내 울음을 터뜨렸다. 약간 어둑어둑하던 실내에서 갑자기 밖으로 나오자 한여름의 눈부신 햇살 아래 세상은 너무도 평화로워 보였다. 알리는 그 환한 거리를 바라보며 문득 자신이 먼 외계에서 온 이방인처럼 느껴졌다. 따가운 볕이 온몸에 쏟아졌건만 그는 견딜 수 없는 소외감에 온몸이 마치 오한이라도 든 듯 부들부들 떨렸고, 두 눈을 꼭 감았는데도 흐르는 눈물은 폭포수가 되어 쏟아져 내렸다. 그리고 그의 가슴 속 깊은 곳에서는 뭐라 설명할 수 없는 복잡한 감정이 부글부글 끓어오르고 있었다. 아니 너무나도 격렬한 증오의 소용돌이가 온몸을 휘감은 탓에 칼에 찔린 상처의 통증 따위는 느껴지지도 않을 정도였다. 그건 단순한 증오가 아니라 차라리 무서운 적개심이었다. 눈을 뜨기만 하면 보이는 모든 것을 다 때려 부수고 만나는 모든 사람을 다 죽여 버릴 것 같은 엄청난 충동 때문에, 스스로도 너무 두려워진 알리는 한동안 눈도 뜨지 못한 채 제자리에 서 있어야 했다. 핏물에 젖어 파리해진 집시 여인의 마지막 모습이 손에 잡힐 듯 생생하게 그의 눈앞을 아른거렸다. 가늘게 떨리던 속눈썹, 처음 만났을 때 하나하나 세어보고 싶을 만큼 인상적이었던 그 속눈썹이 마치 자신의 눈꺼풀에 달려 있는 것처럼 가깝게 느껴졌고, 메마른 입술에서 새어나오던 마지막 목소리가 귓속에 갇혀 끊임없이 맴돌고 있었다.

"다, 당신을 봤어요, 꿈속에서……."

그 순간 알리는 깨달았다. 자신이 집시 여인의 거듭된 물음에 한번도 대답하지 않았다는 것을! 그녀는 자신을 사랑하느냐고 물었었다. 사랑하느냐고! 대답을 했어야만 했다, 아주 분명하게 대답을 했어야만 했다. 이렇게 빨리 그녀가 떠날 줄 알았더라면 수십 번이라도 대답했을 덴데! 뼈저린 회한이 알리의 가슴을 다시금 갈가리 찢어놓으면서 쇳물처럼 뜨거운 눈물이 쉬지 않고 흘러내렸다.

"알칼라!"

알리는 일부러 소리 내어 집시 여인의 이름을 불러보았다. 하지만 그건 그녀의 이름이 아니었다. 그러고 보니 자신은 그녀의 진짜 이름조차 모르고 있었다. 아니 자신은 그녀에 대해서 거의 아무 것도 모르고 있었다. 그녀가 자신에게 했던 말들이 진실인지 거짓인지조차! 그리고 그녀의 갑작스러운 죽음은 고통으로 타들어가는 그의 가슴에 싸늘한 절망과 영원한 침묵만을 남겨놓고, 그 모든 것을 깊이를 알 수 없는 미궁 속에 묻어버렸다. 정말 이해할 수도 인정할 수도 없는 일이었다. 그토록 갑작스럽게 찾아온 사랑이 그처럼 어처구니없이 떠나버렸다는 현실을 알리는 도저히 실감 있게 받아들일 수가 없었다. 더구나 그 모든 게 자기 자신의 잘못 때문이라니! 폭발하는 자책감에 괴로움을 견딜 수 없게 된 알리는 거의 터번이 풀어질 정도로 머리를 쥐어뜯었다. 그때였다.

"알리! 혹시 소식 들었나?"

갑자기 누군가가 자신의 어깨를 툭 쳤다. 알리는 손을 들어 눈물을 닦으며 소리 나는 쪽을 돌아보았다. 거기엔 낯익은 카슈탈라 하급 관원의 얼굴이 보였다. 돈 페데리꼬와 가깝게 지낸 관계로 알리와도 약간 안면이 있던 사내였는데, 그가 꽤 걱정스러운 얼굴로 알리를 바라보고 있었다.

"예페트 알지?"

사내는 주변을 한번 둘러보더니 알리의 귀 가까이에 입을 갖다 대고 속삭였다.

"……"

알리가 놀란 눈으로 얼굴을 찡그리자 사내가 다시 말을 이었다.

"예페트가 그저께 밤에 알구아실들에게 붙잡혔네. 지금 알함라궁의 지하 감옥에 갇혀 있어."

"……"

알리는 너무나 놀랐다. 하지만 대꾸할 힘조차 없었기 때문에 멍하니 사내를 바라보며 다음 말을 기다렸다.

"누군가가 예페트를 알아보고 관원들에게 고발을 했다더군. 무슬림 옷을 입고 있었는데……, 아마 목덜미의 흉터 때문에 들킨 모양이야."

사내는 정말 안됐다는 표정으로 어깨를 으쓱하더니 관청 안으로 사라졌고, 갑자기 어지럼증을 느낀 알리는 그 자리에 쓰러지고 말았다.

＊   ＊   ＊

젊은 하인의 부축을 받으며 집으로 돌아온 알리는 아버지 앞에 무릎을 꿇고 빌어야 했다. 그러나 망연자실 허공만 바라보고 있는 아버지 아흐메드보다 정작 그를 더 크게 나무란 것은 바로 안드레아 신부였다. 신부는 그야말로 대노하여 그를 매몰차게 몰아붙였고, 알리는 낯설기만 한 신부의 그런 모습에 미안한 마음과 더불어 두려움마저 느꼈다. 그도 그럴 것이 어제 안또니오의 행방을 모른다고 딱 잡아뗐던 자신이 불과 반나절 뒤에 마리스탄에서 그런 소동을 부렸으니, 안드레아 신부가 놀라고 실망한 것도 결코 무리는 아니라는 생각이 들었던 것이다.

"자네의 어리석음과 교만이 모든 일을 그르쳤고 엉뚱한 생목숨을 죽였네! 더구나 일을 저질렀으면 안또니오를 붙잡기라도 해야지, 그 자를 그렇게 놓쳐버렸으니 이제 무슨 수로 진실을 규명한단 말인가? 도대체 우리 몰래 그 난리를 피워서 얻은 게 뭔가? 자네가 우릴 속인 줄도 모르고 난 어제 멘도사 사령관 각하를 찾아가 이것저것 열심히 상의를 드리고 왔는데, 내 꼴은 또 얼마나 우스워졌느냐 말일세!"

안드레아 신부의 말 한 마디 한 마디가 날카로운 비수처럼 슬픔에 젖은 알리의 가슴을 난도질했다. 알리는 변명할 기력조차 잃은 채 눈물만 흘릴 뿐이었다.

"그만하게, 안드레아 형제! 아마도 지금 가장 슬프고 괴로운 사람은 저 젊은이 자신일 걸세. 지금에 와서 저 젊은이를 탓해 봐야 이미 엎질러진 물이요 시위를 떠난 화살인데 뭘 어쩌겠나?"

길길이 뛰는 안드레아 신부를 말리고 나선 것은 뜻밖에도 곁에 있던 앙베르였다. 몇 차례에 걸친 그의 간곡한 설득으로 안드레아 신부가 겨우 진정하는 기미를 보이자, 이번엔 아흐메드가 불쑥 알리를 향해 물었다.

"헌데, 넌 뭐가 그렇게 원통해서 울고만 있는 거냐?"

"……."

알리가 아무 대답이 없자 다시 앙베르가 끼어들었다.

"모르긴 해도 아마 그 집시 여자 때문일 겁니다. 정황을 보니 아드님께서는 그 여자를 은애하고 있었던 것 같군요."

"그게 사실이냐?"

아흐메드의 물음에 알리는 여전히 눈물을 흘리며 고개를 떨구었다.

"죄, 죄송합니다, 아버님!"

"못난 놈! 썩 눈물을 거두지 못하겠느냐? 너도 '대장부처럼 싸우지는 못하고 계집애처럼 눈물이나 흘린다'*는 조롱이라도 듣고 싶은 게냐? 일찍이 아부 사드 알 하라위**님께서는, 알라후 야르하무흐, 인간의 가장 하찮은 무기는 눈물이라고 하셨다."

"요, 용서해 주십시오! 흐흐흑……!"

---

* 1492년 1월 나스리 왕조가 멸망한 뒤 망명길에 오른 아부 압둘라 무함마드 왕이 산 위에서 알함라궁을 내려다보며 눈물을 흘리자 그의 노모가 했다는 말이다.
** 시리아의 다마스쿠스의 카디로서 1099년 제1차 십자군이 예루살렘을 점령하고 약탈했을 때 무슬림 피난민들을 바그다드로 도피시킨 지도자.

아버지의 호통에 알리는 온몸을 떨며 방바닥에 엎드렸고, 그런 그의 모습을 잠시 지켜보던 아흐메드는 조금 안됐다는 생각이 들었는지 목소리를 누그러뜨리며 덧붙였다.

"용서는 내게 빌 게 아니라 인자하시고 자애로우신 알라께 빌어야 할 것이다. 어쩌면 이 모든 일 또한 너의 어리석음과 교만에 대한 그 분의 지엄하신 심판일 테니 말이다! 허나 너무 그렇게 괴로워할 것도 없다. 인자하시고 자애로우신 알라께서는 주기도 하고 빼앗기도 하시는 분! 모든 걸 그 분의 뜻에 맡기고 그 분의 심판을 겸허하게 받아들여라. 그 계집 또한 가엾게 됐다만……, 인자하시고 자애로우신 알라께서는 관대하신 분이니 그 계집의 넋도 돌봐주시고 네 잘못도 용서해주실 거다. 아무튼 이젠 다 잊어버려라! 돌아가는 형세를 보니 앞으로도 피눈물 흘릴 일이 태산 같을 텐데, 눈물도 아껴두란 말이다!"

아흐메드가 얼굴을 찌푸리며 말을 거두자 앙베르가 즉시 나서며 불을 껐다.

"주인어른께서도 그만 고정하시지요. 아드님을 나무라시는 것도 좋지만, 지금 확인해 봐야 할 일이 한두 가지가 아니니……. 이거 봐요, 세뇨르 알리! 비록 안또니오를 놓쳤다고는 하나 그 자의 시종을 붙잡았으니, 그래도 알아낸 게 있을 거 아니오?"

"……."

알리는 아무 말 없이 어깨를 들썩이며 계속 흐느꼈다. 앙베르는 그런 알리의 어깨를 제법 다정하게 어루만지며 위로하듯 말했다.

"자, 자, 그만 진정하고 얘길 좀 해보구려."

"그, 그러니까 그게…… 그, 그 자의 말로는……."

한참 동안 입을 열지 못하던 알리가 겨우 흐느낌을 멈추고 뭔가를 설명하려 했을 때, 안드레아 신부가 퉁명스럽게 말을 잘랐다.

"됐네! 그 자의 입에서 나온 얘기라면 우리도 어젯밤 관청에서 대충 전해 들었으니까! 그래봐야 그깟 시종놈을 잡아서 뭐에 쓴단 말인가? 게다가 카슈탈라의 관원들이 그놈마저 풀어줄 모양이던데……. 그 안또니오란 자가 베네치아의 고관이라면 관원들도 그 시종놈을 오래 잡아둘 수가 없지 않겠나? 자칫 잘못하면 베네치아와의 사이가 나빠질 수도 있고! 지금 뚜르끼아의 기세 때문에 어쨌든 우리 기독교 국가들끼리는 협력을 해야 하는 상황이니……. 게다가 그 자들은 사실 뚜렷한 죄를 지은 것도 아니지 않나? 기껏해야 오즈구르라는 뚜르끼아 밀정의 뒤를 캐고 다닌 게 전부라던데, 그거야 어찌 죄라고 할 수 있겠나? 죄가 되기는커녕 뚜르끼아 밀정이 암약하고 있는 걸 알아냈다면 까스띠야 입장에서야 오히려 고마운 일이지!"

안드레아 신부가 조목조목 따지듯이 말하자 앙베르도 고개를 끄덕였다.

"내 생각으로는 그 안또니오란 자도 베네치아에서 보낸 비밀 공작원이 틀림없네. 모르긴 몰라도 아마 '치 디 익스'(C. D. X.)에서 파견한 사람일 걸세."

"그게 뭔데?"

안드레아가 고개를 갸웃거리자 앙베르는 심각한 표정으로 말했다.

"이탈리아말로 콘실리오 데이 디에치*의 약잘세. 일종의 비밀경찰 같은 건데, 해외에서 정보 수집도 하고 반역 음모 같은 걸 사전에 탐지하기도 하고……. 아무튼 베네치아에서 비밀리에 최고 권력을 쥐고

---

* Consiglio dei X : 14세기 초에 만들어진 베네치아의 '10인 위원회'. 국가의 안전 보장과 최고급 기밀을 담당하는 특별 기관으로서 현대의 정보기관과 유사한 역할을 담당했다.

휘두르는 막강한 기관이라고 들었네. 거기서 보낸 사람이라면……."

"그런 사람이 뭐 때문에 이 그라나다까지 와서……."

안드레아 신부가 여전히 미심쩍은 표정으로 쳐다보자 앙베르가 재빨리 말을 이었다.

"자네 입으로도 말하지 않았나? 그 안또니오란 자가 뚜르끼아에서 온 밀정의 뒷조사를 하고 다녔다고! 안또니오가 베네치아의 비밀 공작원이고, 오즈구르란 자도 뚜르끼아의 밀정이라는 게 확실하다면 이건 단순한 문제가 아닐세. 자네도 알다시피 요즘 베네치아는 뚜르끼아의 위협 때문에 다른 기독교 국가들의 도움을 절실히 필요로 하고 있네. 그런데 만일 뚜르끼아의 밀정이 이곳 그라나다까지 와서 무슬림 반도들을 선동하고 다닌다면, 까스띠야로서도 뚜르끼아에 맞서 베네치아를 도와야 할 거 아니겠나? 그러니 안또니오가 그런 사실을 알아냈다면 그건 대단한 일이지! 아마 그 자는 확실한 증거를 잡아서 까스띠야의 고위층에 그 사실을 알리고 외교적인 협상을 해보려 했을 걸세."

앙베르의 설명에 안드레아 신부는 천천히 고개를 끄덕였다.

"흠……, 사실은 멘도사 사령관 각하께서도 돌아가는 사정을 대충은 알고 계신 것 같았네. 어제 만나 뵈었을 때 그런 말씀을 하셨거든. 뚜르끼아가 그라나다 문제에 개입하려는 조짐이 보여서 걱정이라고! 그래서 내가 그게 무슨 말씀이냐고 여쭈니까 그냥 믿을만한 정보가 있다고만 하셨네. 이제 보니 누군가가 뚜르끼아 밀정이 암약하고 있다는 얘기를 사령관 각하께도 전한 모양이야."

"그래? 하긴…… 일이 이 지경까지 왔는데, 멘도사 사령관도 허수아비가 아닌 다음에야 전혀 모를 리는 없겠지. 가뜩이나 요즘 무슬림들의 동태도 심상치 않은데, 사령관이라고 해서 알함라궁에 들어앉아 밤낮 연회나 즐기고 있는 건 아닐 테니까! 까스띠야의 이사벨 여왕이 이곳 그라나다에 무척이나 신경을 쓰고 있다는 건 주지의 사실인데, 사령관이 그토록 중요한 일을 모르고 있다면 그거야말로 말이 안 되는 얘기 아니겠나?"

앙베르가 장황하게 맞장구를 쳤다. 그런데 그때까지 목을 움츠린 채 듣고만 있던 알리가 조심스럽게 반문을 했다.

"하, 하지만…… 그 오즈구르란 자가 정말 뚜르끼아의 밀정일까요? 그 자는 여각 주인을 협박해서 수도승의 돈이나 강탈하고 또……."

"또?"

앙베르가 알리를 쏘아보자 알리는 다시 마른침을 삼키며 대답을 망설였다.

"그, 그러니까 그게……."

"아직도 숨길 게 남아 있단 말인가?"

안드레아 신부의 노한 음성이 울리는 순간 그때까지 찌푸린 얼굴로 아무 말이 없던 아버지 아흐메드가 조용히 입을 열었다.

"얘기를 하거라, 알리야! 어차피 언젠가는 다 알게 될 일이고, 그래도 이 분들은 그 동안 여러 모로 우리를 도와주시지 않았느냐?"

"……."

하지만 알리는 계속 아무 말도 할 수가 없었다. 이젠 뭔가를 숨겨야 한다는 생각 때문이 아니었다. 자신이 알고 있는 모든 것들, 아니 알고 있다고 믿어 왔던 모든 것들이 파도에 씻겨나가는 모래 위의 성처럼 허물어지고 있었기 때문에, 도무지 무엇 하나 자신 있게 말할 수가 없었던 것이다.

"어서 얘기를 하거라! 친구 무함마드 때문이냐? 아니면 예페트 때문이냐? 그것도 아니면 그 집시 계집 때문이냐? 이제 그런 걱정은 다 소용없는 일이다. 예페트가 그저께 밤에 잡혀갔다는 얘기는 혹시 들었느냐?"

아버지 아흐메드가 타이르듯 묻자 알리는 무심코 고개를 끄덕였다.

"아, 아까 관청에서 우연히 들었습니다. 그럼 아버님께서도 알고 계셨군요?"

"나도 어젯밤 관청에 갔을 때 평소에 알고 지내던 관원으로부터 들었다."

"그, 그럼 이제 예페트를 구할 길이 없는 겁니까?"

"글쎄다. 나도 이리저리 알아보기는 했다만 아무래도 좀 어려울 것 같다. 이단 심문관들이 자신들을 속여 온 유태인을 용서할 리가 없지 않느냐?"

알리의 머릿속으로 다시 불길한 상상들이 스쳐가는 순간 아흐메드가 말을 이었다.

"아무튼 예페트도 그 꼴이 됐고, 게다가 그 집시 계집은 이미 죽지 않았느냐? 물론 너도 뜻하지 않게 끔찍한 일을 당했으니 큰 충격을 받았을 거다. 나도 다 이해한다. 하지만 이제 남은 일은 네가 아는 사실들을 있는 그대로 모두 밝히는 것뿐이다. 어차피 앞으로는 네 스스로 조사를 할 수도 없게 되지 않았느냐?"

아흐메드는 잠시 말을 멈췄다가 숨을 한번 쉬었고, 그의 입에서는 침통한 목소리가 흘러나왔다.

"휴! 게다가 어제 네가 없는 동안 산에서 안 좋은 소식이 왔단다."

"예? 사, 산이라뇨?"

"알뿌하라 말이다! 너도 지난달에 다녀오지 않았느냐?"

"아, 아버님께서 그, 그걸 어떻게······?"

알리가 크게 당황하자 아흐메드는 딱하다는 듯이 혀를 찼다.

"쯧쯧쯧! 내 그러니 너를 아직 어린아이라 하는 게 아니냐? 네 딴에는 스스로 꽤 지혜롭고 사려 깊다 여길지도 모른다만 아직도 멀었다! 네가 이슈빌리야의 외조부 댁에 다녀오겠노라고 거짓말을 하고서 알뿌하라에 갔다 온 걸 내 모르는 줄 알았느냐? 네 행동이 수상해서 이슈빌리야에 사람을 보내 알아봤다. 네가 오기는커녕 소식조차 없었다더구나. 하긴 확인해 보지 않았어도 능히 알 수 있는 일이었지. 평소에 자주 찾아뵙지도 않던 외조부 댁엘 네가 갑자기 무슨 바람이 불어 간단 말이냐? 더구나 요즘처럼 시절이 어수선한데!"

"······."

알리는 갑자기 부끄러워져 몸 둘 바를 몰라 하며 얼굴이 벌겋게 달아올랐다.

"네가 떠나기 직전에 사라가 다녀갔다는 얘기를 하인들한테 들었다. 또 전에 네 숙부가 했던 말도 생각이 나더구나. 네 친구 무함마드가 사라를 꼬드기는 것 같아서 걱정이라고 말이다! 그러니 네가 어디로 갔는지는 불을 보듯 뻔한 게 아니냐? 사라의 부탁을 받고 친구를 찾아서 알뿌하라에 다녀온 게 아니냐 이 말이다! 결국 사라는 지난달에 집을 나가버렸고!"

"죄, 죄송합니다, 아버님! 하, 하지만 그때는······."

알리가 어물거리며 다시 고개를 숙이자 아흐메드는 차분한 목소리로 말을 이었다.

"지금 그런 걸 따지자는 게 아니다. 그것 또한 다 지나간 일이니까!

헌데 어제 알뿌하라에서 전갈이 왔다. 어제 오후에 매사냥꾼이 우리 집을 찾아왔는데, 알무라비트 노인이 보내서 왔다고 하더구나."

"아, 알무라비트 어른이면…… 압둘 카디르 어르신 말씀이십니까?"

알리가 화들짝 놀라며 되묻자 곁에 있던 안드레아 신부와 앙베르까지도 눈을 동그랗게 떴다.

"그래, 바로 그 양반이 보냈다더구나. 네 녀석이 언젠가 그 양반에 대해서 물었을 때 어쩐지 좀 이상하다 싶더니만……."

"허, 헌데…… 무, 무슨 일로……?"

"매사냥꾼 말로는 무함마드의 목숨이 위험하게 됐다더라."

"예에? 무, 무함마드가 왜요?"

"무함마드가 이스마일이라는 젊은이를 죽였다는 거야! 이스마일이 첩자라고 생각한 모양인데, 사실은 그게 터무니없는 오해였다지 뭐냐! 그래서 지금 무함마드는 산에 있는 무슬림 전사들에게 붙잡혀 있는 모양이더라. 몸값을 내지 못하면 조만간에 처형을 당할 것이고!"

"몸값이라뇨?"

알리가 황급히 되묻자 아흐메드는 씁쓸한 표정으로 고개를 저었다.

"저항조직의 지도자라는 사람이 나에게 무함마드의 몸값을 요구했다. 내가 열흘 안에 두카토 금화로 5천 냥을 내놓으면 무함마드의 목숨을 살려주겠다는 거야."

"뭐, 뭐라구요? 왜 아, 아버님께 그, 그런 요구를……?"

알리가 혼비백산하여 소리를 지르자 아흐메드가 다시 그의 말을 잘랐다.

"생각해 봐라! 무함마드는 너의 둘도 없는 친구이고, 무함마드와 함께 있는 사라는 내 조카딸이다. 게다가 무함마드로 하여금 그렇게 터무니없는 일을 저지르게 만든 장본인이 바로 너라면서? 네가 잘못된 정보를 주었기 때문에, 무함마드가 이스마일을 죽이게 됐다고 하던데! 또 무함마드가 죽으면 사라는 어떻게 되겠느냐? 이미 몸을 망쳤으니 집으로 돌아올 수도 없고, 산속에서 혼자 살아갈 수도 없고! 이제 네 녀석이 그 동안 무슨 짓을 저지르고 다녔는지 알겠느냐? 어젯밤 일은 그에 비하면 아무 것도 아니라는 걸 알아야 한단 말이다! 그 불쌍한 집시 계집도 결국은 네 녀석 때문에 죽은 거지만!"

"하, 하지만…… 이스마일은 분명 첩자였습니다. 그 자가 카슈탈라 장교와 내통한 걸 확인까지 했는걸요!"

알리는 주변에 안드레아 신부와 앙베르가 있다는 사실도 잊어버린 채 거의 울먹이며 항변했다. 그렇지만 그에게 되돌아온 대답은 그야말로 날벼락과도 같은 것이었다.

"그게 바로 네 녀석 스스로 판 함정이었단 말이다! 약은 척하는 놈일수록 제 꾀에 제가 넘어간다더니 꼭 너를 두고 하는 소리가 아니냐? 이스마일이 첩자였던 게 아니라 거꾸로 이스마일이 만났던 라몬 마르띤이라는 카슈탈라 장교가 첩자였다! 그 자가 바로 카슈탈라 군대의 비밀을 무슬림 저항조직에게 팔아넘긴 배신자였단 말이다! 이스마일은 다른 동지들도 모르게 비밀리에 그 자와 접촉하여 정보를 제공받았고, 그걸 아는 사람은 조직의 두목밖에 없었다고 하더구나!"

"그, 그게 정말 사실입니까? 그, 그럼…… 아, 아버님! 흐흐흑……!"

알리는 끝내 오열을 터뜨리고 말았다.

"그 라몬이란 자는 뭔가 낌새를 챘는지 어젯밤에 어디론가 사라져 버렸네. 어쩌면 그것도 다 자네가 마리스탄에서 난동을 피운 탓이겠지만!"

안드레아 신부가 차갑게 덧붙이자 알리는 반쯤 정신을 잃은 채 눈물 젖은 눈을 들어 멍하니 주위 사람들을 둘러보았다.

"그러니 이제 더는 두려워 할 것이 없다. 이미 흠뻑 젖은 사람이 비를 무서워할 까닭이 어디 있겠느냐? 네가 걱정하던 사람들은 모두 죽었거나 곧 죽게 될 처지에 놓여 있다. 나쁜 일은 이미 일어날 만큼 다 일어났다! 또 여기 두 분께도 내가 이미 대강은 말씀을 드렸고!"

아흐메드의 음성은 가늘게 떨렸고, 안드레아 신부와 앙베르도 심각한 얼굴로 가볍게 고개만 끄덕였다.

"그러니 너도 더 이상 숨기지 말고 아는 대로 다 이야기를 해 보거라. 나도 무슬림이긴 하지만 칼을 들고 반란을 일으키는 것에는 찬성하지 않는 사람이고, 또 이 분들도 기독교도이기는 하지만 무슬림들의 신앙과 자유를 짓밟는 것에는 반대하시는 분들이다. 그러니 우리와 같은 사람들이 힘과 머리를 모아야 하지 않겠느냐? 어차피 이 땅은 우리 무슬림들만의 땅도 아니고, 그렇다고 기독교도들만의 땅도 아니다. 지난 8백 년 동안 우리는 서로 싸우면서도 한 하늘 아래서 공존해 왔고, 가능하다면 앞으로도 그럴 수 있는 길을 찾아봐야 하지 않겠느냐? 사실 어떤 왕이 다스리느냐는 그다지 중요한 문제가 아니다! 정작 중요한 건 평범한 민초들의 삶에 평화를 주는 것이니까! 아마 인자하시고 자애로우신 알라께서도 그걸 바라고 계실 거나."

아버지 아흐메드의 목소리는 비장했다. 알리는 다시 흐르는 눈물을 주체하지 못한 채 아버지를 뚫어지게 바라보았다. 아흐메드의 얼굴에는 그 어떤 무슬림 전사도 쉽게 넘보지 못할 기상이 서려 있었고, 그의 눈동자는 그 어떤 수도자도 따라오기 힘들 경건함으로 맑게 빛나고 있었다.

"제, 제가 그 동안 너무 어리석었습니다. 저, 저 때문에……."

알리는 계속 울먹이면서 자신이 알뿌하라에서 들었던 이야기와 며칠 전 집시 여인에게서 들었던 이야기, 그리고 베르베리족 상인 라쉬드에게서 들었던 이야기에 이르기까지 그 동안 자신이 알아낸 것들을 차례대로 모두 털어놓았다.

"……."

알리의 이야기를 다 듣고 난 세 사람은 약속이나 한 듯 착잡한 표정을 지으며 한동안 말이 없었다.

"그런 사실들을 진즉에 우리한테도 알려줬더라면……. 아무튼 그렇다면……, 지금 제일 급한 건…… 일단 알뿌하라로 가서 그 오즈구르란 자를 잡아야겠군요. 그 자를 잡아야 서찰도 찾고 사건의 진상도 알아볼 수 있을 테니까요."

먼저 입을 연 것은 앙베르였다.

"그렇기는 하오만 그 자를 무슨 수로 잡는단 말씀이오? 산에 있는 무슬림 전사들이 그 자를 보호해주고 있을 텐데……."

아흐메드가 어두운 얼굴로 대꾸하자 앙베르의 눈이 짧게 빛났다.

"어려우시겠지만 주인어른께서 돈을 좀 마련해 보시지요."

"도, 돈이라뇨?"

아흐메드는 화들짝 놀라며 되물었고, 안드레아 신부와 알리도 두 눈이 화등잔이 되어 앙베르를 쳐다보았다.

"산에 있는 무슬림들이 요구하는 몸값을 준비하시라는 겁니다. 일단은 그 무함마드라는 젊은이도 살려야 할 것 같고……. 그 대신 우리 쪽에서도 요구 조건을 거는 겁니다."

"무슨 조건 말인가?"

안드레아 신부의 물음에 앙베르는 심각한 표정으로 대답했다.

"그 오즈구르란 사내가 훔쳐간 그리스어 서찰을 내놓으라고 하는 거지! 그 서찰을 찾으면 그게 알크비르 어른께 온 건지 아니면 그리스의 총대주교가 보낸 밀서인지 알 수 있을 것 아닌가? 만약에 그 서찰이 알크비르 어른께 온 것이라면, 오즈구르란 자가 거짓말을 하고 있는 거니까 산에 있는 무슬림들도 더 이상 그 자를 비호하진 않을 것 아닌가. 또 그 서찰이 진짜 그리스 총대주교의 밀서라면……, 그땐 멘도사 사령관에게 즉각 알려야 하네. 우리 선에서 해결할 문제가 아니니까 말일세!"

앙베르의 설명에 안드레아 신부가 동의하는 표정을 지었다. 하지만 알리가 나서며 반문을 했다.

"그, 그럼 산에 있는 무슬림 전사들은 어떻게 되는 겁니까?"

"그 사람들에게는 투항을 권유해야 하오. 까스띠야의 왕도 머나먼 곳에 있는 그리스 사람들을 도우면서까지 뚜르끼아에 적대할 생각은 없을 테니까, 그리스 문제에 관여하지 않는다는 조건으로 뚜르끼아 측에도 그라나다 문제에 개입하지 않도록 협상을 하면 될 거 아니오? 그리 되면 뚜르끼아의 도움을 받을 수 있다는 희망이 사라지는 셈이니, 산에 있는 무슬림들도 투항을 고려해 보지 않겠소?"

"흠……, 하지만 그늘이 그렇게 쉽게 투항을 할까?"

안드레아 신부의 말에 앙베르는 단호하게 대답했다.

"투항하지 않는다면 그건 어쩔 수 없네. 그들 스스로 무덤을 파는 셈이니까! 어차피 언젠가는 까스띠야 측이 군대를 동원해서 진압을 할 거고, 산에 있는 무슬림들이 까스띠야 군대와 싸워서 이길 가능성은 없지 않은가? 자네 말대로 시스네로스 대주교가 무슬림들의 서책까지 압수해서 불태워 버리려고 할 정도라면, 까스띠야 쪽에서도 일부 무슬림들의 거역 행위를 언제까지나 지켜보기만 하지는 않을 게 분명한데……. 지금 필요한 것은 값싼 동정이나 허황한 기대가 아니라 냉정한 현실적 판단일세. 우리가 우리에게 우호적인 무슬림들을 위해서 할 수 있는 것도 바로 그것이고!"

"하긴 소문을 들으니 시스네로스 대주교가 조만간 여왕 폐하를 모시고 이곳 그라나다로 직접 올 거라더구만. 여기 와서 개종한 무슬림들에게 대대적인 세례식을 베풀 예정이라는 걸세. 대주교가 노리는 거야 뻔한 일이니……, 휴우!"

안드레아 신부가 한숨을 쉬자 이번에는 아흐메드가 입을 열었다.

"헌데……, 몸값을 지불하면 무함마드도 풀어주고 그 그리스어 서찰도 내놓을까요? 그게 그토록 중요한 서찰이라면 쉽게 내놓지 않을 수도……."

"아닐 겁니다! 산에 있는 무슬림들에게야 그 그리스어 서찰이 그렇게 중요한 게 아닐 테니까요. 지금 그들에게 절실하게 필요한 건 돈입니다. 돈만 준다면 그깟 서찰쯤이야 쉽게 내놓겠지요. 게다가 오즈구르란 자가 그걸 갖고 있다고 해도, 그건 아마 안드레아 형제의 오두막에서 훔친 걸 테니까 어차피 원본도 아니잖습니까?"

앙베르의 반박에 그때까지 침묵만 지키고 있던 알리가 갑자기 끼어들었다.

"아, 참! 그 서찰의 원본은 대체 어디로 간 걸까요?"

그러자 안드레아 신부가 무릎을 치며 소리를 질렀다.

"맞아, 맞아! 그 서찰이야, 바로 그 서찰!"

"뭐가 말인가?"

앙베르의 눈이 휘둥그레지자 안드레아 신부는 몹시 홍분한 듯 다시 언성을 높였다.

"왜 우리가 여태 그 생각을 못했을까? 그 뭐냐……? 그러니까 죽은 창녀가 썼다는 서찰 속에 나오는 그 '물건' 말일세. 그 '물건'이 바로 없어진 그리스어 서찰의 원본일지도 모르네. 지금 생각해보니 알함라 궁의 기병대 장교 막사에 보관되어 있던 서찰이 없어졌을 때, 거기 드나든 사람은 기병대장하고 그 부관밖에 없었다고 했네. 그렇다면 그 서찰을 훔칠 수 있는 사람은 그 두 사람밖에 없다는 얘기 아닌가? 물론 처음에는 그 사람들을 의심해 볼 생각조차 못했지만……."

"아무리 가능성이 없어 보이는 가정이라도 그게 유일한 가능성일 때는 현실이 된다 이거로구만?"

앙베르가 말을 자르며 거들자 안드레아 신부는 황급히 고개를 끄덕였다.

"그렇지, 그렇지, 바로 그걸세! 게다가 죽은 창녀가 남긴 서찰에 따르면, 안또니오는 기병대장을 매수해서 뭔가 중요한 걸 얻으려고 했네. 안또니오가 베네치아의 비밀 공작원이라면 그 자도 당연히 그 서찰에 관심이 많았을 것이고, 그래서 오즈구르란 자의 뒤를 계속 추적한 거 아니겠나? 그러다가 서찰의 복사본이 오즈구르란 자의 손에 들어가니까, 자기는 기병대상을 통해서 원본을 얻으려고 한 거셨시."

안드레아 신부는 자신이 말을 해놓고도 스스로 대견한 듯 웃음까지 지었다. 그러나 알리가 고개를 갸웃거리며 되물었다.

"헌데 저……, 저는 잘 이해가 안 됩니다. 안또니오가 그 그리스어 서찰을 노렸다는 게 아무래도……. 어제도 말씀드렸듯이 그 서찰은 제 스승님께 온 걸 텐데, 그 자는 뭐 때문에 그걸 노렸을까요?"

"그렇게 따지자면 이해가 안 되는 게 어디 안또니오의 행동뿐이오? 당신 말대로 그 서찰이 당신 스승님께 온 거라면, 뚜르끼아 밀정 오즈구르는 또 뭐 때문에 그 서찰을 훔쳤겠소?"

앙베르가 알리를 향해 불쑥 묻자 알리는 재빨리 대답했다.

"그렇죠! 제 얘기가 바로 그겁니다, 손님! 안또니오도 그렇고 오즈구르도 그렇고……."

"혹시 알크비르 어른께서 뭘 착각하신 게 아닐까? 여러 사람의 말이 다 일치하는데 그 어른께서만 딴 얘기를 하시니……."

안드레아 신부가 나섰지만 알리는 조금 불쾌한 듯 단호하게 말을 잘랐다.

"착각이라뇨? 스승님께서는 절대로 그러실 분이 아닙니다! 더구나 제가 강가에서 주운 상아 문진까지 스승님께서 갖고 계신 것과 똑같았어요! 스승님께서는 그게 아토스의 수도원에서 쓰던 물건이라고 하셨구요. 정 못 믿으시겠다면 지금 저와 함께 스승님을 뵈러 가서도 좋습니다."

"그렇다면……, 착각은 그 자들이 했을 수도 있소!"

앙베르의 말에 알리와 안드레아 신부는 동시에 눈을 동그랗게 뜨고 그를 쳐다보았다.

"안또니오나 오즈구르가 잘못 알았을 수도 있단 말이오! 그 자들이 그리스에서 온 수도승의 정체를 오해해서 지금껏 쓸데없는 소동을 부렸을지도 모르지."

"에에? 서, 설마……?"

안드레아 신부가 황당하다는 표정을 지었지만, 앙베르는 고개를 내저었다.

"그렇게 설마 하면서 넘겨버릴 문제가 아닐세! 얼마든지 가능한 일이니까! 지금까지 일어난 일들을 생각해 보면 오해나 착각 때문에 벌써 얼마나 많은 희생이 있었나? 마누엘이라는 도둑이 화형 당한 것만 해도 그렇고, 당장 세뇨르 알리의 친구 무함마드가 엉뚱한 동지를 죽인 것도 그렇고!"

알리는 자신의 잘못이 새삼스럽게 거론되자 몸을 움츠리며 땅바닥만 내려다보다가 문득 생각난 듯 말을 돌렸다.

"저…… 사, 사실은 더 중요한 문제가 있습니다. 신부님께서는 죽은 창녀가 썼다는 서찰을 근거로 추론을 하셨지만……, 안또니오 말로는 그 서찰 자체가 조작된 거라고 하던데요?"

"뭐라구? 자넨 그런 얄팍한 속임수에 현혹된단 말인가? 도대체 그런 자의 말을 곧이곧대로 믿어서야 어떻게 범인을 잡을 수 있겠나?"

안드레아 신부가 흥분을 가라앉히지 못하고 힐난을 하자 앙베르는 심각한 얼굴로 되물었다.

"자, 잠깐만! 그게 무슨 소린지 자세히 좀 설명을 해보구려."

알리가 안또니오에게 들은 이야기와 시종 죠반니에게 확인한 이야기까지 들려주자, 안드레아 신부는 길길이 뛰면서 고래고래 소리를 질렀다.

"이런, 이런! 남의 나라를 돌아다니며 밀정 노릇이나 하는 인간들이니 어련하겠나? 거짓말하는 데는 이골이 났을 테고, 사람을 죽여 놓고도 아마 외눈 하나 깜짝 안하겠지! 모르긴 몰라도 그 자들이 가엾은 여자 노예까지 죽였을 거야! 오, 주여! 불의로 진리를 막는 사악한 종자들에게 주님의 진노가……."

안드레아 신부는 너무 흥분한 나머지 미처 말을 끝맺지도 못하고 가슴에 성호를 긋자 앙베르가 냉정하게 그를 제지했다.

"아니, 아니! 그건 아닌 것 같네. 어쩌면 그 자의 말이 맞을지도 몰라. 자, 날짜를 한번 생각해 보세. 우선 까르멘이라는 창녀가 죽은 건 무슬림들의 축제날, 그러니까 우리 달력으로 5월 11일 밤이었을 걸세. 또 안또니오와 그 시종의 말로는 바로 그날 저녁때 안또니오가 까르멘의 집에 다녀갔다는 거고……. 물론 안또니오가 그날 까르멘을 죽였을 수도 있지만 죽여야 할 이유가 뚜렷하지 않네."

"그거야 비밀을 지키기 위해서……."

안드레아 신부가 뭐라고 반론을 펴려 했지만 앙베르는 재빨리 그의 말을 잘랐다.

"무슨 비밀? 한번 논리적으로 따져 보세! 안또니오가 뭔가를 원했고 그게 만약 자네 말대로 그리스어 서찰이었다면, 그 자 입장에서는 그걸 손에 넣기 전까지는 까르멘을 죽여야 할 이유가 없네. 아니 죽여서는 안 되네! 이용 가치가 남아 있는데 왜 죽이겠나? 그러니 만에 하나 그날 안또니오가 까르멘을 찾아가 죽였다 하더라도 그 그리스어 서찰을 손에 넣은 다음에 죽였다고 가정해야만 앞뒤가 맞는데……, 하지만 그런 가정을 하게 되면……, 이번엔 거꾸로 '아르구멘툼 앗 압수르둠'*에 따라 죽은 창녀가 썼다는 서찰이 가짜라는 결론에 이르지 않겠나? 왜냐하면 그 여자가 같은 날, 그러니까 자기가 죽던 날 썼다는 서찰에는 그 '물건'을 안또니오에게 전해주지 않은 것으로 되어 있었다니 말일세!"

"제가 어젯밤 마리스탄에서 안또니오와 그 시종의 짐을 샅샅이 조

---

* argumentum ad absurdum: 라틴어로 '불합리(모순)에 호소하는 논증'이라는 뜻. 어떤 가정을 받아들일 경우 불합리나 모순에 빠진다는 것을 보여줌으로써 그 가정이 틀렸다는 것을 증명하는 방법. 귀류법歸謬法도 여기에 해당된다.

사해 봤지만 그리스어 서찰 같은 건 없었습니다."

알리가 거들자 앙베르는 씩 웃더니 계속 말을 이었다.

"또 안또니오가 정말 까르멘을 죽였다면 아마 그날 그 여자의 집에 갔었다는 사실 자체를 부인했겠지. 그게 자연스럽지 않겠나? 하지만 세뇨르 알리 말로는 안또니오도 시종도 그 사실을 굳이 부인하지 않았다고 했네. 그러니까 안또니오가 그 창녀를 죽였을 가능성은 거의 없단 말일세!"

"그럼 누가 죽였을까요?"

알리의 물음에 앙베르는 어깨를 으쓱했다.

"그거야 안또니오가 돌아간 뒤에 또 누군가가 와서 죽였겠지."

"그, 그럼 그 여자 노예는? 안또니오가 여자 노예를 죽였을 수도 있지 않나?"

안드레아 신부가 다시 묻자 앙베르는 고개를 신부 쪽으로 돌리며 말했다.

"까르멘의 여자 노예가 죽은 건 그 창녀가 죽은 지 사흘 뒤인 5월 14일일세. 정확하게 죽은 시간이 언제인지는 알 수 없지만, 아무튼 처음 발견될 당시의 정황으로 봐서 5월 14일 이전에 죽었을 가능성은 없단 말일세. 하지만 5월 14일이라면 안또니오와 그 시종이 이미 마리스탄에 가 있을 때인데, 여자 노예를 죽이러 다시 시내까지 들어왔다는 건 좀 이상하지 않나? 게다가 안또니오는 이틀 전인 5월 12일 밤에 알팟자린에서 세뇨르 로뻬스의 칼에 찔려 중상을 입었으니까 움직이기도 힘들었을 텐데?"

"하지만 시종만 보내서 여자 노예를 죽였을 수도 있지 않나?"

안드레아 신부가 한풀 꺾인 목소리로 되묻자 앙베르가 대답했다.

"물론 그랬을 수도 있지만, 그것도 조금만 생각해 보면 별로 가능성이 없는 얘기네."

"왜?"

"죽은 여자 노예의 옷장에서 발견된 서찰을 정말 까르멘이라는 창녀가 쓴 거라면, 창녀가 죽었을 때 여자 노예가 그걸 카슈탈라 관원들에게 넘겨주지 않았겠나? 주인이 죽은 마당에 결정적인 단서가 될 수도 있는 서찰을 자기 옷장에 숨겨둘 이유가 없단 말일세. 그러니까 아무래도 죽은 창녀가 썼다는 그 서찰은 안또니오의 말처럼 가짜일 가능성이 많고, 또 그게 가짜라면 안또니오가 범인일 가능성도 희박해지는 거지."

"뭐라구? 자네……, 아, 아까는 안또니오가 까르멘을 죽였다면, 그 서찰이 가짜라는 결론이 나온다고 하지 않았나? 헌데, 왜 지금은 말을 거꾸로……."

안드레아 신부가 못내 아쉬운 듯 다시 시비를 걸자 앙베르가 언성을 높였다.

"나 이런 답답한 사람을 봤나? 아까 한 얘기야 안또니오가 까르멘을 죽였다는 가정과 까르멘이 썼다는 서찰이 진짜라는 가정이 양립할 수 없다는 거였지! 자네가 자꾸 까르멘이 썼다는 서찰을 근거로 안또니오가 범인이라고 추론을 하니까 일단 그걸 반박하려고 했을 뿐이다 이 말일세! 자넨 대학 시절부터 아르스 디알렉티카*를 별로 안 좋아하더니만……."

앙베르의 말에 안드레아 신부는 알리의 눈치를 흘깃 보며 떨떠름한

* ars dialectica : 라틴어로 '변증법 또는 변증술'이라는 뜻. 논증이나 토론을 하는 기술을 가리키며 중세 때에는 '논리학'과 같은 의미로 사용되었다.

표정을 지었고, 이때 알리가 제법 아는 체를 하며 끼어들었다.

"두 가지 가정이 양립할 수 없다면 하나는 참이고 하나는 거짓이겠군요? 어떤 쪽이 참이고 어떤 쪽이 거짓일까요?"

두 사람의 논쟁에 흥미를 느껴 지독한 슬픔까지 잠시 잊은 알리의 눈동자는 어느새 호기심으로 반짝였다. 그렇지만 앙베르는 두툼한 아랫입술을 삐죽 내밀더니 천천히 말을 이었다.

"그거야…… 둘 다 거짓일 수도 있소. 그래도 논리적으로는 아무 문제가 없으니까! 다시 말해 안또니오가 범인도 아니고 창녀가 썼다는 서찰도 진짜가 아닐 수 있단 말이오! 자, 차근차근 생각을 해봅시다. '안또니오가 까르멘을 죽였다면, 그는 그리스어 서찰을 손에 넣었을 것이다'라는 게 내가 세운 논리인데……, 지금으로 봐서는 안또니오가 그리스어 서찰을 손에 넣었다는 증거가 없으니, 결국 결론 부분이 거짓인 셈이 되오! 그리고 당신도 잘 알다시피 결론이 거짓이면 전제는 자동으로 거짓이 되는 거 아니오? 그러니 안또니오가 까르멘을 죽였다고 보기는 어렵소. 또 내가 좀 전에 말한 다른 정황들에 비춰보면 서찰이 진짜라는 것도 믿기 어렵고!"

"흠……."

앙베르의 판정승이었다. 안드레아 신부가 달리 더 대꾸를 못하고 왕방울 눈만 굴려대자 앙베르가 최종 결론을 내렸다.

"그러니까……, 아무튼 안또니오는 까르멘도 까르멘의 여자 노예도 죽이지 않았을 가능성이 높네!"

"아, 아무튼 그거야 여자 노예가 관청에서 진술한 내용을 전해 들으면 좀더 확실히 알게 되겠지. 어제 멘도사 사령관을 만나서 부탁을 해두었거든. 기병대장에게도 의혹이 있으니까 더 이상 쉬쉬하지 말고 확실하게 조사를 해야 한다고! 헌데 죽은 창녀가 썼다는 서찰이 가짜라면 이거 낭패 아닌가? 기병대장을 의심할 수 있는 유일한 근거가 그 서찰이었는데……."

안드레아 신부가 숱 많은 눈썹을 꿈틀대며 제법 걱정스러운 표정을 짓자 앙베르가 너털웃음을 터뜨리며 신부의 어깨를 툭 쳤다.

"허허허, 이 사람아, 너무 걱정하지 말게! 까르멘이 썼다는 서찰이 가짜라고 하더라도 기병대장에 대한 의심이 풀리는 건 아니니까! 어쨌든 기병대장은 죽은 창녀의 단골손님이었고, 안또니오와 수상한 거래까지 하고 있었지 않나?"

"하, 하지만 안또니오는 기병대장도 까르멘을 죽이지 않았을 거라고 했어요. 기병대장도 까르멘을 무척 좋아했기 때문에……."

알리의 말에 앙베르가 다시 대답했다.

"그래요? 흠……, 물론 그럴 수도 있지만, 그래도 그것만 가지고 혐의를 벗을 순 없소. 거꾸로 너무 좋아했기 때문에 질투심으로 죽였을 수도 있으니까!"

"질투심이라뇨?"

"당연히 질투를 했을 거 아니오? 기병대장 입장에서 보면 안또니오가 연적인 셈인데, 까르멘은 안또니오에게만 푹 빠져 있었으니……."

"그, 그렇군요! 하, 하지만 만일 그렇다면…… 까르멘이 썼다는 서찰은 가짜지만, 그 서찰에 씌어진 내용은 모두 사실이란 말입니까?"

이해할 수 없다는 표정을 짓는 알리에게 앙베르는 고개를 끄덕이며 말했다.

"바로 그거지! 바로 그거요! 그 서찰을 가짜로 꾸며낸 자는 안또니오와 까르멘과 기병대장의 얽히고설킨 삼각관계의 내막에 대해서 아주 잘 알고 있을 뿐만 아니라, 그리스어 서찰의 행방에 대해서도 잘 알고 있는 자란 말이오!"

"그, 그게 누굴까요?"

알리가 조심스럽게 묻는 순간 앙베르와 안드레아 신부의 눈이 마주쳤다.

"한 사람뿐이군!"

안드레아 신부의 말에 앙베르가 답했다.

"기병대장의 부관 라몬 마르띤이지!"

"예에?"

알리의 입이 떡 벌어지는 것을 보고 다시 앙베르가 말했다.

"어쩌면 기병대 장교 막사에서 그리스어 서찰을 훔친 자는 기병대장이 아니라 그의 부관 라몬 마르띤일지도 모르오. 만일 기병대장이 훔쳤다면 그 서찰이 안또니오의 손에 들어갔을 텐데, 그렇지 않은 걸 보면……."

"자, 잠깐만요! 기병대 막사에서 그리스어 서찰이 없어진 건 축제 전날 밤, 그러니까 라마단의 마지막 날 밤이었어요. 기독교도들의 달력으로는 5월 10일이었구요! 다시 말해 까르멘이 죽기 전날 밤에 이미 그리스어 서찰을 누군가가 훔쳐갔단 말이죠. 헌데 라몬이 서찰을 훔쳤다면……, 거꾸로 기병대장은 서찰을 손에 넣지 못했을 테니까, 까르멘을 죽일 이유도 없었겠죠. 그, 그럼 라몬이란 자가 까르멘도 죽이고 여자 노예도 죽였을까요?"

알리가 양미간을 찌푸리며 뭔가 열심히 계산하는 표정으로 말하자 앙베르는 고개를 갸웃거렸다.

"글쎄……? 여자 노예를 죽였을 가능성은 많지만, 그 자가 까르멘까지 죽였는지 그건 좀더 알아봐야 할 것 같소."

"그건 또 왜 그렇죠?"

"가짜 서찰을 꾸며서 여자 노예의 옷장에 넣어놓았다면, 당연히 그 자가 여자 노예를 죽였을 가능성이 크지 않겠소?"

"그렇지요."

알리가 고개를 끄덕이자 앙베르는 미소를 띠며 조금 목소리를 낮추었다.

"하지만 그 자가 처음부터 까르멘을 죽였다면 굳이 사흘 뒤에 그런 위험한 짓을 또 할 리는 없지. 가짜 서찰로 기병대장과 안또니오를 곤경에 빠뜨리려고 마음먹었다면, 아예 처음에 까르멘을 죽일 때부터 그렇게 할 수도 있었을 거 아니오?"

"그, 그렇겠지요."

알리가 다시 고개를 끄덕이자 이번엔 안드레아 신부가 끼어들었다.

"하지만 라몬이라는 자가 뭐 때문에 그리스어 서찰을 훔치고 사람을 죽였겠나? 기병대장이야 돈 때문에 그랬다지만……."

"디오스 사베! 아마 야욕 때문에 그랬을 수도 있겠지."

"야욕이라니?"

안드레아 신부의 반문에 앙베르는 다시 언성을 높였다.

"무슨 야욕이겠나? 기병대장을 밀어내고 그 자리를 차지하려는 욕심이었겠지! 그 자가 무슬림들과 내통한 것만 봐도 알 수 있지 않나? 자기 욕심을 챙기기 위해서라면 무슨 짓이라도 할 수 있는 인간이라는 걸! 아무튼 자세한 건 자네 말대로 좀더 조사를 해보면 밝혀지겠지. 멘도사 사령관이 직접 나서면 어차피 진상이 드러나지 않겠나?"

"하지만 그 라몬이란 자는 어디론가 도망쳐 버렸다면서요?"

알리가 불안한 표정을 감추지 못하자 앙베르는 입을 삐죽 내밀며 한 마디를 툭 내뱉었다.

"어쨌든 기병대장이라도 조사하면 진실의 반쪽이나마 알 수 있지 않겠소?"

앙베르의 대답에 심히 불만스러워진 알리는 볼멘소리로 반박했다.

"진실의 반쪽이라니요! 우리가 원하는 건 온전한 진실 아닙니까? 반쪽짜리 진실에 만족할 요량이었으면, 지금까지 이런 고생을 하지도 않았을 거구요! 게다가 진실이면 진실이고 거짓이면 거짓이지, 이 세상에 반쪽짜리 진실이라는 게 어디 있습니까? 다리 절지 않는 절름발이처럼, 그건 진짜 말도 안 되는 이야기예요! 그런 건 결국 진실이 아니라구요!"

알리가 갑자기 핏대를 올리자 앙베르는 물론이고 안드레아 신부와 아버지 아흐메드까지도 눈이 휘둥그레졌다.

"물론 자네 말이 맞네. 논리적으로 따져보면 온전한 진실만이 진실이라는 이름값에 걸맞는다고 할 수 있겠지. 하지만 우리 인간의 힘으로 그걸 다 얻지 못할 수도 있는 법이니까……."

안드레아 신부가 위로하듯 대꾸하자 다시 앙베르가 덧붙였다.

"내 언젠가 얘기했을 거요. 우리 인간에게 참과 거짓의 구별은 늘 상대적이고 유한한 거라고!"

"하, 하지만……?"

알리가 뭐라고 반박하려 하자 이번에는 아버지 아흐메드가 나섰다.

"그만하면 됐다! 그 문제는 그쯤 해두자꾸나. 그나저나 산에 있는 무슬림 전사들에게 돈을 주면 그들이 그걸로 무기를 구입할 텐데, 그렇게 하는 건 결국 유혈 참극을 부추기는 꼴이 아니겠소?"

아흐메드의 물음에 앙베르는 걱정 말라는 투로 대답했다.

"아닙니다. 돈은 주되 무기를 구입하지 못하도록 막으면 되겠죠. 그들이 그 돈을 쓸 수 없도록 만들어버리면 되는 거니까요."

"무슨 수로 그렇게 한단 말이오?"

아흐메드가 다시 묻자 앙베르는 알리를 흘깃 쳐다보며 말했다.

"아까 아드님 얘기론 베르베리족 상인 라쉬드란 자가 무기를 공급한다고 하지 않았습니까? 그러니 그 자의 손발을 묶어버리면 되겠죠. 어차피 그 자도 구린 데가 있으니까 함부로 움직일 순 없을 겁니다."

"흠……."

아흐메드는 터번을 만지작거리며 천천히 고개를 끄덕였다. 하지만 그의 얼굴에는 여전히 수심이 가득했다.

"하지만 아버님께서 산에 있는 무슬림 전사들에게 돈을 준 사실을 카슈탈라 관원들이 알게 되면 아버님께서도 위험해지시는 거 아닙니까? 필시 반도들을 도왔다고 큰 벌을 받으시게 될 텐데……."

알리가 불안한 목소리로 반문하자 안드레아 신부가 대답했다.

"물론 그렇긴 하네만, 그리스어 서찰을 찾아서 뚜르끼아 밀정의 정체를 밝혀내기만 한다면 그 공을 봐서라도 사령관 각하께서 용서해주실 걸세. 산에 있는 무슬림들보다야 뚜르끼아가 더 큰 문제니까! 게다가 앙베르 형제의 말대로 돈을 주더라도 무기를 구입하지 못하게 할 수만 있다면……."

"자, 잠깐만요! 그러고 보니……, 또 한 가지 이상한 게 있습니다."

알리가 양미간을 찌푸리며 불쑥 외치자 모두들 그를 주시했다.

"라쉬드 말로는 알뿌하라의 무슬림 전사들이 무기 살 돈을 이미 마련했다고 했다던데……, 만일 그게 사실이라면……, 그 사람들은 그 돈을 어디서 구했을까요? 그리고…… 이미 돈을 마련했다면 아버님께 그토록 많은 몸값을 왜 또 요구하는 걸까요?"

"그거야 뭐……, 돈이야 많으면 많을수록 좋은 거 아니겠는가?"

안드레아 신부가 대수롭지 않다는 듯이 대꾸했지만 앙베르는 고개를 갸우뚱거렸다.

"글쎄……? 그렇게 단순하게 볼 문제는 아닌 것 같은데……. 어쩌면 그 사람들이 라쉬드에게 거짓말을 했을 수도 있고, 아니면…… 다른 꿍꿍이가 있는지도 모르지. 아무튼 그건 지금 당장 고민할 문제가 아니니, 주인어른께서 일단 돈부터 마련을 해보시지요. 아니, 몸값을 주겠다고 먼저 산에 기별부터 하시구요!"

앙베르는 결론을 내리듯 잘라 말하면서 다시 아흐메드를 쳐다보았다. 그러자 아흐메드는 아무 말 없이 얼굴만 찌푸렸고, 알리의 눈에는 아버지의 두 뺨에 유난히도 깊게 패인 주름만이 도드라져 보였다.

*   *   *

사랑채를 나온 알리는 안드레아 신부와 앙베르를 따라 객사 쪽으로 발걸음을 옮겼다. 재스민 향기 그득한 정원에는 뜨겁게 쏟아지는 한낮의 폭염 아래 짙푸른 녹음이 싱그러웠다.

"헌데…… 다친 데는 괜찮나? 아깐 너무 경황이 없어서……. 어쨌든 자네도 부상을 입었는데, 내가 너무 야박하게 군 것 같아 정말 미안하구만."

정원 가운데를 지날 때쯤 안드레아 신부가 붕대를 동여맨 알리의 오른쪽 어깨에 눈길을 주며 사뭇 부드러운 음성으로 말을 건넸다.

"아, 예! 괘, 괜찮습니다. 다 제 잘못인데요, 뭐! 그리고 상처도 별로 심한 편이 아닙니다."

알리는 짐짓 씩씩하게 대답하며 자신의 오른쪽 어깨를 내려다보았다. 그러나 여러 겹의 붕대 위까지 번져 나온 붉은 얼룩을 보는 순간 갑자기 욱신거리는 통증이 팔 전체로 퍼지는 것을 느낀 알리는 어금니를 악물며 얼른 화제를 돌렸다.

"헌데…… 이, 이제부터 뭘 해야 할까요?"

"글쎄……, 실제로 할 수 있는 일이 별로 많진 않지만……, 우선 강가에서 죽은 사내의 신원부터 확인해야……. 아니, 아니 신원은 거의 밝혀진 거나 다름없으니 그 사내를 누가, 왜 죽였는지 알아봐야 하지 않겠소? 그리고 그걸 알아내면 어떻게 해서 시신이 바뀌게 되었는지도 알 수 있을 것이고!"

앙베르의 대답에 안드레아 신부도 동의한다는 듯 고개를 끄덕이자 앙베르는 다시 알리를 쳐다보며 말을 이었다.

"당신 말대로라면 강가에서 발견된 시신은 사라진 젊은 도공, 아까 이름이 뭐라 했지……? 아, 살리흐! 아무튼 그 살리흐라는 도공일 가능성이 많다는 것 아니오?"

"그렇습니다만……."

"헌데 그 사람은 원래 무슬림 저항조직의 우두머리였고 또 시아파였다면서?"

이번엔 안드레아 신부가 물었고 알리는 말없이 고개만 끄덕였다.

"그런데 그 사람이 사라지고 난 다음에 이브라힘이라는 사내가 저항조직을 이끌게 됐고, 그 뒤로 시아파들은 대부분 조직을 떠났다고 하지 않았소? 게다가 조직의 이름까지 바뀌었고!"

이어지는 앙베르의 물음에 알리는 눈으로 긍정의 뜻을 표하며 그의 다음 말을 기다렸다.

"그렇다면……, 이 문제를 설명할 수 있는 유일한 답은…… 무슬림 조직 내부의 내홍內訌인지도 모르겠소이다!"

"예에?"

알리는 깜짝 놀라 외마디 소리를 질렀다. 아울러 안드레아 신부의 왕방울 눈도 휘둥그레졌다.

"이봐요, 세뇨르 알리! 저항조직의 우두머리였다는 사람이 왜 갑자기 사라졌겠소? 그리고 그를 따르던 시아파들은 또 왜 조직을 떠났겠소? 나는 물론 무슬림들의 종파에 대해서는 잘 모르오. 하지만 우리 기독교를 생각해 보면 종파들 간의 싸움은 때때로 이교와의 전쟁보다 더 치열하고 잔혹한 법이오. 그리고 내 상식으로도 당신들 순니파와 시아파의 사이는 아주 안 좋다고 알고 있소만……."

"그, 그렇기는 합니다만……. 그, 그럼 손님 말씀은…… 조직 내에서 누군가가 살리흐를 죽였단 말씀입니까?"

알리가 두려움에 떨며 되묻자 앙베르는 천천히 고개를 끄덕였다.

"정황을 보면 그럴 가능성도 있다는 거요."

"하, 하지만…… 도대체 누, 누가 그런 짓을……?"

"흠……, 그거아 조사를 해봐야겠지. 듣고 보니 사형의 말에도 일리가 있구만. 아, 참! 그 살리흐라는 도공은 칼에 찔려 죽은 게 아니라 독살된 것 같다고 했지?"

안드레아 신부까지 나서자 알리는 말없이 고개만 주억거렸다.

"간과 심장이 부었다면 무슨 약물을 썼을까?"

안드레아 신부는 숱 많은 눈썹을 꿈틀거리며 다시 혼잣말처럼 중얼거렸다. 그러자 앙베르가 다시 말을 이었다.

"지금은 어떻게 죽였느냐보다 누가 죽였느냐가 더 중요하네. 아니 정확하게 말하자면 그를 죽일만한 동기를 가진 자가 누구냐는 게 더 중요하지! 만일 내가 추측한 대로 무슬림 조직 내부의 내홍 때문이라면……, 결국 어떤 이유에서건 저항조직의 주도권을 노린 자가 범행을 저질렀다고 봐야겠지."

"그, 그러면……?"

알리의 뇌리에 이브라힘의 튀어나온 광대뼈와 빛나는 눈동자, 굳게 다문 얇은 입술이 환영처럼 아른거렸다. 그러고 보니 이브라힘은 저항조직의 새로운 지도자가 된 뒤 조직의 이름을 시아파의 상징인 '알 마흐디'에서 '알하피즈'로 바꿨을 뿐만 아니라 그 사실까지도 애써 숨기려 하지 않았던가?

"그, 그렇다 해도…… 무슬림의 시신에다 굳이 그리스 수도승의 옷을 입혀 내다버린 까닭은 또 뭔가?"

안드레아 신부가 되묻자 앙베르가 약간 주저하며 대답했다.

"단순하게 보자면야…… 살리흐라는 무슬림의 죽음을 숨기려고 그랬을 수도 있고, 반대로 그리스 수도승이 죽은 것처럼 꾸미기 위해서 그랬을 수도 있겠지. 하, 하지만…… 사실 진짜 이유는 나도 잘 모르겠네. 그게 정말 수수께끼거든!"

앙베르가 적잖이 곤혹스러운 표정을 지으며 말했다. 그러자 안드레아 신부는 안타깝다는 듯 탄식을 했다.

"이런, 이런! 이렇게 딱할 수가! 사형처럼 지혜로운 이의 머리로도 전혀 집히는 데가 없단 말인가?"

"들어 보게, 안드레아 형제! 간단한 문제가 아닐세. 물론 상식적으로는…… 군이 그리스 수도승이 죽은 것처럼 꾸미려 했다면, 그 까닭은 하나밖에 없겠지."

"그게 뭔데요?"

알리의 반문에 앙베르는 어금니를 악물더니 짧게 내뱉었다.

"증오를 노린 거요!"

"예에?"

"사람들의 가슴속에 일부러 증오의 씨를 뿌리려는 자들의 수작이란 말이오. 나도 여기 와서 들은 얘기지만……, 석 달 전 알하킴이라는 무슬림 지도자를 죽인 게 누구라고 생각하오?"

"글쎄요……, 겉으로 드러난 정황만 보면 기독교도의 소행인 것 같지만……."

"반대로 무슬림이 진짜 범인일 수도 있다 이거 아니오?"

"그, 그렇긴 합니다."

"만일 무슬림이 알하킴을 죽였다면 그 이유가 뭐였겠소? 기독교도가 알하킴을 죽였다고 믿게 만들어서 무슬림들의 가슴속에 이교도에 대한 증오의 불을 지피려는 고도의 계략이 아니었겠소? 마찬가지로 죽지도 않은 그리스 수도승이 죽은 것처럼 꾸몄다면, 그 또한 기독교도들의 가슴속에 무슬림들에 대한 증오의 싹을 틔우기 위해서 그랬을 거요."

"그, 그래서? 계속해 보게."

안드레아 신부가 사뭇 진지하게 다그치자 앙베르는 고개를 저으며 천천히 말을 이었다.

"거기까지야 쉽지. 하지만 그 다음이 문젤세. 그렇다면…… 그런 짓을 한 범인은 기독교도여야 한다는 결론이 나오는데……, 하지만 아까 내가 세운 가설대로 하면 살리흐를 죽인 건 무슬림이어야 하지 않겠나? 당장 그것만으로도 앞뒤가 안 맞는데……, 대체 기독교도가 어떻게 살리흐의 시신을 손에 넣을 수 있었겠나? 그리고 반대로 무슬림이라면 어디서 그리스 수도승의 옷을 구했단 말인가? 아니, 대체 그 그리스 수도승은 어디로 증발했단 말인가? 그 사람 옷을 얻으려면 그 수도승을 죽이든지 잡아가두든지 해야 할 텐데! 그러니 수수께끼라는 거지! 형식 논리로야 범행 동기를 얼마든지 추론해 볼 수 있지만, 그런 동기를 가지고 실제로 범행을 할 수 있는 후보가 없단 말일세. 현실적 조건을 따져보면 모든 게 모순투성이니까!"

"저……, 혹시 저희들이 뭔가 잘못 알고 있는 게 아닐까요?"

안드레아 신부 못지않게 심각한 얼굴로 앙베르의 말 한 마디 한 마디에 귀를 기울이며 고민을 계속하던 알리는 드디어 결심한 듯 조심스레 말을 꺼냈다.

"뭘 말이오?"

"그게 뭐든……, 그러니까 저희가 참이라고 알고 있는 전제들 중에 거짓이 있을 수도……."

"물론 그렇소! 의심은 자유로운 지성의 특권이지! 허나 시도 때도 없이 그런 식으로 무작정 의심하기 시작하면 추론은 한 발짝도 앞으로 나아갈 수가 없지 않겠소? 또 지금까지 애써 조사하고 알아본 건 다 뭘 위해서란 말이오? 당신이 말하는 전제들 중에 대체 뭐가 의심스럽소? 강가에서 발견된 시신이 그리스 수도승 옷을 입고 있었다는 것, 그 속의 시신이 사실은 살리흐라는 무슬림이었다는 것, 아니 그럴 가능성이 매우 높다는 것, 살리흐는 무슬림 저항조직의 지도자였다가 조직에서 축출됐다는 것, 이 세 가지 중에서 뭐가 거짓이냐 말이오?"

앙베르의 목소리에는 짜증이 묻어나왔지만 알리는 지지 않고 대꾸했다.

"하지만 손님께서도 방금 전에 우리의 추론이 모순투성이라고 하셨잖습니까?"

"상식적으로 보자면 그렇다는 얘기요. 허나 상식에 맞추자고 확인된 사실까지 버릴 수는 없잖소? 가끔은 우리의 미흡한 지성 때문에 진리가 모순으로 보일 때도 있다는 걸 잊어서는 안 되오. 마치 지구는 둥글지만 우리 눈에는 수평선이 직선으로 보이는 것처럼 말이오! '날아가는 화살은 날아가지 않는다'는 제논*의 역설을 어찌 생각하오? 제논은 '운동을 인정하면 모순에 빠지게 되므로 운동은 가상에 지나지 않는다'고 주장했지만, 정반대로 '그러니까 모순이야말로 운동의 원천이다'라고 주장할 수도 있는 것 아니오? 따라서……."

"자, 자, 쓸데없는 철학 강의는 그만 두게. 사형은 교수를 그만둔 지가 언젠데 아직도 틈만 나면 강의를 하려 드나?"

안드레아 신부가 끼어들며 대뜸 핀잔을 주자 앙베르는 좀 민망했는지 어색한 웃음을 지으며 입을 다물었다.

"아무튼 사형 말대로라면……, 살리흐 문제를 풀기 위해선 우선 산에 있는 무슬림들의 내부 사정부터 파악해야 한다는 건데……. 허나 지금으로서는 그럴 방법이 없지 않은가? 우리가 산으로 갈 수도 없는 노릇이고!"

안드레아 신부가 안타까운 표정을 짓자 앙베르는 알리를 흘깃 보며 말했다.

---

* Zeno of Elea : B.C. 5세기에 활동했던 고대 그리스의 철학자. 엘레아학파의 시조인 파르메니데스Parmenides의 제자로 흔히 '엘레아의 제논'이라 불리며, "존재는 하나이고 불변하며 움직이지 않는다"는 주장을 폈다. 운동을 부정한 '제논의 역설'로 유명하다.

"방법이 전혀 없는 건 아니지! 이미 세뇨르 알리가 베르베리족 상인에게서 들은 얘기도 있지만……, 어쨌든 살리흐와 가까운 사이였다는 객주집 주인을 좀더 조사해봐야 할 거 아니겠나?"

"객주집 주인? 아아, 그 하미드라는 사내 말이로구만?"

안드레아 신부의 반문에 알리는 숨 가쁜 목소리로 대답했다.

"하, 하지만…… 하미드는 지금 돌림병 때문에 맘대로 움직일 수도 없게 된 걸요. 그 사람의 객주집을 드나들었던 손님들이 괴질에 걸려서 카슈탈라 관원들이 객주집을 폐쇄하고 하미드까지 집에 가둬놓은 상태란 말입니다."

"뭐라구? 그, 그럼 그게 바로 하미드란 사내의 집이었단 말인가?"

안드레아 신부의 왕방울 눈이 더욱 커지는 것을 보고 알리도 놀라며 되물었다.

"아니 그, 그럼 신부님도 괴질 얘기를 알고 계셨습니까?"

"어제 멘도사 사령관 각하를 찾아갔을 때 들었네. 아직 무슨 병인지도 모른다던데……. 얼른 들으니 '성 안드레아의 불', 그러니까 단독丹毒 같다고 하기도 하고……."

"단독이요? 제가 알기로는 '프리기다에 페브레스'(187쪽 주 참조) 같다던데요."

"'프리기다에 페브레스'? 누가 그러던가?"

안드레아 신부의 반문에 알리는 자신 없는 목소리로 대답했다.

"그, 그러니까 할리드 선생님께서 그렇게 말씀하셨습니다. 사, 사실은 저도 어제 아침에 라쉬드의 얘기를 듣고 나서 하미드를 좀 만나봐

---

* 맥각병麥角病을 가리키는 말. 맥각병은 호밀의 껍질에 기생하는 기생충 때문에 생기는 열병으로 온몸이 시커멓게 타들어 가고 팔다리에 괴저壞疽가 생긴다.

야겠다고 생각했거든요. 그래서 어제 오후에 하미드를 찾아갔었는데……. 결국 하미드는 못 만나고, 그 사람 객주집 앞에서 할리드 선생님을 만났습니다."

"할리드는 또 누구요?"

앙베르가 끼어들자 안드레아 신부가 이맛살을 약간 찌푸리며 알리를 향해 확인하듯 물었다.

"할리드라면……, 혹시 그 미쳤다는 사람 말인가? 나도 소문을 들은 것 같은데……."

"예, 맞습니다. 그래도 그, 그 분은 마드라사에서 절 가르치셨던 은사님이십니다. 저에겐 정말 잘해주셨구요."

"아무리 은사라지만…… 미친 사람의 말에 신경을 쓸 필요가……?"

앙베르가 고개를 갸웃거리자 알리는 조금 망설이면서 덧붙였다.

"모두들 그 분이 미치신 줄 알고 있지만……, 그, 그게…… 사실은 꼭 그렇지 않을 수도 있습니다."

"그건 또 무슨 소린가?"

이번엔 안드레아 신부가 나섰다. 알리는 그 동안 할리드에게 들었던 말들을 두서없이 풀어놓았다.

"허허, 그거 참 괴이한 일이로고!"

안드레아 신부는 숱 많은 눈썹을 꿈틀거리며 고개를 갸우뚱거렸고, 앙베르는 심각한 표정으로 알리를 향해 다시 물었다.

"그 사람은 지금 어디 있소?"

"예? 아마 거처가 따로 계시지는 않을 겁니다. 정신이 좀 이상해지신 뒤로는 정처 없이 거리를 떠돌고 계시니까……."

"흠……, 그럼 그 사람에 대해서 아는 걸 모두 말해 보구려."

앙베르가 재촉하듯 다시 묻자 알리는 난감한 표정을 지었다.

"사, 사실은 별로 아는 게 없습니다. 선생님의 선친께서 원래 툴라이툴라의 농부이셨다는 것밖에는……."

"툴라이툴라라고? 자, 잠깐만! 랍비였던 예페트의 선친도 툴라이툴라 출신이라고 하지 않았소?"

앙베르가 갑자기 언성을 높이자 곧바로 안드레아 신부의 물음이 이어졌다.

"또 죽은 집시 여자의 어머니였던 무녀도 툴라이툴라 출신이라고 했겠다?"

"그렇긴 합니다만……, 그게 무슨 연관이 있을까요?"

알리는 문득 단순한 공통점만으로는 연관이 될 수 없다고 했던 스승 알크비르의 말을 떠올리며 힘없이 반문했다. 그렇지만 앙베르는 단정하듯 외쳤다.

"연관이 있느냐? 있고말고! 할리드라는 사람이 했다는 말들을 곰곰이 되새겨 보면, 그 사람은 예페트와 집시 여자의 과거에 대해 아주 잘 알고 있는 게 틀림없소! 아니, 아니 그뿐만 아니라 돈 디에고라는 마법사에 대해서도 잘 알고 있고! 그렇지 않다면 당신한테 그런 말들을 했을 리가 없지!"

"그, 그럼 하, 할리드 선생님께서 하신 말씀이 모두 사실이란 말입니까?"

알리의 목소리는 심하게 떨리고 있었다. 만일 할리드의 말이 사실이라면 결국 집시 여인이 거짓말을 한 셈이 된다. 그런데 바로 그 점이 알리의 가슴을 더욱 저리게 만들었던 것이다.

"물론 그게 사실인지 아닌지는 확인해 봐야겠지. 그렇지만 당신 말대로 할리드란 사람은 미친 게 아닌 것 같구려.”

앙베르의 대답에 다시 안드레아 신부가 거들었다.

“게다가 할리드는 죽은 살리흐에 대해서도 너무 잘 알고 있는 게 틀림없고!”

“그, 그렇다면……?”

알리가 두려움에 떨며 말끝을 흐리자 앙베르가 다시 침착하게 말을 이었다.

“그렇다면 이거…… 이렇게 우왕좌왕할 게 아니라 한시 바삐 그 사람부터 찾아서 자초지종을 들어 봐야겠구만! 허허, 이거 지름길을 놔두고 또 수풀 속을 헤맬 뻔하지 않았나? 생각해 보오! 돈 디에고라는 마법사는 어디 있는지 알 수가 없고, 집시 여자는 죽었고, 또 예페트도 옥에 갇혔고, 하미드마저 괴질 때문에 만날 수가 없다면……, 문제의 열쇠는 바로 할리드가 쥐고 있는 것 아니겠소?”

“하지만 지금 당장 어디 가서 그 분을 찾는단 말입니까? 게다가 서, 선생님을 만난다 해도 쉬, 쉽게 얘기를 해주시려 할까요?”

알리의 반문에 앙베르는 단호하게 대꾸했다.

“무슨 소리요? 말을 안 하려 들면 강제로라도 입을 열게 해야지! 지금 이게 얼마나 중요한 문젠지 모른단 말이오?”

“이보게, 알리! 그 사람이 자네한테 그런 말들을 흘렸다면, 어쨌든 자네에게 뭔가 알려주려 했던 게 아니겠나?”

앙베르의 기세에 눌려 당혹스러워 하던 알리는 안드레아 신부가 위로라도 하듯 부드럽게 말을 건네자 겨우 용기를 얻어 다시 물었다.

“하, 하지만 할리드 선생님께서 왜 굳이 저에게……?”

“글쎄, 그거야 우리도 모르지. 하지만 한번도 아니고 몇 번씩이나 자네에게 수수께끼 같은 말들을 던진 걸 보면 무슨 까닭이 있었겠지."

"그, 그러면 어떻게 해야 할까요?"

알리가 다시 묻자 앙베르의 입에서 퉁명스러운 대답이 튀어나왔다.

"어떻게 하긴 뭘 어떻게 한단 말이오? 하인들이라도 풀어서 당장 수소문을 해봐야지!"

"아, 알겠습니다. 그렇게 해보지요."

마지못해 고개를 끄덕이는 알리에게 안드레아 신부가 말했다.

"그래, 그건 앙베르 형제의 말대로 하는 게 좋겠네. 그나저나 자네가 미리 이런 이야기를 다 해줬더라면, 내 어제 멘도사 사령관 각하를 만났을 때 좀더 확실하게 얘기를 할 수 있었는데…… 그럼 일이 훨씬 더 쉬워졌을 것 아닌가?"

안드레아 신부가 다시 핀잔을 주자 알리는 자라목이 되어 겨우 변명을 했다.

"하, 하지만…… 솔직히 저로서야 무슬림 저항조직이나 예페트에 관한 것까지 다 고해바칠 수는 없었습니다. 제가 직접 지하드에 참여하진 않는다 하더라도, 어떻게 친구와 동포들을 배신하고 고발할 수 있었겠습니까? 그건 자기가 마시는 우물에 돌을 던지는 꼴인데……"

"흠……, 그건 세뇨르 알리 말이 맞네. 입장을 바꿔 생각해 보면 이해 못할 일도 아니지 않나?"

앙베르가 모처럼 자신을 변호해주자 알리는 조금 용기를 얻어 안드레아 신부를 향해 다시 물었다.

"헌데 신부님! 멘도사 사령관께서는 이번 일을 어떻게 처리하겠다고 하셨습니까?"

"글쎄……, 솔직히 잘 모르겠네. 일단 조사를 다시 해보겠다고 하시기는 했네만⋯⋯."

안드레아 신부가 고개를 갸웃거리자 앙베르가 재빨리 나섰다.

"잘 모르다니? 왜? 무슨 문제라도 있나?"

"그, 그게 말일세⋯⋯. 난데없는 훼방꾼이 나타나는 바람에⋯⋯, 정말이지 알 수 없는 사람이란 말이야. 사령관 각하께서는 뭐 때문에 그런 자를 곁에 두고 총애를 하시는지⋯⋯."

안드레아 신부가 갑자기 말끝을 흐리자 알리와 앙베르는 귀를 쫑긋 세우고 그의 입술을 주시했다.

"누, 누구 말입니까?"

궁금증을 참지 못한 알리가 마침내 다그치듯 되물었고, 안드레아 신부는 고개를 좌우로 흔들며 인상까지 찌푸렸다.

"각하의 비서라는 사내 말일세! 이름은 그냥 호세José라고 하던데⋯⋯, 사실은 나도 잘 모르는 사람일세. 얼굴이야 몇 번 봤지만 얘기하는 걸 들은 건 어제가 처음이었으니까! 알함라궁 안에서 일하는 다른 관원들이나 하인들도 그 사람에 대해선 별로 아는 게 없더구만. 말하자면 스핑크스 같은 친구라고나 할까? 하지만 난 왠지 얼굴만 봐도 소름이 끼치고 기분이 나쁘더구만! 시퍼런 눈두덩하며 매부리코도 별로 맘에 안 들고⋯⋯."

"매부리코가 맘에 안 든다고?"

앙베르가 눈을 부릅뜨자 안드레아 신부는 화들짝 놀라며 재빨리 둘러댔다.

"아아, 그게 아니라⋯⋯. 물론 자네 코도 매부리코이긴 하지만, 그래도 자네는 약과란 말일세. 그 자의 코는 정말 독수리가 무색할 정도라니까!"

"그래? 그럼 멋있겠구만 뭘! 헌데 그 사람 얘기는 갑자기 왜 꺼내는 건가? 그 사람이 어제 뭐라고 했는데?"

앙베르가 되묻자 신부는 더욱 인상을 쓰며 말을 이었다.

"글쎄 그게 말이야……, 내가 어제 사령관 각하께 강가에서 죽은 사내가 그리스 수도승이 아니라는 걸 말씀드리고 있을 때 그 호세라는 친구도 옆에 있었거든. 헌데 각하께서 내 말을 듣고 펄쩍 뛰시면서 당장 재조사를 해봐야겠다고 하시니까, 그 친구가 불쑥 끼어들어 그럴 필요가 없다고 하지 않겠나?"

"아니, 왜요?"

놀라는 알리를 쳐다보며 안드레아 신부는 허탈하게 웃었다.

"허허허, 그, 그게…… 그러니까 증거가 없다는 거지. 아니 증거를 입수한 경위를 믿을 수가 없다고 하더구만."

"믿을 수가 없다뇨? 몸에 문신이 있었는데, 그게 무슨……?"

알리가 발끈하며 뭐라 말을 하려 하자 앙베르가 그의 말을 잘랐다.

"카슈탈라 관원들 입장에서야 그렇게 말할 수도 있었을 거요. 강가에서 죽은 사내의 시신에서 문신을 확인한 사람은 마르첼로 형제뿐이잖소? 그런데 그 자들은 벌써 이곳을 떠나버렸고, 토막 난 시신도 땅속에 묻혀 다 썩어버렸을 테니까! 우리가 좀더 서둘렀어야 하는데, 어리석게도 시간을 너무 끌었던 것 같소이다."

"하, 하지만 손님께서 마르첼로 형제에게 직접 얘기를 들으셨으니, 그 문제에 대해 증언을 하실 수도 있잖습니까?"

알리가 불만스러운 목소리로 항변을 하자 앙베르는 천천히 고개를 저었다.

"그게……, 내가 증언을 한다고 간단히 해결될 문제는 아닐 거요.

어차피 내가 직접 본 것도 아니고, 또 마르첼로 형제는 어쨌든 시체 도둑이었는데……, 도둑놈 말을 쉽게 믿겠소?"

"그건 앙베르 형제의 말이 맞네. 사실 사령관 각하께서는 긴가 민가 좀 고심하시는 것 같았는데, 그 호세란 사람이 옆에서 자꾸 만류를 했단 말일세! 그렇지 않아도 역심을 품은 무슬림들 때문에 시끄러운 판국에 괜히 평지풍파를 일으킬 필요가 없다면서……. 그 사람은 시체가 바뀌었다는 얘기도 무슬림 반도들이 꾸며낸 게 아니냐는 식으로 몰아붙이더구만."

"뭐라구요? 그 사람은 도대체 우리 동포들에게 무슨 억하심정이 있어서……."

알리가 기막히다는 표정을 짓자 안드레아 신부는 어깨를 으쓱했다.

"게다가……, 아까도 말했지만 각하께서도 사정을 대충 알게 되셨기 때문에 이래저래 신경을 꽤 쓰셨나 보던데……. 하긴 그리스 수도승의 짐에서 나온 암호 서찰 문제도 있고 하니까! 어쨌거나 각하께서도 뚜르끼아 밀정에 대해 이미 알고 계셨고, 또 그 자가 죽은 그리스 수도승, 아니 어쩌면 안 죽었을지도 모르지만……, 아무튼 그 수도승하고 연관되어 있다는 것까지 알고 계셨다면, 이제 와서 갑자기 시신이 바뀌었다는 말이 무척 황당하게 들리지 않으셨겠나? 그러니 각하께서 앞으로 이렇게 일을 처리하실지 너도 잘 모르겠다고 할 수밖에 없지."

안드레아 신부가 씁쓸한 낯으로 고개까지 절레절레 흔들자 모두들 시무룩해져 잠시 동안 말이 없었다.

"헌데…… 시, 신부님! 그 비서라는 사내 말입니다. 아무래도 좀 이상한데요."

침묵을 깬 것은 알리였다. 오래된 기억 하나가 그의 머릿속을 불현듯 스치고 지나갔기 때문이었다.

"왜 그러나?"

안드레아 신부의 반문에 알리는 자신도 모르게 목소리가 떨렸다.

"그 비, 비서라는 사람 말입니다. 지, 지금 생각이 난 건데…… 처, 처음 강가에서 시신이 발견됐을 때, 그 사람이 날이 밝기 전에 시신을 빨리 묻으라고 재촉했다는 얘길 들은 적이 있습니다. 제대로 조사도 안 해보고 말이죠. 그 사람이 자꾸 이 일에 나서는 건……, 혹시 무슨 그럴만한 까닭이 있어서 그러는 게 아닐까요?"

"그래? 하지만 그때야…… 사령관 각하의 무슨 지시가 있었겠지."

안드레아 신부의 대수롭지 않다는 듯한 대답에 알리는 재빨리 덧붙였다.

"하지만 시신을 의원들에게 보이지도 않고 그렇게 서둘러서 묻어야 할 이유는 없었다고 봐야지요. 게다가 신원 확인도 한밤중에 여각의 시동을 시켜서 하는 둥 마는 둥 했으니……. 제가 물어봤을 때 그 시동 아이는 없어진 그리스 수도승의 얼굴도 정확하게 기억하지 못했거든요."

"지금 와서 돌이켜보면 어쨌든 그 사람이 실수를 한 건 분명하지만, 그렇다고 무슨 특별한 까닭이야 있었겠나?"

이맛살을 찌푸리며 탐탁지 않은 표정을 짓는 안드레아 신부에게 알리가 다시 되물었다.

"그, 그 사람이 어떻게 생겼던가요?"

"글쎄……, 아까도 말했지만 상당히 기분 나쁜 인상이었네. 이목구비를 하나하나 따져보면 결코 못 생긴 얼굴은 아니었지만……. 아니,

오히려 아주 미남이었지! 허나 암만 봐도 왠지 소름끼치는…….”

“키는요?”

알리가 재차 묻자 안드레아 신부는 의아한 표정을 지었다.

“키는 엄청 컸다네. 나도 작은 편이 아닌데, 나보다도 머리 하나는 더 큰 것 같았으니까! 헌데 그런 건 왜 자꾸 묻나?”

“아, 아닙니다, 그냥 저도 왠지 기분이 영 개운하질 않아서요…….”

“글쎄……, 그렇다고 그 사람에 대해 따로 조사를 할 필요까지 있을까 모르겠네만……. 또 막상 그리 하려 해도 방법이 마땅찮고…….”

안드레아 신부가 여전히 머뭇거리자 알리는 투정 섞인 목소리로 대들었다.

“지금 암양 숫양을 가릴 때가 아니잖습니까? 조금이라도 의심스러운 게 있으면 죄다 조사를 해 봐야죠. 뜻이 있는 곳에 길이 있다고, 찾아보면 방법이 있겠죠. 안 그렇습니까, 손님?”

알리는 도움을 청하듯 마침내 앙베르의 눈치까지 살폈다. 하지만 앙베르의 입에서는 뜻밖에도 회의적인 반응이 튀어나왔다.

“답답한 심정이야 십분 이해하오만 멘도사 사령관의 비서까지 조사하라는 건…… 뭐랄까……, 너무 신경과민인 것 같소이다.”

앙베르가 자신의 편을 들어주리라 은근히 기대했던 알리는 적잖이 실망할 수밖에 없었다. 아니, 결코 부서지지 않을 것처럼 단단해 보이는 그의 네모진 턱을 바라보면서 일말의 좌절감마저 느꼈다. 하지만 너무나 풀죽어 있는 알리의 모습이 안쓰러웠는지 안드레아 신부는 마지못한 듯 고개를 끄덕였다.

“아, 알았네! 내 한번 알아봄세. 내 어차피 사령관 각하를 뵈러 알함라궁에 한 번 더 들어갈 참이었으니까!”

"저……, 신부님! 헌데…… 예페트를 어떻게 구할 길이 없을까요?"

두 사람의 눈치를 살피던 알리는 조심스레 말문을 열었다.

"……."

안드레아 신부가 말없이 고개를 좌우로 젖히자 알리는 침통한 목소리로 다시 물었다.

"그, 그럼 면회라도 한번 할 수 없을까요?"

"자네가? 자네가 면회를 하는 건 바보짓이지! 그렇지 않아도 예페트를 숨겨준 사실이 드러나면 어떤 화를 입게 될지 모르는데!"

안드레아 신부가 너무도 딱 잘라서 반박을 하자 알리는 입을 다물 수밖에 없었다.

"그럼 그 문제는 이렇게 하세, 안드레아 형제! 자네가 예페트라는 사람을 한번 만나 보게나. 만나서 이야기도 좀 들어보고, 상황을 봐서 나중에 세뇨르 알리를 만나게 해줄 수도 있지 않겠나?"

앙베르가 중재에 나서자 안드레아 신부도 말없이 고개를 끄덕였다.

가르나타

히즈라 904년 12월 19일(서기 1499년 7월 28일).

일이 점점 꼬이고 있었다. 알함라궁으로 다시 멘도사 사령관을 찾아갔던 안드레아 신부는 아무 소득도 없이 빈손으로 돌아오고 말았다. 신부의 말로는 그가 알리에게서 들은 이야기를 바탕으로 여러 가지 새로운 사실들을 알려주었지만, 멘도사 사령관은 신통한 반응을 보이지 않았음은 물론 별다른 조처도 취하지 않았다고 했다.

예컨대 기병대장 돈 헤라르도와 관련된 의혹에 대해서는 사라진 라몬에게 모든 혐의를 뒤집어씌우면서 조사 자체가 필요 없다는 반응을 보였고, 마법사 돈 디에고 이야기는 근거 없는 풍문으로 돌려버리는 식이었다는 것이다. 한 마디로 멘도사 사령관은 사건이 엉뚱한 방향으로 확대되는 것을 몹시 꺼려했으며, 진실을 밝히는 일보다는 무슬림들의 개입 여부에만 관심을 쏟는 듯했다는 게 안드레아 신부의 판단이었다. 또 알뿌하라에 숨어 있는 뚜르끼아 밀정 오즈구르에 대해서는 무함마드의 생사 문제가 해결될 때까지 비밀을 지키기로 암묵적인 약속이 되어 있었다. 때문에 안드레아 신부도 얘기를 꺼내지 않은 모양이었다.

게다가 신부는 호세라는 비서관에 대해서도 알아낸 게 거의 없다고 했다. 사령관 주변에서 일하는 사람들은 물론이고 멘도사 사령관 자신도 그에 대해서는 별로 아는 게 없을 만큼 호세라는 사내는 철저히 신비의 베일에 싸여 있다는 것이었다. 심지어 멘도사 사령관은 안드레아 신부가 호세에 대해 이것저것 캐묻자 화를 내면서 불쾌한 기색까지 보였다고 했다. 측근들의 말로는 호세라는 사내가 사령관의 비서 업무뿐만 아니라 때로는 주치의 노릇도 하고 심심찮게 점까지 봐주고 있기 때문에 그에 대한 사령관의 신뢰는 거의 절대적이라는 것이었다.

안 좋은 소식은 그뿐만이 아니었다. 안드레아 신부는 몇 차례나 예페트를 면회하려고 시도해 보았지만 이단 심문관들, 특히 미겔 신부의 방해로 뜻을 이루지 못했다고 했다. 한 술 더 떠서 며칠 전에는 예페트가 사랑하던 여인 엠마마저 카슈탈라의 관원들에게 붙잡혀 가고 말았다. 게다가 카슈탈라의 관원들이 안또니오의 시종 죠반니를 풀어

쳤기 때문에, 죽은 창녀 까르멘과 관련된 일들은 이제 더 이상 조사도 할 수 없게 되었다. 한편 알리는 앙베르의 권유대로 하인들을 시켜 할리드의 행방을 수소문해 보았다. 하지만 그마저 어디론가 종적을 감춰버려 찾을 수가 없었다. 하미드 또한 알리가 우려했던 대로 괴질에 전염되어 목숨까지 위태로운 지경에 빠졌다는 소식이 들렸고, 뒤늦게 밝혀진 사실이었지만 하미드를 덮친 병은 바로 할리드가 말했던 '프리기다에 페브레스'라고 했다. 그리고 그 괴질은 하미드뿐만 아니라 인근 객주집에서도 삽시간에 여러 명의 환자가 속출해 곧 가르나타의 새로운 골칫거리가 되고 있었다. 따라서 하미드가 살아 있다 하더라도 철저히 격리된 그를 만나는 게 당장은 불가능한 일이었다. 오직 인자하시고 자애로우신 알라의 도움으로 그가 무사히 살아나기만을 기다릴 수밖에 없는 형편이었던 것이다.

이런 상황에서 다시 한번 크게 낙담할 수밖에 없었던 알리에게 드디어 한 가지 기쁜 일이 생겼다. 그건 바로 이슈빌리야에 갔던 로뻬스가 마침내 돌아온 것이었다. 아버지 아흐메드가 무함마드의 몸값을 마련하는 대로 알뿌하라로 떠날 채비를 하고 있던 알리는, 로뻬스에게 두 차례나 서찰을 보내 하루 빨리 가르나타로 돌아올 것을 거듭 간청했었다. 그런데 로뻬스는 결국 아직 채 완쾌되지도 않은 몸을 이끌고 석양 예배 무렵 알리의 집에 나타났다.

*　　　　*　　　　*

"이렇게 다시 만나게 되다니! 오오, 인자하시고 자애로우신 알라께 찬미를! 그 분께서 당신에게 축복을 내리시길! 정말 너무 너무 반가워요, 그리고 내 곁에 돌아와 줘서 너무 고맙구요! 이젠 더 이상 혼자 고민할 필요가 없게 됐으니 얼마나 다행이에요? 당신의 얼굴을 보니 왠지 마음이 든든해지고 모든 문제를 다 풀 수 있을 것만 같군요."

　로뻬스와 함께 객사로 들어서자마자 알리는 평소답지 않게 격앙된 감정을 주체하지 못하고, 마치 저자거리의 아낙네들처럼 쉴 새 없이 떠들었다. 로뻬스는 그런 그를 연민어린 눈길로 물끄러미 바라보다가 부드러운 미소를 띠며 말했다.

　"자비로운 우리 주님께서도 당신에게 은총을 베푸시기를! 정말 미안해요, 좀더 일찍 왔어야 하는 건데……. 날 이렇게 환대하는 걸 보니 그 동안 무척 외롭고 힘들었던 모양이로군요. 아, 참! 그리고 그 집시 여자의 일은 정말 안 됐어요! 뭐라고 위로를 해야 할지……. 하지만 너무 상심하지 말아요. 그 여자가 죽었다고 해서 당신의 사랑이 물거품이 되는 건 아니니까요. 어차피 우리네 삶이란 이 덧없는 세상에 잠시 왔다 가는 나그네 같은 것 아닌가요? 하나님께서도 당신들의 진심만은 헤아려주실 거예요."

　"고, 고마워요! 그렇게 말해주니……."

　알리는 자신도 모르게 붉어지는 눈시울을 훔치다가 문득 로뻬스의 옆에서 두 사람을 신기한 듯 번갈아 쳐다보고 있는 기독교도 차림의 젊은 사내에게 눈을 돌렸다.

　"초, 초면에 이런 모습을 보여 미안하군요. 헌데……, 손님도 우리 말을 할 줄 아시나요?"

　알리의 물음에 로뻬스가 고개를 저었다.

　"아니요, 이 사람은 아랍어를 잘 못해요. 카디스 출신의 뱃사람인걸요."

"그래요? 그럼 이제부터 카슈탈라말로 얘길 해야겠군요. 엔깐따도 (반갑습니다)! 메 야모 알리 이븐 아흐메드 알아바디Me llamo Alī ibn Aḥmad al-Abadi(나는 알리 이븐 아흐메드 알아바디입니다)."

"엔깐따도, 세뇨르! 메 야모 도밍고 구띠에레스Gutiérrez."

햇볕에 그을린 구릿빛 피부에 무척 건장하게 생긴 사내는 그제야 얼굴을 펴며 인사를 하더니 어색한 웃음을 지으며 덧붙였다.

"이름이 좀 우습죠? 어머님께서 안식일(스페인어로 '도밍고'Domingo 는 '일요일')에 절 낳으셨기 때문에 그냥 그렇게 지으셨답니다. 하긴 저 같은 놈이 이름이야 어떻든 그게 무슨 상관이겠어요. 이름처럼 평생 을 편안하게 살 수만 있다면 좋으련만……. 젠장! 아무래도 제 팔자는 그렇지도 못한 것 같으니……."

"헌데 손님은 어떻게 세뇨르 로뻬스와 같이……?"

궁금한 표정을 짓는 알리에게 로뻬스가 좀 멋쩍은 듯이 말했다.

"아아, 당신 허락도 없이 군식구를 데려온 것 같아 좀 미안하군요. 하지만 이 사람한테 큰 신세를 지는 바람에……."

"군식구라뇨? 무슨 말씀을……?"

알리가 놀란 목소리로 황망히 손을 내두르자 로뻬스는 싱긋 웃으며 말을 이었다.

"사, 사실은 여기로 올 때 론다Ronda(스페인 안달루시아에 있는 도시 이름)를 거쳐서 왔는데, 론다 근처의 협곡에서 강도들을 만났어요. 급 히 서두르라 해가 진 뒤에도 산길을 가다가 그만…… 말도 빼앗기고 하마터면 목숨마저 잃을 뻔했는데, 고맙게도 이 사람과 그 일행들이 구해줬지 뭐예요."

"저런, 저런! 그런 일이 있었어요? 그럼 어디 다친 데는 없구요?"

"아, 괜찮아요, 데이 그라티아(라틴어로 '주님 덕분에')! 아무튼 그래서 그 뒤로는 이 사람과 함께 왔죠. 마침 이 사람도 이곳 그라나다로 오는 길이었거든요. 다른 일행들은 말라가로 갔구요."

"그랬군요. 헌데 손님은 뱃사람이라면서 무슨 일로 이곳까지……?"

알리는 문득 도밍고라는 사내의 목걸이를 바라보며 말끝을 흐렸다. 맹수의 이빨과 조개껍질을 꿰어 만든 목걸이는 알리가 한번도 본 적이 없는 이국적인 장신구였다.

"배 타는 게 하도 힘들고 지겨워서 장사를 좀 해보려고 왔습니다만……. 로드리고님의 부탁으로 사람도 좀 만나야 하구요."

"로드리고라구요?"

로드리고라는 말에 알리는 자신도 모르게 흠칫 놀랐다. 그때 로뻬스가 웃으며 대답했다.

"아아, 기병대장 얘기를 하는 게 아니고 다른 사람이에요."

"세뇨르 알미란떼*의 서기이셨던 세고비아Segovia 출신의 로드리고 데 에스꼬베도Escobedo님 말입니다. '대양의 제독'(스페인의 이사벨 여왕이 콜럼버스에게 내려준 칭호)님께서 무척 신임하시던 분이죠. 첫 항해 때 저도 '산따 마리아'Santa María(1492년 콜럼버스가 신대륙으로 첫 항해를 떠날 때 탔던 기함旗艦의 이름)에 탔었는데……, 사실 뱃놈들 중에 저처럼 글을 읽고 쓸 수 있는 사람은 거의 없었거든요. 그래시 그 분의 일을 많이 도와드리게 됐습죠. 아무튼 그 인연으로 그 분과 꽤 가까워졌습니다. 나중엔 제가 오히려 신세를 많이 졌습니다만……."

"그랬군요……. 헌데 장사라면 무슨 장사를 하실 건가요?"

---

* Almirante : 스페인어로 '제독, 해군 장성, 함대 사령관'이라는 뜻. 여기서는 콜럼버스를 말한다. 이 말은 본래 '명령을 내리는 사람' 또는 '왕자'를 뜻하는 아랍어의 알아미르al-amir에서 온 것으로, 나중에 터키에서는 '군대 지휘관'을 뜻하게 되었다.

도밍고란 사내의 설명에 알리는 고개를 끄덕이며 조심스럽게 되물었다. 솔직히 그 자신은 장사에 큰 관심이 없었지만, 가끔씩 아버지 일을 도우면서 장사치들을 많이 접해왔기 때문에 자연스레 호기심이 생겼던 것이다.

"아직 정하질 못했습니다. 사실 장사일은 처음이라서……. 하지만 까스띠야에서 장사를 하려면 그라나다에도 한번 와 봐야 할 것 같아서요."

사내의 대답에 알리가 고개를 끄덕이자 다시 로뻬스가 나섰다.

"이 사람도 알고 보면 참 대단해요. 크리스또발(크리스토퍼 콜럼버스)과 함께 두 번이나 인디아에 다녀왔다는군요. 그리고 거기서 3년 동안 머물며 돈도 좀 벌었구요."

"인디아가 아닙니다, 나으리! 모두들 인디아인 줄 알고 갔지만, 두 번째 가보니까 인디아가 아닌 게 분명했어요."

도밍고라는 사내가 약간 상기된 얼굴로 목소리를 높이자 알리는 새삼 눈길을 돌려 그를 바라보며 물었다.

"인디아가 아니라면 카타이(중국)나 지팡구Jipangu(일본)였나요?"

"카타이도 아니고 지팡구도 아닙니다. 이제껏 아무도 알지 못했던 땅이에요, 한 마디로 신세계죠! 마치 하나님께서 새로 창조하신 것처럼 말예요! 사실은 '대양의 제독'님께서도 착각하셨던 겁니다. 우리가 사는 땅이 둥그니까 서쪽으로 쭉 가다보면 인디아에 닿을 거라고 믿으셨던 거죠. 하지만 그곳은 절대 인디아가 아니었어요. 듣도 보도 못한 야만인들이 사는 전혀 새로운 땅이었으니까요."

"그럼 고대의 현자들이 말하던 '테라 이그노라타'terra ignorata(라틴어로 '알려지지 않은 미지의 땅')로군? 사라져버렸다는 대륙 같은……."

로뻬스의 말에 도밍고는 다시 한번 단호하게 고개를 흔들었다.

"아니요, 그것도 아닙니다. 우리가 모르던 미지의 땅인 것만은 틀림 없지만, 아틀란티스 같은 것도 아니었어요. 지금까지 그 땅에 대해 뭔가 조금이라도 알고 있었던 사람은 아무도 없었을 테니까요."

"흠……."

로뻬스는 입술을 지그시 깨물며 약간 표정이 굳어졌다. 그렇지만 갑자기 호기심이 생긴 알리는 눈을 반짝이며 도밍고 쪽으로 몸을 돌렸다.

"좀더 얘기를 듣고 싶군요, 당신이 다녀왔다는 그 새로운 땅에 대해서 말예요."

"뭘…… 알고 싶으신 거죠?"

조금 의아해하는 도밍고에게 알리는 천진난만한 어린아이처럼 대답했다.

"뭐든지요! 그 땅엔 뭐가 있는지, 어떤 사람들이 살고 있는지, 그리고 그 사람들은 어떤 신을 믿는지……, 뭐 그런 거 말입니다."

"그걸 전부 다 이야기하자면 아마 며칠 밤을 새워도 모자랄 겁니다. 보는 것마다 신기한 것들이었으니까요. 생전 처음 보는 나무와 꽃하며 진기하기 짝이 없는 새와 물고기, 또 괴상한 야만인들의 차림새랑 심승이 울부짖는 듯한 말씨까지……. 정말 말로는 이루 다 설명힐 수가 없습니다. 휴우!"

도밍고가 약간 과장된 몸짓으로 한숨까지 내쉬자 로뻬스가 그의 말을 받으며 알리를 쳐다보았다.

"단식종료제 전날 수크의 책방에서 당신을 처음 만났을 때 내가 얘기한 적이 있죠? 그 땅에 사는 야만인들은 우리들이 섬기는 하나님을 믿지 않는다고……. 아니, 아예 하나님의 존재조차 모른다구요! 헌데 이 사람도 정말 그렇다는군요."

"그, 그게 사실입니까? 하지만 어떻게 그럴 수가……?"

알리가 놀라 입을 벌리며 확인하듯 되묻자 도밍고가 덧붙였다.

"맞아요! 거기 사는 야만인들은 하나님이나 우리 주 그리스도에 대해 아무 것도 몰랐습니다. 그래서 뱃사람들 중에는 그 땅을 지으신 건 하나님이 아니라 악마라고 생각하는 사람들도 있습죠. 또 고지식한 사제들은 하나님께 버림을 받아 악마의 지배를 받는 땅이라고 생각하기도 하구요. 야만인들이 하나님을 모르는 것도 다 악령에 씌웠기 때문이라는 겁니다!"

"그, 그러면 그곳은 사람 살 데가 못되겠군요? 하지만 들리는 소문으로는 엄청나게 많은 사람들이 앞 다퉈서 그곳으로 건너간다고 하던데……. 그렇게 끔찍한 곳에 뭐 때문에……?"

알리가 자못 심각한 얼굴로 말끝을 흐리자 도밍고는 웃음으로 응수했다.

"하하하! 그런 건 아니에요. 그 땅이 마치 지옥이라도 되는 것처럼 말씀하시는군요. 하하하!"

"그런 게 아니라면……?"

"지옥은커녕 이 사람 말로는 그곳이 더 없는 지상 낙원이라는데요."

로뻬스의 말에 알리는 더욱 의아한 표정을 지었지만 다시 도밍고가 말을 이었다.

"그렇습니다! 옛날 얘기 속에나 나오는 말 그대로 전설의 낙원이죠! 우거진 수풀과 기름진 땅, 지천으로 널려 있는 열대 과일들, 수정처럼 맑은 옥빛 바다, 일년 내내 따뜻한 날씨, 게다가 잘만 하면 황금을 긁

어모아 부자가 될 수도 있고……. 겉으로 보면 정말 무엇 하나 부족한 게 없는 낙원 중의 낙원입니다. 전쟁도 없고 부역도 없고 세리도 감옥도 없고……. 그뿐이 아닙니다! 술집이 있나 매음굴이 있나 도박을 하나! 한 마디로 사람들이 타락하려고 해도 타락할 일이 없습죠. 만약 거기가 지옥 같은 곳이라면 뭐 하러 그 많은 사람들이 죽음을 무릅쓰고 몇 달씩 바다를 건너겠어요? 혹시 배를 타고 먼 바다에 나가보신 적이 있나요?"

"아, 아뇨……?"

도밍고의 갑작스러운 물음에 알리는 약간 당황하며 고개를 저었다.

"물론 없으셨겠죠. 저야 열네 살 때부터 배를 탔으니까 가끔은 바다 위가 더 푸근하게 느껴지기도 했지만, 사실 배 타고 먼 바다로 나가면 지옥이 따로 없어요! 특히 잘 모르는 초항初航 길일 때는 더하죠. 성난 파도와 난데없는 폭풍우와 널려 있는 암초들을 용케 피한다 해도, 툭 하면 먹을 것과 물이 떨어져 쥐를 잡아먹고 구두까지 삶아먹다가 결국 비참하게 굶어 죽는 경우가 태반이거든요. 어떤 자들은 죽은 동료의 인육까지 먹었다는 얘기를 들은 적도 있습니다. 어디 그뿐인가요? 선장이나 윗사람에게 대들거나 조금만 허튼 짓을 하면 당장 모가지가 날아가거나 무인도에 버려지고 맙니다. 꽁꽁 묶여 쥐새끼들이 득실대는 장고 한 구석에 갇히거나 채씩으로 얻어맞는 일노 부지기수구요. 몇 달씩 신선한 야채나 과일을 못 먹으니까 잇몸이 통통 부어오르고 심하면 이빨이 통째로 빠져버리기도 합니다. 이렇게 되면 아무 것도 씹을 수가 없어요. 그 지경이 돼도 치료 방법이래야 고작 오줌으로 입 안을 헹궈내고 세게 문지르는 것뿐이죠! 팔다리가 시커멓게 썩어 들어가고, 죽은피를 빼내려면 매일매일 칼로 생살을 도려내야 하구요.

악마의 저주보다 무서운 그 병으로 정말 얼마나 많은 사람들이 죽었는지 모릅니다. 하루에도 서너 번씩 시체를 바다에 던져야 할 때도 있었으니까요. 밤새 선실 밑바닥에서 아무도 모르게 죽어버리면 쥐들이 눈동자부터 파먹으니까 정말 끔찍하기 짝이 없습죠. 게다가……."

끝없이 이어지는 도밍고의 얘기에 푹 빠져든 알리는 가끔씩 얼굴을 찡그리면서도 호기심에 눈을 반짝였다. 그런데 로뻬스가 나서서 말을 돌렸다.

"그만, 그만! 끔찍한 얘기는 이제 그만하구려. 어쨌든 당신은 자비로우신 우리 주님의 은총으로 이렇게 살아 있지 않소? 게다가 당신들의 용기 있는 모험 때문에 우리가 아는 세상이 넓어지고, 여러 가지 새로운 지식도 얻게 되는 것 아니오? 그러니 당신들이 겪은 고난과 희생은 결코 헛된 게 아니오. 더구나 미개한 토인들에게 주님의 복음도 전할 수 있게 됐고……. 따지고 보면 당신들이야말로 미지의 세계를 여는 진짜 개척자들이라고 할 수 있소. 서재에 처박혀 있는 학자들이나 법복을 입고 거드름만 피우는 사제들, 밤낮으로 백성들의 고혈을 짜낼 궁리나 하는 왕이나 귀족들보다도 당신들이 훨씬 더 위대하단 말이오!"

"위대하다구요? 글쎄요……, 저 같이 미천한 놈을 그렇게까지 칭찬을 해주시니 듣는 귀는 즐겁습니다만……, 솔직히 까놓고 말하면 그건 그렇지가 않습니다."

"그렇지가 않다니요?"

알리가 끼어들자 도밍고는 알리를 흘깃 돌아보더니 말을 이었다.

"생각해 보십시오. 여기서도 잘 먹고 잘 살 수 있는 멀쩡한 사람들이라면 왜 목숨 걸고 그 고생을 하겠습니까? 신세계로 가는 배를 타는 자들은 대개 밑바닥 인생들입니다. 비천한 집안의 자손이거나 가난뱅이가 아니면 죄 짓고 쫓기는 신세거나……, 아무튼 여기 까스띠야에서는 더 이상 장래의 희망이 없는 사람들이 마지막으로 운명에 몸을 맡겨보는 거라고나 할까……. 그래요! 넘실대는 파도에 몸을 던져보는 겁니다! 하긴 '대양의 제독'님께서도 외국인*에다 그리 높은 신분 출신도 아니었으니까……."

"하지만 요즘은 신분이 높은 사람들이나 사제들까지 신세계로 건너가는 경우가 많다고 들었소만……."

로뻬스의 말에 도밍고는 살짝 웃으며 고개를 흔들었다.

"그거야……, 6년 전 두 번째 항해 때 건너간 사람들만 해도 모두 합쳐 1,500명이 넘었으니까, 그 중엔 물론 귀족이나 사제들도 더러 있었습죠. 하지만 그 사람들도 나으리께서 말씀하시는 것처럼 고상한 용기 때문에 배를 탄 건 절대로 아닙니다."

"그렇다면 뭐 때문이죠?"

다시 알리가 묻자 도밍고는 단호한 어조로 대답했다.

"아까도 말했듯이 욕심 때문입니다. 새로운 땅에 가서 한 밑천 잡아보겠다는 욕심이요! 황금을 얻거나 벼락출세를 하거나, 뭐 그런 거 말입니다. 운만 따라준다면 여기 까스띠야에서는 꿈도 꿀 수 없는 일들을 이룰 수 있을 테니까요."

"흠……, 한 마디로 새로운 기회의 땅이라 이건데……. 그렇다면 그 사람들의 욕심을 나무라기만 할 일도 아니잖소? 새로운 약속의 땅에서 새로운 삶을 시작하는 거야……."

로뻬스가 중얼거리듯 말을 이었지만 도밍고가 재빨리 덧붙였다.

* 콜럼버스는 까스띠야인이 아니라 이탈리아의 제노바 출신이었다.

"단순히 그거뿐이라면 별 문제가 없겠습니다만……, 사실 눈뜨고 볼 수 없을 만큼 참혹한 일들도 많으니까 드리는 말씀입니다."

"그건 또 무슨 소린가요? 부족한 거 하나 없는 낙원과 같은 곳에서 참혹한 일이라니요?"

알리의 물음에 도밍고는 주저하는 태도로 로뻬스의 눈치를 살피다가 말했다.

"그게……, 그러니까…… 황금에 눈이 뒤집힌 자들이 야만인들을 붙잡다가 황소나 노새처럼 부리고, 수틀리면 닥치는 대로 죽이고 부녀자들을 겁탈하고……. 정말이지 집에서 기르는 개돼지에게도 그렇게 하진 않을 겁니다. 하지만…… 소인도 잘 모르겠습니다. 어쩌면 세상만사가 다 그런 것 같기도 하구요. 하긴…… 야만인들은 흉폭하고 위험하기 짝이 없으니까, 그렇게라도 다루지 않으면 무슨 일이 일어날지 모릅니다. 첫 항해 때 '대양의 제독'님께서 '비야 델라 나비닷'*에 남겨두고 온 사람들이 몰사한 일만 해도 그렇습죠. 수많은 뱃사람들이 토인들의 손도끼나 독화살에 맞아 졸지에 황천으로 갔으니, 복수를 하는 거야 당연한……."

로뻬스가 어두운 얼굴로 세차게 고개를 흔들며 도밍고의 말을 자른 것은 바로 그때였다.

"당연하다니? 토인들 손에 죽은 자들은 말하자면 죽음을 자초한 것 아니오? 며칠 전에 당신도 내게 그렇게 말하지 않았소? 그 자들이 황금을 찾는답시고 먼저 토인들 마을을 습격했다고! 그 자들이 어린애들까지 죽이고 부녀자들을 납치해서 겁탈하고, 아무튼 온갖 죄악을

---

* Villa de la Navidad : 스페인어로 '성탄절의 마을'이라는 뜻. 콜럼버스가 아메리카 대륙을 발견한 뒤에 건설한 최초의 정착촌이다. 콜럼버스가 스페인으로 돌아오기 전 성탄절 무렵에 이 기지를 건설했기 때문에 붙여진 이름이다.

저질렀기 때문에 결국 토인들의 분노를 사게 된 거라고 하지 않았느
냔 말이오! 일이 그렇게 됐는데도 나중에 건너간 사람들은 복수를 한
답시고 더 많은 토인들을 죽였다면서, 그게 어째서 당연하다는 거요?
복수라고 치자면 정작 복수를 한 건 오히려 토인들일 텐데!"

"그렇긴 하지만……, 어쨌든 우리는 자비로우신 여왕 폐하의 명으
로 그 땅을 점령했고, 그 또한 전능하신 우리 주님의 뜻이 아닌가요?
그 땅의 산천초목이 모두 다 주님께서 우리에게 내려주신 선물이라면,
짐승 같은 야만인들을 노예로 부리는 것도 죄는 아니겠지요. 더구나
믿음도 없는 자들을 길들이는 건……."

"주님의 이름을 헛되이 들먹이지 마오! 좀 전에 당신 입으로도 그
렇게 말하지 않았소? 새로운 땅으로 건너간 자들은 욕심 때문에 배를
탄 거라고! 그 땅의 토인들이 아무리 미개하고 무지하다 해도 생김새
를 보면 그들 또한 아담의 후손임이 분명한데, 탐욕을 채우려고 순박
한 자들을 무자비하게 살육하고 짐승처럼 부리는 것이 주님의 뜻이란
말이오?"

로뻬스가 적잖이 흥분하는 기색을 보이자 도밍고는 약간 기가 꺾인
듯 목소리를 낮추었다.

"하긴……, 그건 나으리 말씀이 맞는 것 같습니다. 야만인들도 처음
부터 위험하고 흉포했던 건 절대로 아니니까요. 아니, 오히려 처음엔
아주 순하고 친절해서 우리들을 크게 환대하기까지 했습죠. 헌데 순
한 양 같던 야만인들이 갑자기 야수로 변해버린 셈이니, 어쩌면……
악마의 장난인지도 모릅니다. 게다가…… 바다를 건너간 우리 기독교
도들끼리도 툭하면 서로 시기하고 모함하고 배반하고……. 평화롭고
조용하던 땅에 그야말로 다툼이 끝이 없게 되었으니, 솔직히 말씀드

리면 우리가 야만인들보다 과연 더 나은 건지…… 그것도 잘 모르겠습니다. 아무튼 제가 3년 전에 이리로 다시 돌아온 것도 그런 다툼에 넌덜머리가 났기 때문입니다.”

“흠……. 범부들이 하는 짓이야 그렇다 쳐도, 도대체 ‘대양의 제독’이라는 사람은 뭘 하고 있단 말이오? 그런 혼란 하나 막지 못하고! 또 주님의 복음을 전하러 간 사제들은 뭘 하고 있소?”

되묻는 로뻬스의 목소리에서는 여전히 노기가 묻어나오고 있었다.

“글쎄요……? 세뇨르 알미란떼께서도 손을 쓸 수 없는 일들이 많습니다. 솔직히 귀족들은 제독님 말씀을 잘 듣지 않거든요. 또 사제들이라고 해서 꼭 좋은 일만 하고 있는 것도 아닙니다. 말이 좋아 복음을 전하는 거지, 그 양반들도 야만인들을 다룰 때만큼은 병사들 못지않게 잔혹하니까요. 말도 통하지 않는데 덮어놓고 악마의 새끼들이라고 부르면서 고문하고 죽이는 일이 다반사란 말입니다! 그 바람에 이젠 토인들 대부분이 십자가만 봐도 벌벌 떨며 깊은 숲 속으로 피할 지경이 됐습죠.”

“당신 말대로라면 얼마 안 가서 모든 게 폐허로 변하겠구려! 낙원이 진짜 지옥으로 바뀌지 않겠느냐 이 말이오! 하나님의 손으로 지으셨을 땐 모든 게 다 선했는데, 우리들 인간의 손이 닿기만 하면 죄다 악으로 변해버리니……, 휴우!”

길게 한숨을 내쉬며 방바닥을 내려다보는 로뻬스의 얼굴에 짙은 그늘이 드리워졌다. 알리는 그런 그를 흘깃 쳐다보며 말을 돌렸다.

“정말 슬픈 얘기로군요……. 그나저나 세뇨르 로뻬스! 나와 함께 산으로 가 주실 거죠?”

“……”

말없이 고개만 들어 알리를 바라보는 로뻬스의 눈이 반짝 빛났다.

"산이라뇨?"

도밍고가 무척 궁금한 표정을 짓자 알리는 약간 망설이다가 짧게 대답했다.

"아, 그, 그건…… 알뿌하라에 볼일이 좀 있어서요."

"알뿌하라요? 거긴 무슬림 화적들이 들끓는 곳이라던데……?"

도밍고가 놀라 입을 벌리자 로뻬스가 재빨리 그의 말을 잘랐다.

"쓸데없는 소리! 당신을 손님으로 맞아준 이 집 주인도 무슬림이라는 사실을 잊었소? 어쩌면 우리 까스띠야 사람들이 바다 건너에서 저지른 짓이나, 이곳 그라나다에서 하는 짓이나 똑같은지도 모르지. 야만인들도 반발하는데, 한때는 우리의 스승이었던 무슬림들이 학정에 저항하는 건 당연한 일 아니오?"

"하, 하지만…… 무슬림들은 우리 주님의 적이 아닌가요?"

"이교도라고 해서 무조건 적은 아니오! 무슬림들이 믿는 신과 우리가 믿는 하나님께서 본래는 같은 분일 수도 있으니까!"

"예에?"

도밍고의 얼굴이 새파랗게 질렸지만 로뻬스는 알리의 눈치를 살피며 말을 이었다.

"지금 당장 길게 설명할 수 있는 얘긴 아니오! 자, 그건 그 정도로 해두고……. 어쨌든 함께 갑시다, 세뇨르 알리! 그 일 때문에 서둘러 돌아왔는데 당연한 거 아닌가요?"

"고, 고마워요, 세뇨르 로뻬스!"

알리가 정말 고맙다는 표정을 짓자 로뻬스는 씩 웃더니, 이번엔 도밍고를 돌아보며 물었다.

"아, 참! 당신이 만날 사람이 알함라궁에 있다고 하지 않았소?"

"예, 그렇지 않아도 그것 때문에 나으리께 부탁을 좀 드리려고 했습니다. 제가 직접 궁 안으로 들어갈 방법이 없으니, 그 분께 연락을 할 수 있도록 좀 도와주십사 하고……. 그래도 나으리께서는 귀족이시니까 그 정도 일은 어렵지 않으시겠지요?"

"글쎄, 한번 알아보겠소. 뭣하면 안드레아 신부님께 부탁을 해도 되고……. 신부님께서 멘도사 사령관 각하와 친분이 두터우시니……."

도밍고와 로뻬스가 주고받는 말에 궁금증이 생긴 알리는 로뻬스와 우연히 눈이 마주치는 순간 재빨리 물었다.

"알함라궁에 있다는 그 분이 누군데요?"

"아아, 사령관 각하의 비서라는군요. 이름이 뭐라고 했더라?"

로뻬스가 다시 도밍고를 돌아보자 도밍고가 짧게 대답했다.

"돈 호셉니다. 호세 데 아라나Arana요!"

가르나타

히즈라 904년 12월 21일(서기 1499년 7월 30일).

정오 예배가 막 끝난 뒤 알리에게 새로운 소식을 가져온 것은 안드레아 신부였다. 예페트의 일에 대해 알아보기 위해 관청을 찾아간 신부는, 카슈탈라의 알구아실들이 예페트의 연인이었던 엠마의 거처에서 이상한 서책을 찾아냈으며, 그 서책 때문에 예페트의 처지가 더욱 어렵게 됐다는 말을 들었다고 했다. 안드레아 신부의 말에 따르면, 양피지로 만들어진 필사본의 겉표지에는 아랍어로 『에이나브 사흐라』

'Ainab Ṣahra(사막의 포도)라는 제목이 써 있었다고 했다. 그런데 정작 이상한 것은 안의 내용만은 아랍어가 아니라 그리스어로 되어 있었고, 군데군데 이상한 그림과 히브리어도 조금씩 섞여 있었다는 것이었다.

"아주 오래된 사본이라던데……. 관원들 말로는 양피지가 반쯤 삭아서 조심스럽게 다루지 않으면 죄다 부서질 지경이었다는 걸세. 헌데 겉장만은 비교적 튼튼한 게 새로 갈아붙인 것 같다더군."

"그, 그게 도대체 무슨 서책일까요? 그리스어로 된 거라면 유태교 경전도 아닐 테고……. 어떤 내용인지 신부님께서도 모르십니까?"

"……."

알리의 물음에 안드레아 신부는 어두운 얼굴로 고개만 젓다가 힘없이 입을 열었다.

"지금으로선 나도 확실히는 모르겠네. 얼른 들으니까 무슨 묵시록 같다는 말도 있고……, 아무튼 육각운六脚韻(고대 그리스에서 주로 서사시에 사용되던 운율의 일종)으로 씌어진 장편 서사시라고만 들었으니까! 미겔 신부를 비롯한 이단 심문관들이 서책의 내용을 검토하고 있다는데……, 아무튼 소문으로는 이단적인 내용이 꽤 많다고 하더구만."

"미겔 신부요? 그 사람은 멀쩡한 서책도 이단으로 몰 것입니다."

"그럴 수도 있겠지. 하지만 돈 까를로스도 조사에 참여하고 있다니까, 어쩌면 나중에라도 그 사람을 봉해서 성확한 얘기를 들을 수 있을지도 모르지. 그나저나 이제 예페트의 목숨은 경각에 달렸네. 휴우!"

안드레아 신부가 한숨을 쉬자 속이 달아오른 알리는 마른침을 삼키며 다시 말했다.

"정말 이상하네요. 예페트는 『에이나브 사흐라』에 대해서는 입도 뻥긋한 적이 없거든요. 사실 그 사람이 찾던 물건은 '생명의 나무'가 그려진 두루마리였어요. 물론 그 두루마리와 함께 전해져 왔다는 서책에 대해서도 잠깐 얘기를 꺼내기는 했지만…….”

“생명의 나무'가 그려진 두루마리라고? 흠……, 그럼 그 유태인도 집시 여자처럼 캅발라의 신봉자였소?”

의미심장한 표정으로 뭔가 아는 체하는 앙베르를 향해 알리는 고개를 끄덕이며 말을 이었다.

“아마 그럴 거예요. 예페트는 캅발라 속에 우주 전체의 신비와 비전의 지혜가 들어 있다고 믿었으니까요. 그래서 그 두루마리도 찾으려고 했던 거구요. 헌데…… 예페트는 그 서책을 어디서 났을까요?”

“서책의 출처에 대해서는 아무리 고문을 해도 입을 열지 않는다더구만. 형리들도 정말 지독하다고 혀를 내두르던 걸! 또 자네 집에 숨어 있었다는 사실도 자백을 안 한 모양인데……. 은인에게 누를 끼치지 않으려고 그리 애쓰는 걸 보면 심지가 굳고 의리 있는 사람인 것만은 틀림없다는 생각이 드네. 하여간 관원들 말로는 엠마라는 유태인 여자가 예페트로부터 그 서책을 넘겨받은 게 두 달 반쯤 전이었다고 했으니까……, 어쩌면 예페트가 처음부터 그 서책을 갖고 있었던 건 아닐지도 모르지.”

“그렇다면 훔친 거겠지!”

곁에 있던 앙베르가 불쑥 끼어들자 알리와 안드레아 신부 모두 일제히 그를 바라보았다.

“훔치다뇨? 어디서 말입니까?”

“어딘 어디겠소? 이 집의 장서관이지!”

“예에?”

너무나도 자신 있어 하는 앙베르의 태도에 알리가 깜짝 놀라 입을 벌리자 안드레아 신부가 덧붙여 물었다.

"참, 그리고 보니 두 달쯤 전에 자네 집 장서관에 도둑이 들었다고 하지 않았나? 그때 무슨 서책이 없어졌다고 했지?"

"여, 연금술에 관한 서책들이라고만 들었습니다. 하지만 스승님께서는 별로 중요하지 않은 것들이라고 하셨는데……."

"흠…… 그래? 아무튼 자네 집 장서관에도 『에이나브 사흐라』라는 서책이 있었는가?"

"그, 그건…… 저도 잘 모르겠습니다."

"모르다니?"

"사실 장서관에 무슨 서책들이 있는지 다 아는 사람은 오직 스승님 한 분 뿐이시거든요. 스승님께서는 늘 서책을 읽는 데에도 순서가 있다고 하시면서, 아무 서책이나 마구 꺼내보지 못하게 하셨기 때문에……. 아무튼 전 그런 서책에 대해 들어본 적이 없습니다."

"그렇다면 방법은 한 가지 밖에 없구만!"

다시 앙베르가 끼어들자 알리가 재빨리 되물었다.

"방법이라뇨?"

"알크비르 어른을 찾아뵙고 여쭤보는 수밖에! 장서관에도 그런 서책이 있었는지, 또 혹시 그 사이에 그 서책이 없어지지는 않았는지 말일세."

"하지만 스승님께서는 그런 얘길 안하셨는데요?"

"무슨 사정이 있어서 일부러 숨겼을 수도 있지 않소?"

"예에? 그럴 리가 없습니다! 스승님께서 뭐 때문에……?"

"앙베르 형제의 말에도 일리가 있네. 아무튼 이럴 게 아니라 함께 알크비르 어른을 찾아가 보세. 이 참에 잘 됐는지도 모르네. 꼭 그 문제가 아니더라도 그 어른께 여쭤볼 일이 많았으니!"

*   *   *

"그럼, 스승님께서도 모르시는 서책이란 말씀이십니까?"

"……."

알리의 물음에 알크비르는 말없이 눈을 감았다.

"뿌도 끄레에르 또도 로 께 디세Pudo creer todo lo que dice(당신이 말하는 것을 모두 믿어도 됩니까)?"

앙베르가 카슈탈라어로 다시 묻자 알크비르는 감았던 눈을 번쩍 뜨며 그를 노려보았다. 노인의 눈빛만은 형형하기 그지없었으나, 알리는 스승의 낯빛이 왠지 병자 같다는 느낌을 지울 수가 없었다.

"노, 노여워하지 마십시오. 결코 다, 다른 뜻이 있어서 드리는 말씀은 아닙니다. 저는 다, 다만……, 어쨌거나 그 서책이 이 집 장서관에서 나왔다는 사실이 드러나면, 이 집에까지 화가 미칠 것 아닙니까? 혹시 어르신께서도 그 점을 염려하셔서 일부러 숨기시는 게 아닌가 해서……. 하지만 여기 있는 안드레아 형제나 제가 그 사실을 안다고 해도 카슈탈라 관원들에게 고해바칠 리는 없으니……."

앙베르가 알크비르의 눈치를 살피며 황망히 변명을 했다. 그런데 잠시 입을 다물고 이야기를 듣던 노스승의 입에서는 별안간 천둥 같은 고함이 터져 나왔다.

"주인이 잃어버리지 않았다고 하는데도 자꾸 엉뚱한 소리를 하는 까닭을 모르겠소이다! 내가 이 집에도 화가 미칠까 봐 염려를 한다? 그게 새삼스레 무슨 소리요? 엄청난 화가 이미 시작되었음을 정녕 모르고 하는 말이오? 교만과 아집의 독기가 온 가르나타 땅을 뒤덮고 흉계와 음모가 선량한 무슬림들의 숨통을 조이고 있는데, 그깟 서책 하나 때문에 새삼스럽게 노심초사를 해야 한단 말이오! 손님 말대로 그 서책에 이단의 내용이 담겨 있다면, 아니 그게 아니더라도 예페트 는 이미 죽은 목숨이나 다름없는데, 이제 와서 그 서책이 어디서 나왔 는가를 캐봐야 무슨 소용이 있겠소? 사정이 그러한데 그 서책에 대해 그토록 관심을 갖는 까닭이 뭐요? 어디 손님의 변을 좀 들어봅시다."

알크비르의 얼굴에는 노기가 가득했고 기다란 수염마저 가늘게 떨 렸다. 스승이 이토록 마음의 평정을 잃고 화를 내는 일은 드물었기 때 문에 알리는 적잖이 놀랄 수밖에 없었다. 그러자 안드레아 신부가 나 서며 분위기를 바꾸려고 애썼다.

"고, 고정하십시오, 어르신! 앙베르 형제가 본시 호기심이 많아 결 례를 한 것 같으니 너그럽게 용서를 바랍니다. 저희들은 그냥……."

"아니, 아니, 아닐세! 난 어르신께 결례를 하지 않았네. 분명한 의문 을 풀어보려 한 것뿐이니까!"

그때 앙베르가 뭔가를 결심한 듯 갑자기 태도를 바꿔 다부진 목소 리로 안드레아 신부의 말을 잘랐다. 알리는 그의 네모난 턱이 유난히 더 각이 져 보인다는 생각을 하며 쿵쿵거리는 가슴을 쓸어내렸다.

"그, 그건 또 무슨 소린가? 분명한 의문이라니?"

안드레아 신부가 떨리는 목소리로 되묻자 앙베르의 입에서 뜻밖의 말이 튀어나왔다.

"장서관에 도둑이 들던 날 밤 내 눈으로 그 도둑을 봤단 말일세!"

"뭐, 뭐라구요?"

알리는 자신도 모르게 외마디 소리를 질렀다. 안드레아 신부는 입만 벌린 채 앙베르와 알크비르를 번갈아 쳐다보았고, 알크비르는 두 눈을 살짝 찌푸리더니 앙베르를 매섭게 쏘아보았다. 잠시 동안의 숨 막히는 침묵을 깨뜨린 것은 다시 앙베르였다.

"그날 밤 예페트가 장서관에서 몰래 나오는 것을 우연히 목격했습니다. 더구나 그 자는 품속에 뭔가를 숨겨 가지고 나왔어요. 장서관에서 들고 나올 물건이라면 서책 밖에 더 있겠습니까?"

"그, 그게 정말인가? 근데 자넨 그 얘기를 왜 이제야 하는 건가?"

도저히 믿을 수 없다는 표정으로 앙베르를 힐난하는 안드레아 신부의 목소리가 심하게 떨렸다. 하지만 알크비르는 의외로 담담하게 입을 열었다.

"하이에나를 지키는 살쾡이가 있었다? 그래, 손님은 게서 뭘 찾고 있었소?"

"예에? 그건 또 무슨 말씀이신지……?"

안드레아 신부가 영문을 몰라 어리둥절해하자 알크비르는 난데없이 웃음을 터뜨렸다.

"하하하! 과부의 심정을 가장 잘 아는 건 바로 옆집 과부요. 거지의 행적을 가장 잘 아는 것 또한 거지들이 아니겠소? 장서관에 든 도둑을 목격했다면 저 손님 또한 필시 그 근처에 있었을 것이니……, 야밤에 천리경을 지닌 것도 아니었을 텐데, 알리의 처소를 사이에 두고 멀리 떨어져 있는 객사에서 장서관의 동정까지 세세히 살폈다면 그게 어디 말이 되겠소이까? 아니면 달밤에 남의 처소로 산책이라도 나갔다고 해야겠소? 사제 양반! 친구 분을 너무 나무랄 일이 아닌 것 같소이다. 미리 말을 못했을 때는 다 그만한 곡절이 있었을 테니까! 하하하!"

"그, 그럼…… 손님께서도……?"

뒤늦게 스승의 말뜻을 알아들은 알리는 눈을 부릅뜨며 앙베르를 노려보았다. 그러자 앙베르는 힘없는 미소를 지으며 고개를 끄덕였다.

"어르신 앞에서는 정말 아무 것도 숨길 수가 없군요. 어르신 말씀이 맞습니다. 저 또한 남몰래 장서관에 들어가 보고 싶었으니까요. 이 집 장서관에 진기한 서책들이 많다는 소문을 익히 들은지라, 호기심을 누르지 못해 큰 죄를 지을 뻔했습니다. 이제 제 입으로 고백을 했으니 넓으신 아량으로 관용을 베풀어 주십시오."

앙베르가 허리를 깊이 숙이며 진심으로 사죄하는 듯한 몸짓을 취하자 알크비르는 웃음을 거두며 조용히 말했다.

"다 지난 일이니 이제 와서 탓할 필요가 뭐 있겠소? 더구나 손님이 직접 도둑질을 한 것도 아닌데! 그나저나 장서관에 들었던 도둑이 예페트라는 건 확실하오?"

"틀림없습니다! 사실 그때는 누군지 잘 몰랐습니다. 장서관에서 나온 사내가 세뇨르 알리의 처소로 들어가는 걸 보고, 처음엔 저도 갈피를 잡을 수 없었습니다. 전혀 본 적이 없는 사내였고, 그렇다고 이 집의 젊은 도련님도 아니었으니까요. 그 사내가 세뇨르 알리의 처소에 숨어 지내는 유태인이라는 걸 알게 된 건 비교적 최근의 일입니다. 그러니까……, 미리 말을 하지 못했던 건 그런 이유도 있었던 셈일세."

앙베르의 마지막 말은 안드레아 신부를 향한 것이었다. 그래서 이번엔 신부가 나섰다.

"흠……, 자네가 남몰래 장서관을 기웃거린 건 분명 부끄러운 일이지만, 어쨌든 자네 덕분에 도둑의 정체를 알게 됐으니 다행이로구만. 하지만 그때 예페트가 훔친 게 『에이나브 사흐라』라고 장담할 순 없지 않나? 좀 전에 알크비르 어르신께서도 그런 서책을 모르신다고 완강히 부인하셨고! 더구나 없어진 건 연금술 서책들이었다는데……."

안드레아 신부는 조심스럽게 입을 떼면서 알크비르를 쳐다보았지만, 알크비르는 긍정도 부정도 하지 않은 채 다시 눈을 감았다. 그러자 다시 앙베르가 말을 이었다.

"내 눈으로 훔친 서책까지 확인한 건 아니지만, 앞뒤를 따져보면 예페트가 연금술 서책을 가져간 건 아닐 테고……, 아마 그건 좀도둑의 소행일 걸세. 사실은 그날 밤 장서관에 침입한 도둑은 한 명이 아니었으니까!"

"뭐라구요? 도둑이 또 있었다구요? 그럼 예페트의 공범이 있었단 말입니까?"

알리가 소리를 지르자 앙베르는 가볍게 고개를 저었다.

"공범이 아니고 예페트와는 아무 상관없는 다른 자였소. 공교롭게도 같은 날 서로 다른 두 명의 도둑이 장서관을 노렸단 말이오!"

"그, 그건 또 누구였나?"

안드레아 신부의 물음에 앙베르는 잠시 뜸을 들이며 알리와 알크비르의 눈치를 살피다가 이윽고 낮은 목소리로 대답했다.

"이 집의 사위일세! 이름이……, 아, 그래! 내 기억엔 하룬이라고 들은 것 같은데, 맞소?"

앙베르가 다시 알리를 향해 확인하듯 묻자 알리는 깜짝 놀라면서도 엉겁결에 고개를 끄덕였다.

"맞아요! 하룬 이븐 자파르! 하지만 제 매부가 도둑이었다구요? 어두워서 잘못 보신 거 아닌가요? 그땐 초순이라 달빛도 시원치 않았을 텐데……."

"잘못 봤다구? 천만에! 난 이 나이에도 밤눈이 아주 좋은 편이오.

기억력도 아직은 쓸만하고! 난 그때 당신 처소의 담장에 붙어 숨어 있었기 때문에 아주 가까이서 얼굴을 볼 수 있었단 말이오! 게다가 장서관 주위에는 밤에도 늘 횃불이 밝혀져 있지 않소? 아무튼 예페트가 들어가기 전에 당신 매부인 하룬이 먼저 장서관에 들어갔다 나오는 걸 내 눈으로 똑똑히 봤소. 물론 그때는 누군지 잘 몰랐지만, 나중에 알고 보니까 그게 바로 당신 매부였지 뭐요! 밖에서 인기척이 나자 황급히 장서관을 빠져나와 허둥지둥 정원 쪽으로 달아나더군요. 손에는 꽤 여러 권의 서책을 들고서 말이오!"

"……."

앙베르의 확신에 찬 증언에 알리는 할 말을 잃었고, 안드레아 신부와 알크비르 또한 심각한 얼굴이 되었다.

"하룬은 또 뭐 때문에 연금술 서책을 훔쳤을까? 더구나 별로 귀중하지도 않은 서책들을……."

알크비르가 중얼거리듯 말하자 안드레아 신부가 끼어들었다.

"그 사람도 예전엔 마드라사의 선생이었다면서요? 그러니까 이런저런 학문에 관심을 가질 수도……."

그러나 알크비르는 고개를 저으며 신부의 말을 막았다.

"그건 아닐 게요. 그 사람은 칼람을 숭상하는 정통 신학자였으니까! 더구나 나라가 망한 뒤로는 서책을 내팽개치고 오랫동안 뒷골목 건달패들과 어울려 왔는데……."

"자기가 쓰려고 훔친 게 아닐 수도 있지요."

앙베르가 불쑥 한 마디 던지자 알크비르의 눈이 섬광처럼 빛났다.

"그럼 다른 자의 사주를 받았단 말이오?"

"그럴 수도 있는 거 아닙니까? 어르신의 말씀대로 하룬이란 사람이 연금술에 특별히 관심을 가질만한 위인이 아니라면, 뭔가 다른 동기가 있다고 봐야겠지요. 단지 공부를 하고자 했다면 별로 귀중하지도 않은 서책들을 애써 훔칠 필요는 없지 않았겠습니까?"

앙베르의 반문에 알크비르가 말없이 수염만 만지작거리는 것을 보고 이번엔 알리가 나섰다.

"하, 하지만 누가 시켰단 말입니까? 또 매부는 뭐 때문에 그런 짓을 하구요?"

"시킨 거야 서책이 필요한 자였을 테고, 당신 매부가 그런 짓을 한 것은…… 글쎄……, 아마 유혹이나 협박 때문이 아니었겠소?"

"유혹이나 협박이라뇨?"

"예나 지금이나 사람을 움직이는 동기는 의외로 단순한 법이오. 때로는 영웅호걸들조차도 그러한데 하물며 범인들이야 오죽하겠소? 더구나 하룬이란 사람이 뒷골목의 건달패들과 무시로 어울렸다면, 유혹에 빠지거나 협박에 시달릴 위험이야 옆구리에 끼고 사는 거나 마찬가지 아니냔 말이오! 생각해 보면 우리를 악행에 빠뜨리는 동기는 또 얼마나 많소? 돈, 여자, 명예욕, 질투, 공포……."

순간 언젠가 들었던 알아트라쉬의 말이 알리의 뇌리를 스쳐갔다. 알아트라쉬는 매부 하룬이 큰 빚에 허덕이고 있다고 하지 않았던가? 하지만 그와 동시에 알리의 마음 한 구석에서는 왠지 앙베르에게 지고 싶지 않다는 강렬한 오기가 모락모락 피어올랐다.

"하, 하지만 다른 사람의 사주를 받았다고 쳐도 말이 안 되잖아요? 매부가 뭐 때문에 시시한 서책들만 훔쳤느냐 이 말입니다! 그게 누구든지 굳이 그런 서책들을 훔치라고 시킨다는 건 좀 이상하지요."

알리는 머리를 짜내며 재주껏 반박을 해보았지만 앙베르의 답변은

막힘이 없었다.

"물론 그 말도 맞소! 하지만…… 이렇게 생각해 보면 어떻겠소? 그날 밤 하룬은 필요한 서책들을 제대로 골라내지 못했다고 말이오! 즉 뭘 훔쳐야 하는지 정확하게 몰라서 실수를 했을 수도 있다 이거요! 그 사람이 연금술의 전문가가 아니라면 충분히 가능한 일 아니오?"

잠시 답변이 궁해진 알리가 머뭇거리자 이번엔 안드레아 신부가 끼어들었다.

"하지만 앙베르 형제! 그렇게까지 복잡하게 생각할 필요가 있나? 확실하지도 않은 배후 인물을 가정한 것으로도 모자라서 하룬이 실수를 했다는 가정까지 하다니! 플루랄리타스 논 에스트 포넨다 시네 네케씨타테*! 자네처럼 영민하고 아르스 디알렉티카(264쪽 주 참조)에 능통한 학자가 굴리엘무스**의 말씀도 못 들어 봤는가?"

안드레아 신부는 며칠 전 알리 앞에서 망신당한 것을 앙갚음이라도 하듯 제법 기세등등하게 말했다. 그러나 앙베르는 대수롭지 않다는 표정으로 씽긋 웃으며 대꾸했다.

"이런, 이런! 신실한 수도자가 불경한 언사로 선학들을 마구 비판하던 '인켑토르'***의 말까지 인용하다니! 하긴 자네도 옥스퍼드에서 공부를 했으니 그럴 만도 하지. 허나 지금 이 경우에는 그 말이 어울리

* Pluralitas non est ponenda sine necessitate : 라틴어로 "필연성 없이 다수성을 설정해서는 안 된다"는 뜻. 중세 철학자 오컴이 제시한 것으로 흔히 '사유 경제의 원리' 또는 '오컴의 면도날'이라고도 한다. 이는 본래 "경험적 증거 없이 형이상학적 실재를 상정하면 안 된다"는 의미였으나, 더 나아가 "쓸데없이 복잡한 실재를 상정해서는 안 된다", 또는 "더 적은 것으로 충분한데도 더 많은 것을 상정하면 낭비"라는 원칙을 가리킨다.
**Gulielmus : '윌리엄'William의 라틴어식 이름. 영국 출신의 중세 철학자로 경험을 중시하며, 전통 스콜라 철학을 비판했던 오컴William of Occam(1299?~1349)을 가리킨다. 그의 사상은 영국의 옥스퍼드를 중심으로 크게 위세를 떨쳤으며, 훗날 근대적 경험론의 모체가 됐다.
***Inceptor : 라틴어로 '초학자初學者', '초보자'라는 뜻. 석사학위나 박사학위가 없었던 오컴의 별명은 '인켑토르 베네라빌리스'venerabilis, 즉 '존경할만한 초보자'였다.

지 않네! 난 골치 아픈 형이상학이 아니라 아주 현실적인 가능성을 논하고 있는 거니까! 게다가 내 가정에는 필연성도 있네. 왜냐? 하룬 자신에게 연금술 서책들을 훔쳐야 할 동기가 없었다면 어떤 대가를 받고 누군가의 부탁을 들어준 게 틀림없고, 또 그런데도 시시한 서책들만 훔쳤다면 도둑이 멍청했다는 것 또한 분명한 사실일 테니까!"

그때까지 세 사람의 대화를 잠자코 듣기만 하던 알크비르는 손바닥으로 가볍게 책상을 내리치며 말했다.

"됐소이다! 손님의 지혜와 학문도 허투루 볼 것은 아니구려! 그나저나 만약에 그렇다면 하룬은 여전히 장서관의 서책들을 노리고 있겠구만! 그리고 보니 그 사람이 최근에 날 찾아와 공부를 다시 시작하겠다고 한 것도 다 그 때문에……."

"그런 일이 있었습니까? 그럼 요즘은 그 사람도 별채에 자주 드나들겠군요?"

"요즘은 거의 매일 오는 편이오. 주로 서재에서 서책을 보지만 장서관에도 가끔 출입을 하고!"

"그거 참 잘 됐습니다! 그렇다면 덫을 놓으시지요, 어르신! 배고픈 쥐새끼는 다시 뒤주를 노릴 테니까요."

앙베르의 말에 알리와 안드레아 신부는 눈이 휘둥그레졌다. 그렇지만 알크비르는 보일 듯 말 듯한 미소를 지으며 대꾸했다.

"미끼를 던지자는 거요?"

"그렇습니다! 하룬이 별채에 왔을 때 일부러 자리를 비워 보시지요. 그럼 그 사람이 또다시 악행을 저지르는 현장을 붙잡을 수 있을 것이고, 또 그가 무엇을, 왜 노리는지도 알게 될 것 아닙니까?"

"흠……."

알크비르가 동의한다는 듯 고개를 끄덕이자 알리와 안드레아 신부도 더 이상 시비를 걸 수 없었다. 이어서 잠시 정적이 흘렀다.

"헌데…… 어르신! 이건 다른 문제입니다만, 알리에게 들자하니 사라진 그리스어 서찰이 어르신께 온 거라고 하던데, 그게 정말입니까?"

안드레아 신부가 좌우의 눈치를 살피며 조심스럽게 입을 열자 알크비르는 아주 짤막하게 대답했다.

"그렇소!"

"하, 하지만 그 서찰은 콘스탄티노플의 동방교회* 총대주교가 보낸 거라는 얘기도 있습니다. 뚜르끼아의 지배 아래 신음하고 있는 그리스의 기독교도 형제들을 대표해서 우리 여왕 폐하와 똘레도의 대주교님께 구원을 요청하는 서찰이라고……."

"그 얘기라면 나도 들었소. 엊그제 아흐메드가 그 사이의 자초지종을 전부 다 상세히 설명해 줬으니까! 하지만 그건 뚜르끼아에서 왔다는 밀정의 입에서 나온 얘기 아니오?"

"그, 그렇습니다만……."

"허면 사제 양반은 그 밀정이란 자를 직접 만나 보지도 못했고, 그렇다고 서찰을 읽은 것도 아니지 않소? 그 자의 신원도 불확실한 데다 서찰을 가져온 그리스 수도승의 생사조차 알 수 없는 마당에 어찌 그런 자의 말만 그대로 믿을 수 있겠소?"

알크비르의 눈이 다시 번득이자 이번엔 앙베르가 대답했다.

"하지만 안또니오라는 베네치아 비밀 공작원의 얘기를 들어봐도 그렇고, 또 산에 있는 세뇨르 알리의 친구 무함마드도 확인해 주었다고 합니다. 더구나 무엇보다도 모든 정황을 고려해 볼 때……."

* 로마 카톨릭과 구분되는 비잔틴 제국(동로마 제국)의 그리스 정교회를 가리킨다.

"정황? 무슨 정황 말이오? 베네치아 공작원이야 자기 목적을 위해 얼마든지 거짓말을 할 수도 있고, 산에 있는 무슬림들 또한 뚜르끼아 밀정이라는 자의 말을 믿고 싶어 할 거 아니겠소? 잘 알지도 못하는 자들의 얘기, 그것도 간접적으로 전해들은 얘기를 이 늙은이가 직접 하는 말보다 더 신뢰하는 이유가 뭐요?"

알크비르는 힐난하는 어조로 되물었지만, 그의 목소리는 평소와는 달리 힘없이 갈라졌다. 그래서 알리는 걱정스러운 눈길로 스승을 바라보며 말했다.

"그, 그래서…… 일단 저희들이 직접 확인을 해보기로 했습니다. 내일 중으로 알뿌하라에 가서 무함마드도 구출하고 그 서찰의 복사본도 찾아오고……."

"뭘 확인한단 말이냐? 이젠 너까지 날 못 믿는 게냐?"

노스승의 눈에 다시 노기가 서리는 것을 보고 알리는 황망히 손을 내저었다.

"아, 아닙니다, 스승님! 그, 그럴 리가 있겠습니까? 저는 단지 뚜르끼아 밀정, 그, 그러니까 오, 오즈구르란 자의 정체를 밝혀내고 서찰도 찾으려는 겁니다. 또 무함마드 형제의 목숨도 위태로우니까……."

"그 얘기도 아흐메드에게 들었다만, 그것 또한 어리석은 계책일 뿐이다. 금화 5천 냥을 가지고 알뿌하라로 간다? 바위를 지고 강물에 뛰어드는 게 더 낫지! 돈을 가져간다 해서 산에 있는 무슬림들이 순순히 네 요구를 다 들어줄 것 같으냐? 막말로 그들이 돈만 뺏고 약속을 어기면 그땐 어찌할 셈이냐?"

"하지만 비스밀라 알라만 알라힘, 맹세까지 한 일입니다. 그들이 어찌 형제들 사이의 약속을 깨겠습니까?"

알리의 대답에도 알크비르가 미심쩍은 듯 고개를 가로젓자 안드레아 신부가 끼어들었다.

"그렇게 할 순 없을 겁니다. 만일 그들이 약속을 깬다면 까스띠야 군대가 곧장 알뿌하라로 출동할 테니까요!"

"군대를 동원한다? 그럼 사제 양반은 결국 우리 알리에게 동포를 팔아넘긴 배신자라는 오명을 씌울 셈이오? 더구나 군대가 출동하면 산에 간 사람들의 목숨도 위태로워질 텐데……! 무슬림과 기독교도들 사이의 평화를 중재한다는 당신들의 계책이 고작 그거요?"

알크비르가 버럭 소리를 지르자 앙베르가 재빨리 대꾸했다.

"고정하십시오, 어르신! 그건 그냥 최악의 경우를 위해서 대비를 해 두는 것일 뿐입니다. 그리고…… 만일 그렇게 되면 다른 선택의 여지도 없지 않습니까?"

"선택의 여지가 없다? 생각해 보면 다른 길도 있을 텐데!"

"무슨 말씀이십니까?"

앙베르의 반문에 알크비르는 다시 목소리를 낮춰 말했다.

"어려우면 손을 빼는 방법도 있소이다!"

"예?"

안드레아 신부가 왕방울 눈을 동그랗게 뜨자 알크비르는 그를 쳐다보며 침착하게 덧붙였다.

"모두들 이 일에서 손을 떼는 것도 한 가지 방법이란 말이오! 알리도 그렇고 당신들도 마찬가지지만, 그 동안 살인사건의 범인을 잡는답시고 이리저리 뛰어다니면서 지금까지 이뤄낸 게 무엇이오? 결국 쓸데없이 희생만 커졌고, 무엇 하나 시원스럽게 해결한 건 없지 않소? 그러니 이제 더 이상 평지풍파를 일으키지 말고 그만 물러서는 것도 지혜로운 이의 처사일지 모르오. 이룰 수 없는 일을 붙들고 늘어지는 것 또한 집착이고 욕심 아니겠소?"

"하, 하지만……. 그러면 그 그리스 수도승의 목숨은 어찌 됩니까? 그 사람은 스승님을 만나러 왔을 텐데, 그 사람이라도 찾아야……."

"어차피 그 괴이한 마법사나 뚜르끼아 밀정을 네 손으로 붙잡을 수 없는 바에야 더 이상 무의미한 모험을 할 필요가 없다!"

"그, 그럼 살인마들을 그냥 놔둬야 한단 말씀입니까?"

알리는 도저히 수긍할 수 없다는 듯 언성까지 높였지만 알크비르는 중얼거리듯 말을 거두었다.

"디오스 사베! 남은 일은 하나님께서 처리하시겠지! 어차피 진짜 심판이야 그 분의 몫이 아니더냐?"

알뿌하라

히즈라 904년 12월 27일(서기 1499년 8월 5일).
"모로인들의 왕이 지나갔다네
가르나타의 도성을 가로질러
밥 알람라에서부터
밥 알일비라까지
'슬프도다, 나의 알하마여!'
왕에게 서찰이 날아 왔다네
알하마가 함락되었다고
왕은 서찰을 불 속에 던지고

전령을 죽일 거라네
'슬프도다, 나의 알하마여!'
왕은 노새 등에서 내려
말 잔등에 올라타고
저자거리의 상점들을 지나
알함라궁으로 올라갔다네
'슬프도다, 나의 알하마여!'
왕이 알함라궁에 있었을 때
바로 그 시각에 명령했다네
나팔을 울리라고
은으로 만든 군대 나팔을
'슬프도다, 나의 알하마여!'"

멀리서 사내들의 노래 소리가 들려오고 있었다. 그건 10여 년 전부터 가르나타의 모로인들 사이에 널리 구전되어 온 노래였다. 나라가 망하기 여덟 해 전 알하마가 카슈탈라인들의 수중에 들어갔을 때, 수백 명의 모로인들이 도륙되고 노예로 팔려간 사건을 슬퍼하는 그 노래는 나라 잃은 모로인들의 참담한 심경이 절절이 배어 있었다. 그래서인지 사내들의 합창 소리는 우렁찼지만 그 음색만은 비장했다.

행렬의 선두에 있던 알리와 로뻬스가 말을 세우자 뒤따르던 일행들도 그들을 따라 걸음을 멈췄다. 등짐을 가득 실은 노새들을 끌고 있는 알아트라쉬와 젊은 하인 곁에는 무슬림 복장을 한 앙베르가 걱정스러운 표정으로 서 있었다. 알리가 계곡 건너편을 내려다보자 오십여 명은 족히 될 것 같은 한 무리의 무슬림 전사들이 눈에 들어왔다. 저마다 손에 번쩍이는 신월도를 들고 소리 높여 노래를 부르고 있었다.

"왕은 병영의 병사들에게
모로인들에게 외쳤네
라 베가La Vega(스페인 안달루시아의 도시 이름)와 가르나타의 백성
들에게
서둘러 무기를 잡으라고
'슬프도다, 나의 알하마여!'
모로인들은 들었네
피비린내 나는 군신軍神을 부르는 소리를
그들은 하나씩 둘씩
함께 거대한 전장으로 나섰네
'슬프도다, 나의 알하마여!'"

알리는 뒤를 한번 흘깃 돌아본 뒤에 앞장서서 계곡을 향해 말을 몰
기 시작했다. 천천히 비탈을 내려가는 동안 그의 가슴은 왠지 모르게
자꾸 두근거렸다. 아버지 아흐메드가 기일 내에 돈을 구해보려고 팔
방으로 뛰어다녔지만, 두카토 금화 5천 냥은 아무래도 너무 큰돈이었
다. 결국 약속한 날짜를 어겼으니 내심 불안해지는 것도 무리는 아닌
셈이었다. 게다가 앙베르가 따라온 것도 못내 마음에 걸렸다. 하지만
그 또한 어쩔 수 없는 일이었다. 성내에 남아 할 일이 있었던 안드레
아 신부의 부탁도 있었거니와 앙베르 자신도 꼭 동행을 해야겠다고
고집을 부렸기 때문이었다.

'조금 늦긴 했지만 그래도 어쨌든 돈을 마련하지 않았는가? 설마 그
사이에 무슨 일이야 있었을라구?'

알리는 울렁거리는 속을 가라앉혀 보려고 심호흡을 하며 말 옆구리
를 한번 걷어찼다. 일행이 산비탈을 다 내려가 좁고 얕은 개울을 건너

는 동안에도 노래는 끊이지 않고 계속 이어지고 있었다.

"길고 흰 수염을 늘어뜨린

파키흐가 말했네

'선량한 왕이시여, 사람을 잘 써야 하오

선량한 왕이시여, 사람을 잘 써야 하오'

'슬프도다, 나의 알하마여!'

'당신은 가르나타의 꽃이었던

이븐 알사라이(제1권 14쪽 주 참조) 가문의 사람들을 죽이고

악명 높은 쿠르투바의

변절자들을 골랐구려'

'슬프도다, 나의 알하마여!'

'왕이시여, 그러니 벌을 받아 마땅하오

그것도 이중의 벌을

당신은 패망하여 왕국을 잃고

이제 가르나타는 망했다오'

'슬프도다, 나의 알하마여!'"

알리 일행이 다가가자 노래 소리가 멈췄다. 양측의 거리가 십여 보 안팎까지 좁혀졌을 때 무슬림 전사들의 앞줄에 서 있던 두 명의 사내가 알리 쪽으로 다가왔다. 칼을 든 젊은이는 이브라힘이었고, 볼품없는 수염을 기른 다른 한 명은 우마르였다.

"앗쌀람 알라이쿰! 오랜만에 뵙겠습니다."

알리는 말에서 내리며 자신을 향해 다가오는 두 사람에게 먼저 인사를 건넸다. 그렇지만 날카로운 눈으로 알리 일행을 훑어보던 이브라힘은 나지막하면서도 차가운 목소리로 면박을 주었다.

"꼭 성지를 침략하러 온 프란즈* 기사단의 길잡이 같구만! 지하드에 나선 동포들을 찾아오면서 이교도들까지 대동하고 오다니, 이게 대체 무슨 한심한 꼴인가? 왜 아예 카슈탈라 군대까지 끌고 오지 그랬나? 나 원 기가 막혀서! 인자하시고 자애로우신 알라께서 변절자와 불신자들에게 천벌을 내리시길!"

"인자하시고 자애로우신 알라께서 당신의 분노를 풀어주시기를! 이 분들은 형제들에게 긴히 드릴 말씀이 있어서 예까지 오신 겁니다. 아주 중요한 문제에 대해서……."

알리는 최대한 침착하게 상황을 설명하려 했다. 그렇지만 이브라힘은 얇은 입술 가득 냉소를 띠며 말을 잘랐다.

"시끄러워! 인자하시고 자애로우신 알라를 위해 목숨을 바치기로 결심한 우리가 신앙의 적들과 대체 무슨 할 이야기가 있단 말인가? 보나마나 저들은 우릴 정탐하러 온 걸 텐데, 적들의 간악한 흉계에 넘어가 고작 앞잡이 노릇이나 하다니! 그러고도 부끄러운 줄을 모르는 걸 보면, 당신은 아예 터번을 풀고 수염도 자르는 게 낫겠구만!"

"얘길 들어보지도 않고 그, 그렇게 화만 낼 일은 아니잖소? 우선 인사나 나눕시다. 난 세뇨르 알리의 벗인 로뻬스 데 올리바레스라고 하고, 이쪽은 안드레아 신부의 동학同學이신 세뇨르 앙베르요. 어쨌든 우린 당신들을 도우려고 온 거니까, 제발 오해는……."

로뻬스가 한 발 앞으로 나오며 유창한 아랍어로 말을 건네자 이브라힘이 웃음을 터뜨리며 비아냥거렸다.

"우릴 돕겠다고? 하하하! 고양이가 쥐 생각을 한다? 차림새를 보아

---

* Franj : 아랍어로 '프랑크'Frank를 가리킨다. '프랑크'는 본래 라인 강 유역에 살던 게르만족의 한 분파 이름이었지만, 아랍인들에게 이 명칭은 종종 서구인들 전체를 지칭하는 표현으로 사용된다. 여기서는 11~13세기에 아랍을 침략했던 '십자군'을 말함.

하니 당신도 명색이 카슈탈라의 귀족인 모양인데, 반도들이 득실대는 이 산골짝엔 뭐 하러 왔소? 반도들을 토벌하여 큰 공이라도 세우고 싶은 게지? 헌데 갑옷과 투구는 어디 갔나? 싸우러 온 기사라면 갑주가 있어야 할 것 아닌가?"

"방금도 말했듯이 난 당신들을 해치려 온 게 아니오. 또 그럴 힘도 없소! 당신 말대로 난 갑주도 없고, 게다가 홀몸으로 왔소. 내가 세뇨르 알리를 따라 여기까지 온 이유는 당신들과 이야기를 좀 나누고 싶어서요. 살인사건과 관련해서 알아볼 일이……."

로뻬스는 차분하게 말을 이어갔다. 하지만 이브라힘은 냉소를 거두지 않은 채 가차 없이 그의 말을 잘랐다.

"미안하오, 귀족 나으리! 난 사람의 아들을 신으로 떠받들고, 그 어미에게까지 절을 하는 무슈리킨*에게는 할 말도 들을 말도 없소. 안드레아 신부라면 멘도사 사령관의 측근일 텐데, 그 사람의 끄나풀까지 데려왔다면 당신들의 꿍꿍이야 안 봐도 뻔한 것 아닌가? 점잖게 충고할 때 당장 돌아가는 게 좋을 거요! 이교도들이라면 치를 떠는 우리 전사들 앞에서 나도 당신들의 안전을 보장할 수가 없으니까!"

"이거 보시오! 아무리 이교도라지만 손님한테 말을 너무 함부로 하는 것 아니오?"

로뻬스의 바로 뒤에 있던 잉베르가 도지히 못 참겠다는 듯 로뻬스를 밀치고 나서며 아랍어로 외쳤다. 짙은 녹색의 모직 망토가 바람에 펄럭이자 일시에 모든 이들의 시선이 그에게 쏠렸다.

"어차피 우린 협상을 하러 왔고, 당신들 또한 그 때문에 우릴 부른

---

* mushrikīn: 아랍어로 본래 '다신론자'多神論者라는 뜻. 그러나 종종 삼위일체설을 믿는 기독교도를 가리키는 말로도 쓰인다.

것 아니오? 그러니 말이라도 들어보는 게 순서지, 이렇게 면전에서 모욕을 주고 박대를 하는 건 현명한 처사가 아닐 텐데!"

"급한 문제부터 처리를 하자? 좋지! 나도 당신들과 쓸데없는 입씨름을 하고 싶은 생각은 없으니까!"

이브라힘이 한 발 물러서는 기미를 보이자 로뻬스가 그 틈을 비집고 다시 말을 이었다.

"어쨌든 우리는 약속대로 돈을 가져왔소. 당신들이 요구한 대로 금화 5천 냥을 가져왔단 말이오. 그러니 이제 무함마드를 풀어주고 투르크 밀정이 훔쳐간 그리스어 서찰도 돌려주시오."

로뻬스의 얼굴은 긴장 탓인지 눈에 띄게 굳어져 있었고, 이마에서는 쉴 새 없이 구슬땀이 배어나왔다. 두려움과 당혹감으로 다리마저 후들거리던 알리는 그런 로뻬스를 바라보면서 마음의 평정을 되찾으려고 무진 애를 썼다. 말을 마친 로뻬스가 확인이라도 하듯 알리를 쳐다보자, 알리는 뒤쪽에 있는 노새의 등짐을 가리키며 재빨리 말했다.

"세, 세뇨르 로뻬스 말이 맞아요. 도, 돈은 약속대로 준비해 왔습니다! 금화 한 닢 모자라지 않게 꼭 5천 냥을 가져왔다구요!"

"돈이라? 물론 가져온 돈이야 받아야겠지. 지하드를 위한 자카트인 셈이니, 인자하시고 자애로우신 알라께서도 기뻐하실 게 아닌가? 하지만 그걸로 다 된다고 생각하면 큰 오산이야."

"그건 또 무슨 뜻이죠?"

"당신은 이미 약속을 어겼잖아! 열흘 안으로 돈을 가져오라고 내 분명히 말했는데, 벌써 닷새나 지났으니까!"

이브라힘의 목소리가 계곡을 울릴 정도로 커졌다.

"그, 그럼…… 무, 무함마드는 어디 있습니까? 호, 혹시 벌써……."

알리가 사색이 되어 말을 잇지 못하자 이번엔 이브라힘의 곁에 서 있던 우마르가 입을 열었다.

"동포들을 외면하고 이교도들과 한통속이 된 주제에 친구만은 꽤나 걱정되는 모양이로군! 생명을 주시는 분도 거두시는 분도 인자하시고 자애로우신 알라이신데, 참된 믿음이 있다면 뭘 그리 두려워한단 말인가?"

"무, 무함마드는 살아 있습니까? 제, 제발……!"

알리가 쥐어짜는 듯한 소리로 외치자 이브라힘은 싸늘하게 웃었다.

"아직 목은 붙어 있어, 알함둘릴라! 하지만!"

"하지만?"

알리가 마른침을 삼키며 급박하게 묻자 우마르의 근엄한 목소리가 되돌아왔다.

"인자하시고 자애로우신 알라께서 그 자의 목 대신 형제를 죽인 손목을 거두어 가셨지. 그거야말로 자비로우신 심판이 아닌가?"

"뭐, 뭐라구요? 어, 어떻게 그럴 수가……!"

알리가 파랗게 질리는 모습을 보고 이브라힘이 덧붙였다.

"뭘 그리 놀라나? 아직 심판이 다 끝난 것도 아닌데! 자네 또한 죄 없는 이스마일 형제를 모함하여 죽음에 이르게 했으니 그 죗값을 치러야지!"

"자, 잔인한 사람들 같으니라구! 이, 이건 약속과 다르지 않소? 그런 짓을 하고도 모자라서……. 대체 세, 세뇨르 알리를 또 어쩔 셈이오?"

로뻬스가 다시 끼어들자 우마르는 그를 향해 몸을 돌리며 외쳤다.

"약속을 먼저 어긴 건 우리가 아니라 바로 알리야! 게다가 이건 주제넘게 당신이 나설 일도 아니고! 이건 우리 무슬림 형제들끼리의 문제라는 걸 모르나? 우상을 숭배하는 이사의 조무래기들과는 할 말이 없다고 아까 분명히 말했을 텐데! 거드름을 피우려거든 고향으로 돌아가 당신 종복들 앞에서나 하시지."

"제, 제가 저지른 실수에 대해서는 어떤 심판이라도 달게 받겠습니다. 하, 하지만…… 무, 무함마드의 목숨만은 살려주십시오!"

알리는 애원하는 표정으로 우마르를 향해 두 손을 마주 잡았다.

"어떤 심판이라도 달게 받겠다? 진심으로 하는 말인가?"

우마르의 반문에 알리는 반쯤 무릎을 꿇으며 울먹이기 시작했다.

"무, 물론입니다. 비스밀라 알라만 알라힘, 맹세를 해도 좋습니다. 무, 무함마드를 살려주신다면 제, 제 목숨을 거두어 가셔도……."

"흠……, 좋아! 그럼 이렇게 하게."

"어, 어떻게요?"

알리가 눈물에 젖은 눈을 들어 우마르를 올려다보자 수염에 반쯤 가려진 그의 입술 사이로 뜻밖의 대답이 튀어나왔다.

"무함마드 대신 자네가 인질 노릇을 해야겠어."

"뭐, 뭐라구요?"

로뻬스가 소리를 질렀지만 알리는 영문을 몰라 눈만 깜빡이며 우마르의 다음 말을 기다렸다.

"어느 놈이 농간을 부렸는지 라쉬드가 갑자기 알마그렙으로 돌아가 버렸어. 아마 신변에 위협을 느낀 모양이더군. 그러니 누군가 탄자로 가서 그를 만나야 한단 말이야. 준비된 물건을 가져오려면 그렇게 하는 수밖에 없으니까! 우린 무함마드를 보낼 생각이야. 무함마드가 무사히 임무를 마치고 돌아올 때까지 자네가 그 친구 대신 인질 노릇을 해줘야겠어. 일이 성공한다면 자네 둘 다 죗값을 치른 셈이니까,

인자하시고 자애로우신 알라의 뜻을 받들어 관용을 베풀도록 하지."

"아, 아니……, 그건 말도 안돼!"

로뻬스가 즉각 반발했다. 하지만 알리는 고개를 돌려 앙베르를 쳐다보았다. 낭패감을 감추지 못한 그의 얼굴은 심하게 일그러지고 있었다. 알리는 라쉬드에게 겁을 주어 알마그렙으로 돌아가게 만든 사람이 바로 앙베르일 것이라고 짐작했다. 하긴 몸값을 내고 무함마드를 구하자는 제안도 바로 그가 아니었던가? 하지만 매사에 그토록 치밀하던 앙베르도 이런 상황만은 예기치 못했던 모양이었다.

"좋습니다. 그렇게 하지요."

다른 길이 없다는 결심을 굳힌 알리는 더 이상 망설이지 않고 고개를 끄덕였다. 그의 눈에는 어느새 눈물이 말라 있었다.

"그럼 그리스어 서찰은? 약속대로 서찰도 내줘야 할 것 아닙니까?"

평온을 되찾은 알리는 목소리에 힘을 주어 물었다.

"서찰?"

목숨이 왔다 갔다 하는 판국에 웬 서찰 타령이냐는 듯 이브라힘이 어이없다는 표정을 지었다. 그러나 우마르는 살짝 웃더니 시원스레 대답했다.

"아, 물론이지! 그까짓 종이 쪼가리가 뭐 그리 중요하겠나? 이보게! 그 서찰을 이리 가져오게."

우마르가 뒤쪽을 향해 손짓을 하자 무슬림 전사들 틈에 끼어 있던 무사가 앞으로 나서며 돌돌 말린 종이 한 장을 내밀었고, 그걸 받아든 우마르는 지체 없이 알리에게 건네주었다. 떨리는 손으로 종이를 펼쳐본 알리의 눈에 맨 아래 씌어진 세 개의 그리스어 철자, '오미크론, 피, 이오타'(O. Π. I.)가 선명하게 들어왔다.

"오노마 프로페투 예레미아스! 맞아! 틀림없어! 스승님께서 말씀하신 그대로야. 안드레아 신부님께 들은 얘기하고도 일치하고!"

알리가 약간 흥분하여 중얼거리자 로뻬스가 어깨너머로 서찰을 기웃거리며 물었다.

"'오노마 프로페투 예레미아스'라면……, '예언자의 이름 예레미아'라는 뜻일 텐데……. 그게 뭔데요?"

"스승님의 죽마고우이셨던 그리스 수도승의 별호예요. 그러니까 이 서찰은 스승님께 온 게 틀림없어요."

"무슨 헛소리를 하는 거야? 자네 스승한테 온 서찰이라니?"

우마르가 갑자기 끼어들자 알리와 로뻬스는 멍하니 그의 입술만 바라보았다.

"나도 그리스말은 잘 모르지만……, 아무튼 오즈구르 얘기로는 '오미크론, 피, 이오타'가 '오이쿠메니콘 파트리아르케이온 요아킴*'의 약자라고 했어! 그게 동방교회 총대주교 요아킴의 서명이라던데?"

"에에? 그, 그럴 리가……?"

알리가 너무 놀란 나머지 신음하듯 중얼거리자 로뻬스가 그의 어깨를 다독거렸다.

"흠……! 그렇게 풀어도 말은 맞는군요, 신기한 일이지만. 아무튼 그거야……, 일단 이걸 안드레아 신부님께 가져가서 함께 해독해 보면 확실히 알 수 있겠죠. 물론 당신 스승님께도 알려드리구요. 그러면 모든 의문이 풀릴 거 아니겠어요?"

힘없이 고개를 끄덕이던 알리는 서찰을 로뻬스의 손에 쥐어주며 말

* Οικουμενικον Πατριαρχειον Ιοαχιμ : 그리스어로 '(동방교회) 총대주교 요아킴'이라는 뜻. 서기 1499년 당시 콘스탄티노플(이스탄불)의 동방교회 총대주교는 요아힘 1세(재위 기간 1498~1502)였다.

했다.

"아, 참! 여기 이 서찰 맨 아래 있는 히브리어 '베히바르암'은 '천지가 창조된 때'라는 뜻이래요. 헌데 이걸 '아브라함'으로 해석할 수도 있다고 들었어요. 내가 보기엔 이 낱말이 암호를 풀 때 필요할 것 같아요. 자, 그럼 어서 가르나타로 돌아가요. 할 일이 많을 테니까……."

"하, 하지만…… 다, 당신은 정말……?"

로뻬스는 걱정스런 얼굴로 차마 입을 떼지 못했다. 그렇지만 알리는 짐짓 미소까지 지어가며 그를 안심시켰다.

"괜찮아요. 인자하시고 자애로우신 알라께서 지켜주시겠죠. 난 무함마드가 다 잘 해낼 거라고 믿어요. 그리고 무엇보다도 당신이 있는데 뭐가 걱정이에요? 남은 일을 잘 부탁해요. 그 동안은 당신이 쉬었으니, 이제 나도 산속에서 좀 쉬도록 하죠, 뭐! 자, 이제 돈 자루와 저만 남겨두고 이 분들은 모두 돌아가도 되겠지요?"

알리는 허락이라도 받으려는 듯 우마르를 쳐다보며 물었다. 그런데 이번엔 이브라힘이 나서며 고개를 흔들었다.

"그럴 순 없지. 이교도들은 모두가 신앙의 적인데, 저들이 가르나타로 돌아가서 무슨 짓을 할지 어떻게 아나?"

"뭐라구요? 그럼 대체 어쩌자는 겁니까?"

그러지 다시 우마르가 대답했다.

"우릴 원망할 건 없어. 다 자업자득이니까! 쓸데없이 이교도들을 여기까지 끌고 와서 문제를 복잡하게 만든 건 바로 자네 아닌가? 어쨌든 우리도 안전장치가 필요하게 됐으니……, 미안하지만 젊은 귀족 양반도 남아줘야겠어. 마침 잘됐지 뭔가? 자네와 꽤 친한 모양인데 말벗도 되고! 아무튼 카슈탈라 귀족을 인질로 잡고 있으면 카슈탈라 군대도 함부로 움직일 순 없겠지."

산 넘어 산이었다. 이브라힘은 회심의 미소까지 지으며 알리와 로뻬스를 번갈아 쳐다봤다. 하지만 로뻬스는 조금도 동요하지 않고 유창한 아랍어로 당당하게 맞받아쳤다.

"좋습니다. 이 보잘 것 없는 몸뚱어리를 인질로 잡아주신다면 그것도 영광일지 모르겠군요. 허나 실망입니다. 이교도는 다 믿을 수 없고 그래서 적대시하는 게 당연하다? 보아하니 노인장께서도 수도자이신 것 같은데, 진정으로 신을 경배하고 진리를 찾는 사람이라면 어찌 눈앞의 작은 차이에만 매달려 무익한 피를 흘리려 하십니까?"

평소에는 그토록 부드럽게만 보이던 긴 속눈썹 아래의 연한 밤색 눈동자가 예리한 칼끝처럼 반짝이며 우마르를 쏘아보았다. 로뻬스의 말에 용기를 얻은 듯 앙베르도 노기 가득한 음성으로 거들었다.

"백 번 옳은 말씀! 어차피 전쟁은 오래 전에 끝났소. 당신들은 이미 오래 전에 싸움에서 졌고, 그런 현실을 인정해야 하오. 그러니 이제부터는 칼을 들고 싸울 게 아니라 함께 손을 맞잡고 평화를 지켜 나가야 하지 않겠소? 기독교도라고 해서 무조건 적이 아니고 무슬림이라 해서 다 동지는 아닐 텐데, 어째서 철없는 코흘리개들처럼 패싸움만 하려 드는지 정말 알 수가 없구려. 그렇게 마구잡이로 편 가르기를 해서 대체 얻는 게 뭐냔 말이오!"

"편 가르기? 옳거니! 말 한번 잘 하는군! 당연히 편을 갈라야지. 암, 갈라야 하구 말구! 아니, 우리가 가르는 게 아니라 이 대지와 하늘을 만드신 분, 인자하시고 자애로우신 알라께서 갈라놓으신 것을 따를 뿐이니까! 빛과 어둠이, 바다와 사막이 하나가 될 수 없듯 너희들과 우리는 절대로 하나가 될 수 없어! 평화? 너희들 눈엔 평화로 보일지 모르지만 우리들에겐 굴욕이고 고통일 뿐이야. 네놈들은…….”

“좋아요! 그만하면 됐소! 지금 당신들과 논쟁하고 싶은 생각은 없소이다. 기사가 결투를 마다하지 않듯 나야 어디서나 논쟁을 즐기지만, 좋아하는 일에도 때와 장소를 가리는 법! 허나 한 가지 부탁이 있소!”

앙베르가 손사래를 치며 말을 끊자 우마르는 몹시 불만스러운 듯 눈을 치뜨면서 되물었다.

“부탁이라니?”

“저 귀족 청년 대신 내가 세뇨르 알리와 함께 인질로 남게 해 주시오. 난 카슈탈라 귀족은 아니지만 안드레아 형제의 오랜 친구이니, 멘도사 사령관도 무시할 수 없을 거고……. 아무튼 인질로 치자면 내가 좀더 값어치가 나갈지도 모르오, 하하하!”

앙베르는 분위기에 맞지 않게 호탕한 웃음까지 터뜨렸지만, 로뻬스는 황급히 그의 말을 반박했다.

“세뇨르 앙베르! 죄송합니다만 나는 행운이든 악운이든 내게 돌아온 몫을 남에게 넘겨줄 만큼 너그럽지도 않고 뻔뻔하지도 않습니다. 저들이 원하는 건 나이니 내가 남겠습니다.”

“아니, 아니, 그러지 마시오. 당신은 가르나타로 돌아가 세뇨르 알리를 위해 해야 할 일이 많지 않소? 그리고 당신보다는 나를 잡아두는 것이 이 사람들한테도 유리할 테니……. 덕분에 본격적인 손님 노릇을 한번 해보는 것도 나쁘지 않을 것 같소이다.”

로뻬스와 앙베르 사이의 설전이 길어질 기미를 보이자 다시 우마르가 나서며 비꼬듯이 말문을 열었다.

“그만, 그만! 서로를 걱정해 주는 마음이 차마 눈물겨워 못 보겠구려. 들고 보니 이 터번 쓴 친구의 말대로 하는 게 낫겠군. 신부의 절친한 벗이라면 우리가 손님으로 모실 만하지. 게다가 미리 준비를 하느라고 우리 옷까지 갖춰 입지 않았는가? 하하하! 그럼, 그럼! 손님 노릇을 하려면 그 정도 성의는 보여야지, 암!"

잠시 말을 멈췄던 우마르는 갑자기 표정을 바꾸더니 도끼눈을 부라리며 외치기 시작했다.

"흥! 간악한 시스네로스가 곧 가르나타로 온다지? 와서 모든 무슬림 형제들을 기독교도로 만들려고 한다지? 너희들이 우리 손님이라구? 우린 너희들을 초대한 적 없어! 가르나타의 백성들은 불여우 이사벨과 사탄의 괴수 시스네로스를 초대한 적이 없다구! 손님이라구? 주인의 허락도 없이 칼을 차고 남의 집 안방을 범하는 손님도 있다더냐? 네놈들은 손님은커녕 무찔러야 할 적이고 침략자일 뿐이야! 네놈들의 왕이, 네놈들의 대주교라는 자가 우리 무슬림들의 씨를 말리려고 음모를 꾸미고 있는데, 네놈들은 정녕 그걸 모른다고 할 셈이냐? 하긴 더 이상 긴 얘기 하면서 시간 낭비할 필요도 없겠지. 암, 이젠 죽느냐 죽이느냐 그것만이 문제니까!"

"허허, 이거야 원! 정말 예의라고는 눈곱만큼도 모르는구만! 이거 보시오! 난 카슈탈라 사람도 아니고 사제도 아니오. 그러니 왕이나 대주교의 지령을 받고 여기 온 게 아니란 말이오! 도대체 말이 안 통하니……, 이렇게 신의 없고 답답한 사람들과 무슨 말을 더 하리오!"

우마르의 말투가 점점 험악해지자 앙베르는 고개를 절레절레 흔들며 탄식을 했다. 그렇지만 우마르의 입에서 튀어나온 벼락같은 호통이 그 탄식마저 묻어버렸다.

"예의라구? 신의라구? 인육을 먹고 무고한 양민의 피로 성전을 적신 야만인들이 언제부터 예의를 따지고 신의를 논했단 말인가? 정작 무례한 게 누군데 어디서 함부로 입을 놀리는 게야?"

알리는 우마르의 몇 가닥 안 되는 수염에 침방울이 튀고 입가에 허연 거품마저 묻어나는 것을 보자 자신도 모르게 몸을 떨며 반문했다.

"이, 인육을 먹다뇨?"

"무지몽매한 형제여! 겉모습만 현란한 이교도들의 서푼짜리 지식에 취해 경건한 믿음을 멀리하고, 동포들의 슬픈 역사마저 외면하는 어리석은 인간이여! 그런 자네의 모습이 창부의 향기에 홀려 처자마저 내팽개친 호색한의 추태와 무엇이 다른가? 서책깨나 읽고 학식깨나 높다는 자네가 프란즈 침략자들이 저지른 만행도 모른단 말인가? 마라의 참극*을 들어보지도 못했는가? 알쿠드스의 통곡**을 들어보지도 못했는가?"

기세에 눌린 알리가 고개를 숙이자 우마르는 다시 앙베르를 향해 두 눈을 부릅떴다.

"그 어울리지도 않는 꼬락서니라니! 돼지 대가리에 갈기를 붙인다고 준마가 되겠는가? 나귀 등에 혹을 붙인다고 낙타가 되겠는가? 터번과 망토로 더러운 몸뚱이를 감춘다 한들 눈부신 태양 아래 본색까지 감출 수야 없을 터! 신성한 무슬림의 옷을 훔쳐 입고 세인의 눈을 미혹하려는 걸 보니 이자야말로 간자間者가 아니겠는가?"

우마르가 '간자'라는 말에 힘을 주며 뒤쪽을 돌아보자 무슬림 전사들은 일제히 칼을 치켜들며 소리쳐 화답했다.

---

* '마라'Ma'arra는 오늘날의 시리아에 위치한 중세 때의 도시 이름. 기록에 따르면 서기 1098년 12월 이 도시를 점령한 십자군 병사들은 만 명이 넘는 무슬림 주민들을 모조리 학살하고 죽은 시신을 솥에 넣어 삶거나 꼬챙이에 꿰어 구워 먹었다.

** '알쿠드스'al-Quds는 아랍어로 예루살렘을 가리킨다. 1099년 여름 예루살렘을 점령한 십자군 병사들은 7만 명이 넘는 무슬림과 유태인 주민들을 학살하고, 이슬람교 사원과 유태교 교회, 심지어 기독교 성전까지도 무차별적으로 파괴하고 약탈했다.

"알라후 아크바르!"

"와 라 갈리바 일랄라!"

"이교도들에게 복수를!"

"배신자들에게 정의의 심판을!"

"형제 여러분! 드디어 기다리고 기다리던 복수의 그날, 심판의 그날이 왔소. 지금부터 꼭 400년 전 저 흉악무도한 이교도 야만인들이 우리 형제들의 신성한 강토를 유린하고 성도 알쿠드스를 더럽힌 이후로, 저들과 우리는 불구대천의 원수가 되었소. 우리는 저들의 천인공노할 만행을 한시도 잊은 적이 없고, 선조들이 흘린 피와 눈물 또한 잊은 적이 없소! 이제 저들의 피에 발을 담그고 저들의 눈물로 손을 씻읍시다! 복수합시다! 정의의 이름으로, 비스밀라 알라만 알라힘!"

우마르가 움켜쥔 두 주먹을 쳐들며 독려하자 전사들의 함성이 더욱 커졌다. 바로 그때 노도와 같은 함성 사이를 헤집고 나온 날카로운 첫소리가 알리의 귀를 찔렀다.

"위선자! 살인자! 그 더러운 주둥아리를 당장 닫지 못할까?"

알리 일행의 뒤편에서 갑자기 나타난 목소리의 주인공은 놀랍게도 알마즈눈, 아니 할리드였다. 언제 그곳까지 와 있었는지 바람처럼 홀연히 모습을 드러낸 그를 보자 모두들 놀라움을 감추지 못하고 입을 떡 벌렸다. 그러나 알리는 거친 황야에서 구세주라도 만난 듯 반가움에 못 이겨 저도 모르게 소리를 쳤다.

"서, 선생님!"

알리의 뒤쪽 십여 걸음쯤 떨어진 곳에서 걸음을 멈춘 할리드는 주위를 천천히 둘러보더니 우마르와 이브라힘을 향해 호통을 쳤다.

"네놈들이 지하드의 전사라구? 인자하시고 자애로우신 알라의 이름을 파는 사기꾼들아! 독선과 교만에 찌든 협잡꾼들아! 권세에 눈이 어두워 형제들을 속이고 배신한 악당들아! 차라리 손바닥으로 해를 가리거라! 간교한 혓바닥과 두꺼운 낯가죽만으로 네놈들의 추악한 죄상을 언제까지 감출 수 있을 성싶었더냐? 심판의 날이라구? 복수의 날이라구? 인자하시고 자애로우신 알라가 정녕 두렵지도 않느냐? 대저 네놈들이 무슨 자격으로 심판을 들먹이고 복수를 운위한단 말이냐? 형제 여러분, 내 말을 잘 들으시오! 지금 우리 형제들의 진정한 적은 이교도들이 아니라 바로 저 자들이오! 수백 년 전 침략자들이 거룩한 성도를 유린했을 때도 그렇지 않았소? 남몰래 동포들을 등지고 적과 손잡은 자들, 뒷구멍으로는 사리사욕을 채우면서 거짓 투쟁을 부르짖던 자들, 음흉한 계략으로 형제들을 분열시킨 자들, 지금 여러분의 눈앞에 있는 바로 저 자들과 같은 가짜 지도자들이 우리의 진정한 적이 아니었느냐 말이오!"

"저, 저 미친놈이 무슨 헛소리를 지껄이고 있는 게야? 뭣들 하느냐? 빨리 저 미치광이의 입을 막지 않고!"

갑작스러운 사태에 크게 당황한 우마르와 이브라힘이 악을 썼지만, 무슬림 전사들 또한 어찌해야 할지 갈피를 잡지 못한 듯 서로 눈치만 살피고 있었다. 그러자 곧 할리드의 소름끼치는 웃음이 이어졌다.

"으하하하하! 으하하하하하! 어지간히 두려운 게로구나! 서방실하다가 들킨 종년처럼 안절부절 못하는 꼴이라니! 왜? 꽁꽁 숨겨둔 치부가 드러날까 봐 오금이 저리느냐? 그래, 맞다! 난 미쳤다. 이 더러운 세상에서 미치지 않고서야 어찌 숨을 쉬고 살아 있겠느냐? 허나 정작 미친 건 바로 네놈들이 아니더냐? 내 광증이야 슬픔을 감추는 가리개일 뿐이지만, 네놈들의 광기는 탐욕과 위선에서 자라난 독기가 아니

난 말이다! 우리 형제들 앞에서 떳떳할 수 있다면 어디 한번 말해 보거라! 알하킴 어른을 누가 죽였느냐? '알마흐디'의 유능한 지도자였던 살리흐는 지금 어디에 있느냐?"

할리드가 잠시 말을 멈춘 듯싶었다. 알하킴과 살리흐의 이름이 튀어나오자 자신의 귀를 의심하던 알리는 문득 고개를 돌려 우마르와 이브라힘 쪽을 바라보았다.

"아아, 저, 저런……?"

미처 소리를 지를 틈도 없었다. 어느새 칼을 내려놓고 커다란 활을 손에 쥐어든 이브라힘이 왼손으로 힘껏 활시위를 당기는 모습을 본 것 같았다. 시위를 떠난 화살이 쉿 하고 바람을 가르며 날아가는 소리를 들은 것도 같았다. 아니, 어쩌면 그 모든 게 상상이었는지도 모를 일이었다. 알리는 자신도 모르게 두 눈을 질끈 감고 있었던 것이다.

"아악!"

누군가의 비명 소리가 계곡에 메아리치는 순간 알리는 눈을 번쩍 떴다. 할리드의 가슴 한복판에 꽂힌 화살 깃이 요동치며 떨리고 있었고, 두 눈을 부릅뜬 할리드가 자신을 노려보고 있었다. 그리고 그건 분명 환상이 아니었다.

제12장
마지막 대결

가르나타

히즈라 905년 1월 10일(서기 1499년 8월 17일).

"누가, 도대체 뭐 때문에 죽은 살리흐의 시신에다 그리스 수도승의 옷을 입혀 놨을까?"

똑같은 말을 벌써 몇 번이나 뇌까렸던가? 새벽 예배 시간이 다가오사 사리를 딜고 일어난 알리는 잠꼬내처럼 중얼거리며 희끄무레한 한 줄기 빛이 스며들기 시작하는 작은 창문을 바라보았다. 온몸이 검은 털에 덮인 꽤 크고 통통한 거미 한 마리가 흙벽을 타고 창문 쪽을 향해 서서히 움직이고 있었다. 알리는 갑자기 그 거미의 처지가 한없이 부러워졌다. 미물이었지만 그 거미에게는 뚜렷한 목표가 있는 듯이 보였고, 게다가 곧 그 목표를 이룰 수 있을 것 같았기 때문이었다. 아니, 어쩌면 그런 생각 또한 다 부질없는 착각일 수도 있었다. 거미의 목표는 창문이 아닐 수도 있었고, 또 창문에 이른다 한들 거미의 삶이 달라질 일도 아니었으니까!

'그래도 창문에 닿기만 하면 저 거미는 이곳을 빠져나갈 수 있지 않은가?'

알리는 깊은 한숨을 내쉬며 맞은편 벽에 등을 기대고 앉아 있는 앙베르를 돌아보았다. 앙베르와 함께 무슬림 저항조직의 인질이 되어 외딴 농가의 헛간에 갇힌 지도 벌써 열흘이 훌쩍 지나버렸고, 그 사이에 알리는 급속하게 마음의 평정을 잃어갔다. 시간이 지날수록 주변의 분위기가 뭔가 심상치 않게 바뀌어가고는 있었지만, 당장 생명의 위협을 느껴서 그런 건 아니었다. 그렇다고 감금 생활이 너무 답답해서만도 아니었다. 단지 모든 궁금증과 의혹들이 무엇 하나 속 시원히 풀리지 않은 상태에서 아무 것도 못하고 아무 소식도 못 들으며 무기력하게 수인 노릇을 하고 있다는 현실 때문에 미칠 것만 같았다. 아니, 알리는 문득 자신이 정말로 조금씩 실성해 가는 게 아닌가 걱정이 되기도 했다. 우선 무슨 생각을 해도 머리가 제대로 돌아가질 않았을 뿐만 아니라, 무의식중에 했던 말을 하고 또 하면서 좁은 헛간 안을 물무당처럼 뱅뱅 돌며 서성이는 자신의 모습을 발견하고는 흠칫 놀란 게 한두 번이 아니었기 때문이다.

새해가 오고 벌써 열흘이 지났건만 탄자로 무기를 가지러 떠난 무함마드에게서는 아직 아무 소식이 없는 듯했다. 인질 신세를 겨우 면하고 가르나타 성내로 돌아간 로뻬스에게서도 아무 연락이 없었다. 아니, 기쁜 소식이 있었거나 연락이 왔다 한들 갇혀 있는 알리가 그걸 알 수는 없는 노릇이었다. 하지만 만약 그랬다면 무사가 뭔가 귀뜸을 해줬을 법도 했다. 그래도 인정 많은 그가 2, 3일에 한번쯤은 감시병들 눈을 피해 창문으로 먹을 것을 던져 넣어주거나 한두 마디쯤 바깥소식을 전해주곤 했기 때문이었다.

'모두들 무엇을 하고 있는 거지? 아버님은 뭘 하고 계시며, 로뻬스는 또 뭘 하고 있단 말인가? 안드레아 신부는 멘도사 사령관에게 이 일을 알렸을까?'

답답함이 지나쳐 종종 격노의 감정이 치밀어오를 때면 알리는 어금니를 꽉 악물었다. 자신을 아는 모든 사람들, 자기 주변의 모든 이들이 자신의 처지를 외면하고 나 몰라라 하는 것만 같아 그는 시간이 지날수록 비참한 기분에 빠져들었다. 그리고 혼자 외롭게 버려졌다는 쓸쓸한 느낌이 자신을 괴롭힐 때마다 회의는 절망이 되고 불안은 적개심이 되었다. 그러나 이 모든 것보다 더욱 견디기 힘든 것은 함께 있는 앙베르의 침묵이었다. 며칠 전부터 앙베르는 마치 묵언 서약이라도 한 수도승처럼 거의 아무 말도 하지 않았고, 알리가 묻는 말에도 고갯짓으로 가부만을 표할 뿐이었다. 그가 왜 갑자기 입을 다물어버렸는지는 알 수 없었다. 하지만 그런 말없는 앙베르의 싸늘한 눈길이 안절부절못하는 자신에게 날아와 꽂힐 때면, 알리는 더욱더 신경이 날카로워져 어쩔 줄 모르곤 했다.

"제발 뭐라고 말 좀 해 보세요! 손님께서는 저보다 훨씬 더 현명하신 분이니 뭔가 해답을 찾으셨을 거 아닙니까? 도대체 이 수수께끼엔 답이 없는 건가요?"

예배 준비를 하려고 동편을 향해 돌아섰던 알리는 갑자기 목을 조르듯 엄습해 오는 답답함과 무력감을 견디다 못해 발작적으로 소리를 질렀다.

"새벽부터 웬 시비요? 도대체 무슨 수수께끼 말이오?"

앙베르는 딱하다는 표정으로 담담하게 되물었다.

"무슨 수수께끼냐구요? 설마 정말 몰라서 물으시는 건 아니겠죠? 살리흐를 죽여서 수도승의 옷을 입혀놓은 게 누구냐 이겁니다! 도대체 누가, 뭐 때문에 그런 짓을 했을까요?"

"디오스 사베!"

앙베르의 짤막한 카슈탈라어 대답에 알리는 분통을 터뜨렸다.

"어쩜 그렇게 천하태평이십니까? 어찌 보면 일이 이 지경이 된 데는 손님 책임도 큰 것 아닙니까? 헌데 어찌 그렇게 딴청만 피우실 수가 있느냐구요!"

"내 책임이 크다? 그건 왜? 내가 돈을 가지고 산으로 오자고 했기 때문에?"

앙베르의 목소리는 여전히 차분했지만 그의 회색빛 눈동자만은 날카롭게 번득이기 시작했다.

"그렇죠! 생각해 보면 처음부터 무리한 계획이었어요. 결국 아무 것도 얻은 게 없지 않습니까?"

알리가 볼멘소리를 내질렀지만 앙베르는 침착하게 반박했다.

"날 원망하는 건 상관없소이다. 허나 억만금을 주고서라도 친구를 구하고 싶었던 건 바로 당신 아니었소? 아마 내가 아니었더라도 당신은 산에 왔을 것이고, 게다가 당신 아버님께서도 친구의 목숨이 경각에 달려 있는데 외면할 수는 없다고 하셨지 않소? 생각해 보구려! 당시에 무슨 다른 선택의 여지가 있었소? 상황은 이해하지만……, 분별력 있는 젊은인 줄 알았는데 조금 실망스럽소이다. 예나 지금이나 잘되면 내 덕이고 잘못되면 남의 탓이라 한다면 그게 어찌 배운 사람의 도리라 하겠소? 더구나 나 또한 당신과 함께 갇혀 있는 몸 아니오?"

"……."

듣고 보니 구구절절 옳은 말이었다. 앙베르의 말에 빈틈이 없음을 느낀 알리는 얼굴을 찌푸리며 입을 다물었다. 몹시 신경이 날카로워져서 마음의 평정을 잃기는 했지만 모든 분별력이 사라질 정도는 아니었던 것이다. 게다가 비록 면박을 당하기는 했지만, 어쨌든 앙베르가 오랜만에 말문을 연 것이 오히려 고맙기도 했다.

"더구나 지금 그따위 수수께끼 같은 건 문제도 아니오."

그런 알리의 마음을 아는지 모르는지 앙베르는 불쑥 다음 말을 던졌고, 겨우 마음을 가라앉히려던 알리는 그 말 때문에 다시 발끈할 수밖에 없었다.

"문제가 아니라뇨? 지금껏 뭐 때문에 이 고생을 하고 여기까지 왔는데……."

"어차피 우리가 여기 갇혀 있는 한 수수께끼를 풀 도리는 없소. 게다가 수수께끼를 푸는 것도 살아 있어야 가능한 거요. 죽어 귀신이 된 다음에야 탐정 놀음인들 제대로 하겠느냐 이 말이외다!"

"뭐, 뭐라구요? 그게 무슨……?"

알리가 석잖이 당황한 기색을 보이자 앙베르는 더욱 냉성하게 넛붙였다.

"지금은 우리 목숨이 경각에 달려 있으니 우선 우리가 살 방도부터 생각해 봐야 한다 이 말이오!"

"하, 하지만…… 저들이 설마 우리를 죽이기야 하겠어요?"

"설마라구? 설마가 사람 잡는다는 말도 못 들어 봤소? 이걸 한번 보구려! 이래도 계속 천하태평일 수 있겠소?"

앙베르는 툭 쏘는 말과 함께 돌돌 만 검은 꾸러미 같은 것을 알리의 앞쪽으로 내던졌다.

"이, 이게 뭡니까?"

자신의 앞에 떨어진 이상한 물체를 유심히 내려다보던 알리는 갑자기 뒤로 물러앉으며 기겁을 했다.

"으아, 아악! 이, 이건……, 배, 뱀 아닙니까?"

"그렇소, 뱀이오. 그것도 아주 맹독을 가진 비페라 코르누타vīpera cornūta(라틴어로 '뿔 달린 독사')요. 옛날부터 그리스인들이 케라스테스 κεράστης(뿔 달린 뱀)라고 불렀던 바로 그 뱀이지. 그놈한테 물리면 정맥이 부어오르고 피가 썩어 검게 변하고 사지가 덜덜 떨리고 판단력이 흐려지고……, 그리고 마침내는 심한 경련과 통증으로 괴로워하다 숨을 거두게 되오. 하지만 너무 겁먹을 필요는 없소. 내가 이미 숨통을 끊어서 줄로 묶어 놨으니까!"

앙베르의 대답은 여전히 차분했지만 알리는 열에 들뜬 사람처럼 계속 소리를 질렀다.

"도, 독사라구요? 뿔뱀이라구요? 도, 도대체 이것들이 어디서 나왔단 말입니까? 게다가 한 마리도 아닌 것 같은데……."

"간밤에 당신이 곤히 잠들었을 때 내가 잡았소. 비페라 코르누타는 이곳 알안달루스에 사는 뱀이 아니오. 바다 건너 알마그렙에서나 볼 수 있는 거니까……. 그러니 누군가가 이 헛간 안으로 집어넣었다고 봐야겠지!"

"그, 그럼 누가 일부러 우릴 죽이려고 했단 말입니까?"

"그렇소! 그러니까 아무튼 정신 바짝 차려야 한단 말이오."

"하, 하지만…… 저들이 우릴 죽이려 든다면야 그건 어린애 손목 비틀기보다 쉬운 일일 텐데 굳이……."

"굳이 뱀을 쓸 필요가 없다 이 말이오? 그건 당신 말이 맞소! 그러니까 뱀을 집어넣은 건 다른 자들이라고 봐야겠지."

"다, 다른 자들이라면……, 그게 누굴까요? 누가 뭐 때문에 우릴 죽이려 한단 말입니까? 우린 남에게 잘못한 일도 없고 원한 살만한 일도 안했는데……."

알리가 두 팔을 펼치며 너무나도 억울하다는 몸짓을 짓자 앙베르는 이를 한번 악물고 난 뒤 차갑게 되물었다.

"어찌 그렇게 단정하오? 누구나 자신도 모르게 잘못을 하거나 남의 원한을 살 수 있소! 원래 때린 자는 하룻밤 만에 잊어버려도 맞은 자는 평생 못 잊는 게 세상 이치요! 물론 지금 내가 말하려는 건 그따위 교리 문답 같은 얘기는 아니오. 단지…… 당신 말대로 우리가 아무 잘못이 없다 해도 우릴 죽이려는 자들이 있을 수 있다는 게 중요할 뿐!"

"그, 그게 누군데요? 왜, 왜 우릴 죽이려 든단 말입니까?"

"그게 누군지는 모르나 우릴 죽여서 뭔가 이득을 얻는 자들이라면, 우리에게 원한이 없어도 살의를 품을 수 있는 것 아니겠소? 우릴 죽여서 이득을 얻을 수 있는 게 누굴까 한번 생각해 봅시다. 우선 뱀을 넣은 자들은 우리를 죽여서 '알하피즈'의 두목을……, 그, 그 사람 이름이 뭐라고 했더라……?"

"이브라힘입니다. 이브라힘 이븐 압둘라요."

"그래, 이브라힘! 아무튼 그 자를 곤경에 빠뜨리려고 했을 수도 있고……. 생각해 보구려! 인질로 잡혀 있던 우리가 갑자기 사고로 죽어 버리면 이브라힘의 입장이 곤란해지지 않겠소?"

"그, 그거야 그렇습니다만…… 누, 누가 그걸 노렸을까요?"

"글쎄……, 허나 내 저번에도 말하지 않았소? 무슬림 조직 내부에서 내홍이 있었을 거라고! 이브라힘에 반대하는 자들, 아니 어쩌면 죽은 살리흐를 지지하던 자들이 저지른 짓일 수도 있지."

"아, 아무리 그래도 그렇지……. 왜 애매한 우리한테 이런 비열한 짓을……."

"어쩌면 우리만 죽이려고 한 건 아닐 수도 있소. 그거야 나중에 알아보면 알게 될 일이지만……."

"저……, 그렇게 따져보면 광신적인 기독교도들이 우릴 죽이려고 했을 수도 있겠네요."

"왜 그런 생각을 하오?"

"저야 같은 무슬림이니까 그렇다 쳐도 손님은 기독교도고 안드레아 신부님의 절친한 친구 분이신데……, 그런 양반이 무슬림들에게 인질로 잡혀 있다가 변을 당하게 되면 그것만으로도……."

"무슬림들을 탄압할 수 있는 빌미가 생기는 거 아니냐 이 말이오?"

"……."

알리는 당연하지 않느냐는 표정을 지었다. 하지만 앙베르는 얼굴을 찌푸리더니 고개를 저었다.

"이봐요, 세뇨르 알리! 추론을 할 때 논리적 가능성과 현실적 가능성을 혼동하면 안 되오. 황금산이나 날개 달린 말은 논리적으로는 얼마든지 가능하지만 현실적으로는 존재하지 않소! 방금 당신이 한 추론 또한 논리적으로만 보면 흠잡을 데 없소. 하지만 현실적으로는 거의 쓸모없는 거요. 왜냐? 기독교도 중에서 현실적으로 그런 짓을 할 수 있는 사람이 거의 없기 때문이오."

"손님께서는 기독교도니까 그렇게 말씀하시겠지만……."

"허허, 참! 내가 기독교도라서 편을 들자고 이러는 게 아니오. 그럼 그 동안 날 그렇게 치졸한 위인으로 여겼단 말이오? 그렇다면 정말 섭섭하외다."

"그, 그런 건 아닙니다만……?"

"잘 들어요! 우선 우리가 여기 인질로 잡혀 있다는 걸 아는 이가 별로 없을 거요. 사실은 세뇨르 로뻬스가 산을 내려갈 때 내가 슬쩍 부탁을 해뒀소. 가르나타로 돌아가더라도 우리가 인질로 잡혔다는 소문이 퍼지지 않도록 신경을 써 달라고 말이오! 그리고 당신 아버님이나 안드레아 신부에게도 그대로 전하라고 했소."

"그, 그건 또 왜요?"

"다 우리의 안전을 위해서요. 생각해 보구려. 우리가 인질로 잡혀 있다는 사실이 알려지면, 결국 무슬림들이 알마그렙까지 가서 무기를 구하려고 한다는 것도 다 알려질 거 아니오? 그럼 카슈탈라 군대가 가만히 있겠소? 만약 군대가 출동하면 우리 목숨은 더 위험해질 거요. 그러니 당분간은 우리가 인질로 잡혀 있다는 걸 비밀로 해두는 게 낫지 않겠소?"

"소, 손님 말씀이 맞습니다."

알리가 고개를 끄덕이자 앙베르는 미소를 지으며 말을 이었다.

"더더군다나 광신적인 기독교도들 중에 이 사실을 아는 자는 단 한 명도 없을 거요. 또 만에 하나 그 사실을 알게 된 자가 있다 하더라도, 그 자가 구하기도 힘든 독사를 들고 무슬림 전사들이 들끓는 이 산속까지 들어온다는 건 상상하기 힘든 일이오. 그것도 겨우 우리 두 사람을 죽이기 위해서? 그게 현실적으로 말이 된다고 생각하오?"

앙베르의 조롱 섞인 힐난에 알리는 쥐구멍이라도 찾고 싶은 심정이 되어 황망히 자신의 말을 거둬들였다.

"제, 제 생각이 짧았습니다. 저, 정말 부끄럽군요. 좀 전에 드린 말씀
은 못 들으신 걸로 해주십시오."

"그건 그렇고……, 정작 더 큰 문제는 보이지 않는 자들만 위험한
건 아니라는 점이오! 이곳에 뱀을 넣은 거야 사실 유치한 장난일 수도
있지만……."

"유치한 장난이라뇨? 하마터면 큰일 날 뻔했잖습니까? 휴!"

알리는 한숨까지 내쉬며 가슴을 쓸어내렸다. 그런데 앙베르는 의외
로 재론할 가치조차 없다는 표정을 지었다.

"사람을 잘못 봐도 유분수지! 천하의 앙베르가 그까짓 미물에게 물
려 죽을 줄 알다니! 허허, 쯧쯧쯧! 하지만 정작 위험한 건 뱀 따위가
아니라 바로 우릴 가둔 자들이오. 저들은 이미 한때 동지였던 무함마
드의 손목을 자르는 만행을 저질렀고, 무슨 까닭인지는 정확히 알 수
없지만 우리가 보는 앞에서 할리드마저 잔인하게 죽이지 않았소? 자,
지금 상황을 잘 따져 봅시다. 무함마드가 탄자로 간지도 벌써 열흘이
넘었소. 만약 문제없이 일이 잘 풀렸다면 일주일 안에 능히 돌아왔을
텐데……, 아직 소식이 없는 걸 보면 뭔가 일이 꼬인 게 틀림없소. 저
들이 무기를 손에 넣지 못하는 한 우리를 풀어주지 않을 것은 분명하
고……. 또 산속에 무슬림 반도들이 들끓고 있는데, 카슈탈라 군대도
언제까지나 지켜보기만 하지는 않을 거란 말이오."

"하지만 우리가 인질로 잡혀 있는데……?"

"허허! 아까도 말했지만 우리가 인질로 잡혀 있다는 건 멘도사 사
령관도 모를 거요. 아니, 안다 해도 우리한테는 큰 도움이 안 될 거고!
물론 안드레아 형제 같은 이들이 우릴 구하려고 애쓰기는 하겠지만,

카슈탈라인들 입장에서 보면야 우리 두 사람 목숨이 뭐 그리 대수겠소? 당신이야 어차피 무슬림이고, 나도 떠돌이 이방인에 불과한데!"

"그, 그렇다면 왜 세뇨르 로뻬스 대신 인질로 남겠다고 자청하셨나요? 세뇨르 로뻬스가 남았다면 저들도 함부로 대하지 못했을 거고, 또 카슈탈라 사람들도 우리 목숨을 가볍게 볼 수 없었을 거 아닙니까?"

알리가 이해할 수 없다는 표정을 짓자 앙베르는 잠시 뜸을 들이다가 대답했다.

"글쎄……, 그렇긴 하오만 당시에는 내가 남는 게 더 낫다고 판단했을 뿐이오. 어쨌든 최악의 상황이 왔을 경우 자기 목숨은 물론이고 당신 목숨까지 구할 방도를 갖고 있는 사람은 로뻬스라는 젊은이가 아니라 바로 나였으니까!"

"그, 그게 무슨 말씀인지……?"

"쉿! 지금부터 내가 하는 말을 잘 들어요."

앙베르는 주의를 환기하려는 듯 공연히 텅 빈 헛간 안을 한 바퀴 휙 둘러보더니 목소리를 낮추어 말을 이었다.

"내 생각으로는 앞으로 며칠 밤이 고비일 것 같소. 이대로 멍청하게 앉아서 죽음을 기다릴 순 없으니 말 그대로 극약 처방을 해봅시다."

"그, 극약 처방이라면……?"

일리가 어리둥절해하자 앙베르는 비장한 표정을 지으며 잠깐 부스럭거리더니 괴춤에서 뭔가를 꺼내들었다.

"그, 그게 뭡니까?"

앙베르가 알리의 눈앞에 내민 것은 작은 종이 뭉치, 아니 종이에 싸여진 알 수 없는 물건이었다.

"바로 극약이오."

"예?"

아연실색하며 놀라는 알리를 향해 앙베르는 짐짓 입을 삐죽거리며 비웃었다.

"난 꽤 용기 있는 젊은인 줄 알았는데……, 죽는 게 그렇게 두렵소? 이거 실망의 연속이구려."

"그, 그게 아니라…… 살 방도를 찾는다더니 갑자기 극약이라뇨?"

"필사즉생必死卽生이란 말도 있지 않소? 죽기를 각오하면 살 길이 열리는 법! 지금 여기서 빠져나갈 방도는 이것밖에 없소."

"좀 구체적으로 말씀을 해 보세요. 이 극약으로 파수병이라도 죽이고 도망치자는 말씀입니까?"

"그깟 파수병 한둘을 죽인다고 여기서 탈출할 수 있을 것 같소? 감시망이 겹겹이 에워싸고 있을 텐데?"

"그럼 도대체 어쩌자는 건가요?"

답답해진 알리가 자신도 모르게 언성을 높였다. 그렇지만 앙베르는 얄밉게도 더욱 목소리를 내리깔며 담담하게 말했다.

"이걸 우리가 먹는 거요."

"예에? 그, 그럼…… 여기서 함께 자진이라도 하잔 말씀이십니까?"

"그게 아니오. 이 약을 먹고 우리가 초죽음이 되면, 저들이 먼저 우리를 내다버릴 거요."

"어째서요?"

"아마 우리가 돌림병에 걸린 걸로 착각하게 될 테니까! 얼마 전부터 가르나타 성내에 번지고 있는 괴질 말이오!"

"뭐라구요?"

"이 약은 당신과 동행하기로 결심하고 나서 특별히 준비해뒀던 거요. 집을 떠날 때 왠지 불길한 예감이 들어 비상용으로 가져왔소."

"도, 도대체 뭘로 만든 겁니까?"

"여러 가지를 섞어 만들었소. 엄밀히 따지자면 모든 동식물, 그러니까 우리가 먹는 모든 음식에도 조금씩은 독이 들어 있지. 하지만 극약으로 쓸 만큼 강한 독이 들어 있는 건 그리 많지 않소. 대개 미나리과 식물이나 붓꽃과 식물, 싸리풀, 쐐기풀, 부자, 차전초, 엉겅퀴, 연꽃, 백합과의 구근, 양귀비, 그리고 수많은 버섯 등속이 그렇고, 동물 중에서는 반묘斑猫(딱정벌레 무리에 속하는 '가뢰')나 모충毛蟲 같은 벌레, 두꺼비, 전갈, 도롱뇽, 지네, 거머리, 가오리, 그리고 모든 종류의 독사가 독을 지니고 있소. 물론 납이나 수은, 석고, 비소 같은 광물들도 사람 몸에 해롭지만, 어쨌거나…… 간단히 말해 독미나리 뿌리와 익시아ixia (엉겅퀴의 일종), 카슈탈라에서 '사르데냐 풀'la yerba sardonia(미나리아재비과에 속하는 식물의 일종)이라고 부르는 독초, 말린 풍뎅이 가루가 이 약의 주성분이오. 그리고 백연白鉛도 조금 넣었소. 이걸 먹으면 곧바로 위와 창자가 뒤틀리고 끊어질 것 같은 복통과 함께 극심한 구토와 설사에 시달리게 될 거요. 그리고 잠시 뒤에는 오열과 더불어 사지가 마비되고 온몸의 근육마저 경련을 일으킬 테니, 잘 모르는 사람이 보면 영락없이 괴질에 걸렸다고 생각할 거란 말이오. 그래서……."

"사, 삼산! 노, 독미나리라면 아주 위험한 극약 중의 극약 아닙니까? 본초에 대해 해박하시단 얘기는 신부님께 들었습니다만……, 아무리 그래도 그, 극약이라면 아무나 다룰 수 있는 게 아닐 텐데……."

알리가 공포에 질린 불안한 눈길로 쳐다보자 앙베르는 근엄한 표정을 지었다.

"원래 모든 약은 독이고, 또 모든 독은 약이기도 하오. 우리에게 의술을 가르쳐준 것 또한 고대 그리스의 현인들인데, 당신도 알다시피 그리스어로 파르마콘φάρμακον('약'이라는 뜻이지만 때때로 '독'을 말함)은 약이기도 하고 독이기도 하오. 그들의 지혜가 놀랍지 않소?"

"하, 하지만…… 그걸 먹고도 과연 목숨을 부지할 수 있을까요?"

"이봐요, 세뇨르 알리! 간밤에 내가 그 독사들을 미리 발견하고 처치하지 못했다면, 당신이나 나나 벌써 황천에 갔을지도 모르는 일이오. 헌데 덤으로 얻은 목숨에 뭘 그리 연연한단 말이오? 하하하!"

느닷없이 터져 나온 앙베르의 웃음 소리에서 왠지 모를 괴기마저 느낀 알리는 눈앞의 독사를 흘깃 내려다보며 더욱 몸을 움츠렸다. 아니, 어쩌면 '덤으로 얻은 목숨'이라는 말이 비수처럼 가슴을 찔렀기 때문인지도 몰랐다. 생각해보니 정말 그랬다. 꼭 독사가 아니더라도 집시 여인의 희생이 없었다면, 자신은 마리스탄에서 안또니오의 칼에 맞아 벌써 차가운 시체가 되었을 게 아닌가? 하지만 그의 찢어지는 심경을 알 턱이 없는 앙베르는 웃음을 멈추지 않았다.

"하하하! 그렇게 벌벌 떨 것 없소, 해독제도 알고 있으니까! 아무려면 나도 먹을 건데 제 죽을 짓이야 하겠소? 하하하!"

"해독제라면……?"

"우선 가능한 한 빨리 먹은 걸 토하도록 한 뒤에……, 좀 우습지만 어린 양의 오줌과 향쑥을 넣은 포도주, 신선한 나귀 젖, 꿀물을 마시고 안정을 취해야 하오. 그리고 후추, 쐐기풀 씨, 소합향, 오레가노, 카르다몸을 올리브기름에 개어서 먹으면 좋소. 물론 따뜻한 물에 목욕을 하고 온몸에 약을 골고루 발라 마사지를 해주면 더 좋겠지만……."

"그, 그럼…… 전에도 이 약을 써 보신 모양이로군요?"

되묻는 알리의 얼굴에 화색이 돌아왔다. 그러나 앙베르는 어깨를 으쓱하더니 고개를 좌우로 흔들었다.

"아니오. 나도 처음이오."

"처음이라구요? 헌데 어떻게 그런 모험을……?"

알리가 다시 어처구니없다는 표정을 짓자 앙베르는 더 이상 못 참겠다는 듯 버럭 소리를 질렀다.

"이봐요, 세뇨르 알리! 정말 답답하구려. 젊디젊은 양반이 어찌 그리 패기가 없소? 세상을 살다 보면 누구에게나, 또 어떤 일에나 처음은 있기 마련이오. 아니, 어쩌면 처음이 더 많다고 할 수도 있지. 생각해 보오. 단지 처음이라는 이유만으로 모두 두려워하고 피한다면 우리가 대체 뭘 할 수 있겠소? 새로운 세상을 여는 것도, 몰랐던 지식을 얻는 것도 다 처음을 마다하지 않는 용기의 선물이란 말이오!"

"하, 하지만…… 잘 아시다시피 이건 손님과 나, 두 사람의 목숨이 걸려 있는 겁니다. 다른 문제하곤 다르다구요!"

알리도 지지 않고 반박을 해 보았다. 하지만 앙베르는 다시 목소리를 낮추며 설득조로 말을 이었다.

"물론 신중해야 하오. 암, 당연하지! 목숨을 가지고 장난을 칠 수는 없으니까! 하지만 내가 아무 근거도 없이 이런 모험을 하겠소? 극약도 그렇고 해독제도 그렇고, 내가 말한 처방은 다 선현들의 서책을 참조해서 만든 거요. 그리고 정말 중요한 건……, 사실 이 약은 나보다 훨씬 의술이 뛰어난 진짜 전문가의 조언을 듣고 만든 거란 말이오."

"그, 그게 누군데요?"

"그것까지 알 필요는 없잖소? 하지만 그 사람은…… 의술에 관한 한 내 스승이나 마찬가지라고 해둡시다."

"손님의 말씀이 다 맞는다 해도……, 정말 꼭 그렇게까지 해야 할까요? 우리가 이 약을 먹고 돌림병 증세를 보인다고 해서 저들이 우리를 풀어준다는 보장이 있는 것도 아닌데……."

알리가 아무리 생각해도 내키지 않는다는 표정으로 고개를 내젓자 앙베르는 더욱 거세게 고개를 흔들며 다시 음성을 높였다.

"그럼 도대체 어쩌자는 거요? 무슨 대안이 있으면 말해 보구려! 여기 가만히 앉아서 제삿날이 오기만 기다리자는 거요?"

"그래도 지금 당장 죽는 건 아니니 좀더 기다려 보는 게……."

"이봐요, 세뇨르 알리! 언제나 한 발 먼저 대비를 하고 손을 써야지, 막상 목 앞에 칼이 왔을 땐 이미 늦은 거요. 잘 들어요! 우리 스스로 살 방도를 찾을 수 있는 기회는 지금 뿐이오. 진짜 죽을 때가 되면 뭔가 해보려 해도 아무 것도 할 수가 없단 말이오! 알겠소?"

"……."

알리가 대답할 말을 찾지 못해 끙끙거리고 있을 때 갑자기 문밖에서 낯익은 목소리가 들려왔다.

"이보게, 알리! 내 말 들리나?"

나지막이 부르는 소리는 분명 무사의 것이었다. 그렇지만 정작 알리를 깜짝 놀라게 한 건 그 뒤에 이어진 가냘픈 여인의 음성이었다.

"도련님, 도련님! 저예요, 제가 왔다구요!"

"아, 아, 아마?"

*　　　　　*　　　　　*

"오오, 무사하셨군요! 인자하시고 자애로우신 알라께서 제 기도를 들어주셨어요. 아아, 감사합니다! 감사합니다!"

아마는 젖은 눈으로 허공을 향해 몇 번이고 절을 하다가 문득 생각 난 듯 둘둘 말아 흰 비단끈으로 묶은 종이 한 장을 품에서 꺼내들었다.

"내 정신 좀 봐! 우선 이것부터 받으세요. 로뻬스님의 서찰이에요."

아마가 내미는 서찰을 받아든 알리는 요동치는 가슴을 쉽게 진정시 킬 수가 없었다. 정말 뜻밖이었다. 알리가 놀란 건 너무나 당연했지만, 언제나 얄미울 만큼 침착한 모습을 보이던 앙베르조차 갑작스러운 아 마의 출현에 적잖이 당황한 듯 갈색 눈동자만 이리저리 굴려대고 있 었다.

"허, 헌데…… 네, 네가 어떻게 여, 여기까지……? 더, 더구나 파수 병들은 다 어쩌고 이, 이 안에까지 들어올 수 있단 말이냐?"

알리는 너무 놀란 나머지 흡사 반벙어리처럼 말을 더듬었지만, 아 마는 미소를 지으면서도 긴장을 늦추지 않은 채 짤막하게 대답했다.

"지금 그걸 길게 설명드릴 시간이 없으니 우선 그 서찰부터 읽어보 세요."

"그, 그래? 그럼 그러자꾸나."

알리가 떨리는 손으로 비단끈을 풀고 종이를 펼쳐들자 낯익은 필체 의 아랍어가 한눈에 들어왔다.

"보고 싶은 알리!

또 이렇게 헤어져서 서찰로 인사를 대신하는군요. 늘 미안한 마음 뿐이오. 더구나 당신을 사지에 남겨둔 채 떠난 것이 벌써 열흘이 넘게 흘렀으니……

사정이 급하니 중요한 용건만 적도록 하지요. 이 서찰을 보는 즉시 그곳에서 도망쳐야 해요. 당신과 세뇨르 앙베르가 무사히 탈출할 수 있도록 아마가 손을 써 놨을 거예요. 그리고 무사라는 양반도 도와줄 거구요. 그 사람은 집안 사정으로 산을 떠나게 됐다는데, 고심 끝에 우릴 돕기로 결심한 모양이에요. 당신 아버님께서 여러 차례 사람을 보내 설득을 하고 은전銀錢도 꽤 집어줬다더군요.

사실은 뜻하지 않던 일 때문에 상황이 아주 안 좋아졌어요. 얼마 전 가르나타 성내가 발칵 뒤집힐만한 일이 벌어졌거든요. 자세한 얘기는 나중에 만나서 하겠지만, 성내의 수크에서 위조 금화가 대량으로 발견됐대요. 물론 누구의 소행인지 아직 확실하게 밝혀진 건 아니에요. 그래도 대부분의 카슈탈라 사람들은 산에 있는 무슬림들이 저지른 짓이라고 철썩 같이 믿고 있어요. 아무튼 그 일 때문에 성내 공기가 뒤숭숭하기 짝이 없고, 게다가 머지않아 시스네로스 추기경이 이사벨 여왕 폐하까지 모시고 가르나타로 올 예정이라 멘도사 사령관도 노심초사하고 있다더군요. 그래서 며칠 내로 카슈탈라 군대가 알뿌하라로 출동할지도 몰라요. 그렇게 되면 당신과 세뇨르 앙베르의 생명도 위태로워질 것 같아 이렇게 서두르게 된 거예요.

게다가 큰 문제가 또 있어요. 당신이 걱정할까 봐 이 말만은 안 하려고 했지만……, 어차피 시간이 지나면 알게 될 테고 또 당신이 많이 궁금해 할 것 같아서……. 무함마드는 무기를 구하지 못했다나 봐요. 최근에 전해들은 바로는 베르베리족 상인 라쉬드가 약속을 어기고 돈만 가로챘다더군요. 이곳의 복잡한 사정을 눈치 채고 갑자기 나쁜 마음을 먹었는지, 아니면 다른 사정이 생겼는지도 모르죠. 아무튼 아직 무함마드의 생사는 알 수 없지만, 살아 있다고 해도 당분간 이곳으로 돌아오긴 어려울 거예요. 무슬림 저항조직에서는 손목을 잘려 앙심을 품은 무함마드가 라쉬드와 짜고서 술수를 부리는 걸로 오해하는 모양이니까요.

아무튼 몸조심하고 빨리 다시 만나길 바래요. 당신을 만나면 그밖에도 하고픈 얘기들이 정말 많지만, 지금은 경황이 없어 길게 쓰지 못하겠군요.

무한한 애정과 존경을 담아

무하람Muharram('히즈라'의 첫 번째 달 이름) 아홉째 날에

언제나 당신을 걱정하는 당신의 영원한 벗 로뻬스가."

단숨에 서찰을 읽고 난 알리가 말없이 뒤를 돌아다보자, 앙베르는 서찰에서 눈길을 떼지 않은 채 천천히 고개를 끄덕이며 중얼거렸다.

"나도 어깨너머로 대충 봤소. 위조 금화라……? 허허, 재미있는 일이 또 생겼구려! 그나저나 서두릅시다. 벌써 날이 훤해지기 시작했는데, 도망치려면 더 늦기 전에 빨리 이곳을 빠져나가야 하지 않겠소?"

"맞는 말씀이외다. 내가 사람들 눈에 잘 띄지 않는 지름길을 알고 있으니까 날 따라오시구려."

무사가 동감이라는 듯 고개를 끄덕이더니 부리나케 앞장을 섰다. 알리도 조심스레 주위를 살피며 그의 뒤를 따라 헛간 밖으로 나섰다. 멀리 남쪽 바다에서 불어온 습하고 더운 바람이 산마루에 부딪쳐 차갑게 식은 탓인지 사방에는 짙은 새벽안개가 깔려 있었다. 안개 속에서 부지런히 길음을 옮기던 알리는 문득 철통같이 주위를 지키던 파수병들의 모습이 보이지 않는 것을 깨닫고는 고개를 갸웃거렸다.

"허, 헌데…… 파수병들은 다 어디로 갔지?"

"사실은 오늘이 신성한 날이라 새벽부터 모두들 아랫마을 사원으로 예배를 드리러 갔기 때문에, 이곳에 남은 병사들이 평소보다는 훨씬 적었네. 게다가……."

앞서가던 무사가 뒤돌아보며 대꾸하자 앙베르가 곧바로 되물었다.

"신성한 날이라니?"

"아아, 그리고 보니 오늘이 벌써 무하람의 열흘째 되는 날이군요. 우리 무슬림들은 오늘이 바로 인자하시고 자애로우신 알라께서 아담과 이브를 지으시고 천국과 지옥, 삶과 죽음을 만드신 날이라고 믿고 있거든요."

알리의 설명에 앙베르는 진짜 의미심장한 표정을 지으며 되물었다.

"흠……! 그렇다면 아주 의미심장한 날이 아니오?"

"사실은 그것 때문에 일부러 오늘로 날을 잡았어요. 아무래도 평소보다는 감시가 소홀할 것 같아서…… 아무튼 병사들 걱정은 마세요. 남아 있던 병사들도 이 근처 어딘가에 곯아떨어져 있을 거예요."

아마의 야무진 대답에 알리의 눈이 다시 둥그레졌다.

"곯아떨어지다니?"

"그러니까 그게……, 이 처자가 꼬드겨서 죄다 약을 먹였다오. 애교가 보통이 아니던 걸? 아주 살살 녹이더라니까! 오늘이 특별한 날이라 전사들을 위로하려고 새벽부터 음식을 장만해 왔다고 하니까, 의심은커녕 모두들 헤벌쭉해 가지고서는 글쎄……."

다시 무사가 한 마디 거들자 아마는 얼굴을 붉히며 황망히 그의 말을 잘랐다.

"아, 아니…… 그게 아니구요. 사실은 안드레아 신부님께서 약을 지어주셨어요. 음식에 섞어 병사들에게 먹이면 모두 혼수상태에 빠질 거라고 하시면서……."

"그럼 신부님께서 병사들을 해치라고 하셨단 말이냐?"

알리가 깜짝 놀라 되묻자 이번엔 앙베르가 나섰다.

"그게 아니라 수면제를 만들어 준 거겠지. 안드레아 형제라면 그 정도 약을 만드는 것쯤이야 식은 죽 먹기였을 테니까! 모르긴 몰라도 카르파툼carpathum(미나리아재비과 식물을 말함. '헬레보루스'helleborus라고도 함)의 즙을 이용했을 거요."

"그, 그게 뭔데요?"

"고대 로마의 대학자 플리니우스*가 쓴『나투랄리스 히스토리아』Naturalis Historia('자연의 역사'라는 뜻. 보통 '박물지'博物誌라고 번역)에도 상세하게 소개되어 있는 아주 유명한 약제요. 그리스말로는 오포카르파손(카르파소스κάρπασος의 즙)이라 하고, 라틴어로는 '베라트룸 알붐'Vērātrum album(흰미나리아재비)이라 부르기도 하오. 생김새가 몰약과 비슷해서 사람들이 혼동하는 경우가 많은데, 아무튼 그걸 마시면 온몸이 나른해지고 무기력해져서 깊은 잠에 빠지게 되지. 물론 너무 많이 먹으면 죽을 수도 있지만, 안드레아 형제가 사람을 살상할 만큼 많은 양을 넣었을 리는 없으니까 괜찮을 거요."

앙베르의 해박한 설명에 알리는 그제야 안심이 되는 듯 고개를 끄덕였다. 그러자 앙베르는 다시 허탈한 웃음을 웃으며 중얼거렸다.

"허허허, 이런! 이렇게 한심할 수가! 내 딴에는 극약이라도 써서 우리 목숨을 구해 보겠다고 제법 호기까지 부렸는데, 결국 멀리 떨어져 있는 안드레아 형제한테 선수를 빼앗기다니! 결국 극약보다는 수면제가 한 수 위였구만! 하긴 이 또한 하늘에 계신 그 분의 뜻이겠지."

"어쨌든 위험한 극약을 가지고 모험을 할 필요가 없게 됐으니 천만다행 아닌가요?"

* Gaius Secundus Plinius(23~79): 로마 제국 초기의 정치가이자 군인, 학자, 문필가. 조카인 소小플리니우스(62~114)와 구별하여 대大플리니우스라고 부르기도 한다. 주요 저서로는『박물지』,『게르마니아 전쟁사』등이 있으며, 말년에 나폴리의 해군 제독으로 있을 때 베수비오스 화산의 폭발을 너무 가까이서 관찰하다 조난당하여 죽었다.

알리의 말에 앙베르는 쓸쓸한 미소를 짓더니 짐짓 화제를 돌렸다.

"그나저나 참 대단한 처자구려! 어린 아녀자의 몸으로 이 위험한 곳까지 와서 수십 명의 장정도 하기 힘든 일을 해내다니! 이봐요, 세뇨르 알리! 당신을 위한 용기가 정말 가상하지 않소? 아무리 생각해봐도 당신은 정말 복 받은 사람인 것 같소. 좋은 가문에 태어난 것도 그렇지만, 인복이 많은 게 분명하단 말이오! 주변의 모든 사람들이 몸을 아끼지 않고 당신을 돕고 있으니……. 지난번 마리스탄에서 있었던 일만 해도 그렇고! 그때도 그 집시 여인이 아니었으면……."

"그나저나 다른 하인들도 많은데 왜 하필이면 아녀자인 네가 왔단 말이냐? 알아트라쉬는 뭘 하고?"

알리는 앙베르의 입이라도 막으려는 듯 일부러 큰 소리로 아마에게 물었다. 그러자 아마는 초롱초롱한 눈으로 알리를 보며 대답했다.

"제가 자청해서 세뇨르 로뻬스와 안드레아 신부님께 떼를 썼죠. 주인마님께도 허락을 얻었구요. 도련님이 사지에 갇혀 무슨 변고를 당하실지 모르는 마당에 제가 어찌 잠시라도 맘 편히 지낼 수가 있었겠어요? 그리고…… 사실 알아트라쉬 노인은 물론이고 집안의 다른 하인들도 산에 있는 전사들에게 얼굴이 알려져 의심을 사기 쉬우니까, 오히려 제가 오는 게 더 나을 거라고 생각했어요. 이곳의 병사들도 여인네라면 굳이 경계를 하지 않을 테니까요. 그래도 알아트라쉬 노인께서 절 노새에 태워 계곡 입구까지 데려다 주셨어요. 그곳에서 기다리겠다고 하셨으니까 서둘러 돌아가면 만날 수 있을 거예요."

사모하는 이를 제 손으로 구출했다는 뿌듯한 마음 때문이었을까? 자초지종을 차근차근 설명하는 아마의 눈빛은 새벽 어스름 속에서도 유난히 생기를 발하고 있었다.

"자, 잠깐만요! 이제 위험한 고비는 넘긴 것 같으니 여기서 잠깐 쉬었다 갑시다."

얼마를 걸었을까? 아마의 숨소리가 몹시 거칠어지는 것을 느낀 알리는 커다란 산허리를 돌아서 탁 트인 계곡이 내려다보이는 곳에 이르자 걸음을 멈추며 일행을 불러 세웠다.

"산을 다 내려가기 전까지는 시간을 지체하면 안 될 텐데……."

무사가 조금 걱정스러운 표정을 지었지만 일행은 어느덧 자연스럽게 바위 그늘에 몸을 숨기고 숨을 골랐다. 이미 동쪽 하늘이 완전히 훤해져 있었다. 알리는 안개가 걷히면서 서서히 제 모습을 드러내는 웅대한 산자락을 둘러보다가 순간 온몸을 부르르 떨었다. 갑자기 오래 전에 꾸었던 악몽 속의 끔찍한 광경들이 아침 햇살을 받아 붉게 빛나기 시작하는 산자락 위에 겹쳐지며 묘한 환영을 만들어냈던 것이다. 참혹한 환상에서 벗어나려는 듯 두 눈을 질끈 감고 머리를 세차게 흔드는 알리의 귀에 앙베르의 음성이 들렸다.

"이거 봐요, 자경단장 양반! 한 가지만 물어봅시다."

알리가 눈을 떴을 때 앙베르는 무사의 곁으로 다가가며 뭔가 말을 건네고 있었다.

"요아힘이라는 꺽다리 연금술사가 아직도 이곳 알뿌하라에 있소?"

앙베르는 뭐든시 말반 하라는 듯 고개를 들고 빤히 쳐다보는 무사를 향해 뜬금없는 질문을 던졌다.

"여, 연금술사요? 갑자기 무슨 말씀을……?"

무사가 말끝을 흐리자 앙베르는 언성을 높이며 상대를 몰아붙이기 시작했다.

"그렇게 애써 시치미 뗄 것 없소. 우리도 이미 알만큼은 알고 있으니까! 요아힘의 조수였던 뻬에뜨로가 꽤 오래 전부터 세뇨르 알리의 집에서 기식하고 있다는 걸 모르오? 그 자가 이미 다 불었단 말이오!"

"……."

사태를 정확히 파악하지 못한 무사는 대답할 말을 찾는 듯 눈만 껌뻑거렸다. 하긴 무사가 그걸 알 턱이 없었다. 뻬에뜨로가 알리의 집으로 온 건 떼강도 사건이 난 직후였고, 무사 또한 그 사건이 터지고 나자마자 알뿌하라로 피신하지 않았던가? 그러니 성내에서, 그것도 알리의 집 담장 안에서 일어난 일을 무사가 모르는 건 당연한 일이었다.

"좋아요, 좋아! 말하고 안하는 건 당신 맘이겠지. 하지만 당신들이 그 연금술사에게 위조 금화를 만들라고 시킨 건 좌우지간 분명한 사실 아니오?"

"위, 위조 금화라뇨? 누, 누가 그래요?"

무사는 눈을 동그랗게 뜨며 다시 놀라는 시늉을 했다. 그러나 목소리에는 힘이 빠져 있었고, 태도 또한 누가 봐도 어색해 보였다.

"방금 전 저 하녀가 가져온 서찰에 그렇게 써 있었소. 가르나타 성내의 수크에서 위조 금화가 대량으로 발견되어 난리가 났다고! 내막을 조금이라도 안다면 누구라도 짐작할 수 있겠지만……, 지금 가르나타에서 그런 짓을 저지를 사람들이 당신들 밖에 더 있소? 듣자하니 그 꺽다리 연금술사는 게르마니아에서도 그런 짓을 하다가 여기까지 쫓겨 온 모양이던데……."

"……."

무사는 완전히 기가 꺾여 입을 다물었다. 앙베르는 그런 그를 구슬리기라도 하듯 이번엔 목소리를 부드럽게 바꿨다.

"물론 위조 금화가 나돈다 해도……, 그거야 어차피 당신 책임이 아니니까 당신에게 따져 물을 일은 아니오. 허나 당신도 이제 우리와 한 배를 탄 거나 마찬가진데, 그렇게 모르쇠로 일관한다고 더 나을 건 없잖소? 내가 당신네들 군사 기밀을 캐묻는 것도 아닌데 왜 그렇게 몸을 사리는 거요? 내가 궁금한 건 딱 한 가지! 그 꺽다리 연금술사가 뭐 때문에 당신들을 도와 그런 짓을 했느냐 이거요. 예전 같았으면 삐에 뜨로가 인질로 잡혀 있었으니 울며 겨자 먹기로 그랬다 하겠지만, 지금은 그런 것도 아니잖소? 헌데…….”

“사, 사실은…….”

“사, 사실은 뭐요?”

무사가 뭔가 결심한 듯 망설임 끝에 조심스레 입을 열자 앙베르는 반색을 하며 그의 입술을 주시했다.

“이, 이브라힘님께서 금만 만들어주면 그 노랑머리 연금술사가 원하는 걸 구해주겠다고 약속하셨다더군요.”

“그게 뭔데요?”

옆에서 두 사람의 얘기를 들으며 호기심에 눈을 반짝이던 알리가 나섰다.

“그, 그게 그러니까…… 서책이라고 들었네.”

“서책? 무슨 서책 말입니까?”

“무슨 서책이셨나? 연금술의 비법을 남은 서책이겠지. 그 노랑머리 연금술사는 그걸 찾아서 여기까지 온 모양이던데…….”

알리는 문득 석 달 전 삐에뜨로가 자신의 집에 처음 왔을 때 했던 말들을 떠올리며 혼자 고개를 끄덕였다. 그때 삐에뜨로도 분명 그렇게 말했었다. 요아힘은 비전의 서책을 찾아 알안달루스까지 왔다고!

“하지만 그 서책이 도대체 뭔데, 이브라힘이 그걸 어디서 구해준다고 약속을 했단 말이오?"

앙베르가 미심쩍은 눈길로 쏘아보자 무사는 곤혹스러운 표정으로 알리를 흘깃 보더니 들릴 듯 말 듯하게 우물거렸다.

"그, 그러니까…… 실은 나도 그게 뭔지 잘 몰라요. 하지만 하룬이 이브라힘님에게 큰 신세를 졌기 때문에……."

"하룬? 제 매부 하룬 말입니까? 하룬 이븐 자파르?"

알리가 아연실색하며 소리를 치자 무사가 재빨리 덧붙여 말했다.

"맞네! 사, 사실은 자네 매부 하룬이 얼마 전 엄청난 도박 빚을 지고 궁지에 몰렸을 때, 이브라힘님께서 그 돈을 갚아주셨거든. 그래서 그 보답으로……."

"옳거니! 그러니까 그 보답으로 처가의 장서관에서 서책을 훔쳐다 주겠다고 약속했다 이 말이로군? 허허, 이런 말세로다, 말세야!"

앙베르가 무릎을 치자 무사는 두려운 듯 눈만 껌뻑이며 계속 알리의 눈치를 살피다가 다시 덧붙였다.

"알리 형제는 몰랐겠지만……, 사실 그 뒤로 하룬도 우리 조직의 일에 깊숙이 관여해 왔네. 솔직히 난 그 건달이 별로 맘에 안 들었지만, 무슨 까닭인지 이브라힘님께서는 하룬에게 무척 잘해주셨으니까! 아무튼 미안하게 됐네. 본의 아니게 자네 집안을 욕한 셈이니……."

"괜찮습니다. 사실대로 다 말씀해 주시니 제가 오히려 감사를 드려야겠죠."

불시의 충격에 잠시 멍해 있던 알리는 이내 평정을 되찾고 담담한 얼굴로 되돌아왔다. 하긴 그 정도는 그리 놀랄 일도 못되었다. 아니, 하룬이 장서관에서 서책을 훔쳤다는 얘기를 앙베르로부터 들어 이미 알고 있었던 그로서는 의문 하나가 풀렸으니 오히려 다행인 셈이었다.

또 그게 아니더라도 지난 몇 달 동안 너무 충격적인 일들만 계속 겪어 왔으므로, 놀라는 데도 이골이 나서 이제는 나비가 다시 번데기로 변한다 해도 덤덤할 것 같은 기분이 들기도 했다.

"좌우지간……, 당신들은 정말 어리석은 짓을 한 거요!"

알리가 잠시 딴 생각을 하는 동안 앙베르가 어린 학생을 꾸짖는 선생처럼 무사를 힐난했다.

"수크의 환전상들이나 카슈탈라의 관원들이 눈뜬 봉산 줄 알았소? 위조 금화를 그렇게 대량으로 유통시키고도 무사할 줄 알았느냐 말이오! 아니면 순진하게도 연금술사의 사기에 넘어간 거요? 그 바보 같은 짓거리 때문에 이제 곧 카슈탈라 군대가 이곳 알뿌하라로 쳐들어오게 생겼으니, 괜히 애꿎은 목숨까지 위태로워……."

"그, 그래서 나도 이렇게 댁의 탈출을 돕고 있는 거 아닙니까?"

궁지에 몰리던 무사가 모처럼 볼멘소리를 내며 항변하자 앙베르는 피식 웃으며 말을 돌렸다.

"하긴 당신 덕에 구구도생區區圖生(구차하게 살기를 꾀함)하는 주제에 싫은 소리만 해대는 것도 도리가 아니겠지. 허나 우리 목숨을 구한 일등 공신은 당신이 아니라 바로 저 하녀라는 걸 잊지 마오! 자, 그 얘긴 그쯤 해두고……, 혹시 간밤에 무슨 특별한 일은 없었소?"

앙베르의 물음이 이어지자 무사는 여전히 긴장한 기색을 감추지 못하고 몸을 사렸다.

"특별한 일이라뇨?"

"날도 날이고……, 뭔가 특별한 일이 있었을 것 같은데……. 우리야 헛간 안에 갇혀 있었으니 밖에서 무슨 일이 있었는지 모르잖소? 그러니까…… 간단히 말해서 밤새 무슨 사고나 사건 같은 게 없었느냐 말이오! 아니면 낯선 사람이 찾아왔다던가……?"

"사고라……? 허허, 참! 사고가 있긴 있었습니다만……."

무사는 족집게처럼 핵심을 골라내는 앙베르의 질문 앞에서 여전히 오금을 못 펴고 어물거렸다. 순간 알리는 앙베르의 회색 눈동자가 날카롭게 번득이는 것을 똑똑히 보았다.

"사고? 그래, 무슨 사고였소?"

"우리 전사들 중에 밤새 뱀에 물린 사람이 대여섯 명이나 있었다는 군요. 그것도 숙소 안에서 말예요! 더, 더군다나 독사였다는데……. 두 사람은 금방 죽고 나머지 사람들도 위독하다고 들었어요. 생전 그런 일이 없었는데 무슨 날벼락인지 원……. 아무튼 오늘이 신성한 날이기도 하지만, 사실은 뱀 때문에 놀라서 사원으로 달려간 사람들이 더 많을 거예요. 모두들 심상치 않은 징조라고……."

"그래, 그 뱀은 잡았소?"

"잡은 것도 있고 놓친 것도 있고……. 아마 한두 마리가 아니었던 모양입니다. 헌데…… 내가 직접 본 게 아니라서 잘은 모르겠지만, 사람들 말이 흔히 볼 수 있는 뱀이 아니라고 하더군요."

"흠……, 그렇다면 누군가가 일부러 뱀을 풀어놨다고 봐야 하지 않겠소?"

"예에? 누, 누가 뭐 때문에 그런 짓을 한단 말입니까? 설마 기독교도들이……?"

무사의 눈이 휘둥그레지는 걸 보고 그때까지 두 사람의 대화를 듣고만 있던 알리가 나섰다.

"기독교도가 아닙니다! 이 산에 기독교도는 얼씬도 못한다는 걸 잘 아시잖아요? 아마 무슬림들 내부에 범인이 있겠죠. 사실은 간밤에 우리가 있던 헛간에서도 독사를 몇 마리 잡았어요. 헌데 세뇨르 앙베르 말씀으로는 그게 죄다 바다 건너 알마그렙에서만 사는 뿔뱀이라더군요. 그러니까 누군가 일부러 사람들을 해치려 한 게 분명하잖아요?"

"그, 그럴 수가! 그, 그럼 그게 사고가 아니었단 말입니까?"

무사는 크게 놀라 안색마저 흙빛으로 변했다. 그렇지만 앙베르는 모처럼 좋은 기회라도 잡았다는 듯 무사를 향해 다시 물었다.

"자경단장 양반도 이제 산을 내려가는 마당이니 어디 한번 솔직히 말씀해 보시구려. 도대체 당신들 조직 내에서 그 동안 무슨 일이 있었던 거요? 당신네들 지도자인 이브라힘이 누구에게 원한을 살만한 일이라도 했소?"

"워, 원한이라뇨? 나, 난 아무 것도 모릅니다."

적잖이 당황한 무사는 손사래를 치며 부인했다. 그러나 앙베르는 먹이를 노리는 매처럼 날카로운 눈빛으로 무사를 쏘아보더니, 특유의 협박조의 말투로 다그치기 시작했다.

"조직의 허락도 없이 산을 떠났으니 원하던 원치 않던 당신도 이제 배신자가 된 것 아니오? 더구나 우리를 탈출하도록 도왔다는 사실이 알려지면 목숨조차 부지할 수 없을 텐데? 잘 생각해 보시구려, 이제 어느 편에 서야 할 것인가를! 이브라힘이 살리흐라는 옛 지도자를 제거하고 저항조직을 장악했다는 것쯤은 우리도 이미 알고 있소. 어디 그뿐인 줄 아시오? 살리흐는 시아파였고, 예전에는 조직 내에 시아파들이 꽤 많았다는 것도 알고 있소! 그리고 그들 중 상당수는 이브라힘이 지도자가 된 뒤에 조직을 떠났잖소? 물론 객주집의 하미드처럼 떠나지 않고 남은 사람도 있지만……, 그래, 맞아! 하미드가 떠나지 않고 남은 것도 어쩌면 복수를 위해서일지도 모르지. 사자를 잡으려면 사자 굴에 들어가야 하는 법! 아무튼 이브라힘이 살리흐를 제거했다면, 살리흐를 따르던 시아파들은 이브라힘을 원수로 생각할 거 아니겠소? 맞아! 그러고 보니 이브라힘이 여러 사람이 보는 앞에서 할리드를 죽인 것도……. 혹시 그 할리드라는 광인도 시아파 아니었소? 그 사람도 죽기 전에 분명 살리흐 이야기를 꺼냈던 것 같은데……."

앙베르의 말은 시간이 지날수록 달리는 말에 채찍을 가한 것처럼 점점 더 빨라졌고, 그의 입가에는 허연 거품까지 묻어나왔다.

"잘 알지도 못하면서 그, 그렇게 멋대로 얘기하지 마세요. 그리고…… 다른 건 몰라도 알마즈눈은 시아파가 아니란 말입니다! 이브라힘님이 그 미치광이를 죽인 건 사실 알하킴 어른의 일 때문에……."

겁에 질린 얼굴로 앙베르의 말을 듣고 있던 무사는 갑자기 뭔가 말을 꺼내려다 말고 제풀에 소스라치게 놀라며 두 손으로 자신의 입을 틀어막았다.

"알하킴 어른의 일이라뇨? 그게 무슨 말입니까? 그, 그럼…… 이브라힘이 알하킴 어른을 죽였단 말입니까?"

이번엔 알리가 깜짝 놀라 소리를 쳤다.

"화, 확실한 건 아닐세. 하, 하지만……."

"제발, 제발 그러지 말고 아는 대로 얘기 좀 해보세요. 이제 와서 뭘 더 숨기십니까?"

알리가 거의 울부짖듯이 고함을 지르자 무사는 어깨를 움츠린 채 더듬거리며 입을 열었다.

"나, 나도 자세한 내막은 모르지. 하지만 한 가진 분명한데……. 그, 그러니까 이브라힘님이 우리 조직의 지도자가 된 직후에……, 성내 대장간에서 일하는 젊은 대원에게 으, 은밀히 그, 그걸 만들라고 지시를 했단 말일세."

"그거라뇨?"

"아, 왜 그거 있잖나? 알하킴 어른이 돌아가실 때 길바닥에 떨어져 있었다는 쇠침 말일세. 전장에서 기병의 돌진을 막을 때 쓰는……."

"……."

일순 짧은 침묵이 흘렀다.

'역시 그랬구나!'

예전에 알아트라쉬에게 들었던 말을 떠올리며 알리는 잠시 현기증을 느꼈다. 주변의 모든 것이 꿈결처럼 아른거리더니 갑자기 자신을 둘러싼 세계 전체가 또다시 거대한 환영으로 변하는 것만 같았다. 터질 듯 부풀어 오르던 몽환을 깨뜨리며 그를 현실로 돌려세운 것은 앙베르의 침착한 음성이었다.

"그러니까…… 이브라힘이 알하킴을 죽였는데, 할리드가 그걸 알게 되자 다시 할리드마저 죽였다는 거요? 그럼 할리드란 사람은 그 사실을 어떻게 알았단 말이오?"

"그건 저도 모릅니다. 다만 그 쇠침을 만든 젊은 대장장이도 한때는 마드라사의 학생이었대요. 귀족 출신은 아니지만 워낙 신심이 돈독하고 머리도 영리해서 이맘 어른의 추천으로 마드라사에 들어갔다더군요. 하지만 원래 벌레 하나도 못 죽일 만큼 소심하고 성품이 몹시 어진 친구였다는데, 알하킴 어른이 돌아가시고 나자 어디 가서 하소연도 못하고 꽤 괴로워했던 모양이에요. 어쩌면 그 친구가 은사였던 할리드에게 귀띔을 해줬을 수도 있겠죠."

"흠……. 그럼 할리드는 저항조직의 옛 지도자였던 살리흐하고는 무슨 관계였소? 지금까지의 이런저런 정황을 미루어 보면 할리드는 살리흐하고도 꽤 가까운 사이였던 것 같은데⋯⋯. 허나 할리드는 시아파도 아니라면서?"

"꼭 시아파라야만 살리흐를 도울 수 있는 건 아니오! 믿음이 중하긴 하나 서로 이해가 맞아떨어진다면 믿음이 달라도 한패가 될 수 있는 게 인간이니까!"

뒤쪽에서 카랑카랑한 목소리가 울려온 것은 바로 그때였다.

*　　　　　*　　　　　*

황급히 뒤를 돌아다본 알리는 아연하여 입을 떡 벌리고 말았다. 새벽안개가 막 걷힌 바윗등 뒤쪽에서 귀신처럼 홀연히 나타난 쇳소리의 주인공은 바로 압둘 카디르, 즉 알무라비트 노인이었다. 노인은 한 손에 든 기다란 나무지팡이를 가볍게 흔들면서 천천히 알리 일행 쪽으로 다가왔다.

"뉘, 뉘신지요?"

경계심 가득한 앙베르의 물음에 노인은 너털웃음으로 답례를 했다.

"허허허! 댁이야말로 뉘시오? 이 금단의 땅에 이방인께서!"

"호, 혹시 아, 알무라비트 어르신 아니십니까? 말씀은 많이 들었습니다만⋯⋯?"

조금 뒤에 처져 있던 무사가 눈을 가늘게 뜨며 재차 묻자 노인은 더욱 크게 웃음을 터뜨렸다.

"하하하! 하하하하! 저 친구도 영 소경은 아니로구만?"

"저⋯⋯, 그러니까 이 어르신께서는 산에 은둔해 계시는 고명하신 수도자이십니다. 돈 디에고라는 마법사에 대해 알려주신 것도 사실은 바로 이 분이셨구요."

겨우 정신을 차린 알리가 서둘러 소개를 하자 앙베르는 자세를 가다듬고 오른손을 가슴에 올리며 제법 정중하게 무슬림식 인사를 했다.

"앗쌀람 알라이쿰! 초면에 결례가 되었다면 용서하십시오. 그러고 보니 저도 노인장 얘기를 들은 적이 있는 것 같군요."

"이 쪽에 있는 분은 세뇨르 앙베르이십니다. 프란사에서 오신 분인데, 안드레아 신부님의 소개로 저희 집 객사에 묵고 계십니다. 그 동안 저를 여러모로 많이 도와주셨고, 지금도 저 때문에 이렇게 고생을 하고 계십니다. 그리고 저 분은 가르나타의 무슬림 자경단장을 지내신 무사 어른입니다. 무슬림 저항조직 '알하피즈'에서 일을 해오셨구요."

알리가 이번에는 앙베르와 무사를 소개하자 말없이 고개만 끄덕이던 압둘 카디르는 아마 쪽으로 눈길을 돌렸다.

"아아, 저 처자는 저희 집에서 일하는 하녀입니다."

알리의 말이 떨어지자 아마는 공손하게 인사를 올렸다.

"아마라고 하옵니다. 어르신!"

순간 히잡 사이로 반짝이는 아마의 눈빛에서 알리는 왠지 모를 슬픔의 그림자를 읽었다.

"시, 신분은 하녀지만 사, 사실은 제 친동생과 다름없습니다. 제 목숨을 구하기 위해 위험을 무릅쓰고 여기까지 달려왔구요. 제가 부함마드 대신 무슬림 전사들 손에 인질로 잡혀 있었다는 소식은 어르신께서도 들으셨겠죠? 산중의 일이야 모르시는 게 없으실 테니까……."

알리가 황망히 덧붙이자 압둘 카디르의 입가에 보일 듯 말 듯한 미소가 번졌다.

"인질로 잡혀 있던 사람들이 용케도 빠져나왔구만!"

"알함둘릴라! 사, 사실은 아마와 무사 어른이 애를 많이 썼습니다."

"그래? 헌데…… 저 사람은 '알하피즈'의 전사라며? 사자와 토끼가 동행을 한다?"

"저 양반도 사정이 생겨 산을 내려가기로 결심한 차에 우릴 돕는 겁니다."

앙베르가 짧게 대답하자 노인은 의미심장한 목소리로 중얼거렸다.

"탈출이라……? 인자하시고 자애로우신 알라께서 삶과 죽음을 갈라놓으신 날에 죽음의 골짜기를 넘어 생명을 구하러 간다? 인샬라!"

"헌데 어르신께서는 여기 어쩐 일이십니까? 아니, 그보다도 아까 하신 말씀은……? 아, 아까 그렇게 말씀하셨잖습니까? 믿음이 달라도 이해가 같으면 한패가 될 수 있다구요! 그럼 죽은 할리드 선생님과 살리흐는 뭐 때문에……?"

알리가 문득 생각난 듯 말을 꺼내자 압둘 카디르는 빛나는 눈으로 그를 쏘아보며 엉뚱한 물음을 던졌다.

"그나저나 이 중에는 간밤에 뱀에 물린 사람이 없는 모양이로군? 그것도 다 인자하시고 자애로우신 알라의 은덕이로세. 무릇 그 분께서는 늘 죽음보다야 생명의 편에 서실 테니까!"

"배, 뱀 사건에 대해서도 아십니까?"

알리가 흠칫 놀라며 되묻자 노인은 누런 이를 드러내며 특유의 나귀 웃음을 히죽 웃었다.

"이것 보게! 아까 자네 입으로 그러지 않았나? 이 산중에서 일어나는 일 가운데 내가 모르는 건 없다고! 순니파 무슬림들에게야 오늘이 천국과 지옥, 삶과 죽음이 갈리는 상징적인 날이지. 그렇지만 시아파에게는 오늘이야말로 신성한 투쟁과 희생과 속죄의 날이라네."

"그, 그건 또 왜요?"

"시아파가 위대하신 예언자의, 쌀랄라흐 알레이히 와 쌀람, 외손자 후세인을 그 분의 후계자로 여긴다는 건 자네도 알고 있겠지?"

"예, 알고 있습니다."

"그 후세인이 페르샤의 카르발라* 사막에서 순교한 날이 바로 오늘, 그러니까 무하람의 열흘 째 되는 날일세. 그러니 시아파에게는 오늘이 더없이 중요한 날이고, 8백여 년 전의 그 비극이 말하자면 그들의 믿음과 투쟁에 끊임없이 활력을 불어넣는 샘물이라네."

"그, 그렇군요."

알리가 자못 진지한 얼굴로 고개를 끄덕이자 압둘 카디르는 다시 차분하게 말을 이었다.

"사실은 지금 하미드가 내 거처에 와 있네."

"하, 하미드가요? 그 사람은 괴질에 걸려 꼼짝도 못할 텐데……?"

알리가 이해할 수 없다는 눈빛으로 반문하자 압둘 카디르는 묘한 표정을 지었다.

"그게……, 참 알 수 없는 노릇이야! 하미드가 괴질에 걸렸다는 건 원래 헛소문이었다더군. 그 친구가 자기 행적을 감추기 위해서 일부러 헛소문을 냈다는 거야. 그렇게 해놓고 나서 자기 나름대로 복수를 준비한 모양일세."

"복수라면……?"

"옛 지도자였던 살리흐를 위한 복수겠지. 또 할리드에 대한 복수이기도 하고! 하미드는 아마도 이브라힘을 죽이려 했던 것 같네. 그 친

---

* Karbāla' : 이라크 남부의 지명. 서기 680년 예언자 무함마드의 외손자 후세인Husein(예언자 무함마드의 딸 파티마와 사위 알리 사이에 태어난 둘째 아들)과 그 가솔들이 우마위야 Umayya 왕조(661~750)에 맞서 반란을 일으켰다가 학살된 곳.

구가 하는 말을 들어보니 살리흐가 마치 '환생한 이맘'(제1권 60쪽 주 참조)이라도 되는 양 떠받들고 있더구만. 허나 하미드 혼자서 무슨 힘이 있었겠나? 그래서 결국 미물을 이용하려 했던 게지. 결국 또 애꿎은 사람들만 죽이고 말았지만……."

"그, 그럼 뱀을 풀어놓은 게 바로……?"

"그렇다네. 저번에도 얘기했지만 하미드의 아버지 파리드는 물론이고, 그 선조들도 원래 대대로 뱀 부리는 일을 했거든. 아무튼 지 애비한테 어려서부터 배웠을 테니, 하미드의 뱀 다루는 솜씨도 보통은 아닐 걸세."

"허, 허면 도대체 뭐가 알 수 없단 말씀이십니까? 아니, 그보다도 하, 하미드가 어째서 어르신 거처에 있는 거죠?"

알리가 다시 의아한 표정을 짓자 압둘 카디르는 긴 한숨을 크게 내쉬었다.

"하늘의 뜻은 정말 알 수가 없어, 휴! 하미드는 곧 죽을지도 모르네. 아마 빠르면 하루 이틀을 넘기기 어려울 걸."

"그, 그건 또 왜요?"

"괴질에 걸렸네. 안타깝게도 너무나 갑작스럽게 상태가 나빠져서 어떻게 손을 쓸 수가 없다네."

"뭐라구요? 아, 아까는 괴질에 걸린 게 헛소문이라고 하셨잖아요?"

너무도 혼란스러워진 알리는 약간 짜증 섞인 목소리로 되물었지만, 압둘 카디르의 음성은 여전히 평온하기만 했다.

"어제 이곳으로 올 때만 해도 자신이 괴질에 걸린 걸 몰랐던 모양이야. 주위에 거짓 소문을 퍼뜨려놓고 정작 자신의 운명이 그 거짓말대로 될 줄은 몰랐던 거지! 정말 묘한 일 아닌가? 아무튼 간밤에 무슨

림 전사들의 숙소에다 뱀을 잔뜩 풀어놓고 도망치다가 갑자기 쓰러진 모양일세. 그걸 매사냥꾼이 우연히 발견해서 내게 알려줬고, 내가 서둘러 내 거처로 옮긴 거지. 지금 고열과 두통에 시달리고 있는데, 혀가 타 들어가고 온몸에 급속하게 마비가 오는 걸로 봐서 그리 오래 버티진 못할 것 같네."

"그, 그럼 괴질에 걸린 자를 거처에 두고 오셨단 말씀입니까? 그, 그러다가 어르신까지 전염이라도 되면 어쩌시려구요?"

무사가 얼굴이 하얘지며 겁에 질린 소리로 묻자 압둘 카디르는 버럭 호통을 쳤다.

"그럼 다 죽어가는 가련한 목숨을 나 몰라라 내버려두란 말인가? 그게 누구의 것이든 생명은 소중한 걸세. 어차피 우리의 명줄이야 인자하시고 자애로우신 알라께서 붙들고 계신 것! 더구나 살만큼 산 늙은이가 이승의 삶에 무슨 미련이 그리 많으며, 또 저승길은 뭐가 그리 두렵겠나?"

"……."

다시 짧은 침묵이 흘렀다. 하지만 그것 또한 그리 오래 가진 않았다.

"헌데……, 노인장께서 그 하미드란 사내 얘길 꺼내신 건 단지 뱀 사건을 설명하기 위해서는 아닌 것 같은데요."

앙베르가 압둘 카디르의 눈치를 살피며 조심스레 말문을 열었다.

"허면?"

노인의 반문에 앙베르는 어깨를 으쓱했다.

"깊으신 뜻이야 제가 어찌 다 헤아리겠습니까만, 이 시각에 이곳에서 마주친 것도 그렇고……. 왠지 우연만은 아니라는 느낌이 드는군요. 혹시 저희가 이곳으로 올 걸 미리 알고 계셨던 게 아닌가요? 저희에게 들려주실 말씀이 있어서……."

"허허, 함부로 넘겨짚지 마시오. 추론이야 자유이나 근거도 없이 추측을 남발하는 것은 지혜로운 이의 처사가 아닐 터!"

압둘 카디르가 짐짓 나무라는 투로 말했지만 앙베르는 조금도 위축되지 않고 말을 이었다.

"물론 뚜렷한 증거가 있는 건 아닙니다만, 그렇다고 터무니없는 상상도 아닐 듯싶습니다. 생각해 보십시오. 노인장께선 이곳에서 일어나는 일들을 손바닥 보듯이 훤히 꿰고 계신다기에 드리는 말씀입니다. 더구나 하미드란 사내가 사경을 헤매고 있고 임종을 앞둔 마당에 우연히도 노인장께 몸을 의탁했다면, 뭔가 중요한 얘기들을 털어놨을 법도 한데요. 새는 죽을 때가 되면 그 소리가 고와지고 사람은 죽을 때가 되면 그 마음이 착해진다는 말도 있지 않습니까? 그러니……."

"허허, 난 당신들을 만나러 여기 온 게 아니라니까! 말을 꺼내기도 불경스럽지만, 막말로 내가 인자하시고 자애로우신 알라가 아닌 다음에야 당신들이 이 새벽에 여기 나타날 줄 어찌 알았겠소? 내가 여기 온 이유는 따로 있소이다!"

"그, 그게 뭡니까?"

묻기는 알리가 물었지만, 압둘 카디르는 갑자기 정색을 하며 앙베르를 쏘아보았다.

"도대체 알고 싶은 게 뭐요? 이교도 양반! 빙빙 돌리지 말고 핵심을 말해 보구려."

"아까 세뇨르 알리도 여쭸습니다만……, 우선 죽은 할리드와 살리흐의 관계죠. 시아파도 아닌 할리드가 노인장 말씀대로 살리흐와 한패였다면 뭔가 그만한 까닭이 있었을 것 아닙니까? 그리고 그들과 이브라힘의 관계도 궁금하구요. 아니, 정작 중요한 게 또 있죠! 살리흐는 누가 죽였을까요? 역시 이브라힘입니까? 그럼 살리흐의 시신에 그리스 수도승의 옷을 입혀 버린 이유는 또 뭐죠? 그리고……."

"자, 잠깐만, 잠깐만! 나야말로 정말 궁금하구려. 댁은 도대체 뭘 노리고 이 일에 이토록 깊숙이 끼어든 거요? 남의 제사에 감 놔라 배 놔라 하는 것도 유분수지, 하나밖에 없는 목숨까지 걸어가면서 발 벗고 나서는 까닭이 뭐냔 말이오!"

노인의 질문이 워낙 날카롭고도 신랄했기 때문에, 알리는 순간 속이 시원해지는 기분마저 들었다. 사실은 알리 또한 가끔 그 점을 궁금하게 여겼기 때문이었다. 그러나 앙베르는 태연하게 대꾸했다.

"좋은 질문입니다. 사실은 저도 그걸 잘 모르겠거든요. 허나 그렇게 따지자면 여기 있는 이 세뇨르 알리 또한 처음부터 이 일에 목숨 걸어야 할 이유는 없었죠. 그건 아마 노인장께서도 마찬가지이실 거구요. 모든 게 다 인연이라고 해야 할까요, 업보라고 해야 할까요? 어쩌면 우리가 이렇게 만난 것도 다 하늘의 뜻일 겁니다. 그리고……."

앙베르는 잠시 말을 끊었다가 반짝이는 눈으로 주위를 둘러보며 말했다.

"남의 제사라 하셨지만, 어찌 그렇게만 말할 수 있겠습니까? 조금만 더 생각해 보면 결국 우리 모두의 미래를 위한 일인데요. 기독교도와 무슬림들 모두의 평화롭고 행복한 미래 말입니다. 그렇지 않습니까? 그러니 저희가 궁금해 하는 걸 아시는 대로 말씀해 주시면……."

"흥! 말 하나는 청산유수로구만! 허나 대체 뭐가 그리 궁금하오? 댁도 이미 다 짐작하고 있을 텐데……."

"물론 짐작이야 갑니다만, 그래도 좀더……."

앙베르가 지지 않고 대꾸를 계속하자 노인은 드디어 누런 이를 드러내면서 히죽 웃었다.

"확실한 걸 알고 싶다? 허허, 어찌 보면 그것도 다 허욕일지 모르오. 결국 진짜 확실한 건 인자하시고 자애로우신 알라께서만 아실 테니까! 알라 할림!"

"원칙만 놓고 보면 노인장 말씀이 백 번 옳습니다. 그렇지만 전 지금 우리 인간이 이 세상의 궁극적인 진리를 알 수 있느냐 없느냐 따위를 두고 한가로이 철학 논쟁을 하려는 게 아닙니다. 여러 목숨이 걸려 있고 흉악한 범죄가 연루된 사건의 진상을 파헤치자는 거니까요!"

"허허! 한가로이 철학 논쟁을 한다? 댁의 눈엔 내가 그렇게 한가해 보이오?"

"죄송합니다. 제, 제가 드리려던 말씀은 그런 뜻이 아니오라……."

앙베르는 순간 자신이 실수했다는 걸 깨닫고 황망히 사과했다.

"아무튼 좋소이다. 나도 말꼬투리나 잡고 시비 걸 생각은 없으니! 아까 뭘 물었더라……? 아! 할리드와 살리흐가 어떤 관계냐고 했소?"

앙베르와 알리가 마른침을 삼키며 연신 고개를 끄덕이자 압둘 카디르는 잠시 뜸을 들이다가 툭 한 마디를 내던졌다.

"할리드는 살리흐의 정신적 지주였다오."

"저, 정신적 지주라면……?"

"내가 알아본 바에 따르면 두 사람은 사제간이었다 이 말이오!"

"에이, 사제간이라뇨? 살리흐는 도공 출신이고 마드라사 근처에도 얼씬거린 적이 없을 텐데요?"

알리가 말도 안 된다는 표정을 짓자 압둘 카디르는 혀를 차며 비아냥거렸다.

"쯧쯧쯧! 딱한지고! 겉으로는 제법 겸양을 떨더니만 알고 보니 교만하기 이를 데가 없구만! 아하, 그러고 보니 알리 자네도 예전에 마드라사의 학생이었다지? 그러니까 자네 얘긴즉 비천한 도공 주제에 감히 자네와 견줄 수가 있느냐 이거로구만? 흥! 허나 어디 마드라사의 학생들만 할리드의 제자가 되라는 법이 있다던가? 권세 있고 돈 있는 가문의 자손들만 그 사람의 가르침을 받으란 법이 있느냔 말일세!"

"어, 어르신! 제 말씀은 그런 게 아니오라……."

알리가 황망히 변명하려고 하자 노인은 그를 제지하며 외쳤다.

"됐네, 됐어! 하지만 이 점을 명심하게. 살리흐가 할리드의 가장 아끼는 제자가 될 수 있었던 까닭은 바로 그 사람이 비천한 도공 출신이었기 때문이라는 걸!"

"그, 그건 또 무슨 말씀이십니까?"

이번엔 앙베르가 나섰다.

"댁도 아는지 모르겠지만 할리드가 누구요? 그 사람 아버지는 툴라이툴라 출신의 가난한 농군이었고, 일설에 의하면 어머니는 원래 노예였다고 하오! 따라서…… 학식으로야 남부러울 게 없는 할리드였지만, 출신 신분 때문에 평생 권문세가 자손들의 업신여김과 푸대접을 받으며 울분을 삭였을 거요. 그런 그가 머리는 영민하고 의지 또한 담대하나 비천한 도공에다, 소수 종파인 시아파라는 이유로 웅지를 못 펴고 있는 살리흐를 어여삐 여기고 애제자로 삼은 건 지극히 당연한 일 아니겠소? 내가 보기에는 그게 바로 할리드가 굳이 시아파인 살리흐와 손을 잡은 까닭이라면 까닭이오."

"듣고 보니 과연 그렇습니다."

앙베르가 공감한다는 듯 고개를 끄덕이자 압둘 카디르는 흡족한 미소를 지으며 말을 이었다.

"헌데 더 재미있는 건……, 할리드는 자신이 살리흐를 돌보고 저항 조직을 키우는 것도 다 젊은 날에 저지른 커다란 죄악을 씻기 위해서라고 입버릇처럼 말했다는 거요. 무슬림들의 믿음과 자유를 위해서 싸우는 것이야말로 자신의 어리석은 죄를 참회할 수 있는 길이라고 했다지 아마?"

"젊은 날에 저지른 죄악이라뇨? 그, 그게 뭔데요?"

알리가 궁금증을 못 이겨 재빨리 되물었다. 하지만 압둘 카디르는 고개를 저었다.

"그건 나도 모르네. 다만 할리드가 틈만 나면 '엇나간 열정과 치기와 질투 때문에 애꿎은 생목숨을 여럿 해쳤다'고 한탄했다는 걸세. 또 하미드 말에 의하면 할리드가 사랑하던 여인 때문에 큰 죄를 저질렀고, 결국 그것 때문에 고향을 등지게 된 것 같다고 하기도 하고……."

"가만, 가만! 이봐요, 세뇨르 알리! 예페트라는 유태인과 랍비였던 그 사람의 선친, 그리고 마리스탄에서 죽은 집시 여자와 무녀였던 그 여자의 어머니가 모두 다 툴라이툴라 출신이라고 하지 않았소?"

앙베르가 갑자기 큰 소리로 외치자 모두들 그를 돌아보았다.

"게다가 할리드는 그들 모두의 복잡한 과거에 대해서 아주 잘 알고 있었고!"

"그, 그렇습니다만……?"

알리는 뭔가 생각하느라 대꾸를 하는 둥 마는 둥 하며 양미간을 찌푸렸다. 그러자 앙베르는 손뼉을 마주치며 다시 고함을 질렀다.

"이건 뭔가 있어, 틀림없다구! 어쩌면 할리드가 저지른 죄라는 게 예페트 선친의 비극적인 죽음과 관련이 있을지도 모르는 일 아닌가?

세뇨르 알리! 한 달 전 마리스탄에서 사고가 난 직후에 당신이 그 일에 대해 여기저기서 들은 얘기들을 말해주지 않았소? 예페트는 집시 여자의 어머니가 범인이라고 했고, 집시 여자는 돈 디에고가 범인이라고 했다지만……. 어쩌면, 어쩌면 그게 아닐 수도 있소이다. 진실은 할리드만이 알고 있었을지도……."

앙베르의 말을 듣는 동안 알리는 문득 온몸에 소름이 돋는 걸 느끼며 심한 현기증으로 금세 쓰러질 것 같았다. 할리드는 분명히 말했었다. 예페트의 집에 불을 지른 건 돈 디에고도 아니고 집시 무녀도 아니었다고! 그렇다면, 그렇다면……. 그때 끝없이 달아오르는 그의 머리를 다시 식혀준 것은 압둘 카디르의 작지만 힘 있는 목소리였다.

"이봐요, 기독교도 양반! 지성을 뽐내는 건 좋지만 그런 추리를 해봐야 이미 때가 늦었소이다."

"때가 늦다뇨?"

앙베르의 반문에 압둘 카디르는 다시 혀를 찼다.

"쯧쯧쯧! 이 세상은 하늘의 뜻을 넘어설 수 없고, 우리의 뜻은 이 세상을 넘어설 수 없는 법! 지혜롭고 학식 높은 양반이 그만한 이치도 모르시오?"

"그, 그게 무슨 말씀이십니까?"

"생각해 보구려. 예페트의 선진이나 십시 여자의 어미는 말할 것노 없고, 할리드와 집시 여자까지 죄다 죽어버렸는데 댁의 추리가 옳다 한들 이제 와서 누가 그걸 증명해 준단 말이오?"

"그, 그렇긴 합니다만……."

앙베르가 잠시 머쓱해 하는 순간 이번엔 알리가 나서며 되물었다.

"하, 하지만 돈 디에고가 있지 않습니까? 그, 그리고 예페트도 아직 살아 있구요!"

"예끼, 미련한 사람! 돈 디에고 얘긴 꺼내지도 말게! 귀신이 진상을 안다 한들 귀신을 잡아다 문초를 할 수는 없는 노릇 아닌가? 돈 디에 고야 지금 당장은 귀신이나 다름없는 존재인데 자꾸 그 자 얘길 꺼내 서 뭐하느냐 이 말일세! 그리고 예페트만 해도 그렇지. 옥에 갇혀 언 제 죽을지도 모르는 데다……, 그 사람이 뭘 안다고 해야 다 어른들한 테 전해들은 얘기뿐일 텐데, 이 마당에 그게 무슨 새로운 도움이 된단 말인가?"

노인의 핀잔에 결국 알리도 입을 다물고 말았다. 앙베르의 빈틈없 는 머리와 알리의 날카로운 재치로도 노인의 사려 깊은 지성을 이기 지는 못한 셈이었다.

"아무튼 그러면……, 노인장 말씀대로 죽은 할리드와 살리흐의 관 계는 밝혀진 셈이군요."

앙베르가 분위기를 바꾸려는 듯 화제를 돌리자 압둘 카디르는 가볍 게 덧붙였다.

"단순한 얘기는 아니라오. 어쩌면 할리드는 살리흐를 통해 자신의 꿈을 이뤄보고 싶었을지도 모르지."

"꿈이라면……?"

"세상을 뒤집어 바꾸는 꿈 말이오. 할리드 생각으로는……, 당신네 기독교도들에 맞서 싸우는 것만이 지하드는 아니었을 거요. 우리 무 슬림 내부의 적들과 싸우는 것 또한 중요하다고 믿었을 테니까! 마드 라사에서 쫓겨나고 몰매를 맞아 죽을 고비를 넘기면서 할리드는 속으 로 무슨 생각을 했겠소? 아마 절치부심하며 세상을 바꿀 기회를 노렸 겠지. 오죽하면 일부러 미치광이 흉내까지 내면서 뒤로는 살리흐를 시켜 은밀히 저항조직을 키웠겠소? 또 할리드는 원래 아주 합리적이고 현실적인 사람이었으니, 아마 종파 따윈 중요하게 여기지 않았을 거요. 아니면 소수파인 시아파와 손잡는 게 오히려 더 낫다고 판단했을 수도 있고! 허나 진짜 문제는 할리드나 살리흐에게 과연 자신들의 꿈을 이룰만한 힘이 있었느냐 그거요. 결국 힘이 없어 그들의 운명은 비극으로 끝난 거 아니겠소? 애써 키운 조직이 이브라힘 손에 넘어가고 살리흐의 생사조차 알 수 없게 되자, 모든 희망을 잃어버린 할리드는 홀홀 단신 이곳을 찾아와 죽음을 자청한 것 아니냐 이 말이오!"

"헌데 어, 어르신께서는 할리드 선생님이나 살리흐를 직접 만나보신 적도 없으실 텐데, 언제 그런 걸 다 알아내셨습니까?"

알리가 몹시 궁금한 표정을 짓자 압둘 카디르는 다시 누런 이를 드러내며 히죽 웃었다.

"밤중에 강가에서 자네와 우연히 마주쳤던 날, 그러니까 뭐냐……? 자네가 물방앗간에서 돈 디에고를 목격했다던 바로 그날 밤 말일세! 사실은 그날 자네 얘길 들으면서 할리드에 대해 나 나름대로 조사를 좀 해봐야겠다고 생각했네. 헌데…… 그때부터 따지자면 벌써 시간이 석 달 넘게 흐르지 않았나? 그 동안 이 늙은이가 비싼 밥을 먹으면서 뭘 했겠나?"

"아무튼 성말 대단하십니다!"

알리는 진심으로 감탄을 했지만 노인은 대수롭지 않다는 듯 가볍게 대꾸했다. 그러나 그의 목소리만은 점점 진지해지고 있었다.

"뭐 그다지 힘든 일도 아니었네. 간밤에 하미드가 해준 얘기들도 꽤 도움이 됐고! 게다가 많이 알수록 할리드라는 사람에게 정말 흥미를 느끼게 됐으니까, 나도 배운 게 많다고 해야겠지. 글쎄, 뭐라고 말을 하는 게 좋을까? 아마 젊을 때 같았으면 나 같은 사람이 할리드라는 사내를 제대로 이해하기는 어려웠을 걸세. 아니, 이해는커녕 아예 무시하거나 경멸했을지도 모르지."

"그건 또 무슨 말씀이신지요?"

알리의 반문에 압둘 카디르는 뭔가를 회상하듯 눈을 감았다.

"자네도 아는지 모르겠지만 난 원래 나스리 왕조의 왕족 출신이네. 최고의 가문에서 태어나 부족한 것 없이 자랐고, 시운이 따랐다면 왕이 됐을 수도 있었겠지. 허나 내가 왕이 되지 않은 건 백성들을 위해서나 나 자신을 위해서나 천만 다행일세. 왜냐? 젊은 날의 나는 교만하고 어리석고 탐욕스러웠으니까! 그 모든 악덕들이 내 정신을 점령하고 육신을 괴롭혔지. 또 거지들이 몸에 이와 벼룩을 기르듯이 내 젊은 날은 덧없는 회한만을 키웠다네. 할리드는 젊은 날의 죄악을 참회하려고 저항조직을 만드는 일에 몰두했다지만, 난 내 젊은 날의 과오를 거두기 위해 속세를 등지고 산중으로 들어왔지. 그렇게 살아온 세월이 벌써 30년일세. 그 동안 모든 걸 다 잊고 모든 걸 다 떠났다고 생각했는데…… 지금 생각해 보면 그 또한 오만이었나 보이. 늙고 지친 몸이 이처럼 속세의 풍진을 다시 맞게 되는 것도 다 인자하시고 자애로우신 알라의 뜻이 아니겠는가?"

분위기가 너무 숙연해진 탓에 한동안 모두 땅만 내려다보며 말이 없자 앙베르가 어색한 헛기침을 앞세우며 천천히 말을 꺼냈다.

"어험, 어험! 아, 아무튼 노인장께서 애써주신 덕에 수수께끼가 상당 부분 풀렸으니 인자하시고 자애로우신 알라께서도 기뻐하시겠지요. 그나저나 할리드와 살리흐의 관계가 방금 말씀하신 대로라면 두 사람이 이브라힘과 적대적인 관계에 있었다는 것도 분명한 거죠?"

앙베르의 마지막 물음에 압둘 카디르는 미간을 조금 찌푸렸다.

"말이란 '아' 하는 게 다르고 '어' 하는 게 다른 법! 할리드와 살리흐가 처음부터 이브라힘을 적대시했던 건 아닐 거요. 이브라힘이 처음에 수하들을 이끌고 알마그렙에서 건너왔을 때, 두 사람은 그들을 손님으로서 그리고 동지로서 깍듯이 대접을 해줬다니까! 하지만 먼저 배신을 한 건 바로 이브라힘이었다고 들었소. 권력과 공명심에 눈이 먼 그 자는 우마르라는 땡중과 짜고서 살리흐를 제거하기 위해 검은 음모를 꾸몄고, 결국 원하던 대로 저항조직을 손에 넣었지. 그러니 할리드가 이브라힘을 원수로 여기게 된 거야 당연한 일 아니오? 굴러온 돌이 박힌 돌을 빼내는 것도 유분수지……. 생각해 보구려! 할리드의 심정이 어땠겠소? 더구나 이브라힘이 알하킴까지 죽였다면……, 더 말해 뭐하리? 아, 댁은 이방인이니 잘 모르겠지만 죽은 알하킴이야말로, 알라후 야르하무흐, 할리드의 생명의 은인이었단 말이오."

"하, 하지만 어르신!"

그때까지 한쪽 구석에서 사람들의 이야기를 듣고만 있던 무사가 한 발 앞으로 나서며 조심스레 말을 꺼냈다.

"이런 말씀을 드린다고 노여워하지는 마십시오. 비록 제가 조직을 버리고 산을 내려가는 처지이기는 하지만, 저 또한 꽤 오랫동안 저항 조직 안에서 일을 해왔습니다. 때문에 내부 사정을 잘 알고 있어 징밀 사심 없이 드리는 말씀입니다. 그러니까 저…… 어르신께서는 사정을 잘 모르고 계시는 것 같다 이겁니다. 사실 이브라힘님이나 우마르 어른은 그렇게 사악한 분들이 절대 아닙니다. 한번 생각해 보십시오. 어르신 말씀대로 그렇게 악마 같은 사람들이라면, 어째서 그토록 많은 전사들이 목숨을 내걸고 그 분들을 따르겠습니까? 물론 술수를 꾸며

조직을 장악했다고 볼 수도 있고, 어쩌면 알하킴 어른을 죽였을지도 모르죠. 하, 하지만 어찌 보면 그 모든 게 다 지하드를 승리로 이끌기 위한 고육지책이었을지도 모른다는 생각이 듭니다. 솔직히 이브라힘 님께서 지도자가 되시고 나서 저항조직이 크게 발전한 것만은 틀림없는 사실이니까요. 그 전에야 이름만 저항조직이었지 하는 일도 별로 없었고 싸울 준비도 거의 못했거든요. 하지만 이브라힘님과 우마르 어른께서 오신 뒤부터는 전사들 모두가 자신감과 용기를 갖게 됐습니다. 무기도 새로 들여오고 체계적인 훈련도 시작하구요. 그리고 무엇보다 중요한 건 우리가 왜, 무엇을 위해서 싸워야 하며, 우리의 싸움이 어떤 의미를 갖는지 모두들 깊이 생각하게 됐다는 겁니다. 그리고 말이 나온 김에 말씀드리자면, 상당수의 형제들은 죽은 할리드 양반을 별로 좋아하지 않았습니다. 왜냐구요? 그 양반은 형제들을 모아놓고 늘 알아듣기 어려운 말만 하면서 잘난 척을 했으니까요. 어디 그뿐인 줄 아십니까? 알무라비트 어르신께서는 아까 할리드가 미치광이 흉내를 냈다고 하셨지만 꼭 그런 것만도 아니었습니다."

"아니라니?"

압둘 카디르의 반문에 무사는 단호하게 못을 박았다.

"아니구 말구요! 그 양반은 가끔씩 진짜로 정신이 오락가락하기도 했으니까요! 이 점만은 인자하시고 자애로우신 알라께 맹세해도 좋습니다. 오죽하면 일부 형제들이 '우린 이교도와 투쟁을 하러 모인 거지 미치광이 교수의 강의를 들으러 모인 게 아니다'라고 불평을 했겠습니까? 또 할리드는 툭하면 전통 신앙을 무시하거나 비난하는 말도 서슴지 않았기 때문에, 신심 깊은 사람들은 그 점도 아주 싫어했어요. 게다가 조직의 지도자인 살리흐가 시아파라는 사실까지 알려지면서 동요하거나 심지어 조직에서 이탈하는 형제들까지 생겼고, 시간이 지날수록 문제가 꽤 심각해졌습니다. 그리고 이브라힘님이 조직을 장악하게 된 건 바로 이런 상황에서였습니다. 그, 그러니까 하미드 같은 시아파 사람들의 말만 듣고 무조건 비난을 하시는 건 좀 곤란하다 이겁니다. 오히려 하미드야말로 조직의 돈을 빼돌리고 뱀을 풀어 동지들까지 해친 사기꾼이요 살인자 아닙니까? 그 자가 괴질에 걸린 건 그야말로 인자하시고 자애로우신 알라의 천벌을 받은 거죠!"

무사의 입에서 놀라운 말들이 거침없이 쏟아져 나오자 일행은 잠시 동안 숨소리조차 죽여 가며 그의 이야기를 경청했다. 그리고 그 누구보다 놀란 것은 다름 아닌 알리였다. 통통한 몸집에 둥글둥글한 얼굴로 맘씨 좋은 옆집 아저씨처럼 보이기만 하던 무사가 저런 생각을 다 하다니! 알리는 자신이 이제껏 사람들에 대해 막연하게나마 지녀왔던 판단 기준이 모두 무너지는 것 같아 몹시 곤혹스러워졌다.

"흠……, 자네 이름이 무사라고 했던가?"

압둘 카디르의 물음에 무사는 잠시 말을 멈추고 두 손을 앞으로 모으며 공손히 대답했다.

"예, 어르신! 무사 이븐 다우드라고 합니다."

"자네의 충고는 귀담아 들어둠세. 허나…… 진정 위험한 악일수록 달콤하고 화려한 옷으로 위장하고, 뭇사람들에게 감동 또한 준다는 걸 잊지 말게."

"하, 하지만 이브라힘님이나 우마르 어른께서 사람들에게 잘 보이려고 분칠을 하신 건 아니라고 생각합니다. 그 분들의 가슴속 깊은 곳에서부터 인자하시고 자애로우신 알라에 대한 믿음과 동포들에 대한 사랑이 샘물처럼 솟아나고 있다는 걸 곁에 있는 사람이라면 누구라도 느낄 수 있으니까요. 그건 절대 가식이나 위장이 아닙니다!"

무사가 의외로 완강하게 이브라힘과 우마르를 두둔하고 나서자 이 번엔 앙베르가 끼어들었다.

"그럼 이브라힘이 여러 사람들 앞에서 할리드를 활로 쏘아 죽인 건 어떻게 생각하시오? 당신 말대로라면 그것도 경건한 믿음과 진실한 사랑에서 나온 행동이란 말이오?"

"물론…… 할리드 양반을 그런 식으로 죽인 건 좀 지나쳤다고 해야 겠죠. 하지만…… 그 동안 그 양반이 가르나타 성내 곳곳을 배회하며 이브라힘님과 우리 조직을 비난하고 동포들 사이를 이간질해 온 것 또한 사실입니다. 그 때문에 우리 '알하피즈'의 전사들 중에서는 할리 드가 이교도의 첩자일 수도 있으니 그 사람을 당장 죽여 후환을 없애 야 한다고 벼르는 이들도 많았어요. 그때마다 그들을 말린 건 오히려 이브라힘님과 우마르 어른이셨습니다. 만일 할리드가 평소에 형제들 의 존경과 신뢰를 받는 인물이었다면……, 이브라힘님께서 여러 사람 이 보는 앞에서 할리드를 죽이셨을 때 큰 난리가 났을 겁니다."

"말도 안 되는 궤변이요! 마치 할리드 선생님께서 죽어 마땅한 잘 못을 범하셨다는 식으로 말을 하시는군요? 하지만 할리드 선생님께서 이브라힘을 비난한 건 살리흐를 조직에서 내쫓고 그것도 모자라 결국 에는 죽였기 때문에……."

알리는 자신의 면전에서 눈도 제대로 못 감고 죽은 은사의 비참한 모습을 떠올리자 자신도 모르게 치를 떨며 큰 소리로 말했다. 하지만 무사는 곧 더 큰 목소리로 그의 말을 잘랐다.

"아까부터 자꾸만 살리흐를 죽였다 하는데 도대체 누가 언제 어디 서 살리흐를 죽였단 말인가?"

"……."

단순하지만 정곡을 찌른 무사의 물음에 모두들 망치로 한 대 얻어맞은 듯 쉽사리 대답할 말을 찾지 못했다. 생각할수록 답답한 노릇이었다. 강가에서 발견된 시신은 살리흐임에 틀림없었으나, 그걸 자신 있게 주장할 수 있는 증거도, 증인도 없는 상황이었던 것이다.

"만약에 알리 형제나 저 이교도 양반이 말하는 것처럼 이브라힘님이나 '알하피즈'의 전사들이 살리흐를 죽였다면, 그게 아무리 비밀이라 하더라도 최소한 조직 내의 고위층에서는 아는 사람이 있었을 거 아니오? 나도 조직 내에서는 꽤 높은 위치에 있었고 웬만한 기밀은 다 알고 있던 사람인데, 지난 몇 달 동안 살리흐의 생사나 행방에 대해서는 일언반구도 들어본 일이 없소!"

"그거야 당신이 모르는 일일 수도 있잖소? 당신이 조직 안에서 어떤 자리에 있었는지는 모르지만, 어쨌든 당신이 최고 지도자는 아니었으니까!"

앙베르의 반박에 무사가 다시 맞고함을 쳤다.

"좋아요. 내가 몰랐다고 칩시다. 그럼 시신은 어디 갔소? 사람이 죽었으면 어디선가 시신이 나와야 할 것 아니냔 말이오!"

"소식이 깜깜이구려! 시신은 벌써 발견됐소이다."

앙베르가 이제야 드디어 할 말이 생겼다는 듯 크게 외쳤다.

"시신이 발견됐다구요? 살리흐의 시신이? 어디서요?"

무사가 깜짝 놀라 되묻자 앙베르는 회심의 미소를 지으며 알리와 압둘 카디르를 차례로 돌아보았다. 그리고는 일부러 뜸을 들여가며 느릿느릿 대꾸했다.

"벌써 오래된 일이오. 지난 신성한 라마단에 성내의 강가에서 발견된 그리스 수도승의 시신이……, 사실은…… 살리흐의 시신이었소!"

그 동안 강가에서 발견된 시신의 신원에 대해 적잖이 고민하는 모습을 보여주던 앙베르가 너무도 자신만만하게 단정을 하자 알리는 오히려 그의 그런 태도에 적잖이 놀랐다.

"뭐라구요? 말도 안돼! 어, 어떻게 그런 일이……. 도대체 무슨 근거로 그런 황당무계한 소릴 하는 거죠?"

"시신을 훔쳐 해부했던 이탈리아 의원이 내게 모든 걸 실토했소. 시신의 가슴에는 마방진이 새겨져 있었고, 발에는 아랍어 문신이 있었다고! 그러니 그 시신의 주인이 바로 살리흐 아니오? 이제 누가 그 사람을 죽여서 그리스 수도승의 옷을 입혀 버렸는지 그것만 밝혀내면 된단 말이오!"

"그럴 리가 없어, 그럴 리가 없다구요! 이브라힘님께서는 그 그리스 수도승을 죽인 범인이 빨리 잡히기를 얼마나 바라셨는데! 혹시라도 범인이 무슬림이면 그것 때문에 '알하피즈'의 활동에도 지장이 생길까 봐 얼마나 걱정을 하셨는데! 그래서 우리들한테도 별도로 사건을 조사해 보라고 지시까지 하셨다구요! 이보게, 알리 형제! 자네가 더 잘 알 것 아닌가? 자네가 그 사건에 관여하게 된 것도 처음에는 다 우리 때문 아니었냔 말일세? 그러니 뭐라고 말 좀 해보게. 사정이 그런데……, 그 그리스 수도승이 사실은 살리흐였다구요? 더, 더구나 이브라힘님께서 살리흐를 죽여 그리스 수도승으로 위장을 했다구요? 생각해 봐요, 그게 말이 되는지! 백보를 양보해서 이브라힘님이 아무도 몰래 그런 짓을 했다 하더라도, 그렇다면 뭐 때문에 우리더러 사건을 조사해 보라고 하셨단 말입니까? 조사 과정에서 진상이 드러날 수도 있는데 뭐 때문에 그런 위험한 일을 시키셨겠어요?"

"흥! 그거야말로 진짜 고도의 술수였겠지. 적을 속이려면 우리 편부터 속이라는 말도 있지 않소?"

앙베르는 고지식한 사냥개처럼 한번 문 먹이는 절대로 놓지 않겠다는 듯이 덤벼들었다. 하지만 무사는 마침내 목에 핏대를 세워가며 악을 쓰기 시작했다.

"이제 보니 저, 정말 사악한 건 바로 당신들이오! 내 비록 비겁하게 조직을 떠나는 마당이지만, 또 이브라힘님의 명을 어기고 당신들을 돕고는 있지만……, 아무리 그래도 그런 터무니없는 중상모략까지 듣고만 있을 순 없단 말이오! 다, 당신들이 무슨 억하심정으로 이브라힘님에게 그런 누명을 씌우는지는 모르지만……, 그, 그런 모함은 인자하시고 자애로우신 알라께서도 결코 용서치 않으실 거요!"

무사는 그야말로 사력을 다해 이브라힘을 변호하고 있었다. 알리는 둥글둥글하고 사람 좋게만 보이는 그의 외모와 날카롭다 못해 앙칼지게 변해버린 목소리 사이의 기묘한 부조화 앞에서 잠시 멍해졌다. 아니, 알리를 멍하게 만든 건 사실 무사의 외모나 목소리가 아니었다. 꼭 한 달 전, 그러니까 대축제인 '이둘 앗자'가 열리던 바로 그날 하미드의 객주집 앞에서 할리드에게 들었던 말이 문득 머리를 스쳤던 것이다. 그때 할리드는 강가에서 발견된 시신이 살리흐라는 알리의 말을 믿지 않으려 했었다. 무사가 이브라힘을 감싸기 위해 살리흐의 죽음을 부인하는 거야 그럴 수 있다 치더라도, 살리흐가 정말로 죽었다면 그의 죽음을 누구보다 애통해하고 범인을 잡아 응징하기 위해 물불을 가리지 않았을 할리드가 왜 살리흐의 시신이 발견됐다는데 그토록 시큰둥한 반응을 보였던 것일까? 그러고 보니 할리드도 살리흐가 죽었다는 말은 한 적이 없지 않은가? 게다가 할리드는 알리가 절대로 의심해 본 적이 없는 전제에 대해서도 의혹의 잣대를 들이댔었다. 그는 말하지 않았었던가? 결론이 정말로 불합리하고 불가능하다면 전제 중의 어느 하나가 잘못된 것이라고! 그는 묻지 않았었던가? 이탈리아 의원의 말은 아무 의심 없이 믿을 수 있느냐고!

"그만, 그만! 이제 됐으니 그만하세요, 제발!"

알리는 더욱 심한 현기증을 느끼며 휘청거리다가 그만 바닥에 주저앉았다. 속까지 메스껍고 울렁거려 금세라도 토할 것만 같았다. 그래서 그는 두 손으로 입 주위를 감싸 쥔 채 거친 숨을 몰아쉬었다.

"이, 이봐요, 세뇨르 알리! 가, 갑자기 왜 그러는 거요? 괘, 괜찮소?"

앙베르가 다가와 부축을 하려는 순간 어느 틈엔가 아마가 날쌘 다람쥐처럼 달려들어 알리의 어깨를 감싸 안았다.

"도련님, 도련님! 정신 차리세요!"

*　　　*　　　*

한바탕의 소동이 겨우 진정되고 난 뒤 알리는 바위 그늘에 몸을 눕힌 채 잠시 상념에 잠겼다. 생각할수록 묘한 기분이 들었다. 거대한 운명의 힘에 시험당하는 것 같기도 하고, 장난꾸러기 악마가 자신을 긴 줄에 매어 놀리는 것 같기도 했다. 뭔가가 새로 밝혀졌다 싶은 바로 그 순간에, 그 동안 확실하다고 믿어왔던 것들이 다시 의심스러워지곤 하는 기막힌 상황이 반복되고 있지 않은가?

'인자하시고 자애로우신 알라께서는 우리가 감내할 힘이 없는 것을 우리에게 짐 지우지 아니하신다 했거늘(『쿠란』 제2장 287절에 나오는 말) 내 짐은 왜 이리도 무겁단 말인가? 이 와중에서 내가 할 수 있는

일은 과연 무엇이란 말인가?'

알리의 가슴 한 구석에는 두려움을 넘어서서 견딜 수 없는 역겨움마저 밀려오기 시작했다. 이젠 사건에 대한 호기심도 사명감도 오기도 더 이상 자신을 지탱시켜 줄 수 없을 것만 같았다. 사건의 진상을 알아내려는 노력 자체가 더없이 치졸하고 허황한 몸부림으로 느껴지기 시작했던 것이다.

"자, 이제 그만 자리를 뜹시다. 이왕 나선 길이니 아무튼 빨리 산을 내려가야죠. 지금쯤이면 '알하피즈' 전사들도 우리가 사라졌다는 걸 알게 됐을 텐데, 자칫 잘못하다 그들에게 잡히기라도 하면……."

이윽고 무사가 약간 조바심을 내며 사람들을 재촉하기 시작했다. 잔뜩 겁먹은 듯한 그의 얼굴과 부드러운 목소리에서 방금 전까지 그토록 당당하고, 심지어 사납기까지 했던 투사의 모습은 그림자도 찾을 수 없었다.

"그, 그럽시다. 괜히 나 때문에 너무 지체된 것 같군요."

알리가 미안한 얼굴로 자리에서 몸을 일으키는 순간, 앙베르가 문득 생각난 듯 압둘 카디르를 향해 물었다.

"그런데 아까 노인장께선 무슨 볼 일이 있어 여기에 오셨다고 하지 않으셨나요?"

"그랬소만……?"

"실례가 안 된다면 그게 무슨 일인지 여쭤 봐도 될까요?"

앙베르는 한껏 예의를 갖춰 정중하게 물었지만 노인의 대답은 퉁명스럽기 짝이 없었다.

"실례가 안 된다면? 남의 일에 끼어드는 건데 당연히 실례가 되지 않겠소?"

“…….”

머쓱해진 앙베르가 입을 다물자 이번엔 알리가 다시 물었다.

“무슨 일인지 말씀해 주십시오, 어르신! 결국 이래저래 따져보면 여기 있는 저희들하고도 관련이 있는 일일 것 같은데요.”

“쥐새끼를 잡으러 왔네.”

압둘 카디르가 굳었던 얼굴을 조금 펴며 짧게 대답했다.

“에에? 쥐, 쥐새끼라면……? 아아! 그, 그럼 돈 디에고가 여기 나타났단 말입니까? 그 마법사가?”

알리의 목소리가 너무 컸기 때문에 모두가 소스라치게 놀랐다. 특히 앙베르의 얼굴은 눈에 띄게 파리해졌다.

“마, 마법사를 잡으러 오셨다구요? 그게 사실입니까?”

“왜들 이렇게 호들갑을 떠나? 그게 아닐세. 그 마법사는 어디 갔는지 귀신도 모른다고 아까 얘기하지 않았나?”

“그, 그럼 누굴 말하는 겁니까? 쥐새끼라면……?”

알리가 뒤통수를 긁으며 멋쩍어하자 압둘 카디르는 특유의 나귀 웃음을 히죽 웃더니 다시 변죽을 울렸다.

“돈 디에고라면 대어 중의 대어 아니겠나? 하지만 지금 잡으려는 건 피라미일세. 그래도 맛은 제법 괜찮을지도 모르겠네만…….”

“그게 도대체 누군데요?”

알리는 답답해 미치겠다는 듯 주먹으로 가슴까지 치며 되물었고, 압둘 카디르는 그제야 웃음을 거두었다.

“오즈구르라는 자칭 투르크 밀정일세! 아니, 아부 압둘라 우사마라고 해야 알아듣기가 더 쉽나?”

“뭐라구요? 그, 그 자를 어떻게 잡는단 말씀이십니까? 그 자는 무슬림 전사들의 보호를 받고 있을 텐데요."

알리가 이해할 수 없다는 표정을 짓자 노인은 다시 의미심장한 미소로 응답했다.

"하지만 그 쥐새끼가 곧 제 스스로 둥우리를 박차고 나올 걸세."

"예에?"

여전히 영문을 모르겠다는 눈길로 바라보는 알리를 향해 압둘 카디르는 목소리를 조금 낮추며 말을 이었다.

"무슨 까닭인지는 정확하게 모르겠지만……, 아무튼 그 오즈구르란 자가 오늘 아침 일찍 산중에 있는 자기 처소를 몰래 빠져 나와 가르나타로 돌아갈 거라는 정보를 입수했네."

"몰래 빠져 나온다구요? 우리처럼 붙잡혀 있던 처지도 아닌데 왜 몰래 빠져 나온단 말입니까? 그리고 그 자는 가르나타로 돌아가도 갈 곳이 없을 걸요? 자칫하다 카슈탈라 병사나 관원들의 눈에 띄기라도 하면 더 위험하구요! 전에는 단순히 살인 용의자로 쫓겼다지만, 이젠 카슈탈라 사람들 사이에서도 투르크의 밀정이라는 게 꽤 알려져 있을 텐데……."

알리는 나름대로 조리 있게 반론을 펴려 했다. 하지만 압둘 카디르는 그런 그의 말에는 아랑곳하지 않고 거의 명령하듯 말했다.

"긴 말 할 것 없네! 모든 건 그 자를 붙잡으면 알게 될 것 아닌가? 자아, 쉿! 이제 좀 조용히 하게. 아마 조금 있으면 그 자가 이 근처를 지나갈 걸세. 어차피 산에서 내려와 가르나타로 돌아가자면 이 길목을 지날 수밖에 없으니까!"

"하, 하지만…… 오즈구르를 도대체 왜 잡아야 한단 말입니까? 그 사람은 우리 무슬림 형제들을 돕기 위해 술탄이 보낸 귀빈인데……."

그때까지 다른 사람들의 대화를 듣고만 있던 무사가 도저히 이해할 수 없다는 듯 볼멘소리를 했다.

"그 자는 오즈구르이기 이전에 우사마이기도 하네. 그 자가 진짜 투르크 밀사건 아니건 간에 그 자는 유력한 살인 용의자란 말일세. 더구나 그 자는 신성한 결정의 밤에 다로 강가에서 사건이 났을 때 바로 그 현장에 있었던 자야. 생각해 보게! 자넨 아까 강가에서 발견된 시신이 절대 살리흐일 리가 없다고 우기지 않았나? 다른 건 제쳐두고 당장 그 문제만 하더라도 오즈구르를 잡으면 의문이 풀리지 않겠나? 그 그리스 수도승은 어디로 갔는지, 죽었는지 살았는지, 그리고 강가에서 발견된 시신이 진짜 살리흐인지 등등에 대해서 말일세!"

압둘 카디르의 일목요연한 설명에 무사는 고민스러운 듯 얼굴을 찌푸렸다.

"그, 그럼…… 이왕 이렇게 된 거 우리도 노인장과 함께 그 자를 기다려 봅시다."

앙베르까지 나서는 바람에 결국 알리 일행 전체가 오즈구르를 기다리게 되었다. 그러나 모두가 바위틈에 숨어 한 시각 가까이 기다렸어도 오즈구르는커녕 들쥐 새끼 한 마리 지나가지 않았다.

"어, 어르신께서 뭘 잘못 아신 거 아닙니까? 이제 정말이지 저희들은 그만 하산해야 할 것 같습니다. 시간이 너무 지체됐거든요. 아마 '알하피즈'의 전사들이 벌써 수색을 시작했을 거라구요!"

기다리다 지친 무사가 마침내 초조한 목소리로 말을 꺼내자 기다렸다는 듯 앙베르도 거들고 나섰다.

"이 양반 말에도 일리가 있어요. 이렇게 무작정 기다릴 수만은 없고…… 내 생각에도 일단 이곳을 빠져나가는 게 급선무일 것 같소이다. 그나저나 노인장께서는 투르크 밀정에 관한 정보를 어디서 들으셨습니까?"

"여기 오기 직전에 하미드에게 들었소."

"하미드? 그 사람이 뭐라고 했는데요?"

"그 친구 말로는 간밤에 뱀을 풀어놓으려고 '알하피즈' 전사들의 숙소 근처에 숨어들었을 때, 오즈구르가 웬 사내와 비밀스럽게 얘기 나누는 걸 우연히 엿들었다고 합디다."

"그, 그게 누군데요?"

이번엔 알리가 물었다.

"하미드도 모르는 자라던데……. 다만 하미드 말로는……, 그 자가 무슬림 옷을 입긴 했지만 무슬림은 아닌 것 같았다고 했소."

"왜 그런 생각을 했을까요?"

"우선 나이가 꽤 들어 보이는데 수염을 말끔히 깎은 것도 그렇고, 게다가 그 사내와 오즈구르는 이탈리아말로 얘기를 했다니까……."

"이탈리아말이라구요? 그게 이탈리아말이라는 걸 어떻게 알았다죠? 하미드가 이탈리아말도 할 줄 안단 말입니까?"

알리가 못미더운 표정으로 반문하자 압둘 카디르는 혀를 찼다.

"쯧쯧쯧! 이렇게 앞뒤가 꽉 막혀서야 원! 하미드가 이탈리아말을 썩 잘하는 건 물론 아니겠지. 그래도 명색이 색주집 주인인데, 그 친구가 이탈리아말 한두 마디쯤 알아들었다고 해서 이상한 일도 아니잖나?"

"그, 그거야……."

대답이 궁해진 알리가 머뭇거리자 다시 앙베르가 나섰다.

"그럼 오즈구르와 만난 정체불명의 사내는 이탈리아 사람일 수도 있겠네요. 그나저나 그 자들이 뭐라고 했답니까?"

"자세히 듣진 못한 모양이오. 게다가 알리의 말마따나 하미드의 이탈리아말 실력도 신통치 않았을 테니……. 하지만 한 마디는 분명히 들었다더군."

"그게 뭔데요?"

"그 정체불명의 사내가 오즈구르에게 이렇게 말했다는 거요. 이제 할 일이 다 끝났으니 날이 밝는 대로 빨리 이곳을 떠나야 한다고!"

"그래요? 확실합니까?"

"최소한 그건 확실한 것 같소. 그래서 내가 이렇게 부랴부랴 달려온 거 아니겠소?"

"그렇다면…… 좀 이상하군요. 이탈리아 사람이 투르크의 밀정에게 지시를 내린다? 그것도…… 할 일이 다 끝났으니 빨리 이곳을 떠나라니? 투르크 밀정이 할 일은 이곳의 무슬림 전사들을 돕는 거 아니었나요? 헌데 뭐가 벌써 끝났단 말입니까?"

"그거야…… 빨리 본국으로 돌아가서 이곳 사정을 술탄에게 알리라는 뜻일 수도 있겠죠."

알리가 별생각 없이 끼어들자 압둘 카디르가 금세 면박을 주었다.

"자넨 지난번에 무함마드와 얘기할 때는 오즈구르가 절대 술탄이 보낸 밀사일 리 없다고 펄펄 뛰었다던데……. 그러던 사람이 왜 슬그머니 말을 바꾸는 게야? 그럼 이젠 그걸 인정한단 말인가?"

"그, 그런 건 아닙니다만……."

"아니면 좀 전에 한 말은 또 뭔가?"

"저도 뭐가 뭔지 모르겠습니다. 아마 지금쯤은 안드레아 신부님과 세뇨르 로뻬스가 오즈구르에게서 받은 암호 서찰을 해독했을 테니까 뭔가가 밝혀졌겠죠. 소, 솔직히 말씀드리면……, 그, 그래요! 저도 오즈구르가 정말 투르크 밀사일지도 모른다는 생각을 해봤어요. 하, 하지만 그 암호 서찰은 분명 스승님 앞으로 온 겁니다. 스승님께서 당신 스스로 그렇게 말씀하셨으니까요. 그, 그러니 제가 그 말씀을 안 믿고 누굴 믿겠습니까?"

"자네가 스승을 존경하고 따르는 충정이야 갸륵하네만……, 말이 나온 김에 내 한 마디만 묻겠네. 자넨 알크비르 양반의 과거에 대해 얼마나 알고 있나?"

압둘 카디르가 전혀 예상치 못했던 질문을 던지자 알리는 적잖이 당황했다.

"예? 스, 스승님의 과거라뇨?"

"하긴 이제 겨우 스물을 넘긴 자네가 뭘 알겠나? 허나 내가 아는 바로는 자네 스승 또한 자네가 생각하는 것처럼 완벽한 존재는 아닐세. 순면처럼 희고 깨끗한 사람은 더더욱 아니고!"

"갑자기 그건 무슨 말씀이십니까?"

순간 알리는 예전에 무함마드에게 들었던 말을 떠올리며 약간 불쾌한 표정을 지었다. 그러자 압둘 카디르는 그를 뚫어져라 쳐다보며 대꾸했다.

"왜? 내가 자네 스승을 욕하는 것 같아 못마땅한가? 하긴 누구에게나 선느리고 싶지 않은, 아니 건드릴 수 없는 성역이 있는 셈이지."

"도대체 무슨 말씀이 하고 싶으신 겁니까?"

적잖이 기분이 상한 알리가 정색을 하며 따지고 들자 노인은 짐짓 고개를 돌려 외면했다. 이에 더욱 화가 난 알리는 마침내 노한 음성으로 소리를 질렀다.

"어르신께서는 예전에 무함마드에게도 제 스승님에 대한 험담을 하셨다지요? 그렇게 함부로 사람을 모함해도 되는 겁니까? 도대체 제 스승님께서 무슨 잘못을 하셨단 말입니까?"

"흠……, 그렇게 궁금하면 자네 스승께 직접 여쭤 보게나."

잠시 뒤 압둘 카디르의 차가운 대답이 떨어졌다. 바로 그때 낮게 외치는 아마의 목소리가 알리의 귓전에 울렸다.

"잠깐만요! 모두들 조용하세요. 저, 저쪽에 누가 오는 것 같은데요."

*　　　　*　　　　*

산비탈 위쪽에서 나타난 두 명의 사내는 모두 무슬림 옷을 입고 있었다. 덩치 큰 한 명은 터번 한쪽 끝을 풀어 얼굴을 가리고 있었고, 중키의 다른 사내도 질라바를 입고 두건까지 푹 눌러 쓰고 있었다. 그래서 거리가 꽤 가까워졌는데도 두 사람 모두 누군지 쉽게 알아볼 수가 없었다.

"너 이리로 냉큼 오너라."

산을 내려오던 두 사내가 알리 일행이 숨어 있는 바위에서 30여 보쯤 떨어진 곳까지 왔을 때 압둘 카디르는 손짓을 하며 아마를 급히 불렀다. 영문을 모르는 아마가 커다란 눈망울을 굴리며 민첩하게 곁으로 다가오자 노인은 속삭이듯 말했다.

"아마라고 했느냐?"

"예, 어르신!"

"그래, 아주 총명하게 생겼구나. 네 주인을 위해서, 그리고 여기 있는 모든 사람들을 위해서 어려운 일을 한 가지 해줘야겠다."

"분부만 하십시오."

"다른 게 아니라…… 저 자들이 더 가까이 다가오면 길 한가운데로 뛰어나가 땅바닥에 쓰러지거라."

"……?"

초롱초롱한 눈빛으로 까닭을 묻는 아마에게 노인은 짧게 대답했다.

"그렇게 해서 저 자들의 주의를 끌란 말이다. 다음 일은 내가 알아서 할 테니!"

아마가 대답 대신 고개를 끄덕이자 압둘 카디르는 재빨리 주위를 둘러보았다. 기민하게 주변을 훑던 노인의 시선이 무사의 허리춤에 가서 꽂히는 순간 꺼칠하게 마른 그의 입술에서 짤막한 명령이 떨어졌다.

"지금 무기를 가진 건 자네밖에 없으니 자네는 나를 따르게."

들릴 듯 말 듯 작은 음성이었으나, 거기엔 아무도 거역할 수 없을 것 같은 힘이 실려 있었다.

"예? 아아, 예에!"

일순 당황하여 말을 더듬던 무사는 허리춤에 차고 있던 신월도를 꽉 움켜쥐면서 앉은걸음으로 노인 곁으로 다가왔다.

"그리고 알리 자네와 기독교도 양반은 나와 무사가 저 자들을 쓰러뜨리면 지체 없이 달려 나와 붙들도록 하오!"

숨 돌릴 새도 없이 다음 지시가 이어졌고, 갑자기 너무노 긴박하게 돌아가는 상황에 알리 또한 조금 전까지의 일을 모두 잊어버린 채 새로운 긴장과 흥분 속으로 빠져들었다.

"자, 나가거라!"

잠시 뒤 압둘 카디르의 신호가 떨어지자 아마가 병풍처럼 앞을 가리고 있던 바위를 벗어나 산길 한가운데로 달려 나갔다.

"아이고오!"

알리가 바위틈으로 얼른 보니 아마는 다가오는 두 사내의 대여섯 걸음 앞쪽에서 썩은 나무등걸처럼 쓰러져 나뒹굴고 있었다. 두 사내는 적잖이 놀란 듯싶었고, 그 중 덩치 큰 사내는 황급히 앞으로 달려나와 쓰러진 아마를 일으키려 했다.

"무, 무슨 일이오, 아가씨?"

왠지 서툴게 들리는 그의 아랍어에 알리는 고개를 갸웃거렸다. 어디선가 많이 들어본 목소리였다. 그러나 조금 뒤쪽에 서 있던 중키의 다른 사내는 그 와중에도 경계를 늦추지 않고 주위를 둘러보았다.

"담미 우나 마노Dammi una mano(이탈리아어로 '좀 도와줘')!"

덩치 큰 사내가 답답하다는 듯 뒤를 돌아보며 소리치자 중키의 사내도 이탈리아어로 대꾸했다.

"센띠! 데보 디피다르띠 우나 꼬자, 논 또까레 라 무술마나*!"

하지만 덩치 큰 사내는 동행의 만류에도 아랑곳없이 아마를 잡으려고 두 손을 뻗었고, 그 순간 알리는 소스라치게 놀라며 손으로 자신의 입을 틀어막았다.

"마, 마누엘! 그, 그럴 리가…… 귀신이란 말인가?"

아마를 향해 내민 사내의 손은 손가락 세 개가 잘려나간, 그러니까 마누엘의 바로 그 손이었다. 그걸 보자 알리의 뇌리에는 알함라궁 지하 감옥에서 보았던 마누엘의 모습이 너무도 생생하게 떠올랐다. 처참하게 망가져 피범벅이 된 육신과 풀어헤친 머리, 희번덕거리던 눈, 그리고 두 개만 남아 새의 부리 같던 손가락! 그러나 모든 것은 알리

---

* Senti! Devo diffidarti una cosa, non toccare la musulmana : 이탈리아어로 '잠깐만! 경고하겠는데, 무슬림 여자에게 손대지 마'라는 뜻.

의 착각이었다.

"도, 도와주세요, 제발! 배가 너무 아파서 움직일 수가 없어요. 차, 창자가 끊어지는 것 같다구요."

아마가 너무도 실감나게 비명을 지르기 시작했을 때 알리의 귓전에 대고 앙베르가 낮게 속삭였던 것이다.

"정신 차려요! 저 자는 마누엘이 아니오. 마누엘은 오른손 손가락이 없었다지만, 저 자의 잘려나간 손가락은 왼손 아니오?"

"아아, 그, 그렇군요."

알리가 앙베르를 돌아보며 황망히 고개를 끄덕이는 순간 다시 앞쪽에서 고함 소리가 들렸다.

"야아앗!"

질라바를 입은 중키의 사내를 향해 먼저 돌진한 것은 무사였다. 한 시각 전까지만 해도 이브라힘을 두둔하며 압둘 카디르와 설전을 벌였던 그였다. 그런데 무슨 맘을 먹었는지 신월도를 머리 위로 치켜들고 제법 호기 있게 앞장을 선 것이었다. 그러나 불행히도 무사는 질라바 입은 사내의 적수가 못되는 듯싶었다. 무사의 공격을 가볍게 피한 그는 허리춤에 찼던 신월도를 재빨리 빼더니 잠깐 균형을 잃고 뒤뚱거리는 무사의 목 뒷덜미를 칼등으로 사정없이 내리쳤다.

"어이쿠!"

외마디 소리와 함께 무사가 힘없이 땅바닥에 나동그라지는 순간, '쉭'하고 바람을 가르는 소리와 함께 압둘 카디르의 지팡이가 사내를 향해 날아갔다.

"억!"

이번엔 질라바를 입은 사내가 어깨에 일격을 당하고 주춤거렸다.

그때 다시 지팡이를 휘두르려는 압둘 카디르를 향해 키 큰 사내마저 칼을 뽑아들고 덤볐다. 노인은 순간 당황하여 두어 발 뒤로 물러서며 자세를 가다듬었다.

"자, 나갑시다!"

앙베르가 짧게 외치며 앞쪽으로 몸을 날린 것은 바로 그때였다. 맨손으로 뭘 어쩌자는 건가 싶긴 했지만, 알리도 엉겁결에 그의 뒤를 따라 길 한가운데로 뛰어나갔다. 압둘 카디르 곁을 바람처럼 스친 앙베르는 눈 깜짝할 사이에 쓰러져 있는 무사의 신월도를 주워들었고, 그 사이에 질라바를 입은 사내도 지팡이에 맞은 어깨를 주무르며 칼을 고쳐 잡았다. 이 모든 일이 워낙 순식간에 일어나 알리는 정신을 차릴 수 없을 정도였다. 하지만 결국 네 명의 사내가 서로 무기를 마주 겨누고 대치하는 묘한 형세가 되었다.

'아아, 저, 저건 트, 틀림없이……!'

조금 뒤쪽에 서 있던 알리는 그제야 질라바 입은 사내의 얼굴을 보았다. 두건으로 반쯤 가려진 그의 코밑에는 반원형으로 크게 휘어진 두 가닥의 길고 가는 수염이 달려 있었다.

"우사마! 이제야 널 만나다니!"

알리는 신음처럼 새어나오는 탄식을 삼키며 질라바 입은 사내를 노려보았다. 옴팡눈에 특이한 콧수염! 비록 한번도 직접 마주친 적은 없었지만, 지난 석 달 반 동안 늘 알리의 뇌리 한 구석을 차지하고 있던 바로 그 얼굴이었다. 너무 생각을 많이 한 탓일까? 알리는 생전 처음 보는 우사마, 아니 오즈구르의 얼굴이 왠지 친근하게 느껴졌다. 그리고 마음속에서는 심지어 묘한 반가움마저 일었다.

"웬 놈들이냐? 오호라, 이제 보니 진짜 화적패인 모양이로구나? 헌데…… 다 늙어 쭈그렁바가지가 된 영감쟁이가 두목이라? 홍, 이거 아주 볼만한데!"

팽팽한 긴장 속에서도 조금 여유를 되찾은 듯한 우사마, 아니 오즈구르가 이번엔 비웃음 섞인 아랍어로 외치자 압둘 카디르는 지체 없이 카랑카랑한 쇳소리로 응수했다.

"시끄럽다! 간교한 놈 같으니라구! 허세를 부릴 때가 따로 있지. 어서 무기를 내려놓고 무릎을 꿇지 못할까? 네놈의 사악한 죄가 모두 용서받기에는 너무 무거울 것이다만……, 허나 인자하시고 자애로우신 알라께서는 무익한 살생을 원치 않으시니 순순히 항복하면 그 가련한 목숨만은 살려주마."

"사악한 죄? 누가 무슨 죄를 지었단 말이냐? 그러고 보니 네, 네놈들은……? 도대체 누가 시켰느냐? 카슈탈라놈들이냐? 가만, 가만! 아, 아니, 당신은…… 무사 아니오? 당신이 어째서 저 패거리들과……."

잠시 양미간을 찌푸리던 오즈구르는 바닥에 쓰러진 무사를 알아보고 매우 당혹스러워했다. 바로 그 순간 오즈구르의 옆에 바짝 붙어 서 있던 키 큰 사내가 오즈구르에게 귓속말로 뭐라고 속삭였다. 알리는 그제야 그의 눈이 자신을 뚫어지게 쏘아보고 있다는 것을 깨달았다.

"누군지는 네놈들부터 밝혀라. 오즈구르! 네놈의 정체는 도대체 뭐냐? 뭐가 두려워서 자신을 돌봐주던 사람들조차 버리고 아침부터 허겁지겁 줄행랑을 치는 거냐?"

다시 앙베르가 나서며 외치자 오즈구르는 차가운 미소를 지으며 대꾸했다.

"오호라! 이제야 알겠구나. 그러고 보니 네놈들은 무함마드 대신 인질로 잡혀 있던 바로 그 자들이 아니냐? 카슈탈라의 주구들 말이다!

너희들이야말로 어떻게 여기까지 도망쳐 나왔느냐?"

"우리가 카슈탈라의 주구라구? 그러는 네놈은 무슨 까닭에 수상쩍은 이교도와 동행을 하고 있느냐? 그리고 저 놈은 대체 뭘 숨기려고 수줍은 계집처럼 얼굴을 꽁꽁 싸고 있는 게냐? 문둥병에라도 걸렸단 말이냐? 내 우선 저 놈의 낯짝부터 이 두 눈으로 똑똑히 봐야겠다."

더 이상 길게 입씨름을 할 필요가 없다고 느꼈는지 압둘 카디르는 지팡이를 길게 뻗어 허공에 크게 한번 휘돌리더니 덩치 큰 사내를 향해 내리쳤다. 덩치 큰 사내는 칼을 들어 막으려 했지만, 노인의 지팡이는 전광석화보다도 더 빨랐다. 지팡이 끝에 손목을 얻어맞은 사내는 칼을 떨어뜨리며 비틀거렸고, 노인의 지팡이가 또 한 차례 사내의 정수리를 정통으로 가격했다.

"아악!"

덩치 큰 사내가 머리를 감싸 쥐며 주저앉는 순간 그의 얼굴을 가렸던 터번 끝자락이 풀어져 내렸다.

"죠반니!"

알리는 자신의 눈을 의심했다. 뭉툭한 코에 늘어진 볼때기, 게다가 눈썹 위의 사마귀까지! 어김없는 안또니오의 시종 죠반니였다. 알리는 그제야 자신의 머리를 쳤다. 마리스탄에서 집시 여인이 죽던 날 자신 앞에 끌려온 죠반니의 왼손 손가락을 자이드가 칼로 자르지 않았던가? 그것 때문에 자이드는 아직도 알함라궁의 지하 감옥에서 고초를 겪고 있는 것을!

'아니, 하, 하지만…… 죠반니가 왜 오즈구르와 함께……. 두 사람은 서로 적일 텐데…….'

알리가 어지러운 머릿속을 채 수습할 여유도 없었다.

"뭘 멀거니 구경하고 서 있는 게야? 어서 저 놈부터 잡아 묶어!"

압둘 카디르는 땅에 쓰러진 죠반니를 가리키며 알리에게 고함을 친 뒤 다시 오즈구르 쪽을 향해 돌아섰고, 노인과 앙베르의 협공을 받은 오즈구르는 완연히 수세에 몰리기 시작했다.

"도, 도련님! 그 자의 터번을 풀어서 묶으세요."

얼떨결에 죠반니의 등에 올라타 그의 팔을 뒤로 꺾기는 했지만, 막상 그 다음에 어찌해야 할 바를 몰라 주춤거리고 있는 알리의 곁으로 아마가 달려오며 소리쳤다. 어린 계집애의 어디서 그런 재치와 용기가 나온 것일까? 아마는 순식간에 죠반니의 머리에 감겨 있던 터번을 사정없이 벗겨내더니 알리에게 내밀었다.

"고, 고맙구나!"

아마의 손에서 터번을 받아든 알리는 죠반니의 두 팔을 뒤로 돌려 묶으면서 오즈구르 쪽을 흘깃 돌아보았다. 칼에 찔렸는지 지팡이에 맞았는지는 알 수 없었지만 오즈구르는 한쪽 다리를 절면서 몸을 피하기 바빴다. 게다가 좀 전에 오즈구르에게 맞아 바닥에 쓰러졌던 무사까지 일어나 합세해 이제 싸움은 다 끝난 거나 마찬가지였다.

'인자하시고 자애로우신 알라시여! 정말 감사합니다. 제발, 부디, 저 자들의 입을 통해서 진실이 밝혀지게 해 주소서!'

알리가 입속으로 막 기도를 마치고 고개를 드는 바로 그 순간 다시금 낯익은 음성이 그의 귀청을 때렸다.

"모두 멈추어라! 무슨 짓들을 하고 있는 게야!"

히즈라 905년 1월 20일(서기 1499년 8월 27일).

집에 돌아온 이후 꼬박 열흘을 고열에 시달리며 혼수상태에 빠졌던 알리는 정오가 다 될 무렵 갑자기 정신을 차리며 깨어났다. 집안 식구들 모두 기뻐 어쩔 줄 몰랐다. 특히 아버지 아흐메드는 알리의 머리맡에서 인자하시고 자애로우신 알라의 이름을 수백 번이나 되뇌었다. 그뿐만이 아니었다. 자리를 지키고 있던 안드레아 신부와 로뻬스도 그들이 믿는 주님의 이름을 찬미하며 감사를 드렸다. 일단 의식이 돌아오자 알리는 주변 사람들도 놀랄 만큼 또렷한 모습을 보여주었다. 하지만 정작 그 자신은 의식 불명에서 깨어났다는 게 오히려 저주처럼 느껴질 정도였다. 기억이 되살아나면서 자신에게 벌어진 일들을 고통스럽게 되새길 수밖에 없었을 뿐만 아니라, 온몸의 통증 또한 견디기 힘들 만큼 극심했기 때문이었다.

"아, 아마는요?"

눈을 뜨고 주위를 둘러보던 알리가 던진 첫 번째 질문이었다.

"……"

대답 대신 침통한 표정으로 고개를 저은 것은 알리의 발치에 앉아 있던 로뻬스였다.

"그, 그럼 결국……?"

"희망을 버리지 말아요, 죽지는 않았을 테니까! 저들이 아무리 잔혹하다 해도 어린 계집종을 죽이기까지야 했겠어요?"

로뻬스가 위로를 했지만 알리의 귀에는 아무 말도 들어오지 않았다. 머릿속에서 갖가지 기억의 파편들이 흡사 폭풍우 치는 날의 구름 조각들처럼 갈가리 찢어진 채 이리저리 흩어져 떠다니고 있었다.

"우, 우리가 얻은 건 대체 뭐죠?"

알리의 두 눈에 눈물이 고였다.

"자네 목숨을 구했지 않나?"

안드레아 신부의 대답을 귀로만 들으며 알리는 마침내 오열하기 시작했다.

"제, 제 목숨이 그렇게 소중한가요? 그렇게 많은 희생을 치러야 할 만큼?"

"누구에게나 가장 소중한 건 자신의 목숨이네. 그리고 어쩔 수 없었지 않나? 그 상황에서 앙베르 형제와 자네 두 사람이라도 살아 돌아온 게 천만 다행이지."

"그렇다, 알리! 신부님 말씀이 맞고말고! 넌 무려 열흘 동안이나 의식을 잃고 사경을 헤매다 겨우 깨어났다. 인자하시고 자애로우신 알라께서 너를 어여삐 여기셔서 생명을 거두지 않으셨는데, 의당 감사를 드려야지 그게 무슨 소리냐? 장부가 눈물이 너무 흔하구나! 어서 눈물을 거두어라."

머리맡에 앉아 있던 아버지 아흐메드가 손을 뻗어 흐르는 눈물을 닦아주자 알리는 힘없이 되물었다.

"어, 어쩔 수 없었다구요? 감사를 드리라구요?"

생각해 보면 옳은 말이었다. 변변한 무기도 갖추지 못한 알리 일행이 어떻게 완전 무장을 한 수십 명의 '알하피즈' 전사들을 당해낼 수 있었겠는가? 하지만……, 하지만 다른 길도 있었다. 싸움에서 이길 순 없었겠지만 비겁하게 혼자만 살겠다고 도망치지 않을 수도 있었던 것이다. 그리고 그 길이 옳았을지도 모르는 일이었다. 거기서 싸우다 죽든, 무슬림 전사들에게 잡혀서 죽든 피하지 않고 대면하는 게 옳았을지도! 게다가 어쩌면 그게 수많은 의문의 진상을 밝힐 수 있는 마지막 기회였을 수도 있지 않는가?

"헌데 세뇨르 앙베르는 어디 가셨나요?"

"……."

아흐메드가 대답을 못하고 난감한 표정을 짓자 뒤쪽에서 다시 안드
레아 신부의 목소리가 들려왔다.

"사형도 지금 사경을 헤매고 있네."

알리는 그제야 눈을 들어 신부를 바라보았다.

"사, 사경이라뇨? 그럼 그 분도……?"

"사실 사형은 자네보다 더 심하게 다쳤네. 산에서 도망칠 때 어깨
뒤쪽에 화살을 맞았는데, 그게 알고 보니 독화살이었던 모양일세. 화
살촉에 무슨 독을 발라 놨는지 모르지만, 온갖 약을 다 써 봐도 별 효
험이 없었어."

"그, 그래서요?"

"그래서 지금 아주 위중한 상탠데……, 솔직히 목숨을 건지기는 힘
들 것 같네. 아직까지 숨을 거두지 않은 것만 해도 주님의 은총이라고
해야 할 테니까!"

"아우주블릴라! 어떻게 그, 그럴 수가! 그럼 다, 다른 사람들의 소식
도 전혀 모르나요? 알무라비트 어르신도? 무사 어른도?"

"……."

안드레아 신부는 물론이고 아흐메드와 로뻬스도 말없이 고개만 저
었다. 알리는 다시 눈을 감고 회상에 잠겼다. 자신이 죠반니의 팔을
다 묶고 고개를 들었을 때였다. 그가 처음 들은 건 분명 이브라힘의
목소리였다. 거의 넉 달 전 밥알람라 앞 광장에서 들었던 그 목소리,
힘 있고 절도 있게 군중들을 선동하던 그 목소리! 이어서 수십 명의
'알하피즈' 전사들이 순식간에 일행의 주위를 둘러싸던 것까지는 또렷
하게 기억이 났다. 문제는 그 다음이었다. 확실치는 않지만 다가오는

무슬림 전사들을 막아서며 압둘 카디르가 외쳤던 것 같았다.

"알리! 빨리 피해라. 넌 살아야 돼!"

망설이는 알리의 팔을 잡아끌며 거의 구르듯이 계곡을 향해 뛰기 시작한 건 분명 앙베르였다. 그리고 그걸로 끝이었다. 계곡에 거의 다 다랐을 때 발목을 접질리며 나동그라진 그는 바위에 머리를 부딪치며 정신을 잃어버렸던 것이다.

"도, 도대체 어떻게 된 거죠? 그럼 누, 누가 날 집까지 데려왔나요?"

다시 눈을 뜬 알리는 아버지 아흐메드를 쳐다보았다.

"네가 쓰러진 직후에 널 들쳐 업고 계속 도망친 건 세뇨르 앙베르였던 모양이다. 허나 너와 손님을 진짜 구해준 건 알아트라쉬였단다. 아마가 산으로 떠날 때 내가 말과 나귀를 주어 그 노인네를 함께 딸려 보냈었거든."

아마도 그런 얘기를 했었지만, 알아트라쉬는 계곡 밑에서 알리 일행을 기다리기로 약속했었던 모양이었다. 그러나 시간이 꽤 지나도 알리 일행이 나타나지 않자, 알아트라쉬는 그들을 찾기 위해 산속으로 들어가다가 알리를 업고 계곡을 내려오던 앙베르와 마주쳤다는 것이었다. 온몸에 독이 퍼져 기진맥진한 앙베르는 알아트라쉬를 만나자마자 혼절하여 쓰러졌고, 알아트라쉬가 두 사람을 말에 태워 집까지 데려왔다고 했다. 그 뒤에 가르나타의 의원이란 의원은 모두 달려들어 두 사람을 극진히 치료했는데, 결국 알리만 구사일생으로 깨어난 셈이었다. 알리가 고열에다 의식 불명에 빠진 것을 두고 의원들 사이에서 혹시 괴질이 아닌가 하는 논란도 있었다고 했다. 허나 어쨌든 그가 말끔히 깨어나게 되었으니 이제 그런 건 다 무의미해진 셈이었다.

"그러니…… 지금부터 자네가 진짜 할 일은 마냥 슬퍼하거나 자포

자기하는 게 아닐세. 풀던 수수께끼를 마저 풀어서 그간의 수많은 희생이 헛수고가 되지 않도록 하는 게 그들에 대한 도리가 아니겠나?"

안드레아 신부의 충고는 준열했고, 한참 동안 괴로워하던 알리는 마음속으로 그의 충고를 받아들였다. 하지만 그가 그렇게 한 것은 신부의 말에 설득되거나 혹은 감동을 받았기 때문은 아니었다. 그가 그렇게 하기로 결심한 까닭은 아주 간단했다. 적어도 그런 명분이라도 없으면, 그리고 그 명분에 따라 뭔가 계속하지 않으면 고문하는 듯한 심신의 고통을 도저히 이겨낼 수 없을 것 같았기 때문이었다.

히즈라 905년 1월 23일(서기 1499년 8월 30일).

"그럼……, 알무라비트 어른께서 굳이 제 목숨을 구하려 드신 데에는…… 특별한 까닭이라도 있었단 말씀이십니까?"

벽에 등을 기댄 채 조금 힘들어하던 알리가 물었다. 워낙 혈기 왕성한 젊은이인지라 의원들도 놀랄 만큼 빠르게 회복되고는 있었지만, 열흘 동안 몸져누워 있던 후유증이 그리 녹녹치만은 않은 듯싶었다. 깨어난 뒤로도 절대적인 휴식과 안정이 필요하다는 의원들의 충고 때문에 답답함을 참아야 했던 그가 마침내 주변 사람들과 본격적인 대화를 시작한 건 오늘이 처음인 셈이었다.

"네가 궁금해 하니 이제 다 말해주마. 그 분께서는 네 목숨을 구해줌으로써……, 말하자면 오래된 빚을 갚으신 거란다."

알리의 물음에 아흐메드는 회상에 잠기는 듯 지그시 눈을 감았다. 알리는 물론 안드레아 신부와 로뻬스도 아연 긴장하여 그의 다음 말을 기다렸다.

"그러니까 그게 벌써 30년도 더 되었구나. 성질이 사납고 싸움을 좋

아하던 아불 하산 알리 왕이 자신의 부친이었던 자애로운 군주 사아
드 왕을 몰아내고 왕위에 오른 다음해(서기 1467. 제1권 15쪽 주 참조)
의 일이었으니까……. 내 선친, 그러니까 돌아가신 네 조부님을, 알라
후 야르하무흐, 비롯하여 나라의 장래를 걱정하던 몇몇 사람들은 아
불 하산 알리 왕 대신 덕망이 높던 압둘 카디르 어른을 왕으로 추대하
려고 일을 꾸몄었단다. 헌데 거사를 앞둔 결정적인 순간에 그 분이 터
무니없는 이유로 일을 그르치는 바람에 모든 게 무산되었지. 결국 일
은 제대로 도모해 보지도 못한 채 수많은 사람들만 희생되었고……."

"그, 그게 무슨 말씀이세요? 터무니없는 이유라뇨?"

"그게 참……, 생각하면 할수록 어처구니가 없지 뭐냐?"

아흐메드는 소리가 나도록 마른침을 삼키며 자신의 입술만을 주시
하고 있는 좌중을 한번 둘러본 뒤에 천천히 말을 이었다.

"당시 그 분께서 사랑하던 왕녀가 있었다. 빼어난 미모로 알안달루
스 전체에 소문이 난 여인이었지. 그런데 거사를 며칠 앞두고 그 왕녀
가 괴질에 걸려 갑자기 급사를 했단다. 그러자 압둘 카디르 노인은 식
음을 전폐하고 그 여인의 시신 곁을 떠나지 않더니, 급기야 죽은 사람
을 다시 살려내겠다고 황당한 일을 하기 시작했단 말이다!"

"대체 무슨 짓을 했는데 그러십니까?"

안드레아 신부가 왕빙울 눈을 이리저리 굴리며 다음 말을 재촉하자
아흐메드는 허탈한 듯 쓴웃음을 지었다.

"아마 신부님께서도 들어보신 적이 있을 거예요, 카슈탈라 사람들
사이에서는 워낙 유명하니까! 게다가 그 자가 최근 가르나타에 다시
나타났다는 소문도 있다 하고……. 아니, 아니지! 어디 그뿐인가? 그
자가 신성한 라마단에 강가에서 발견된 시신하고도 뭔가 관련이 있다

고 들은 것 같은데……. 안 그러냐, 알리?"

혼잣말처럼 중얼거리던 아흐메드가 갑자기 자신을 향해 묻자 알리는 당황하여 어물거렸다.

"누, 누구 말씀이십니까?"

"누군 누구냐? 돈 디에고 말이다. 엘에르미따뇨라는 마법사!"

"돈 디에고요?"

모두가 합창을 하듯 반문하자 아흐메드는 고개를 끄덕였다.

"맞아, 맞아! 바로 그 자 말이다! 그 마법사가 죽은 왕녀를 살릴 수 있다고 나서는 바람에 압둘 카디르 어른이 그 자의 허언에 속아 넘어갔다지 뭐냐?"

"그래서요?"

"어리석게도 그 어른은 돈 디에고와 함께 몇날 며칠을 시신 곁에 붙어서 별짓을 다해 본 모양이더라. 물론 그 애달픈 심정이야 이해할 수 있다만……. 한 나라의 지도자가 될 사람이 아녀자 하나 때문에 허황한 미련을 버리지 못하고……, 쯧쯧쯧! 인자하시고 자애로우신 알라께서는 그때부터 이미 이 가르나타를 버리셨는지도 모르지."

까마득히 오래 전의 일을 이야기하면서도 아흐메드는 마치 엊그제의 일을 말하는 것처럼 몹시 안타까워했다. 그렇지만 알리는 문득 죽은 집시 여인의 얼굴을 떠올리며 눈시울을 붉혔다. 아버지의 말처럼 압둘 카디르의 행동을 이해할 수 있는 정도가 아니라, 그의 애절함이 가슴에 절절하게 와 닿았기 때문이었다.

"그래서 결국 어떻게 됐습니까?"

궁금증을 이기지 못한 로뻬스의 물음이 각자 자기만의 상념에 빠져든 알리 부자를 깨웠다.

"어떻게 되긴 뭘 어떻게 됐겠소? 그런다고 죽은 사람이 살아났겠소? 야바위꾼 같은 마법사에게 홀려서 엉뚱한 짓을 하느라고 귀중한 시간을 낭비하고, 목숨을 걸고 자기를 도와주려던 사람들과의 약속까지 저버렸으니……. 결국 거사가 뒤로 미뤄지는 바람에 아불 하산 알리 왕이 낌새를 채게 됐고, 몇몇 관련자들이 붙잡혀 처형되는 걸로 일이 싱겁게 끝나버렸지. 압둘 카디르 어른은 그 직후에 깊은 산속으로 들어가 버렸고……. 다행히 우리 선친께서는 화를 면하셨지만, 그 일로 화병을 얻어 결국 몇 해 뒤에 돌아가셨다오!"

알리는 그제야 알겠다는 듯 혼자 고개를 끄덕이며 생각에 잠겼다.

'그, 그럼 알무라비트 노인과 돈 디에고의 악연이란 게 바로……. 그리고 젊은 날의 자신은 교만하고 어리석고 탐욕스러웠다던 그 분의 말씀 또한…….'

유쾌한 얘기는 아니었으나 어쨌든 오랜만에 한 가지 수수께끼가 시원스럽게 풀린 것 같아 알리는 한결 마음이 가벼워졌다. 그래서 내친김에 안드레아 신부와 로뻬스를 향해 물었다.

"그 그리스어 서찰은 어떻게 됐죠? 암호는 모두 해독하셨나요?"

"해독을 하기는 했네만……."

안드레아 신부가 짙은 눈썹을 꿈틀거리며 못마땅한 표정을 지었다.

"그래요? 그것 살났군요! 헌데 무슨 문제라도……?"

"우선 세뇨르 로뻬스가 산에서 가져온 그 서찰은 내가 필사해 둔 복사본이 아니었네."

"예에?"

"종이는 내가 썼던 것과 똑같은 종이였지만 필체가 내 글씨가 아니었단 말일세. 아마 누군가가 내 필사본을 다시 베꼈는지도 모르지."

"그, 그럼 산에서 가져온 그 서찰도 가짜였단 말입니까?"

알리가 어이없는 표정을 짓자 앙베르는 갑자기 허탈한 웃음을 터뜨렸다.

"허허허! 가짜라? 글쎄, 어차피 내 집에 있던 필사본도 원본은 아니니 진짜 가짜를 논한다는 것 자체가 무의미할지도 모르지. 원본은 사라졌고 모든 게 다 '시뮬라크룸'simulacrum(라틴어로 '복제품, 모조품') 뿐이라면, 내가 베낀 것만 진짜라고 말하는 것도 우습지 않겠나?"

"그래도 신부님께서는 원본을 보고 베끼신 것 아닙니까? 그러니까 누군가가 신부님의 필사본을 보고 다시 한번 베낀 것보다는……."

"허나 원본이 사라져 더 이상 대조해 볼 수가 없다면 필사본끼리 우열을 가리는 건 무의미하다 이 말일세. 이 세상의 모든 피조물들은 결국 서로가 서로를 베끼는 걸세. 그러니 모든 존재의 궁극적 근원이신 창조주 한 분을 제외한다면, 그 어떤 존재가 다른 것보다 더 낫다고 할 수 있겠는가? 그림자끼리 서로 우열을 가린다는 게 얼마나 허망한 일이냐 이 말일세!"

"이 세상의 모든 존재가 다 그림자에 불과하다는 철학적인 말씀도 좋지만……, 세뇨르 알리가 지금 궁금해 하는 건 아마 서찰의 내용이겠지요."

가만히 듣고 앉아 있기가 조금 답답했는지 로뻬스가 나서며 끼어들자 안드레아 신부는 그제야 말머리를 돌렸다.

"아무튼 그 서찰은 내용으로 봐서 틀림없이 그리스의 동방교회 총대주교가 이곳 카슈탈라 교회의 수장에게 보낸 것이었네. 나와 세뇨르 로뻬스가 철자치환법을 이용해서 암호를 풀었거든. 세뇨르 로뻬스가 몇 가지 중요한 핵심을 말해줬으니, 저 양반의 공이 더 크다고 해야겠지만……."

"아닙니다. 사실 정말 큰 공은 세뇨르 알리에게 있어요. 산에서 서찰을 받아 돌아올 때 세뇨르 알리가 '베히바르암'이라는 히브리어를 '아브라함'으로 해석하라고 귀띔해준 덕택에 그걸 암호 푸는 열쇠로 쓸 수 있었으니까요!"

로뻬스가 환하게 웃으며 자신을 향해 한쪽 눈을 찡끗하자 알리도 떨떠름하게 미소를 지었다. 왠지 자신이 예페트의 지혜를 훔친 것만 같아 찜찜했던 것이다.

"아무튼 서찰 내용이 그러하니 사라진 그리스어 서찰은 알크비르 어른께 온 게 아닌 것 같네."

"하, 하지만 신부님께서 해독하신 필사본은 오즈구르란 자가 꾸며낸 것일 수도 있잖습니까?"

알리가 끝내 수긍할 수 없다는 듯 다시 반발하자 안드레아 신부는 힘없이 고개를 흔들었다.

"물론 그럴 수도 있겠지. 하지만 지금으로서는 뭘 더 밝혀낼 수 있단 말인가? 디오스 사뻬!"

"제가 보기에는 그것보다도 더 큰 문제가 있습니다!"

그때 로뻬스가 조금 더 목소리를 높이며 말하자 모두들 그를 돌아보았다.

"세뇨르 알리에 의하면, 그 오즈구르란 자는 베네치아 밀정 안또니오의 시종인 죠반니와 한패거리였다고 했습니다. 그렇다면 이상하지 않습니까? 안또니오가 베네치아의 밀정이고 오즈구르는 투르크의 밀정이라면, 두 사람은 앙숙 중의 앙숙이어야 할 텐데…… 알고 보니 둘이 한패였다? 게다가 오즈구르는 이탈리아말까지 능숙하게 하고?"

"맞아요, 맞아! 그건 정말 말도 안 되는 거죠! 그러니 모든 게 다 거짓말일 수도 있다구요! 오즈구르가 투르크 밀정이라는 건 애당초부터 거짓말이었고, 어쩌면 안또니오란 자가 모든 걸 다 꾸몄을 수도 있죠. 죽은, 아니 사라진 그리스 수도승이 총대주교가 보낸 밀사라는 것도 그렇고, 그 엉터리 같은 서찰도 그렇고, 모두 다요!"

로뻬스의 말에 용기를 얻은 알리는 흥분을 감추지 못한 채 계속 소리를 질렀다. 그러나 봇물이라도 터진 듯 쏟아져 나오는 큰 소리에 맞서 안드레아 신부가 차갑게 되물었다.

"뭘 위해서? 안또니오가 뭐 때문에 그 모든 일을 꾸민단 말인가?"

"그, 그건……?"

갑자기 말문이 막힌 알리가 궁한 대답을 찾으려 애쓸 때 다시 로뻬스가 나섰다.

"투르크와의 싸움에 카슈탈라를 끌어들이기 위해서겠죠. 투르크가 카슈탈라에게도 잠재적인 적대국이라는 걸 분명히 보여줌으로써, 같은 기독교 국가인 베네치아를 지원하도록 만들려는 고도의 외교적 책략이 아닐까요?"

"흠……."

로뻬스의 말이 설득력 있게 들린 탓일까? 안드레아 신부는 더 이상 반론을 펴지 않고 말없이 방바닥만 내려다보았다. 알리 또한 잠시 흥분을 가라앉히고 숨을 고르다가 문득 생각난 듯, 이번에는 아버지 아흐메드와 안드레아 신부를 번갈아 쳐다보면서 조심스레 말을 꺼냈다.

"아, 참! 매부는 요즘 어떻게 지내십니까? 혹시 그 사이 무슨 일이라도……?"

"네 매부 이야긴 꺼내지도 마라. 그 작자는 이제 이 집 식구가 아니니까!"

아흐메드가 몹시 불쾌한 표정으로 말을 자르자 알리는 영문을 몰라 되물었다.

"그게 무슨……, 그럼 매부가 아예 집을 나갔단 말입니까?"

"나간 게 아니라 내가 내보냈다. 네가 산에 있을 때 장서관에서 서책을 훔치다가 몰래 숨어서 지키던 하인들에게 붙잡혔단다. 알크비르 어른의 지시로 알아트라쉬가 젊은 하인들에게 네 매부를 잘 감시하라고 미리 일러뒀다는구나. 내 듣자하니 하룬은 예전에도 장서관에서 서책을 훔친 일이 있다면서?"

말을 마친 아흐메드가 확인이라도 하듯 뒤쪽에 앉아 있는 안드레아 신부와 로뻬스를 돌아보자 두 사람 모두 말없이 고개를 끄덕였다.

"아무튼 네 매부란 자는 그런 짓을 하다가 붙잡혔는데도 뉘우치고 용서를 빌기는커녕 외려 날 협박하려 들었다. 적반하장도 유분수지, 나쁜 놈 같으니라구! 못된 송아지가 엉덩이에서 뿔난다더니! 휴우!"

아흐메드는 그 생각만 하면 아직도 분을 삭이지 못하겠다는 듯 거친 숨을 몰아쉬었다.

"협박이라뇨? 그게 무슨 말씀이십니까, 아버님?"

알리가 의아해하자 아흐메드는 그제야 흥분을 가라앉히며 말을 이었다.

"글쎄 자기는 저항조직의 전사들을 도우려고 한 것이니 잘못이 없다고 우기지 뭐냐? 게다가 한 술 더 떠서 그런 자기를 도둑으로 몰아 벌주는 건 인자하시고 자애로우신 알라의 뜻을 거스르는 일이고, 지하드에 나선 무슬림 전사들을 적대하는 거라나 뭐라나 하면서……."

"저, 저런 파렴치한……! 어떻게 그런 뻔뻔한 거짓말을!"

알뿌하라에서 무사에게 들었던 얘기를 떠올린 알리는 자신도 모르게 흥분하며 소리를 쳤다.

"허나 그뿐만이 아니었단다."

아버지의 낯빛이 갑자기 몹시 어두워지자 알리는 다시 긴장했다.

"또 뭡니까?"

"손님들도 계시는데 할 말은 아니다만……, 어차피 사위가 도둑이라는 게 밝혀진 마당에 뭘 더 숨기고 부끄러워하겠느냐? 느닷없이 네 누이 아스마 얘길 꺼내더구나."

"누님 얘기를요? 그건 또 무슨……?"

"이미 하인들 사이에서도 더러 소문이 난 모양인데, 어리석은 나만 모르고 있었으니……. 창피해서 얼굴을 들 수가 있나? 휴우……!"

길게 한숨을 내쉬는 아버지 아흐메드의 얼굴이 순간 10년은 더 늙어 보였다. 그래서 알리는 적잖이 걱정스런 목소리로 되물었다.

"대체 무, 무슨 일인데 그러세요? 누님이 무슨 잘못이라도……?"

"잘못도 보통 잘못이 아니지! 서방 있는 계집이 딴 사내와 정분이 났으니……, 그것도 이교도와!"

"뭐, 뭐라구요? 누님이 바람을 피우다뇨?"

알리가 대경실색하여 소리를 지르자 아흐메드는 주위를 둘러보며 눈살을 찌푸렸다.

"쉿! 밖에서 다 들겠다. 죄로 따지자면 백 번 죽어 마땅할 일이다만……, 그래도 네 하나밖에 없는 혈육이 아니냐?"

"도, 도대체 상대가 누구랍니까?"

알리의 물음에 아흐메드는 분노로 이글거리는 눈을 들어 허공을 쏘아보았다.

"알폰소 가르시아란다! 카디스 출신의 벼락부자 놈 말이다. 왜 하필이면 그런 놈인지 모르겠다. 기독교도 상인들 사이에서도 야비하고 음흉하기로 소문이 난 놈인데……."

"아, 알폰소 가르시아라면……?"

순간 알리의 머리가 빠르게 회전하기 시작하면서 불빛에 그림자놀이라도 하는 것처럼 몇 가지 영상들이 머릿속을 차례로 스쳐갔다. 단식종료제날 새벽에 정원에서 보았던 누이 아스마와 낯선 기독교도 상인의 모습, 마치 연인처럼 다정하게만 보이던 두 사람의 모습을 배경으로 떼강도 사건이 난 다음날 아버지 아흐메드가 들려주던 말이 귀에 울렸다.

'가르시아라는 기독교도 상인도 어젯밤 집안의 하인들에게 집 안팎을 물샐틈없이 경계하라고 했다더라.'

순간 알리의 심중에서는 새로운 의혹이 바람에 이는 불꽃처럼 피어올랐다.

'가르시아는 그때 그 사건을 어떻게 미리 알았을까? 매부가 '알하피즈'의 일에 깊이 개입했었다면 떼강도 계획을 사전에 알았을 수도 있는데……. 매, 매부는 평소 입이 가벼운 사람 아닌가? 그럼 혹시 매부가 누이에게 말을 하고, 다시 누이는……?'

그러나 아흐메드의 장탄식이 알리의 상상을 깨뜨려버렸다.

"아무튼 네 매부 하룬이란 자는 네 누이 일을 들먹이면서 자신의 몸에 손가락 하나라도 대는 날이면 네 누이의 불륜 행각을 만천하에 공개하겠다고 길길이 날뛰더구나! 그러니 세상에 이처럼 기막힌 일이 또 있겠느냐? 집안에 도둑놈을 두고도 명색이 주인인 내가 맥없이 쳐다만 봐야 하다니……."

"그, 그래서 어찌 하기로 하셨습니까?"

"어쩌긴 뭘 어쩌느냐? 생각 같아서는 하룬과 네 누이를 둘 다 단매에 때려죽이고 싶었다만……. 휴우! 인생이 가련해서 용서해 주기로 했다. 그 대신 네 매부란 자에게는 어디로든 멀리 떠나라고 했다. 앞으로는 모든 인연을 영원히 끊자고 했단 말이다."

"누, 누이는 어쩌고요?"

"오쟁이 진 놈에게 마누라까지 데려가라고 할 수야 있겠느냐? 네 누이는 자기 죄가 있으니 앞으론 과부처럼 살아야 할 게다. 목숨이 붙어 있는 것만도 다행일 텐데 불평할 처지는 아니지 않느냐? 그것도 다 제 팔자겠지. 휴우!"

아흐메드의 얼굴은 하나밖에 없는 딸자식에 대한 실망과 분노와 연민이 한데 뒤섞여 도저히 말로 형언하기 힘들 만큼 복잡하게 변하고 있었다. 그런 아버지를 안쓰럽게 쳐다보고 있던 알리는 문득 생각난 듯 화제를 돌렸다.

"아, 참! 서책 이야기가 나왔으니 말인데요……. 예페트는 어찌 됐습니까?"

"며칠 전에 툴라이툴라로 압송됐다고 들었어요. 아마 거기서 재판을 받고 처형되겠죠."

뒤쪽에 있던 로뻬스가 침통한 음성으로 대답했다.

"겨, 결국 그렇게 됐나요? 그, 그럼…… 예페트가 갖고 있었다던 서책은요? 그 뭐더라……? 아, 제목이 『에이나브 사흐라』라고 했죠?"

알리의 물음에 안드레아 신부는 말없이 고개만 끄덕였다. 하지만 로뻬스는 얼굴을 찌푸리며 언성을 높였다.

"말도 말아요! 그 서책 때문에 한바탕 난리가 났다구요."

로뻬스가 고개까지 절레절레 흔들자 알리는 깜짝 놀라 되물었다.

"무, 무슨 일이요? 그 서책이 대체 뭐였는데요?"

"서책을 검토해 본 돈 까를로스 형제의 말로는 그게 아무래도 『오라쿨룸 시빌라이』(라틴어로 '시빌라의 신탁')의 이본異本 같다고 했네. 내용을 숨기려고 누가 일부러 엉뚱한 겉장을 붙여놓은 것 같다더구만."

안드레아 신부의 대답에 알리는 벽에 기댔던 몸을 벌떡 일으키며 소리를 질렀다.

"뭐, 뭐라구요? 그, 그럼 그게……."

"아니 왜 그렇게 놀라나?"

신부가 의아한 표정을 지었지만 알리는 넋 나간 사람처럼 혼자 중얼거렸다.

"그럼 예페트가 애타게 찾던 서책도 바로…… 그, 그 신탁이었단 얘긴데……."

"그건 또 무슨 소리예요? 예페트가 찾던 서책이라니?"

로뻬스까지 나서자 알리는 결국 의문의 두루마리와 서책에 얽힌 사연들을 생각나는 대로 천천히 이야기해 주었다.

"흠……, 그렇다면 예페트가 갖고 있었던 『에이나브 사흐라』라는 서책은 두루마리와 함께 전해져 왔다는 바로 그 서책일 가능성이 높은데……. 그, 그게 알고 보니 『시빌라의 신탁』이었나?"

얘기를 다 듣고 난 안드레아 신부는 의미심장하게 고개를 갸웃거렸다. 그런 그를 향해 알리가 다시 물었다.

"그런데 이본이라는 건 무슨 말이죠?"

"솔직히 나도 그 서책에 대해서는 잘 모르네. 내가 직접 본 것도 아니고! 돈 까를로스 형제의 말에 따르면 『시빌라의 신탁』은 원래 수많은 이본들이 있는데, 어느 것 하나 완전하질 않다는 거야. 헌데 예페트가 갖고 있던 건 좀 특이한 사본이었다더군. 그게 과연 진짜『시빌라의 신탁』인지 긴가 민가 할 정도였다는 걸세. 결국 다른 판본들과 겹치는 부분이 많아서 일단 그렇게 결론을 내렸다고 들었네만……."

신부의 설명을 듣던 알리는 문득 생각난 듯 갑자기 조바심을 냈다.

"헌데……, 도대체 왜 난리가 났다는 거예요?"

"그건…… 우리 예상대로 미겔 신부가 시비를 걸었기 때문이지. 그 사람은 그 서책이 이단자들과 이교도들의 사악한 요설로 가득 차 있다고 했네. 게다가 유태인들의 마법인 캅발라에 관한 내용도 들어 있고! 그 예페트란 젊은이도 캅발라를 신봉한다고 하지 않았나?"

"마, 맞습니다만……."

"그러니 이단 심문관들이 눈에 불을 켤 수밖에! 유태인에다 마법까지 겹쳤으니……."

"하지만 신부님! 캅발라를 통속적인 마법과 똑같이 볼 순 없죠. 그리고 기독교도 학자들 중에도 캅발라를 믿는 사람들이 꽤 있다는 걸 모르십니까? 대저 모든 지혜의 근원은 신비로움에 대한 경이가 아닙니까? 그런데 정해진 격식에 지치고 이성의 울타리에 답답함을 느끼는 사람들이, 가끔씩 초자연적 신비에 기우는 것을 어찌 사악하다고만 할 수 있겠습니까?"

로뻬스가 사뭇 진지한 목소리로 말을 가로막자 안드레아 신부는 고민스러운 듯 인상을 찌푸렸다.

"나도 그 말에 원칙적으로 공감하오. 허나 그거야 우리 같은 서생들이 내세우는 원칙일 뿐……, 이단 심문관들이야 자기들 입맛에 맞는 증거를 찾아내 유무죄를 정하는 데에만 관심 있는 사람들 아니오?"

"하, 하지만 세뇨르 돈 까를로스께서는 좀 다르셨을 거 아닙니까?"

알리의 항변에 안드레아 신부의 굵은 눈썹이 심하게 꿈틀거렸다.

"자네 말이 맞네. 돈 까를로스만 아니었다면 이 집안도 벌써 큰 화를 입었을 테니까!"

"예에? 그건 또 무슨……?"

알리가 의아해하자 이번엔 아버지 아흐메드가 나섰다.

"신부님 말씀이 맞단다. 그래서 아까 저 젊은 손님께서도 큰 난리가 났었다고 하신 게 아니냐? 사, 사실은 그 서책 때문에 미겔 신부라는 사람이 카슈탈라 병사들을 앞세우고 우리 집에까지 왔었단다."

"뭐라구요? 제, 제 기억으로는 예페트가 자백을 안했다고 했던 것 같은데……. 그 사람들이 어떻게 알고 여기까지……?"

알리가 의혹의 눈초리로 해명을 요구하듯 안드레아 신부를 쳐다보자 신부는 착잡한 표정으로 대답했다.

"그게 그러니까……, 예페트는 의리를 지키느라 끝내 입을 열지 않은 모양이야. 그런데 엠마라는 여인 때문에……. 어리석게도 예페트의 목숨을 살려주겠다는 이단 심문관들의 거짓 약속에 속아 아는 대로 실토를 했다더구만! 그래서 예페트가 이곳에 숨어 있었다는 게 들통이 났고, 결국에는 그 서책의 출처까지 문세가 됐지 뭔가?"

"서책의 출처라뇨?"

"미겔 신부는 예페트가 갖고 있던 그 서책이 이 집 장서관에서 나왔다고 확신하고 있었네!"

"하, 하지만 그건 아니잖습니까? 신부님께서도 들으셨지만, 지난번에 스승님께서 몇 번씩이나 아니라고 부인을 하셨는데……."

알리가 자신도 모르게 언성을 높이자 이번엔 로뻬스가 나섰다.

"그게 말이죠……, 우리도 그 분의 말씀을 모두 믿고는 싶지만……, 사, 사실 예페트가 갖고 있던 서책은 흔한 사본이 아니었기 때문에 의심을 피할 수 없게 된 거죠. 게다가 엠마라는 여인의 말로는 예페트가 그라나다에 처음 왔을 때만 해도 서책은커녕 종이 한 장 지니고 있지 않았다고 했다니까요! 그러니 이 집 장서관에서 훔친 게 아니라면 예페트가 그걸 어디서 구했는지 설명할 방법이 없잖아요? 오해하지 말아요, 내가 이단 심문관 편을 들려고 이러는 건 절대 아니니까! 그냥 앞뒤 정황을 따져보면 그렇다는 거죠. 또 예페트가 장서관에서 뭔가 훔쳐가지고 나오는 걸 세뇨르 앙베르가 목격한 적도 있다면서요?"

로뻬스의 조리 있는 반박에 알리는 한풀 꺾인 목소리로 되물었다.

"그, 그럼 스승님 말씀은요?"

"알크비르 어른께서 뭔가 착각하셨을 수도 있지 않느냐? 그 분께서도 이제 연로하시니……."

아흐메드까지 함께 거들자 알리는 마지못해 말을 돌리며 다른 물음을 던졌다.

"그래서요? 미겔 신부가 집에 와서 무슨 짓을 했는데요?"

"처음에는 병사들을 데리고 와서 다짜고짜 장서관의 서책을 모두 압수하겠다고 하더구나. 예페트가 갖고 있던 것은 『시빌라의 신탁』이라는 서책의 극히 일부분에 불과하기 때문에 나머지 것들도 다 찾아내야 한다나 뭐라나……? 너무나 어이가 없어 그건 절대로 안 된다고 했더니, 그럼 나까지 가만두지 않겠다고 으름장을 놓지 뭐냐? 게다가 사실 예페트를 숨겨준 건 알리 바로 너니까, 너를 반드시 처벌해야 한다고 호통을 쳤단 말이다! 허허, 인간만사 새옹지마라! 오묘한 하늘의 이치를 우리의 짧은 머리로 어찌 다 헤아리겠느냐만, 네 녀석이 명줄

하나는 꽤 긴 모양이다."

"맞네. 그때 자네가 알뿌하라에 인질로 잡혀 있지 않고 집에 있었다면 꼼짝없이 붙잡혀 갔을 테니까!"

안드레아 신부가 맞장구를 쳤다. 그리고 알리는 마른침을 꼴깍 삼키며 다시 물었다.

"그, 그래서요?"

"한참 옥신각신하고 있는데……, 뒤늦게 돈 까를로스라는 수도승이 소식을 듣고 여기 계신 안드레아 신부님과 함께 달려왔더구나. 정말이지 그 양반이 아니었으면 그날 무슨 변을 당했을지 모르지. 아무튼 그 돈 까를로스라는 수도승과 신부님께서 열심히 중재를 한 끝에 미겔 신부라는 자도 태도를 좀 누그러뜨렸고……, 결국 우리는 타협을 했단다. 일종의 협정을 맺은 셈이지."

"타, 타협이라뇨?"

알리가 의아해하자 아흐메드는 생각을 정리하려는 듯 잠시 뜸을 들이다가 입을 열었다. 그의 얼굴에는 수심이 가득했으나 목소리만은 사뭇 당당했다.

"잘 들어라, 알리! 나는 무사도 아니고 학자도 아니고 평생을 장사꾼으로 살아온 사람이다. 모름지기 장사란 무엇이더냐? 물건을 매개로 필요에 따라 사람과 사람을 맺어주는 일이나. 그렇게 함으로써 양쪽 모두에게 이익을 주는 일 말이다! 장사꾼이 거래를 성사시키기 위해 지켜야 할 최고의 원칙은 흥정과 타협을 통해 양쪽 모두가 만족할 수 있는 접점을 찾아내는 것이다. 이게 쉬운 일인 듯싶지만 결코 그렇지 않다. 장사란 전쟁도 아니고 그렇다고 자선이나 희사도 아니다. 자기 욕심을 다 부려서도 안 되지만 반대로 욕심을 모두 버려서도 안 되는 법! 적당히 요구하고 적당히 양보하면서 일을 이루어내는 지혜가 필요하단 말이다! 무지한 속인들은 장사를 단순한 돈벌이로만 알고 있지만, 나는 장사를 하면서 서책 속에서 배운 것 못지않게 많은 걸 배우고 깨달았다. 며칠 전 내가 선택한, 아니 선택할 수밖에 없었던 타협은 내 평생의 가장 중요한 거래, 어쩌면 마지막 거래였을지도 모른다. 네가 들으면 너무나 많은 것을 내줬다고 생각할지도 모른다. 하지만 나로서는 인자하시고 자애로우신 알라 앞에 나아가게 된다 해도 결코 부끄럽지 않은 결정이었다."

아버지 아흐메드의 목소리에 비장한 기운이 서려 있음을 느낀 알리는 조금 눈치를 살피다가 작은 목소리로 되물었다.

"대체 어, 어떤 결정을 하셨다는 겁니까?"

"우, 우선 첫째로……, 카슈탈라 사제들이 우리 집 장서관을 조사할 수 있도록 허락했다."

"뭐, 뭐라구요?"

알리가 깜짝 놀라 소리치자 안드레아 신부가 재빨리 덧붙였다.

"너무 걱정하지 말게. 조사 책임자는 돈 까를로스 형제이고, 나도 함께 거들기로 했으니까!"

알리는 그제야 조금 안도하는 표정을 지으며 아흐메드에게 눈빛으로 다음 말을 재촉했다.

"둘째는 너의 죄를 용서해주는데 대한 대가로 카슈탈라 교회에 금화 1만 두카토를 내놓기로 했다. 이교도의 교회에 희사를 하는 것은 율법을 어기는 일이다만 인자하시고 자애로우신 알라께서도 용서해주시리라 믿는다. 하긴 우리 선조들께서도 믿음을 지키기 위해 종종 돈으로 신앙의 자유를 사신 적이 있으니 크게 문제될 것도 없겠지. 물론 너도 알다시피 바로 얼마 전에 산에 있는 무슬림 전사들에게 보낸 돈도 있고 해서 형편이 많이 어렵긴 하다만……, 이 참에 수크의 점포 몇 개를 처분할 생각이다. 그리고 그 다음은……."

아흐메드는 잠시 말을 끊고 눈을 감으며 숨을 가다듬었다. 한낮의 무더위 때문이었을까? 그의 이마와 두 뺨에는 어느새 굵직한 땀방울이 송알송알 맺혀 있었다.

"마지막으로, 아마도 이게 가장 중요하겠지만……, 다음 달 시스네로스 대주교가 가르나타에 오면 우리 집 식솔 중에서 적어도 10명을 기독교로 개종시켜 합동 세례식에 참석시키기로 했다."

"예에? 어떻게 그런 일까지……?"

알리의 얼굴이 경악과 굴욕으로 일그러지자 아흐메드는 그런 아들의 모습을 차마 볼 수 없는 듯 눈을 감으며 침통한 목소리로 말했다.

"난들 왜 살과 뼈를 도려내는 것처럼 아프지 않겠느냐? 허나 손가락을 잘라내서 팔을 구할 수 있다면 그리해야 할 것이요, 팔을 잘라내서 몸통을 구할 수만 있다면 그 또한 그리해야 할 것이 아니더냐? 그나마 이렇게 급한 불을 끄고 위험을 피한다 해도……, 앞으로 얼마나 더 버틸 수 있을지 모르겠다."

"하, 하오나 아버님! 다른 건 몰라도…… 스승님께서는 허락을 하셨는지요? 기독교도 사제늘이 장서관의 서책을 조사하도록 허락하셨느냐 말입니다!"

알리의 마지막 질문에 아흐메드의 입에서는 뜻밖의 답이 떨어졌다.

"알크비르 어른께서 장서관 서책들의 운명에 대해서는 이미 오래전에 네게 결정을 맡기신 걸로 알고 있는데? 그래서 뒤늦게나마 내가 이렇게 너에게 알려주는 게 아니더냐? 게다가 그 어른께서는 네가 산에 간 직후부터 다시 와병중이시다. 병세가 꽤 위중하신데, 경망스럽게 이런 얘길 입에 담을 건 아니다만……, 아마 이번에는 쉽게 자리를 털고 일어나시기 힘들 것 같구나."

히즈라 905년 1월 28일(서기 1499년 9월 4일).

절기로는 가을이 시작될 때가 되었건만 한낮의 폭염만은 조금도 사그라질 줄 몰랐다. 오랫동안 혼수상태에 있던 스승 알크비르가 깨어나 자신을 찾는다는 소식을 전해 듣고 허겁지겁 별채를 향해 달려가던 알리는 막 별채에서 나오는 일행과 마주쳐 걸음을 멈추었다.

"앗쌀람 알라이쿰! 도련님, 마침 잘 오셨습니다."

앞에 섰던 알아트라쉬가 먼저 인사를 하며 약간 옆으로 물러섰다.

"와 알라이쿰 쌀람! 헌데……."

알리가 눈을 들어 알아트라쉬의 뒤편에 서 있는 낯선 사내를 바라보자 알아트라쉬가 다급한 몸짓으로 재빨리 소개를 했다.

"아, 이 분께서 바로 그 영험하다는 의원이십니다. 엊그제 정말 기적처럼 세뇨르 앙베르를 살려내신 바로 그 분이시죠."

갑자기 용한 의원이 나타나 다 죽어가던 앙베르를 살려냈다는 얘기는 알리도 아버지 아흐메드에게 들어서 알고 있었다.

"아아…… 바, 반갑습니다. 그렇지 않아도 뵙고 싶었는데, 이렇게 뵙게 되는군요. 전 알리 이븐 아흐메드 알아바디라고 합니다."

알리가 황망히 인사를 건네자 낯선 사내는 아무 말 없이 가벼운 목례로 인사를 대신했다. 수도복 풍의 검은 옷을 입고 두건까지 덮어쓴 사내는 가까이서 쳐다보려면 고개를 뒤로 꺾어야 할 만큼 키가 매우 컸고, 심한 매부리코에 싸늘한 눈매를 지니고 있었다. 알리는 왠지 온몸에서 냉기가 감도는 이 사내를 좀더 천천히 훑어보려 했지만, 그는 볼일이 끝났다는 듯 재빨리 걸음을 옮겨 자리를 뜨려고 했다.

"자, 잠깐만요, 세뇨르! 헌데 이 별채에는 어쩐 일로……?"

알리가 붙잡듯이 묻자 낯선 사내는 고개도 안 돌리고 대답했다.

"저 안에도 환자가 있지 않소?"

"아아, 그럼 제 스승님도 치료해 주셨군요? 저, 정말 감사합니다. 세뇨르 같은 명의께서 돌봐주시게 됐으니 스, 스승님께서도 이제 쾌차하실 수 있겠지요?"

"최선을 다해 보겠지만 워낙 연로하신 분이라 장담할 순 없소. 그럼 이만……."

사내가 곁을 스쳐 지나치려 할 때 알리가 다시 물었다.

"저……, 존함이라도……?"

"돈 호세라 하오."

등 뒤로 한 마디를 남긴 채 낯선 사내는 마치 알리 곁에는 단 한순간이라도 더 머물고 싶지 않은 사람처럼 휑하니 마당을 가로질러 사라져버렸다. 적잖이 당황하고 조금 기분도 상한 알리는 별채 안으로 들어가지 않고 사내를 배웅하러 갔던 알아트라쉬가 다시 돌아올 때까지 제자리에 서 있었다.

"도대체 저 사람은 누군가?"

저만치 알아트라쉬의 모습이 보이자 알리는 애꿎은 노인에게 심술스런 목소리로 물음을 던졌다.

"전들 알겠습니까? 자기 말로는 그냥 떠돌이 의원이라던데……, 소문을 듣고 찾아왔다면서 엊그제 갑자기 들이닥쳤거든요."

"소문? 무슨 소문?"

“이 집에 다 죽어가는 환자가 있다는 소문을 들었다고…….”

“흠…….”

알리가 양미간을 찌푸리며 고개를 갸웃거리자 알아트라쉬가 덧붙여 말했다.

“사실은……, 객사에 묵고 있는 손님의 소개로 왔다는 얘기도 있어서 정작 어느 게 맞는 건지는 잘 모르겠습니다.”

“객사의 손님이라면……?”

“얼마 전에 새로 온 사람입니다. 세뇨르 로뻬스와 함께 왔을 거예요. 이름이 뭐라더라……?”

“도밍고 구띠에레스?”

“아, 네! 맞습니다. 도련님께서도 알고 계셨군요.”

“세뇨르 로뻬스와 함께 잠깐 얘기 나눈 적이 있네. 헌데 그 사람이 그 괴짜 의원을 소개했단 말인가?”

“아니, 그냥 그런 말도 들린다는 것뿐이니까……, 확실히는 잘 모르겠습니다. 아무튼 그 의원이라는 사람……, 정체는 뭔지 몰라도 의술 하나만은 정말 대단한 것 같더군요. 손쓴 지 딱 하루 만에 산송장이나 다름없던 세뇨르 앙베르를 살려냈으니까요. 덕분에 그 손님은 이제 음식도 조금 드시고 말씀도 하신다던데요. 아무튼 그, 그래서 주인어른께서 이왕이면 알크비르 어른의 환후도 좀 돌봐달라고 부탁을 하신 모양입니다. 헌데 신기한 건 저 의원이 약을 쓰고 나자 알크비르 어른께서도 확실히 좋아지셨다는 겁니다.”

“그래? 거 참 알 수 없는 일이로구만. 대체 무슨 약을 썼기에……. 가만 있자, 돈 호세, 돈 호세라? 호세라면 너무 흔한 이름인데…….”

혼잣말로 중얼거리며 별채로 들어선 알리는 서재 맞은편의 침실로 향했다. 안으로 들어서자 침상에 누워 있는 알크비르의 모습이 눈에 들어왔다. 눈을 뜨고 있는 걸로 봐서 잠이 들지는 않은 모양이었다.

"스승님, 제가 왔습니다!"

알리는 침상 머리맡에 무릎을 꿇고 앉아 노스승의 메마른 나뭇가지 같은 두 손을 어루만졌다. 장기간의 숙환 때문이었을까? 비록 나이는 들었어도 위풍당당했던 장부의 모습은 오간 데 없고, 알리의 눈앞에 있는 것은 그저 병색에 찌들어 피골이 상접한 노인일 뿐이었다. 그나마 여전히 형형한 눈빛만이 그가 알크비르임을 말해주고 있었다.

"좀 어떠신지요? 하인들 말로는 많이 좋아지셨다고 하던데……."

알리는 왈칵 쏟아지려는 눈물을 참으며 최대한 침착하게 말했다.

"나는 괜찮다. 살만큼 살지 않았느냐? 그나저나 너도 죽을 고비를 넘겼다던데……. 이제 건강해진 것 같으니 정말 반갑구나."

카랑카랑하면서도 정이 듬뿍 담긴 노스승의 목소리를 들으면서 알리는 마침내 참았던 눈물을 터뜨리고 말았다.

"스, 스승님! 어, 어서 쾌차하셔서 일어나셔야 합니다. 요, 요즘처럼 어려운 시기에 스, 스승님마저 병석에 누워 계시니……. 흑흑흑……!"

"울지 말거라, 알리! 내 너한테 긴히 해줄 말이 있느니라."

슬픔에 몸을 가누지 못하고 울먹이던 알리는 젖은 눈을 들어 스승의 눈을 보았다. 그리고 자신의 눈이 스승의 이글거리는 눈빛과 마주치는 순간, 그는 말로 설명하기 힘든 짜릿한 전율 같은 것을 느꼈다.

"내 말 잘 들어라, 알리! 내가 잠시나마 온전한 정신을 되찾은 것 또한 자비로우신 주님의 뜻일 터이니……, 그래서 너를 부른 게다."

"뭐, 뭐든지 말씀만 하십시오."

알리는 문득 심신 전체가 활시위처럼 팽팽하게 당겨지는 기분이 들어 떨리는 목소리로 대답했다.

"너, 너는 나를 어찌 생각하느냐?"

"예? 가, 갑자기 무슨 말씀이신지……?"

"네게는 내가 한없이 존경스러운 스승일 뿐이냐?"

"여부가 있겠습니까?"

알리가 목소리에 힘을 주자 알크비르는 알리를 바라보던 눈길을 거두어 쓸쓸하게 허공을 응시하면서 말했다.

"나는 죄인이다. 그것도 아주 큰 죄인이다."

"무, 무슨 말씀이십니까? 물론 기, 기독교에서는 모든 인간이 태어날 때부터 죄인이라 한다는 걸 저도 알고 있습니다……. 허나 저희 무슬림들은 그렇게 생각하지 않습니다. 원죄라는 건 터무니없는……."

알리가 당황하여 이 말 저 말 주워섬기기 시작하자 알크비르는 단호하게 그의 말을 잘랐다.

"지금 원죄 얘길 하고 있는 게 아니다! 내 말을 잘 들으라고 하지 않았느냐? 그 그리스 수도승이 가져왔다는 서찰은 찾았느냐? 내게 보낸 죽마고우의 서찰 말이다. 아니, 그 그리스 수도승은 찾았느냐?"

"……."

알리는 말없이 고개만 저었다. 서찰을 찾아 해독했으나 그 내용이 스승님과 아무 상관도 없는 거였다는 말만은 차마 입에 올릴 수가 없었던 것이다.

"못 찾았어도 상관없다. 난 이미 그 내용을 알고 있으니……."

"그게 무, 무슨 말씀이신지요? 어떻게 보지도 않은 서찰의 내용을 아신단 말입니까? 그것도 50년 가까이 떨어져 있던 고향 친구 분께서 보내신 건데……."

알리가 이해할 수 없다는 표정으로 반문하자 노스승의 입가에는 쓸쓸한 미소가 번졌다.

"양들은 저녁때가 되면 목자를 알아보고, 사람은 죽을 때가 되면 자기 죄를 깨닫는 법이다. 데메트리오스가 보낸 서찰은 죽마고우의 문안 인사가 아니라 바로 주님의 부르심이나 마찬가지란다. 그 사람이 반세기만에 내가 있는 곳을 알아내 서찰까지 보낸 까닭은 아마도 서책 때문이었을 테니까……."

"서, 서책이라뇨?"

"『크레스모스 시빌레스』, 언젠가 네가 내게 물었던 그 서책, 예페트가 이 집 장서관에서 훔쳐간 바로 그 서책 말이다. 데메트리오스는 그 서책을 돌려받으려고 서찰을 보낸 게 틀림없다! 누가 뭐라 해도 그 서책은 내가 몸담았던 수도원의 보배 중의 보배였으니, 평생 동안 주님과 형제들의 오이코스*를 지켜온 그 사람으로서야 잃어버린 보물을 되찾으려 애쓰는 게 당연하겠지."

"예에?"

알리가 경악하는 눈빛으로 쳐다보자 알크비르는 그 눈길을 피하려는 듯 살며시 눈을 감았다.

"널 속인 걸 용서해라. 그땐 그럴 수밖에 없었지만 때를 기다려 말해주려 했단다. 그리고…… 이제 그 때가 온 것 같구나."

"하, 하오면…… 그 서책의 겉장에 『에이나브 사흐라』라고 아랍어 제목이 붙어 있는 건……?"

"그건 겉장이 낡아 떨어져 나간 뒤에 내가 새로 붙인 거란다. 사람들이 쉽게 알아보지 못하도록 내가 좋아하는 아랍어 시의 제목을 써

* οἶκος : 그리스어로 '집'이라는 뜻인데, 수도원을 가리키기도 한다.

넣은 거지."

"아아……, 역시 그랬군요."

"아무튼 그 서책은 46년 전 내가 성산聖山 아토스의 수도원에서 훔쳐가지고 나온 것이다. 물론 그 서책의 이름이야 이미 여러 사람에게 알려져 있었지만, 내가 훔친 사본은 세상에 단 하나밖에 없는 정말 귀중한 사본이었다. 아니, 내가 훔친 사본의 내용은 너무도 특별하고 완벽해서 같은 이름의 다른 사본들과는 비교조차 할 수 없을 정도였다. 오래 전부터 내려오는 전설 같은 얘기에 따르면, 그 안에는 우주의 모든 신비와 이 세상의 모든 운명이 예시되어 있다고 할 만큼 엄청난 서책이었단 말이다. 알겠느냐? 아무튼 난 그걸 들고 콘스탄티노플로 도망쳤지만, 공교롭게도 내가 도착하자마자 도시는 투르크 군대에 포위되어 버렸다. 몇 달 뒤 성채가 함락될 무렵 난 다시 그 서책을 걸고 내 목숨을 구걸했지. 부유한 베네치아 상인에게 그 서책을 넘겨주는 대가로 콘스탄티노플에서 탈출하는 마지막 배를 얻어 타게 되었단 말이다. 진리를 찾기 위해 목숨을 걸었던 놈이 목숨을 구하기 위해 진리를 팔아넘긴 셈이지."

"자, 잠깐만요, 스승님! 헌데 그, 그 서책을 왜 굳이 훔치신 겁니까? 수도원에 그냥 두고 보셨어도 될 것을……?"

몹시 놀란 와중에도 궁금증을 이기지 못한 알리가 제동을 걸어봤지만, 알크비르는 까칠한 손을 들어 휘휘 내저으며 이야기를 계속했다.

"아, 글쎄, 내 얘길 끝까지 들어보라는데도 그러는구나. 아무튼…… 그래서 난 베네치아로 갔다. 그 상인은 내게서 귀한 서책을 얻은 대신 날 자기 집 진객으로 대접해줬지. 하지만 난 거기서도 다시 그 서책을 훔쳐내어 도망쳤단다. 그렇게 정처 없이 세상 곳곳을 떠돈 게 무려 20

여 년! 그러던 내가 마지막으로 정착한 곳이 바로 이곳 가르나타의 너희 집이었다. 왜 이곳이었느냐구? 너희 부친께서는 내 서책을 빼앗기는커녕 이 집안의 모든 서책까지 내게 주셨으니까! 이곳이 내게는 고향이요 안식처요 바로 지상의 천국이었단다. 난 여기서 내가 바라던 모든 걸 이루었다. 세상의 모든 지혜를 섭렵하고, 세상의 모든 지식을 보존하고, 세상의 모든 학문을 연마하는 일, 난 바로 그것을 이루었단 말이다! 허나……."

알크비르는 숨이 찬 듯 잠시 얘기를 중단하고 거친 숨을 몰아쉬더니 다시 말을 이었다.

"내가 이룬 모든 것은 사상누각이다. 살구 씨앗으로 복숭아를 얻을 수는 없는 법! 첫 단추부터 엇나간 욕망에서 시작된 내 삶이 아니더냐? 왜 그 서책을 굳이 훔쳤느냐구? 이유야 간단하지. 그처럼 귀한 사본을 아무에게나 보여주지는 않는 법이니, 아토스의 수도원에서도 나처럼 나이 어리고 서열이 낮은 수도사는 아무리 똑똑하고 학구열에 불탄다 해도 그 서책을 구경조차 할 수 없었다. 지식이 권력이 되고 권력이 다시 지식이 된 거지! 그래서 난 그 서책을 훔쳐 도망치기로 결심했단다. 이 세상 최고의 지혜를 훔쳐서 나 혼자 독점하고 싶었다. 어느 누구도 흉내 낼 수 없는 신의 지성을 갖고 싶었단 말이다. 이 얼마나 벗신 생각이며, 이 얼마나 위험한 꿈이냐!"

"하, 하지만 스승님께서는 결국 세상 최고의 지혜를 갖게 되셨지 않습니까? 그, 그러니 스승님의 인생이 실패했다고 볼 순 없겠죠. 무, 물론 서책을 훔친 거야 죄가 되겠지만, 그걸 훔쳐서 나쁜 용도로 쓰신 것도 아니고……."

"미련한 녀석! 대체 누가 세상 최고의 지혜를 갖게 됐단 말이냐?"

"예? 그거야 당연히 스승님이시죠. 아까 스승님께서도 그렇게 말씀하시지 않으셨습니까? 여기서 바라던 모든 것을 이루셨다구요! 그리고 그게 다 그 비전의 서책 덕분 아니었습니까?"

"쯧쯧쯧! 내가 여기서 이루고 얻은 것은 젊은 날에 원했던 세상 최고의 지혜나 신의 지성이 아니다! 인간은 그런 걸 이룰 수 없거니와 그런 걸 이루려는 욕심 자체가 악마의 마음이라는 걸 잊지 마라! 내 몇 번을 얘기하지 않았더냐? 비전의 서책 같은 것은 없다고! 내가 수도원에서 훔쳐가지고 나온 서책도 마찬가지였다. 그게 비록 특별하고 귀중한 사본이기는 했다만, 그 안에도 비전의 지혜 같은 건 없었다."

"그, 그럼 그 서책은 결국 아무 것도 아니란 말씀이십니까?"

"어찌 아무 것도 아니기야 하겠느냐? 다만 지혜라는 게 서책 그 자체 속에 응고되어 들어 있는 게 아니라는 뜻이다. 서책은 길잡이에 지나지 않는다. 젊은 날의 어리석은 탐욕에서 쉽사리 벗어나지 못했던 나는, 그 서책 속에서 비전의 지혜를 캐내려고 무진 노력을 했다. 몇 날 며칠 밤을 새워가며 모호하기 짝이 없는 문구들을 읽고 또 읽고, 그걸 해석하기 위해 다른 서책들을 보고 또 보고……. 그러는 동안 내가 진정으로 깨달은 게 뭔지 아느냐?"

"……."

알리가 반짝이는 눈으로 다음 말을 기다리자 알크비르는 허공을 향해 긴 숨을 내쉬더니 말을 이었다.

"휴우! 이야기를 하는 것도 힘들구나! 오랜 세월이, 참으로 오랜 세월이 지난 뒤에 내가 진정으로 깨달은 건 서책 자체가 지혜를 주는 게 아니라는 평범한 진리였다. 서책이 아니라 서책을 읽고 이해하려는 노력이 바로 참된 지혜의 원천이다. 나룻배는 강을 건너기 위해 필요한 법! 강을 건넌 뒤에도 나룻배를 짊어지고 다닐 필요가 없듯이, 네 스스로 지혜를 찾아 노력할 수 있는 자세만 갖췄다면 막말로 서책을 죄다 불살라버려도 무방할 것이다."

"예에?"

알리가 깜짝 놀라 눈이 휘둥그레지자 노인은 보일 듯 말 듯 실낱같은 미소를 지었다.

"이 녀석아, 말이 그렇다는 것이지 누가 당장 모든 서책을 불사르라고 했느냐?"

"하, 하오면…… 장서관의 서책들을 남의 손에 넘기는 것에 대해서는 어찌 생각하십니까? 아버님께서는 곧 기독교 사제들이 장서관의 서책들을 조사하러 올 거라고 하시던데요."

알리의 얼굴에서 깊은 근심의 빛을 읽었는지 알크비르는 애써 밝은 표정을 지으며 손을 뻗어 그의 뺨을 어루만졌다.

"괜찮다, 너무 걱정하지 말거라! 서책이야 어차피 곳간의 알곡과 같은 것인데, 잘 보관해 두었다가 언제든 필요한 사람이 쓰면 되지 않겠느냐? 곳간을 바꾼다고 알곡이 겨가 될 것은 아니니……."

"그나저나 예페트가 그 귀중한 사본을 훔치는 바람에 결국 그게 이단 심문관 손에 들어가게 되었으니……. 예페트는 어째서 그런 짓을 했을까요? 예선에 아버님이나 스승님께노 은혜를 많이 입은 사람인데, 배은망덕도 유분수지……."

알리가 탄식조로 읊조리자 알크비르는 다시 손사래를 쳤다.

"아서라! 예페트를 너무 탓할 거 없다. 그 녀석 또한 젊은 날의 나처럼 엇나간 욕망의 희생자일 뿐이다. 어릴 때부터 예페트는 더없이 총명하고 성실했다. 하지만 이 세상 어딘가에 비전의 지혜가 숨겨져 있다는 생각에 푹 빠져 있었으니 늘 그게 문제였지……. 사실 유태인들이 이곳에서 쫓겨나기 직전에도 예페트는 장서관에서 서책을 훔치려다 내게 들킨 적이 있었다. 난 대수롭지 않게 여기고 용서해줬지만, 그 녀석은 그 뒤로 나를 피하는 것 같더구나. 아마 내가 자기를 미워한다고 오해한 모양이야. 아무튼…… 나는 운이 좋아 오늘까지 살아남았고, 그래서 젊은 날의 잘못을 조금이나마 바로잡을 수 있는 기회도 얻었다. 하지만…… 예페트에게는 그런 기회마저 주어지지 않을 것 같으니 그게 안쓰러울 따름이다."

스승의 말이 무엇을 뜻하는지 너무도 잘 알고 있는 알리는 갑자기 침울해졌다. 예페트는 곧 처형될 것이 분명했다. 아무리 장서관에서 귀중한 서책을 훔쳤다고는 하지만, 그의 개인적인 사정을 너무나 잘 알고 있는 알리로서는 정말 가슴 아픈 일이 아닐 수 없었다.

"다시 한번 말할 테니 잘 들어라, 알리! 예페트는 서책을 훔쳤지만 지혜를 훔치지는 못했다. 왜냐? 답은 너무도 간단하다. 지혜란 훔칠 수 있는 게 아니기 때문이다. 예, 예페트가 찾던 두루마리에 그려진 그림이 '생명의 나무'라고 했느냐?"

"예, 스승님!"

"그 유래를 아느냐?"

"그건 유태인들이 믿는 캅발라의 마법이라는데……, 제가 그 뜻을 어찌 알겠습니까?"

"그게 아니라 '생명의 나무'라는 말의 유래를 아느냐 말이다! 그건 본래 『성서』에 나오는 나무란다."

"아아, 예, 맞아요! 저, 저도 들은 적이 있습니다."

알리는 예전에 앙베르에게 들었던 말을 떠올리며 고개를 끄덕였다.

"그럼 한번 생각해 보거라. 하나님께서 그 나무를 통해 우리에게 넌지시 알리시고자 한 게 무엇인가를! 하나님께서 인간에게 영생이나 완전한 지혜를 금한 것은 완전함에 대한 환상과 탐욕이 인간을 부패시키기 때문일 것이다. 불완전함이야말로 삶의 빛과 소금인 것을……, 어리석은 자들은 왜 그걸 모른단 말인가?"

몹시 피곤해 보이는 알크비르가 사력을 다해 쥐어짜듯이 말했다. 하지만 알리는 무의식중에 엉뚱한 반문을 했다.

"하, 하오나 스승님! 거꾸로 하나님께서 완전함을 금하셨기 때문에 우리 인간들은 더욱더 그것에 목말라하는 건 아닐까요?"

"……."

노스승이 몹시 괴로운 듯 아무 말 없이 다시 눈을 감자 알리는 잠시 기다리다가 화제를 돌렸다.

"그나저나…… 어쨌든 그 귀중한 사본을 잃으셨으니 어쩝니까?"

"그건 너무 걱정하지 마라!『시빌라의 신탁』은 다 합치면 열네 권이나 된다. 그리고 그 중에는 내용이 서로 겹치는 것도 많단다. 사실 예페트가 훔쳐간 서책은 다른 것들과 내용이 중복되기 때문에 내가 장서관 한 구석에 아무렇게나 처박아두었던 거야. 정작 희귀한 사본들은 다 그대로 남아 있으니 염려 안 해도 된다."

스승의 입에서 뜻밖의 대답이 나오자 알리는 드디어 망설여왔던 물음을 던졌다.

"그, 그럼 그 나머지 사본들은 지금 어디 있습니까? 말씀하시는 걸로 봐서는 장서관 안에 있는 게 아닌 듯한데……."

"왜? 네 녀석도 그 서책을 훔쳐서 도망이라도 치려고?"

"그, 그런 게 아니오라……?"

"허허허, 정 알고 싶다면 말을 해주마. 그 서책들은 내 침상 밑의 작은 나무상자 안에 있다. 허나 내가 죽기 전에 그 상자를 열어봐선 안 된다. 아니, 내가 죽은 뒤에라도 그 서책을 본다고 달라지는 건 없다는 점을 명심해라. 차라리 그 서책에 대해서는 아예 잊고 지내는 게 나을 것이다. 서책 하나로 천상의 지혜를 훔칠 수 있다는 생각이야말로 악마의 유혹이 아니고 뭐겠느냐?"

"하오나……, 만일 진정 그렇다면 스승님께서 아직까지 그 서책을 애지중지하시며 보관해 오신 까닭은……?"

알리가 궁금증이 풀리지 않은 눈빛으로 조심스레 다시 묻자 알크비르는 엷은 미소를 지으며 대답했다.

"허허, 그거야 그 서책의 주인이 따로 있으니까 그랬지. 죽기 전에 언젠가는, 아니 내가 죽은 뒤에라도 원래의 주인에게 돌려줘야 한다고 생각했으니까! 허나 이제 그것도 다 부질없는 꿈이 되었지. 이번에 날 찾아온 그 그리스 수도승을 만났더라면 좋았을 텐데! 아니면…… 알리 네가 나중에라도 그 서책을 주인에게 돌려줄 수 있을까? 이도 저도 다 안 되면 내가 죽은 뒤에 나와 함께 묻어도 좋고! 그러면 아마 그 서책을 탐내는 자들이 내 무덤을 파헤치려 들겠지? 허허허……, 허욕이야, 허욕! 모든 게 다 허욕인 것을……."

알크비르의 목소리는 점점 더 가늘어지면서 잠꼬대처럼 변하고 있었다.

히즈라 905년 1월 30일(서기 1499년 9월 6일).

알크비르가 죽었다는 소식이 들려온 것은 정오 예배가 끝난 직후였다. 알리가 나이 어린 하녀의 전갈을 듣고 별채로 달려갔을 때, 이미 노인의 침실 앞은 사람들로 북적이고 있었다. 하인들이 대부분이었지만, 그 중에는 아버지 아흐메드의 모습은 물론 로뻬스의 얼굴도 보였다. 알리는 모여선 사람들을 헤치고 방안으로 뛰어 들어갔다. 이해할 수 없는 끔찍한 일이었다. 알크비르는 침상을 모두 적실 정도로 엄청나게 많은 토혈을 하고 죽어 있었던 것이다. 그는 병상에 누워 있는 동안 단 한번도 토혈을 한 일이 없었을 뿐만 아니라, 최근 며칠 간 돈 호세라는 낯선 의원의 치료를 받고 나서 그의 병세는 뚜렷하게 호전되고 있었다. 따라서 사람들의 놀라움은 그만큼 더 클 수밖에 없었다.

한참이 지나 의원들이 달려오고, 안드레아 신부도 나타난 뒤에야 알리는 더욱 충격적인 얘기를 들었다.

"아무래도 비소를 먹은 것 같소이다."

거의 모든 의원들의 공통된 진단이었다.

"비, 비소라뇨? 비소면 극약 아닙니까?"

의원의 말을 들은 아흐메드와 알리는 기겁을 했다. 알크비르의 아침 식사를 시중들었던 나이 많은 하녀가 불려오고, 다시 한 차례 난리법석을 피운 뒤에야 노인이 아침 식사 뒤에 돈 호세라는 의원이 지어준 약을 먹었다는 사실이 밝혀졌다.

"그, 그럼 그 떠돌이 의원이란 자가 도, 독을 먹였단 말인가?"

부들부들 떠는 아흐메드의 물음에 한 나이 많은 의원이 대답했다.

"기력이 쇠하여 죽음을 눈앞에 둔 환자에게 극소량의 비소를 먹이면 일시적으로 회복 기미를 보이는 경우가 있습니다. 하지만 그 양이 조금이라도 지나치면 아주 위험하고, 그게 아니더라도 결국 몸 안에 쌓인 독성 때문에 오래 살 수는 없는 법이죠."

"뭐, 뭐라구? 그게 사실이오? 그, 그 의원을 불러와라, 당장!"

아흐메드의 호통에 이번엔 하인들이 객사로 내달렸다. 별채를 나온 돈 호세가 앙베르를 진료하기 위해 객사로 들어가는 걸 봤다는 하녀들이 있었기 때문이었다. 그러나 객사로 달려갔던 하인들은 조금 뒤에 더욱 놀라운 소식을 가지고 돌아왔다.

"없습니다, 주인마님!"

"없어? 그럼 세뇨르 앙베르에게 물어봐야 할 것 아니냐? 그 양반을 치료하러 갔다면 그 양반이 마지막으로 만났을 테니까!"

"그, 그 손님도 없습니다."

"없다니? 몸도 아픈 환자가 어딜 갔단 말이냐?"

눈이 휘둥그레져서 되묻는 아흐메드에게 돌아온 젊은 하인의 대답이 더 걸작이었다.

"짐도 없는 걸 보면 아예 떠난 것 같습니다. 하늘로 솟았는지 땅으로 꺼졌는지 정말 감쪽같이 사라졌는걸요."

"뭐라구? 세뇨르 앙베르가 사라져?"

이번엔 알리가 더 크게 놀라자 하인은 그를 멀뚱멀뚱 쳐다보며 한마디 덧붙였다.

"그뿐이 아닌뎁쇼! 세뇨르 로뻬스와 함께 왔던 도밍고라는 뱃사람도 갑자기 사라졌답니다. 나 원! 다 큰 사람들이 무슨 숨바꼭질을 하는 것도 아니고……."

에필로그

　사파르Safar('히즈라'의 두 번째 달 이름. 서기 1499년 9월)가 되자 예고됐던 대로 툴라이툴라 대주교이자 까스띠야왕국 이사벨 여왕의 고해신부인 시스네로스가 가르나타로 왔다. 그리고 그것은 단순한 예방이 아니라 기독교로 개종한 무슬림 3,000명에게 대규모의 합동 세례식을 베풀기 위한 전략적 방문이었다. 시스네로스는 이 전례 없는 의식을 통해 가르나타를 빠른 시일 내에 기독교화 한다는 자신의 계획을 실천에 옮기고 싶어 했다. 또한 그럼으로써 온건파인 딸라베라 대주교를 밀어내고 왕국을 대표하는 최고 성직자로서 확고한 독점적 지위를 과시하고 싶어 했다.

　시스네로스의 야심은 그것에 그치지 않았다. 성내에서 주로 무슬림들이 모여 사는 지역인 알바야신 지구의 대사원 자리에 '산살바도르'San Salvador(스페인어로 '성스러운 구세주')라는 이름의 성당을 봉헌

하려는 계획도 동시에 추진했다. 그리고 이것은 누가 보더라도 가르나타의 무슬림들에 대한 명백한 적대 행위였으며, 무슬림들의 신앙과 관습을 존중하기로 한 7년 전의 협정을 송두리째 무시하는 처사였다. 허울뿐인 가르나타 대주교 딸라베라는 강경파에 밀려 침묵만 지켰고, 멘도사 사령관도 국왕의 총애를 받는 시스네로스의 전횡을 막을 수는 없었다. 따라서 수많은 무슬림들은 배신감에 치를 떨며 공포와 불안의 나날을 보내야 했다.

시련은 여기서 끝나지 않았다. 시스네로스는 무슬림들의 신앙 자체를 사악한 것으로 규정하여 본격적인 탄압을 시작했다. 그는 우선 기독교로의 개종에 반대하거나 저항하는 무슬림들을 닥치는 대로 붙잡아 투옥하라고 지시했다. 그뿐만이 아니었다. 비뚤어진 자기 확신으로 단단히 무장한 이 기독교 최고의 성직자는, 오래 전부터 은밀하게 추진해 왔던 또 하나의 계획을 실행에 옮기기 시작했다. 그건 다름 아닌 무슬림들의 모든 서책을 압수하여 불태우고, 그 중 의학이나 천문학, 수학과 관련된 일부 서책들만 자신이 마즈리트 근처에 건립중이던 알깔라Alcalá 대학의 도서관으로 보내는 일이었다. 결국 치밀한 각본과 사전 준비에 따라 성내 곳곳에서 야만적이고 무자비한 약탈이 자행되었고, 알리의 집 장서관도 예외는 아니었다. 다만 돈 까를로스와 안드레아 신부의 노력으로 상당수의 서책들이 사전에 다른 기독교 수도원으로 옮겨질 수 있었으니 그나마 다행일 뿐이었다.

그러나 이 모든 일이 벌어지는 동안 알리는 남들 몰래 정말 중요한 일을 한 가지 해냈다. 그건 바로 스승의 침상 밑에 있던 나무상자를 집안의 좀더 은밀한 곳에 감추는 일이었다. 알리는 로뻬스와 알아트라쉬의 도움을 받아 식솔들도 모르게 자기 처소 앞마당의 한쪽 구석에 상자를 임시로 파묻었던 것이다.

라비 타니Rabi Thāni('히즈라'의 네 번째 달 이름. 1499년 10월)가 되자 성내에 사는 무슬림들의 동요가 점점 더 심해졌다. 한편 알뿌하라에서도 무슬림 전사들의 활동이 눈에 띄게 활발해졌고, 그 결과 이브라힘의 이름이 저자거리 행인들의 입에까지 오르내리게 되었다. 위조 금화 사건 때문에 이미 알뿌하라에도 카슈탈라 군대가 한 차례 출동했었지만, 이브라힘과 '알하피즈' 전사들은 더 깊은 산속으로 숨어들어 여전히 건재한 모양이었다. 그러나 시스네로스는 무슬림들의 반발 따위에는 전혀 개의치 않는 듯 그럴수록 오히려 강경한 탄압의 고삐를 더욱 조였다.

주마다 울라Jumada 'Ula('히즈라'의 다섯 번째 달. 1499년 12월)의 어느 날 시스네로스는 수많은 병사들을 동원하여 압수한 서책들을 밥 알람라 앞 광장에 쌓기 시작했다. 추위에 모든 것이 얼어붙은 듯 광장에는 싸늘한 침묵만이 감돌았다. 차곡차곡 쌓인 서책들이 하나의 작은 산을 이루었을 때 마침내 병사들을 지휘하던 장교의 명령이 떨어졌고, 서책으로 만들어진 거대한 산더미의 네 귀퉁이에서 시뻘건 불꽃이 타올랐다. 이를 지켜보던 모든 무슬림들은 마치 자신의 육신이 타기라도 하는 듯 고통에 진저리를 치며 안타깝게 발을 굴렀다.

하지만 어느 누구도 이 유례없는 정신적 학살을 중지시키지는 못했다. 몇몇 무슬림 노인들이 병사들을 향해 저주를 퍼붓다가 두드려 맞거나 끌려가는 소동이 있었을 뿐, 거대한 화형식은 거의 아무런 방해도 받지 않고 비교적 조용히 치러졌다. 꼬박 반나절을 쉴 새 없이 타오르던 거대한 불덩어리는 밤이 깊어서야 서서히 사위어 갔고, 바람에 날리는 잿가루는 검은 슬픔의 비가 되어 가르나타의 도심을 뒤

덮었다. 딱 한 가지, 지켜보던 사람들을 놀라게 만든 사건이 있기는 있었다. 날이 어두워지고 맹렬한 기세로 타오르던 불꽃이 조금씩 약해지면서 발그레하게 아름다운 빛을 내뿜기 시작했을 때, 웬 사내 하나가 불꽃더미 속으로 몸을 던져 비운의 서책들과 운명을 같이 했던 것이다. 그 사내의 이름은 바로 하룬 이븐 자파르였다.

주마다 울라의 보름째 되는 날(서기 1499년 12월 18일) 마침내 알바야신에서 무슬림들의 폭동이 일어났다. 전혀 조직적이지도 계획적이지 못했던 이 우발적 폭동은 분노한 군중들이 바리오누에보Barrionuevo라는 알구아실을 때려죽이는 사건에서 비롯되었다. 그는 평소에도 그 알량한 권력을 마구 휘두른 탓에 무슬림 주민들의 원성이 자자했던 위인이었다. 사건 직후부터 철시와 파업, 부분적인 무장 봉기로 카슈탈라 당국에 대항하던 무슬림들은 처음에는 단호한 의지로 시스네로스를 몰아내려고 했다. 하지만 그들은 멘도사 사령관과 딸라베라 대주교의 중재를 받아들여 결국 어정쩡하게 투쟁을 끝내고 말았다. 그리고 그 뒤로 강경파 기독교도들과 시스네로스의 입지가 오히려 더 강화되고, 무슬림들에 대한 감시와 탄압이 더욱 심해진 것 또한 너무도 당연한 일이었다.

성내에서 폭동이 일어난 것과 비슷한 시기에 알뿌하라를 위시한 산간 지역에서도 광범위한 무슬림들의 반란이 일어났다. 그러나 이것 역시 카슈탈라인들의 발 빠른 대처 앞에서 그리 효과적이지는 못했다. 비록 몇몇 지역에서는 반란이 서너 달 동안 계속되기도 했으나, 얼마 지나지 않아 카슈탈라 군대가 대규모로 투입되자 새봄이 오기도 전에 모든 상황이 깨끗하게 종료되었다.

한편 이 엄청난 혼란의 소용돌이 속에서 아흐메드의 집안에도 그가 그토록 염려하던 결정적 위기가 닥쳐왔다. 몇 달 전 아흐메드와 미겔 신부 사이에 맺어졌던 일종의 신사협정에도 불구하고, 미겔 신부는 갖가지 죄목을 내세워 결국 아흐메드 부자를 이단 재판소에 고발하고 말았다. 표면적인 구실이야 아흐메드와 알리가 유태인과 이단자들을 숨겨주고 비호했다는 것이었다. 그렇지만 미겔 신부가 태도를 바꾼 진짜 이유는 서책 때문이었다.

아흐메드가 돈 까를로스의 도움으로 꽤 많은 서책들을 은밀히 빼돌렸다는 걸 뒤늦게 알게 된 미겔 신부는 노발대발했다. 그는 시스네로스 대주교에게 돈 까를로스를 당장 문책하라고 요구하는 한편, 숨겨 놓은 서책들을 찾는다는 명분으로 병사들을 끌고 와 알리의 집안을 쑥밭으로 만들어버렸다. 그리고 이 과정에서 병사들에게 저항하던 아흐메드는 큰 부상까지 입고 투옥되었으며, 결국 집안은 풍비박산이 나버렸다.

그러나 일이 터지던 날 안드레아 신부를 만나기 위해 집을 비운 알리는 또 한번 운 좋게도 체포를 면했다. 그리고 알아트라쉬의 도움을 받아 간신히 말라카까지 도망칠 수 있었다. 하지만 거기서도 그가 할 수 있는 일은 결국 알마그렙으로 가는 배편을 구하는 것뿐이었다. 가르나타로 돌아간다는 것은 꿈도 꿀 수 없었고, 말라카에 계속 머무는 것도 너무 위험했기 때문이었다.

비록 아버지 아흐메드의 소식조차 알아볼 겨를도 없이 피눈물을 삼키며 도피하는 처지였지만, 그런 알리의 머리를 무겁게 짓누르는 한 가지 의문이 있었다. 카슈탈라 병사들이 온 집안을 휩쓸고 지나간 다음날 밤, 남의 눈을 피해 도둑고양이처럼 집으로 숨어든 알리는 알아트라쉬와 함께 자기 처소 안마당에 묻어두었던 나무상자를 다시 파냈다. 옷가지 하나 제대로 챙겨갈 수 없을 만큼 급박한 상황이긴 했지만, 스승이 남겨준 진귀한 서책만은 어떻게 해서든 꼭 가져가야겠다는 생각이 들었던 것이다.

그러나 상자를 열고 안을 들여다 본 알리는 정말 자신의 눈을 의심할 수밖에 없었다. 상자 안을 가득 채우고 있는 것은 비전의 서책이라는 『시빌라의 신탁』이 아니었다. 그 안에는 저 유명한 『알프 라일라 와 라일라』*를 비롯하여 『칼릴라 와 딤나』**라든가 알자히즈(9세기에 활동한 이슬람 신학자)가 지은 『키탑 알 부할라』*** 등과 같이 재미있고 교훈적인 우화나 민담을 모아놓은 아랍어 서책들뿐만 들어 있었던 것이다.

'어, 어떻게 이럴 수가 있지! 시, 실수로 상자가 바뀌었나? 아니, 아니지! 절대, 절대로 그럴 수가 없는데……. 그렇다고 누가 훔쳐갔을 리도 없고…….'

알리는 망연자실했고 영락없이 귀신에 홀린 기분이 들었다. 그렇다고 한가하게 서책의 수수께끼나 풀고 있을 처지가 아니었다. 결국 그는 아쉬움과 궁금증을 뒤로 한 채 날이 밝기 전에 서둘러 집을 나설수밖에 없었다. 그러나 알아트라쉬를 앞세우고 산을 넘어 말라카로 가는 길 내내 서책 생각은 그의 머리를 떠나지 않았다. 온통 흰눈으로 뒤덮인 설산을 넘어 멀리 바다가 바라보이는 곳에 이르렀을 때, 알리는 문득 다친 몸으로 붙들려간 아버지의 안위보다 사라진 서책의 행방에 더 집착하고 있는 자신의 모습이 너무도 싫어졌다. 아버지에 대

* Alf Layla wa Layla : 아랍어로 '천 개의 밤과 또 하룻밤'이라는 뜻으로 흔히 말하는 『천일야화』千一夜話를 가리킨다.
**Karila wa Dimna : 아랍어로 '칼릴라와 딤나'라는 뜻. 두 마리의 승냥이가 이야기를 주고받는 식으로 꾸며진 우화집으로, 원래는 페르샤에서 만들어진 것이다.
***Kitāb al-Bukhalā : 아랍어로 '수전노 이야기(를 담은 책)'라는 뜻.

한 죄책감과 자신에 대한 모멸감 때문에 혼자 민망해하던 알리는 이윽고 근처의 나무등걸에 힘없이 걸터앉았다.

잠시 뒤 허공을 향해 몇 번인가 긴 한숨을 내쉬던 알리의 손에는 어느새 품속에 고이 간직했던 로뻬스의 서찰이 들려 있었다. 이틀 전, 그러니까 카슈탈라 병사들이 집으로 들이닥치기 바로 전날 도착한 서찰이었다. 가을이 깊어질 때까지 알리의 집에 머물면서 무슬림들과 애환을 함께 나누던 로뻬스는 분서焚書 사건이 있기 한 달 전쯤 갑자기 고향인 샬라망카로 돌아갔다. 후손도 없이 급작스럽게 세상을 떠난 백부로부터 꽤 커다란 영지를 물려받게 되었다는 것이었다. 그는 떠나면서도 알리와의 작별을 못내 아쉬워하더니, 떠난 지 한 달쯤 지나고 나자 카슈탈라의 귀족답게 꽤 멋들어진 선물을 곁들여 서찰을 보내왔다. 그리고 그 서찰은 도밍고 구띠에레스로부터 들었다는 희한한 소식과 함께 아래와 같이 끝나고 있었다.

"……도밍고는 멘도사 사령관의 비서관이었던 돈 호세(이 사람이 바로 당신 집을 드나들던 그 수수께끼 같은 의원일 거예요)와 세뇨르 앙베르와 함께 곧 서인도행 배를 탈 거라고 하더군요. 내가 그 소식을 들은 지 좀 됐으니까, 아마 지금쯤은 벌써 출항을 했을지도 몰라요.

곰곰이 생각해 보면 이 세상에는 새로운 세계를 찾으려는 사람들, 아니 새로운 세계를 꼭 찾아야만 하는 사람들이 꽤 많은 것 같아요. 그들 모두 지금 여기서는 잘 적응해 나가기 힘든 건지도 모르구요. 그리고…… 아마 당신 또한 이제는 새로운 세상을 찾아야 하겠죠?

당신과 함께 했던 시간들, 당신과 함께 했던 모든 일들은 너무 힘들었지만 그것 때문에 정말 행복하기도 했어요. 당신은 늘 수수께끼도 풀지 못하고 무엇 하나 이루어낸 것도 없다면서 괴로워했지만, 그래도 난 정말 값진 것을 얻었다고 자부해요. 그건 아마 당신이나 내가 그토록 갖고 싶어 하던 지혜의 한 토막일지도 모르지요. 앞으로도 다시 한번 그런 기회가 생긴다면, 물론 그런 기회가 흔치는 않겠지만요, 난 주저하지 않고 당신과 함께 갔던 그 힘들고 괴로웠던 길을 다시 가고 싶군요.

옴니아 프라이클라라 탐 디피킬리아 쿠암 라라 순트[*]!"

---

[*] Omnia praeclara tam difficilia quam rara sunt : 라틴어로 '고귀한 것은 모두 다 어렵고도 드물다'는 뜻.

작가 후기

"판사는 판결로, 기자는 기사로 말한다"는 경구가 있다. 그렇다면 같은 이치에 따라 "교수는 강의로, 작가는 작품으로 말을 해야" 할 것이다. 따라서 아무리 생각해도 작가 후기 같은 것을 쓰는 것은 좀 쑥스러운 일이다. 거창하게 '작가의 죽음' 따위를 운운하지 않더라도, 내 글을 읽은 독자들이 무엇을 느끼고 어떤 생각을 했든 그 모든 것은 이제 독자들의 몫이기 때문이다.

1999년 12월 31일 밤, 수많은 사람들이(낭시 나는 세상의 '모든 사람들'이라고 잠시 착각을 했었다) 이른바 "뉴 밀레니엄"이 시작된다고 다소 호들갑을 떨고 있을 때, 난 인도 북부 카슈미르의 주도州都인 스리나가르의 한 호텔에 있었다. 호텔이라고 했지만 사실은 도시 한복판에 있는 '달'이라는 커다란 호수 위에 떠 있는 작은 배가 내 숙소였다. 우리나라보다 훨씬 남쪽이긴 해도 스리나가르는 히말라야와 그리

멀지 않은 고산지대에 있는 도시였고, 게다가 한겨울이어서 날이 몹시 추웠다. 작은 난롯불마저 일찌감치 꺼진 뒤였으므로, 그날 밤 나는 두꺼운 카슈미르 담요 서너 장을 덮고도 뼛속을 파고드는 추위에 떨며 밤잠을 설쳐야 했다. 때마침 이슬람교도들이 신성시하는 라마단 기간이라 호수 건너편 사원에서는 밤새 『쿠란』을 암송하는 소리가 들려 왔다. 그 이국적이고 기이한 합창 소리는 나그네의 가슴을 더욱 싱숭생숭하게 만들었다.

칠흑 같은 어둠 속에서 혼자 악몽의 밤을 지새운 나는 신새벽 어슴푸레한 빛이 창문에 비치자마자 밖으로 나갔다. 짙은 안개에 덮인 수면은 말할 수 없이 고요했고, 호수 주위를 둘러싼 웅대한 산자락들이 덧없이 밤을 새우느라 피로에 지친 내 심신을 위로해 주는 듯했다. 아직 채 어둠이 가시지 않은 새벽의 차갑고 축축한 대기가 온몸을 흠뻑 적실 때쯤, 무심코 옆을 돌아본 나는 뱃머리에서 바닥에 작은 깔개를 깔고 서편을 향해 예배를 올리고 있는 노인을 발견했다. 그 노인은 바로 배에서 손님들의 시중을 들어주는, 말하자면 호텔의 종업원이었다. 반백의 머리에 볼품없는 수염을 기르고, 머리에는 무슬림답게 테 없는 둥근 모자를 쓴 노인은 사뭇 경건한 자세로 서편을 향해 절을 하고 있었다.

한참을 기다려 노인의 예배가 다 끝났을 때 나는 "해피 뉴 밀레니엄!"이라고 웃으며 인사를 건넸다. 하지만 노인은 나를 멀뚱멀뚱 쳐다볼 뿐 아무 반응이 없었다. 잠시 당혹했던 내 머릿속으로 여러 가지 생각이 스쳐갔다. 그 노인이 내 말을 못 알아들었을 리는 없었다. 시골 노인이었지만 그곳은 영어를 공용어로 쓰는 인도였고, 대부분의 인도 사람들과 마찬가지로 그 노인 또한 나보다 영어를 훨씬 더 잘했으니까! 잠시 뒤에 내가 다시 "오늘이 새로운 천년이 시작하는 날"이라고 부연 설명을 하자, 노인은 웃지도 않고 심각하게 말했다. "그건 당신들의 달력이지요. 오늘은 신성한 라마단의 ××일(정확한 날짜를 잊어버렸다)입니다."

독자들은 별 재미도 없는 이 일화를 장황하게 소개하는 이유가 뭐냐고 궁금해 할 수도 있을 것이다. 그러나 난 독자들 스스로 생각해보기를 바랄 뿐이다. 그 이유를 짐작할 수 있는 사람이라면, 이 소설을 통해서 내가 전하고자 했던 메시지에 대해서도 다시 생각해 볼 수 있을 테니까!

잠깐! 오해가 없었으면 좋겠다. 나의 첫째 목표는 독자들을 즐겁게 하는 것이지 엄숙한 메시지를 전하는 게 아니기 때문이다. 소설의 시공간과 너무나도 동떨어진 곳에 살고 있는 우리에게, 이 소설은 하나의 작은(길이는 꽤 길지만!) 우화이다. 그리고 내가 그토록 낯선 시공간과 인물들을 선택한 이유 또한 바로 그런 점 때문이었다. 잘 알다시피 모든 우화는 교훈적이다. 그러나 동시에 모든 우화는 재미있다. 난독자들이 이 소설을 재미있게 읽어주기를 바랄 뿐이다. 그 이상은? 그것 또한 독자들에게 맡길 뿐이다. 알라 할림!

히스라 1423년 주마나 아키라(6월) 보름에(서기 2002년 8월 26일)
바다가 보이는 해운대에서